Gesammelte Werke

ALEXANDER PUSCHKIN

Gesammelte Werke, A. Puschkin
Jazzybee Verlag Jürgen Beck
86450 Altenmünster, Loschberg 9
Deutschland

Druck: BOD GmbH, In de
Tarpen 42, 22848 Norderstedt

ISBN: 9783849699673

www.jazzybee-verlag.de
www.facebook.com/jazzybeeverlag
admin@jazzybee-verlag.de

INHALT

DER POSTMEISTER

Wer hätte nicht schon die Postmeister verflucht? Wer hätte sich nicht mit ihnen gezankt? Wer hat nicht in zornigen Augenblicken von ihnen das verhängnisvolle Buch gefordert, um eine unnütze Klage über Grobheit, Bedrückung, Fahrlässigkeit und Unzuverlässigkeit einzutragen? Wer hätte sie nicht für Scheusale in Menschengestalt gehalten oder sie doch wenigstens mit den Vizesekretären in Kanzleien oder mit Räubern zusammengestellt?

Doch laßt uns gerecht sein. Versetzen wir uns nur in ihre Lage, und unser Urteil wird vielleicht milder ausfallen.

Was ist denn ein Postmeister? Ein wahrer Märtyrer vierzehnter Klasse, den nur sein Amt vor Schlägen schützt, und auch das nicht immer (ich frage meine Leser auf Ehr' und Gewissen). Was für ein Amt hat denn ein solcher »Diktator«, wie Fürst Wjäsemski scherzhaft den Postmeister nennt? Lebt er nicht in Wahrheit wie ein Galeerensträfling? Weder Tag noch Nacht hat er Ruhe. Allen Ärger, den ein Passagier auf einer langweiligen Fahrt aufspeichert, läßt er am Postmeister aus. Ist das Wetter miserabel, der Weg schlecht, der Kutscher betrunken, die Pferde störrisch – der Postmeister ist an allem schuld. Sobald der Passagier die Wohnung betritt, betrachtet er ihn wie einen Feind. Gut ist's noch, wenn es ihm gelingt, den ungebetenen Gast wieder los zu werden.

Aber wenn es keine Pferde gibt?... Gott, welche Schimpfwörter, welche Drohungen fallen da aufs Haupt des armen Postmeisters. In Schmutz und Regen muß er auf den Höfen herumrennen; in Sturm und Frost geht er in seine Stube, um nur einige Minuten von dem Geschimpfe und den Rippenstößen des Passagiers auszuruhen. Es kommt ein General, der zitternde Postmeister gibt ihm die beiden letzten Dreigespanne mit den Kurierpferden. Ohne zu danken, fährt der General ab. Fünf Minuten später... es klingelt schon wieder – und ein Feldjäger wirft seinen Fahrbefehl auf den Tisch.

Über das alles wollen wir gerecht urteilen, und statt mit Zorn wird sich unser Herz mit Mitleid füllen. Zwanzig Jahre lang habe ich Rußland nach allen Richtungen durchzogen. Fast alle Poststraßen sind mir bekannt. Ich kenne einige Generationen von Postkutschern, beinahe alle Postmeister habe ich persönlich gesehen. Und nur wenige mögen es sein, mit denen ich nicht zu tun hatte.

Im Mai des Jahres 1816 reiste ich gerade durch das Gouvernement N. auf einer Poststraße, die nicht mehr existiert. Ich bekleidete damals nur ein unbedeutendes Amt, reiste mit der Post und bezahlte für zwei. Darum machten auch die Postmeister nicht viel Umstände mit mir, und oft mußte ich mit Gewalt erkämpfen, was mir von Rechts wegen zustand. Ich war damals noch jung und lustig und nicht wenig erzürnt auf den gemeinen und unverschämten Postmeister, wenn er die Pferde, die eigentlich für mich bestimmt waren, vor den Wagen eines Beamten spannte, der einen höheren Rang hatte. Genauso konnte ich mich lange Zeit nicht damit abfinden, daß bei den Mahlzeiten beim Gouverneur der Bediente dem Range nach vorlegte. Jetzt scheint mir beides in Ordnung zu sein. Wie würde es um uns stehen, wenn statt der vernünftigen Regel: »Der Rang ehre den Rang!« eine andere eingeführt würde, etwa: »Der Verstand ehre den Verstand!« Was für Streitigkeiten würden da entstehen und bei wem sollten die Bediensteten anfangen, das Essen zu servieren? Doch ich will meine Erzählung beginnen.

Es war ein heißer Tag. Drei Werst von der Station fielen einzelne Tröpfchen, und alsbald durchnäßte mich ein Platzregen durch und durch. Bei der Ankunft an der Station war es daher meine erste Sorge, mich so rasch als möglich umzukleiden und dann Tee zu verlangen. »He, Dunja!« rief der Postmeister. »Setze den Teekessel auf und hole Rahm!« Auf dieses Wort erschien ein Mädchen von vierzehn Jahren und trat in den Flur. Ich staunte über ihre Schönheit. »Ist das Ihre Tochter?« fragte ich den Postmeister. »Jawohl«, antwortete er selbstgefällig, »und wie sie verständig ist und so rasch, ganz die verstorbene Mutter.« Drauf schrieb er meinen Paß ab. Ich besah mir indes die Bilder, welche die Wand der Behausung schmückten. Sie stellten die Geschichte vom verlorenen Sohn dar. Auf dem ersten entläßt ein ehrwürdiger Greis in Schlafrock und Schlafmütze den ungestümen Jüngling, der eiligst den Segen und einen Sack voll Geld dahinnimmt. Auf dem zweiten ist in grellen Farben das liederliche Leben des Jünglings geschildert. Er sitzt an einem Tische, umgeben von falschen Freunden und schamlosen Weibern. Weiter hütet der Jüngling, nachdem er sein Gut verpraßte, die Schweine. Er ist in Lumpen gehüllt und teilt mit den Tieren das Futter. Auf seinem Gesicht ist tiefe Trauer und Reue ausgeprägt. Endlich wird die Rückkehr zum Vater dargestellt. Der gute Greis eilt ihm in demselben Schlafrock und derselben Schlafmütze entgegen. Der verlorene Sohn liegt vor ihm auf den Knien; in einiger Entfernung schlachtet der Koch das gemästete Kalb, und der ältere Bruder fragt die Diener nach dem Grunde dieser Freude. Unter jedem Bilde las ich passende deutsche Verse. Das alles blieb fest in meinem Gedächtnis, auch die Blumentöpfe mit den Balsaminen und das Bett mit der bunten Gardine und alle übrigen Gegenstände auch. Noch sehe ich den Wirt, als wenn es heute wäre, einen Mann von fünfzig Jahren, frisch und gesund, mit einem langen, grünen Rock bekleidet, auf dem drei Medaillen an verblichenen Bändern prangten.

Ich hatte noch keine Zeit gehabt, den Kutscher zu bezahlen, als Dunja schon mit der Teemaschine hereintrat. Beim zweiten Blick bereits merkte die kleine Kokette, welchen Eindruck sie auf mich gemacht hatte. Sie schlug die großen blauen Augen nieder und unterhielt sich mit mir. Sie antwortete ohne jede Schüchternheit wie ein Mädchen, das schon die große Welt gesehen hat. Dem Vater gab ich ein Glas Punsch, ihr reichte ich eine Tasse Tee, und wir sprachen so vertraulich zusammen, als ob wir schon eine Ewigkeit miteinander bekannt wären.

Die Pferde standen bereit, obschon ich nicht eben große Lust hatte abzureisen. Endlich aber nahm ich doch Abschied. Der Vater wünschte eine glückliche Reise, die Tochter begleitete mich bis an den Wagen. Im Hausflur blieb ich stehen und bat sie um einen Kuß. Dunja willigte ein. – Ich habe schon manchen Kuß gegeben, aber keiner ließ in mir eine so lange und so angenehme Erinnerung zurück.

Mehrere Jahre vergingen. Umstände führten mich auf dieselbe Straße, an denselben Ort. Ich gedachte der Tochter des alten Postmeisters und freute mich schon im voraus, sie wiederzusehen. Doch, dachte ich wieder, der Alte ist vielleicht versetzt setzt worden, die Tochter ist verheiratet. Bisweilen dachte ich auch, einer von ihnen kann ja gestorben sein. Mit banger Ahnung näherte ich mich der Station. Die Pferde hielten am Posthause, ich ging in die Stube, da sah ich wieder die Bilder vom verlorenen Sohne. Tisch und Bett standen noch auf demselben Platz. Aber am Fenster waren keine Blumen mehr, alles umher war veraltet und vernachlässigt. Der Postmeister, in einen Schafpelz gehüllt, lag da und schlief. Meine Ankunft weckte ihn. Er stand auf... Ja, es war wirklich Simeo Wyrich. Aber wie sehr war er gealtert! Während er da saß und meinen Paß abschrieb, schaute ich auf sein graues Haar, sein mit tiefen Furchen durchzogenes Gesicht, das seit langem kein Rasiermesser mehr gesehen hatte, den gebeugten Rücken – und ich konnte mich nicht genug wundern, wie drei, vier Jahre einen rüstigen Mann in einen schwachen Greis umgewandelt hatten. »Kennst du mich nicht?« fragte ich ihn. »Wir sind ja alte Bekannte!« – »Das ist möglich«, entgegnete er düster. »Es geht ja hier eine belebte Poststraße vorüber.« – »Ist denn deine Dunja noch gesund?« fragte ich weiter. Die Züge des Greises veränderten sich. »Ach, Gott weiß«, antwortete er. »Also ist sie verheiratet?« sagte ich. Der Alte tat, als hätte er meine Frage gar nicht gehört, und las murmelnd meinen Paß weiter. Ich fragte nicht mehr und ließ die Teemaschine aufsetzen. Neugier peinigte mich, und ich hoffte, der Punsch werde die Zunge des Alten schon lösen. Ich irrte mich nicht. Der Alte schlug das Glas nicht aus. Merklich heiterte der Rum seine düstere Miene auf. Schon beim zweiten Glase wurde er gesprächiger; er sann nach, stellte sich, als ob er mich kenne, und ich erfuhr von ihm eine Geschichte, die mich damals tief bewegte.

»Sie kannten ja alle meine Dunja«, begann er. »Wer sollte sie auch nicht gekannt haben. Ach, Dunja, Dunja! Was war es für ein Mädchen! Wer hier nur immer durchfuhr, jeder lobte sie, niemand tadelte sie. Durchreisende Damen schenkten ihr bald ein Taschentuch, bald Ohrringe. Die Herren hielten absichtlich an, um hier Mittag- oder Abendessen zu nehmen, in Wahrheit aber nur, um sie länger zu sehen. Und wenn ein Herr auch noch so zornig war, in ihrer Nähe wurde er still und sprach freundlich mit ihr. Sie mögen es glauben oder nicht, mein Herr, aber Kuriere und Feldjäger plauderten oft halbe Stunden lang mit ihr. Sie besorgte den Haushalt, räumte alles auf und kam mit allem zurecht. Auch ich alter Narr, ich konnte mich an ihr nicht satt sehen, ich konnte mich nicht genug über sie freuen. Habe ich meine Dunja nicht geliebt? Habe ich mein Kind nicht gut behandelt? Hatte sie es nicht gut bei mir? Aber nein, vor aller Not kann man sich nicht hüten. Dem Schicksal kann niemand entgehen.« Hier fing er nun an, mir sein Leid ausführlicher zu erzählen. Vor drei Jahren, an einem Winterabend war es gewesen, als der Postmeister gerade ein neues Postbuch liniierte und seine Tochter sich ein neues Kleid nähte, da hielt ein Dreigespann, und ein Passagier stieg aus mit einer Tscherkessenmütze und einem Militärmantel. Er trat in die Stube und verlangte Pferde. Alle Pferde waren auswärts. Fast hätte bei dieser Nachricht der Passagier seine Peitsche erhoben. Doch Dunja, solche Szenen gewohnt, trat heran und wendete sich sanft an den Passagier mit der Frage: »Wollen Sie nicht etwas essen?« Dunjas Erscheinung wirkte, wie gewöhnlich. Der Zorn des Passagiers legte sich, er beschloß, auf die Pferde zu warten, und bestellte Abendbrot.

Er nahm die durchnäßte wollene Mütze ab, zog den Mantel aus, und ein schlanker junger Husar stand da mit schwarzem Schnurrbärtchen. Er blieb beim Postmeister, sprach fröhlich und lustig mit ihm und seiner Tochter. Das Abendessen wurde aufgetragen. Unterdessen kamen die Pferde an, und der Postmeister befahl, sie nicht erst zu füttern, sondern gleich an den Wagen des Passagiers zu spannen. Als er aber zurückkam, da lag der junge Mann fast besinnungslos auf der Bank. Es war ihm übel geworden, er hatte Kopfschmerzen und konnte in solcher Lage unmöglich die Reise fortsetzen. Was war da zu tun? Der Postmeister gab sein Bett her, und wenn das Befinden des Kranken sich nicht besserte, wollte man am anderen Morgen aus S. den Arzt kommen lassen.

Tags darauf wurde es dem Husaren noch schlechter. Sein Diener ritt in die Stadt zum Arzt. Dunja band ihm ein Tuch, mit Essig befeuchtet, um den Kopf und setzte sich mit dem Nähzeug ans Bett. Der Kranke sah zu ihr auf, seufzte und sprach kein Wort. Doch trank er zwei Tassen Kaffee und bestellte seufzend das Mittagessen. Ständig forderte er zu trinken, und Dunja reichte ihm einen Krug mit Limonade, die sie selbst zubereitet hatte. Der Arme netzte seine Lippen, und sooft er den Krug zurückgab, drückte er leise Dunjas Hand. Zur Mittagszeit erschien der Arzt. Er fühlte ihm den Puls, sprach deutsch mit ihm und erklärte auf russisch, nur Ruhe sei nötig, in zwei Tagen könne er getrost seine Reise fortsetzen. Der Husar gab ihm 25 Rubel für den Besuch und lud ihn zum Mittagessen ein. Er war's zufrieden. Beide aßen mit großem Appetit, tranken eine Flasche Wein und trennten sich sehr vergnügt.

Noch ein Tag verging, und der Husar wurde völlig gesund. Er war nun sehr aufgeräumt, machte Späße bald mit Dunja, bald mit dem Postmeister, pfiff Lieder, unterhielt sich mit den Durchreisenden, schrieb ihren Paß ins Postbuch, so daß es am dritten Tage dem Postmeister gar schwer ankam, sich von seinem lieben Gaste zu trennen. Es war gerade Sonntag. Dunja war im Begriff, zur Kirche zu gehen. Der Wagen fuhr vor. Er nahm Abschied vom Postmeister, nachdem er ihn reichlich belohnt hatte, nahm auch Abschied von Dunja und wollte sie bis zur Kirche fahren, die am Ende des Dorfes lag. Dunja aber zögerte. »Warum fürchtest du dich?« fragte der Vater. »Der Herr ist ja kein Wolf, der dich auffressen könnte. Fahre immer hin bis zur Kirche.« Dunja setzte sich in den Wagen, neben den Husaren, der Bedienstete sprang hinten auf, der Kutscher pfiff, und die Pferde eilten davon.

Der arme Postmeister konnte nicht begreifen, daß er es selbst Dunja erlaubt hatte, mit dem Husaren zu fahren. Keine halbe Stunde verging, und sein Herz wurde unruhig. Die Angst stieg, er ging zur Kirche. Dort sah er, wie die Leute schon wieder auseinandergingen, aber Dunja war weder am Zaune noch am Eingang der Kirche. Er betrat das Gotteshaus. Der Priester kam hinter dem Altar hervor, der Küster löschte die Kerzen, zwei alte Frauen beteten noch in einer Ecke; aber Dunja war nicht zu sehen. Der arme Vater fragte den Küster, ob seine Tochter beim Gottesdienst gewesen sei. Der verneinte. In einer peinlichen Lage begab sich der Postmeister wieder nach Hause. Nur eine Hoffnung blieb ihm noch. Vielleicht, dachte er, hat Dunja im jugendlichen Leichtsinn Lust bekommen, bis zur nächsten Station mitzufahren, wo ihre Pate wohnte. In einem schrecklichen Seelenzustand erwartete er die Rückkehr des Gespannes, mit dem er sie entlassen hatte. Endlich am Abend kam der Kutscher, etwas berauscht, mit der Schreckensnachricht zurück: »Dunja ist mit dem Husaren von der andern Station weitergereist!«

Das Unglück des Greises war groß. Er legte sich alsbald ins Bett, in dem am vorigen Tage der junge Betrüger gelegen hatte. Jetzt, als er sich alle Ereignisse aneinanderreihte, sah er nur zu gut ein, daß die Krankheit nur vorgeschützt war. Er verfiel in ein schreckliches Nervenfieber, man brachte ihn nach S., und sein Posten wurde inzwischen von einem andern versehen. Derselbe Arzt, der den Kranken besucht hatte, kurierte ihn, und er versicherte dem Postmeister, der junge Mann sei ganz gesund gewesen und habe ihm schon damals das boshafte Vorhaben verraten; doch habe er aus Furcht vor der Peitsche geschwiegen. Mochte nun auch der Deutsche die Wahrheit sagen oder nur damit prahlen wollen, genug, trösten konnte er den armen Kranken nicht im geringsten. Kaum war er wieder gesund, so bat er um Urlaub auf zwei Monate, und ohne jemandem von seinem Vorhaben etwas zu sagen, machte er sich zu Fuß auf den Weg, um seine Tochter zu suchen. Aus dem Passe wußte er, daß der Rittmeister Minsky von Smolensk nach Petersburg reiste. Der Kutscher, welcher ihn gefahren hatte, sagte, Dunja habe den ganzen Weg geweint, doch sei es ihm vorgekommen, als sei sie mit der Flucht einverstanden gewesen. »Vielleicht«, dachte der Postmeister, »bringe ich mein verirrtes Schäfchen wieder nach Hause.« Mit diesem Gedanken kam er in Petersburg an, bezog das Haus eines verabschiedeten Unteroffiziers, seines alten Kameraden, und begann nachzuforschen. Es dauerte nicht lange, so erfuhr er, daß der Rittmeister sich wirklich in Petersburg aufhalte und im Hotel Demutow wohne. Der Postmeister beschloß, zu ihm zu gehen.

Am frühen Morgen stand er im Vorzimmer und bat, der Exzellenz zu melden, ein alter Soldat wünsche sie zu sprechen. Der Diener, der gerade Stiefel putzte, erklärte, sein Herr schlafe noch und werde vor elf Uhr niemanden vorlassen. Der Postmeister ging fort, kam aber zur bestimmten Zeit wieder. Minsky erschien in einem Schlafrock und einer roten Mütze. »Was willst du denn, Bruder?« fragte er. Das Herz des Greises schlug zum Zerspringen. Tränen rollten aus seinen Augen, und mit zitternder Stimme sprach er: »Euer Exzellenz, erweisen Sie mir ein großes Zeichen der Gnade!« Minsky blickte auf, wurde rot, ergriff seine Hand, führte ihn in sein Zimmer und schloß die Tür. »Euer Exzellenz«, fuhr der Greis fort, »was vom Wagen gefallen, ist verloren. Geben Sie mir wenigstens meine arme Dunja wieder, Sie haben sich ja nun an ihr erfreut. Lassen Sie meine Töchter nicht zugrunde gehen.« – »Das Geschehene läßt sich nicht ungeschehen machen«, sagte der junge Mann in großer Verlegenheit. »Wohl bin ich schuldig und muß dich um Verzeihung bitten. Aber glaube mir, ich konnte nicht von Dunja lassen. Sie wird glücklich sein, darauf gebe ich dir mein Ehrenwort. Was willst du mit ihr? Sie liebt mich, ist ganz aus ihrem früheren Leben herausgewachsen, und weder du noch sie wird vergessen, was geschehen ist.« Darauf steckte er dem Postmeister etwas in den Ärmel, öffnete die Tür, und ehe er sich's versah, stand der Postmeister plötzlich wieder auf der Straße. Lange stand er da. Endlich bemerkte er unter seinem Ärmelaufschlag eine Papierrolle. Er nahm sie heraus und entfaltete einige Rubelscheine. Aus seinen Augen rannen wieder

Tränen, es waren Tränen der Entrüstung. Er knüllte die Papiere zusammen, warf sie zur Erde, trat sie mit den Stiefeln und ging davon. Nach wenigen Schritten aber besann er sich wieder und kehrte um. Allein die Geldscheine waren schon weg. Nur noch einmal wollte er seine arme Dunja sehen, bevor er wieder zu seiner Station fand. Darum ging er zwei Tage später wieder zu Minsky. Allein der Bedienstete sagte, sein Herr empfange niemanden, stieß ihn zum Hause hinaus und schlug ihm die Tür vor der Nase zu.

Am selben Abend ging er zur Kirche und ließ ein Te Deum singen. Plötzlich jagte eine elegante Droschke an ihm vorüber, und er erkannte Minsky. Vor einem großen Hause wurde gehalten. Der Husar eilte die Treppe hinauf. Da kam dem Postmeister ein glücklicher Gedanke. Er kehrte um, stellte sich zum Kutscher und fragte ihn: »Wem gehört das Pferd, Bruder? Dem Minsky, nicht wahr?« – »Ja, freilich«, antwortete der Kutscher, »aber was geht es dich an?« – »Das geht mich wohl an, dein Herr hat mir aufgetragen, seiner Dunja ein Briefchen zu bringen, und ich habe vergessen, wo sie wohnt.« – »Hier in der zweiten Etage. Du hast dich aber verspätet, Bruder, er ist jetzt selbst bei ihr.« – »Das schadet nichts«, antwortete der Postmeister ängstlich. »Ich danke dir, daß du mich auf den rechten Weg gebracht hast, ich werde meinen Auftrag schon besorgen.« Und so stieg er die Treppe hinauf. Die Tür war verschlossen. Er klingelte; einige Sekunden vergingen in peinlicher Erwartung. Da knarrte der Schlüssel, die Tür öffnete sich. »Wohnt denn Awodotja Samsonowa hier?« fragte er. »Ja«, antwortete ein junges Mädchen, »was willst du aber von ihr?« Ohne zu antworten, betrat der Postmeister den Saal. »Du kannst nicht zu ihr, sie hat Gäste«, schrie das Dienstmädchen. Allein der Postmeister beachtete ihre Rede nicht und ging weiter. Die beiden ersten Zimmer waren dunkel und erst das dritte erleuchtet. Er trat der offenen Tür näher und blieb dann stehen. Im reich geschmückten Zimmer saß Minsky, in Gedanken versunken; Dunja aber, angetan mit aller Modepracht, saß auf der Armstütze des Lehnstuhls wie eine Reiterin auf englischem Sattel. Zärtlich blickte sie ihren Minsky an und wickelte seine schwarzen Locken um ihren Finger. O, der arme Postmeister! Noch nie war ihm seine Dunja so schön vorgekommen. Ohne es zu wollen, mußte er sie anstaunen. »Wer ist da?« fragte sie, ohne das Köpfchen zu heben. Der Vater schwieg. Weil sie keine Antwort erhielt, blickte sie auf und fiel mit einem Schrei auf den Teppich. Minsky sprang erschrocken empor, um sie aufzuheben. Doch als er den Postmeister gewahrte, stürzte er vor Wut zitternd auf diesen los. »Was schleichst du hinter mir her wie ein Räuber?« donnerte er ihn zähneknirschend an. »Willst du mich ermorden? Fort mit dir!« – Und mit nerviger Faust ergriff er den Greis und stieß ihn die Treppe hinab.

Der Alte kam in sein Quartier. Der Freund riet ihm, zu klagen. Allein das wollte er nicht. Zwei Tage später reiste er von Petersburg ab und versah seinen Posten auf der Station wie vorher. »Es ist jetzt schon das dritte Jahr« – schloß er –, »daß ich ohne Dunja lebe, und man hört und sieht nichts von ihr. Gott mag wissen, ob sie noch lebt oder tot ist. Das ist nichts Neues. Sie ist nicht die erste und nicht die letzte, die ein durchreisender Lump verführte und dann verließ. In Petersburg gibt es ja viele solcher Törinnen; heute in Samt und Seide, und morgen kehren sie die Straßen in tiefster Armut. Wenn ich bisweilen daran denke, daß auch meiner Dunja ein solches Los zugefallen ist, dann wünsche ich mir freilich lieber den Tod, wenn dieser Wunsch auch eine Sünde ist!«

Das war die Geschichte meines Freundes, eine Geschichte, die mehr als einmal durch Tränen unterbrochen wurde, die er mit dem Rockzipfel abtrocknete. Wenn auch diese Tränen zum Teil durch den Punsch entstanden waren – denn er hatte fünf Gläser getrunken –, so rührten sie doch stark mein Herz, und nach der Trennung konnte ich den armen Postmeister gar lange nicht vergessen, und lange Zeit dachte ich an Dunja.

Erst neulich, als ich wieder durch das Dorf fuhr, erinnerte ich mich seiner. Ich erfuhr, daß jene Station nicht mehr existierte. Auf meine Frage, ob der alte Postmeister noch am Leben sei, konnte mir niemand Antwort geben. So beschloß ich, die bekannte Gegend zu besuchen. Ich nahm die Pferde und fuhr nach dem Dorf.

Es war im Herbst. Graue Wolken bedeckten den Himmel, ein kalter Wind wehte über die kahlen Felder und blies rote und gelbe Blätter von den Bäumen. Die Sonne ging gerade unter, als ich ins Dorf kam. Am Posthaus machte ich halt. Eine beleibte Frau erschien im Flur, wo Dunja mich einst küßte, und auf meine Frage nach dem alten Postmeister entgegnete sie, er sei schon ein Jahr tot. In seinem Hause aber habe sich ein Bierbrauer angesiedelt und sie sei dessen Frau. Die vergebliche Fahrt für sieben Rubel reute mich. »Woran ist er gestorben?« fragte ich die Frau. »Er hat sich zu Tode getrunken«, war die Antwort. »Wo liegt er begraben?« – »Hinter dem Zaune neben seiner Hausfrau.« – »Kann mich jemand an sein Grab führen?« – »Warum nicht! He, Johann! Hör' doch auf, dich mit der Katze herumzuschleppen. Führe den Herrn da zum Kirchhof und zeig' ihm das Grab des Postmeisters.«

Bei diesen Worten kam ein zerlumpter rothaariger Junge herbei und führte mich zum Friedhof.

»Hast du den Verstorbenen gekannt?« fragte ich ihn auf dem Wege.

»Warum sollte ich ihn nicht gekannt haben? Er hat mir ja gezeigt, wie man Pfeifen schneidet. Gott gebe ihm Frieden! Wenn er aus der Schenke kam, liefen wir hinter ihm her und schrien: ›Großväterchen, Großväterchen, Nüsse?‹ Und er teilte sie unter uns. Immer spielte er mit uns.«

»Denken denn die Reisenden noch an ihn?«

»Jetzt kommen nur wenige hier vorbei. Bisweilen fährt ein Gerichtsassessor hierher, aber der kümmert sich nicht um die Toten. Diesen Sommer kam eine Dame vorüber, sie erkundigte sich nach ihm und besuchte sein Grab.«

»Wer war die Dame?« fragte ich neugierig.

»Eine schöne Dame«, antwortete der Junge, »sie fuhr in einem Wagen mit sechs Pferden, hatte drei kleine Herrchen bei sich, eine Amme und einen schwarzen Hund, und als man ihr sagte, daß der alte Postmeister gestorben sei, weinte sie und sprach zu den Kindern: ›Bleibt ruhig, ich will auf den Kirchhof gehen.‹ Ich bot mich zum Führer an. Aber sie sagte: ›Ich kenne den Weg schon‹, und gab mir fünf Silber-Kopeken. Die gute Dame!«

Wir langten auf dem Kirchhofe an; es war ein öder Platz mit hölzernen Kreuzen. In meinem ganzen Leben hatte ich nie einen so traurigen Kirchhof gesehen.

»Hier ist sein Grab!« sagte der Junge und sprang auf einen Sandhügel, in dem ein schwarzes Kreuz mit einem eisernen Heiligenbild eingegraben war.

»Und die Dame war auch hier?« fragte ich. »Ja«, sagte Johann. »Ich betrachtete sie aus der Ferne. Sie hat sich hier niedergeworfen und blieb eine lange Zeit liegen. Dann ging sie ins Dorf zurück, rief den Priester, gab ihm Geld und mir fünf Silber-Kopeken. Eine nette Dame!«

Auch ich gab dem Jungen fünf Kopeken, und die Fahrt reute mich nun nicht mehr, auch nicht die sieben Rubel, die sie gekostet hatte.

DUBROWSKIJ

Vor Jahren lebte ein Herr vom alten russischen Schlag auf seinen Gütern, Kirila Petrowitsch Trojekurow. Sein Reichtum, seine Abstammung aus einer der ersten Familien und die guten Verbindungen bewirkten, daß er in dem Gouvernement eine wichtige Rolle spielte. Von seiner Umgebung verwöhnt und von Natur temperamentvoll, ließ er sich völlig gehen und gab jedem Einfall seines beschränkten Geistes hemmungslos nach. Seine Nachbarn fügten sich bereitwillig seinen Launen; die Beamten zitterten schon bei seinem Namen. Kirila Petrowitsch nahm alle diese Zeichen der Unterwürfigkeit als den ihm gebührenden Tribut hin. Sein Haus wimmelte von Gästen, die bereit waren, dem adeligen Müßiggänger die Zeit zu vertreiben und an seinen tollen Vergnügungen teilzunehmen. Niemand wagte es, seine Einladungen abzulehnen oder an einem bestimmten Tage nicht mit der gebührenden Ehrfurcht in seinem Dorfe Pokrowskoje zu erscheinen. Kirila Petrowitsch war ein sehr gastfreier Mann. Trotz seiner ungewöhnlichen körperlichen Leistungsfähigkeit litt er mindestens zweimal in der Woche an den Folgen seiner Trunkenheit und war jeden Abend angeheitert.

Selten entgingen die Mägde den lüsternen Anschlägen des Fünfzigjährigen. Außerdem lebten in einem Flügel seines Hauses sechzehn Mägde, die mit Handarbeiten beschäftigt waren. Die Fenster dieses Flügels hatten Holzgitter, die Türen Schlösser. Die Schlüssel dazu hatte Kirila Petrowitsch selbst in Verwahrung. Die jungen Gefangenen gingen zu bestimmten Stunden unter der Aufsicht zweier alter Frauen im Garten spazieren. Von Zeit zu Zeit verheiratete Kirila Petrowitsch einige von ihnen, und neue traten an deren Stelle. Mit den Bauern und Dienstboten ging er streng um, aber dennoch waren sie ihm ergeben. Sie prahlten mit Reichtum und Ansehen ihres Herrn und nahmen sich ihrerseits den Nachbarn gegenüber allerhand heraus.

Die Hauptbeschäftigung des Herrn von Pokrowskoje bestand im Herumfahren auf seinen weitläufigen Besitzungen, in ausgedehnten Gelagen und Streichen, deren er täglich neue erfand. Ab Opfer suchte er sich in der Regel einen neuen Bekannten. Freilich entgingen ihm auch die alten Freunde nicht immer: nur Andreij Gawrilowitsch Dubrowskij war davon ausgenommen.

Dubrowskij, ein ehemaliger Gardeleutnant, war sein nächster Nachbar, der ein Gut mit siebzig Seelen besaß. Trojekurow, der selbst Personen höchsten Standes gegenüber äußerst hochmütig war, schätzte Dubrowskij trotz seines bescheidenen Vermögens sehr hoch. Sie waren einst Regimentskameraden gewesen, und Trojekurow kannte aus Erfahrung das empfindliche und entschlossene Wesen seines Freundes.

Das ruhmvolle Jahr 1762 hatte die beiden für lange getrennt. Trojekurow, ein Verwandter der Fürstin Daschkow, stieg im Rang immer höher, während Dubrowskij seiner zerrütteten Vermögensverhältnisse wegen den Abschied nehmen und sich auf das ihm noch verbliebene Dorf zurückziehen mußte. Als Kirila Petrowitsch davon erfuhr, bot er ihm seine Protektion an, aber Dubrowskij lehnte dankend ab. Er blieb arm, aber unabhängig. Einige Jahre später kam Trojekurow als abgedankter General auf sein Gut. Die beiden Kameraden sahen sich wieder und freuten sich. Seit dieser Zeit kamen sie täglich zusammen, und Kirila Petrowitsch, der sein Leben lang niemanden mit seinem Besuch beehrt hatte, fuhr ohne Umstände zu dem Häuschen seines alten Kameraden. Als Altersgenossen, im gleichen Stande geboren und gemeinsam erzogen, waren sie bis zu einem gewissen Grad einander auch im Charakter und in ihren Neigungen ähnlich. In mancher Hinsicht hatten sie auch das gleiche Schicksal: beide hatten aus Liebe geheiratet, beide verloren bald ihre Frauen durch den Tod, und beiden blieb nur ein Kind. Der Sohn Dubrowskijs wurde in Petersburg erzogen, die Tochter des Kirila Petrowitsch wuchs unter den Augen des Vaters auf. Oft sagte Trojekurow zu Dubrowskij: »Höre, Bruder Andreij Gawrilowitsch, wenn aus deinem Wolodijka etwas wird, werde ich ihm meine Mascha geben, wenn er auch arm ist wie eine Kirchenmaus.« Aber Andreij Gawrilowitsch antwortete darauf gewöhnlich kopfschüttelnd: »Nein, Kirila Petrowitsch, mein Wolodijka ist kein Bräutigam für deine Mascha. Ein armer Adeliger wie er heiratet besser ein armes Edelfräulein und bleibt Herr im Hause, als daß er der Verwalter eines verwöhnten Frauenzimmers wird.«

Alle sahen mit Neid auf das gute Verhältnis zwischen Trojekurow und seinem Nachbarn und wunderten sich über den Freimut Dubrowskijs, wenn er am Tische von Kirila Petrowitsch oft seine Meinung geradeheraus sagte, ohne Rücksicht darauf, ob sie der des Gastgebers widersprach. Einige hatten zwar den Versuch gemacht, ihn nachzuahmen und aus der pflichtgemäßen Unterwürfigkeit herauszugehen, aber Kirila Petrowitsch hatte sie sofort dermaßen eingeschüchtert, daß ihnen ein für allemal die Lust zu solchen Versuchen vergangen war. Dubrowskij blieb der einzige, der außerhalb des allgemeinen Gesetzes stand. Ein unverhoffter Zufall zerstörte und änderte alles. Eines Tages, zu Beginn des Herbstes, bereitete Kirila Petrowitsch einen Jagdzug in ein weit entferntes Jagdgebiet vor. Tags zuvor hatten die Hundeaufseher und Reitknechte den Befehl erhalten, um fünf Uhr morgens bereitzustehen. Ein Zelt und eine Küche waren an den Ort vorausgeschickt worden, wo Kirila Petrowitsch zu Mittag speisen wollte. Der Jagdherr und seine Gäste gingen in den Hundezwinger, wo mehr als fünfhundert Hetz- und Windhunde behaglich und warm lebten und in ihrer Hundesprache die Großzügigkeit des Kirila Petrowitsch priesen. Hier war auch ein Lazarett für kranke Hunde, das der Aufsicht des Stabsveterinärs Timoschka unterstand. In einer weiteren Abteilung warfen die Hündinnen und säugten ihre Jungen. Kirila Petrowitsch war auf dieses herrliche Hundeheim sehr stolz und versäumte keine Gelegenheit, sich damit vor seinen Gästen zu brüsten, obwohl jeder von diesen es mindestens schon zwanzigmal besichtigt hatte. Inmitten seiner Gäste und in Begleitung von Timoschka und den Hundewärtern schritt er im Zwinger auf und ab, blieb vor einzelnen Abteilungen stehen, erkundigte sich nach dem Befinden der kranken Hunde, machte mehr oder minder strenge und gerechte Bemerkungen, rief vertraute Hunde zu sich und sagte ihnen schmeichelnde Worte. Die Gäste hielten sich für verpflichtet, den Hundezwinger des Kirila Petrowitsch zu bewundern, nur Dubrowskij schwieg mit mürrischer Miene. Er war ein leidenschaftlicher Jäger, aber seine Vermögensverhältnisse erlaubten ihm nicht, mehr als zwei Hetzhunde und eine Windhündin zu halten, so daß ihn beim Anblick dieses herrlichen Hundezwingers unwillkürlich ein Gefühl des Neides überkam.

»Warum so verdrossen, Bruder?« fragte Ihn Kirila Petrowitsch. »Oder gefällt dir etwa mein Hundezwinger nicht?« »Doch«, antwortete Dubrowskij barsch, »der Zwinger ist wunderbar; Ihre Leute werden wohl kaum ein so schönes Leben haben wie Ihre Hunde.« Einer von den Hundewärtern fühlte sich durch diese Äußerung gekränkt und sagte: »Wir haben dank Gott und unserem Herrn keinen Grund zu klagen; aber das ist wahr, daß es für manchen Edelmann gar nicht schlecht wäre, seinen Hof mit einer von den hiesigen Hundehütten zu vertauschen: er bekäme mehr zu essen und hätte es wärmer.«

Kirila Petrowitsch lachte bei dieser frechen Bemerkung seines Sklaven laut auf, und die Gäste lachten pflichtschuldig mit, obwohl sie die Empfindung hatten, daß der Scherz des Hundewärters auch auf sie gemünzt sein konnte. Dubrowskij war bleich geworden und sagte kein Wort. In diesem Augenblick brachte man Kirila Petrowitsch in einem Körbchen neugeborene Hunde. Er betrachtete sie, wählte zwei davon aus und befahl, die anderen zu ertränken. Inzwischen war Andreij Gawrilowitsch verschwunden, ohne daß jemand etwas davon gemerkt hätte.

Als Kirila Petrowitsch mit seinen Gästen vom Hundezwinger zurückkehrte, setzte er sich zum Abendessen nieder und fragte nach Dubrowskij, dessen Abwesenheit er erst jetzt bemerkte. Man antwortete ihm, Dubrowskij sei nach Hause gefahren. Trojekurow befahl, ihm sofort nachzufahren und ihn unbedingt zum Umkehren zu veranlassen. Er war nämlich noch nie ohne Dubrowskij auf die Jagd gefahren, weil er ein erfahrener, ausgezeichneter

Hundekenner und ein unfehlbarer Schiedsrichter in allen möglichen Jagdstreitigkeiten war.

Der Diener, der ihm nachgaloppierte, kam zurück, als noch alles bei Tisch saß, und meldete seinem Herrn, daß Andreij Gawrilowitsch sozusagen den Gehorsam verweigert habe und nicht zurückkommen wolle. Kirila Petrowitsch, der wie gewöhnlich schon vom Schnaps erhitzt war, wurde böse. Er schickte den gleichen Diener nochmals fort und ließ Andreij Gawrilowitsch sagen, wenn er nicht sofort nach Pokrowskoje zurückkomme und dort übernachte, so sei das Tischtuch zwischen ihnen für immer zerschnitten. Der Diener galoppierte wieder fort. Kirila Petrowitsch erhob sich vom Tisch, entließ die Gäste und ging zu Bett.

Am anderen Tage war seine erste Frage: »Ist Andreij Gawrilowitsch da?« Darauf überreichte man ihm einen dreieckig zusammengefalteten Brief. Kirila Petrowitsch befahl seinem Schreiber, ihn laut vorzulesen, und vernahm folgendes:

»Mein gnädigster Herr!

Ich bin entschlossen, so lange nicht nach Pokrowskoje zu kommen, bis Sie Ihren Hundewärter Paramoschka mit einem Schuldgeständnis zu mir geschickt und es meinem Willen überlassen haben, ihn zu bestrafen oder zu begnadigen. Ich bin nicht gewillt, von Ihren Sklaven Sticheleien einzustecken, und werde mir das auch von Ihnen nicht bieten lassen, denn ich bin kein Hanswurst, sondern ein Edelmann aus altem Geschlecht. Damit verbleibe ich Ihr ergebenster

Andreij Dubrowskij.«

Nach den heutigen Begriffen von Etikette wäre ein solcher Brief durchaus unziemlich. Aber er erzürnte Kirila Petrowitsch nicht durch das Absonderliche des Stils und der Ausdrucksweise, sondern nur durch seinen Inhalt.

»Wie«, schrie Trojekurow, barfuß aus dem Bett springend, »ich soll meine Leute mit einem Schuldbekenntnis zu ihm schicken! Es soll seinem freien Willen überlassen sein, sie zu bestrafen oder zu begnadigen! Ja, was fällt ihm denn da eigentlich ein? Weiß er nicht, mit wem er es zu tun hat? Aber ich werde es ihm zeigen! Er wird sich bei mir noch ausweinen! Er wird erfahren, was das heißt, mit Trojekurow anzubinden!« Sogleich kleidete sich Trojekurow an und fuhr mit gewohntem großen Aufzug auf die Jagd. Aber diese verlief schlecht. Den ganzen Tag sah man nur einen Hasen, und nicht einmal dieser wurde gefangen. Das Mittagessen im Freien unter dem Zelt war ebenfalls mißlungen oder mindestens nicht nach dem Geschmack von Kirila Petrowitsch. Er verprügelte den Koch, beschimpfte seine Gäste und nahm heimwärts mit seinem ganzen Troß absichtlich den Weg über die Felder Dubrowskijs.

Es vergingen einige Tage, aber die Feindschaft zwischen den beiden Nachbarn legte sich nicht. Andreij Gawnilowitsch kam nicht mehr nach Pokrowskoje. Kirila Petrowitsch langweilte sich ohne ihn, und er machte seinem Ärger in den beleidigendsten Ausdrücken Luft, die dank dem Eifer der dortigen Adeligen Dubrowskij in noch verstärkter Fassung hinterbracht wurden. Ein neuer Umstand vernichtete auch die letzte Hoffnung auf eine Versöhnung.

Dubrowskij fuhr eines Tages auf seiner kleinen Besitzung herum. Als er sich dabei einem Birkenwäldchen näherte, hörte er Axthiebe und eine Minute später das Krachen eines stürzenden Baumes. Er eilte auf den Platz zu und traf auf Bauern aus Pokrowskoje, die in aller Gemütsruhe in seinem Wald Holz stahlen. Als sie ihn kommen sahen, ergriffen sie die Flucht, aber Dubrowskij und sein Kutscher fingen zwei von ihnen ab und brachten sie gefesselt auf seinen Hof. Drei feindliche Pferde fielen ebenfalls dem Sieger als Beute zu. Dubrowskij war aufs äußerste erzürnt, denn bisher hatte keiner der als Räuber berüchtigten Bauern von Pokrowskoje es gewagt, auf seinem Gebiet zu plündern, da ihnen seine guten Beziehungen zu ihrem Herrn bekannt waren. Nun sah Dubrowskij, daß sie aus dem Zerwürfnis Nutzen zogen, und beschloß, entgegen allen Begriffen von Kriegsrecht, seinen Gefangenen mit denselben Ruten eine Lehre zu erteilen, von denen sie sich in seinem Wald einen Vorrat hergerichtet hatten. Ihre Pferde reihte er seiner Herde ein; sie sollten bei der Arbeit Verwendung finden.

Die Kunde von diesem Zwischenfall gelangte noch am selben Tag zu den Ohren von Kirila Petrowitsch. Er geriet außer sich uhd beschloß im ersten Augenblick seines Zornes, mit allen seinen Hofleuten einen Überfall auf Kistenjewka (so hieß das Dorf seines Nachbarn) zu unternehmen. Er wollte es dem Erdboden gleichmachen und den Gutsbesitzer selbst auf seinem Wohnsitz einschließen. Solche Heldentaten waren bei ihm nichts Außergewöhnliches, aber seine Gedanken nahmen bald eine andere Richtung. Als er im Saal mit schweren Tritten auf und ab stolzierte, schaute er einmal zufällig zum Fenster hinaus und sah ein am Tor haltendes Dreigespann stehen. Ein kleiner Mann in Ledermütze und Friesmantel stieg aus und begab sich in den Seitenbau zum Verwalter.

Trojekurow erkannte in ihm den Assessor Schabaschkin und ließ ihn zu sich rufen. Schon nach einer Minute stand Schabaschkin vor Kirila Petrowitsch, machte eine Verbeugung um die andere und wartete unterwürfig auf seine Befehle.

»Guten Tag... wie heißt du eigentlich?« sagte Trojekurow. »Warum kommst du hierher?« »Ich fahre in die Stadt, Exzellenz«, antwortete Schabaschkin, »und bin bei Iwan Demjanow vorgefahren, um zu fragen, ob er irgendeinen Befehl Eurer Exzellenz für mich hat.« »Du kommst gerade im rechten Augenblick... na,wie heißt du denn? Ich brauche dich. Da, trink einen Schnaps und höre zu.«

Dieser liebenswürdige Empfang war eine Überraschung für den Assessor. Er verzichtete auf den Schnaps und begann mit gespanntester Aufmerksamkeit den Ausführungen von Kirila Petrowitsch zuzuhören.

»Ich habe da einen Nachbarn«, sagte Trojekurow, »einen Grobian, dem ich sein Gut wegnehmen will... wie denkst du darüber?« »Wenn irgendwelche Dokumente vorhanden sind, Eure Exzellenz ...« »Quatsch, mein Lieber, wozu brauchst du Dokumente? Dafür gibt es Gesetze. Darin besteht ja die Macht, daß man jedem ohne jedes Recht sein Gut wegnehmen kann. Aber warte! Dieses Gut hat einst uns gehört. Es ist seinerzeit von einem gewissen Spyzin gekauft und dann an den Vater von Dubrowskij verkauft worden. Könnte man da nicht einhaken?« »Schwerlich, Exzellenz, denn wahrscheinlich ist dieser Verkauf genau nach Gesetz und Recht erfolgt.« »Denk nach, Freund, und überlege dir die Sache genau.« »Wenn Eure Exzellenz beispielsweise von Ihrem Nachbarn auf irgendeine Art eine Urkunde bekommen könnten, kraft deren er rechtmäßiger Besitzer seines Gutes ist, dann natürlich...« »Ich verstehe, aber das ist ja der Jammer, bei einem Brand sind alle Papiere vernichtet worden.« »Wie, Exzellenz, die Papiere sind verbrannt? Was wollen Sie noch mehr! In diesem Fall geruhen Sie nur gemäß den Gesetzen vorzugehen, und es steht außer jedem Zweifel, daß Sie vollauf befriedigt werden.« »Glaubst du? Also gut, sieh zu, ich rechne auf deine Unterstützung, und du kannst von meiner Dankbarkeit überzeugt sein.«

Schabaschkin verneigte sich beinahe bis zur Erde und entfernte sich. Noch am gleichen Tag begann er in dieser Sache Schritte zu unternehmen, und dank seiner Gewandtheit bekam Dubrowskij schon nach zwei Wochen aus der Stadt die Aufforderung, unverzüglich die erforderlichen Erklärungen abzugeben, da von dem General Trojekurow eine Klage betreffs seines unrechtmäßigen Besitzes des Dörfchens Kistenjewka eingereicht worden sei. Andreij Gawrilowitsch, den diese unerwartete Aufforderung aufs höchste überraschte, schrieb noch am gleichen Tag eine ziemlich grobe Antwort, in der er erklärte, daß ihm das Dorf Kistenjewka beim Tode seines seligen Vaters als Erbe zugefallen sei. Gemäß Anerbenrecht sei er der rechtmäßige Besitzer und Trojekurow habe damit überhaupt nichts zu schaffen. Jeder fremde Anspruch auf dieses sein Eigentum sei Schikane und Gaunerei. Dubrowskij hatte keinerlei Erfahrung im Prozessieren. Er folgte meistens dem gesunden Menschenverstand, der aber selten zuverlässig und fast immer unzulänglich ist.

Dieser Brief machte auf den Assessor Schabaschkin einen sehr angenehmen Eindruck, denn erstens sah er daraus, daß Dubrowskij von Prozessen sehr wenig verstand, und zweitens, daß es nicht schwer sein werde, einen so hitzigen und unüberlegten Mann in die ungünstigste Lage zu versetzen.

Die Sache begann sich in die Länge zu ziehen. Von seinem Recht überzeugt, kümmerte sich Andreij Gawrilowitsch nicht viel darum. Er empfand weder Lust, noch hatte er die Möglichkeit, mit Geld herumzuwerfen. Er machte sich sogar über das käufliche Gewissen der Federfuchser lustig, und der Gedanke, er könnte etwa das Opfer einer Verleumdung werden, kam ihm gar nicht in den Sinn.

Aber auch Trojekurow beschäftigte sich seinerseits ebensowenig mit dem von ihm begonnenen Prozeß und dachte nicht daran, ihn zu gewinnen. Schabaschkin war sein Vertreter, der in seinem Namen handelte, die Richter bestach und die Gesetze nach allen Richtungen drehte und wendete.

Wie dem auch sei, am 9. Februar des Jahres 18.. empfing Dubrowskij durch die städtische Polizei in N. die Vorladung, vor dem Kreisgericht zur Verkündung des Urteils in Sachen des zwischen ihm, dem Leutnant Dubrowskij, und dem General Trojekurow umstrittenen Gutes zu erscheinen und durch seine Unterschrift die Annahme oder Ablehnung des Urteils zu bestätigen.

Dubrowskij begab sich noch am gleichen Tage in die Stadt. Unterwegs überholte ihn Trojekurow. Sie sahen einander hochmütig an, und Dubrowskij bemerkte ein boshaftes Lächeln im Gesicht seines Gegners.

Nach seiner Ankunft in der Stadt stieg Andreij Gawrilowitsch bei einem ihm bekannten Kaufmann ab, übernachtete dort und begab sich am anderen Morgen in die Sitzung des Kreisgerichts. Kein Mensch kümmerte sich um ihn. Bald nach ihm traf auch Kirila Petrowitsch ein. Da standen die Schreiber auf und steckten die Federn hinter die Ohren, die Beisitzer empfingen ihn mit dem Ausdruck tiefster Ergebenheit und schoben ihm aus Achtung vor seinem Rang und seinem Alter einen Sessel hin. Er ließ sich nieder, während Andreij Gawrilowitsch an die Wand gelehnt stand.

Tiefe Stille trat ein. Der Sekretär verlas mit lauter Stimme die gerichtliche Entscheidung.

Als der Beamte fertig war, erhob sich der Assessor und wandte sich mit einer tiefen Verbeugung an Trojekurow mit dem Ersuchen, das ihm vorgelegte Schriftstück zu unterzeichnen. Triumphierend nahm er die Feder und bestätigte mit seiner Unterschrift seine vorbehaltlose Zustimmung zu dem Gerichtsbeschluß, der ihm Kistenjewka zusprach.

Jetzt kam die Reihe an Dubrowskij. Der Sekretär legte ihm das Protokoll vor, aber er blieb mit gesenktem Haupt unbeweglich stehen. Der Sekretär wiederholte seine Aufforderung, »sein vollkommenes und uneingeschränktes Einverständnis oder seine deutliche Ablehnung unterschriftlich zu bestätigen, falls er wider Erwarten nach bestem Gewissen die Meinung habe, daß seine Sache eine gerechte und er entschlossen sei, innerhalb der gesetzlichen Frist bei dem zuständigen Gericht Berufung einzulegen«.

Dubrowskij sagte kein Wort... Auf einmal erhob er den Kopf, seine Augen funkelten, er stampfte mit dem Fuß und versetzte dem Sekretär einen derartigen Stoß, daß er hinfiel. Dann ergriff er das Tintenfaß und schleuderte es auf den Assessor. Mit wuterstickter Stimme schrie er: »Wie, Gottes Kirche schänden! Fort mit euch, ihr gemeines Gesindel!« Dann wandte er sich an Kirila Petrowitsch: »Hat man je so etwas gehört, Eure Exzellenz, daß die Hundepfleger Hunde ins Gotteshaus führen! Daß Hunde in der Kirche herumlaufen! Ich werde es euch schon zeigen!«

Alles war entsetzt. Die Wächter kamen auf den Lärm hin gelaufen und konnten ihn nur mit Mühe überwältigen. Man führte ihn hinaus und setzte ihn in seinen Schlitten. Trojekurow ging in Begleitung des ganzen Gerichtspersonals hinter ihm her. Der plötzliche Nervenzusammenbruch Dubrowskijs hatte einen tiefen Eindruck auf sein Gemüt gemacht und ihm die Freude an seinem Sieg vergällt. Die Richter, die auf seine Dankbarkeit gerechnet hatten, bekamen kein freundliches Wort von ihm zu hören. Er begab sich sofort nach Pokrowskoje, im geheimen von seinem Gewissen gequält und ohne die Befriedigung seiner Rache voll genossen zu haben.

Dubrowskij lag inzwischen im Bett. Der Kreisarzt (zum Glück kein unwissender Rohling) hatte Zeit gefunden, ihn zur Ader zu lassen, ihm Blutegel und spanische Fliegen anzulegen. Abends besserte sich sein Zustand, und am anderen Tage überführte man ihn nach Kistenjewka, das ihm schon beinahe nicht mehr gehörte.

Es vergingen einige Wochen, aber der Gesundheitszustand des armen Dubrowskij hatte sich nicht gebessert. Er bekam zwar keine Tobsuchtsanfälle mehr, aber seine Kräfte nahmen zusehends ab. Er dachte gar nicht mehr an seine frühere Beschäftigung, verließ nur selten das Zimmer und verbrachte ganze Tage und Nächte in tiefem Nachsinnen. Jegorowna, eine gute Alte, die einst seinen Sohn gepflegt hatte, wurde jetzt seine Kinderfrau. Sie gab auf ihn acht wie auf ein kleines Kind, erinnerte ihn an die Zeiten des Essens und Schlafens, fütterte ihn und brachte ihn zu Bett. Andreij Gawrilowitsch folgte ihr und kam außer mit ihr mit keinem Menschen in Berührung. Er war unfähig, an seine Geschäfte zu denken oder Anordnungen in seinem landwirtschaftlichen Betrieb zu geben, so daß Jegorowna die Notwendigkeit erkannte, den jungen Dubrowskij von allem zu benachrichtigen. Dieser diente in einem Garde-Infanterieregiment und befand sich zu jener Zeit in Petersburg. Und so riß sie aus ihrem Ausgabenbuch ein Blatt heraus und diktierte dem Koch Chariton, der in Kistenjewka als einziger des Lesens und Schreibens kundig war, einen Brief, den sie noch am gleichen Tage in die Stadt zur Post schickte.

Aber jetzt ist es Zeit, den Leser mit dem eigentlichen Helden unserer Erzählung bekannt zu machen.

Wladimir Dubrowskij war im Kadettenkorps erzogen und als Fähnrich zur Garde entlassen worden. Sein Vater scheute keine Opfer für einen standesgemäßen Unterhalt, und der junge Mann erhielt von zu Hause mehr, als er eigentlich hätte erwarten dürfen. Da er unüberlegt und ehrgeizig war, gestattete er sich kostspielige Liebhabereien, er spielte Karten und machte Schulden, ohne sich um die Zukunft zu kümmern. Nur flüchtig dachte er zuweilen, daß er früher oder später einmal eine reiche Erbin werde heiraten müssen. Eines Abends, als einige Offiziere bei ihm saßen und auf einem Sofa sich räkelnd aus seinen Bernsteinpfeifen rauchten, übergab ihm sein Kammerdiener Grischa einen Brief, dessen Adresse und Siegel dem jungen Mann höchst auffallend vorkamen. Er öffnete den Brief rasch und las:

»Du unser Herr, Wladimir Andrejewitsch, ich, Deine alte Kinderfrau, erkühne mich, Dir etwas vom Gesundheitszustand Papachens mitzuteilen. Es geht ihm sehr schlecht; zuweilen redet er irre. Den ganzen Tag sitzt er da wie ein dummes Kind, aber über Leben und Tod herrscht Gottes Wille, – komme Du zu uns, mein lieber, lichter Falk, wir schicken Dir Pferde nach Pessotschnoje. Es heißt, daß das Kreisgericht zu uns kommt und uns dem Kirila Petrowitsch übergeben will – weil wir angeblich die Seinigen seien. Aber wir sind von jeher die Eurigen – und haben von Kindesbeinen auf nie etwas anderes gehört. Da Du in Petersburg bist, könntest Du davon dem Väterchen Zar berichten, er wird uns vor dem Unrecht beschützen. Bei uns regnet es schon seit zwei Wochen, und der Hirte Rodja ist um den Nikolaustag herum gestorben. Grischa schicke ich meinen mütterlichen Segen. Dient er Dir auch gut? Ich verbleibe Deine treue Sklavin und Kinderfrau

Arina. Jegorowna Busyrewa.«

Wladimir Dubrowskij las diese einfältigen Zeilen mehrmals hintereinander durch und geriet dabei in starke Aufregung. Er hatte schon als kleines Kind seine Mutter verloren und war im achten Lebensjahr, fast ohne seinen Vater zu kennen, nach Petersburg gebracht worden. Trotzdem verband ihn eine romantische Zuneigung mit ihm, und er liebte das Familienleben um so mehr, je weniger er dessen stille Freuden hatte genießen können.

Der Gedanke, seinen Vater zu verlieren, legte sich ihm schwer aufs Herz, und die Lage des armen Kranken, die er sich nach dem Brief seiner Kinderfrau unschwer vorstellen konnte, entsetzte ihn. Er stellte sich den Vater vor, wie er in dem einsamen Dörfchen, unter den Händen der einfältigen Alten und des Gesindes geblieben, von irgendeinem Unglück bedroht und ohne Hilfe unter körperlichen und seelischen Qualen dahinsiechte. Wladimir machte sich selbst verbrecherische Nachlässigkeit zum Vorwurf. Obwohl er lange Zeit vom Vater keinerlei Nachrichten erhalten hatte, war es ihm gar nicht eingefallen, sich nach ihm zu erkundigen, in der Annahme, daß er auf Reisen oder von Angelegenheiten seines Betriebes in Anspruch genommen sei. Noch am gleichen Tag kam er um Urlaub ein, und zwei Tage später machte er sich, begleitet von seinem treuen Grischa, mit Postpferden auf die Heimreise.

Wladimir Andrejewitsch näherte sich der Station, von der aus er nach Kistenjewka einbiegen mußte. Sein Herz war voll trauriger Vorahnungen: er fürchtete, den Vater nicht mehr lebend anzutreffen, er malte sich schon das düstere Bild von dem Leben aus, das ihn auf dem Dorf erwartete: Öde, Einsamkeit, Armut, mühsame Arbeit mit Dingen, von denen er keine Ahnung hatte. Nach seiner Ankunft auf der Station ging er zum Posthalter und verlangte Mietpferde. Der Posthalter, der ihn fragte, wohin er reisen wolle, teilte ihm mit, daß die Pferde aus Kistenjewka schon den vierten Tag auf ihn warteten. Bald darauf erschien der alte Kutscher Anton, der ihn einst im Stall herumgeführt und sein kleines Pferdchen versorgt hatte. Anton traten Tränen in die Augen, als er ihn sah. Er beugte sich bis zur Erde, sagte ihm, der alte Herr sei noch am Leben, und lief schnell weg, um die Pferde anzuspannen. Wladimir Andrejewitsch lehnte ein ihm angebotenes Frühstück ab und trachtete möglichst schnell weiterzukommen. Anton fuhr ihn auf Feldwegen, und es entspann sich zwischen ihnen folgendes Gespräch:

»Sag mir, bitte, Anton, was ist denn zwischen meinem Vater und Trojekurow eigentlich los?« »Ach, weiß der Himmel, Väterchen Wladimir Andrejewitsch, unser Herr hat sich, wie man hört, mit Kirila Petrowitsch verkracht, und dieser hat die Sache dem Gericht übergeben – obwohl er sonst meistens sein eigener Richter ist. Es steht ja uns Knechten nicht zu, über das Tun der Herren zu entscheiden, aber, bei Gott, Ihr Väterchen hat sich Kirila Petrowitsch gegenüber nicht richtig verhalten. Mit der Peitsche kann man keine Axt durchhauen.« »Das heißt also, dieser Kirila Petrowitsch tut bei uns, was er will?« »Ganz gewiß, Herr; vor dem Assessor hat er, wie alle sagen, nicht für einen Groschen Respekt, der Kreishauptmann ist nichts als sein Laufbursche, die Herrschaften kommen angefahren, um ihm zu huldigen, mit einem Wort, wo ein Trog ist, da gibt es auch Säue.« »Ist es wahr, daß er uns das Gut wegnehmen will?« »Ach, Herr, davon haben wir auch schon gehört. Erst dieser Tage hat der Küster von Pokrowskoje beim Taufschmaus von unserem Dorfschulzen gesagt: ‹Jetzt ist Schluß mit eurer Bummelei, jetzt wird euch Kirila Petrowitsch bald richtig in die Hand nehmen.› Aber der Schmied Mikita hat zu ihm gesagt: ›Hör auf, Sawelitsch, mach den Gevatter nicht traurig und bring die Gäste nicht durcheinander. Kirila Petrowitsch ist eine Sache für sich, und Andreij Gawrilowitsch ist wieder eine Sache für sich – wir sind alle Gottes und des Zaren, und was man nicht aufhalten kann, muß man eben laufen lassen.‹« »Ihr wollt also Trojekurow nicht als Herrn bekommen?« »Trojekurow als Herr! Gott schütze und bewahre uns davor! Bei ihm haben es die eigenen Leute schon schlecht, und wenn er jetzt noch fremde dazu bekommt, so wird er ihnen nicht nur die Haut, sondern auch das Fleisch abschinden. Nein, Gott schenke Andreij Gawrilowitsch ein langes Leben, aber wenn Gott ihn zu sich nehmen sollte, so brauchen wir sonst niemanden als dich, unsern Be- schützer. Verlaß nur du uns nicht, wir werden schon zu dir stehen.«

Bei diesen Worten schwang Anton die Peitsche und zerrte an den Zügeln, daß die Pferde in schnellen Trab übergingen. Gerührt von der Ergebenheit des alten Kutschers, schwieg Dubrowskij und hing seinen Gedanken nach. Es verging über eine Stunde; auf einmal weckte ihn Grischa mit dem Ausruf: »Da ist Pokrowskoje!«

Dubrowskij erhob den Kopf. Er fuhr am Ufer eines großen Sees entlang, aus dem ein Flüßchen abfloß, das sich durch einen Höhenzug durchwand und sich dann in weiter Ferne verlor. Auf einer dieser Höhen ragte über dichtem Waldesgrün das grüne Dach eines riesigen steinernen Hauses empor, auf einer anderen eine Kirche mit fünf Kuppeln und einem altertümlichen Glockenturm. Um sie herum lagen zerstreut die Bauernhäuser mit ihren Gärten und Brunnen. Dubrowskij erkannte diese Örtlichkeit wieder; er erinnerte sich, daß er auf dieser Anhöhe mit der kleinen Mascha Trojekurowa gespielt hatte, die um zwei Jahre jünger war als er und schon damals eine Schönheit zu werden versprach. Er hätte sich gern bei Anton nach ihr erkundigt, aber ein Gefühl, daß dies unter den gegebenen Verhältnissen unpassend sei, hielt ihn davon ab.

Als er an dem Herrenhaus vorüberfuhr, sah er zwischen den Bäumen des Gartens ein weißes Kleid aufschimmern. In diesem Augenblick hieb Anton auf die Pferde ein und fuhr mit dem allen Herrschafts- und sonstigen Kutschern eigenen Ehrgeiz im schärfsten Galopp über die Brücke und an dem Garten vorbei. Als sie aus dem Dorf herausgefahren waren, ging es bergauf, und Wladimir sah ein Birkenwäldchen und rechts davon auf einem freien Platz – ein graues Haus mit rotem Dach. Sein Herz fing an höher zu schlagen – vor ihm lag Kistenjewka und das ärmliche Vaterhaus.

Zehn Minuten später fuhr er in den herrschaftlichen Hof ein. In unbeschreiblicher Erregung schaute er sich um: zwölf Jahre lang hatte er seine Heimat nicht mehr gesehen. Die kleinen Birken, die noch zu seiner Zeit am Zaune gesetzt worden waren, standen jetzt als große, weitverzweigte Bäume da. Der Hof, der damals mit drei gradlinigen Blumenbeeten geschmückt war, durch die ein breiter, sorgfältig reingehaltener Weg führte, war jetzt in eine ungemähte Wiese verwandelt, auf der ein Pferd weidete. Die Hunde bellten, als sie aber Anton erkannt hatten, verstummten sie und wedelten mit ihren struppigen Schwänzen. Die Hofleute kamen aus ihren Stuben, umringten den jungen Herrn und gaben ihrer Freude über seine Ankunft geräuschvoll Ausdruck. Nur mit Mühe konnte er sich durch die begeisterte Menge hindurchdrängen und schritt eilig die baufällige Freitreppe hinauf. Im Hausflur kam ihm Jegorowna entgegen und umarmte weinend ihren ehemaligen Zögling.

»Guten Tag, guten Tag, Amme«, sagte er wiederholt und drückte die Hand der guten Alten an sein Herz. »Wie geht es dem lieben Vater? Wo ist er? Was treibt er?«

In diesem Augenblick betrat ein bleicher, magerer, hochgewachsener Greis in Schlafrock und Zipfelmütze das Zimmer. Er konnte nur mühsam die Beine voreinander setzen. »Wo ist Wolodijka?« sagte er mit schwacher Stimme, und Wladimir umarmte in heißer Liebe seinen Vater.

Die Freude hatte den Kranken zu sehr erschüttert. Er bekam einen Schwächeanfall, die Beine versagten, und er wäre gefallen, wenn ihn der Sohn nicht aufgefangen hätte. »Warum bist du vom Bett aufgestanden?« sagte Jegorowna zu ihm. »Er kann sich nicht auf den Beinen halten und möchte doch immer bei den Leuten sein.«

Sie brachten den Alten in das Schlafzimmer. Er gab sich alle Mühe, mit dem Sohn zu sprechen, aber die Gedanken gingen ganz wirr durch seinen Kopf, so daß seine Worte keinen Sinn hatten. Dann schwieg er und verfiel in Schlummer. Wladimir war von seinem Zustand erschüttert. Er richtete sich im Schlafzimmer ein und bat, man solle ihn mit dem Vater allein lassen. Die Dienstboten gehorchten und wandten sich nun Grischa zu, den sie in die Gesindestube führten, wo sie ihn auf ländliche Art auf das gastlichste bewirteten und ihn mit Fragen und Begrüßungen ganz müde machten.

Wo eine reichgedeckte Tafel war, da steht jetzt ein Sarg. Einige Tage nach seiner Ankunft wollte der junge Dubrowskij sich der geschäftlichen Dinge annehmen, aber sein Vater war außerstande, ihm die notwendigen Erklärungen zu geben; Andreij Gawrilowitsch hatte leider auch keinen Anwalt. Als der Sohn die Papiere des Gutsherrn durchlas, fand er nur das Schreiben des Assessors und den Entwurf einer Antwort darauf. Aber daraus konnte er sich kein klares

Bild über den Prozeß machen. Daher beschloß er, in der Hoffnung auf die Gerechtigkeit seiner Sache, das weitere abzuwarten.

Inzwischen verschlechterte sich der Zustand Andreij Gawrilowitschs von Stunde zu Stunde. Wladimir erwartete das baldige Ende und verließ den Alten, der in völlige Kindlichkeit verfallen war, keine Minute.

Indessen war auch die gesetzliche Frist abgelaufen, und Berufung war nicht eingelegt worden. Kistenjewka war somit in das Eigentum Trojekurows übergegangen. Schabaschkin erschien bei ihm und ersuchte ihn unter kriecherischen Beglückwünschungen, einen Termin zu bestimmen, wann es Seiner Exzellenz belieben würde, den Besitz des neuerworbenen Gutes anzutreten – ob er es selbst tun wolle oder jemanden mit seiner Vertretung zu beauftragen beabsichtige?

Kirila Petrowitsch geriet in Verlegenheit. Er war von Natur aus nicht habgierig. Seine Rachgier hatte ihn zu weit geführt, und jetzt empfand er Gewissensbisse. Er wußte, in welchem Zustand sich sein Gegner, der alte Kamerad seiner Jugend, befand, und der Sieg machte ihm keine Freude. Er schaute Schabaschkin drohend an und suchte, wo er einhaken könnte, um ihn tüchtig zu beschimpfen, da er aber keinen genügenden Anlaß dazu finden konnte, sagte er ihm nur böse: »Pack dich fort, ich habe keine Zeit für dich!«

Schabaschkin sah, daß Seine Exzellenz schlechter Laune war, und entfernte sich eiligst. Kirila Petrowitsch, der nun allein war, begann im Zimmer auf und ab zu gehen, wobei er die Melodie »Siegesdonner erschalle« vor sich hin pfiff, was bei ihm immer auf eine ungewöhnliche Erregung schließen ließ.

Endlich befahl er, eine Renndroschke anzuspannen, zog sich etwas wärmer an (es war schon Ende September) und fuhr, das Pferd selbst lenkend, aus dem Hof.

Bald erblickte er das Haus von Andreij Gawrilowitsch. Widerstreitende Empfindungen erfüllten seine Seele. Der Gedanke an befriedigte Rache und die Herrschsucht betäubten bis zu einem gewissen Grade die edleren Gefühle, diese errangen aber schließlich doch die Oberhand. Er war entschlossen, sich mit seinem alten Nachbarn auszusöhnen, die Spuren des Streites zu verwischen und ihm sein Gut zurückzugeben. Nachdem er seine Seele mit diesem guten Vorsatz erleichtert hatte, lenkte Kirila Petrowitsch sein Pferd im Trab auf den Wohnsitz seines Nachbarn zu – und fuhr stracks in den Hof hinein.

Zu dieser Zeit saß der Kranke am Fenster seines Schlafzimmers. Er erkannte Kirila Petrowitsch – und eine schreckliche Bestürzung drückte sich auf seinem Gesicht aus: tiefe Röte trat an die Stelle der sonstigen Blässe, seine Augen funkelten, und er stieß unverständliche Laute aus. Sein Sohn, der in dem Zimmer über Wirtschaftsbüchern saß, schaute auf und war über den

Zustand des Vaters höchst verwundert. Der Kranke deutete mit dem Finger auf den Hof, in seinem Gesicht malten sich Entsetzen und Zorn. In diesem Augenblick hörte man die Stimme und den schweren Tritt Jegorownas: »Herr, Herr! Kirila Petrowitsch ist gekommen! Kirila Petrowitsch ist an der Freitreppe!« Dann schrie sie auf: »O Gott, o mein Gott! Was ist denn das? Was ist mit ihm geschehen?«

Andreij Gawrilowitsch hatte schnell mühsam die Schöße seines Schlafrocks zusammengerafft und wollte aus seinem Sessel aufstehen. Kaum aber hatte er sich erhoben – da fiel er plötzlich um. Der Sohn stürzte auf ihn zu, aber der Alte lag leblos und ohne zu atmen da: der Schlag hatte ihn getroffen.

»Schnell, schnell in die Stadt, holt den Arzt!« schrie Wladimir. »Kirila Petrowitsch will Sie sprechen«, sagte im gleichen Moment ein hereintretender Diener.

Wladimir warf einen schrecklichen Blick auf ihn. »Sag Kirila Petrowitsch, er soll schauen, daß er so rasch wie möglich weiterkommt, ehe ich befehle, ihn aus dem Hof zu jagen ... Marsch!« Der Diener lief voll Freude weg, diesen Befehl auszuführen. Jegorowna schlug die Hände zusammen. »Liebes Väterchen«, sagte sie mit winselnder Stimme, »du wirst dich zugrunde richten! Kirila Petrowitsch wird uns auffressen.« »Schweig, Amme«, sagte Wladimir erbost. »Schicke sofort Anton in die Stadt nach dem Arzt.«

Jegorowna verließ das Zimmer. Der Vorraum war leer. Alles war auf den Hof gelaufen, um Kirila Petrowitsch zu sehen. Jegorowna trat auf die Freitreppe hinaus und hörte die Antwort, die der Diener im Namen des jungen Herrn gab. Kirila Petrowitsch nahm sie auf seiner Droschke sitzend entgegen. Sein Gesicht wurde finsterer als die Nacht. Er lächelte verächtlich, schaute die Hofleute drohend an und fuhr im Schritt um den Hof herum. Er schaute auch in das Fenster, an dem vor einigen Minuten noch Andreij Gawrilowitsch gesessen hatte, wo jetzt aber niemand mehr war.

Jegorowna stand auf der Freitreppe; sie hatte den Befehl des Herrn ganz vergessen. Die Hofleute unterhielten sich geräuschvoll über das Ereignis. Plötzlich erschien Wladimir Andrejewitsch in ihrer Mitte und sagte kurz: »Wir brauchen den Arzt nicht mehr – der Vater ist tot.«

Alle waren erschüttert und eilten in das Schlafzimmer des alten Herrn. Er lag in dem Lehnstuhl, in den ihn Wladimir gebracht hatte. Sein rechter Arm hing bis zum Boden hinab, der Kopf lag auf der Brust – es war kein Lebenszeichen mehr in diesem Körper, der noch nicht erkaltet, aber vom Tod bereits entstellt war. Jegorowna weinte laut, die Leute umringten die Leiche, die nun ihrer Fürsorge überlassen wurde. Sie wuschen den Toten, zogen ihm die Uniform an, die noch aus dem Jahre 1797 stammte, und bahrten ihn auf demselben Tisch auf, an dem sie so viele Jahre lang ihren Herrn bedient hatten.

Das Begräbnis fand am dritten Tag statt. Die Leiche des armen Alten lag im Sarge, mit dem Totenhemd bedeckt und von Kerzen umgeben. Das Eßzimmer war voll von Dienstboten, die dem Leichenbegängnis beiwohnen wollten. Wladimir und drei Diener hoben den Sarg auf. Der Geistliche ging in Begleitung des Mesners voran, und sie sangen die Totenresponsorien. Zum letzten Male überschritt der Herr von Kistenjewka die Schwelle seines Hauses. Der Sarg wurde durch ein Wäldchen getragen, hinter dem sich die Kirche befand. Es war ein heller, kalter Herbsttag; die Blätter fielen von den Bäumen. Beim Ausgang aus dem Wäldchen wurden das hölzerne Kirchlein von Kistenjewka und der von alten Linden beschattete Friedhof sichtbar. Hier ruhte die Mutter Wladimirs, dort, neben ihrem Grab, war tags vorher ein frisches Grab ausgehoben worden. Die Kirche war voll von Bauern aus Kistenjewka, die gekommen waren, um ihrem Herrn die letzte Ehre zu erweisen.

Der junge Dubrowskij stand am Chor. Er weinte nicht und betete nicht, aber sein Gesicht war furchtbar anzusehen. Er trat als erster vor, um von der Leiche Abschied zu nehmen, dann kamen die Hofleute. Schließlich wurde der Sarg zugenagelt. Die Weiber heulten, und nicht wenige der Bauern wischten mit der Faust eine Träne von den Augen. Wladimir und dieselben drei Diener trugen den Toten in Begleitung des ganzen Dorfes auf den Friedhof hinaus. Sie ließen den Sarg in die Grube hinab, und alle Anwesenden warfen ein Häufchen Sand hinein. Dann schaufelten sie die Grube zu, verneigten sich und gingen auseinander. Wladimir entfernte sich schnell, überholte alle und verschwand im Wäldchen von Kistenjewka.

Jegorowna, die in seinem Namen den Popen und die übrige Klerisei zum Leichenschmaus eingeladen hatte, erklärte, der junge Herr habe sich nicht entschließen können, daran teilzunehmen. Also begaben sich Vater Anissim, die Popenfrau Fedorowna und der Mesner zu Fuß nach dem Herrenhof. Dabei unterhielten sie sich mit Jegorowna über die Vorzüge des Verstorbenen und über das, was offenbar seinen Erben erwartete. Der Besuch Trojekurows und der ihm bereitete Empfang hatten sich schon in der ganzen Gegend herumgesprochen, und die einheimischen Politiker prophezeiten, daß dieser Zwischenfall bedeutsame Folgen haben werde.

»Was kommt, das kommt«, sagte die Popenfrau, »aber es wäre sehr schade, wenn Wladimir Andrejewitsch nicht unser Herr würde. Er ist ein Prachtkerl, da ist nichts zu sagen.« »Aber wer sollte denn sonst unser Herr sein, wenn nicht er?« unterbrach Jegorowna. »Kirila Petrowitsch ereiferte sich umsonst – er hat es mit keinem Schüchternen zu tun. Mein lichter Falke wild schon seinen Mann stellen, und – Gott gebe es – seine Wohltäter werden ihn nicht im Stich lassen. Kirila Petrowitsch bildet sich gar zu viel ein! Aber er ist doch ganz klein geworden, wie ihn mein Grischa angebrüllt hat: ›Hinaus mit dir, alter Hund! Marsch aus dem Hof!‹«

»Ach, du, Jegorowna«, sagte der Mesner, »wie hat Grischa das nur über den Mund gebracht? Ich muß schon sagen, ich würde mich eher getrauen, mich über den Bischof zu beschweren, als Kirila Petrowitsch auch nur schief anzusehen. Man braucht ihn nur anzuschauen – Angst und Schrecken steigen in einem auf! Und der Rücken wird von selber krumm, immer krummer ...«

»Alles ist eitel!« sagte der Pope, »und auch für Kirila Petrowitsch wird man eines Tages ›Ewiges Gedenken‹ singen, wie es heute über Andreij Gawrilowitsch gesungen wurde. Vielleicht wird das Leichenbegängnis prunkvoller sein, und es werden mehr Trauergäste kommen, aber ist das vor Gott nicht gleich?«

»Ach, ehrwürdiger Vater, auch wir beabsichtigten, die ganze Nachbarschaft einzuladen, aber Wladimir Andrejewitsch wollte das nicht. Sie können unbesorgt sein, wir haben genug von allem, um Gäste zu bewirten... aber was soll man machen? Wenn sonst keine Leute da sind, so will ich wenigstens euch, meine lieben Gäste, gut bewirten.«

Dieses freundliche Versprechen und die Hoffnung, eine schmackhafte Pastete vorzufinden, beschleunigten die Schritte der kleinen Gesellschaft, und sie gelangten wohlbehalten zum Herrenhaus, wo der Tisch schon gedeckt war und Schnaps angeboten wurde. Indessen war Wladimir immer tiefer in das Dickicht des Waldes eingedrungen, wo er durch Bewegung und Ermüdung seinen Seelenschmerz zu betäuben suchte. Er ging dahin, ohne auf den Weg zu achten, ständig streiften ihn Zweige und zerkratzten ihn, alle Augenblicke versanken seine Füße im Sumpf – er bemerkte gar nichts davon. Endlich gelangte er zu einem kleinen, von dichtem Wald umsäumten Hohlweg. Ein Bächlein schlängelte sich geräuschlos zwischen den vom Herbst schon halb entblätterten Bäumen dahin. Wladimir blieb stehen, setzte sich auf den kalten Rasen, und Gedanken, einer trauriger als der andere, bedrängten seine Seele ...

Die Einsamkeit lastete schwer auf ihm, und die Zukunft erschien ihm von finsteren Wolken verhängt. Die Feindschaft mit Trojekurow kündete ihm neues Unglück. Seine armselige Habe konnte von ihm fort und in fremde Hände übergehen, und in diesem Falle erwartete ihn bittere Armut.

Lange saß er unbeweglich auf demselben Fleck. Er starrte auf den stillen Lauf des Bächleins, das welkes Laub mit sich führte und ihm lebhaft ein Gleichnis des Lebens darbot – ein wahrheitsgetreues und alltägliches Gleichnis. Endlich merkte er, daß es schon dämmerte. Er stand auf und suchte den Weg nach Hause, irrte aber noch lange in dem ihm unbekannten Wald herum, bis er endlich auf einen Pfad gelangte, der ihn geradewegs vor das Tor seines Hauses führte.

Unterwegs begegnete ihm der Pope mit der ganzen Klerisei. Der Gedanke, daß ihm diese Begegnung Unglück bringen könnte, fuhr ihm durch den Kopf. Unwillkürlich trat er beiseite und verbarg sich hinter den Bäumen. Sie bemerkten ihn nicht und unterhielten sich eifrig miteinander.

»Meide das Böse und tue Gutes«, sagte der Pope zu seiner Frau. »Wir brauchen nicht hierzubleiben, und du brauchst dich nicht darum zu kümmern, wie die Sache ausgeht!« Die Popenfrau gab darauf eine Antwort, aber Wladimir konnte nicht verstehen, was sie sagte.

Als er sich dem Hause näherte, sah er einen Haufen Leute. Die Bauern und das Hofgesinde drängten sich auf dem Gutshof. Schon von weitem hörte Wladimir ungewöhnlichen Lärm und Stimmengewirr. Vor der Scheune standen zwei Dreigespanne. Auf der Freitreppe schienen sich einige unbekannte Leute in Uniform über etwas zu besprechen.

»Was hat das zu bedeuten?« fragte Wladimir ärgerlich Anton, der ihm entgegenlief. »Was sind das für Leute und was wollen sie hier?« »Ach, Väterchen Wladimir Andrejewitsch«, erwiderte der Alte keuchend, »die Herren vom Gericht sind gekommen. Sie werden uns Trojekurow übergeben, sie nehmen uns Deiner Gnaden weg!«

Wladimir senkte den Kopf; die Leute umringten ihren unglücklichen Herrn.

»Du bist unser Vater«, schrien sie und küßten ihm die Hände. »Wir wollen keinen anderen Herrn als dich. Lieber sterben wir, als daß wir dich verraten. Befiehl, Herr, mit den Gerichtsherren werden wir schon fertig werden.«

Wladimir schaute sie an, und düstere Gefühle bestürmten ihn. »Bleibt ruhig stehen«, sagte er zu ihnen, »ich will mit den Herren vom Gericht sprechen.« »Rede, Väterchen«, tönte es aus der Menge, »rede den Verdammten ins Gewissen!«

Wladimir ging auf die Beamten zu. Schabaschkin, der eine Schirmmütze auf dem Kopf trug, hatte die Hände in die Hüften gestemmt und stand, stolz umherblickend, da. Der Kreishauptmann, ein großer, dicker Mann von etwa fünfzig Jahren, mit rotem Gesicht und Schnurrbart, räusperte sich, als er Dubrowskij herankommen sah, und sagte mit heiserer Stimme: »Also, ich wiederhole euch, was ich schon einmal gesagt habe: Zufolge einer Entscheidung des Kreisgerichts gehört ihr von heute an Kirila Petrowitsch Trojekurow, den der hier anwesende Herr Schabaschkin vertritt. Gehorcht ihm in allem, was er befiehlt, und ihr, Weiber, liebt und achtet ihn, er ist ein großer Verehrer von euch.« Bei diesem derben Scherz lachte der Kreishauptmann. Schabaschkin und die übrigen Beamten taten es ihm nach. Wladimir kochte vor Wut.

»Gestatten Sie die Frage, was das zu bedeuten hat?« fragte er den lustigen Kreishauptmann mit gespielter Kaltblütigkeit. »Das bedeutet«, antwortete der geistreiche Beamte, »daß wir hierhergekommen sind, dieses Gut in den Besitz von Kirila Petrowitsch Trojekurow zu überführen und alle anderen zu ersuchen, sich im guten fortzumachen.« »Da hätten Sie sich aber meines Erachtens zuerst an mich und nicht an meine Bauern wenden und mir als dem Gutsbesitzer die Enteignung eröffnen müssen...« »Der ehemalige Gutsbesitzer Andreij Gawrilowitsch von der Familie Dubrowskij ist nach Gottes Ratschluß gestorben, aber wer sind Sie?« sagte Schabaschkin mit frecher Miene. »Wir kennen Sie nicht und wollen Sie auch gar nicht kennen.« »Euer Wohlgeboren, das ist doch unser junger Herr Wladimir Andrejewitsch!« sagte eine Stimme aus der Menge. »Wer erfrecht sich hier, das Maul aufzureißen!« sagte der Kreishauptmann drohend. »Was für ein Herr! Was für ein Wladimir Andrejewitsch! Euer Herr heißt Kirila Petrowitsch Trojekurow... Verstanden, ihr Dummköpfe?« »Warum denn nicht gar?« sagte dieselbe Stimme. »Das ist ja Aufruhr!« brüllte der Kreishauptmann. »He, Schulze, vortreten!«

Der Schulze trat vor.

»Such mir sofort den Kerl heraus, der sich erfrecht hat, mir dazwischen zu reden, ich werde ihm auf die Sprünge helfen!« Der Schulze wandte sich mit der Frage an die Menge, wer gesprochen habe, aber alles schwieg. Bald erhob sich in den hinteren Reihen ein Gemurmel, das immer lauter wurde und plötzlich in ein fürchterliches Wutgeheul umschlug. Der Kreishauptmann senkte seine Stimme und wollte ihnen gütlich zureden.

»Was sollen wir auf ihn aufpassen«, schrien die Hofleute. »He, Burschen, packt sie!« Und die Menge setzte sich in Bewegung. Schabaschkin und die Beamten flüchteten schnell in den Hausflur und sperrten die Tür hinter sich zu. »Drauf, Burschen!« schrie dieselbe Stimme, und die Menge begann nachzudrängen.

»Halt!« schrie in diesem Moment der junge Dubrowskij. »Ihr Dummköpfe! Was macht ihr denn da? Ihr richtet euch und mich zugrunde. Geht heim auf eure Höfe und laßt mich in Ruhe. Habt keine Angst, der Zar ist gnädig. Ich werde ihn bitten – er wird uns nicht kränken – wir sind alle seine Kinder. Aber wie soll er sich für euch einsetzen, wenn ihr anfangt, wie Aufwiegler und Räuber aufzutreten?«

Die Ansprache des jungen Dubrowskij, seine klingende Stimme und sein imposantes Aussehen riefen die gewollte Wirkung hervor. Die Volksmenge beruhigte sich und ging auseinander, der Hof leerte sich, und die Beamten saßen im Haus. Traurig stieg Wladimir die Freitreppe hinan. Schabaschkin öffnete die Türe und bedankte sich mit unterwürfigen Verneigungen bei Dubrowskij für den gnädigen Beistand. Wladimir hörte ihn verächtlich an und gab keine Antwort.

»Wir haben beschlossen, mit Ihrer Erlaubnis hier zu übernachten«, fuhr der Assessor fort. »Es ist schon dunkel, und Ihre Bauern könnten uns am Ende unterwegs überfallen. Wollen Sie die Güte haben und uns wenigstens etwas Heu ins Wohnzimmer legen lassen. Sobald der Morgen graut, wollen wir heimfahren.« »Machen Sie, was Sie wollen«, antwortete ihm Dubrowskij trocken. »Ich bin hier nicht mehr Herr.« Mit diesen Worten zog er sich in das Zimmer seines Vaters zurück und verschloß die Türe.

»Jetzt ist also alles aus!« sagte Wladimir zu sich selbst. »Heute früh besaß ich noch ein Stück Brot und einen Winkel, morgen muß ich das Haus verlassen, in dem ich geboren wurde. Mein Vater und die Erde, in der er ruht, werden dem verhaßten Mann gehören, der an seinem Tod und an meiner Armut schuld ist!« Wladimir biß die Zähne zusammen, und seine Augen waren unbeweglich auf das Bildnis seiner Mutter gerichtet. Der Maler hatte sie, auf ein Geländer gestützt, im weißen Morgenkleid mit einer Rose im Haar dargestellt.

»Auch dieses Bild wird in Besitz des Feindes meiner Familie übergehen«, dachte Wladimir. »Es wird zusammen mit den zerbrochenen Stühlen in eine Rumpelkammer geschmissen oder in einem Vorzimmer aufgehängt werden und den Gegenstand des Hohnes und des Spottes seiner Hundewärter bilden. Und in ihrem Schlafzimmer, in dem Zimmer, wo der Vater starb, wird sich der Verwalter breitmachen oder er seinen Harem einrichten. Nein, nein! Dieses traurige Haus, aus dem er mich vertrieben hat, soll auch ihm nicht gehören.«

Furchtbare Gedanken gingen ihm durch den Kopf. Die Stimmen der Beamten drangen zu ihm. Sie benahmen sich, als ob sie die Herren im Hause wären, verlangten bald dieses, bald jenes und lenkten ihn in unangenehmer Weise von seinen traurigen Gedanken ab. Endlich wurde alles still.

Nun öffnete Wladimir die Kommoden und Fächer und beschäftigte sich mit der Durchsicht der Papiere des Verstorbenen. Sie bestanden größtenteils aus Wirtschaftsrechnungen und geschäftlicher Korrespondenz. Wladimir zerriß sie ungelesen. Unter den Papieren kam ihm auch ein Paket unter die Hände mit der Aufschrift: »Briefe meiner Frau«. Mit tiefer innerer Bewegung begann Wladimir sie durchzulesen. Sie waren während des türkischen Feldzuges geschrieben und aus Kistenjewka an die Armee adressiert. Sie beschrieb ihm ihr ländliches Leben und ihre Wirtschaftsangelegenheiten. In zärtlichen Worten klagte sie über die Trennung und rief ihn nach Hause zurück in die Arme seiner guten Freundin. In einem der Briefe brachte sie ihre Besorgnis über den Gesundheitszustand des kleinen Wladimir zum Ausdruck, in einem anderen die Freude über seine rasche geistige Entwicklung und prophezeite ihm eine glückliche und glänzende Zukunft. Wladimir war so in das Lesen dieser Briefe vertieft, daß er die Umwelt völlig vergaß. Er war mit ganzer Seele in die Welt des Familienglücks untergetaucht, so daß er gar nicht merkte, wie die Zeit verrann; die Wanduhr schlug elf. Er steckte die Briefe in die Tasche, nahm die Kerze und verließ das Zimmer. Im Saal schliefen die Beamten auf dem Fußboden. Auf dem Tisch standen die von ihnen geleerten Gläser, und in dem ganzen Raum war ein starker Geruch nach Rum zu spüren. Von Ekel erfaßt, ging Wladimir an ihnen vorüber in das Vorzimmer. Dort war es finster. Irgend jemand, der das Licht sah, sprang zur Seite. Als sich Wladimir mit seiner Kerze ihm zuwandte, sah er, daß es der Schmied Archip war. »Was machst denn du hier?« fragte er ihn erstaunt. »Ich wollte... ich bin gekommen, um nachzusehen, ob alle zu Hause sind«, antwortete Archip stockend. »Und wozu hast du ein Beil bei dir?« »Das Beil? Ja, wie soll man heutzutage ohne Beil herumgehen? Diese Beamten sind ja so frech, da heißt es aufpassen...« »Du bist betrunken. Tu das Beil weg, geh und schlaf dich aus.« »Ich betrunken? Väterchen Wladimir Andrejewitsch, Gott ist mein Zeuge, daß nicht ein Tropfen über meine Zunge gekommen ist... Kann man denn jetzt überhaupt an Schnaps denken? Hat man so etwas gehört, die Beamten haben sich vorgenommen, über uns zu herrschen, die Beamten vertreiben unsere Herrschaft von Haus und Hof... Ah, wie sie schnarchen, diese Verdammten, man sollte sie alle auf einmal totschlagen, kein Hahn würde danach krähen.« Dubrowskijs Gesicht verfinsterte sich. »Höre, Archip«, sagte er nach kurzem Schweigen, »laß deinen Unsinn, die Beamten können nichts dafür. Zünde eine Laterne an und folge mir.«

Archip nahm seinem Herrn die Kerze aus der Hand, suchte hinter dem Ofen eine Laterne, zündete sie an, und beide stiegen leise die Freitreppe hinunter und gingen auf den Hof. Die Nachtwächter begannen auf die gußeiserne Platte zu schlagen, und die Hunde bellten.

»Wer hat die Wache?« fragte Dubrowskij. »Wir, Väterchen«, antwortete eine dünne Stimme, »Wassilissa und Luberja.« »Geht heim«, sagte Dubrowskij zu ihnen. »Wir brauchen euch nicht.« »Schluß!« murmelte Archip. »Wir danken dir, Wohltäter«, antworteten die Weiber und gingen sofort heim. Dubrowskij ging weiter. Zwei Männer kamen auf ihn zu und riefen ihn an. Dubrowskij erkannte die Stimmen Antons und Grischas. »Warum schlaft ihr nicht?« fragte er sie. »Wie sollen wir schlafen können«, antwortete Anton, »was müssen wir jetzt erleben, wer hätte das gedacht...« »Leiser!« unterbrach ihn Dubrowskij. »Wo ist Jegorowna?« »Im Herrenhaus, in ihrer Kammer«, antwortete Grischa. »Geh und hole sie hierher und führe auch alle unsere Leute aus dem Haus. Es darf kein Mensch außer den Beamten drinnen bleiben. Und du, Anton, spann einen Wagen an.«

Grischa ging weg und kam gleich darauf wieder mit seiner Mutter zurück. Die Alte hatte sich in dieser Nacht nicht ausgezogen. Außer den Beamten hatte kein Mensch im Hause ein Auge zugetan. »Sind alle da?« fragte Dubrowskij.

»Ist bestimmt niemand im Haus zurückgeblieben?« »Niemand, außer den Beamten«, antwortete Grischa. »Bringt Stroh oder Heu her«, sagte Dubrowskij.

Die Leute liefen in den Stall und kamen mit Haufen Heu in den Armen zurück. »So, legt es unter die Freitreppe. Und nun, Kinder, Feuer!« Archip öffnete die Laterne, und Dubrowskij zündete einen Kienspan an. »Warte«, sagte er zu Archip, »ich habe, wie mir scheint, in der Eile die Tür zum Vorzimmer verschlossen; geh schnell und mache sie auf.« Archip lief ins Vorzimmer, die Tür war offen. Er sperrte sie zu und murmelte dabei: »Ja freilich, aufsperren auch noch.« Dann kehrte er zu seinem Herrn zurück.

Dubrowskij hielt den brennenden Span an das Heu, das sofort Feuer fing. Eine Flamme schoß empor und erleuchtete den ganzen Hof. »Ach!« schrie Jegorowna klagend. »Was tust du, Wladimir Andrejewitsch!« »Schweig!« sagte Dubrowskij. »Und nun, Kinder, lebt wohl! Ich gehe, wohin Gott mich führen wird. Werdet glücklich unter eurem neuen Herrn!« »Du unser Vater und Wohltäter«, schrien die Leute. »Wir sterben lieber – wir lassen dich nicht im Stich! Wir wollen mit dir gehen!«

Die Pferde fuhren vor. Dubrowskij bestieg mit Grischa den Wagen, Anton hieb auf die Pferde ein, und sie fuhren zum Hof hinaus.

In diesem Augenblick hatte das Feuer auf das ganze Haus übergegriffen. Die Böden fielen krachend auseinander, brennende Balken stürzten herab, roter Rauch qualmte über dem Dach, und man vernahm Wehklagen und Schreie: »Zu Hilfe!«

»Das wäre gerade recht«, sagte Archip und schaute mit boshaftem Lächeln in das Feuer. »Archipaschka«, sagte Jegorowna zu ihm, »rette sie, die Verdammten. Gott wird dir's lohnen.« »Warum nicht gar?« antwortete der Schmied.

In diesem Augenblick erschienen die Beamten am Fenster und versuchten, die Doppelrahmen auszubrechen. Da stürzte krachend das Dach zusammen; und die Hilferufe verstummten.

Bald war das ganze Gesinde im Hof versammelt. Die Weiber suchten unter Wehgeschrei ihren Kram zu retten, die Kinder sprangen herum und bewunderten das Feuer. Die Funken flogen in dem Feuernebel überall hin und setzten auch die Bauernhäuser in Brand.

»Jetzt ist alles gut!« sagte Archip. »Wie schön es brennt, was? Das muß man auch von Pokrowskoje aus herrlich sehen können.«

In diesem Augenblick erregte eine neue Erscheinung seine Aufmerksamkeit. Eine Katze lief auf dem Dach des brennenden Stalles hin und her und konnte keinen Absprung finden. Von allen Seiten umgab sie das Feuer. Das arme Tier schrie kläglich miauend um Hilfe, die Buben schüttelten sich vor Lachen beim Anblick seiner Verzweiflung.

»Was lacht ihr da, ihr Teufelsbrut?« sagte der Schmied böse. »Ihr habt keine Gottesfurcht. Da kommt ein Geschöpf Gottes um, und ihr lacht darüber in eurer Dummheit.« Er stellte eine Leiter an das brennende Dach und stieg hinauf, um die Katze herunterzuholen. Sie erkannte seine Absicht und krallte sich in hastiger Dankbarkeit an seinem Ärmel fest. Versengt stieg der Schmied mit seiner Beute herab. »Und nun, meine lieben Kinder«, sagte er zu dem verlegenen Gesinde, »lebt wohl. Ich habe hier nichts mehr zu tun. Bleibt glücklich und behaltet mich in gutem Andenken.«

Der Schmied ging fort; der Brand wütete noch eine Zeitlang, endlich legte sich das Feuer. Verkohlte Trümmer schwelten noch ohne Flammen im Dunkel der Nacht, und an der Stätte der Verwüstung irrten die verstörten Bewohner von Kistenjewka umher.

Am anderen Tag verbreitete sich die Nachricht von dem Brand in der ganzen Nachbarschaft. Alles unterhielt sich darüber und erging sich in den verschiedensten Vermutungen und Ansichten. Die einen wollten wissen, daß sich die Leute Dubrowskijs beim Leichenschmaus betrunken und aus Fahrlässigkeit das Haus in Brand gesteckt hätten, die anderen beschuldigten die Beamten mit der Behauptung, diese hätten sich bei der Hausübernahme betrunken. Einige ahnten den wahren Sachverhalt und behaupteten, daß Dubrowskij selbst die Schuld an diesem schrecklichen Unglück trage. Zorn und Verzweiflung hätten ihn dahin gebracht. Viele glaubten berichten zu können, er selber sei mit den Gerichtsbeamten und allen Dienstboten umgekommen.

Trojekurow begab sich gleich am nächsten Tage an die Brandstätte und führte die Untersuchung selbst. Es wurde festgestellt, daß der Kreishauptmann, der Assessor des Kreisgerichts, der Fiskal und der Schreiber, ebenso Wladimir Dubrowskij, die Kinderfrau Jegorowna, der Diener Grigorij, der Kutscher Anton und der Schmied Archip verschwunden waren. Niemand konnte über ihren Verbleib Angaben machen. Alle Hofleute bekundeten, daß die Beamten verbrannt seien, als das Dach einstürzte. Ihre verkohlten Knochen wurden zusammengesucht. Die Weiber Wassilissa und Luberja sagten, sie hätten Dubrowskij und den Schmied Archip noch einige Minuten vor dem Ausbruch des Brandes gesehen. Nach übereinstimmenden Aussagen war der Schmied Archip noch am Leben und wahrscheinlich wenn nicht der einzige Brandstifter, so doch der Hauptbeteiligte. Auch auf Dubrowskij fiel ein starker Verdacht. Kirila Petrowitsch sandte einen genauen Bericht über den Vorfall an den Gouverneur, und es begann ein neuer Prozeß.

Bald aber gaben andere Nachrichten der Neugier und dem Gerede neue Nahrung. Räuber traten auf und versetzten die ganze Gegend in Schrecken.

Die von den Behörden gegen sie angewandten Maßnahmen erwiesen sich als völlig unzureichend. Es erfolgten Ausplünderungen, von denen eine bemerkenswerter war als die andere, es gab keine Sicherheit mehr, weder auf den Straßen noch in den Dörfern. Einige mit Räubern besetzte Dreigespanne fuhren am hellen Tag im ganzen Gouvernement herum, hielten die Reisenden und die Post an, erschienen in den Dörfern, plünderten die Häuser der Gutsbesitzer aus und steckten sie in Brand.

Der Anführer dieser Räuberbande war berühmt durch seine Klugheit, Kühnheit und eine Art Großmut. Man erzählte Wunderdinge von ihm. Der Name Dubrowskij war in aller Mund. Man war davon überzeugt, daß er und kein anderer das Haupt der tollkühnen Verbrecher sei.

Man wunderte sich nur über eines: die Besitzungen Trojekurows blieben verschont. Die Räuber hatten bei ihm noch nicht einen einzigen Stall geplündert und nicht eine einzige seiner Fuhren angehalten. In seiner gewohnten Aufgeblasenheit schrieb Trojekurow das einerseits der Angst zu, die er dem ganzen Gouvernement einzuflößen verstanden hatte, andererseits der besonders guten Polizei, die er auf seinen Dörfern unterhielt. Anfänglich lachten die Nachbarn über das Großgetue Trojekurows, und jeder wartete darauf, daß die unerwünschten Gäste Pokrowskoje heimsuchten, wo sie reiche Beute hätten machen können, aber schließlich mußten sie doch zugeben, daß sogar die Räuber vor ihm einen unbegreiflichen Respekt hatten. Trojekurow triumphierte, und bei jeder Nachricht von einer neuen Plünderung durch Dubrowskij erging er sich in hämischen Bemerkungen über den Gouverneur, die Kreishauptleute und Polizeioffiziere, denen Dubrowskij immer unversehrt entkam.

Indessen nahte der erste Oktober, der Tag der Kirchweih im Pfarrdorf Trojekurows. Aber ehe wir an die Schilderung der weiteren Ereignisse gehen, müssen wir den Leser mit Persönlichkeiten bekannt machen, die entweder für ihn neu sind oder die wir am Anfang unserer Erzählung nur nebenbei erwähnt haben.

Der Leser hat wahrscheinlich schon geahnt, daß die Tochter von Kirila Petrowitsch, über die wir bisher nur einige Worte gesagt haben, die Heldin unserer Erzählung ist. In der von uns beschriebenen Zeit war sie siebzehn Jahre alt, und ihre Schönheit stand in voller Blüte. Der Vater vergötterte sie, behandelte sie aber mit dem ihm angeborenen Eigensinn. Einerseits war er bestrebt, ihr auch die geringste Laune zu erfüllen, andererseits erschreckte er sie wieder durch sein grobes, ja manchmal hartes Verhalten. Er war zwar von ihrer Anhänglichkeit überzeugt, konnte aber ihr Zutrauen nie gewinnen. Sie war es gewohnt, ihre Empfindungen und Gedanken vor ihm zu verbergen, da sie nie sicher wußte, wie sie aufgenommen würden. Sie hatte keine Freundin und war ganz einsam aufgewachsen. Die Frauen und Töchter ihrer Nachbarn kamen nur selten zu Kirila Petrowitsch, denn die dort üblichen Gespräche und Belustigungen paßten nur für eine Gesellschaft von Männern, aber nicht für Damen. Unsere Schönheit erschien auch nur selten inmitten der Gäste, die bei Kirila Petrowitsch schmausten.

Eine riesige, hauptsächlich aus den Werken französischer Schriftsteller des achtzehnten Jahrhunderts bestehende Bibliothek stand ihr ganz zur Verfügung. Ihr Vater, der außer dem Buch »Die vollkommene Köchin« niemals etwas las, konnte ihr bei der Auswahl der Bücher nie an die Hand gehen, so daß Mascha natürlicherweise, nachdem sie alles mögliche gelesen hatte, bei der Romanliteratur landete. Auf diese Art vervollkommnete sie die Erziehung, die einst unter der Führung von Mamsell Mimi begonnen hatte. Dieser Mamsell Mimi hatte Kirila Petrowitsch großes Vertrauen und Wohlwollen entgegengebracht, war aber schließlich genötigt gewesen, sie in aller Stille auf ein anderes Gut zu schicken, als die Folgen dieser Freundschaft allzu deutlich sichtbar wurden.

Mamsell Mimi hatte sehr angenehme Erinnerungen an sich hinterlassen. Sie war eine gutmütige Frau, die den Einfluß, den sie offensichtlich auf Kirila Petrowitsch ausübte, niemals zum Bösen mißbrauchte. Sie unterschied sich dadurch von den anderen Favoritinnen, die sehr häufig wechselten. Kirila Petrowitsch schien sie mehr geliebt zu haben als die anderen, und der schwarzäugige Knabe, ein Lausbub von sechs Jahren, dessen südländische Züge an Mamsell Mimi erinnerten, wurde in seinem Hause erzogen und als sein Sohn anerkannt, obwohl ein ganzes Rudel barfüßiger Kinder, die Kirila Petrowitsch ähnlich sahen wie ein Ei dem anderen, vor seinen Fenstern herumlief und zum Gesinde zählte. Kirila Petrowitsch ließ für seinen kleinen Sascha einen französischen Lehrer aus Moskau kommen, der während der hier geschilderten Ereignisse in Pokrowskoje eintraf.

Dieser Lehrer gefiel Kirila Petrowitsch durch sein angenehmes Äußeres und sein bescheidenes Benehmen. Er legte ihm Zeugnisse und einen Brief eines Verwandten der Trojekurows vor, bei dem er vier Jahre lang als Hofmeister gelebt hatte. Kirila Petrowitsch las alles aufmerksam durch und war nur mit der Jugend des Franzosen unzufrieden. Er nahm zwar nicht an, daß dieser liebenswerte Mangel mit der für den unglückseligen Beruf eines Lehrers so notwendigen Geduld und Erfahrung unvereinbar sei, vielmehr gingen seine Bedenken in anderer Richtung, und er entschloß sich, sie ihm auch sofort zu eröffnen. Zu diesem Zweck ließ er Mascha zu sich rufen (Kirila Petrowitsch sprach nicht Französisch, und sie diente ihm als Dolmetscherin).

»Komm her, Mascha, sag diesem Musjö, daß ich ihn also aufnehme, aber nur unter der Bedingung, daß er sich nicht untersteht, meinen Mägden nachzulaufen, sonst werde ich ihn, den Hundesohn... Übersetze ihm das, Mascha.«

Mascha errötete, wandte sich dem Lehrer zu und sagte ihm auf französisch, daß ihr Vater auf seine Bescheidenheit und anständige Aufführung rechne. Der Franzose verneigte sich und erwiderte, er hoffe, sich die Achtung zu verdienen, selbst wenn ihm die Gewogenheit versagt bleiben sollte. Mascha übersetzte diese Antwort Wort für Wort.

»Gut, gut«, sagte Kirila Petrowitsch. »Er braucht weder Gewogenheit noch Achtung. Seine Sache ist nur, sich um Sascha zu kümmern und ihm Arithmetik und Geographie beizubringen... Übersetze ihm das.« Marja Kirilowna milderte in ihrer Obersetzung die groben Ausdrücke des Vaters, und Kirila Petrowitsch entließ den Franzosen in das Seitengebäude, wo ein Zimmer für ihn bereitgehalten war.

Mascha schenkte dem jungen Franzosen keinerlei Aufmerksamkeit. Sie war in aristokratischen Vorurteilen aufgewachsen, und daher war ein Lehrer für sie eine Art Diener oder Handwerker, und ein Diener oder Handwerker war für sie kein Mann. Sie bemerkte daher weder den Eindruck, den sie auf Deforge gemacht hatte, noch sein Erbeben, seine Verwirrung und die Veränderung seiner Stimme. Auf unerwartete Weise gewann sie von ihm aber ein ganz anderes Bild.

Im Hofe des Kirila Petrowitsch wurden gewöhnlich einige junge Bären aufgezogen, die eine der Hauptunterhaltungen des Gutsbesitzers von Pokrowskoje bildeten. In ihrer ersten Jugend wurden die kleinen Bären täglich in den Salon gebracht, wo Kirila Petrowitsch sich stundenlang mit ihnen unterhielt, indem er Katzen und junge Hunde auf sie hetzte. Wenn sie größer waren, wurden die Bären in Erwartung einer richtigen Hatz angekettet. Zuweilen führte man einen von ihnen vor die Fenster des Herrenhauses, wo man ihm ein leeres Weinfaß zurollte, das mit Nägeln bespickt war. Der Bär beschnupperte es und berührte es dann vorsichtig, zerstach sich die Tatzen, wurde wütend und stieß es noch heftiger von sich, wobei seine Schmerzen noch größer wurden. Er geriet in völlige Raserei und warf sich brüllend auf das Faß, bis man der armen Bestie den Gegenstand ihres fruchtlosen Wütens wegnahm. Es kam auch vor, daß man ein Paar Bären an einen Wagen spannte und dort Gäste hineinsetzte, ob sie wollten oder nicht. Dann ließ man die Bären rennen, wohin sie wollten. Als Hauptspaß galt aber bei Kirila Petrowitsch folgendes:

Ein ausgehungerter Bär wurde in ein leeres Zimmer eingesperrt, wo er mit einem Strick an einen in die Wand eingeschraubten Ring festgebunden wurde. Der Strick war fast so lang wie das ganze Zimmer, so daß nur die gegenüberliegende Ecke vor den Angriffen des schrecklichen Tieres Sicherheit bieten konnte. Für gewöhnlich brachte man einen Neuling vor die Tür dieses Zimmers, stieß ihn wie zufällig zu dem Bären hinein, verschloß die Tür und ließ das unglückliche Opfer mit dem haarigen Einsiedler allein. Der arme Gast fand sehr bald mit gerissenen Rockschößen und zerkratzter Hand den sicheren Winkel, wo er zuweilen drei Stunden lang an die Wand gepreßt zusehen mußte, wie das wütende Tier zwei Schritte vor ihm aufsprang, sich auf die Hinterbeine stellte, brüllte, sich würgte und alles aufbot, um an ihn heranzukommen. Das waren die edlen Vergnügungen eines russischen Herrn!

Einige Tage nach der Ankunft des Lehrers erinnerte sich Trojekurow seiner und beschloß, ihm mit dem Bärenzimmer aufzuwarten. Zu diesem Zweck ließ er ihn eines Morgens rufen und führte ihn durch dunkle Gänge; plötzlich öffnete sich eine Seitentür – zwei Diener stießen den Franzosen hinein und sperrten die Türe zu. Als der Lehrer wieder zu sich kam, sah er den angebundenen Bären. Die Bestie fing an zu schnauben und beschnüffelte ihren Gast aus der Ferne. Plötzlich erhob sie sich auf die Hinterbeine und ging auf ihn los...

Der Franzose ließ sich nicht aus der Fassung bringen; er lief nicht davon, sondern erwartete den Angriff. Der Bär kam näher. Da zog Deforge eine kleine Pistole aus der Tasche, setzte sie an das Ohr der hungrigen Bestie und drückte ab. Der Bär brach zusammen. Alles lief herbei, die Tür öffnete sich wieder – Kirila Petrowitsch trat ein, sehr überrascht von dem Erfolg seines Scherzes.

Kirila Petrowitsch verlangte unbedingt eine Klärung der ganzen Angelegenheit. Wer hatte Deforge auf den ihm zugedachten Schabernack vorbereitet oder warum hatte er eine geladene Pistole in der Tasche? Er schickte nach Mascha. Diese kam sofort und übersetzte dem Franzosen die Fragen des Vaters. »Ich hatte von dem Bären nichts gewußt«, antwortete Deforge, »aber ich trage immer Pistolen bei mir, weil ich auf keinen Fall eine Beleidigung einstecken will, für die ich bei meinem Stand keine Genugtuung fordern kann.«

Mascha sah ihn erstaunt an und übersetzte Kirila Petrowitsch seine Worte. Dieser sagte kein Wort dazu. Er ließ den Bären herausschleppen und ihm das Fell abziehen. Dann wandte er sich zu seinen Leuten und sagte: »Was für ein Kerl! Er hat gar keine Angst gehabt, bei Gott, er hat keine Angst gehabt!«

Von da an empfand er für Deforge eine gewisse Zuneigung und dachte nicht mehr daran, ihn auf die Probe zu stellen.

Einen noch größeren Eindruck hatte aber der Vorfall auf Marja Kirilowna gemacht. Ihre Phantasie wurde gereizt: sie sah den toten Bären und Deforge, der ruhig vor ihm stand und ohne jede Aufregung mit ihr sprach. Sie hatte erfahren, daß Tapferkeit und stolzes Selbstbewußtsein nicht ausschließlich ihrem Stande eigen waren. Seitdem begann sie dem jungen Lehrer eine Wertschätzung zu zeigen, die immer deutlicher zum Ausdruck kam. Allmählich kamen sie sich näher. Mascha besaß eine herrliche Stimme und hatte ein großes Talent für Musik. Deforge bot sich an, ihr Stunden zu geben. Nach all dem dürfte der Leser unschwer erraten, daß Mascha sich in ihn verliebte, ohne daß sie sich selber dessen bewußt war.

Am Tage vor dem Feste begannen die Gäste anzukommen. Die einen fanden im Herrenhause und in den Flügelgebäuden Unterkunft, andere beim Verwalter, wieder andere beim Popen oder bei wohlhabenden Bauern. Die Ställe waren voller Kutschpferde, in den Höfen und Remisen wimmelte es von Fahrzeugen aller Art. Um neun Uhr morgens Tiefen die Glocken zur Messe, und alle begaben sich in langem Zug zu der neuen steinernen Kirche, die von Kirila Petrowitsch erbaut worden war und zu deren Verschönerung er alljährlich neue Stiftungen machte.

Es hatte sich eine derartige Menge vornehmer Kirchenbesucher angesammelt, daß die einfachen Bauern in der Kirche keinen Platz mehr fanden und in der Vorhalle und Umfriedigung stehen mußten.

Der Gottesdienst hatte noch nicht begonnen, man wartete auf Kirila Petrowitsch. Er kam in einem Sechsergespann angefahren und schritt wie ein Triumphator in Begleitung Marja Kirilownas auf seinen Platz. Die Blicke der Männer und Frauen waren auf sie gerichtet – jene bewunderten ihre Schönheit, diese musterten aufmerksam ihr prachtvolles Kleid.

Die Messe begann. Die Haussänger sangen im Chor. Auch Kirila Petrowitsch sang mit, betete, weder nach rechts noch nach links sehend, und verneigte sich in stolzer Demut bis zur Erde, als der Mesner mit lauter Stimme auch des Stifters dieses Tempels gedachte.

Nach Beendigung des Gottesdienstes trat Kirila Petrowitsch als erster zum Kuß des Kreuzes vor. Alle folgten ihm; die Nachbarn begrüßten ihn ehrerbietig, die Damen scharten sich um Mascha. Nachdem Kirila Petrowitsch die Kirche verlassen hatte, lud er alle zum Mittagessen ein, setzte sich in seinen Wagen und fuhr nach Hause. Alle folgten ihm. Die Zimmer waren voll von Gästen, jeden Augenblick kamen neue an und konnten sich nur mühsam zum Gastgeber vordrängen. Die Damen saßen in ihren altmodischen, abgetragenen, aber doch kostbaren Kleidern, mit Perlen und Brillanten geschmückt, steif im Halbkreis herum, die Männer drängten sich bei geräuschvoller, vielstimmiger Unterhaltung um Kaviar und Schnaps.

Im Saal wurde eine Tafel mit achtzig Gedecken hergerichtet. Die Diener eilten geschäftig hin und her, stellten Flaschen und Karaffen auf und strichen die Tischtücher glatt. Endlich rief der Haushofmeister: »Es ist angerichtet«, und Kirila Petrowitsch setzte sich als erster auf seinen Platz. Ihm folgten die

Damen, die mit würdevoller Miene ihre Plätze einnahmen, wobei sie einen gewissen Altersrang beobachteten. Die jungen Damen drängten sich wie eine Herde scheuer Ziegen zusammen und wählten ihre Plätze nebeneinander. Ihnen gegenüber nahmen die Männer Platz, und am Ende der Tafel saß der Lehrer neben dem kleinen Sascha.

Die Diener begannen nach der Rangordnung zu servieren, wobei sie sich in Zweifelsfällen von lavaterschen Vermutungen leiten ließen und sich fast niemals irrten. Das Geklapper der Teller und Bestecke vermischte sich mit der lauten Unterhaltung der Gäste. Kirila Petrowitsch schaute gut gelaunt über seine Tafel hin und genoß vollkommen das Glück des Gastgebers. In diesem Augenblick fuhr eine mit sechs Pferden bespannte Kalesche in den Hof ein. »Wer ist das?« fragte der Hausherr. »Anton Pafelltitsch«, antworteten einige.

Die Tür ging auf – und Anton Pafelltitsch Spizyn, ein dicker Fünfziger mit rundem, pockennarbigem Gesicht, das mit einem dreifachen Kinn geziert war, wälzte sich unter Verbeugungen lächelnd ins Gastzimmer und entschuldigte sich wortreich.

»Ein Gedeck hierher!« schrie Kirila Petrowitsch. »Willkommen, Anton Pafelltitsch, nimm Platz. Aber sage uns, was soll denn das heißen? Du warst nicht in meiner Messe und kommst auch noch zu spät zum Essen? Das sieht dir nicht gleich, denn du bist sowohl ein Betbruder als auch ein guter Esser.« »Verzeihung«, antwortete Anton Pafelltitsch und steckte die Serviette in das Knopfloch seines erbsenfarbenen Rockes, »Verzeihung, Väterchen Kirila Petrowitsch, ich bin schon früh aufgebrochen, aber kaum war ich zehn Werst gefahren, da bricht mir auf einmal eine Speiche des Vorderrades. Was tun? Zum Glück war ein Dorf in der Nähe. Bis wir den Wagen dorthin schleppten, den Schmied fanden und den Schaden einigermaßen behoben, sind drei Stunden vergangen. Aber es war nichts zu machen. Den nächsten Weg über den Wald von Kistenjewka habe ich mich nicht zu fahren getraut und einen Umweg gemacht.« »Hehe!« unterbrach ihn Kirila Petrowitsch, »du bist, scheint mir, keiner von dem tapferen Dutzend ... Wovor fürchtest du dich denn?« »Wie? Was ich fürchte, Väterchen Kirila Petrowitsch? Und dieser Dubrowskij? Ehe du dich dessen versiehst, fällst du ihm in die Hände. Er ist ein Mordskerl, der keinen durchläßt, und mir würde er die Haut wahrscheinlich zweimal abziehen.« »Wofür diese Bevorzugung, Bruder?« »Wofür, Väterchen Kirila Petrowitsch? Für den Prozeß des verstorbenen Andreij Gawrilowitsch. Habe ich denn nicht, um Ihnen einen Gefallen zu tun, das heißt nach bestem Wissen und Gewissen, bezeugt, – daß Dubrowskij nicht nach Recht und Gesetz, sondern einzig und allein dank Ihrer Nachsicht als Herr auf Kistenjewka sitzt? Und hat nicht der Verstorbene (Gott schenke ihm die ewige Ruhe) gelobt, auf seine Art mit mir abzurechnen? Das Söhnchen wird wahrscheinlich das Wort des Vaters einlösen. Bis jetzt war mir Gott gnädig. Im ganzen haben sie mir nur eine Scheuer geplündert, aber sie können sich, ehe man daran denkt, auch über das Herrenhaus hermachen.« »Ja, im Haus hätten sie alles reichlich«, unterbrach Kirila Petrowitsch, »auch die rote Schatulle wäre gestopft voll.« »Ja woher, Väterchen Kirila Petrowitsch, sie war voll, aber jetzt ist sie vollständig leer!« »Geh, lüg doch nicht so, Anton Pafelltitsch. Wir kennen dich doch. Wo soll denn bei dir das Geld hinkommen? Daheim lebst du wie in einem Saustall, empfängst keinen Menschen, und deine Bauern schindest du – du tust doch nichts als Geld zusammenscharren.« »Sie sind immer zu Scherzen aufgelegt, Väterchen Kirila Petrowitsch«, murmelte Anton Pafelltitsch lächelnd. »Aber wir haben uns, bei Gott, ruiniert.« Und Anton Pafelltitsch ließ sich auf den Scherz des Hausherrn hin ein fettes Stück Pastete gut schmecken.

Kirila Petrowitsch ließ von ihm ab und wandte sich dem neuen Kreishauptmann zu, der zum ersten Male als Gast zu ihm gekommen war und am anderen Ende der Tafel neben dem Lehrer saß. »Nun, wie steht's, Herr Kreishauptmann, werden Sie den Dubrowskij bald einfangen?«

Der Kreishauptmann machte eine verlegene Verbeugung, lächelte und sagte schließlich stotternd: »Wir bemühen uns, Eure Exzellenz.« »Hm! Wir bemühen uns. Ihr bemüht euch schon lange, sehr lange, aber es kommt trotzdem nichts dabei heraus. Doch es ist wahr, warum sollt ihr ihn auch einfangen? Die Räubereien Dubrowskijs sind ja ein wahrer Segen für die Kreishauptleute: da gibt es Dienstreisen, Untersuchungen, Zweispänner und Geld in der Tasche. Warum einem solchen Wohltäter den Garaus machen? Hab ich nicht recht, Herr Kreishauptmann?« »Absolut, Eure Exzellenz«, antwortete der vollkommen verwirrte Kreishauptmann. Die Gäste brachen in lautes Gelächter aus.

»Ich lobe den Kerl für seine Aufrichtigkeit«, sagte Kirila Petrowitsch. »Offenbar muß ich mich selbst der Sache annehmen und nicht erst lange auf die Unterstützung der hiesigen Behörde warten. Ach, wie schade, daß der Kreishauptmann Taras Alexejewitsch nicht mehr lebt. Wenn sie den nicht verbrannt hätten, wäre es in der ganzen Gegend ruhiger. Aber was hört man von Dubrowskij? Wo hat man ihn zuletzt gesehen?«

»Bei mir, Kirila Petrowitsch«, ertönte hierauf eine tiefe Frauenstimme. »Am vergangenen Dienstag hat er bei mir zu Mittag gespeist.«

Aller Augen waren auf Anna Sawischma Globowa gerichtet, eine ganz einfache Witwe, die sich wegen ihres gutmütigen und fröhlichen Wesens allgemeiner Beliebtheit erfreute. Alle hörten mit gespannter Aufmerksamkeit ihrer Erzählung zu.

»Also vor drei Wochen habe ich meinen Verwalter mit einem Brief an meinen Wanjuscha auf die Post geschickt. Ich verwöhne meinen Sohn nicht, ich könnte das auch nicht, selbst wenn ich wollte, aber Sie wissen selbst, daß ein Gardeoffizier standesgemäß leben muß, und ich teile meine Einnahmen mit Wanjuscha, so gut es eben geht. Ich habe ihm also zweitausend Rubel geschickt. Freilich habe ich öfters auch an Dubrowskij gedacht, aber ich meinte, die Stadt ist nicht weit entfernt, es sind im ganzen nur sieben Werst, und Gott wird vielleicht helfen.

Da schau, am Abend kommt mein Verwalter bleich und abgerissen zu Fuß zurück. Ich schreie auf: ›Was ist passiert? Was ist mit dir geschehen?‹ Er antwortete mir: ›rsaquo;Mütterchen Anna Sawischna, die Räuber haben mich ausgeplündert und beinahe umgebracht. Dubrowskij selber war dabei und wollte mich aufhängen, dann hat er aber doch Mitleid mit mir gehabt und mich laufen lassen. Dafür hat er mir alles abgenommen, auch das Pferd und den Wagen.‹

Ich war sprachlos. Mein himmlischer Vater, was wird aus meinem Wanjuscha? Aber es war nichts zu machen. Ich schrieb einen neuen Brief, in dem ich ihm alles erzählte und meinen Segen, aber keine Kopeke schickte.

Es verging eine Woche und noch eine. Auf einmal fährt ein Wagen in meinen Hof. Ein General wünscht mich zu sprechen; ich lasse ihn bitten. Ein etwa fünfunddreißigjähriger Mann, braun, mit dunklem Haar, Schnurr- und Vollbart, das reinste Bild von Kulnew, trat bei mir ein. Er stellte sich mir als Freund und Kamerad meines verstorbenen Mannes Iwan Andrejewitsch vor und sagte, er sei hier vorgefahren und habe es nicht unterlassen wollen, seine Witwe zu besuchen, da er wisse, daß sie hier lebe.

Ich bewirtete ihn, so gut es ging; wir unterhielten uns über dies und jenes und endlich auch über Dubrowskij. Dabei erzählte ich ihm von meinem Verdruß. Der General bekam ein finsteres Gesicht.

›Das ist sonderbar‹, sagte er, ›ich habe gehört, daß Dubrowskij nicht jeden überfällt, sondern nur bekannte reiche Leute, und auch da nimmt er sich nur einen Teil und plündert sie nicht vollständig aus. Einer Mordtat beschuldigt ihn kein Mensch. Ob hier nicht eine Gaunerei vorliegt? Lassen Sie doch Ihren Verwalter herkommen.‹

Er wurde geholt und kam ins Zimmer. Kaum hatte er den General gesehen, da wurde er totenblaß.

›Erzähle mir mal, Brüderchen, wie Dubrowskij dich ausgeraubt hat und wie er dich aufhängen wollte!‹ Mein Verwalter fing an zu zittern und warf sich dem General zu Füßen: ›Verzeih, Väterchen, der Böse hat mich verleitet! Ich habe gelogen!‹ ›Wenn es so ist‹, antwortete der General, ›so erzähle gefälligst der Herrin, wie alles zugegangen ist, und ich will zuhören.‹

Der Verwalter konnte gar nicht zu sich kommen. ›Nun, wird's bald?‹ fuhr der General fort, ›erzähle! Wo bist du mit Dubrowskij zusammengetroffen?‹

›Bei den zwei Linden, Väterchen, bei den zwei Linden.‹ ›Und was hat er zu dir gesagt?‹ ›Er hat mich gefragt, wem ich gehöre, wohin und warum ich fahre.‹ ›Nun, und dann?‹ ›Dann hat er den Brief und das Geld von mir verlangt. Ich habe ihm dann beides gegeben.‹ ›Und er?‹ ›Er... verzeiht, Väterchen!‹ ›Nun, was hat er getan?‹ ›Er hat mir Brief und Geld zurückgegeben und gesagt: Geh mit Gott und bring das zur Post.‹ ›Nun?‹ ›Verzeiht, Väterchen!‹ ›Ich werde mit dir schon abrechnen, mein Lieber‹, sagte der General drohend. ›Sie aber, gnädige Frau, lassen Sie den Koffer dieses Lumpen durchsuchen und übergeben Sie ihn mir, ich werde ihm eine entsprechende Lektion erteilen. Sie sollen wissen, daß Dubrowskij selbst Gardeoffizier war und keinem Kameraden ein Unrecht zufügen will.‹

Ich erriet, wer diese Exzellenz war, und da gab es nicht mehr viel zu reden. Die Kutscher banden den Verwalter am Bock des Wagens fest, das Geld wurde gefunden, und der General beendete seine Mahlzeit. Dann ist er gleich weitergefahren und hat den Verwalter mitgenommen. Wir haben ihn am anderen Tag im Wald gefunden. Er war an eine Eiche gefesselt und zerschunden wie eine junge Linde.«

Alle hatten der Erzählung von Anna Sawischna schweigend zugehört, besonders die jungen Damen. Viele von ihnen empfanden eine heimliche Sympathie für Dubrowskij, den sie wie einen Romanhelden verehrten, besonders Marja Kirilowna, die eine glühende, mit allen geheimnisvollen Schrecken der Romane gesättigte Schwärmerin war.

»Du glaubst also, Anna Sawischna, daß Dubrowskij selber bei dir gewesen ist?« fragte Kirila Petrowitsch. »Aber da bist du schwer im Irrtum. Ich weiß zwar nicht, wer dich besucht hat, aber Dubrowskij war es bestimmt nicht.« »Warum, Väterchen, soll es Dubrowskij nicht gewesen sein? Wer streift denn sonst auf den Straßen herum, hält die Reisenden an und durchsucht sie, wenn nicht er?«

»Ich weiß das nicht, aber Dubrowskij war es bestimmt nicht. Ich erinnere mich an ihn, wie er noch ein kleiner Bub war. Ob seine Haare inzwischen schwarz geworden sind, kann ich nicht sagen, aber damals war er ein lockiger, hellblonder Knabe. Auch das weiß ich sicher, daß Dubrowskij um fünf Jahre älter ist als meine Mascha und daß er infolgedessen nicht fünfunddreißig, sondern höchstens dreiundzwanzig Jahre alt sein kann.«

»Sehr richtig, Eure Exzellenz!« bemerkte der Kreishauptmann. »Ich habe die Personalbeschreibung Dubrowskijs in der Tasche. Dort heißt es tatsächlich, daß er dreiundzwanzig Jahre alt ist.«

»Aha!« sagte Kirila Petrowitsch. »Übrigens, lesen Sie uns das mal vor, wir hören zu. Es wird ganz gut sein, wir kennen diese Personalbeschreibung. Wenn er uns dann mal in die Hände fällt, wird er nicht mehr entkommen.«

Der Kreishauptmann nahm ein ziemlich fleckiges Blatt Papier aus der Tasche, legte es auseinander und begann mit singender Stimme zu lesen:

»Personalbeschreibung des Dubrowskij, aufgestellt nach den Angaben seiner früheren Dienstboten: Dreiundzwanzig Jahre alt, mittelgroß, glattes Gesicht, Augen braun, Haare blond, Nase gerade. Besondere Kennzeichen: keine.«

»Ist das alles?« fragte Kirila Petrowitsch. »Jawohl«, antwortete der Kreishauptmann und faltete das Papier wieder zusammen.

»Gratuliere, Herr Kreishauptmann! Allen Respekt vor diesem Papier! Auf Grund dieser Personalbeschreibung wird es für euch ja gar kein Kunststück sein, Dubrowskij ausfindig zu machen! Wer ist nicht mittelgroß, wer hat keine blonden Haare, wer hat keine gerade Nase und wer keine braunen Augen? Ich gehe jede Wette ein, auf drei Stunden im Umkreis wirst du mit Dubrowskij sprechen und nicht herausbringen, mit wem dich der liebe Gott zusammengeführt hat. Kluge Köpfchen sind sie allesamt, diese Federfuchser, da ist nichts zu sagen!«

Der Kreishauptmann hatte sein Papier ergeben wieder eingesteckt und machte sich schweigend über ein Stück Gans mit Kohl her. Inzwischen hatten die Diener schon mehrmals Zeit gefunden, die Runde zu machen und den Gästen die Gläser zu füllen. Einige Flaschen kaukasischer und Donwein wurden geräuschvoll entkorkt und wohlwollend als Champagner hingenommen. Die Gesichter begannen sich zu erhitzen, die Unterhaltung wurde lauter, unzusammenhängender und lärmender. »Nein«, fuhr Kirila Petrowitsch fort, »einen Kreishauptmann, wie der selige Taras Alexejewitsch einer war, werden wir nicht mehr zu sehen bekommen! Der hat sich nicht so leicht anführen lassen und war keine Schlafmütze. Schade, daß sie diesen Prachtkerl verbrannt haben! Dem wäre nicht einer von der ganzen Bande entkommen! Er hätte jeden einzelnen erwischt, und auch Dubrowskij selbst hätte sich nicht herausgewunden. Taras Alexejewitsch hätte vielleicht von ihm Geld angenommen, ihn selber aber auch nicht mehr losgelassen. Das war so seine Art. Es ist schon so, ich muß mich offenbar selbst der Sache annehmen und mit meinen eigenen Leuten gegen die Räuber vorgehen. Fürs erste will ich mal zwanzig Mann ausrüsten, damit sie das Diebesnest säubern. Die Leute sind nicht feige; jeder von ihnen geht auf einen Bären los und wird also auch vor den Räubern nicht zurückweichen.«

»Wie geht es denn Ihren Bären, Väterchen Kirila Petrowitsch?« sagte Anton Pafelltitsch, der sich bei diesen Worten an seine haarigen Bekannten und einige Scherze erinnerte, deren Opfer er geworden war.

»Mischa hat das Zeitliche gesegnet«, antwortete Kirila Petrowitsch. »Er ist den Heldentod gestorben. Hier sein Besieger!« Kirila Petrowitsch deutete auf

Deforge. »Da, nimm dir ein Beispiel an einem Franzosen. Er hat sich für deine... mit Verlaub zu sagen... weißt du noch?« »Wie soll ich es nicht mehr wissen?« sagte Anton Pafelltitsch und kratzte sich im Nacken. »Ich weiß es noch sehr gut. Also ist Mischa tot – schade um ihn, bei Gott, schade! Was war das für ein nettes, kluges Tier. So einen Bären wird man nicht leicht wieder finden. Aber warum hat ihn der Musjö getötet?«

Kirila Petrowitsch erzählte mit schmatzendem Behagen die Heldentat seines Franzosen, denn er besaß die glückliche Gabe, mit allem zu prahlen, was ihn umgab. Die Gäste hörten aufmerksam der Schilderung von Mischas Tod zu und schauten mit Staunen auf Deforge, der gar nicht merkte, daß man sich über seine Tapferkeit unterhielt, und, ruhig auf seinem Platz sitzend, seinem mutwilligen Zögling moralische Ermahnungen erteilte.

Das Mittagessen, das sich bis gegen drei Uhr hinzog, war beendet. Der Hausherr legte seine Serviette auf den Tisch, dann erhoben sich alle und begaben sich in den Salon, wo Karten, Kaffee und weitere Getränke sie erwarteten, von denen sie schon im Eßzimmer reichlich genossen hatten.

Gegen sieben Uhr abends wollten einige Gäste wegfahren, aber der vom Punsch angeheiterte Hausherr ließ die Tore schließen und erklärte, er lasse vor dem kommenden Morgen niemanden aus dem Hof. Bald ertönte Musik, die Saaltüren wurden geöffnet, und der Ball begann. Der Hausherr und seine nächste Umgebung setzten sich in eine Ecke, leerten ein Glas nach dem anderen und freuten sich über die Fröhlichkeit der Jugend. Die Alten saßen beim Kartenspiel. Wie überall da, wo keine Ulanenbrigade steht, gab es weniger Kavaliere als Damen. Daher wurden alle tanzfähigen Männer herangezogen. Unter ihnen zeichnete sich Deforge besonders aus. Er tanzte mehr als alle. Alle jungen Damen wählten ihn und fanden, daß mit ihm sehr angenehm zu walzen sei. Einige Runden tanzte er auch mit Marja Kirilowna, worüber die anderen jungen Damen spöttische Bemerkungen machten. Endlich, gegen Mitternacht, erhob sich der ermüdete Hausherr und unterbrach den Tanz mit dem Befehl, das Abendessen zu reichen. Er selbst ging schlafen.

Die Abwesenheit von Kirila Petrowitsch verlieh der Gesellschaft mehr Bewegungsfreiheit und Munterkeit. Die Kavaliere durften es jetzt wagen, neben den Damen Platz zu nehmen. Die Mädchen lachten und flüsterten mit ihren Nachbarn, und die älteren Damen unterhielten sich laut über den Tisch hin. Die Männer tranken, stritten und lachten, mit einem Wort, das Abendessen verlief außergewöhnlich lustig und hinterließ viele angenehme Erinnerungen.

Nur ein Mann nahm keinen Anteil an der allgemeinen Ausgelassenheit. Anton Pafelltitsch saß finster und schweigsam an seinem Platz, aß zerstreut und machte einen außergewöhnlich beunruhigten Eindruck. Die Gespräche über die Räuber hatten seine Phantasie stark erregt. Wir werden bald sehen, daß er reichlich Grund hatte, sie zu fürchten.

Anton Pafelltitsch hatte Gott zum Zeugen angerufen, daß die rote Schatulle tatsächlich leer sei. Er hatte nicht gelogen und gesündigt; die rote Schatulle war wirklich leer. Das sonst in dieser Schatulle aufbewahrte Geld war in einen Lederbeutel übergegangen, den er unter dem Hemd auf der Brust trug. Nur durch diese Vorsichtsmaßnahme konnte er das Mißtrauen und die ewige Angst beruhigen. Da er gezwungen war, in einem fremden Haus zu übernachten, fürchtete er, daß man ihm ein entlegenes Zimmer anweisen würde, in das leicht Diebe eindringen könnten. Er schaute daher nach einem zuverlässigen Schlafgenossen aus und wählte endlich Deforge. Sein Äußeres, das Kraft verriet, noch mehr aber die bewiesene Tapferkeit beim Zusammentreffen mit dem Bären, an den sich der arme Pafelltitsch nicht ohne Schaudern erinnern konnte, waren für seine Wahl entscheidend. Als man sich von der Tafel erhob, schwänzelte Anton Pafelltitsch um den jungen Franzosen herum und wandte sich schließlich mit den Worten an ihn:

»Hm! Hm! Musjö, könnte ich nicht in Ihrem Zimmer übernachten, weil ich, weißt du ...«

»Que désire monsieur?« fragte Deforge mit höflicher Verneigung.

»Ach! Es ist ein Jammer, daß du noch nicht Russisch gelernt hast. Sche me wö sche wu kusche, verstehst du?«

»Monsieur, très volontiers«, antwortete Deforge, »veuillez donner des ordres en conséquence.«

Anton Pafelltitsch, mit seinen französischen Sprachkenntnissen sehr zufrieden, ging sofort hinaus, um das Notwendige zu veranlassen.

Die Gäste verabschiedeten sich voneinander, und jeder begab sich auf sein Zimmer; Anton Pafelltitsch aber ging mit dem Lehrer nach dem Flügelgebäude. Die Nacht war finster. Deforge beleuchtete den Weg mit einer Laterne. Anton Pafelltitsch folgte ihm ziemlich munter und tastete zuweilen nach dem auf seiner Brust ruhenden Beutel, um sich zu überzeugen, daß er sein Geld noch bei sich habe.

Als sie im Flügelbau angekommen waren, zündete Deforge eine Kerze an, und beide begannen sich auszukleiden. Dabei ging Anton Pafelltitsch im Zimmer umher und prüfte Tür und Fenster, und er schüttelte den Kopf. Die Tür war nur mit einem Riegel verschließbar, und am Fenster fehlte der Doppelrahmen. Er wollte sich darüber bei Deforge beklagen, aber seine Kenntnisse des Französischen waren für eine so ausführliche Erklärung nicht ausreichend. Der Franzose verstand ihn nicht, und so war Anton Pafelltitsch genötigt, seine Klage zu unterdrücken. Ihre Betten standen einander gegenüber. Beide legten sich nieder, und der Franzose löschte die Kerze aus.

»Purkua wu tusche, purkua wu tusche?« schrie Anton Pafelltitsch, indem er mühsam das russische Wort »tuschu« (ich lösche aus) auf französische Art beugte. »Ich kann im Finstern nicht dormir.« Deforge verstand seinen Ausruf nicht und wünschte ihm gute Nacht. »Verfluchter Ausländer!« brummte Spizyn und wickelte sich in seine Decke ein. »Wozu braucht er die Kerze auszulöschen. Um so schlimmer für ihn. Ich kann ohne Licht nicht schlafen. – Musjö, Musjö«, fuhr er fort, »sche wö awek wu parle.«

Aber der Franzose gab keine Antwort und fing alsbald an zu schnarchen.

»Da schnarcht diese Bestie von einem Franzosen«, dachte Anton Pafelltitsch, »aber ich kann an Schlaf gar nicht denken. Auf einmal kommen Diebe daher, reißen die Türe auf oder klettern durchs Fenster herein, und ihn, diese Bestie, kann man auch mit Kanonen nicht aufwecken. Musjö, he, Musjö! Der Teufel soll dich holen!« Anton Pafelltitsch schwieg. Müdigkeit und der in den Kopf gestiegene Wein siegten allmählich über seine Furchtsamkeit. Er schlummerte ein, und bald bemächtigte sich seiner ein tiefer Schlaf.

Es war ihm aber dann ein seltsames Erwachen beschieden. Er fühlte noch im Schlaf, wie jemand behutsam an seinem Hemdkragen zupfte. Anton Pafelltitsch schlug die Augen auf und sah im fahlen Licht des Herbstmorgens Deforge vor sich stehen. Der Franzose hielt in der einen Hand eine Taschenpistole, während er mit der anderen den inhaltsreichen Beutel abknüpfte.

Anton Pafelltitsch war starr.

»Kess ke se, Musjö, kess ke se«, sagte er mit ersterbender Stimme. »Leise! Still!« antwortete der Lehrer in reinstem Russisch. »Still! Oder Sie sind verloren! Ich bin Dubrowskij.«

Jetzt bitten wir den Leser um die Erlaubnis, ihm die letzten in unserer Erzählung geschilderten Ereignisse dadurch zu erläutern, daß wir ihm über einige vorausgegangene Vorkommnisse berichten, die wir bisher noch nicht darlegen konnten.

Auf der schon erwähnten Station X. im Hause des Posthalters saß in einer Ecke ein Reisender mit jener friedlichen und geduldigen Miene, die den Nichtadeligen oder Ausländer kennzeichnet, das heißt einen Mann, der auf der Poststraße nichts zu sagen hat. Sein kleiner Wagen stand im Hof und wartete auf das Schmieren der Räder. Dort lag ein kleiner Reisesack, der keineswegs auf größeren Wohlstand des Reisenden schließen ließ, der sich weder Tee noch Kaffee bestellte, sondern nur zum Fenster hinausschaute und zum großen Ärger der im Verschlag sitzenden Posthalterin ständig pfiff.

»Was hat uns der liebe Gott da für einen Pfeifer geschickt«, sagte sie halblaut. »Wie er pfeift! Platzen soll er, der verfluchte Ausländer!« »Was denn?«

sagte der Posthalter. »Was schadet denn das? Laß ihn doch ruhig pfeifen.« »Was das schadet?« antwortete giftig die Posthalterin, »kennst du vielleicht die Vorbedeutung nicht?« »Was für eine Vorbedeutung?« »Daß das Pfeifen das Geld verscheucht.« »Ach, Pachomowna, ob bei uns einer pfeift oder nicht pfeift, ist ganz wurscht, wir haben so und so kein Geld.« »So laß ihn doch weiterfahren, Sidorytsch. Hältst du ihn zum Spaß hier? Gib ihm Pferde, er soll sich zum Teufel scheren.« »Er soll warten, Pachomowna. Im Stall sind im ganzen nur drei Dreigespanne, das vierte muß rasten. Ehe man sich umschaut, kommen vornehme Reisende, und ich will mir wegen dieses Franzosen da keine Unannehmlichkeiten auf den Hals laden. Horch! Man ist schon da! Da kommt schon einer angaloppiert! Oho! Und wie schnell! Ob das nicht ein General ist?« Ein Wagen hielt an der Rampe. Ein Diener sprang vom Bock, öffnete die Tür, und eine Minute später trat ein junger Mann in einem Militärmantel und weißer Mütze zum Posthalter. Hinter ihm kam der Diener mit einer Schatulle und stellte diese auf das Fensterbrett. »Pferde!« sagte der Offizier im Befehlston. »Sofort!« antwortete der Posthalter. »Bitte, den Reisepaß!« »Ich habe keinen Reisepaß. Ich reise ohne Papiere – kennst du mich etwa nicht?«

Der Posthalter wurde auf diese Bemerkung hin sehr diensteifrig und eilte hinaus, um die Postillione anzutreiben. Der junge Mann ging im Zimmer auf und ab, trat hinter den Verschlag und fragte die Posthalterin leise: »Wer ist denn dieser Reisende da?« »Das weiß der liebe Gott«, antwortete die Posthalterin, »es ist ein Franzose. Er wartet jetzt schon fünf Stunden auf Pferde und pfeift immer. Ich habe ihn satt, den verdammten Kerl.«

Der junge Mann sprach den Reisenden auf französisch an: »Wohin belieben Sie zu reisen?« fragte er ihn. »In die nächste Stadt«, antwortete der Franzose. »Von da fahre ich zu einem Gutsbesitzer, der mich als Lehrer angestellt hat, ohne daß ich mich vorgestellt habe. Ich glaubte, schon heute an Ort und Stelle zu kommen, aber der Herr Posthalter hat es anders beschlossen. In diesem Lande ist es schwer, Pferde zu bekommen, Herr Offizier.« »Bei welchem der hiesigen Gutsbesitzer wollen Sie denn eintreten?« fragte der Offizier. »Bei Herrn Trojekurow«, antwortete der Franzose. »Bei Trojekurow? Wer ist denn dieser Trojekurow?« »Ma foi, monsieur, ich habe von ihm wenig Gutes gehört. Man sagt, er sei ein stolzer und eigensinniger Herr, der seine Dienstboten sehr schlecht behandelt. Niemand könne sich mit ihm vertragen, und alle zittern schon bei Nennung seines Namens. Mit den Lehrern mache er ebenfalls keine Umstände und habe schon zwei totgeprügelt.« »Aber ich bitte Sie, und da wagen Sie es, bei einem solchen Ungeheuer in Stellung zu gehen?« »Was soll ich machen, Herr Offizier? Er hat mir ein hohes Gehalt angeboten, dreitausend Rubel jährlich und alles frei. Vielleicht habe ich mehr Glück als meine Vorgänger. Ich habe eine alte Mutter, der ich die Hälfte meines Einkommens zu ihrem Lebensunterhalt schicken will. Von dem übrigen Geld kann ich mir in fünf Jahren ein kleines Kapital ersparen, das genügen wird, um mich künftig unabhängig zu machen. Dann – bon soir – fahre ich nach Paris und fange ein Geschäft an.« »Kennt Sie jemand im Hause Trojekurows?« fragte der Offizier. »Kein Mensch«, antwortete der Lehrer. »Er hat mich aus Moskau über einen seiner Freunde bestellt, dessen Koch ein Landsmann von mir ist. Sie müssen wissen, daß ich eigentlich von Beruf kein Lehrer, sondern Konditor bin, aber man hat mir gesagt, daß in Ihrem Lande der Lehrerberuf bedeutend einträglicher sei.«

Der Offizier hatte ihm nachdenklich zugehört.

»Hören Sie«, unterbrach er den Franzosen, »wie wäre es, wenn man Ihnen statt dieser Zukunft bare zehntausend Rubel anbieten würde, unter der Bedingung, daß Sie sofort nach Paris zurückreisen?«

Der Franzose schaute den Offizier erstaunt an und schüttelte lächelnd den Kopf.

»Die Pferde sind fertig!« sagte der eintretende Posthalter. Der Diener bestätigte diese Meldung.

»Gleich«, antwortete der Offizier, »geht einen Augenblick hinaus.« Der Posthalter und der Diener verließen das Zimmer. »Ich mache keinen Scherz«, fuhr er auf französisch fort, »ich kann Ihnen zehntausend Rubel geben. Ich brauche nur Ihre Abwesenheit und Ihre Papiere.«

Bei diesen Worten öffnete er die Schatulle und entnahm ihr einen Pack Banknoten. Der Franzose riß die Augen auf und wußte nicht, was er denken sollte.

»Meine Abwesenheit ..., meine Papiere«, wiederholte er erstaunt. »Hier sind meine Papiere ... Aber Sie scherzen doch nur? Wozu brauchen Sie meine Papiere?« »Das geht Sie nichts an. Ich frage Sie, sind Sie einverstanden oder nicht?« Der Franzose, der seinen Ohren immer noch nicht traute, überreichte dem Offizier seinen Paß, der ihn durchsah.

»Ihr Paß ... gut, Ihr Empfehlungsschreiben ... wollen mal sehen, Geburtszeugnis ... ausgezeichnet. Hier haben Sie Ihr Geld, und nun reisen Sie zurück. Leben Sie wohl.« Der Franzose blieb wie angewurzelt stehen. Da kehrte der Offizier um und sagte: »Ich habe die Hauptsache vergessen: geben Sie mir Ihr Ehrenwort, daß die Sache unter uns bleibt ... Ihr Ehrenwort.« »Mein Ehrenwort«, antwortete der Franzose. »Aber meine Papiere? Was mache ich ohne sie?« »Sie erklären in der nächsten Stadt, sie seien von Dubrowskij ausgeplündert worden. Man wird Ihnen glauben und Ihnen die notwendigen Legitimationen ausstellen. Leben Sie wohl; Gott helfe Ihnen, daß Sie möglichst bald nach Paris kommen und Ihr Mütterchen bei guter Gesundheit antreffen.«

Dubrowskij verließ das Zimmer, stieg in seinen Wagen und fuhr im Galopp davon.

Der Posthalter schaute durch das Fenster, und als der Wagen weggefahren war, wandte er sich an seine Frau und rief: »Pachomowna! Weißt du was? Das war ja Dubrowskij!«

Die Posthalterin stürzte hastig ans Fenster, aber es war schon zu spät; Dubrowskij war über alle Berge. Da fing sie an, ihren Mann zu beschimpfen. »Du hast doch gar keine Gottesfurcht, Sidorytsch! Warum hast du das nicht früher gesagt? Ich hätte mir Dubrowsfcij angesehen, aber jetzt heißt es warten, bis er wiederkommt. Du bist ein gewissenloser Mensch, wirklich gewissenlos!«

Der Franzose stand immer noch wie angewurzelt da. Die Abmachung mit dem Offizier, das viele Geld – alles kam ihm vor wie ein Traum. Aber er hatte die Bündel Banknoten in der Tasche, und diese gaben ihm ein beredtes Zeugnis für die Wirklichkeit des wunderbaren Erlebnisses.

Er entschloß sich, bis zur Stadt Pferde zu mieten. Der Kutscher fuhr ihn im Schritt, und es wurde Nacht, bis er ihn in die Stadt geschleppt hatte.

Vor der Ankunft am Schlagbaum, an dem statt eines Wachtpostens ein verfallenes Schilderhaus stand, ließ der Franzose halten, stieg aus dem Wagen und ging zu Fuß weiter. Dem Kutscher hatte er durch Zeichen zu verstehen gegeben, daß er ihm den Wagen und seinen Reisesack als Trinkgeld schenke. Dieser war über eine solche Freigebigkeit nicht weniger erstaunt, als es der Franzose über den Vorschlag Dubrowskijs gewesen war. Da er aber daraus schloß, daß der Fremde verrückt geworden sei, dankte der Kutscher mit einer eifrigen Verbeugung, und weil er meinte, es sei besser, nicht in die Stadt hinein zu fahren, begab er sich in eine Kneipe, deren Wirt ein Freund von ihm war. Dort brachte er die ganze Nacht zu und machte sich am nächsten Morgen ohne Wagen und Reisetasche, aber mit geschwollenem Gesicht und geröteten Augen mit den Pferden allein auf den Heimweg.

Nachdem Dubrowskij die Papiere des Franzosen erhalten hatte, begab er sich, wie wir bereits gesehen haben, keck zu Trojekurow und ließ sich in dessen Haus nieder. Wie auch immer seine geheimen Absichten waren – wir werden sie später kennenlernen –, sein Verhalten erregte nicht den geringsten Verdacht. Mit der Ausbildung des kleinen Sascha befaßte er sich nur wenig. Er ließ ihm volle Freiheit für seine mutwilligen Streiche und nahm es auch mit den Aufgaben nicht streng, die er ihm nur der Form halber gab. Dagegen verfolgte er mit um so größerem Eifer die Fortschritte, die seine Schülerin in der Musik machte, und saß stundenlang mit ihr am Klavier.

Alle hatten den jungen Lehrer gern: Kirila Petrowitsch wegen seiner kühnen Gewandtheit auf der Jagd, Marja Kirilowna wegen seiner grenzenlosen Hingabe, Sascha wegen der Nachsicht gegenüber seinen Streichen, die

Dienerschaft wegen seiner Liebenswürdigkeit und Freigebigkeit, die eigentlich mit seinem Stand nicht zu vereinbaren war. Er selbst schien der ganzen Familie zugetan und zählte sich bereits zu ihren Mitgliedern.

Seit seinem Eintritt bis zu dem denkwürdigen Fest war fast ein Monat vergangen, und kein Mensch vermutete, daß sich hinter dem bescheidenen jungen Franzosen der gefürchtete Räuber verbarg, dessen Name alle benachbarten Gutsbesitzer in Schrecken versetzte. Während dieser ganzen Zeit hatte Dubrowskij Pokrowskoje nie verlassen, aber die Gerüchte über seine Räubereien waren dank der erfinderischen Phantasie der Landbewohner trotzdem nicht verstummt. Es ist aber ebenso wahrscheinlich, daß seine Bande ihre Tätigkeit auch während der Abwesenheit ihres Anführers weiter ausübte.

Als Dubrowskij mit dem Mann in einem Zimmer übernachtete, den er als seinen persönlichen Feind und als den Hauptschuldigen an seinem Unglück ansehen mußte, vermochte er der Versuchung nicht zu widerstehen. Er wußte von dem Beutel und beschloß, sich seiner zu bemächtigen. Wir haben gesehen, wie er den armen Anton Pafelltitsch durch seine plötzliche Verwandlung vom Lehrer in einen Räuber überraschte.

Um neun Uhr morgens kamen die Gäste, die in Pokrowskoje übernachtet hatten, einer nach dem andern in den Salon, wo schon der Samowar summte, vor dem Marja Kirilowna in einem Morgenkleid saß und Kirila Petrowitsch in Friesrock und Pantoffeln aus einer großen, fast einer Spülschüssel ähnlichen Tasse seinen Tee schlürfte.

Als letzter erschien Anton Pafelltitsch. Er war so blaß und machte einen so verstörten Eindruck, daß sich alle über sein Aussehen wunderten und Kirila Petrowitsch sich nach seinem Befinden erkundigte. Spizyn gab ganz sinnlose Antworten und starrte entsetzt den Lehrer an, der ruhig dasaß, als ob nichts geschehen wäre.

Nach einigen Minuten kam ein Diener und meldete Spizyn, daß der Wagen bereitstehe. Anton Pafelltitsch verabschiedete sich hastig, ging rasch aus dem Zimmer und fuhr davon. Den Gästen und dem Hausherrn war es unverständlich, was mit ihm los war. Kirila Petrowitsch erklärte sich das Verhalten Spizyns damit, daß dieser sich beim Essen übernommen habe. Nach dem Tee und einem Abschiedsfrühstück fuhren auch die übrigen Gäste nach und nach heim. Bald war Pokrowskoje leer, und alles nahm wieder seinen üblichen Gang.

Nun verstrichen einige Tage ohne irgendein bemerkenswertes Ereignis. Das Leben der Bewohner von Pokrowskoje war eintönig. Kirila Petrowitsch fuhr jeden Tag auf die Jagd; Lesen, Spaziergänge und Musikstunden, diese ganz besonders, beschäftigten Marja Kirilowna. Bei einer gewissenhaften

Selbstprüfung mußte sie sich, wenn auch widerwillig, gestehen, daß sie den Vorzügen des jungen Franzosen gegenüber nicht gleichgültig geblieben war. Er selbst überschritt niemals die Grenzen der Ehrerbietung und strengen Schicklichkeit, wodurch er ihren Stolz und ihre ängstlichen Zweifel beruhigte. Mit immer größerem Vertrauen gab sie sich der bezaubernden Gewohnheit hin. Sie langweilte sich ohne Deforge; in seiner Gegenwart war sie immer mit ihm beschäftigt. Über alles wollte sie seine Meinung wissen, und sie war immer mit ihm einverstanden. Vielleicht war sie noch nicht verliebt, aber beim ersten zufälligen Widerstand oder einer unerwarteten Schicksalsfügung mußte die Flamme der Leidenschaft in ihrem Herzen hell auflodern.

Eines Tages, als Marja Kirilowna in den Saal kam, wo der Lehrer sie erwartete, bemerkte sie an seinem bleichen Gesicht, daß er sehr aufgeregt war. Sie öffnete den Flügel und sang einige Noten, aber Dubrowskij entschuldigte sich mit dem Vorgeben, er habe Kopfschmerzen. Er hörte mit dem Unterricht auf, und während er das Notenbuch zuklappte, drückte er ihr verstohlen einen Zettel in die Hand. Marja Kirilowna kam gar nicht zum Besinnen; sie nahm ihn an, bereute es aber sofort. Inzwischen hatte aber Dubrowskij den Saal schon verlassen. Marja Kirilowna ging auf ihr Zimmer, öffnete den Zettel und las folgendes: »Kommen Sie heute abend um sieben Uhr in die Laube am Bach, ich muß Sie unbedingt sprechen.«

Sie war vor Neugierde sehr erregt. Schon längst hatte sie eine Erklärung erwartet, gewünscht, aber auch gefürchtet. Es wäre ihr angenehm gewesen, eine Bestätigung dessen zu vernehmen, was sie ahnte, aber sie fühlte, daß es für sie unschicklich sei, eine Erklärung von einem Mann entgegenzunehmen, der nach seinem Stand niemals damit rechnen konnte, ihre Hand zu erhalten. Sie beschloß, zu diesem Stelldichein zu gehen, war sich aber in dem einen Punkt unschlüssig: wie sollte sie die Erklärung des Lehrers entgegennehmen? Mit aristokratischer Entrüstung, mit freundschaftlicher Verwarnung, mit einigen Scherzworten oder mit wortloser Teilnahme? Inzwischen sah sie alle Augenblicke nach der Uhr. Es wurde dunkel, und man brachte Kerzen. Kirila Petrowitsch hatte sich hingesetzt, um mit Gästen aus der Nachbarschaft Boston zu spielen. Die Uhr im Speisezimmer schlug dreiviertel sieben. Marja Kirilowna ging leise auf die Freitreppe hinaus, sah sich nach allen Seiten um und lief schnell in den Garten.

Die Nacht war finster, der Himmel mit Wolken bedeckt, so daß man keine drei Schritte weit sehen konnte. Aber Marja Kirilowna ging auf den ihr wohlbekannten Wegen und war schon nach wenigen Minuten vor der Laube. Hier blieb sie stehen, um zu sich zu kommen und vor Deforge in gleichmütiger und gemessener Haltung zu erscheinen. Aber Deforge stand schon vor ihr. »Ich danke Ihnen«, sagte er mit leiser, trauriger Stimme, »daß Sie mir meine Bitte nicht abgeschlagen haben. Ich wäre verzweifelt gewesen, wenn Sie mir abgesagt hätten.« Marja Kirilowna antwortete mit der vorbereiteten Phrase: »Ich hoffe, daß Sie mich nicht in die Lage versetzen, mein Entgegenkommen zu bereuen.«

Er schwieg und schien Mut zu sammeln.

»Die Umstände fordern – ich muß Sie verlassen«, sagte er schließlich, »Sie werden vielleicht bald erfahren... aber vor der Trennung muß ich mich mit Ihnen aussprechen.« Marja Kirilowna gab keine Antwort. Sie sah in diesen Worten nur die Einleitung zu der erwarteten Erklärung. »Ich bin nicht derjenige, für den Sie mich halten«, fuhr er fort und ließ den Kopf sinken, »ich bin nicht der Franzose Deforge, ich bin – Dubrowskij.«

Marja Kirilowna schrie auf.

»Um Gottes willen, fürchten Sie sich nicht! Sie brauchen meinen Namen nicht zu fürchten. Ja, ich bin jener Unglückliche, den Ihr Vater, nachdem er ihm das letzte Brot weggenommen hat, aus dem Vaterhaus vertrieben und gezwungen hat, unter die Räuber zu gehen. Aber Sie brauchen nichts zu fürchten, weder für sich noch für ihn. Es ist alles vorüber... ich habe ihm verziehen. Hören Sie, Sie haben ihn gerettet. Meine erste blutige Heldentat hätte ihm gelten sollen. Ich schlich um das Haus herum, um festzustellen, wo das Feuer aufflammen sollte, wo man in sein Schlafzimmer eindringen und ihm jeden Fluchtweg versperren könnte. Da gingen Sie wie eine himmlische Erscheinung an mir vorüber, und Friede zog in mein Herz. Das Haus, in dem Sie wohnen, wurde mir zum Heiligtum, und kein Wesen, das mit Ihnen durch die Bande des Blutes verbunden war, unterlag mehr meinem Fluch. Ich entsagte meinen Rachegelüsten wie einer wahnsinnigen Idee.

Tagelang streifte ich um die Gärten von Pokrowskoje, in der Hoffnung, von weitem Ihr weißes Kleid zu sehen. Bei Ihren unvorsichtigen Spaziergängen folgte ich Ihnen, stahl mich von Strauch zu Strauch, beglückt durch den Gedanken, daß es dort, wo ich heimlich zugegen bin, für Sie keine Gefahr gebe. Endlich bot sich eine Gelegenheit... Ich ließ mich in Ihrem Hause nieder. Diese Wochen waren für mich Wochen des Glückes; die Erinnerung daran wird der Trost meines traurigen Lebens sein... Heute habe ich eine Nachricht erhalten, die mein ferneres Hierbleiben unmöglich macht... Ich scheide von Ihnen heute, noch in dieser Stunde... aber ich mußte mich Ihnen vorher entdecken, damit Sie mich nicht verfluchen und nicht verachten. Denken Sie zuweilen an Dubrowskij. Sie sollen wissen, daß er für eine andere Bestimmung geboren wurde, daß sein Herz Sie hätte lieben können, daß niemals...«

Hier ertönte ein lauter Pfiff, und Dubrowskij verstummte. Er ergriff ihre Hand und drückte sie an seine glühenden Lippen. Der Pfiff ertönte zum zweiten Mal.

»Leben Sie wohl«, sagte Dubrowskij. »Man ruft mich; jede Minute kann mein Verderben bringen...« Er entfernte sich. Marja Kirilowna stand unbeweglich da. Dubrowskij kam noch- mals zurück und ergriff ihre Hand. »Wenn Sie«, sagte er mit zärtlicher Stimme, »wenn Sie einmal ein Unglück trifft und Sie von keiner Seite Hilfe oder Schutz erwarten können, wollen Sie mir versprechen, in diesem Fall sich an mich zu wenden und von mir alles zu Ihrer Rettung Dienliche zu verlangen? Versprechen Sie mir, meine Ergebenheit nicht zurückzuweisen?« Marja Kirilowna weinte wortlos. Der Pfiff ertönte zum dritten Male. »Sie richten mich zugrunde!« sagte Dubrowskij. »Ich verlasse Sie nicht, ehe Sie mir Antwort gegeben haben — versprechen Sie es mir oder nicht?« »Ich verspreche es«, flüsterte die arme Schöne.

Als Marja Kirilowna, die das Zusammentreffen mit Dubrowskij stark erregt hatte, aus dem Garten zurückkam, sah sie, daß sich im Hof eine Menge Leute angesammelt hatten. An der Freitreppe stand ein Dreigespann. Von den Dienstboten war niemand anwesend, das ganze Haus war in Bewegung. Von weitem hörte sie die Stimme ihres Vaters. Schnell eilte sie in die Wohnräume in Furcht, ihre Abwesenheit könnte bemerkt werden. Im Saal begegnete ihr Kirila Petrowitsch. Die Gäste hatten unseren Bekannten, den Kreishauptmann, umringt und bestürmten ihn mit Fragen. Der Kreishauptmann, im Reiseanzug und bis an die Zähne bewaffnet, antwortete ihnen mit geheimnisvoller und wichtigtuerischer Miene.

»Wo warst du, Mascha?« fragte Kirila Petrowitsch. »Ist dir vielleicht Deforge begegnet?« Mascha konnte nur mühsam eine verneinende Antwort geben. »Denk dir nur«, fuhr Kirila Petrowitsch fort, »der Kreishauptmann ist gekommen, um ihn zu verhaften. Er behauptet steif und fest, daß er – Dubrowskij selbst sei.« »Alle Kennzeichen stimmen, Exzellenz«, sagte der Kreishauptmann ehrerbietig. »Ach, Bruder«, unterbrach ihn Kirila Petrowitsch, »scher dich doch – du weißt schon wohin – mit deinen Kennzeichen. Ich liefere dir meinen Franzosen nicht aus, ehe ich die Geschichte nicht selbst untersucht habe. Wie kann man nur auf das Gerede von Anton Pafelltitsch etwas geben. Er ist ein Feigling und ein Bauer. Er hat geträumt, daß ihn der Lehrer berauben wollte. Warum hat er denn nicht gleich am anderen Morgen ein Wort zu mir gesagt?« »Der Franzose hat ihn eingeschüchtert, Exzellenz«, antwortete der Kreishauptmann. »Er hat ihm den Schwur abgenommen, daß er nichts sagen werde.« »Dummes Geschwätz«, entschied Kirila Petrowitsch. »Ich werde die ganze Sache gleich aufklären. Wo ist der Lehrer?« fragte er einen eintretenden Diener. »Er ist nirgends zu finden«, antwortete dieser. »So sucht ihn!« schrie Kirila Petrowitsch, dem jetzt doch Zweifel kamen. »Zeig mir deine gepriesenen Kennzeichen«, sagte er zum Kreishauptmann, der ihm sofort das Papier überreichte. »Hm! Hm! Dreiundzwanzig Jahre und so weiter. Stimmt. Aber das beweist noch gar nichts. Wo ist der Lehrer?« »Nicht zu finden«, lautete die Antwort abermals.

Kirila Petrowitsch wurde unruhig. Mascha war mehr tot als lebendig.

»Du bist bleich, Mascha«, sagte der Vater. »Hat man dich erschreckt?« »Nein, Väterchen«, antwortete Mascha, »ich habe Kopfschmerzen.« »Geh auf dein Zimmer, Mascha, und rege dich nicht auf.«

Mascha küßte ihm die Hand und begab sich schnell auf ihr Zimmer. Dort warf sie sich in ihr Bett und schluchzte in einem heftigen Weinkrampf. Die Mägde liefen herbei, entkleideten sie, und es gelang ihnen unter großen Mühen, sie mit kaltem Wasser, Essig und allerlei Essenzen zu beruhigen. Man brachte sie zu Bett, und sie schlief ein.

Indessen hatte man den Franzosen immer noch nicht gefunden. Kirila Petrowitsch ging in seinem Zimmer auf und ab und pfiff laut »Siegesdonner erschalle«. Die Gäste wisperten untereinander. Der Kreishauptmann schien wieder der Dumme zu sein; der Franzose war unauffindbar. Wahrscheinlich war er von irgendeiner Seite gewarnt worden und hatte Zeit gefunden, sich zu verbergen. Aber von wem und wie? Das blieb ein Geheimnis.

Es war elf Uhr geworden, und niemand dachte ans Schlafengehen. Endlich sagte Kirila Petrowitsch giftig zum Kreishauptmann: »Nun, was gibt's? Du kannst doch nicht bis morgen früh hier bleiben; mein Haus ist kein Wirtshaus. Mit deiner Gewandtheit fängt man keinen Dubrowskij, wenn er schon Dubrowskij sein soll. Fahre heim und sei in Zukunft geschickter. Und auch für euch ist es Zeit«, fuhr er, zu den Gästen gewandt, fort. »Laßt anspannen, ich will schlafen gehen.« So ungnädig trennte sich Trojekurow von seinen Gästen.

Einige Zeit verstrich ohne bemerkenswerte Ereignisse. Aber am Anfang des darauffolgenden Sommers kam es zu vielen Veränderungen im Familienleben von Kirila Petrowitsch.

Etwa dreißig Werst von ihm entfernt befand sich das reiche Besitztum des Fürsten Wereiskij. Der Fürst war lange Zeit in fremden Ländern gewesen. Sein Vermögen verwaltete ein abgedankter Major, und zwischen Pokrowskoje und Arbatowo bestanden keinerlei Beziehungen. Aber Ende Mai war der Fürst aus dem Ausland zurückgekehrt und auf sein Gut gekommen, das er zeit seines Lebens noch nie gesehen hatte. Er war an Zerstreuungen gewöhnt, und die Einsamkeit des Landlebens war ihm unerträglich. Daher begab er sich schon am dritten Tage nach seiner Ankunft zum Mittagessen zu Trojekurow, mit dem er früher einmal bekannt gewesen war.

Der Fürst war etwa fünfzig Jahre alt, aber er machte einen bedeutend älteren Eindruck. Ausschweifungen aller Art hatten seine Gesundheit untergraben und ihm ihren unauslöschlichen Stempel aufgedrückt. Er brauchte ständig Zerstreuungen und langweilte sich immer. Trotzdem war sein Äußeres angenehm und bemerkenswert, und die Gewohnheit, stets in Gesellschaft zu sein, verlieh ihm eine gewisse Liebenswürdigkeit namentlich Frauen gegenüber. Kirila Petrowitsch war über seinen Besuch höchst erfreut, da er ihn als Zeichen der Achtung eines Weltmannes wertete. Seiner Gewohnheit gemäß unterhielt er den Gast mit der Besichtigung seiner Einrichtungen und führte ihn auch in den Hundezwinger. Aber der Fürst erstickte schier in dieser Hundeatmosphäre und beeilte sich fortzukommen, wobei er sein mit Parfüm besprengtes Taschentuch vor die Nase hielt. Der altmodische Garten mit den gestutzten Linden, dem viereckigen Teich und den schnurgeraden Alleen gefiel ihm auch nicht. Er schwärmte für englische Gärten und die sogenannte Natur. Aber er stellte sich trotzdem, als ob ihm alles recht gut gefiele, und sparte nicht mit Lob. Ein Diener meldete, daß das Essen serviert sei, und man begab sich ins Haus. Der Fürst, den der Rundgang ermüdet hatte, hinkte ein wenig, und es reute ihn schon, diesen Besuch gemacht zu haben.

Aber im Saal traf er auf Marja Kirilowna, – und der alte Schwerenöter war von ihrer Schönheit betroffen. Trojekurow ließ seinen Gast neben ihr Platz nehmen, und der Fürst lebte in ihrer Gegenwart auf.

Er war aufgeräumt und fand durch seine interessanten Schilderungen Gelegenheit, mehrmals die Aufmerksamkeit Maschas auf sich zu ziehen. Nach dem Mittagessen schlug Kirila Petrowitsch einen Spazierritt vor, aber der Fürst entschuldigte sich mit dem Hinweis auf seine Samtstiefel und mit einem Scherz über seine Gicht. Er brachte eine Spazierfahrt in einem Jagdwagen in Vorschlag, um von seiner schönen Nachbarin nicht getrennt zu werden. Der Wagen kam, die Alten setzten sich mit der Schönen hinein, und man fuhr fort. Die Unterhaltung riß nicht ab. Marja Kirilowna hörte mit Vergnügen die schmeichelhaften und humorvollen Bemerkungen an, die dieser Weltmann an sie richtete. Plötzlich wandte sich Wereiskij mit der Frage an Kirila Petrowitsch, was dieses abgebrannte Gebäude zu bedeuten habe und ob es ihm gehöre. Kirila Petrowitsch machte ein finsteres Gesicht. Die Erinnerungen, die der abgebrannte Herrensitz in ihm wachrief, waren ihm unangenehm. Er erwiderte, daß das Land jetzt sein Eigentum sei und früher Dubrowskij gehört habe. »Dubrowskij?« wiederholte Wereiskij. »Wie, diesem berühmten Räuber?« »Seinem Vater«, antwortete Trojekurow, »aber auch der Vater war ein richtiger Räuber.« »Wohin wird wohl unser Rinaldo verschwunden sein? Hat man ihn gefaßt und lebt er überhaupt noch?« »Er lebt und ist frei, und solange es bei uns Schufte und Gauner als Kreishauptleute gibt, solange wird er nicht erwischt werden. Übrigens, Fürst! Dubrowskij ist doch auch bei dir in Arbatowo gewesen?« »Ja, im vorigen Jahr hat er meines Wissens etwas verbrannt und ausgeraubt. Nicht wahr, Marja Kirilowna, es müßte doch interessant sein, diesen romantischen Helden näher kennenzulernen?« »Was, interessant!« sagte Trojekurow. »Sie kennt ihn ja. Er hat ihr drei Wochen lang Musikunterricht gegeben, aber, Gott sei Dank, nichts dafür genommen.«

Hier begann Kirila Petrowitsch seine Erzählung von dem falschen Lehrer. Marja Kirilowna saß wie auf Nadeln. Wereiskij hörte sehr aufmerksam zu, fand alles sehr seltsam und lenkte das Gespräch in eine andere Richtung. Als sie zurückgekommen waren, verlangte er sofort seinen Wagen und empfahl sich trotz der dringenden Bitten Kirila Petrowitschs, über Nacht zu bleiben, gleich nach dem Tee. Vorher aber hatte er Kirila Petrowitsch gebeten, ihn mit Marja Kirilowna zu besuchen. Der stolze Trojekurow versprach das, denn angesichts des fürstlichen Ranges, der zwei Ordenssterne und der dreitausend Seelen seines Erbgutes hielt er den Fürsten doch bis zu einem gewissen Grad für seinesgleichen.

Zwei Tage nach dem Besuch des Fürsten begab sich Kirila Petrowitsch mit seiner Tochter zum Gegenbesuch dorthin. Als sie auf Arbatowo zufuhren, konnte er nicht umhin, die sauberen und freundlichen Bauernhäuser und das steinerne Herrenhaus zu bewundern, das im Stil der englischen Schlösser erbaut war. Vor dem Haus erstreckte sich eine ovale, tiefgrüne Wiese, auf der Schweizer Kühe mit ihren klingenden Glocken weideten. Ein ausgedehnter Park umgab das Haus von allen Seiten. Der Hausherr empfing die Gäste auf der Freitreppe und reichte der jungen Schönen den Arm. Sie traten in einen prächtigen Saal, wo der Tisch für drei gedeckt war. Der Fürst führte seine Gäste zum Fenster, wo sich ihnen eine entzückende Aussicht bot, im Hintergrund die Wolga; beladene Barken mit geblähten Segeln fuhren auf ihr dahin, und jene Fischerboote flitzten vorbei, die so bezeichnend »Seelenverkäufer« genannt werden. Jenseits des Flusses dehnten sich Hügel und Felder; mehrere Dörfer machten das Bild der Gegend noch lebendiger.

Dann ging man an die Besichtigung der Galerie von Gemälden, die der Fürst im Ausland erworben hatte. Er erklärte Marja Kirilowna ihre Vorzüge und Mängel. Er tat dies aber nicht in der üblen Sprache eines lehrhaften Kenners, sondern mit Gefühl und Phantasie, so daß ihm Marja Kirilowna mit Vergnügen zuhörte. Dann ging man zu Tisch. Trojekurow ließ den Weinen seines Amphitrio und der Kunst seines Koches volle Gerechtigkeit widerfahren, und Marja Kirilowna unterhielt sich mit dem Mann, den sie erst zum zweiten Mal in ihrem Leben sah, vollkommen zwanglos und unbefangen.

Nach dem Essen schlug der Hausherr den Gästen vor, in den Garten zu gehen. Sie tranken Kaffee in einer Laube am Ufer eines großen Sees, in dem zahlreiche Inseln lagen. Plötzlich ertönte Musik von Blasinstrumenten, und ein Boot mit sechs Ruderern legte unmittelbar vor der Laube an. Dann fuhren sie auf den See um die Inseln herum und besuchten einige davon. Auf der einen fanden sie eine Marmorstatue, auf der anderen eine einsame Grotte, auf der dritten ein Denkmal mit einer geheimnisvollen Inschrift, die die mädchenhafte Neugier Marja Kirilownas erregte, die jedoch nicht befriedigt wurde, da sich der Fürst nur auf höfliche Andeutungen beschränkte.

Unmerklich verrann die Zeit, und es fing an zu dunkeln. Unter dem Vorwand, daß es zu kühl und taufeucht werde, beschleunigte der Fürst die Rückkehr ins Haus, wo sie schon der Samowar erwartete. Der Fürst bat Marja Kirilowna, im Hause eines alten Junggesellen die Rolle der Hausfrau zu übernehmen. Sie goß den Tee ein und hörte den unerschöpflichen Erzählungen des liebenswürdigen Schwätzers zu. Auf einmal krachte ein Schuß – eine Rakete erhellte den Himmel... Der Fürst reichte Marja Kirilowna einen Schal und bat sie und Trojekurow auf den Balkon. Vor dem Hause flammten im Dunkel buntfarbige Feuer auf, kreisten, stiegen als Garben in die Höhe, ergossen sich in Fontänen und sprühten herab, erloschen und flammten wieder auf. Marja Kirilowna ergötzte sich an dem Feuerwerk wie ein Kind. Fürst Wereiskij freute sich über ihr Entzücken, und Trojekurow war außerordentlich zufrieden, da er es als Zeichen der Hochachtung und des Wunsches hinnahm, jenem zu gefallen.

Das Abendessen stand in seiner Güte dem Mittagessen nicht nach. Die Gäste begaben sich in die für sie bereitgestellten Zimmer und verließen am anderen Morgen den liebenswürdigen Hausherrn, wobei sie sich gegenseitig versprachen, sich bald wieder zu treffen.

Marja Kirilowna saß, mit einer Stickerei beschäftigt, am offenen Fenster ihres Zimmers.

Plötzlich streckte sich eine Hand behutsam zum Fenster herein. Jemand legte einen Brief auf den Stickrahmen und war verschwunden, ehe Marja Kirilowna sich dessen versah. In demselben Augenblick trat ein Diener ins Zimmer und rief sie zu Kirila Petrowitsch. Zitternd verbarg sie den Brief unter dem Brusttuch und begab sich eilig zu ihrem Vater ins Arbeitszimmer. Kirila Petrowitsch war nicht allein, der Fürst Wereiskij saß bei ihm. Beim Eintritt Marja Kirilownas erhob er sich und verneigte sich schweigend in einer bei ihm ganz ungewöhnlichen Verlegenheit.

»Komm her, Mascha«, sagte Kirila Petrowitsch, »ich habe dir eine Neuigkeit mitzuteilen, die dich, wie ich hoffe, freuen wird. Hier ist dein Bräutigam, der Fürst hat um deine Hand angehalten.«

Mascha war starr vor Bestürzung, Totenblässe überzog ihr Gesicht. Sie schwieg. Der Fürst ging auf sie zu, nahm sie bei der Hand und fragte sie bewegt, ob sie einwillige, ihn glücklich zu machen. Mascha sagte kein Wort.

»Sie willigt ein, natürlich willigt sie ein«, sagte Kirila Petrowitsch. »Aber du mußt wissen, Fürst, einem jungen Mädchen fällt es schwer, dieses Wort auszusprechen. Nun, Kinder, küßt euch und werdet glücklich.«

Mascha stand unbeweglich da. Der alte Fürst küßte ihr die Hand. Plötzlich rannen Tränen über ihr blasses Gesicht. Dem Fürsten wurde es unbehaglich.

»Geh, geh, geh!« sagte Kirila Petrowitsch. »Trockne deine Tränen und komm vergnügt zu uns zurück. Sie weinen alle bei der Verlobung«, fuhr er, zu Wereiskij gewandt, fort, »das ist schon so Brauch bei ihnen. Jetzt aber wollen wir sachlich miteinander reden, das heißt von der Mitgift.«

Marja Kirilowna machte sogleich von der Erlaubnis, sich entfernen zu dürfen, Gebrauch. Sie rannte in ihr Zimmer, wo sie ihren Tränen freien Lauf ließ bei dem Gedanken, die Frau des alten Fürsten werden zu müssen. Er kam ihr jetzt auf einmal widerwärtig vor... Sie schreckte vor einer Ehe mit ihm zurück wie vor dem Schafott oder vor dem Grab. »Nein, nein!« wiederholte sie verzweifelt, »lieber ins Kloster, lieber heirate ich Dubrowskij!«

Da fiel ihr der Brief ein, und in der Ahnung, daß er von ihm sei, machte sie sich hastig daran, ihn zu lesen. In der Tat hatte er ihn geschrieben. Der Brief enthielt nur folgende Worte: »Heute um neun Uhr abends an dem bekannten Platz.«

Der Mond schien, im Dorf herrschte nächtliche Stille, nur zuweilen erhob sich ein Lüftchen, und leise rauschten die Bäume. Wie ein leichter Schatten näherte sich die junge Schöne dem Platz des bestimmten Zusammentreffens. Es war noch niemand zu sehen. Plötzlich trat Dubrowskij hinter der Laube hervor. »Ich weiß alles«, sagte er mit leiser, trauriger Stimme. »Erinnern Sie sich an Ihr Versprechen?« »Sie bieten mir Ihren Schutz an?« antwortete Marja Kirilowna, »aber, seien Sie nicht böse, ich habe Angst davor. Auf welche Weise wollen Sie mir helfen?« »Ich könnte Sie von dem verhaßten Mann befreien.« »Um Gottes willen, rühren Sie ihn nicht an! Wagen Sie es nicht, ihn anzurühren, wenn Sie mich lieben. Ich will nicht die Ursache irgendeiner Schreckenstat sein ...« »Ich werde ihn nicht anrühren. Ihr Wille ist mir heilig. Er verdankt Ihnen sein Le- ben. Niemals wird eine Untat in Ihrem Namen verübt werden. Sie sollen rein bleiben selbst in meinem Verbrechen. Aber wie soll ich Sie vor Ihrem grausamen Vater retten?« »Ich habe noch eine Hoffnung: ihn mit meinen Tränen und meiner Verzweiflung zu rühren. Er ist eigensinnig, aber er hat mich sehr lieb.« »Sie hoffen vergeblich. In diesen Tränen sieht er nur die übliche Ängstlichkeit und Abneigung, die allen Mädchen eigen ist, die nicht aus Neigung heiraten, sondern eine Vernunftehe eingehen. Wenn er es sich aber in den Kopf gesetzt hat, trotz Ihres Weigerns Ihr Glück zu machen? Wenn man Sie mit Gewalt zum Traualtar führt, um für immer Ihr Schicksal der Hand eines hinfälligen Mannes auszuliefern?« »Dann – dann bleibt mir nichts übrig – dann kommen Sie und holen mich – ich werde Ihre Frau.«

Dubrowskij erbebte. Sein bleiches Gesicht bedeckte sich mit flammender Röte und wurde gleich wieder blasser als sonst. Mit gesenktem Kopf stand er lange schweigend da. »Nehmen Sie alle Kraft Ihrer Seele zusammen, flehen Sie den Vater an, werfen Sie sich ihm zu Füßen, stellen Sie ihm alle Schrecken Ihrer Zukunft, stellen Sie ihm Ihre Jugend vor, die neben dem hinfälligen und lasterhaften Alten dahinwelken wird! Sagen Sie ihm, daß der Reichtum Ihnen nicht eine Minute Glücks verschaffen wird; Reichtum befriedigt nur die Armut und auch sie nur bis zu dem Augenblick, wo man sich daran gewöhnt hat. Geben Sie ihm keine Ruhe und lassen Sie sich weder durch seinen Zorn noch durch Drohungen einschüchtern, solange noch ein Funke von Hoffnung vorhanden ist; um Gottes willen, lassen Sie nicht nach! Und wenn es kein anderes Mittel mehr gibt – dann entschließen Sie sich zu der grausamen Erklärung: Sagen Sie ihm, wenn er unerbittlich bleibt, daß Sie einen schrecklichen Beschützer finden werden ...«

Bei diesen Worten schlug Dubrowskij die Hände vors Gesicht; seine Stimme versagte. Mascha weinte...

»Welch grausames Schicksal!« sagte er mit einem bitteren Seufzer. »Ich hätte mein Leben geopfert, Sie nur aus der Ferne zu sehen. Ihre Hand zu berühren war eine Wonne für mich; und da sich mir die Möglichkeit eröffnet, Sie an mein erregtes Herz zu drücken und zu sagen: Engel, wir wollen sterben! – muß ich Ärmster auf dieses Glück verzichten, muß Sie mit aller Kraft von mir stoßen! Ich wage es nicht, Ihnen zu Füßen zu fallen und dem Himmel für die unbegreifliche, unverdiente Belohnung zu danken. Oh! wie müßte ich eigentlich jenen hassen ..., aber ich fühle es, in meinem Herzen ist jetzt für Haßgefühl kein Raum.«

Schweigend umfaßte er ihre schlanke Gestalt und zog sie sanft an sein Herz. Sie legte den Kopf an die Schulter des jungen Räubers – beide schwiegen...Die Zeit verrann.

»Ich muß gehen«, sagte Mascha schließlich.

Dubrowskij schien aus tiefer Versunkenheit zu erwachen. Er nahm ihre Hand und steckte einen Ring an ihren Finger. »Wenn Sie sich entscheiden, Ihre Zuflucht zu mir zu nehmen«, sagte er, »so bringen Sie diesen Ring hierher und versenken Sie ihn in die Höhlung dieser Eiche; ich weiß dann, was ich zu tun habe.«

Dubrowskij küßte ihre Hand und verschwand zwischen den Bäumen.

Die Verlobung des Fürsten Wereiskij war für die Nachbarschaft kein Geheimnis mehr. Kirila Petrowitsch nahm Glückwünsche entgegen; die Hochzeit wurde vorbereitet. Mascha verschob die entscheidende Aussprache von einem Tag auf den anderen. Ihr Benehmen gegenüber dem alten Bräutigam war kalt und gezwungen. Der Fürst machte sich darüber keine Gedanken: er verlangte keine Liebe, sondern war mit ihrem stummen Einverständnis zufrieden.

Aber die Zeit lief weiter. Endlich entschloß sich Mascha zu handeln und schrieb dem Fürsten Wereiskij einen Brief. Sie versuchte, in seinem Herzen das Gefühl der Großmut wachzurufen, indem sie ihm freimütig erklärte, daß sie nicht die geringste Neigung für ihn empfinde. Sie beschwor ihn, auf ihre Hand zu verzichten und sie vor der väterlichen Gewalt zu beschützen. Diesen Brief steckte sie dem Fürsten heimlich zu. Dieser las ihn für sich, war aber durch die Aufrichtigkeit seiner Braut nicht im geringsten gerührt. Im Gegenteil, er erachtete es als unumgänglich, die Hochzeit zu beschleunigen, und hielt es sogar für notwendig, seinem künftigen Schwiegervater den Brief zu zeigen.

Kirila Petrowitsch raste. Nur mit Mühe konnte ihn der Fürst dazu bewegen, Mascha nichts davon merken zu lassen, daß er über ihren Brief unterrichtet sei. Kirila Petrowitsch willigte ein, ihr davon nichts zu sagen, beschloß aber, keine Zeit zu verlieren und die Hochzeit schon auf den nächsten Tag festzusetzen. Der Fürst fand das sehr vernünftig; er begab sich zu seiner Braut und erklärte ihr, daß ihr Brief ihn sehr betrübt habe, daß er aber hoffe, mit der Zeit ihre Zuneigung zu gewinnen. Der Gedanke, sie zu verlieren, sei für ihn unerträglich und er besitze nicht die Kraft, seinem Todesurteil zuzustimmen. Dann küßte er ihre Hand und fuhr fort, ohne ihr ein Wort über den Entschluß von Kirila Petrowitsch gesagt zu haben.

Kaum war er aus dem Hof hinausgefahren, da kam der Vater und befahl ihr geradeheraus, sich für den morgigen Tag vorzubereiten. Marja Kirilowna, die schon durch die Erklärung des Fürsten Wereiskij sehr aufgeregt war, zerfloß in Tränen und warf sich dem Vater zu Füßen.

»Väterchen!« schrie sie mit mitleiderregender Stimme. »Väterchen! Richten Sie mich nicht zugrunde! Ich liebe den Fürsten nicht, ich will nicht seine Frau werden!« »Was soll das heißen?« sagte Kirila Petrowitsch drohend. »Bis jetzt hast du kein Wort gesagt und warst einverstanden. Und jetzt, wo alles beschlossen ist, fällt es dir ein, deinen Launen nachzugeben und dein Wort zurückzunehmen. Sei so gut und mache keine Dummheiten, bei mir erreichst du damit gar nichts.« »Richten Sie mich nicht zugrunde!« wiederholte die arme Mascha. »Warum jagen Sie mich von sich weg und liefern mich einem ungeliebten Manne aus! Sind Sie meiner überdrüssig geworden? Ich will wie bisher bei Ihnen bleiben, Väterchen, Sie werden ohne mich traurig sein und noch trauriger, wenn Sie bedenken müssen, daß ich unglücklich bin. Väterchen, zwingen Sie mich nicht: ich will nicht heiraten.«

Kirila Petrowitsch war gerührt. Er verbarg aber seine Gemütsbewegung und unterbrach sie mit den strengen Worten: »Das ist alles Unsinn, hörst du? Ich weiß besser als du, was zu deinem Glück nötig ist. Deine Tränen helfen dir nichts; übermorgen ist die Hochzeit.« »Übermorgen!« schrie Mascha. »O mein Gott. Nein, nein, das ist unmöglich, das kann nicht sein! Väterchen, hören Sie, wenn Sie schon entschlossen sind, mich zugrunde zu richten, so werde ich einen Beschützer finden, an den Sie nicht denken. Sie werden sehen, Sie werden sich entsetzen über das, wozu Sie mich getrieben haben.« »Was? was?« sagte Trojekurow. »Drohungen? Drohungen? Freches Mädchen! Weißt du, daß ich mit dir etwas tun kann, was du dir gar nicht vorstellst? Du wagst es, mir mit einem Beschützer zu drohen? Ich möchte nur wissen, wer dieser Beschützer ist.« »Wladimir Dubrowskij«, erwiderte Mascha voller Verzweiflung. Kirila Petrowitsch dachte, sie sei von Sinnen, und schaute sie erstaunt an. »Gut«, sagte er nach kurzem Schweigen. »Warte, auf welchen Beschützer du willst. Aber vorläufig bleibst du hier in deinem Zimmer – vor der Hochzeit wirst du es nicht mehr verlassen.« Mit diesen Worten verließ Kirila Petrowitsch das Zimmer und sperrte die Türe hinter sich zu.

Lange weinte das arme Mädchen bei der Vorstellung dessen, was alles es erwartete. Aber doch hatte die stürmische Aussprache ihre Seele erleichtert, und sie konnte über ihr Los und das, was weiter zu tun war, ruhiger nachdenken. Das wichtigste war für sie, dieser verhaßten Ehe zu entgehen; ihr Los als Frau eines Räubers schien ihr ein Paradies im Vergleich zu dem ihr zugedachten Schicksal. Sie schaute den Ring an, den ihr Dubrowskij zurückgelassen hatte. Sie empfand den glühenden Wunsch, mit ihm noch einmal allein zusammenzukommen und sich mit ihm vor der entscheidenden Minute ausführlich zu besprechen. Ein unbestimmtes Gefühl sagte ihr, daß sie Dubrowskij am Abend im Garten nahe bei der Laube finden würde. Sie war entschlossen, gleich bei Eintritt der Dämmerung dorthin zu gehen und auf ihn zu warten.

Die Dämmerung kam, und Mascha machte sich bereit, aber die Türe war verschlossen. Das Stubenmädchen antwortete ihr hinter der Türe, daß Kirila Petrowitsch verboten habe, sie herauszulassen. Sie war also in Haft. Tief gekränkt setzte sie sich ans Fenster und blieb bis in die tiefe Nacht angekleidet dort sitzen, unbeweglich in den finsteren Himmel starrend. Gegen Morgengrauen schlief sie ein, aber ihr leichter Schlummer wurde immer von leidvollen Tränen unterbrochen, bis die ersten Strahlen der aufgehenden Sonne sie weckten.

Als sie erwachte, kam ihr beim ersten Gedanken der ganze Ernst ihrer Lage zum Bewußtsein. Sie klingelte, und eine Magd trat ein, die auf Befragen antwortete, Kirila Petrowitsch sei am Abend nach X. gefahren und erst spät zurückgekommen. Er habe strengen Befehl erteilt, sie nicht aus dem Zimmer zu lassen und darauf zu achten, daß niemand mit ihr spreche. Das Mädchen erzählte Mascha weiter, daß von besonderen Vorbereitungen zur Hochzeit nichts zu bemerken sei, aber dem Popen sei befohlen worden; sich unter keinen Umständen vom Dorf zu entfernen. Nach diesen Mitteilungen ließ das Mädchen Marja Kirilowna allein und sperrte die Türe wieder zu. Die Worte der Magd erbitterten die junge Gefangene. Ihr Kopf glühte, und ihr Blut pulste; sie war entschlossen, Dubrowskij von allem Kenntnis zu geben, und suchte nach einer Möglichkeit, den Ring in die Höhlung der bekannten Eiche bringen zu lassen. In diesem Augenblick schlug ein Steinchen an ihr Fenster, daß die Scheibe klirrte. Marja Kirilowna schaute in den Hof hinab und sah den kleinen Sascha, der ihr Zeichen gab. Sie kannte seine Anhänglichkeit und freute sich über ihn. Sie öffnete das Fenster. »Guten Tag, Sascha, warum rufst du mich?« »Ich bin gekommen, Schwesterchen, um von Ihnen zu erfahren, ob Sie etwas brauchen? Väterchen ist böse und hat dem ganzen Haus verboten, Ihnen zu gehorchen. Aber befehlen Sie mir, was Sie wünschen, ich werde für Sie alles tun.« »Danke, mein lieber Sascha. Höre, du kennst doch die alte Eiche mit der Höhlung, die bei der Laube steht?« »Ja, Schwesterchen.« »Also, wenn du mich so gern hast, so laufe schnell hin und lege diesen Ring in die Höhlung. Gib aber acht, daß dich niemand sieht.«

Mit diesen Worten warf sie ihm den Ring zu und schloß das Fenster. Der Knabe hob den Ring auf, rannte, so schnell er konnte, davon und war nach drei Minuten bei dem bezeichneten Baum. Hier blieb er atemlos stehen, sah sich nach allen Seiten um und legte den Ring in die Höhlung. Nach glücklicher Erledigung seines Auftrages wollte er dies Marja Kirilowna sofort melden, da huschte plötzlich ein rothaariger, abgerissener Bub aus der Laube vor, stürzte auf die Eiche zu und steckte die Hand in die Höhlung. Flinker als ein Eichhörnchen warf sich Sascha auf ihn und krallte sich mit beiden Händen an ihm fest. »Was machst du hier?« sagte er drohend. »Was geht das dich an?« antwortete der Knabe und suchte sich von ihm zu befreien. »Laß diesen Ring liegen, Rothaariger«, schrie Sascha, »oder ich will dir was zeigen.«

Statt einer Antwort schlug ihn der Knabe mit der Faust ins Gesicht; aber Sascha ließ nicht locker und schrie, was er herausbrachte: »Diebe, Diebe! Hierher, hierher!«

Der Knabe gab sich alle Mühe loszukommen. Er war offenbar zwei Jahre älter als Sascha und bedeutend kräftiger, aber Sascha war flinker. Sie rauften einige Minuten, schließlich kam der Rothaarige obenauf. Er hatte Sascha zu

Boden geworfen und an der Gurgel gepackt. In diesem Augenblick aber krallte sich eine starke Hand in sein rotes, borstiges Haar, und der Gärtner Stepan hob ihn eine halbe Elle vom Boden. »Ach, du rothaarige Bestie«, sagte der Gärtner, »wie erfrechst du dich, unseren jungen Herrn zu schlagen?« Sascha konnte aufstehen und sich etwas erholen.

»Du hast mich unter den Achseln gepackt«, sagte er, »sonst hättest du mich niemals umgeworfen. Gib sofort den Ring her und mach, daß du weiterkommst!« »Das könnte dir passen!« sagte der Rothaarige, machte unerwartet eine Drehung auf der Stelle und befreite damit seine Borsten aus der Hand Stepans. Er jagte davon, aber Sascha holte ihn ein und gab ihm einen Stoß in den Rücken, so daß er auf alle viere hinstürzte. Der Gärtner packte ihn wieder und fesselte ihn mit einem Riemen.

»Gib den Ring her!« schrie Sascha. »Warte, Herr«, sagte Stepan, »wir werden ihn zum Verwalter bringen, der wird mit ihm abrechnen.«

Der Gärtner führte den Gefangenen in den Hof, und Sascha begleitete ihn, wobei er unruhig seine zerrissenen und mit Grasflecken bedeckten Pumphöschen betrachtete. Auf einmal standen alle drei vor Kirila Petrowitsch, der gerade in seinem Stall Nachschau halten wollte. »Was ist denn da los?« fragte er Stepan. Dieser schilderte in kurzen Worten den ganzen Vorgang. Kirila Petrowitsch hörte aufmerksam zu.

»Du Strick«, sagte er zu Sascha, »warum hast du dich mit ihm eingelassen?« »Er hatte aus der Eiche einen Ring gestohlen, Väterchen. Befehlen Sie ihm, daß er ihn herausgibt.« »Was für einen Ring? Aus welcher Eiche?« »Marja Kirilowna hat mir ja ... diesen Ring da ...«

Sascha geriet in Verwirrung. Kirila Petrowitsch runzelte die Stirn und sagte kopfschüttelnd: »Hier ist Marja Kirilowna im Spiel. Gestehe alles, oder ich werde dich dermaßen mit der Rute durchhauen, daß dir Hören und Sehen vergeht.« »Bei Gott, Väterchen ... ich ... Väterchen ... Marja Kirilowna hat mir nichts befohlen, Väterchen.« »Stepan! Geh und schneide mir eine gute, frische Birkenrute ab!« »Warten Sie, Väterchen, ich will Ihnen alles erzählen. Ich bin heute im Hof herumgelaufen, da hat Schwesterchen Mascha das Fenster aufgemacht und ich bin hingelaufen und das Schwesterchen hat aus Versehen den Ring fallen lassen und ich habe ihn in die Eiche versteckt ... und ... und dieser rothaarige Bube wollte den Ring stehlen.« »Aus Versehen hat sie ihn fallen lassen, und du wolltest ihn verstecken... Stepan! Geh und hol die Ruten.« »Väterchen, warten Sie, ich will alles erzählen. Das Schwesterchen Marja Kirilowna hat mir befohlen, ich sollte zu der Eiche laufen und den Ring in die Höhlung legen. Dann bin ich hingelaufen und habe den Ring hineingelegt, aber dieser abscheuliche Bube da...«

Kirila Petrowitsch wandte sich an den abscheulichen Buben und fragte ihn streng: »Wem gehörst du?« »Ich gehöre zu den Hofleuten von Dubrowskij«, antwortete er. Das Gesicht von Kirila Petrowitsch wurde finster. »Du erkennst mich scheinbar nicht als Herrn an – gut. Aber was hast du in meinem Garten zu tun gehabt?« »Ich habe Himbeeren gestohlen«, sagte der Knabe ganz kaltblütig. »Aha! Wie der Herr, so der Knecht, wie der Pope, so die Pfarre. Aber wachsen vielleicht bei mir die Himbeeren auf den Eichen? Hast du so etwas schon gehört?« Der Knabe gab keine Antwort. »Väterchen, sagen Sie ihm, er soll den Ring herausgeben«, sagte Sascha. »Halt den Mund, Alexander!« antwortete Kirila Petrowitsch, »und vergiß nicht, daß ich mit dir noch ein Wörtchen zu reden habe. Geh auf dein Zimmer. Und du, schieläugiger Tropf, scheinst mir nicht dumm zu sein. Wenn du mir alles gestehst, werde ich dich nicht durch- prügeln, sondern dir noch einen Fünfer für Nüsse schenken. Gib den Ring her, dann kannst du gehen. (Der Knabe öffnete die Faust und zeigte, daß er nichts in der Hand hatte.) Wenn nicht, dann werde ich mit dir etwas anfangen, woran du gar nicht denkst. Nun!«

Der Knabe sagte kein Wort, stand mit gesenktem Kopf da und machte ein blödes Gesicht.

»Gut«, sagte Kirila Petrowitsch, »sperrt ihn irgendwo ein und gebt acht, daß er nicht entwischt, sonst ziehe ich euch allen die Haube ab.«

Stepan führte den Knaben in das Taubenhaus, sperrte ihn dort ein und befahl der alten Geflügelaufseherin Agafia, auf ihn achtzugeben.

»Da ist gar kein Zweifel: sie steht mit dem verdammten Dubrowskij in Verbindung. Ist es tatsächlich möglich, daß sie ihn zu Hilfe gerufen hat?« dachte Kirila Petrowitsch, der im Zimmer auf und ab ging und grimmig »Siegesdonner erschalle« pfiff. »Vielleicht habe ich da eine frische Spur gefunden, und er entwischt uns nicht mehr. Wir werden diese Gelegenheit ausnützen .... Horch! Pferdeglocken! Gottlob, das ist der Kreishauptmann. Man bringe den gefangenen Knaben hierher!«

Inzwischen war ein kleiner Wagen vorgefahren, und der uns bekannte Kreishauptmann trat, über und über mit Staub bedeckt, ins Zimmer. »Eine gute Nachricht!« sagte Kirila Petrowitsch. »Ich habe Dubrowskij gefangen.« »Gott sei Dank, Exzellenz!« sagte der Kreishauptmann mit freudiger Miene. »Wo ist er?« »Das heißt, nicht Dubrowskij, aber einen von seiner Bande. Gleich wird man ihn bringen. Er wird uns helfen, seinen Hauptmann zu fangen. Da ist er schon.«

Der Kreishauptmann, der erwartet hatte, einen gefährlichen Räuber zu sehen, war erstaunt, als er einen dreizehnjährigen, ziemlich schwächlich ausschauenden Buben vor sich sah. Er wandte sich erstaunt zu Kirila Petrowitsch und wartete auf eine Erklärung. Dieser erzählte ihm alles, was sich am Morgen ereignet hatte, allerdings ohne Marja Kirilowna zu erwähnen. Der Kreishauptmann hörte ihm aufmerksam zu und beobachtete dabei ständig den kleinen Spitzbuben, der sich ganz blöd stellte und sich scheinbar um das, was um ihn vorging, überhaupt nicht kümmerte. »Gestatten Sie, Exzellenz«, unterbrach endlich der Kreishauptmann, »daß ich mit Ihnen allein spreche.«

Kirila Petrowitsch führte ihn in ein anderes Zimmer und verschloß die Tür hinter sich.

Nach einer halben Stunde kamen sie wieder in den Saal, wo der Gefangene die Entscheidung über sein weiteres Schicksal erwartete.

»Der gnädige Herr wollte dich im Stadtgefängnis einsperren, mit der Rute auspeitschen und dann nach Sibirien verschicken lassen«, sagte der Kreishauptmann, »aber ich habe mich für dich verwendet und dir Verzeihung erwirkt. Bindet ihn los.« Man nahm dem Knaben die Fessel ab. »Bedanke dich bei dem gnädigen Herrn«, sagte der Kreishauptmann. Der Knabe ging zu Kirila Petrowitsch hin und küßte ihm die Hand. »Geh heim«, sagte dieser, »und stiehl in Zukunft keine Himbeeren mehr aus Baumhöhlen.«

Der Knabe entfernte sich, sprang vergnügt die Freitreppe hinunter und lief, ohne sich umzusehen, querfeldein nach Kistenjewka. Als er das Dorf erreichte, blieb er vor einer der ersten halb verfallenen Hütten stehen und klopfte ans Fenster. Dieses öffnete sich und eine alte Frau kam zum Vorschein. »Großmutter, Brot!« sagte der Knabe. »Ich habe seit heute früh nichts mehr gegessen, ich sterbe vor Hunger!« »Ach, du bist es, Mitja! Wo hast du dich denn herumgetrieben, du Galgenstrick?« antwortete die Alte. »Das erzähle ich dir später, Großmutter, um Gottes willen Brot!« »So komm' in die Hütte.« »Hab keine Zeit, Großmutter! Ich muß noch schnell wohin laufen. Brot, um Christi willen Brot!« »So ein Wildfang«, brummelte die Alte, »da hast du ein Stück«, und reichte ihm ein Stück Schwarzbrot durchs Fenster. Der Knabe biß gierig hinein, und kauend entfernte er sich langsam. Es fing an zu dämmern. Mitja schlich an den Scheunen und Gemüsegärten vorbei zum Wäldchen von Kistenjewka. Als er zu den zwei Tannen gekommen war, die wie Vorposten dastanden, blieb er stehen, schaute sich nach allen Seiten um, ließ einen lauten, kurzen Pfiff ertönen und horchte. Ein leiserer und langgedehnter Pfiff wurde als Antwort hörbar. Ein Mann trat aus dem Wäldchen und ging auf ihn zu.

Kirila Petrowitsch ging im Saal auf und ab und pfiff lauter als gewöhnlich seine Melodie. Das ganze Haus war in Bewegung. Diener liefen hin und her, die Mägde waren geschäftig, im Stall schirrten die Kutscher einen Wagen an. Auf dem Hof drängten sich die Leute. Vor einem Spiegel im Ankleidezimmer schmückte eine von Mädchen umringte Dame die bleiche, steif dastehende Marja Kirilowna, deren Kopf sich fast unter dem Gewicht des

Brillantschmuckes neigte. Sie zuckte leicht zusammen, wenn eine unvorsichtige Hand sie stach, schwieg aber und starrte gedankenlos in den Spiegel. »Seid ihr bald fertig?« hörte man hinter der Türe die Stimme von Kirila Petrowitsch. »Sofort!« antwortete die Dame. »Marja Kirilowna, stehen Sie auf und schauen Sie. Ist es recht so?« Marja Kirilowna erhob sich, gab aber keine Antwort. Die Türen wurden geöffnet. »Die Braut ist fertig«, sagte die Dame zu Kirila Petrowitsch, »wollen Sie jetzt den Wagen vorfahren lassen.« »Mit Gott!« antwortete Kirila Petrowitsch und nahm ein Heiligenbild vom Tisch. »Komm her, Mascha«, sagte er mit bewegter Stimme, »ich will dich segnen ...« Das arme Mädchen fiel ihm zu Füßen und weinte bitterlich. »Väterchen ...Väterchen...« sagte sie unter Tränen, und ihre Stimme erstarb.

Kirila Petrowitsch erteilte ihr rasch seinen Segen, dann hob man sie auf und trug sie fast in den Wagen. Die Brautmutter und eine der Mägde setzten sich zu ihr, und dann fuhren sie zur Kirche, wo sie der Bräutigam schon erwartete. Er ging der Braut entgegen und war über ihre Blässe und ihr sonderbares Wesen überrascht. Sie gingen zusammen in die kalte, leere Kirche; die Tür wurde hinter ihnen geschlossen. Der Priester trat hinter dem Altar hervor und begann sofort mit der heiligen Handlung. Marja Kirilowna sah und hörte nichts. Seit dem Morgen beherrschte sie nur ein Gedanke: sie erwartete Dubrowskij. Keinen Augenblick hatte sie die Hoffnung auf ihn aufgegeben. Als sich aber der Priester mit der üblichen Frage an sie wandte, fuhr sie zusammen, und es vergingen ihr fast die Sinne. Sie zögerte, wartete immer noch. Aber der Geistliche wartete ihre Antwort gar nicht ab und sprach die ewig bindenden Worte.

Die Trauung war zu Ende. Marja Kirilowna fühlte den kalten Kuß des ungeliebten Gatten, sie vernahm die schmeichelnde Beglückwünschung der Anwesenden, sie konnte es aber immer noch nicht glauben, daß sie fürs ganze Leben gefesselt sein sollte und Dubrowskij nicht zu ihrer Befreiung herbeigeeilt war. Der Fürst wandte sich mit zärtlichen Worten an sie – sie verstand sie nicht. Sie gingen aus der Kirche, wo sich vor dem Portal die Bauern von Pokrowskoje drängten. Ihr Blick streifte sie flüchtig, dann verfiel sie sofort wieder in die bisherige Teilnahmslosigkeit.

Die Neuvermählten stiegen in den Wagen, um nach Arbatowo zu fahren, wohin sich Kirila Petrowitsch schon vorher begeben hatte, um sie dort zu empfangen. Als der Fürst mit seiner jungen Frau allein war, beunruhigte ihn ihr kaltes Wesen nicht im geringsten. Er langweilte sie nicht mit süßlichen Erklärungen und begeisterten Redensarten, die hier lächerlich gewirkt hätten. Seine Worte waren einfach und forderten keine Antwort. So legten sie etwa zehn Werst zurück. Die Pferde jagten schnell über die holperigen Feldwege, aber der Wagen mit seinen englischen Federn ließ sie kaum eine Erschütterung verspüren.

Plötzlich wurden Schreie von Verfolgern laut; der Wagen wurde angehalten und von einer Schar bewaffneter Männer umringt. Ein Mann mit einem Visier öffnete den Wagenschlag an der Seite, wo die junge Fürstin saß, und sagte zu ihr: »Sie sind frei! Steigen Sie aus!« »Was soll das heißen!« schrie der Fürst. »Wer bist du?« »Das ist Dubrowskij«, antwortete die Fürstin.

Der Fürst verlor seine Geistesgegenwart nicht. Er zog eine Reisepistole aus der Seitentasche und schoß auf den maskierten Räuber. Die Fürstin schrie auf und bedeckte voll Schrecken ihr Gesicht mit beiden Händen. Dubrowskij war an der Schulter verwundet und blutete. Ohne Zeit zu verlieren, zog der Fürst eine zweite Pistole hervor, aber er kam nicht mehr dazu, sie abzufeuern. Die Wagentüren wurden aufgerissen, einige starke Fäuste zerrten ihn heraus und rangen ihm die Pistole aus der Hand. Messer blitzten über ihm auf. »Rührt ihn nicht an!« schrie Dubrowskij, und seine finsteren Gesellen traten zurück. »Sie sind frei!« fuhr Dubrowskij zu der bleichen Fürstin fort. »Nein!« antwortete sie. »Zu spät! Ich bin getraut, ich – bin die Gattin des Fürsten Wereiskij.« »Was sagen Sie!« schrie Dubrowskij voll Entsetzen. »Nein, Sie sind nicht seine Frau, Sie sind gezwungen worden, Sie konnten niemals einwilligen!« »Ich habe eingewilligt, ich habe gelobt«, sagte sie mit Festigkeit. »Der Fürst ist mein Mann. Befehlen Sie, daß man ihn freiläßt, und lassen Sie mich bei ihm. Ich habe Sie nicht betrogen, ich habe bis zur letzten Minute auf Sie gewartet..., aber jetzt – ich wiederhole es Ihnen – jetzt ist es zu spät. Lassen Sie uns frei.«

Aber Dubrowskij hörte sie schon nicht mehr sprechen. Der Wundschmerz und die seelische Erregung beraubten ihn der Kräfte. Er brach neben den Wagenrädern zusammen, wo ihn die Räuber umringten. Er brachte noch die Kraft auf, ihnen einige Worte zu sagen. Sie setzten ihn auf ein Pferd; zwei von ihnen stützten ihn, ein dritter nahm das Pferd am Zügel, und alle entfernten sich auf einem Seitenweg. Den Wagen, die gefesselten Leute des Fürsten, die ausgespannten Pferde hatten sie mitten auf der Straße stehengelassen, aber ohne etwas geplündert oder aus Rache für die Verwundung ihres Hauptmanns einen Tropfen Blut vergossen zu haben.

Auf einer schmalen Lichtung im Walddickicht erhob sich eine kleine Erdfestung mit Wall und Graben, hinter denen sich einige Bretter- und Erdhütten befanden. Innerhalb der Umfriedung lagerte ein Haufen von Leuten ohne Kopfbedeckung um einen Kessel herum beim gemeinsamen Mittagessen. An der Verschiedenheit ihrer Kleidung und an ihren Waffen konnte man sie sofort als Räuber erkennen. Auf dem Wall saß neben einer kleinen Kanone ein Posten mit untergeschlagenen Beinen. Er setzte einen Flicken auf eines seiner Kleidungsstücke und führte dabei die Nadel mit einer Fertigkeit, die den erfahrenen Schneider verriet. Dabei sah er sich immer nach allen Seiten um.

Obwohl eine Schnapsflasche mehrmals von Hand zu Hand herumgegangen war, herrschte eine auffallende Ruhe. Die Räuber hatten ihr Mittagessen beendet. Einer nach dem andern erhob sich und betete. Einige zogen sich in ihre Hütten zurück, andere zerstreuten sich im Wald oder legten sich nach russischem Brauch zu einem Mittagsschläfchen nieder.

Der Posten war mit seiner Arbeit fertig, schüttelte seine Lumpen aus, betrachtete zufrieden seine Arbeit und steckte die Nadel in den Ärmel. Dann setzte er sich rittlings auf die Kanone und begann aus voller Kehle das melancholische alte Lied zu singen:

»Rausche nicht, Vater, du grüner Laubwald,
Und stör' mich Braven nicht in meinem Sinnen.«

Da ging die Tür einer der Hütten auf und eine alte Frau mit weißer Haube, sauber und sorgfältig gekleidet, erschien auf der Schwelle. »Hör doch auf, Stepka!« sagte sie böse. »Der gnädige Herr ruht, und du fängst an zu brüllen. Ihr habt doch weder Gewissen noch Mitleid.« »Verzeih, Jegorowna«, antwortete Stepka, »ich werde es nicht mehr tun. Soll sich nur ausruhen, unser Väterchen, und wieder gesund werden.« Die Alte ging wieder in die Hütte zurück, und Stepka begann auf dem Wall auf und ab zu gehen.

In der Hütte, aus der kurz vorher die Alte getreten war, lag hinter dem Verschlag der verwundete Dubrowskij auf einem Feldbett. Vor ihm lagen auf einem Tischchen seine Pistolen, ein Säbel hing zu Häupten des Bettes. Boden und Wände der Hütte waren mit kostbaren Teppichen belegt und behangen, in einer Ecke stand ein Damen-Toilettentisch aus Silber und ein großer Wandspiegel. Dubrowskij hielt ein dickes Buch in der Hand, aber seine Augen waren geschlossen. Die Alte, die hinter dem Verschlag nach ihm sah, konnte nicht feststellen, ob er schlief oder nur seinen Gedanken nachhing.

Auf einmal fuhr Dubrowskij in die Höhe. In der Festung war es unruhig geworden, und Stepka steckte den Kopf zum Fenster herein. »Väterchen, Wladimir Andrejewitsch!« schrie er. »Man gibt uns Zeichen – wir werden gesucht.«

Dubrowskij sprang von seinem Bett auf, ergriff seine Waffen und verließ die Hütte. Die Räuber sammelten sich geräuschvoll im Hof. Bei seinem Erscheinen wurde es ganz still. »Sind alle da?« fragte Dubrowskij. »Alle, außer den Spähern«, war die Antwort. »Auf eure Plätze!« schrie Dubrowskij, worauf jeder seinen bestimmten Platz einnahm. In diesem Augenblick liefen drei Späher an das Tor. Dub- rowskij ging ihnen entgegen. »Was gibt's?« fragte er. »Soldaten sind im Wald«, antworteten sie, »sie umzingeln uns.« Dubrowskij ließ das Tor schließen und prüfte selbst die Kanone. Im Wald wurden Stimmen laut und kamen näher. Die Räuber erwarteten sie schweigend. Auf einmal traten drei oder vier Soldaten aus dem Wald und machten sofort kehrt, um ihre Kameraden durch Schüsse zu verständigen.

»Macht euch zum Kampf fertig!« sagte Dubrowskij. Unter den Räubern entstand Bewegung, dann war wieder alles still. Darauf hörten sie den Lärm des sich nähernden Kommandos, und zwischen den Bäumen blitzten Gewehre auf. Etwa hundertfünfzig Mann schwärmten aus dem Wald und stürmten schreiend auf den Wall zu. Dubrowskij setzte die Lunte an, der Schuß traf – einem Soldaten wurde der Kopf weggerissen, zwei waren verwundet. Unter den Soldaten entstand Verwirrung, aber ihr Offizier stürmte vorwärts, die Soldaten folgten ihm und liefen in den Graben hinunter. Die Räuber feuerten mit Gewehren und Pistolen auf sie und machten Anstalten, den Wall mit Beilen in den Händen zu verteidigen gegen die erbittert anstürmenden Soldaten, die im Graben an die zwanzig verwundete Kameraden zurückgelassen hatten. Es kam zum Handgemenge. Die Soldaten waren schon auf dem Wall, und die Räuber fingen an zu wanken, da ging Dubrowskij auf den Offizier los, setzte ihm die Pistole auf die Brust und drückte ab. Der Offizier stürzte, aber einige Soldaten fingen ihn in ihren Armen auf und trugen ihn eiligst in den Wald, während die übrigen, des Führers beraubt, nicht mehr weiter vordrangen. Die dadurch ermutigten Räuber nutzten diesen Augenblick der Verwirrung, überwältigten ihre Widersacher und drängten sie in den Graben hinunter. Die Belagerer ergriffen die Flucht, und die Räuber verfolgten sie unter großem Geschrei.

Der Sieg war entschieden. Der völligen Niederlage des Feindes sicher, ließ Dubrowskij seine Leute anhalten und zog sich in die Festung zurück. Er verdoppelte die Wachen, befahl, daß niemand sich entferne, und ließ die Verwundeten sammeln.

Diese letzten Ereignisse lenkten jetzt die volle Aufmerksamkeit der Regierung auf die verwegenen Räubereien Dubrowskijs. Man stellte Nachforschungen über seinen Aufenthalt an und sandte eine Kompanie Soldaten aus, mit dem Befehl, ihn lebend oder tot einzubringen. Einige von seiner Bande wurden dabei eingefangen, aber diese sagten aus, daß Dubrowskij nicht mehr unter ihnen sei.

Einige Tage zuvor hatte er alle seine Anhänger versammelt und ihnen erklärt, daß er sich entschlossen habe, sie für immer zu verlassen. Er rate auch ihnen, ein anderes Leben anzufangen. »Ihr seid unter meiner Führung reich geworden«, sagte er, »jeder von euch hat einen Paß, mit dem er sich ohne Gefahr nach irgendeinem entfernten Gouvernement durchschlagen und dort den Rest seines Lebens in ehrlicher Arbeit und im Überfluß zubringen kann.

Aber ihr alle seid – Schurken und werdet wahrscheinlich euer Handwerk nicht aufgeben wollen.«

Nach dieser Ansprache verließ er sie und nahm nur X. mit sich. Niemand wußte, wohin er sich begeben hatte. Anfangs zweifelte man an der Richtigkeit dieser Behauptungen, denn die Anhänglichkeit der Räuber an ihren Hauptmann war bekannt, und man nahm an, daß sie sich um seine Rettung bemühten. Aber die Folgezeit bestätigte das Gesagte. Die schreckenerregenden Heimsuchungen, Brände und Plünderungen hatten aufgehört, die Wege wurden wieder frei.

Aus anderen Berichten erfuhr man, daß Dubrowskij ins Ausland geflohen sei.

DIE HAUPTMANNSTOCHTER

Mein Vater, Andrej Petrowitsch Grinew, diente in seiner Jugend unter dem Grafen Münnich und nahm später im Jahre 17 .. als Major seinen Abschied. Er lebte auf seinem Dorf im Ssimbirskschen und heiratete Fräulein Awdotja Wassiljewna J., die Tochter eines Edelmannes aus der Gegend. Neun Kinder entsprossen der Ehe. Meine Brüder und Schwestern starben alle in früher Kindheit. Durch die Vermittlung eines nahen Verwandten, des Gardemajors Fürst B., wurde ich Sergeant des Ssemjonowschen Regiments. Dort war ich beurlaubt bis zum Abschluß meiner Erziehung. Damals wurden wir nicht auf die heutige Art erzogen. Als ich fünf Jahre alt war, kam ich unter die Obhut des früheren Reitknechts Ssaweljitsch, der wegen seines ordentlichen Betragens zu meinem Wärter ernannt worden war. Unter seiner Aufsicht gelang es mir bereits mit zwölf Jahren, meine Muttersprache zu lesen, und ich wußte die Eigenschaften von Jagdhunden genau zu beurteilen. Damals engagierte mein Vater einen Franzosen für mich, Monsieur Beaupré, der aus Moskau gleichzeitig mit dem Jahresbedarf an Wein und Provenceöl ankam. Sein Erscheinen war Ssaweljitsch ganz und gar nicht recht.

»Weiß Gott«, knurrte er, »das Kind ist gewaschen und gekämmt und wohl auch satt. Muß man da noch Geld verschwenden und so einen Musjö anstellen, als hätte man keine eigenen Leute mehr!«

Beaupré war in seinem Vaterlande Friseur gewesen, darauf Soldat in Preußen und dann nach Rußland gekommen. Er war ein guter Kerl, gleichzeitig aber leichtsinnig und im höchsten Grade liederlich. Leidenschaft für das schöne Geschlecht war seine Hauptschwäche, jedoch brachten ihm seine Zärtlichkeiten nicht selten Rippenstöße ein, die er dann tagelang beklagte. Er war zudem (wie er selbst sagte) durchaus kein Feind des Fläschchens, das heißt, um es deutlich zu sagen, er liebte es, einen hinter die Binde zu gießen. Da jedoch in unserem Hause Wein nur bei Tisch getrunken wurde, und auch dann nur höchstens ein Glas, wobei der Lehrer sogar meistens übergangen wurde, so blieb Beaupré nichts anderes übrig, als sich mit großer Schnelligkeit an die russischen Liköre zu gewöhnen, ja er zog sie mit der Zeit sogar den Weinen seines Vaterlandes vor und meinte, sie seien viel verträglicher für den Magen. Wir schlossen bald Freundschaft, und war er auch nach seinem Kontrakt verpflichtet, mir Französisch, Deutsch und sämtliche Wissenschaften beizubringen, so zog er doch bei weitem vor, in aller Eile von mir ein wenig Russisch zu lernen, worauf ein jeder von uns beiden seine Wege ging. Und so lebten wir denn wie ein Herz und eine Seele. Einen besseren Lehrer wünschte ich mir gar nicht. Allein schon bald trennte uns das Schicksal voneinander, und das kam so:

Palaschka, die Wäscherin, ein dickes, pockennarbiges Mädchen, und die einäugige Akuljka, die Kuhmagd, waren miteinander übereingekommen und warfen sich gleichzeitig meiner Mutter zu Füßen, bekannten ihre sündige Schwäche und klagten weinend den Musjö an, der sie in ihrer Unerfahrenheit betört habe. Die Mutter verstand in solchen Dingen keinen Spaß und gab die Klage meinem Vater weiter. Und der machte kurzen Prozeß. Augenblicks befahl er, die Kanaille von Franzosen zu rufen. Man berichtete ihm, daß der Musjö mir gerade eine Stunde gebe. Und so kam der Vater denn in mein Zimmer. Aber Beaupré schlief um diese Zeit auf meinem Bett den Schlaf des Gerechten. Ich dagegen war sehr beschäftigt. Man hatte aus Moskau für mich eine Geographiekarte bestellt. Sie hing an der Wand, ohne daß jemand sie benutzte, aber schon lange hatte mich ihre Breite und das schöne, starke Papier entzückt. Ich war entschlossen, einen Drachen aus ihr zu machen, und da Beaupré schlief, ging ich ans Werk. Doch in dem Augenblick, als ich gerade einen Bastschwanz an das Vorgebirge der Guten Hoffnung knüpfte, trat mein Vater ein. Er sah meine Bemühungen in der Geographie, und schon hatte er mich am Ohr, dann aber ging er auf Beaupré los, weckte ihn äußerst unsanft und überschüttete ihn mit Vorwürfen. Beaupré wollte sich zwar trotz seiner Bestürzung erheben, aber es ging nicht: der arme Franzose war auf den Tod betrunken. Ihm war nicht mehr zu helfen. Am Kragen zerrte ihn mein Vater hoch und aus dem Bett und warf ihn zur Tür hinaus, und noch am selben Tage wurde er Knall und Fall entlassen, zu Ssaweljitschs unsagbarer Freude. Damit war meine Erziehungsperiode abgeschlossen.

Fortan lebte ich das Leben eines Landjunkers, der den Tauben nachstellte und mit den Jungen des Gutsgesindes spielte. So erreichte ich mein sechzehntes Jahr. Aber da änderte sich mein Schicksal.

Einst – es war im Herbst – machte die Mutter im Gastzimmer Obst mit Honig ein, ich aber beobachtete, die Lippen leckend, inzwischen den brodelnden Schaum. Der Vater las am Fenster den »Hofkalender«, den er jedes Jahr zugestellt bekam. Die Lektüre dieses Buches machte immer einen starken Eindruck auf ihn: niemals brachte er es fertig, es ohne persönliche Anteilnahme zu lesen, und noch ein jedesmal rief diese Lektüre in ihm eine erstaunliche Erregung der Galle hervor. Die Mutter, die alle seine Gewohnheiten und Launen natürlich aufs beste kannte, war immer darauf aus, das unglückselige Buch so weit wie möglich zu verstecken, und so geschah es, daß manchmal der »Hofkalender« ihm monatelang nicht unter die Augen kam. Fand er ihn aber dann zufällig irgendwo, dann konnte es geschehen, daß er ihn stundenlang nicht mehr aus den Händen ließ. Und so las denn auch dieses Mal mein Vater den »Hofkalender« und zuckte manchmal mit den Achseln und brummte hie und da halblaut: »Generalleutnant! ... Der war doch in meiner Kompanie Sergeant! ... Beider russischen Orden Ritter! ... Und ist's denn so lange her, daß wir ...?« Schließlich flog der Kalender aufs Sofa, mein Vater versank in Nachdenklichkeit, die uns nichts Gutes verhieß.

Plötzlich wandte er sich zur Mutter: »Awdotja Wassiljewna, wie alt mag wohl unser Petruscha jetzt sein?«

»Je nun, er steht jetzt im siebzehnten Jährchen«, entgegnete die Mutter. »Petruscha wurde im gleichen Jahre geboren, als die Tante Nastasja Gerassimowna ihr eines Auge verlor, und damals war auch ...«

»Schon gut«, unterbrach sie der Vater, »dann ist es auch an der Zeit für ihn, Soldat zu werden. Er ist genug zu den Mägdekammern geschlichen und in die Taubenschläge gekrochen.«

Die Mutter geriet durch den Gedanken an die baldige Trennung in eine solche Bestürzung, daß sie den Löffel, mit dem sie rührte, in den Topf fallen ließ, während sie weinte. Mein Entzücken war dagegen schwer zu beschreiben. Der Gedanke an den Militärdienst verschmolz in mir mit Gedanken an die kommende Ungebundenheit und an die Vergnügungen des Lebens in Petersburg. Ich sah mich schon als Gardeoffizier, und das war meiner Ansicht nach die Höhe menschlicher Glückseligkeit.

Mein Vater war nicht geneigt, seine Entschlüsse zu ändern oder ihre Verwirklichung hinauszuschieben. So wurde denn der Tag meiner Abreise festgesetzt. Am Abend vorher teilte uns der Vater mit, er beabsichtige, an meinen zukünftigen Kommandeur durch mich einen Brief gelangen zu lassen, und forderte Feder und Papier.

»Vergiß nicht, Andrej Petrowitsch«, sagte die Mutter, »den Fürsten B. auch von mir zu grüßen, ich hoffe sehr, daß er Petruscha seine Gnade nicht entziehen wird.«

»Unsinn!« entgegnete der Vater und runzelte die Stirne. »Wie komme ich dazu, an den Fürsten B. zu schreiben?«

»Sagtest du nicht, du wolltest an Petruschas Kommandeur schreiben?«

»Und?«

»Und Petruschas Kommandeur ist doch der Fürst B. Du weißt ja, daß Petruscha dem Ssemjonowschen Regiment zugezählt worden ist.«

»Zugezählt! Was will das schon heißen, daß er dort zugezählt ist? Nach Petersburg kommt mir Petruscha nicht. Was kann er lernen, wenn er in Petersburg dient? Prassen und dummes Zeug treiben? Nein, in der Armee soll er mir dienen und den Gurt enger ziehen, Pulver riechen und ein ordentlicher Soldat werden und kein Gardelaffe! Wo hast du seinen Paß? Gib ihn her.«

Und so mußte denn Mütterchen meinen Paß hervorholen, den sie in ihrer Schatulle mit dem Hemdchen, in dem ich getauft worden war, aufbewahrte; mit zitternder Hand übergab sie ihn dem Vater. Dieser las ihn aufmerksam durch, legte ihn sorgfältig vor sich auf den Tisch und begann seinen Brief.

Neugier peinigte mich. Wohin, wenn es schon nicht nach Petersburg ging, sollte ich geschickt werden? Ich beobachtete gespannt des Vaters Feder, obwohl sie sich mit großer Langsamkeit be- wegte. Endlich war er fertig, steckte den Brief samt dem Paß in einen Umschlag und versiegelte diesen, legte darauf die Brille ab, rief mich heran und sagte: »Hier hast du einen Brief an Andrej Kirillowitsch R., meinen alten Kameraden und Freund. Deine Reise geht nach Orenburg, wo du unter seinem Kommando dienen wirst.« Meine schönen Hoffnungen, so waren sie denn nun alle dahin! Mich erwartete an Stelle des heiteren Petersburger Lebens die Langeweile einer öden und abgelegenen Gegend. Der Dienst, den ich mir noch vor einem Augenblick mit solchem Entzücken ausgemalt hatte, kam mir jetzt wie ein bitteres Unglück vor. Aber da half kein Widerstreben! Bereits am nächsten Morgen fuhr der Reisewagen vor unserer Freitreppe vor; die Kiste mit meinen Habseligkeiten wurde verstaut, ich erhielt ein Reisebesteck mit dem nötigen Teegeschirr, und ebenso mangelte es nicht an verschiedenen Paketen mit Weißbrot und Kuchen, sozusagen den letzten Beweisen mütterlicher Sorgfalt. Die Eltern gaben mir ihren Segen. Und der Vater sagte noch: »Leb denn wohl, Pjotr. Wem du geschworen hast, dem diene mit aller Treue; den Vorgesetzten gehorche; sei nicht zu sehr hinter ihrer Gunst her; dränge dich im Dienst nie vor, aber scheue auch keinen Dienst; und gedenke des Sprichwortes: Wahre das Kleid, derweil es neu ist, die Ehre aber von Jugend auf.« Die Mutter war ganz in Tränen aufgelöst und hieß mich auf meine Gesundheit achtgeben. Ssaweljitsch aber befahl sie, das Kind nicht aus den Augen zu lassen. Darauf mußte ich einen kleinen Pelz anziehen, über den ein schwerer Fuchspelz geworfen wurde. Ich setzte mich neben Ssaweljitsch in den Reisewagen, und während ich bittere Tränen vergoß, begann unsere Reise.

Noch in der gleichen Nacht erreichten wir Ssimbirsk; hier mußte ich einen ganzen Tag zubringen, da Ssaweljitsch den Auftrag hatte, einiges Notwendige einzukaufen. Ich stieg im Gasthaus ab. Schon am frühen Morgen entfernte sich Ssaweljitsch, um seine Besorgungen zu machen. Ich sah aus dem Fenster auf die schmutzige Seitenstraße, bis es mir langweilig wurde, und schlenderte darauf durch die übrigen Zimmer des Gasthauses. Im Raum, in dem das Billard stand, sah ich einen hochgewachsenen Herrn im Schlafrock, er mochte einige fünfunddreißig Jahre alt sein, sein Schnurrbart war lang und schwarz, in der Hand hielt er ein Queue und in den Zähnen die Pfeife. Er spielte mit dem Kellner; wenn dieser gewann, durfte er einen Schnaps trinken, verlor er aber, so mußte er auf allen vieren unter den Billardtisch kriechen. Ich sah ihrem Spiel zu. Je mehr Zeit verging, desto häufiger wurden die Spaziergänge auf allen vieren, und zu guter Letzt blieb der Kellner unter dem Billard liegen. Der Herr sandte ihm einige gesalzene Worte als eine Art Leichenrede nach und wendete sich darauf an mich mit dem Vorschlag, eine Partie zu spielen. Ich lehnte wegen meiner Unkenntnis des Spiels ab. Ihm kam das augenscheinlich sonderbar vor. Er warf mir einen Blick zu, als bemitleide er mich, dennoch aber kamen wir ins Gespräch. Und so erfuhr ich denn, daß er Iwan Iwanowitsch Surin heiße, daß er Rittmeister in einem Husarenregiment sei, daß er sich in Ssimbirsk nur aufhalte, um eine Anzahl von Rekruten in Empfang zu nehmen, und daß er im gleichen Gasthaus wohne. Surin forderte mich auf, mit ihm gemeinsam Mittag zu essen, und zwar nach Soldatenart, was Gott geschickt habe. Ich willigte mit Vergnügen ein. Wir setzten uns zu Tisch. Surin trank viel und veranlaßte auch mich dazu, denn er sagte, ich müsse mich auf diese Weise an den Dienst gewöhnen; er erzählte mir so viel Anekdoten aus dem Armeeleben, daß ich mich vor Lachen kaum mehr halten konnte, – und so waren wir denn nach Tisch natürlich schon die besten Freunde. Er machte mir den Vorschlag, mich zu unterweisen, wie man Billard spielt. »Das ist nämlich«, sagte er, »für jeden von uns unumgänglich notwendig. Wenn man zum Beispiel während des Feldzuges in einen kleinen Ort verschlagen wird, womit soll man sich dort beschäftigen? Man kann doch nicht immer und immer nur Juden hauen. Dann gehst du eben unwillkürlich ins Wirtshaus und spielst Billard; aus diesem Grund muß man es spielen können.« Ich fand das ganz in der Ordnung und machte mich mit großem Eifer daran, es zu lernen. Mit lauter Stimme feuerte Surin mich an, er wunderte sich über meine raschen Fortschritte und schlug mir schon nach einigen Versuchen vor, um Geld zu spielen, um einen Groschen die Partie, nicht etwa des Gewinnes halber, sondern um nicht so für nichts und wieder nichts zu spielen, denn das, sagte er, sei von allen Gewohnheiten die übelste. Auch hiermit erklärte ich mich einverstanden, Surin jedoch ließ Punsch kommen und überredete mich, diesen zu versuchen, wobei er immer wieder sagte, ich müsse mich an den Dienst gewöhnen; und was wäre der Dienst ohne Punsch! Ich tat, was er wollte. Indessen ging unser Spiel weiter. Je häufiger ich aus meinem Glase trank, desto verwegener wurde ich. Meine Bälle flogen jeden Augenblick über den Rand; ich ereiferte mich und schalt den Kellner. Von Stunde zu Stunde erhöhte ich die Einsätze – mit einem Worte, mein Benehmen war das eines Knaben, der zum ersten Male die Freiheit kostet. Die Zeit verstrich inzwischen unmerklich. Surin sah endlich auf die Uhr, warf dann sein Queue hin und kündigte mir an, ich hätte hundert Rubel an ihn verloren. Ich geriet ein wenig in Verlegenheit. Meine Gelder waren bei Ssaweljitsch. Ich begann, mich zu entschuldigen. Aber

Surin unterbrach mich: »Ach was! Kein Grund, dich zu beunruhigen. Ich kann warten, inzwischen aber wollen wir zu Arinuschka fahren.«

Was soll man sagen? Diesen Tag beschloß ich genauso liederlich, wie ich ihn begonnen hatte. Zu Abend aßen wir bei Arinuschka. Surin schenkte mir ununterbrochen ein und wiederholte unablässig, ich müsse mich unbedingt an den Dienst gewöhnen. Als wir aufstanden, hatte ich kaum mehr die Kraft, mich auf den Beinen zu halten; um Mitternacht brachte mich Surin ins Gasthaus.

Ssaweljitsch empfing mich auf der Schwelle. Er stöhnte nur, als er die unzweideutigen Anzeichen meines Eifers im Dienste gewahrte. »Ach, junger Herr, was ist bloß mit dir?« sprach er mit weinerlicher Stimme. »Wo hast du dich so vollgeladen? Ach, mein Gott! die Sünde!«

»Schweig, alter Knaster!« entgegnete ich, nicht ohne dabei aufzustoßen, »du bist sicher besoffen; marsch, schlafen ... und bring mich zu Bett.«

Als ich am anderen Morgen erwachte, hatte ich Kopfweh und besaß kaum mehr als eine dunkle Erinnerung an die gestrigen Ereignisse. Meine Betrachtungen wurden durch Ssaweljitsch unterbrochen, der mir eine Tasse Tee hereinbrachte. »Früh, Pjotr Andrejewitsch«, hub er an und schüttelte den Kopf, »zu früh fängst du mit dem Leichtsinn an. Und von wem hast du das bloß? Weder dein Väterchen noch dein Großväterchen waren Trinker, wie mir scheint, vom Mütterchen ganz zu schweigen; die hat zeitlebens nichts als höchstens Kwaß zu trinken geruht. Und wer ist an allem schuld? Der verdammte Musjö. Ich weiß noch, wie er immer zu Antipjewna gelaufen kam: ›Madam, sche wu pri, ein Schnäpschen.‹ Da hat man's nun! Man kann wohl sagen: nichts Gescheites hat er dich gelehrt, der Hundesohn. Notwendig, einen Heiden zum Erzieher zu machen! Als wenn unser Herr keine eigenen Leute gehabt hätte!«

Ich schämte mich. Ich wendete mich ab und sagte nur: »Laß mich jetzt, Ssaweljitsch; ich will keinen Tee.« Aber es war eine unmögliche Sache, Ssaweljitsch zum Schweigen zu bringen, wenn er es sich in den Kopf gesetzt hatte, zu predigen. »Da siehst du nun, Pjotr Andrejewitsch, wie es ist, wenn man über die Schnur haut. Das Köpfchen wird einem schwer, und essen mag man auch nicht. Ein Mensch, der trinkt, taugt zu nichts ... Ich würde dir raten, eingemachte Gurken mit Honig zu nehmen, noch besser aber wäre es, ein kleines Gläschen Fruchtlikör gegen den Katzenjammer zu trinken. Soll ich dir's bringen?« In diesem Augenblick kam ein Knabe und brachte mir ein Billet von I. I. Surin. Ich entfaltete es und las folgende Zeilen:

»Mein bester Pjotr Andrejewitsch, schicke mir bitte durch meinen Burschen die hundert Rubel, die Du gestern an mich verloren hast. Ich benötige das Geld sehr.

Bereit zu Diensten

Iwan Surin.«

Da war nichts mehr zu machen. Ich nahm eine gleichgültige Miene an und wendete mich zu Ssaweljitsch, der meines Geldes, meiner Wäsche und aller meiner Dinge Sachwalter war, und befahl ihm, dem Knaben hundert Rubel zu geben.

»Wie! und warum?« fragte der bestürzte Ssaweljitsch.

»Ich schulde sie ihm«, antwortete ich mit der größtmöglichen Kaltblütigkeit.

»Du schuldest sie ihm!« entgegnete Ssaweljitsch, dessen Bestürzung mit jedem Augenblick wuchs, »ja, wann denn, junger Herr, konntest du solche Schulden machen? Da stimmt was nicht. Doch wie du willst, Herr, aber das Geld gebe ich nicht heraus.«

Mir schoß durch den Kopf, daß, wenn es mir in dieser entscheidenden Minute nicht gelang, den eigensinnigen Alten kleinzukriegen, es mir in der Zukunft unmöglich sein würde, mich von seiner Vormundschaft zu befreien, und so sagte ich denn, indem ich ihn hochmütig anblickte, nur:

»Ich bin dein Herr, du aber bist mein Diener. Das Geld ist mein. Ich habe es verspielt, weil es mir so gefiel; dir aber rate ich dringend, keine großen Reden zu führen, sondern zu tun, was dir befohlen wird.«

Ssaweljitsch war ganz starr, als er solche Worte von mir zu hören bekam, er schlug die Hände zusammen und stand wie ein Stock da.

»Was stehst du noch!« schrie ich wütend.

Ssaweljitsch brach in Tränen aus.

»Pjotr Andrejewitsch, Väterchen«, sprach er mit bebender Stimme, »laß mich nicht vor Kummer sterben. Licht meiner Augen, hör auf mich alten Mann: schreibe diesem Räuber, es sei alles nur ein Spaß gewesen und überhaupt hätten wir gar nicht so viel Geld bei uns. Einhundert Rubel! Gnädiger Gott! Sag ihm, die Eltern hätten dir auf das allerstrengste verboten zu spielen und wenn, dann nur höchstens um Nüsse ...«

»Dummes Zeug«, unterbrach ich ihn streng, »her mit dem Geld oder du fliegst hinaus.«

Mit tiefem Grame blickte Ssaweljitsch mich an und ging, das Geld zu holen. Der arme Alte tat mir leid, aber ich mußte auf meinem Willen bestehen, schon um ihm zu beweisen, daß ich nicht mehr das Kind sei. Surin kam zu seinem Gelde. Ssaweljitsch hingegen beeilte sich, mich so schnell wie möglich aus dem verwünschten Gasthaus fortzuschaffen. Er meldete, daß unsere Pferde bereitständen. Mit einigen Gewissensbissen und stummer Reue ließ ich Ssimbirsk hinter mir, ohne von meinem gestrigen Lehrmeister Abschied zu nehmen, denn ich hoffte, daß ich ihn nie mehr wiedersehen würde.

Die Betrachtungen unterwegs waren nicht sonderlich angenehm. Mein Verlust war, wenn man die damaligen Zeiten, berücksichtigt, nicht unbedeutend. Zudem mußte ich mir innerlich eingestehen, daß mein Benehmen im Ssimbirskschen Gasthause töricht war, und ich fühlte mich Ssaweljitsch gegenüber schuldbewußt. Das bekümmerte mich. Der Alte saß von mir abgewandt düster in einer Ecke und schwieg, und nur hie und da hustete er. Ich wünschte sehr, mich mit ihm zu versöhnen, und wußte doch nicht, wie anfangen. Endlich redete ich ihn an:

»Was soll das, Ssaweljitsch! Laß gut sein, ich bin schuld; ich sehe es ein, daß ich schuld bin. Ich habe gestern dummes Zeug getrieben und dich grundlos gekränkt. Ich verspreche dir, mich in Zukunft zu bessern und dir zu folgen. Aber nun sei auch nicht mehr ärgerlich und laß uns Frieden schließen.«

»Ach, Pjotr Andrejewitsch, Väterchen!« entgegnete er mit einem Seufzer. »Ich bin auf mich selber zornig: ich allein bin es, der an allem schuld ist. Wie durfte ich dich im Gasthaus allein lassen, wie konnt' ich es nur! Aber was tun? Der Böse hat mich verführt: es kam mir in den Kopf, die Frau Küsterin aufzusuchen, die Gevatterin wiederzusehen. Jammer über Jammer! Wie soll ich in Zukunft meiner Herrschaft unter die Augen treten? Und was wird sie wohl sagen, wenn sie erfährt, daß das Kind trinkt und spielt?«

Um ihn zu trösten, gab ich dem armen Ssaweljitsch mein Wort, weiterhin ohne seine Zustimmung auch nicht über eine Kopeke zu verfügen. Nach und nach beruhigte er sich, obwohl er immer noch zuweilen mit Kopfschütteln vor sich hinknurrte: »Hundert Rubel! Wahrhaftig, keine Kleinigkeit!«

Allmählich näherten wir uns dem Orte meiner Bestimmung. Rings um uns dehnte sich eine traurige Öde, nur zuweilen von Schluchten durchschnitten und von Hügeln unterbrochen. Alles war von tiefem Schnee bedeckt. Die Sonne sank. Der Wagen folgte dem schmalen Wege oder, besser, der Spur, die ein Bauernschlitten zurückgelassen hatte. Plötzlich bemerkten wir, daß der Kutscher immer angestrengter nach einer Richtung ausschaute, schließlich zog er die Mütze und drehte sich zu mir um:

»Herr, befiehlst du nicht, umzukehren?«

»Warum denn?«

»Das Wetter gefällt mir nicht: der Wind bläst; schau, wie dort der Pulverschnee fortgeweht wird.«

»Was kümmert uns das!«

»Und dort, siehst du dort nichts?«

Der Kutscher wies mit der Peitsche nach Osten.

»Ich sehe nichts außer der weißen Steppe und dem klaren Himmel.«

»Aber dort, dort: das Wölkchen da.«

Und in der Tat, jetzt bemerkte ich am Himmelsrande ein kleines weißes Wölkchen, das ich anfangs für einen entfernten Hügel gehalten hatte. Der Kutscher erklärte mir, dieses Wölkchen kündige einen Schneesturm an.

Von den in jener Gegend herrschenden Wirbelstürmen hatte ich manches gehört und wußte auch, daß zuweilen ganze Wagenzüge von ihnen verweht worden waren. Ssaweljitsch war der gleichen Ansicht wie der Kutscher und riet zur Rückkehr. Mir jedoch kam der Wind nicht bedeutend vor: ich hoffte, noch rechtzeitig die nächste Unterkunft zu erreichen, und befahl nur, schneller zu fahren.

Der Kutscher brachte die Pferde in Galopp, starrte aber unentwegt nach Osten. Die Pferde liefen gut. Von Stunde zu Stunde blies der Wind kräftiger. Das Wölkchen wurde zu einer weißen Wolke, die langsam aufstieg, mit jedem Augenblick wuchs und allmählich den ganzen Himmel bedeckte. Ein feiner Schnee fiel, plötzlich aber kam er in dicken Flocken herunter. Der Wind heulte; ein Schneewirbel erhob sich. In einem Augenblick waren der Himmel und das Schneemeer miteinander verschmolzen. Man sah nicht mehr die Hand vor den Augen.

»Herr«, schrie der Kutscher, »das Unglück ist da: das ist der Schneesturm!«

Ich steckte den Kopf hinaus: alles war Nacht und Wirbelsturm. Der Wind heulte mit wütender Kraft. Ssaweljitsch und ich waren sogleich von Schnee bedeckt; die Pferde fielen in Schritt und blieben bald darauf ganz stehen.

»Warum fährst du nicht weiter?« herrschte ich den Kutscher ungeduldig an.

»Wohin fahren?« entgegnete er und kletterte vom Bock, »wir haben uns ohnehin verirrt: wir sind vom Weg abgekommen, und dabei ist es ringsum stockdunkel.«

Ich schalt ihn aus. Aber Ssaweljitsch verteidigte ihn. »Warum hörtest du nicht auf uns«, murrte er ärgerlich, »wären wir lieber zum Gasthof zurückgefahren, dort hätten wir Tee bekommen und ein Nachtlager bis zum nächsten Morgen, der Sturm hätte sich unterdessen gelegt, und wir wären weitergefahren. Wozu die Eile? Wir fahren ja nicht zur Hochzeit!« Ssaweljitsch hatte freilich recht. Aber jetzt war nichts mehr zu ändern. Ununterbrochen stürzten Schneemassen herunter. Neben unserem Wagen bildete sich eine Schneewehe. Die Pferde standen, den Kopf gesenkt, und bebten nur ab und zu. Der Kutscher ging auf und ab; da er sonst nichts tun konnte, machte er sich am Geschirr zu schaffen. Ssaweljitsch brummte; ich schaute nach allen Seiten aus, denn ich hoffte, irgendwo die Andeutung eines Hauses oder eines

Weges zu erblicken, aber es war nichts zu erkennen, nur das Wirbeln des Schneesturmes ... Plötzlich gewahrte ich etwas Dunkles.

»He!« schrie ich, »Kutscher! Schau mal: was mag das Schwarze dort sein?«

Der Kutscher sah hin.

»Weiß Gott, Herr, was es ist«, sagte er und setzte sich wieder auf seinen Bock, »ein Wagen ist es nicht, ein Baum auch nicht, aber mir scheint, es bewegt sich. Wahrscheinlich ist es ein Wolf oder vielleicht ein Mensch.«

Ich befahl, auf den unbekannten Gegenstand zuzufahren, und sogleich bewegte sich dieser uns entgegen. Nach zwei Minuten hielten wir vor einem Menschen.

»Heda, Freund!« schrie ihm der Kutscher zu, »sag mal, weißt du vielleicht, wo der Weg ist?«

»Der Weg ist hier; ich stehe auf festem Boden«, entgegnete der Wanderer, »und was soll es?«

»Hör mal, Bäuerchen«, redete ich ihn an, »ist dir diese Gegend bekannt? Würdest du es unternehmen, uns bis zum nächsten Nachtquartier zu bringen?«

»Freilich ist mir die Gegend bekannt«, versetzte der Fremde, »ich habe sie kreuz und quer durchwandert, zu Fuß sowohl als auch zu Pferde. Bei diesem Unwetter freilich ist es nicht so einfach: da kommt man im Handumdrehen vom Wege. Besser, wir bleiben, wo wir sind, und warten ab, einmal muß der Sturm ja doch nachlassen, und der Himmel wird sich wieder aufklären: dann zeigen die Sterne uns den Weg.«

Seine Kaltblütigkeit flößte mir Zuversicht ein. Und schon hatte ich mich entschlossen, mich in Gottes Ratschluß zu ergeben und die Nacht inmitten der Steppe zu verbringen, als der Wanderer sich plötzlich geschwind auf den Bock schwang und dem Kutscher zurief:

»Nun, Gott sei Dank, ein Haus ist nicht mehr weit; bieg nach rechts ab und fahr zu.«

»Warum denn nach rechts?« fragte mißvergnügt der Kutscher. »Wo siehst du einen Weg? Du meinst wohl, weil es fremde Pferde sind und fremdes Geschirr, man könnte nur so drauflosfahren?«

Die Worte des Kutschers schienen mir verständig zu sein.

»In der Tat«, warf ich ein, »woraus schließt du, daß ein Haus nicht mehr fern ist?«

»Der Wind blies vorhin von dort«, antwortete der Wanderer, »und mit ihm kam ein Rauchgeruch; also muß ein Dorf in der Nähe sein.«

Seine Auffassungskraft und die Feinheit seines Instinkts setzten mich in Erstaunen. Ich befahl dem Kutscher zu fahren. Im tiefen Schnee kamen die Pferde nur schwerfällig vorwärts. Der Wagen bewegte sich nur langsam, bald ging es einen Schneehügel hinan, bald wieder glitten wir in eine Schlucht, wir schwankten beständig von der einen auf die andere Seite. Ssaweljitsch ächzte, denn jede Minute prallten wir aufeinander. Es war wie die Fahrt eines Schiffes auf stürmischem Meere. Ich zog die Schutzdecke herab, wickelte mich fest in den Pelz und schlummerte allmählich ein, vom Heulen des Sturmes und dem Schaukeln unserer langsamen Fahrt eingewiegt.

Damals kam mir jener Traum, den ich nie wieder vergessen konnte, da ich in ihm, wenn ich ihn mit den weiteren sonderbaren Ereignissen meines Lebens vergleiche, auch noch heute etwas Prophetisches erblicken muß. Der Leser wird mich entschuldigen, denn vermutlich weiß er aus Erfahrung, wie sehr es Menschenart ist, sich dem Aberglauben hinzugeben, mag man auch noch so spöttisch all solchen Vorurteilen gegenüberstehen.

Ich befand mich in jenem Dämmerzustand der Sinne und des Geistes, da die Wirklichkeit, den Traumgesichten nachgebend, mit ihnen in den undeutlichen Erscheinungen des ersten Schlafes verschmilzt. Und so war mir denn, der Schneesturm wütete noch immer und wir irrten noch immer durch die Schneewüste. Plötzlich war da ein Tor, und ich fuhr in den Herrenhof unseres Gutes. Mein erster Gedanke war die Besorgnis, der Vater könnte die unfreiwillige Rückkehr ins Elternhaus übel vermerken und sie gar für absichtlichen Ungehorsam halten. Besorgt springe ich aus dem Wagen, allein da sehe ich auch schon: meine Mutter steht in der Tür und begrüßt mich mit bekümmertem Ausdruck. »Still«, sagt sie zu mir, »Vater ist krank, er liegt im Sterben, er wünscht, von dir Abschied zu nehmen.« In angstvoller Bestürzung folge ich ihr ins Schlafzimmer. Ich gewahre, daß das Zimmer nur schwach erleuchtet ist. Am Bett stehen Menschen, und ihre Gesichter blicken traurig. Leise nähere ich mich dem Bett; Mutter schlägt die Decke zurück und sagt: »Andrej Petrowitsch, unser Petruscha ist da; er kehrte zurück, als er von deiner Krankheit erfuhr; nun segne ihn.« Da kniete ich nieder und sah den Kranken an. Doch war das nicht sonderbar? Es war gar nicht mein Vater, es war ein Bauer, der dort im Bett lag, sein Bart war schwarz, und munter blickte er mich an. Das konnte ich nicht verstehen, wendete mich zur Mutter und fragte: »Was bedeutet das? Dies ist nicht der Vater. Und aus was für einem Grunde soll ich mir den Segen dieses Bauern erbitten?« – »Einerlei, Petruscha«, entgegnete die Mutter, »er ist hier an Vaters Statt; küß ihm die Hand, und mag er dich segnen ...« Allein ich war damit nicht einverstanden. Da sprang der Bauer aus dem Bette, packte ein Beil, das hinter seinem Rücken versteckt war, und fuchtelte damit nach allen Seiten. Ich wollte fliehen – und konnte es nicht; das Zimmer füllte sich mit Leichnamen; ich stolperte über Leiber und glitt in Blutpfützen aus... Der fürchterliche Bauer aber rief mich freundlich an und sprach: »Fürchte dich nicht, komm nur und laß dich segnen...« Ich war von Grauen und Zweifel überwältigt... Und in dem Augenblick muß ich aufgewacht sein;

die Pferde standen; Ssaweljitsch hatte meine Hand ergriffen und sagte gerade: »Steig nur aus, Herr, wir sind angekommen.«

»Wo angekommen?« fragte ich und rieb mir die Augen. »Vor einem Wirtshaus. Gott hat uns geholfen, wir stießen gerade auf die Umzäunung. Steig schnell aus, Herr, damit du warm wirst.«

Ich stieg aus dem Wagen. Der Schneesturm hielt noch an, obwohl seine Wut etwas nachgelassen hatte. Es war so dunkel, daß man die Hand vor den Augen nicht sah. Am Tor stand der Gastwirt, er leuchtete uns mit einer Laterne und führte uns in die Wirtsstube, die eng, aber ziemlich sauber war; ein brennender Kienspan beleuchtete sie. An der Wand hing eine Büchse und die hohe Mütze der Kosaken.

Der Wirt, ein Kosak, schien ein Mann von einigen Sechzig zu sein, obwohl er noch einen frischen und rüstigen Eindruck machte. Ssaweljitsch folgte mir auf dem Fuß und fragte nach Feuer, da er einen Tee bereiten wollte, der mir noch nie so notwendig erschienen war wie eben jetzt. Der Wirt ging hinaus, um alles zu besorgen.

»Und wo steckt denn unser Führer?« fragte ich Ssaweljitsch. »Hier, Euer Gnaden«, entgegnete eine Stimme, die von oben kam. Ich blickte auf und sah einen schwarzen Bart und zwei funkelnde Augen auf dem Lager über dem breiten Ofen. »Na, Bruder, tüchtig durchgefroren?«

»Wie soll man nicht frieren, wenn man nur einen schäbigen Kittel anhat? Ein Schafspelz war zwar einmal da, aber wozu es verhehlen – er blieb gestern abend in der Schenke hängen: die Kälte schien mir nicht arg zu sein.«

In diesem Augenblick kam der Wirt mit dem dampfenden Samowar; ich schlug unserem Führer vor, eine Tasse Tee mit uns zu trinken; er kletterte sogleich von seinem Lager herunter. Sein Äußeres kam mir bemerkenswert vor. Er mochte in den Vierzigern stehen und war von mittlerem Wuchse und trotz seiner Magerkeit breitschultrig. In seinem schwarzen Bart zeigten sich einzelne graue Haare; seine lebhaften großen Augen waren in beständiger Bewegung. Sein Gesicht war angenehm, hatte jedoch einen listigen Ausdruck. Sein Haar war rings um den Kopf geschoren; seine Kleidung bestand aus einem zerfetzten Kittel und den breiten Pluderhosen der Tataren. Ich gab ihm eine Tasse Tee; er nahm einen Schluck und schnitt eine Grimasse. »Euer Gnaden, erweisen Sie mir die Freundlichkeit ... lassen Sie mir ein Glas Schnaps geben; Tee ist nichts für Kosaken.« Sein Wunsch wurde von mir sofort erfüllt. Der Wirt hatte Flasche und Glas bei der Hand, näherte sich ihm und sah ihm dabei ins Gesicht. »Oho«, sagte er dann, »da bist du also wieder in unserem Ländchen? Von wo des Weges?« Aber mein Führer zwinkerte ihm nur bedeutungsvoll zu und antwortete mit allerhand Redensarten. »Im

Küchengarten hab ich Hanf gepickt; Großmütterchen warf einen Stein nach mir, aber ungeschickt. Und wie geht's bei euch?«

»Wie soll's bei uns gehen!« entgegnete der Wirt und setzte das unverständliche Gespräch fort: »Sie wollten läuten zum Abendgebet, die Popenfrau hat's nicht erlaubt: der Pope ist auswärts zu Gast, und im Kirchspiel sind die Teufel los.«

»Geduld, Onkelchen«, entgegnete mein Landstreicher, »wenn es regnet, gibt es Pilze; wenn es Pilze gibt, gibt's auch Körbe; jetzt aber« (und hier kam sein Zwinkern aufs neue) »das Beil hintern Rücken: der Förster geht im Walde. Euer Gna- den, zur Gesundheit!«

Bei diesen Worten nahm er sein Glas, bekreuzigte sich und trank es in einem Zuge leer, darauf machte er mir eine Verbeugung und kroch wieder auf sein Lager.

Ich konnte damals aus dem Rotwelsch, das sie sprachen, nicht klug werden, und erst viel später erriet ich, daß es sich um die Angelegenheiten der Jaïkschen Truppen handelte, welche zu der Zeit eben erst nach ihrem Aufruhr vom Jahre 1772 zur Räson gebracht worden waren. Ssaweljitsch hörte zu, wobei sein Gesicht einen höchst unzufriedenen Ausdruck annahm. Mit lebhaftem Argwohn heftete er seine Augen bald auf den Wirt und bald wieder auf unseren Führer. Die Herberge lag weitab von jeder Ansiedlung in der Steppe und machte eigentlich den Eindruck einer Räuberschenke. Allein das ließ sich jetzt nicht ändern. Es war nicht daran zu denken, die Reise fortzusetzen. Ssaweljitschs Unruhe machte mir großen Spaß. Ich meinerseits traf alle Anstalten für die Nacht und legte mich auf die Bank. Ssaweljitsch entschloß sich, auf den Ofen zu klettern; der Wirt streckte sich auf den Fußboden aus. Und schon bald darauf schnarchte die ganze Hütte, und auch ich schlief ein wie tot.

Als ich am anderen Morgen ziemlich spät erwachte, sah ich, daß der Sturm sich gelegt hatte. Die Sonne schien. Auf der unabsehbaren Steppe lag der Schnee wie ein blendendes Leintuch. Die Pferde waren schon angespannt. Ich machte meine Rechnung mit dem Wirte, und dieser forderte eine so geringe Bezahlung von uns, daß selbst Ssaweljitsch, der seiner Gewohnheit nach immer feilschen mußte, keine Einwände erhob und sich den Verdacht von gestern völlig aus dem Kopf schlug. Darauf rief ich den Führer, dankte ihm für den erwiesenen Beistand und befahl Ssaweljitsch, ihm einen halben Rubel für Schnaps zu geben. Ssaweljitsch wurde finster. »Einen halben Rubel Trinkgeld!« murrte er, »und wofür das? Etwa dafür, daß du die Güte hattest, ihn auf deinem Wagen zum Wirtshaus zu bringen? Wie du willst, Herr, aber wir haben leider keine überflüssigen halben Rubel. Jedem ein Trinkgeld geben, bedeutet selber bald Hunger leiden.« Streiten mit Ssaweljitsch wollte ich nicht. Meinem

Versprechen gemäß hatte Ssaweljitsch das volle Verfügungsrecht über die Gelder. Aber andererseits war es mir unangenehm, daß ich dem Menschen, der uns wenn nicht gar aus dem Unheil, so doch zum mindesten aus einer äußerst unerquicklichen Lage befreit hatte, nicht meine Dankbarkeit erweisen konnte.

»Nun gut«, sagte ich kaltblütig, »du willst ihm keinen halben Rubel geben, dann wirst du ihm eben etwas von meinen Kleidern heraussuchen müssen. Er ist viel zu leicht gekleidet. Gib ihm meinen Hasenpelz.«

»Um Gottes willen, Pjotr Andrejewitsch, Väterchen!« erwiderte Ssaweljitsch, »deinen Hasenpelz? Er wird ihn ja doch nur im nächsten Wirtshaus versaufen, der Hund.«

»Das, mein Alterchen, ist nicht deine Sache«, entgegnete mein Landstreicher, »ob ich ihn versaufe oder nicht. Seiner Gnaden hat es beliebt, mir den Pelz zu schenken; das ist sein gutes Herrenrecht, du aber hast als Diener die Pflicht, das Maul zu halten und zu gehorchen.«

»Oh, du Gottloser, du Räuber!« entgegnete Ssaweljitsch aufgebracht, »du siehst doch, daß das Kind noch zu wenig Verstand hat, aber du freust dich dessen, um es ganz und gar auszuplündern. Was brauchst du einen Herrschaftspelz? Du wirst ihn ja nicht einmal über deine verdammten Schultern bringen.« »Kein so langes Gerede!« sagte ich zu meinem Erzieher, »bring den Pelz her.«

»Herr, mein Gott!« Ssaweljitsch stöhnte. »Der Hasenpelz ist fast neu! Und wenn noch jemand Rechtes ihn bekäme, aber so ein abgerissener Trunkenbold!«

Dennoch erschien der Hasenpelz. Das Bäuerlein schickte sich sogleich an, ihn anzuprobieren. In Wahrheit, der Pelz, aus dem auch ich bereits herausgewachsen war, erwies sich für ihn als ein wenig eng. Allein er wußte Rat und brachte es dennoch fertig, nachdem er die Nähte etwas gelockert hatte, ihn anzuziehen. Als Ssaweljitsch das Krachen der Nähte vernahm, heulte er fast auf. Der Landstreicher war von meinem Geschenk außerordentlich befriedigt. Er gab mir bis zum Wagen das Geleit und sagte mit einer sehr tiefen Verbeugung: »Vielen Dank, Euer Gnaden! Möge Gott Sie für Ihre Wohltat belohnen. Mein Leben lang werde ich der Freundlichkeit gedenken.« Damit ging er seines Weges, und auch ich gab das Zeichen zur Abfahrt, ohne erst Ssaweljitsch sonderlich zu beachten, und bald darauf hatte ich den gestrigen Schneesturm, den Führer und den Hasenpelz vergessen.

In Orenburg angekommen, begab ich mich schnurstracks zum General. Er war ein Mann von hohem Wuchse, wenn auch das Alter ihn schon gebeugt hatte. Sein langes Haar war völlig weiß. Seine alte, verblichene Uniform erinnerte an die Zeit der Kaiserin Anna, seine Aussprache war stark mit deutschem Akzent durchsetzt. Ich überreichte ihm den Brief meines Vaters.

Als er den Namen hörte, sah er mich überrascht an. »Du mein Gott!« versetzte er, »ist es denn schon so lange her, daß Andrej Petrowitsch noch in deinem Alter war, und nun hat er schon einen so großen Jungen! Du liebe Zeit!«

Er erbrach den Brief und las ihn halblaut, indem er hin und wieder seine Bemerkungen einflocht. »›Sehr geehrter Herr Andrej Kirillowitsch, ich hoffe, daß Eure Exzellenz...‹ Was das wieder für Zeremonien sind! Pfui, und schämt er sich denn nicht? Gewiß, die Disziplin ist die Hauptsache, aber schreibt man etwa so einem alten Kameraden?... ›Eure Exzellenz haben gewiß nicht vergessen ...‹ hm ... › und ... als... vom verstorbenen Feldmarschall Mün... im Feldzuge... gleichfalls auch... Karolinen...‹ I, Bruder! Also gedenkt er noch unserer alten Streiche! ›Doch nun zu meinem Anliegen... zu Ihnen meinen Taugenichts...‹ hm ... ›in Stachelhandschuhen zu halten ...‹ Was ist denn das, Stachelhandschuhe? Das ist sicher eine russische Redewendung... Was heißt das, jemanden in Stachelhandschuhen halten?« wiederholte er, sich zu mir wendend.

»Das heißt«, antwortete ich, indem ich mir ein möglichst unschuldiges Aussehen gab, »freundlich mit jemandem umgehen, nicht allzu streng mit ihm sein, ihm möglichst viel Freiheit lassen, kurz, ihn in Stachelhandschuhen halten.« »Hm, verstehe! ›... und ihm keine Freiheit lassen...‹ Nein, die Stachelhandschuhe scheinen doch etwas anderes zu bedeuten... ›Gleichzeitig... seinen Paß...‹ Wo ist denn der? Aha ... ›Aus den Ssemjonowschen Regimentslisten streichen...‹ Schon gut, schon gut, wird alles besorgt... ›Du erlaubst, daß ich Dich ohne alle Titel umarme und... Dein alter Kamerad und Freund...‹ Ah! hat er sich's doch zum Schluß überlegt... und so weiter, und so weiter... Und nun, mein Lieber«, sagte er, als er mit der Lektüre des Briefes zu Ende war und meinen Paß weggelegt hatte, »es wird alles besorgt werden: du wirst als Offizier zum Regiment versetzt werden und reisest, um keine Zeit zu versäumen, schon morgen nach der Bjelogorskschen Festung ab, dort wirst du unter dem Kommando des Hauptmanns Mironow stehen, der ein wackerer und ehrlicher Mann ist. Dort wirst du sehen, was wirklicher Dienst ist, und wirst Disziplin lernen. In Orenburg hast du nichts verloren, Vergnügungen sind jungen Leuten nur schädlich. Für heute aber bitte ich dich, zum Mittagessen mein Gast zu sein.«

Das wird ja schlimmer von Stunde zu Stunde! sagte ich mir innerlich, was hat es mir geholfen, daß ich beinahe im Mutterleibe schon Sergeant der Garde war! Wohin hat es mich gebracht? In ein Regiment, in die ödeste Festung und an die Grenze der Kirgisensteppen!... So speiste ich denn bei Andrej Kirillowitsch, zu dritt mit seinem alten Adjutanten, zu Mittag. Bei Tisch herrschte strenge deutsche Sparsamkeit, und ich glaube fast, daß die Angst, zuweilen einen Gast an seiner Junggesellentafel sehen zu müssen, dazu beigetragen hatte, daß ich mit solcher Eile in die Garnison weitergeschickt wurde. Und so verabschiedete ich mich denn am darauffolgenden Tage vom General und begab mich mit Ssaweljitsch an den Ort meiner Bestimmung.

Die Festung Bjelogorsk lag vierzig Werst von Orenburg. Die Straße führte am steilen Ufer des Jaïk entlang. Der Fluß war noch nicht zugefroren, und das bleifarbige Wasser dunkelte melancholisch zwischen den verschneiten Ufern. Jenseits von da erstreckten sich die kirgisischen Steppen. Düstere Gedanken überkamen mich. Ich versuchte mir ein Bild meines zukünftigen Kommandanten Hauptmann Mironow zu machen. Er kam mir als ein strenger und grimmiger alter Mann vor, der von nichts außer seinem Dienst etwas wissen wollte und durchaus die Absicht hatte, mich wegen jeder Kleinigkeit bei Wasser und Brot in Arrest zu setzen. Die Dämmerung brach derweilen herein. Wir fuhren ziemlich schnell. »Ist es noch weit bis zur Festung?« fragte ich meinen Kutscher. »Nicht weit«, entgegnete er, »dort sieht man sie schon.« Allein so sehr ich auch in der Erwartung, drohende Bastionen zu gewahren, Türme und einen Wall, nach allen Seiten Umschau hielt, ich sah nichts außer einem Dorf, umgeben von einem Palisadenzaun. Außerdem erblickte ich noch auf der einen Seite drei oder vier vom Schnee fast verwehte Heuschober und auf der anderen eine schiefstehende Windmühle, deren Bastflügel träge ruhten. »Ja, wo ist denn die Festung?« fragte ich verwundert. »Das ist sie doch«, erwiderte der Kutscher und wies auf das Dörfchen, und schon waren wir auch da. Am Tor gewahrte ich eine alte, eiserne Kanone; die Straßen waren eng und krumm, die Häuser niedrig und fast alle mit Stroh gedeckt. Ich befahl, mich zum Kommandanten zu fahren, und nach einer Minute hielten wir vor einem kleinen Holzhaus, das in der Nähe einer Kirche, die gleichfalls aus Holz war, auf einer kleinen Anhöhe stand. Niemand kam heraus, um mich zu empfangen. So trat ich denn in den Hausflur und öffnete die Tür zum Vorzimmer. Dort saß ein alter Invalide auf einem Tisch und nähte einen blauen Flicken auf den Ellbogen einer grünen Uniform. Ich bat ihn, mich anzumelden. »Nur hereinspaziert, Väterchen«, entgegnete der Invalide, »wir sind zu Hause.« Ich trat in ein kleines, aber sauberes Zimmer, das ganz nach alter Sitte eingerichtet war. In der Ecke stand der Schrank mit Tellern und Tassen, das Offiziersdiplom hing eingerahmt und unter Glas an der Wand; daneben hingen einige einfache Bilder, wie man sie auf den Jahrmärkten kauft, die Einnahme von Küstrin und von Otschakow, die Brautwahl und das Begräbnis eines Katers. Am Fenster saß eine alte Frau, die eine warme Wolljacke trug und ein Tuch um den Kopf. Sie wickelte Garn auf, dessen Strähnen um die gespreizten Finger eines alten, ein- äugigen Mannes in Offiziersuniform geschlungen waren. »Was steht in Ihrem Belieben, Väterchen?« fragte sie. Ich entgegnete, daß ich gekommen sei, meinen Dienst hier anzutreten, und daß ich mich pflichtschuldigst dem Herrn Hauptmann vorstellen wolle, und wendete mich dabei zu dem einäugigen Alten, da ich ihn für den Kommandanten hielt; aber die Hausfrau unterbrach meine wohleinstudierte Rede. »Iwan Kusjmitsch ist ausgegangen«, sagte sie, »er ist zu Gast beim Priester Gerassim; allein das hat nichts zu sagen, mein Bester, denn ich bin seine Frau. Fühl dich, bitte, wie zu Hause. Und nimm Platz, Väterchen.« Hierauf rief sie das Mädchen und befahl ihr, den Kosakenunteroffizier zu holen. Der Alte musterte mich derweilen neugierig mit seinem einsamen Auge. »Darf ich mir gestatten, zu fragen«, sagte er endlich, »in welchem Regiment Sie bisher gedient haben?« Ich befriedigte seine Neugierde. »Und darf ich mir ferner gestatten, zu fragen«, fuhr er fort, »aus welchem Grunde Sie sich aus der Garde in die Garnison versetzen ließen?« Ich entgegnete ihm, dies sei auf Veranlassung meiner Vorgesetzten geschehen. »Dann ist wohl die Vermutung erlaubt, daß der Grund hierzu in Handlungen lag, die einem Offizier der Garde nicht wohl anstanden?« fuhr der unermüdliche Ausfrager fort. – »Hör auf mit dem Geschwätz«, fiel ihm die Hauptmannsfrau ins Wort, »du siehst doch, daß der junge Mann von der Reise ermüdet ist; du langweilst ihn... und halt überhaupt die Arme gerader... Du aber, mein Väterchen«, sprach sie darauf weiter, und zwar zu mir, »sollst nicht zu bekümmert darüber sein, daß man dich in unsere Einöde verbannt hat. Du bist nicht der erste und wirst auch nicht der letzte sein. Kommt Zeit, kommt Rat. Da ist Alexej Iwanowitsch Schwabrin, es ist nun bereits fünf Jahre her, daß er wegen eines Totschlags zu uns versetzt wurde. Weiß Gott, was es für eine Versuchung war, die ihm den Verstand geraubt hatte; bedenk nur, er fuhr mit einem Leutnant vor die Stadt, und sie nahmen ihre Degen mit sich und stachen dort aufeinander los, und richtig hat auch Alexej Iwanowitsch den Leutnant erstochen, und dazu vor zwei Zeugen! Was soll man da sagen? Wir sind allzumal Sünder.«

In diesem Augenblick trat der Unteroffizier ein, ein junger stattlicher Mensch.

»Maximytsch!« redete ihn die Hauptmannsfrau an, »der Herr Offizier braucht eine Wohnung, aber eine ordentliche.«

»Zu Befehl, Wassilissa Jegorowna«, antwortete der Unteroffizier. »Wie wäre es, wenn man Seine Gnaden bei Iwan Poleschajew unterbrächte?«

»Dummes Zeug, Maximytsch«, sagte die Hauptmannsfrau, »bei Poleschajew ist ohnehin zu wenig Platz; zudem ist er mein Gevatter und weiß, daß wir seine Vorgesetzten sind. Bring den Herrn Offizier... wie redet man Sie übrigens an, mein Lieber?«

»Pjotr Andrejewitsch.«

»Also bringe Pjotr Andrejewitsch zu Ssemjon Kusow. Er ist ein Gauner, er hat sein Pferd in meinen Gemüsegarten gelassen. Hast du sonst noch was zu berichten, Maximytsch?«

»Gottlob, alles in Ordnung«, entgegnete der Kosak, »der Korporal Prochorow hat sich mit Ustinja Negulina in der Badstube wegen eines Kübels heißen Wassers geprügelt.«

»Iwan Ignatjewitsch!« – die Hauptmannsfrau wandte sich mit diesen Worten zu dem einäugigen Alten – »verhör den Prochorow und die Ustinja und schau, wer von beiden recht hat und wer schuldig ist. Und bestrafe mir beide. Du kannst jetzt gehen, Maximytsch. Pjotr Andrejewitsch, Maximytsch wird Ihnen Ihr Quartier anweisen.«

Ich empfahl mich. Der Unteroffizier führte mich zu einem Bauernhaus, das auf dem abschüssigen Flußufer am äußersten Ende der Festung stand. Die Hälfte des Hauses wurde von Ssemjon Kusow und seiner Familie bewohnt, die andere Hälfte wurde mir eingeräumt. Sie bestand aus einem ziemlich anständigen Zimmer, das durch einen Verschlag in zwei Räume abgeteilt war. Ssaweljitsch machte sich sofort daran, alles einzurichten; ich aber schaute durchs kleine Fenster. Vor mir erstreckte sich unübersehbar die traurige Steppe. Quer gegenüber standen einige arme Hütten; auf der Straße spazierten nur einzelne Hühner. Vor einer Tür stand eine alte Frau mit einem Troge und lockte ihre Schweine, die mit freundschaftlichem Grunzen ihr Kommen ankündigten. Das war also der Ort, in dem ich meine Jugend verbringen sollte! Es wurde mir schwer ums Herz; ich trat vorn Fenster weg und legte mich nieder, ohne zu Abend gegessen zu haben, und achtete nicht auf die Ermahnungen Ssaweljitschs, der in einem fort mit großer Bekümmernis wiederholte: »Herr, mein Gott! Gar nichts essen? Was wird die gnädige Frau dazu sagen, wenn unser Kind krank wird?«

Tags darauf, ich war eben im Begriffe, mich anzuziehen, öffnete sich plötzlich meine Tür und ein junger Offizier trat ins Zimmer, er war ziemlich klein, sein Gesicht war dunkel und von einer besonderen Häßlichkeit, obwohl er außerordentlich lebendig war. »Verzeihen Sie«, sagte er auf französisch, »daß ich so formlos hier eindringe, um mit Ihnen bekannt zu werden. Ihre Ankunft wurde mir gestern mitgeteilt; der Wunsch, endlich wieder das Gesicht eines Menschen zu sehen, war so groß, daß ich mich nicht mehr bezähmen konnte. Sie werden das verstehen, wenn Sie erst einige Zeit hier gelebt haben.« Ich erriet natürlich sogleich, daß dies der Offizier war, der eines Duells wegen aus der Garde gestrichen worden war. Wir wurden schnell miteinander bekannt. Schwabrin war sehr gescheit. Was er sprach, war stets witzig und fesselnd. Sehr spaßhaft schilderte er mir das Haus des Kommandanten, aber auch die Leute und überhaupt die Gegend, in die das Schicksal mich verschlagen hatte. Ich lachte hell auf, als jener Invalide, der im Vorzimmer des Kommandanten die Uniform geflickt hatte, eintrat; er lud mich im Auftrage Wassilissa Jegorownas ein, mit ihnen zu Mittag zu speisen. Schwabrin schloß sich mir aus freien Stücken an.

Als wir uns dem Hause des Kommandanten näherten, sahen wir auf dem Platze davor einige zwanzig uralte Invaliden, sie trugen lange Zöpfe und eine Art von Dreimaster. Sie waren in einer Front aufgestellt. Vor ihnen stand der Kommandant, ein rüstiger und hochgewachsener alter Mann, in einer Nachtmütze und einem Nankingschlafrock. Er sah uns, trat auf uns zu und richtete einige freundliche Worte an mich, darauf kommandierte er weiter. Wir wollten eigentlich stehen bleiben, um zuzuschauen, aber er ersuchte uns, zu Wassilissa Jegorowna ins Haus zu gehen, wohin er uns bald zu folgen versprach. »Denn hier«, fügte er hinzu, »haben Sie nichts verloren.«

Wassilissa Jegorowna begrüßte uns schlicht und freundlich, sie behandelte mich wie einen alten Bekannten. Der Tisch wurde von dem Invaliden und von Palaschka gedeckt. »Warum hat sich denn mein Iwan Kusjmitsch heute so aufs Exerzieren verlegt!« meinte die Kommandantin. »Palaschka, bitte den Herrn zu Tisch. Und wo steckt denn Mascha?« Die Tür ging auf und sie kam herein; sie mochte etwa achtzehn Jahre alt sein, ihr rosiges Gesicht war rundlich, das lichtblonde Haar war glatt zurückgekämmt und ließ die Ohren frei, die nur so glühten. Ich kann nicht sagen; daß sie mir auf den ersten Blick sehr gefiel. Ich war gegen sie ein wenig voreingenommen: nach Schwabrins Schilderung war Mascha, die Tochter des Hauptmanns, ein vollendetes Gänschen. Marja Iwanowna setzte sich in eine Ecke und begann zu nähen. Bald darauf kam die Suppe. Wassilissa Jegorowna, die immer noch nicht die Schritte ihres Mannes hörte, schickte Palaschka zum zweiten Male hinaus, ihn zu holen. »Sage dem Herrn: die Gäste warten, und die Suppe wird kalt; das Exerzieren läuft, gottlob, nicht weg; und anschreien kann er sie auch noch das nächste Mal.« Bald darauf erschien denn auch der Hauptmann, begleitet von dem einäugigen Alten.

»Was ist denn das mit dir, mein Väterchen?« sagte die Frau zu ihm, »das Essen steht längst auf dem Tisch, aber du kommst einfach nicht.«

»Ja hör mal, Wassilissa Jegorowna«, entgegnete Iwan Kusjmitsch, »das ist eben der Dienst: ich muß doch meinen Soldaten was beibringen.«

»Auch was Rechtes«, widersprach ihm seine Frau, »alles Prahlerei, daß du den Soldaten was beibringst: weder kapieren sie den Dienst, noch verstehst du viel davon. Sitz lieber zu Hause und bete, das wäre gescheiter. Werte Gäste, ich bitte, Platz zu nehmen.«

Wir setzten uns zu Tisch. Wassilissa Jegorowna schwieg auch nicht für einen Augenblick, sie überschüttete mich mit Fragen: wer meine Eltern seien, ob sie noch am Leben seien, wo sie lebten und welches Vermögen sie besäßen?

Als sie vernahm, daß mein Vater an die dreihundert Leibeigene habe, meinte sie: »Du meine Güte! Was für reiche Leute es doch auf der Welt gibt! Wir hingegen, mein Väterchen, haben nur diese eine Dirne Palaschka; trotzdem leben wir, Gott sei's gedankt, schlecht und recht. Das eine nur ist schlimm: die Mascha da, die ist nun herangewachsen, aber was ist ihre Mitgift? Ein dichter Kamm, eine Birkenrute und (Gott verzeih mir's!) ein Groschen, um in die Badstube zu gehen. Es wäre ein Glück, wenn sich ein guter Mensch fände, sonst wird sie als ewige Braut eine alte Jungfer werden.« Ich blickte Marja Iwanowna an: sie war über und über errötet, und Tränen fielen auf ihren Teller nieder. Sie tat mir leid, und so beeilte ich mich denn, dem Gespräch eine andere Wendung zu geben.

»Ich hörte«, sagte ich, obwohl es durchaus nicht angebracht war, »die Baschkiren rüsten, um die Festung zu überfallen.«

»Wer, Väterchen, hat dir das gesagt?« fragte Iwan Kusjmitsch.

»In Orenburg bekam ich das zu hören«, erwiderte ich.

»Gerede!« meinte der Kommandant, »wir haben hier schon lange nichts dergleichen gehört. Die Baschkiren sind eingeschüchtert, und auch die Kirgisen haben ihre Lektion erhalten. Keine Angst, die gehen nicht mehr auf uns los; und sollten sie es doch tun, dann werden sie einen Denkzettel von mir bekommen, der sie auf zehn Jahre kusch machen wird.«

»Und fürchten Sie sich nicht«, fuhr ich fort, indem ich mich diesmal an die Frau des Hauptmanns wendete, »in einer Festung zu bleiben, die derartigen Gefahren ausgesetzt ist?«

»Alles Gewohnheit, mein Väterchen«, antwortete sie. »Das mag nun wohl zwanzig Jahre her sein, daß man uns aus dem Regiment hierher versetzte, damals, mein Gott, wie habe ich mich vor den verruchten Heiden gefürchtet! Damals, wenn ich nur ihre Luchsmützen zu Gesicht bekam oder gar ihr schrilles Heulen hörte, ob du es nun glaubst oder nicht, mein Lieber, das Herz im Leibe blieb mir stehen! Heute jedoch ist es mir bereits so zur Gewohnheit geworden, daß ich mich nicht vom Fleck rühren würde, wenn jemand käme und mir sagte, die Kerle strichen wieder um die Festung herum.«

»Wassilissa Jegorowna ist eine überaus tapfere Dame«, warf Schwabrin sehr ernsthaft ein, »Iwan Kusjmitsch kann das bezeugen.«

»Ja, hör mal«, bestätigte Iwan Kusjmitsch, »die Frau gehört nicht zu der verzagten Kompanie.«

»Aber Marja Iwanowna?« fragte ich weiter, »ist sie ebenfalls so mutig wie Sie?«

»Ob Mascha Mut hat?« entgegnete die Mutter. »Nein, Mascha ist ein Hasenfuß. Es ist ihr bis heute schrecklich, einen Flintenschuß zu hören, gleich erbebt sie und zittert. Als damals vor zwei Jahren Iwan Kusjmitsch zur Feier meines Namenstages unsere Kanone abfeuern ließ, da begab sie, unser Täubchen, sich vor Schrecken fast in eine andere Welt. Seither wird die verdammte Kanone nicht mehr benutzt.«

Wir erhoben uns. Der Hauptmann und seine Frau begaben sich zur Ruhe; ich aber ging zu Schwabrin und verbrachte mit ihm den ganzen Abend.

So vergingen einige Wochen, und mein Leben in der Festung Bjelogorsk wurde allmählich nicht nur erträglich, sondern sogar angenehm. Im Hause des Kommandanten ging man mit mir wie mit einem Verwandten um. Er sowohl wie auch seine Frau waren durchaus ehrenwerte Menschen. Iwan Kusjmitsch war von geringer Herkunft, Sohn eines Soldaten, hatte sich aber zum Offizier herauf gedient; obwohl er ungebildet war und von simpler Lebensart, mußte man ihn doch als ehrlichen und guten Menschen hoch schätzen. Seine Frau beherrschte ihn, und das paßte wahrlich gut zu seiner allgemeinen Sorglosigkeit. Wassilissa Jegorowna sah auch den Dienst als eines ihrer Hausfrauengeschäfte an und hielt die Festung genauso in Ordnung wie ihr eigenes Haus. Auch Marja Iwanowna hörte bald auf, mir gegenüber scheu zu sein. Wir lernten einander kennen. Und welch ein verständiges und doch gefühlvolles Wesen entdeckte ich in ihr! Fast unmerklich fühlte ich mich dieser guten Familie immer näher verbunden, ja ich schloß sogar mit Iwan Ignatjewitsch, dem einäugigen Leutnant, Freundschaft, von dem Schwabrin gemunkelt hatte, es bestünden zwischen ihm und Wassilissa Jegorowna unerlaubte Beziehungen, aber davon war auch nicht eine Spur wahr; hierum freilich kümmerte sich Schwabrin nicht im mindesten.

Meine Ernennung zum Offizier traf ein. Der Dienst belästigte mich keineswegs. In dieser gottseligen Festung gab es weder Besichtigungen noch Exerzieren noch Wachestehen. Der Kommandant machte, wenn ihm der Sinn danach stand, mit seinen Soldaten einige Übungen, aber bisher hatte er es noch nicht einmal dahin gebracht, allen beizubringen, was rechts sei und was links. Schwabrin besaß einige französische Bücher. Ich warf mich aufs Lesen, und so erwachte in mir die Liebe zur Literatur. Die Vormittage beschäftigte ich mich mit Lektüre, ich übte mich im Übersetzen, und hie und da machte ich mich sogar an das Verfassen von Gedichten; zu Tisch war ich fast immer beim Kommandanten, und dort verbrachte ich auch gewöhnlich den weiteren Rest des Tages; abends erschienen bisweilen der Priester Gerassim und sein Weib Akulina Pamphilowna, die im Ruf stand, die erste Neuigkeitskrämerin im ganzen Umkreis zu sein. Alexej Iwanowitsch Schwabrin sah ich, was sich von selber versteht, jeden Tag; aber mit jedem Male kam mir die Unterhaltung mit ihm weniger erfreulich vor. Seine ewigen Späße auf Kosten des Kommandantenhauses mißfielen mir ungemein, insbesondere seine spitzigen

Bemerkungen über Marja Iwanowna. Außer diesen gab es keine weitere Gesellschaft in der Festung; allein ich wünschte mir auch keine andere.

Trotz aller Voraussagen kam es zu keinem Aufruhr der Baschkiren. Ruhe herrschte um unsere Festung. Aber diese Ruhe wurde plötzlich durch einen unerwarteten Zwist unterbrochen. Ich erwähnte bereits, daß ich mich mit Literatur zu beschäftigen begonnen hatte. Und für die damalige Zeit waren meine Versuche so übel nicht, ja sogar Alexander Petrowitsch Ssumarokow hat sie einige Jahre nachher mit vielem Lobe bedacht. Es gelang mir einst, ein Liedchen zu verfertigen, das mich höchst befriedigte. Es ist allgemein bekannt, daß Autoren oftmals unter dem Vorwand, um Rat zu fragen, geneigte Zuhörer suchen. Und so brachte denn auch ich mein Liedchen, nachdem ich es ins reine geschrieben, zu Schwabrin, der allein in der ganzen Festung befähigt war, das Werk eines Dichters zu beurteilen. Erst ein kleines Vorwort, und darauf zog ich mein Heft aus der Tasche und las ihm folgende Verschen vor:

Zu verbannen Liebesweh',
Bin ich oftmals jetzt allein,
Denn ich meide Maschas Näh',
Um aufs neue frei zu sein!
Doch die Augen, die mich banden,
Gehen nicht aus meinem Sinn;
Mein Verstand kam mir abhanden,
Ach, und meine Ruh ist hin.
So erkenn' denn meine Schmerzen,
Mascha, und erbarm' dich mein;
Sieh die Pein in meinem Herzen,
Rette den Gefangenen dein.

»Wie gefällt es dir?« fragte ich Schwabrin und erwartete seinen Beifall, wie einen Tribut, der mir durchaus zustand. Doch zu meinem lebhaften Verdruß erklärte der im allgemeinen sehr nachsichtige Schwabrin mit großer Entschiedenheit, mein Lied sei schlecht. »Warum denn?« fragte ich ihn und verbarg meinen Ärger, so gut ich konnte.

»Darum«, entgegnete er, »weil diese Verse in jeder Hinsicht derer meines Lehrers Wassilij Kirillowitsch Tredjakowskij würdig sind und mich ungemein an seine Liebescouplets erinnern.«

Hierbei ergriff er mein Heft und begann jede Zeile, ja jedes Wort unbarmherzig zu zergliedern, wobei er sich in der schonungslosesten Weise über mich lustig machte. Ich ertrug es nicht länger, ich riß ihm mein Heftchen aus der Hand und sagte, ich würde ihm nie wieder meine Ausarbeitungen zeigen. Aber Schwabrin fand auch diese Drohung nur komisch.

»Wollen wir's abwarten«, meinte er, »ob du dein Wort halten wirst: ein Dichter bedarf ebensosehr des Zuhörers wie Iwan Kusjmitsch der Karaffe mit Schnaps vor dem Mittagessen. Allein wer ist denn die Mascha, der du deine zärtliche Leidenschaft erklärst und deine Liebesschmerzen mitteilst? Am Ende gar Marja Iwanowna?«

»Das geht dich nichts an«, entgegnete ich ihm finster, »wer immer diese Mascha auch sei. Ich will weder deine Meinung hören noch deine Vermutungen.«

»Oho! Ein eitler Dichter, aber ein bescheidener Liebhaber!« fuhr Schwabrin fort und reizte mich von Minute zu Minute mehr: »Doch nimm den Rat eines Freundes an: wenn du Erfolg haben willst, so rate ich dir, nicht mit Liederchen zu wirken.«

»Was, mein Herr, soll das heißen? Erklär dich auf der Stelle.«

»Mit Vergnügen. Es soll heißen, daß, wenn es dein Wunsch ist, Mascha Mironowa um die Zeit der Dämmerung bei dir zu sehen, du ihr lieber statt zärtlicher Verschen ein Paar Ohrringe schenken solltest.«

Mein Blut wallte.

»Warum denkst du so von ihr?« fragte ich und hielt mit Mühe meine Empörung zurück.

»Aus dem Grunde«, entgegnete er mit einem teuflischen Lächeln, »weil ich ihre Gewohnheiten und ihre Sitten aus Erfahrung kenne.«

»Das lügst du, Schurke!« schrie ich in hellem Zorn, »du lügst auf die schamloseste Art.«

Schwabrins Gesicht verzerrte sich.

»Das laß ich dir nicht so hingehen«, sagte er und preßte meinen Arm. »Sie werden mir Satisfaktion geben.«

»Nach Belieben; jederzeit!« rief ich erfreut.

Ich war in dieser Minute tatsächlich bereit, ihn in Stücke zu zerhauen.

Ich begab mich sogleich zu Iwan Ignatjewitsch und traf ihn mit einer Nadel in der Hand an: auf Befehl der Kommandantin war er damit beschäftigt, Pilze, die über Winter getrocknet werden sollten, auf einen Faden zu reihen. »Ah, Pjotr Andrejewitsch, Sie sind es!« rief er, als er mich erblickte. »Willkommen! Was führt Sie her? Welche Angelegenheit, wenn ich fragen darf?«

Mit wenigen Worten teilte ich ihm mit, daß ich mit Schwabrin Streit gehabt hätte und ihn, Iwan Ignatjewitsch, darum bäte, bei der Auseinandersetzung mein Sekundant zu sein. Iwan Ignatjewitsch hörte mich aufmerksam an, wobei sein einziges Auge beängstigend hervorquoll.

»Sie geruhten zu sagen«, sprach er darauf, »daß Sie Alexej Iwanowitsch totstechen wollen und daß Sie hierzu mich als Zeugen benötigen? Habe ich Sie recht verstanden, wenn ich fragen darf?«

»Ganz richtig.«

»Aber so bedenken Sie doch, Pjotr Andrejewitsch! Was sind das für Geschichten? Sie hatten Streit mit Schwabrin? Na, und wenn auch! Niemand braucht davon was zu erfahren. War er frech gegen Sie, schimpfen Sie ihn zusammen; haut er Ihnen eins ins Gesicht, hauen Sie ihm eins um die Ohren und noch einmal und ein drittes Mal – und geht dann auseinander; wir aber werden euch wieder versöhnen. Halten Sie es denn für anständig, seinen Mitmenschen totzustechen, wenn ich fragen darf? Und wenn man noch sicher wüßte, daß Sie ihn totstechen würden: Gott mit ihm, mit Alexej Iwanowitsch; ich bin selber kein Freund von ihm. Wie aber, wenn er nun Sie durchlöchert? Was dann? Wer wird dann der Genasführte sein, wenn ich fragen darf?«

Allein die Ermahnungen des verständigen Leutnants vermochten nicht, mich wankend zu machen. Ich verharrte bei meiner Absicht.

»Wie es Ihnen beliebt«, sagte Iwan Ignatjewitsch, »tun Sie, was Sie für richtig halten. Wozu jedoch soll ich als Zeuge dabei sein? Zu welchem Zweck? Daß die Leute sich prügeln, ist das etwas Besonderes, wenn ich fragen darf? Gott weiß, ich bin gegen den Schweden gezogen und gegen den Türken: das ist mir alles längst bekannt.«

Ich versuchte, so gut es ging, ihm beizubringen, worin das Amt eines Sekundanten bestehe, aber Iwan Ignatjewitsch konnte mich absolut nicht begreifen.

»Wie Sie meinen«, sagte er schließlich, »ich denke aber, daß, wenn ich mich überhaupt mit dieser Sache befassen soll, es wohl am gescheitesten wäre, daß ich zu Iwan Kusjmitsch ginge, um ihm, wie es meine Pflicht vorschreibt, zu rapportieren, daß in der Festung eine den Maßnahmen der Obrigkeit widersprechende Übeltat geplant wird: ob es der Herr Kommandant nicht für nützlich halte, die entsprechenden Gegenmaßnahmen zu ergreifen...«

Ich erschrak und bat Iwan Ignatjewitsch, nichts dergleichen dem Kommandanten zu hinterbringen; nur mit großer Mühe konnte ich ihn davon abbringen; allein schließlich versprach er es mir, ich aber entschloß mich, von ihm abzulassen.

Den Abend verbrachte ich wie gewöhnlich im Hause des Kommandanten. Um keinen Verdacht aufkommen zu lassen und allen lästigen Fragen auszuweichen, bemühte ich mich, heiter und aufgeräumt auszusehen; allein ich muß gestehen, daß die volle Kaltblütigkeit, mit der alle prahlen, die sich in meiner Lage befunden haben, mir abging. Ich war an diesem Abend zärtlich gestimmt und irgendwie bewegt. Marja Iwanowna gefiel mir noch mehr als sonst. Der Gedanke, daß ich sie vielleicht zum letzten Male sah, verlieh ihr in meinen Augen etwas ungemein Rührendes. Plötzlich erschien Schwabrin. Ich nahm ihn beiseite und teilte ihm mein Gespräch mit Iwan Ignatjewitsch mit. »Wozu Sekundanten?« unterbrach er mich trocken, »wir brauchen keine.« Wir kamen überein, uns hinter den Heuschobern, die sich in der Nähe der Festung befanden, zu schlagen und uns am folgenden Tag dort in der siebenten Morgenstunde einzufinden. Wir plauderten anscheinend so freundschaftlich, daß Iwan Ignatjewitsch sich vor Vergnügen verplapperte. »Höchste Zeit«, sagte er und nahm eine zufriedene Miene an, »ein fauler Friede ist immer noch mehr wert als der beste Kampf, ist er auch nicht besonders ehrenhaft, nun, so ist er doch gesünder.«

»Was, Iwan Ignatjewitsch, was sagten Sie da?« fragte die Kommandantin, die in ihrer Ecke Karten legte, »ich hörte nicht, was Sie sagten.«

Iwan Ignatjewitsch sah mich an, und da er bemerkte, daß ich unzufrieden war, und er sich andererseits gleichzeitig seines Versprechens entsann, wurde er verlegen und wußte nicht, was antworten. Schwabrin kam ihm jedoch schnell zu Hilfe.

»Iwan Ignatjewitsch«, sagte er, »freut sich über unsere Versöhnung.«

»Mit wem hast du dich denn gezankt, mein Lieber?«

»Pjotr Andrejewitsch und ich hatten uns neulich ziemlich heftig gestritten.«

»Wie das?«

»Ach, es war nichts, Wassilissa Jegorowna, es handelte sich um ein Lied.«

»Auch ein Grund zum Streiten, ein Lied!... Wie kam denn das?«

»Sehr einfach: Pjotr Andrejewitsch hat kürzlich ein Lied verfaßt und sang es mir heute vor, ich aber stimmte dagegen mein Lieblingslied an:

Hauptmannstochter, gib acht,
Geh nicht spazieren um Mitternacht!

So kam es zum Streit. Pjotr Andrejewitsch wurde zornig, kam jedoch endlich zur Überzeugung, daß es jedem freistehe, zu singen, was er wolle. Das war alles.«

Schwabrins Unverschämtheit hatte mich fast in Wut gebracht; freilich konnte niemand außer mir seine gemeinen Anspielungen verstehen, oder zum mindesten wurden sie von niemandem beachtet. Das Gespräch kam von den Liedern auf die Dichter, der Kommandant äußerte die Ansicht, daß sie alle liederliche und heillose Trunkenbolde seien, und gab mir den freundschaftlich gemeinten Rat, das Dichten zu lassen, da es zu nichts Gutem führe und eigentlich sogar reglementswidrig sei.

Schwabrins Anwesenheit war mir unerträglich. So nahm ich denn vom Kommandanten und seiner Familie Abschied; zu Hause untersuchte ich meinen Degen, prüfte seine Spitze und ging, nachdem ich Ssaweljitsch den Auftrag erteilt hatte, mich um sieben Uhr zu wecken, zu Bett.

Am Morgen des anderen Tages stand ich zur festgesetzten Zeit hinter den Heuschobern und wartete auf meinen Gegner. Er ließ nicht lange auf sich warten. »Man könnte uns überraschen«, meinte er, »wir müssen uns beeilen.« Wir warfen die Röcke ab und entblößten, im Wams dastehend, unsere Degen. Allein im gleichen Augenblick trat Iwan Ignatjewitsch hinter einem der Heuschober hervor, gefolgt von fünf seiner Invaliden. Er forderte uns auf, ihm zum Kommandanten zu folgen. Wir fügten uns unmutig; die Soldaten umringten uns, und so kehrten wir denn hinter Iwan Ignatjewitsch, der uns feierlich führte und mit erstaunlicher Gravität voranschritt, wieder in die Festung zurück.

Wir kamen vors Haus des Kommandanten. Iwan Ignatjewitsch öffnete die Tür und rief mit besonderem Nachdruck: »Da sind sie!« Wassilissa Jegorowna empfing uns: »So, so, meine Lieben! Was soll das sein? Was? Wie? Mord und Totschlag in unserer Festung! Iwan Kusjmitsch, daß du sie mir auf der Stelle in Arrest setzt! Pjotr Andrejewitsch! Alexej Iwanowitsch! Her mit den Degen! Her damit, her damit, Palaschka, du trägst die Degen sogleich in die Rumpelkammer. Pjotr Andrejewitsch! Das hätte ich von dir nicht erwartet, schämst du dich nicht? Von Alexej Iwanowitsch ist man's ja schon gewohnt: er ist Mordes wegen aus der Garde gestrichen worden, und an den Herrgott glaubt er auch nicht; du aber? Du? Willst du auch solche Wege gehen?«

Iwan Kusjmitsch stimmte in allem seiner Gattin bei und bemerkte nur: »Ja, hört her, Wassilissa Jegorowna sagt die volle Wahrheit. Im Militärreglement sind alle Zweikämpfe auf das entschiedenste verboten.« Palaschka hatte sich unterdessen unserer Degen bemächtigt und schickte sich an, sie in die Rumpelkammer zu tragen. Ich konnte mich des Lachens nicht erwehren. Schwabrin dagegen blieb sehr ernst. »Bei all meiner Achtung vor Ihnen«, sagte er ihr kalt, »kann ich Ihnen nicht verhehlen, daß Sie, indem Sie über uns zu Gericht sitzen, sich eine unnütze Mühe machen. Überlassen Sie das doch, lieber Iwan Kusjmitsch: es ist seine Sache.« – »Schau mal an, mein Lieber!« entgegnete ihm die Kommandantin, »sind denn Mann und Weib etwas anderes als ein Leib und eine Seele? Iwan Kusjmitsch! Was hältst du Maulaffen feil? Sofort sperrst du die beiden in verschiedene Kammern und läßt sie bei Wasser und Brot sitzen, damit ihnen die Narrheit vergeht; und außerdem soll ihnen der Priester Gerassim eine Kirchenbuße auferlegen, auf daß sie Gott um Verzeihung bitten sollen und damit sie vor den Menschen ihre Reue bekunden.«

Iwan Kusjmitsch war unschlüssig, was er tun solle. Marja Iwanowna war auffallend bleich. Aber allmählich legte sich der Sturm; die Kommandantin wurde ruhiger und veranlaßte uns, einander zum Zeichen der Versöhnung einen Kuß zu geben. Darauf brachte uns Palaschka auch unsere Degen wieder zurück. Wir verließen das Haus des Kornmandanten, als wären wir in bester Eintracht. Iwan Ignatjewitsch begleitete uns. »Es war nicht schön von Ihnen« sagte ich ihm aufgebracht, »uns beim Kommandanten anzuzeigen, nachdem Sie mir doch Ihr Ehrenwort gaben, es nicht zu tun.« – »So wahr Gott heilig ist, ich habe Iwan Kusjmitsch nicht eine Silbe gesagt«, entgegnete er, »Wassilissa Jegorowna hat alles aus mir herausgequetscht. Sie war es auch, die alle Maßnahmen traf, ohne daß der Kommandant eine Ahnung davon hatte. Übrigens, gottlob, daß alles so gut abgelaufen ist.« Bei diesen Worten verließ er uns, um nach Hause zu gehen, und so blieb ich denn mit Schwabrin allein. »Unsere Angelegenheit ist hiermit nicht etwa abgeschlossen«, sagte ich. – »Versteht sich«, entgegnete Schwabrin. »Ihre Dreistigkeit muß mit Ihrem Blute gesühnt werden; allein ich fürchte, daß man uns wahrscheinlich beobachten wird. Wir werden uns also während der nächsten Tage verstellen müssen. Auf Wiedersehen.« Wir trennten uns, als wäre alles in schönster Ordnung.

Ich kehrte zum Hause des Kommandanten zurück und setzte mich, wie ich es immer tat, zu Marja Iwanowna. Iwan Kusjmitsch war ausgegangen; Wassilissa Jegorowna war mit dem Haushalt beschäftigt. Wir unterhielten uns mit gedämpfter Stimme. Marja Iwanowna warf mir zärtlich die Unruhe vor, die ich allen durch meinen Streit mit Schwabrin bereitet nätte.

»Ich bin fast in Ohnmacht gefallen«, sagte sie, »als ich hören mußte, daß Sie die Absicht hätten, ein Duell auf Degen auszufechten. Wie sonderbar doch die Männer sind! Ein Wort, das Sie vielleicht nach einer Woche schon vergessen hätten, – und Sie sind bereit, sich zu schlagen, setzen Ihr Leben aufs Spiel. Ihr Gewissen, und nicht nur das, nein, auch das Glück derer, die... Ich bin übrigens davon überzeugt, daß Sie den Streit nicht angefangen haben. Gewiß ist Alexej Iwanowitsch der Schuldige.«

»Weshalb glauben Sie das, Marja Iwanowna?«

»Nun, weil... er spottet immer! Ich mag Alexej Iwanowitsch nicht. Er ist mir widerwärtig; doch denken Sie, wie sonderbar: ich möchte um keinen Preis ihm ebenfalls mißfallen. Das würde mich ungemein beunruhigen.«

»Und was glauben Sie nun, Marja Iwanowna? Gefallen Sie ihm oder nicht?«

Sie wurde sehr rot und konnte vor Verlegenheit nicht gleich sprechen.

»Ich glaube«, sagte sie dann, »mir scheint, daß ich ihm gefalle.«

»Und warum glauben Sie das?«

»Weil er um mich angehalten hat.«

»Angehalten! Er hat um Sie angehalten? Ja, wann war denn das?«

»Noch im vorigen Jahr, etwa zwei Monate bevor Sie hier eintrafen.«

»Und Sie sagten nein?«

»Wie Sie sehen. Freilich ist Alexej Iwanowitsch ein kluger Mensch und aus gutem Hause und sogar wohlhabend; aber wenn ich daran denke, daß ich ihn im Brautkranz vor aller Welt würde küssen müssen... um nichts in der Welt! Um keinen Preis!«

Die Worte Marja Iwanownas öffneten mir die Augen und gaben mir die Erklärung für vieles. Sogar die hartnäckigsten Verleumdungen, mit denen Schwabrin sie verfolgte, wurden jetzt verständlich. Er hatte augenscheinlich unsere gegenseitige Zuneigung bemerkt und hatte sich bemüht, uns auseinanderzubringen. Jetzt kamen mir seine Worte, die den Anlaß zu unserem Zwist gegeben hatten, noch schändlicher vor, denn statt eines groben und unanständigen Witzes mußte ich eine wohldurchdachte Gemeinheit in ihnen sehen. Mein Verlangen, das dreiste Lästermaul zu züchtigen, wurde nur noch stärker, und voll Ungeduld wartete ich auf eine günstige Gelegenheit.

Ich brauchte nicht lange zu warten. Bereits am folgenden Tage, als ich gerade über einer Elegie saß und in Erwartung des fehlenden Reimes an meinem Federkiel kaute, klopfte Schwabrin an mein Fenster. Ich ließ die Feder, ergriff meinen Degen und eilte hinaus. »Wozu es noch länger aufschieben?« redete mich Schwabrin an, »man beobachtet uns nicht. Kommen Sie zum Flußufer. Dort wird uns niemand stören.« Schweigend begaben wir uns dorthin. Wir stiegen den steilen Flußpfad hinab und entblößten unsere Degen erst, als wir unten angelangt dicht am Wasser standen. War auch Schwabrin geschickter als ich, so war ich doch stärker und kühner; mir kamen die wenigen Fechtstunden, die mir Monsieur Beaupré, der früher einmal Soldat gewesen war, erteilt hatte, jetzt trefflich zustatten. Schwabrin hatte sichtlich nicht erwartet, einen so gefährlichen Gegner in mir zu finden. Es ging ziemlich lange hin und her, ohne daß einer dem anderen beikommen konnte, endlich jedoch wurde ich gewahr, daß Schwabrins Kräfte nachließen, und sogleich drang ich mit großer Lebhaftigkeit auf ihn ein und trieb ihn fast bis in den Fluß. Da plötzlich hörte ich meinen Namen rufen. Ich sah mich um, es war Ssaweljitsch, der den steilen Abhang zu mir herunterlief... Und gleichzeitig spürte ich auch schon einen heftigen Stich in der Brust ein wenig unterhalb der rechten Schulter, fiel hin und verlor das Bewußtsein.

Als ich wieder zur Besinnung kam, konnte ich eine Zeitlang gar nichts fassen und vermochte nicht zu begreifen, was mit mir geschehen war. Ich lag auf dem Bett in einem fremden Zimmer und fühlte mich sehr schwach. Vor mir stand Ssaweljitsch mit einer Kerze in der Hand. Jemand löste behutsam die Verbände, die mir Brust und Schulter zusammenpreßten. Nach und nach kam ein Zusammenhang in meine Gedanken. Ich erinnerte mich an das Duell und erriet, daß ich verwundet war. Plötzlich knarrte eine Tür. »Wie geht es ihm?« flüsterte eine Stimme, deren Ton mich erbeben machte. – »Immer noch das gleiche«, entgegnete Ssaweljitsch seufzend, »immer noch bewußtlos, und dabei ist es doch schon der fünfte Tag.« Ich wollte mich aufrichten, aber ich vermochte es nicht. »Wo bin ich? Wer ist hier?« brachte ich mit Anstrengung hervor. Marja Iwanowna beugte sich über mich. »Wie geht es Ihnen?« fragte sie. – »Gott sei Dank«, antwortete ich mit schwacher Stimme, »sind Sie da, Marja Iwanowna? Sagen Sie...« Allein ich vermochte nicht weiterzusprechen, und so verstummte ich denn. Ssaweljitsch stöhnte. Sein Gesicht strahlte. »Zu sich gekommen! Er ist zu sich gekommen!« rief er mehrere Male. »Gelobt sei Gott! Väterchen, Pjotr Andrejewitsch! Du hast mir keinen kleinen Schrecken eingejagt! Zu denken! Der fünfte Tag!...« Marja Iwanowna unterbrach ihn: »Du darfst nicht viel mit ihm sprechen, Ssaweljitsch«, sagte sie, »er ist noch zu schwach.« Und damit ging sie hinaus und machte leise die Tür hinter sich zu. Eine Flut von Vermutungen wirbelte in mir. Ich war also im Hause des Kommandanten: Marja Iwanowna konnte bei mir ein- und ausgehen. Ich wollte einige Fragen an Ssaweljitsch richten, aber der Alte schüttelte den Kopf und verstopfte sich die Ohren. Unmutig schloß ich die Augen, und bald darauf kam der Schlaf über mich.

Als ich wieder erwachte, rief ich Ssaweljitsch, allein statt seiner stand Marja Iwanowna vor mir; ihr himmlisches Stimmchen begrüßte mich. Das entzückende Gefühl, das mich in diesem Augenblick ergriff, war einfach unbeschreiblich. Ihre Hand lag in der meinen, ich preßte sie an meine Lippen, und Tränen der Rührung benetzten sie. Und Mascha zog ihre Hand nicht fort... ja plötzlich berührten ihre Lippen meine Wange, und mich durchströmte das Gefühl des warmen, des lebendigen Kusses. Feuer durchfuhr mich. »Teure, geliebte Marja Iwanowna«, kam es von meinen Lippen, »werde mein Weib, entschließe dich, mich glücklich zu machen.« Sie kam zu sich. »Um Gottes willen, nur Ruhe«, sagte sie und entzog mir ihr Händchen, »Sie sind noch längst nicht außer Gefahr: Ihre Wunde kann wieder aufbrechen. Schonen Sie sich, und sei es auch nur um meinetwillen.«

Mit diesen Worten verließ sie das Zimmer und ließ mich in einem Rausch des Glückes zurück. Das Glück belebte mich neu. Sie wird mein sein! Sie liebt mich! Dieser Gedanke erfüllte mich ganz und gar.

Von da an ging es mir stündlich besser. Ich befand mich, da es keinen anderen Arzt in der Festung gab, beim Regimentsfeldscher in Behandlung, und dieser machte Gott sei Dank keine großen Geschichten mit mir. Meine Jugend und meine kräftige Natur beschleunigten den Prozeß meiner Wiederherstellung. An meiner Pflege beteiligte sich die ganze Kommandantenfamilie. Marja Iwanowna wich nicht von meiner Seite. Es versteht sich von selbst, daß ich die erste beste Gelegenheit benutzte, um meine unterbrochene Liebeserklärung zu vollenden, und dieses Mal hörte Marja Iwanowna mir mit größter Geduld zu. Ja sie gestand mir, ohne sich viel zu zieren, ihre herzliche Zuneigung und meinte, daß auch ihre Eltern sich sicherlich sehr über das Glück ihres Kindes freuen würden. »Allein jetzt mußt du bedenken«, fügte sie hinzu, »ob nicht am Ende von seiten deiner Anverwandten Einwendungen erhoben werden könnten?«

Ich überlegte. Der zärtlichen Gesinnung meines Mütterchens war ich gewiß; aber wenn ich an meinen Vater dachte, dessen Charakter und Gedanken ich freilich gut kannte, mußte ich mir sagen, daß meine Liebe ihn nicht sehr bewegen würde, ja daß er sie vermutlich eher als die Torheit eines jungen Mannes ansehen dürfte. Freimütig bekannte ich Marja Iwanowna diesen Umstand und entschloß mich, meinem Vater einen Brief zu schreiben, so schön und beredt wie nur möglich, und ihn darin um seinen väterlichen Segen zu bitten. Ich zeigte den Brief Marja Iwanowna, und sie fand ihn so überzeugend, daß sie an seinem Erfolge nicht zweifelte und sich nunmehr den Gefühlen ihres liebenden Herzens mit der schönen Zuversicht der Jugend und der Liebe hingab.

Bereits in den ersten Tagen meiner Besserung hatte ich mich mit Schwabrin versöhnt. Iwan Kusjmitsch machte mir Vorwürfe wegen des Zweikampfs und sagte mir: »Ach, Pjotr Andrejewitsch! Eigentlich müßte ich dich nun in Arrest setzen, allein ich meine, du bist auch ohnehin bestraft genug. Alexej Iwanowitsch dagegen sitzt noch immer fest in der Kornkammer und wird scharf bewacht, sein Degen aber befindet sich unter Verschluß bei Wassilissa Jegorowna. Er hat jetzt Zeit, in sich zu gehen und zu bereuen.« Ich war viel zu glücklich, um in meinem Herzen irgendein feindseliges Gefühl zu hegen. So bat ich denn für Schwabrin, und der gutmütige Kommandant entschloß sich, nachdem er allerdings zuvor die Genehmigung seiner Gattin eingeholt hatte, ihn wieder zu befreien. Schwabrin kam bald darauf zu mir; er drückte mir sein tiefes Bedauern über das aus, was zwischen uns vorgefallen war; er gestand mir ein, daß einzig er an allem schuld sei, und bat mich, das Vergangene zu vergessen. Da ich von Natur aus keineswegs nachtragend bin, so verzieh ich ihm sogleich mit aller Aufrichtigkeit sowohl den Streit als auch die Wunde, die ich von ihm empfangen hatte. Und in jener Verleumdung sah ich jetzt nur noch den Ärger seiner verletzten Eitelkeit und der verschmähten Liebe und entschuldigte großmütig den unglücklichen Nebenbuhler.

So war ich denn bald wieder völlig hergestellt und konnte meine alte Wohnung wieder beziehen. Voller Ungeduld erwartete ich die Antwort auf meinen Brief, allein es war wenig Hoffnung in mir, und ich mußte häufig meine traurigen Vorahnungen zum Schweigen bringen. Allerdings hatte ich mit

Wassilissa Jegorowna und ihrem Gemahl noch nicht gesprochen, aber ich wußte, daß meine Werbung ihnen nicht unerwartet kommen würde. Denn weder gab sich Marja Iwanowna, noch gab ich mir Mühe, unsere Gefühle vor ihnen zu verbergen, da wir schon im voraus gewiß waren, ihre Zustimmung zu erlangen.

Endlich trat Ssaweljitsch eines Morgens in mein Zimmer und brachte mir den Brief. Ich ergriff ihn voller Unruhe. Die Adresse war von meines Vaters Hand. Hieraus konnte ich bereits ersehen, daß der Brief wichtig war, denn in der Regel schrieb mein Mütterchen an mich, und er setzte am Schluß nur noch einige Zeilen hinzu. Ich zögerte geraume Zeit, den Brief zu erbrechen, und immer wieder überflog mein Auge die feierliche Aufschrift: »An meinen Sohn Pjotr Andrejewitsch Grinew im Orenburgschen Gouvernement in der Festung Bjelogorsk.« Ich versuchte aus den Schriftzügen die Gesinnung zu erraten, in der dieser Brief verfaßt war; endlich entschloß ich mich, das Schreiben zu entsiegeln, aber schon nach den ersten Zeilen sah ich, daß alles beim Teufel war. Dies war der Inhalt des Briefes:

»Mein Sohn Pjotr! Deinen Brief, in welchem Du uns um den elterlichen Segen und um unsere Einwilligung zu Deiner Vermählung mit Marja Iwanowna, der Tochter des Mironow, ersuchst, erhielten wir am 15. dieses Monats, aber weder bin ich gewillt, Dir meinen Segen zu erteilen, noch, meine Einwilligung zu geben, und ich werde Dir schon noch kommen und Dich, ungeachtet Deines Offiziersrangs, Deiner Streiche wegen wie einen dummen Jungen züchtigen. Denn Du hast erwiesen, daß Du noch ganz und gar unwürdig bist, den Degen zu tragen, der Dir zur Verteidigung des Vaterlandes verliehen worden ist, nicht aber zu Zweikämpfen mit genau solchen Taugenichtsen, wie Du einer bist. Ich werde unverzüglich an Andrej Kirillowitsch schreiben und ihn bitten, Dich aus der Festung Bjelogorsk so weit wie möglich zu versetzen, an einen Ort, wo Dir die Albernheiten vergehen sollen. Deine Mutter wurde, als sie von Deinem Zweikampf erfuhr und daß Du verwundet seiest, vor Schrecken krank und muß das Bett hüten. Was soll aus Dir noch werden? Ich flehe zu Gott, daß Du Dich bessern mögest, aber ich wage kaum, auf seine große Barmherzigkeit zu hoffen.

Dein Vater A. G.«

Die Lektüre dieses Briefes rief in mir die widersprechendsten Gefühle hervor. Die harten Ausdrücke, mit denen mein Vater nicht gekargt hatte, kränkten mich sehr. Die Geringschätzung, mit der er Marja Iwanownas gedachte, erschien mir ebenso ungehörig wie ungerecht. Der Gedanke, daß ich vielleicht aus der Bjelogorskschen Festung versetzt werden könnte, war mir ungeheuerlich; am meisten aber schmerzte mich die Nachricht von der Krankheit meiner Mutter. Ich zürnte Ssaweljitsch, denn es stand für mich außer jedem Zweifel, daß die Nachricht von meinem Zweikampf nur durch ihn zu meinen Eltern gedrungen sein konnte. Ich schritt in meinem engen Zimmer auf und ab und blieb schließlich vor ihm stehen und sagte, während ich ihn drohend anblickte:

»Es ist dir wohl zu wenig, daß ich durch dein Verschulden verwundet wurde und mich einen ganzen Monat hindurch am Rande des Grabes befand; nun willst du auch noch meine Mutter umbringen.«

Ssaweljitsch war wie vom Donner gerührt.

»Erbarmen, Herr«, rief er mit Tränen im Auge, »was sagst du da? Ich die Ursache deiner Verwundung! Weiß Gott, ich lief doch nur, um dich mit meiner eigenen Brust vor dem Degen Alexej Iwanowitschs zu schützen! Das vermaledeite Alter kam mir in die Quere. Und was habe ich denn deinem Mütterchen angetan?« »Was du getan hast?« entgegnete ich. »Wer hat dich veranlaßt, den Angeber zu spielen? Bist du mir etwa als Spion mitgegeben worden?«

»Ich dich angegeben?« versetzte Ssaweljitsch weinend. »Himmlischer Vater! Dann sei so gut und lies, was mir der gnädige Herr geschrieben hat: du wirst daraus schon sehen, wie ich dich angegeben habe.« Hiermit zog er einen Brief aus der Tasche und las mir folgendes vor:

»Schäme Dich, alter Hundsfott, daß Du, ungeachtet meines strengen Befehls, mir nichts über die Aufführung meines Sohnes Pjotr Andrejewitsch hinterbracht hast und daß fremde Leute gezwungen sind, mich von seinen Streichen zu unterrichten. Erfüllst Du etwa so Deine Pflicht und den Willen Deines Herrn? Für Dein Verschweigen der Wahrheit und Deine Liebedienerei gegen den jungen Mann werde ich Dich alten Hundsfott die Schweine hüten schicken. Ich befehle Dir hiermit, mir sogleich nach Empfang dieses Briefes zu antworten und mir zu berichten, wie es jetzt um die Gesundheit steht, von der man mir mitgeteilt, es stehe besser, an welcher Stelle sich die Wunde befindet und ob er gut geheilt worden ist.«

Es war augenscheinlich, daß Ssaweljitsch unschuldig war und daß ich ihn durch meine Vorwürfe und meinen Verdacht grundlos beleidigt hatte. Ich bat ihn um Verzeihung, allein der Alte war untröstlich.

»Muß ich das noch erleben«, wiederholte er immer wieder, »hab ich diesen Dank von meiner Herrschaft verdient! Ich ein alter Hundsfott, ich die Schweine hüten und außerdem noch die Ursache deiner Verwundung? Nein, Pjotr Andrejewitsch! Nicht ich, sondern der verdammte Musjö ist schuld an allem: er war's, der dir beibrachte, mit eisernen Bratspießen herumzufuchteln und dabei aufzustampfen, als ob man mit Fuchteln und Stampfen sich vor einem schlechten Menschen bewahren könnte! Es war notwendig, den Musjö anzustellen und an so einen Geld zu verschwenden!«

Jedoch wer war es, der sich bemüßigt gefühlt hatte, meinen Vater von meinem Betragen in Kenntnis zu setzen? Etwa der General? Allein er hatte bisher nicht den Eindruck gemacht, als ob er sich allzuviel mit mir beschäftige; außerdem hatte Iwan Kusjmitsch davon abgesehen, ihm einen Rapport über den Zweikampf zuzustellen. Ich verlor mich in Vermutungen. Mein Verdacht blieb auf Schwabrin haften. Er allein konnte aus jener Anzeige Vorteile ziehen, denn die möglichen Folgen konnten meine Versetzung aus der Festung sein und ein Bruch mit dem Hause des Kommandanten. Ich ging schließlich zu Marja Iwanowna, um ihr alles mitzuteilen. Sie stand an der Haustüre. »Was haben Sie?« fragte sie, als sie mich erblickte. »Sie sind so blaß!« – »Alles ist aus!« Nur dies konnte ich ihr antworten und reichte ihr den Brief meines Vaters. Nun erbleichte sie ihrerseits. Sie las den Brief, gab ihn mir mit zitternder Hand zurück und sprach mit bebender Stimme: »Es ist des Schicksals Fügung. Ihre Verwandten wollen mich nicht haben. Des Herrn Wille geschehe! Gott weiß besser als unsereins, was uns not tut. Wir können das nicht ändern, Pjotr Andrejewitsch; hoffentlich werden wenigstens Sie noch einmal glücklich...« – »Nichts dergleichen!« rief ich und ergriff ihre Hand, »du liebst mich; ich bin zu allem bereit. Komm, laß uns vor deinen Eltern niederknien; sie sind schlichte Menschen und nicht hartherzige Hochmütige... sie werden uns den Segen nicht verweigern; wir werden uns trauen lassen... und mit der Zeit werden wir, ich bin davon überzeugt, auch meinen Vater milder stimmen; mein Mütterchen ist gewiß schon jetzt auf unserer Seite; er wird uns verzeihen...« – »Nein, nein, Pjotr Andrejewitsch«, entgegnete Mascha, »ohne den Segen deiner Eltern kann ich nicht die Deine werden. Ohne ihren Segen wirst du nie glücklich sein. Wir müssen uns Gottes Ratschluß fügen. Und wenn du eine andere finden solltest, wenn du eine andere lieb gewinnen solltest – Gott mit dir, Pjotr Andrejewitsch; dann werde ich für euch beide ...«

Sie brach in Tränen aus und entfernte sich; ich wollte ihr ins Haus folgen, allein ich vermochte es nicht, ich hätte mich nicht mehr beherrschen können, und so kehrte ich denn nach Hause zurück.

Dort saß ich lange, versponnen in tiefes Nachdenken, als plötzlich Ssaweljitschs Erscheinen mich aus meinen Überlegungen riß. »Da, Herr«, sagte er und reichte mir einen vollgeschriebenen Bogen Papier, »nun überzeuge dich, ob ich wirklich ein Angeber bin und ob ich tatsächlich darauf aus bin, den Sohn und den Vater zu verhetzen.« Ich nahm das Papier: es war Ssaweljitschs Antwort auf den Brief, den er erhalten hatte. Sie folgt hier Wort für Wort:

»Mein Herr Andrej Petrowitsch, unser gnädiger Herr Vater!

Ihr gnädiges Schreiben habe ich erhalten, in welchem Sie mir, Ihrem Diener, zu zürnen geruhen, und daß ich mich schämen soll, die Befehle meiner Herrschaft nicht auszuführen; aber ich bin kein Hundsfott, sondern Ihr treuer Diener und bin den Befehlen meiner Herrschaft immer nachgekommen und habe Ihnen immer mit Eifer gedient und mit Ehren graue Haare bekommen. Und von der Verwundung Pjotr Andrejewitschs habe ich Ihnen nichts geschrieben, um keinen unnötigen Schrecken einzujagen, und ich höre ja ohnedies, daß die gnädige Frau, unsere Mutter Awdotja Wassiljewna, vor Schrecken jetzt das Bett hüten muß, weswegen ich auch um ihre Gesundheit zu Gott beten will. Pjotr Andrejewitsch wurde unterhalb der rechten Schulter in die Brust verwundet, gerade unter dem Schlüsselbein, und die Wunde war anderthalb Zoll tief, und er lag im Hause des Kommandanten, wohin wir ihn vom Ufer getragen hatten, und geheilt wurde er vom hiesigen Feldscher Stepan Paramonow, und Gott sei Dank ist Pjotr Andrejewitsch jetzt wieder wohlauf und ist über ihn nichts als Gutes zu berichten. Die Vorgesetzten sind, wie man hören kann, mit ihm zufrieden; und Wassilissa Jegorowna hält ihn wie ihr eigen Kind. Doch daß dieser Vorfall sich mit ihm zugetragen hat, da kann man dem jungen Blut keinen Vorwurf daraus machen: ein Pferd, das doch vier Beine hat, stolpert auch zuweilen. Und Sie geruhten ferner zu schreiben, Sie würden mich schicken, die Schweine hüten, das ist Ihr gutes herrschaftliches Recht. Und somit empfehle ich mich untertänigst.

Ihr getreuer Knecht
Archip Ssaweljew.«

Ich konnte mich mehrere Male des Lächelns nicht erwehren, als ich das Schreiben des guten Alten las. Mir war es ganz unmöglich, meinem Vater zu antworten; der Brief Ssaweljitschs schien mir völlig ausreichend zu sein, die Unruhe meines Mütterchens zu beschwichtigen.

Allein seit jenem Tage trat eine Änderung in meinem Leben ein. Marja Iwanowna vermied es, mit mir zu sprechen, und war auf jede Weise bemüht, mir auszuweichen. Das Haus des Kommandanten war ein trauriger Aufenthalt für mich geworden. Ich gewöhnte mich nach und nach daran, allein zu Hause zu bleiben. Zwar machte mir Wassilissa Jegorowna anfangs deswegen Vorhaltungen, ließ mich jedoch schließlich, da sie meinen Eigensinn sah, in Ruhe. Iwan Kusjmitsch sah ich eigentlich nur, wenn der Dienst es erforderte; selten nur und ungern kam ich mit Schwabrin zusammen, um so mehr, als ich in ihm mit der Zeit eine versteckte Feindschaft entdeckte, was durchaus danach angetan war, mich in meinem Verdacht zu bestärken. Mein Leben wurde allmählich einfach unerträglich. Ich fiel in eine düstere Melancholie, die von meiner Einsamkeit und Untätigkeit nur noch genährt wurde. Meine Liebe entbrannte in der Zurückgezogenheit immer heftiger und wurde mir je länger, je mehr zur Qual. Mir ging auch die Lust am Lesen verloren und die Freude an der Literatur. Mein Lebensmut erschlaffte. Ich fürchtete manchmal, den Verstand zu verlieren oder liederlich zu werden. Allein da traten unerwartete Ereignisse ein, die großen Einfluß auf mein ganzes ferneres Leben gewannen und meiner Seele die nötige starke und wohltätige Erschütterung gaben.

Bevor ich nunmehr an die Schilderung der sonderbaren Begebenheiten gehe, deren Augenzeuge ich war, muß ich einige Worte über den Zustand, in dem sich das Orenburgsche Gouvernement gegen Ende des 1773er Jahres befand, vorausschicken. Dieses ausgedehnte und reiche Territorium wurde von einer Menge halbwilder Stämme bewohnt, die erst vor kurzem die Oberhoheit der russischen Herrscher anerkannt hatten. Ihre fast ununterbrochen aufeinanderfolgenden Aufstände, ihre Mißachtung der Gesetze und Unkenntnis des bürgerlichen Lebens, ihre Willkür und Grausamkeit erforderten von seiten der Regierung ständige Wachsamkeit, um sie in Gehorsam zu halten. Darum wurden an den Plätzen, die man für geeignet hielt, Forts errichtet und Kosaken angesiedelt, die ja ohnehin schon seit geraumer Zeit an den Ufern des Jaïk lebten. Allein diese Kosaken vom Jaïk, deren Aufgabe es eigentlich war, die Ruhe und Gefahrlosigkeit in diesen weitläufigen Ländern zu sichern, waren seit einiger Zeit selber zu unruhigen und gefährlichen Untertanen der Regierung geworden. Im Jahre 1772 kam es in ihrer Hauptstadt zur Rebellion. Die Veranlassung hierzu waren die strengen Maßnahmen, die der Generalmajor Traubenberg ergriffen hatte, um die Truppen zum schuldigen Gehorsam zu bringen. Dies hatte die barbarische Ermordung Traubenbergs sowie eigenmächtige Veränderungen in der Verwaltung zur Folge, schließlich aber wurde der Aufruhr durch Kanonen und grausame Strafen niedergeworfen.

Dies alles trug sich zu, kurz bevor ich in der Festung Bjelogorsk eintraf. Damals war alles bereits wieder ruhig, oder es schien zum mindesten so; allzu leichtgläubig hatte die Obrigkeit der erheuchelten Reue der schlauen Rebellen Vertrauen geschenkt, diese aber wüteten derweilen im Verborgenen und warteten auf den günstigen Augenblick, um die Unruhen neu aufleben zu lassen.

Ich kehre nun zu meiner Erzählung zurück.

Eines Abends (es war zu Anfang Oktober 1773) saß ich wie stets allein zu Hause, ich lauschte dem Heulen des Herbstwindes und schaute durchs Fenster den Wolken zu, wie sie vor dem Monde vorüberglitten. Da wurde ich zum

Kommandanten gerufen. Ich machte mich sogleich auf den Weg. Schwabrin, Iwan Ignatjewitsch und der Kosakenunteroffizier hatten sich bereits eingefunden. Allein es war weder Wassilissa Jegorowna im Zimmer noch Marja Iwanowna. Der Kommandant begrüßte mich mit einer etwas bedrückten Miene. Er schloß die Türe und bat uns, Platz zu nehmen, wobei der Kosakenunteroffizier ausgenommen war, der an der Türe stehen blieb; dann zog er ein Papier aus der Tasche und redete uns an: »Meine Herren Offiziere, eine wichtige Nachricht! Vernehmen Sie, was mir der General schreibt.« Er setzte die Brille auf und las uns folgendes vor:

»An den Herrn Kommandanten der Festung Bjelogorsk Hauptmann Mironow. – Geheim.

Ich tue Ihnen hiermit kund und zu wissen, daß der aus dem Gefängnis entsprungene Kosak und Sektierer Jemeljan Pugatschow, nachdem er die unverzeihliche Dreistigkeit verübte, den Namen Seiner Majestät, des verstorbenen Kaisers Peters III., anzunehmen, eine Schar von Bösewichtern um sich gesammelt hat, mit denen er in den Dörfern am Jaïk den Aufruhr vorbereitet, und daß er bereits einige Festungen eingenommen und zerstört hat, überall Plünderungen und Totschlag hervorrufend. Dieserhalb werden Sie, Herr Hauptmann, gehalten, nach Empfang dieses Schreibens unverzüglich alle entsprechenden Maßnahmen zu ergreifen, um den erwähnten Übeltäter und Usurpator, sollte er sich ebenfalls gegen die Festung, die Ihrer Obhut anvertraut ist, wenden, abzuschlagen und womöglich gänzlich aufzureiben.«

»Alle entsprechenden Maßnahmen zu ergreifen!« wiederholte der Kommandant, indem er die Brille weglegte und das Schreiben wieder zusammenfaltete. »Hör mal, das ist leicht gesagt. Der Bösewicht scheint stark zu sein, wir aber haben alles in allem hundertdreißig Mann, wenn man die Kosaken nicht mitrechnet, auf die freilich kein Verlaß ist, ohne dir damit nahetreten zu wollen, Maximytsch. (Der Kosakenunteroffizier lächelte nur.) Allein, meine Herren Offiziere, das läßt sich nun nicht mehr ändern! Seien Sie eifrig im Dienst, bilden Sie Streifposten, lassen Sie nachts patrouillieren und sehen Sie zu, daß im Falle einer Überrumplung die Tore verschlossen werden und die Mannschaft bereitsteht. Du aber, Maximytsch, hab ein scharfes Auge auf deine Leute. Die Kanone muß nachgesehen und ordentlich gereinigt werden. Hauptsächlich jedoch bitte ich alle Anwesenden, darauf achtgeben zu wollen, daß die Sache geheim bleibt, damit niemand in der Festung vorzeitig etwas davon erfährt.«

Nachdem Iwan Kusjmitsch diese Anordnungen getroffen hatte, ließ er uns wieder gehen. Auf dem Heimwege schloß sich Schwabrin mir an, und wir sprachen über das, was wir soeben vernommen hatten.

»Was glaubst du, womit wird das enden?« fragte ich ihn. »Gott weiß«, entgegnete er, »wir müssen es abwarten. Etwas Ernsthaftes kann ich vorläufig noch nicht bemerken. Sollte jedoch...«

Hier wurde er nachdenklich und begann zerstreut eine französische Arie zu pfeifen.

Und dennoch verbreitete sich trotz all unserer Vorsichtsmaßnahmen die Kunde vom Auftauchen Pugatschows alsbald durch die ganze Festung. Um keinen Preis der Welt hätte Iwan Kusjmitsch seiner Frau, obwohl er sie ungemein hochschätzte, ein Geheimnis anvertraut, das ihm auf dem Dienstwege mitgeteilt worden war. Nachdem er das Schreiben des Generals erhalten hatte, wußte er auf ziemlich gute Manier Wassilissa Jegorowna aus dem Hause zu schaffen: er sagte ihr nämlich, der Priester Gerassim habe aus Orenburg äußerst wunderliche Nachrichten erhalten und halte sie aufs strengste geheim. Wassilissa Jegorowna verspürte auf der Stelle den Wunsch, die Popenfrau zu besuchen, und nahm auf Iwan Kusjmitschs Rat Mascha mit, damit diese sich, wenn sie allein im Hause bleibe, nicht langweile.

Kaum war Iwan Kusjmitsch zum unumschränkten Gebieter des ganzen Hauses geworden, da schickte er alsbald nach uns und sperrte Palaschka in die Rumpelkammer, damit sie uns nicht belauschen konnte.

Wassilissa Jegorowna kehrte nach Hause zurück, ohne etwas von der Popenfrau herausbekommen zu haben, dagegen erfuhr sie sofort, daß während ihrer Abwesenheit eine Beratung bei Iwan Kusjmitsch stattgefunden hatte und daß Palaschka eingeschlossen worden war. Sie erriet natürlich, daß ihr Gemahl sie hintergangen hatte, und überrumpelte ihn alsbald mit einem Kreuzverhör. Allein Iwan Kusjmitsch hatte sich auf diesen Angriff gefaßt gemacht. Er ließ sich keineswegs aus der Fassung bringen und entgegnete seiner neugierigen Ehehälfte dreist: »Hör mal, mein Mütterchen, die Weiber in der Festung heizen ihre Öfen neuerdings nur mit Stroh, und weil doch hierdurch ein Unglück entstehen könnte, habe ich den strengen Befehl gegeben, die Weiber dürften von nun an nicht mehr mit Stroh heizen, sondern nur noch mit Reisig und Bruchholz.« – »Aber wozu war es denn nötig, Palaschka einzusperren?« fragte die Kommandantin weiter, »warum mußte die arme Dirne, bis wir zurückkamen, in der Rumpelkammer sitzen?« Allein auf diese Frage hatte sich Iwan Kusjmitsch nicht vorbereitet; er verhaspelte sich und stotterte irgend etwas völlig Ungereimtes. Wassilissa Jegorowna durchschaute alsbald die Tücke ihres Mannes, stellte aber, da sie nur zu gut wußte, daß sie auf diese Weise doch nichts erreichen würde, alle weiteren Fragen ein und kam auf die sauren Gurken zu sprechen, die Akulina Pamphilowna, die Popenfrau, auf eine ganz eigene Art zuzubereiten verstand. Nachts aber fand Wassilissa Jegorowna keinen Schlaf, denn sie konnte sich nicht denken, was das sein könnte, das im Kopfe ihres Mannes spukte und ihr nicht mitgeteilt werden durfte.

Tags darauf sah sie, als sie von der Messe heimkehrte, Iwan Ignatjewitsch damit beschäftigt, allerhand Läppchen, Steinchen, Holzstückchen und Knöchelchen aus der Kanone zu entfernen, kurz, Schutt jeder Art, den die Kinder hineingestopft hatten. »Was mögen diese militärischen Vorbereitungen nur zu bedeuten haben?« dachte die Kommandantin. »Erwarten sie am Ende wieder einen Überfall von seilen der Kirgisen? Und wäre es möglich, daß Iwan Kusjmitsch solche Lappalien vor mir geheimhalten wollte?« Mit der festen Absicht, das Geheimnis aus ihm herauszulocken, das ihre Weiberneugierde so sehr peinigte, rief sie Iwan Ignatjewitsdi heran. Dem Richter gleich, der zu Beginn der Verhandlung nebensächliche Fragen stellt, um zunächst die Vorsicht des Beschuldigten einzuschläfern, begann Wassilissa Jegorowna das Gespräch mit einigen Bemerkungen hinsichtlich des Haushaltes. Darauf schwieg sie eine kleine Weile, seufzte dann tief auf und sprach kopfschüttelnd: »Mein Gott, mein Gott! Was für Nachrichten! Was soll nur daraus werden?«

»I, Mütterchen!« entgegnete Iwan Ignatjewitsch, »Gott hat sich uns bisher noch immer gnädig erwiesen; Soldaten haben wir genügend, Pulver ist in großen Mengen da, und die Kanone habe ich jetzt gereinigt. Wir werden dem Pugatschow schon eins auswischen. Wenn der Herr uns beisteht, frißt uns das Schwein nicht auf!«

»Und wer ist denn das, dieser Pugatschow?« fragte die Kommandantin. Jetzt bemerkte Iwan Ignatjewitsch freilich, daß er sich verplappert hatte, und biß sich auf die Zunge. Allein es war zu spät. Wassilissa Jegorowna zwang ihn, alles zu bekennen, freilich gab sie ihm zuvor das Versprechen, es niemandem weiter zu erzählen.

Und Wassilissa Jegorowna hielt ihr Versprechen und sagte keinem auch nur das geringste Wörtchen, mit Ausnahme der Popenfrau, und dieser eigentlich auch nur, weil ihre Kuh immer noch auf der Steppe weidete und leicht von den Bösewichtern geraubt werden konnte.

Bald danach sprach alles von Pugatschow. Die Meinungen waren geteilt. Der Kommandant entsandte den Kosakenunteroffizier mit dem Auftrage, in den benachbarten Ansiedlungen und Festungen genaue Nachrichten einzuziehen. Der Unteroffizier kehrte nach zwei Tagen zurück und meldete, daß er einige sechzig Werst von der Festung eine Menge von Feuern in der Steppe gesehen habe, auch habe er von den Baschkiren vernommen, es nähere sich eine ungeheure Heeresmacht. Etwas Bestimmtes könne er im übrigen nicht mitteilen, weil er weiter zu reiten sich nicht getraut habe.

Unter den in der Festung lebenden Kosaken wurde kurz darauf eine ungewöhnliche Unruhe bemerkbar; an allen Straßenecken sah man sie sich versammeln und leise miteinander sprechen, wenn jedoch unversehens ein Dragoner oder ein Soldat der Garnison dazukam, so zerstreuten sie sich wieder. Sie wurden durch Kundschafter beobachtet. Julai, ein getaufter Kalmücke, überbrachte dem Kommandanten eine Meldung von großer Wichtigkeit. Die Nachrichten, die der Kosakenunteroffizier uns übermittelt hatte, waren nach den Worten Julais alle erlogen; gleich nach seiner Rückkehr hatte der verschmitzte Kosak seinen Kameraden mitgeteilt, daß er selber im Lager der Aufständischen gewesen sei und auch mit deren Anführer, der ihn zum Handkuß zugelassen, ein langes Gespräch geführt habe. Der Kommandant ließ den Unteroffizier auf der Stelle verhaften und setzte Julai auf dessen Posten. Die Kosaken nahmen diese Neuigkeit mit offenkundigem Unwillen auf. Sie murrten laut, und Iwan Ignatjewitsch mußte, als er den Befehl des Kommandanten vollstreckte, mit eigenen Ohren hören, wie sie ihm zuriefen: »Wart nur, Garnisonsratte, du sollst was erleben!« Der Kommandant beabsichtigte eigentlich, noch am selben Tage den Gefangenen zu verhören, aber da war der Kosakenunteroffizier schon auf und davon, vermutlich hatten ihm seine Gesinnungsgenossen zur Flucht verhelfen.

Die Unruhe des Kommandanten wurde durch einen neuen Umstand noch erhöht. Es wurde ein Baschkire aufgegriffen, der aufrührerische Flugblätter bei sich trug. Der Kommandant wollte eigentlich abermals seine Offiziere versammeln und suchte nach einem passenden Vorwande, um Wassilissa Jegorowna zu entfernen. Allein da Iwan Kusjmitsch ein durchaus ehrlicher und aufrechter Mann war, so fiel ihm kein anderes Mittel ein außer jenem, das er bereits einmal zur Anwendung gebracht hatte.

»Hör mal, Wassilissa Jegorowna«, sprach er zu ihr und hustete dabei, »der Priester Gerassim hat, wie ich höre, aus der Stadt...«

»Dummes Zeug, Iwan Kusjmitsch«, unterbrach ihn die Kommandantin, »du willst also eine Versammlung einberufen und in meiner Abwesenheit über Jemeljan Pugatschow beraten; mir machst du nichts weis.«

Iwan Kusjmitsch riß die Augen auf.

»Nun, Mütterchen«, meinte er dann, »wenn du schon ohnehin alles weißt, dann bleibe meinetwegen, wir können ja auch in deiner Gegenwart beraten.«

»Na also, mein Väterchen«, antwortete sie, »du mußt nicht immer zu schlau sein wollen, schick nur nach deinen Offizieren.«

Wir fanden uns ein. Im Beisein seiner Gattin las uns Iwan Kusjmitsch einen Aufruf Pugatschows vor, den irgendein kaum schriftkundiger Kosak verfaßt hatte. Der Räuber tat darin seinen Entschluß kund, unverweilt auf unsere Festung zu marschieren; er forderte die Kosaken und Soldaten auf, sich seiner Bande anzuschließen, die Befehlshaber jedoch warnte er, Widerstand zu leisten, da er in diesem Fall gezwungen wäre, sie zu strafen. Der Aufruf war in groben, aber energischen Ausdrücken abgefaßt und mußte auf die Gemüter der einfachen Leute eine gefährliche Wirkung ausüben.

»Was sagt ihr zu dem Betrüger!« rief die Kommandantin, »was wird er uns wohl noch vorzuschlagen wagen! Vielleicht sollen wir ihm entgegenziehen und zu seinen Füßen unsere Fahnen strecken! Der Hundesohn! Weiß er gar nicht, daß wir schon vierzig Jahre im Dienst stehen und, gottlob, schon allerlei mitgemacht haben? Und sollte es wirklich Offiziere geben, die diesem Räuber Gehör schenken?«

»Man sollte es nicht für möglich halten«, entgegnete Iwan Kusjmitsch, »aber andererseits hört man, der Bösewicht habe schon mehrere Festungen genommen.«

»So verfügt er anscheinend tatsächlich über eine Macht«, warf Schwabrin ein.

»Das wollen wir sogleich erfahren«, sagte der Kommandant. »Wassilissa Jegorowna, gib mir mal den Speicherschlüssel heraus. Iwan Ignatjewitsch, schaff den Baschkiren herbei und befiehl Juki, mit der Riemenpeitsche zu kommen.«

»Noch einen Augenblick, Iwan Kusjmitsch«, sagte die Kommandantin und erhob sich von ihrem Platz. »Ich will erst Mascha aus dem Hause bringen, sonst wird sie zu Tode erschrecken, wenn sie das Geschrei hört. Und, offen gestanden, ich selber bin auch nicht gerne bei einem peinlichen Verhör dabei. Lebt wohl.«

Die Folter war in der alten Zeit noch so sehr mit den Gepflogenheiten der Rechtspflege verwurzelt, daß das menschenfreundliche Gesetz, laut welchem sie abgeschafft wurde, noch lange ohne jede Wirkung blieb. Man glaubte, daß zur vollen Überführung des Verbrechers sein Eingeständnis unumgänglich notwendig sei – ein ebenso unbegründeter wie auch jedem gesunden juristischen Empfinden völlig widersprechender Gedanke: denn wenn man das Leugnen des Beschuldigten nicht als Beweis seiner Unschuld gelten läßt, um wieviel weniger darf man dann sein Eingeständnis als Beweis seiner Schuld ansehen? Auch heute noch kann man mitunter ergraute Richter sprechen hören, die die Abschaffung dieses barbarischen Brauches bedauern. Zu jener Zeit jedoch bezweifelte niemand die Notwendigkeit der Folter, weder der Richter noch der Angeklagte. Somit lag für keinen von uns im Befehl des Kommandanten irgend etwas Besonderes oder gar Aufregendes. Iwan Ignatjewitsch ging den Baschkiren holen, den die Kommandantin auf dem Speicher eingeschlossen hatte, und schon nach wenigen Minuten war der Gefangene im Vorzimmer. Der Kommandant befahl, ihn vorzuführen.

Nur mit Mühe kam der Baschkire (er war in den Bock gespannt worden) über die Schwelle; er blieb an der Türe stehen und nahm seine hohe Mütze ab.

Ich sah ihn an und schauderte. Ich werde diesen Menschen nie und nimmer vergessen. Er machte den Eindruck, als sei er siebzig. Er hatte weder Nase noch Ohren. Sein Haupt war kahl geschoren; einige graue Haare starrten anstelle des Bartes; sein Körper war klein, hager und gebeugt, aber Feuer funkelte noch immer in seinen enggeschlitzten Augen. »So, so!« rief der Kommandant, der an den schrecklichen Merkmalen einen der Rebellen, die 1741 bestraft wurden, in ihm erkannte, »du bist also ein alter Wolf und hast unsere Eisen schon kennengelernt. Das ist scheinbar nicht dein erster Aufstand, da dir der Kopf kahl geschoren ist. Komm nur näher heran: sag, wer hat dich geschickt?«

Allein der alte Baschkire schwieg und sah den Kommandanten mit dem Ausdruck völliger Verständnislosigkeit an. »Warum schweigst du?« fuhr Iwan Kusjmitsch fort, »oder verstehst du die russische Sprache nicht? Julai, frage ihn mal in eurer Sprache, wer ihn in unsere Festung geschickt hat!«

Julai wiederholte Iwan Kusjmitschs Frage in tatarischer Sprache. Aber der Baschkire sah auch ihn mit dem gleichen Ausdruck an und entgegnete kein Wort.

»Schon gut«, sagte der Kommandant, »ich bring dich schon noch zum Sprechen. Kinder! herunter mit dem gestreiften Narrenkittel und gerbt ihm das Fell mal. Und gib acht, Julai: gib's ihm ordentlich!«

Zwei der Invaliden schickten sich an, den Baschkiren zu entkleiden. Das Gesicht des Ärmsten zeigte Merkmale der Unruhe. Wie ein Tierchen, das von Kindern erwischt wurde, schaute er sich nach allen Seiten um. Doch als darauf einer der Invaliden seine Arme packte, sich um den Hals schlang und gleichzeitig den Alten mit den Schultern emporhob und Julai nach der Peitsche griff und ausholte – da stöhnte der Baschkire flehend mit kaum vernehmlicher Stimme, schüttelte den Kopf und öffnete den Mund – und wir sahen statt der Zunge nur einen kurzen Stummel sich darin bewegen...

Wenn ich bedenke, daß ich das erlebt habe und daß ich heute unter der milden Herrschaft des Kaisers Alexander lebe, so muß ich mich manchmal über den schnellen Fortschritt der Aufklärung und die Verbreitung der Humanität sattsam wundern. Jüngling, dem diese Aufzeichnungen in die Hände fallen sollten, denke immer daran, daß die besten und dauerhaftesten Veränderungen nur die sind, die ohne gewaltsame Erschütterung einzig der Verbesserung der Sitten entspringen!

Bestürzt blickten wir einander an.

»Na«, meinte der Kommandant, »aus dem werden wir scheinbar nichts Vernünftiges herausbekommen. Julai, der Baschkire kommt wieder auf den Speicher. Mit Ihnen, meine Herren, muß ich dagegen noch einiges besprechen.«

Wir beratschlagten darauf, was in unserer Lage zu unternehmen sei, als plötzlich Wassilissa Jegorowna keuchend und mit völlig verstörter Miene ins Zimmer trat.

»Was hast du?« fragt erstaunt der Kommandant.

»Etwas Schreckliches ist geschehen!« antwortete Wassilissa Jegorowna, »die Festung Nischneosernaja ist heute morgen genommen worden. Der Tagelöhner des Priesters Gerassim traf soeben von dort ein. Er hat selber mit angesehn, wie sie erstürmt wurde. Der Kommandant und sämtliche Offiziere wurden aufgehängt. Alle Soldaten wurden gefangen genommen. Die Schufte werden im Handumdrehen hier sein.«

Die unerwartete Nachricht bewegte mich tief. Ich kannte den Kommandanten, es war ein stiller und bescheidener junger Mann: vor etwa zwei Monaten kam er von Orenburg und logierte mit seiner jungen Gemahlin bei Iwan Kusjmitsch. Die Festung Nischneosernaja lag nur fünfundzwanzig Werst von der unsrigen entfernt. Mithin konnten wir den Überfall Pugatschows fast stündlich erwarten. Lebhaft malte ich mir das Los aus, das Marja Iwanowna bevorstand, und das Herz erstarrte mir bei dem Gedanken.

»Iwan Kusjmitsch, ein Wort!« sprach ich zum Kommandanten. »Unsere Pflicht ist es, die Festung bis zum letzten Atemzuge zu verteidigen; darüber ist kein Wort zu verlieren. Allein wir müssen auch an die Sicherheit der Frauen denken. Schicken Sie sie, wenn die Straße noch frei sein sollte, nach Orenburg oder noch besser in eine noch weiter entfernte und sichere Festung, zu der die Schurken nie gelangen können.«

Iwan Kusjmitsch drehte sich sofort zu seiner Gattin um und sagte:

»Hör mal, Mütterchen, in der Tat, wäre es nicht am besten, euch so lange fortzuschaffen, bis wir mit den Rebellen fertig geworden sind?«

»Dummes Zeug!« entgegnete die Kommandantin. »Wo wäre denn die Festung, in die keine Kugeln fliegen können? Und wieso ist denn Bjelogorsk unsicher? Wir leben, gottlob, schon das zweiundzwanzigste Jahr hier. Baschkiren gab es und Kirgisen: wir werden auch Pugatschow noch überstehen!«

»Gut, Mütterchen«, erwiderte Kusjmitsch, »dann bleib eben, wenn du so ein Vertrauen zu unserer Festung hast. Aber Mascha, was machen wir mit der? Es ist schon recht, wenn wir aushalten oder gar Sukkurs bekommen, dann ist alles in Ordnung; wie aber, wenn die Halunken die Festung erobern?«

Wassilissa Jegorowna war verstummt, und nur ihre Miene zeigte uns, wie erregt sie war.

»Nein, nein, Wassilissa Jegorowna«, fuhr der Kommandant fort, da er gewahr wurde, daß seine Worte, was ihm vielleicht zum ersten Mal im Leben geschah, Eindruck gemacht hatten, »dies ist kein Ort mehr für Mascha. Wir wollen sie nach Orenburg zu ihrer Taufpatin schicken: dort gibt es Truppen genug und Kanonen vollauf, und zudem ist der Wall von Stein. Auch dir möchte ich raten, dich dorthin zu begeben; bist du auch eine alte Frau, überleg nur mal, es weiß dennoch niemand, was sie mit dir machen werden, wenn sie die Festung im Sturm einnehmen sollten.«

»Gut denn«, sagte die Kommandantin, »es soll so sein, wir schicken Mascha fort. Aber laß es dir auch nicht im Traume einfallen, weiter in mich zu dringen: ich gehe nicht fort von hier; soll ich mich vielleicht auf meine alten Tage noch von dir trennen und ein einsames Grab in fremdem Lande suchen? Zusammen gelebt, zusammen gestorben!«

»Schon recht!« sagte der Kommandant. »Doch nun ans Werk. Geh und sieh zu, daß Mascha zur Reise fertig wird. Morgen in aller Frühe muß sie fort, und zwar unter Bedeckung, obwohl wir ohnehin zu wenig Leute haben. Übrigens, wo steckt denn Mascha?«

»Sie blieb bei Akulina Pamphilowna«, entgegnete die Kommandantin. »Als sie von der Einnahme der Festung Nischneosernaja vernahm, wurde ihr übel; ich fürchte, sie wird uns noch krank. Herr, mein Gott, daß wir das noch erleben mußten!«

Wassilissa Jegorowna verließ uns, um alles zur Abreise ihrer Tochter vorzubereiten. Die Beratung beim Kommandanten dauerte fort; ich aber kümmerte mich wenig darum und hörte kaum mehr zu. Marja Iwanowna erschien zum Abendessen, sie war blaß und verweint. Wir aßen schweigend und erhoben uns früher vom Tisch als sonst; wir nahmen Abschied von der Familie und gingen jeder in seine Wohnung. Allein ich vergaß nicht ohne Absicht meinen Degen und kehrte zurück, ihn zu holen: ich hatte eine Vorahnung, daß ich Marja Iwanowna allein antreffen würde. Und in der Tat, sie stand in der Tür und überreichte mir den Degen. »Leben Sie wohl, Pjotr Andrejewitsch«, sagte sie unter Tränen. »Man schickt mich nach Orenburg. Möge es Ihnen gut gehen und mögen Sie am Leben bleiben; will's Gott, wir sehen einander wieder; doch wenn nicht...« Sie schluchzte laut auf. Ich umarmte sie. »Lebe wohl, mein guter Engel«, flüsterte ich. »Lebe wohl, du Geliebte, du Ersehnte! Was immer mir auch zustoßen möge, wisse, mein letzter Gedanke, mein letztes Gebet werden nur dir gehören!« Mascha weinte und schmiegte sich an meine Brust. Ich küßte sie noch einmal mit aller Glut und eilte aus dem Hause.

In dieser Nacht konnte ich nicht schlafen, ich kleidete mich auch gar nicht erst aus. Ich wollte vor Sonnenaufgang am Festungstore sein, das Marja Iwanowna passieren mußte, und ich gedachte dort Abschied von ihr zu nehmen. Ich fühlte eine große Veränderung in mir vorgehen: die gewaltige seelische Erregung war mir viel weniger qualvoll als jene trübe Stumpfheit, die mich noch kürzlich so völlig umsponnen hatte. Mit der Abschiedstrauer verschmolzen in mir ungewisse, aber süße Hoffnungen, die ungeduldige Erwartung der Gefahr und der Eifer eines edlen Ehrgeizes. Unversehens verstrich die Nacht. Ich war gerade im Begriff, das Haus zu verlassen, als meine Tür sich öffnete und ein Korporal bei mir erschien; er meldete, unsere Kosaken seien nachts aus der Festung gerückt, wobei sie Julai gewaltsam mit sich hinweggeführt hätten, unweit der Festung aber seien im Felde unbekannte Reiter zu sehen. Der Gedanke, daß Marja Iwanowna vielleicht nicht mehr wegkönne, erschreckte mich ungemein; ich gab dem Korporal in aller Eile einige Instruktionen und lief zum Kommandanten.

Es dämmerte bereits. Ich flog über die Straße, da hörte ich meinen Namen rufen. Ich blieb stehen.

»Wohin?« fragte Iwan Ignatjewitsch, als er mich eingeholt hatte. »Iwan Kusjmitsch ist auf dem Walle und schickt mich, Sie zu holen. Pugatschow steht vor der Festung.«

»Und Marja Iwanowna, ist sie fort?« fragte ich mit innerem Schaudern.

»Es war zu spät«, antwortete Iwan Ignatjewitsch, »die Straße nach Orenburg ist abgeschnitten; die Festung ist umzingelt. Schlimm, Pjotr Andrejewitsch!«

Wir erstiegen den Wall, eine Erhöhung, die von der Natur gebildet war und durch einen Palisadenzaun geschützt wurde. Sämtliche Bewohner der Festung befanden sich dort. Die Garnison stand unter Gewehr. Die Kanone war schon gestern hinaufgeschleppt worden. Der Kommandant schritt vor seiner wenig Köpfe zählenden Front auf und ab. Die Nähe der Gefahr beseelte den alten Krieger mit außerordentlichem Mute. Auf der Steppe sah man einige zwanzig Mann in der Nähe der Festung hin und her reiten. Es schienen Kosaken zu sein, doch befanden sich auch Baschkiren unter ihnen, leicht erkennbar an ihren Luchsmützen und an den Köchern. Der Kommandant schritt seine Truppen ab und sprach zu den Soldaten: »Nun, Kinder, heute gilt's, für unser Mütterchen, die Kaiserin, zu kämpfen und der ganzen Welt zu beweisen, daß wir wackere Leute sind und unserem Eide treu!« Laut versicherten ihm die Soldaten ihren Mut; Schwabrin stand derweilen neben mir und beobachtete angestrengt den Feind. Die Männer, die in der Steppe hin und her ritten, bemerkten, daß in der Festung etwas vor sich ging, sammelten sich zu einem Haufen und berieten. Der Kommandant erteilte Iwan Ignatjewitsch den Befehl, die Kanone auf sie zu richten, und legte selber die Lunte an. Die Kugel summte, ohne Unheil anzurichten, über ihre Köpfe hinweg. Die Reiter zerstreuten sich und waren uns im Nu aus den Augen – die Steppe lag verödet da.

In diesem Augenblick kam Wassilissa Jegorowna auf den Wall und mit ihr Mascha, die nicht von ihrer Seite weichen wollte.

»Nun?« fragte die Kommandantin, »wie steht die Bataille? Wo ist denn der Feind?«

»Der Feind ist nah«, antwortete Iwan Kusjmitsch, »allein mit Gottes Hilfe wird es schon gehen. Na, Mascha, hast du nicht Angst?«

»Nein, Väterchen«, entgegnete Marja Iwanowna, »zu Hause allein zu bleiben, ist noch schrecklicher.«

Sie sah mich an und zwang sich zu lächeln. Unwillkürlich preßte meine Hand den Degengriff, denn ich erinnerte mich daran, daß ich ihn gestern aus ihrer Hand erhalten hatte, gewissermaßen zur Verteidigung meiner Liebsten. Mein Herz flammte auf. Ich sah mich als ihren Ritter an. Ich brannte vor Verlangen zu beweisen, daß ich ihres Vertrauens würdig sei, und erwartete mit Ungeduld die entscheidende Minute.

Aber da quollen auch schon hinter einer Anhöhe, die eine halbe Werst vor der Festung lag, neue Reitertrupps hervor, und bald war die Steppe übersät von einer Menschenmenge, bewaffnet mit Lanzen. In ihrer Mitte ritt auf einem weißen Pferd ein Mann in einem roten Kaftan, den blanken Säbel in der Faust: das war Pugatschow. Er machte halt; man umringte ihn, und gleich darauf trennten sich offenbar auf seinen Befehl vier Mann von der Gruppe und fegten bis dicht an die Festung heran. Wir erkannten in ihnen unsere verräterischen Kosaken. Einer von ihnen schwang über seiner Mütze ein Blatt Papier; ein anderer trug aufgespießt auf seiner Lanze das Haupt Julais und schleuderte es über den Zaun zu uns. Der Kopf des armen Kalmücken fiel gerade vor den Füßen des Kommandanten nieder. Die Verräter schrien:

»Nicht schießen! Kommt alle zum Zaren heraus! Der Zar ist hier!«

»Ich werde euch was!« schrie Iwan Kusjmitsch. »Gebt Feuer!«

Eine Salve krachte. Der Kosak, der den Brief geschwungen hatte, schwankte und glitt vom Pferde; die anderen sprengten zurück. Ich blickte Marja Iwanowna an. Das blutige Haupt Julais und das Krachen der Schüsse hatten sie fast bewußtlos gemacht. Der Kommandant rief den Korporal heran und befahl ihm, das Papier, das der gefallene Kosak getragen hatte, zu holen. Der Korporal schritt übers Feld und kehrte zurück, das Pferd des Getöteten am Zügel mit sich führend. Er überreichte dem Kommandanten das Schreiben. Iwan Kusjmitsch las es für sich und zerriß es darauf in kleine Stücke. Unterdessen bereiteten sich die Empörer sichtlich zu neuen Taten vor. Bald darauf pfiffen bereits die Kugeln um unsere Ohren, dicht neben uns bohrten sich einige Pfeile in den Boden und den Palisadenzaun. »Wassilissa Jegorowna!« sagte da der Kommandant, »dies ist kein Aufenthalt für Frauen, führ' Mascha fort; du siehst ja, das Mädel ist mehr tot als lebendig.«

Wassilissa Jegorowna, die beim Kugelpfeifen ganz kleinlaut geworden war, blickte noch einmal hinaus auf die Steppe, auf der man bereits eine große Bewegung wahrnehmen konnte; dann aber wendete sie sich zu ihrem Gemahl und sagte: »Iwan Kusjmitsch, über Leben und Tod entscheidet einzig der Herr: du aber segne jetzt Mascha. Mascha, tritt vor den Vater.«

Bleich und zitternd kam Mascha heran, sie kniete nieder und beugte sich vor Iwan Kusjmitsch tief zur Erde. Und der alte Kommandant beschrieb dreimal das Zeichen des Kreuzes über ihr; dann hob er sie auf, küßte sie und sprach mit einer Stimme, die anders klang als gewöhnlich:

»Mögest du glücklich werden, Mascha. Bete zu Gott: Er wird dich nicht verlassen. Und findest du einmal einen guten Mann, so schenke Gott euch Liebe und Verstand. Lebt miteinander, wie ich mit Wassilissa Jegorowna gelebt habe. Leb wohl, meine Mascha. Wassilissa Jegorowna, führ' sie weg.« Mascha umschlang ihn und schluchzte laut.

»Wollen auch wir einander den Abschiedskuß geben«, sagte die Kommandantin und begann zu weinen. »Leb wohl, mein Iwan Kusjmitsch; vergib mir, wenn ich dich irgendwann gekränkt habe!«

»Leb wohl, Mütterchen, leb wohl!« sagte der Kommandant und umarmte seine greise Gattin. »Schon gut! Genug! Geht jetzt, geht nach Hause; und solltest du noch Zeit finden, so ziehe Mascha einen Safaran an.«

Die Kommandantin und ihre Tochter entfernten sich. Ich schaute Marja Iwanowna nach; sie drehte sich um und nickte mir zu. Gleichzeitig wendete sich Iwan Kusjmitsch zu uns und richtete seine volle Aufmerksamkeit auf den Feind. Die Aufständischen sammelten sich um den Führer und kletterten mit einem Male von ihren Pferden. »Jetzt haltet euch«, rief der Kommandant, »jetzt kommt der Angriff...« Im gleichen Augenblick erscholl von dort ein gräßliches Kreischen und Schreien; die Anführer liefen Sturm auf die Festung. Unsere Kanone war diesmal mit Kartätschen geladen worden. Der Kommandant feuerte erst, als jene schon ganz nahe herangekommen waren. Die Kartätsche platzte gerade in der Mitte des Haufens. Die Empörer wichen nach beiden Seiten aus und fluteten zurück. Nur ihr Anführer blieb immer noch vorne. Er schwang den Säbel und sprach ihnen, wie es schien, Mut zu... Das Kreischen und Schreien, das auf einen Augenblick verstummt war, hob sogleich von neuem an. »Nun, Kinder«, rief der Kommandant, »öffnet das Tor, rührt die Trommel. Kinder! Vorwärts! Zum Ausfall! Mir nach!«

In einem Nu waren wir vor dem Festungswall, der Kommandant, Iwan Ignatjewitsch und ich; allein unsere eingeschüchterte Truppe rührte sich nicht vom Fleck. »Kinder, warum steht ihr noch da?« schrie Iwan Kusjmitsch. »Wenn schon sterben, dann für die Pflicht sterben!« Allein da waren auch schon die Rebellen über uns und drangen in die Festung. Die Trommel schwieg; die Garnison streckte das Gewehr; ich wurde umgeworfen, erhob mich jedoch und drang gleichzeitig mit den Aufrührern in die Festung. Der Kommandant war am Kopf verwundet worden, er stand, umringt von einer Schar von Schurken, die ihm die Schlüssel abverlangten. Ich wollte ihm zu Hilfe eilen, aber ich wurde von einigen baumlangen Kosaken gepackt und mit Gürtelriemen gefesselt; sie riefen mir zu: »Wartet nur, ihr habt dem Kaiser den Gehorsam verweigert!« Man zerrte uns durch die Straßen; aus den Häusern traten die Einwohner mit Brot und Salz. Die Glocken läuteten. Plötzlich schrie man ringsum, der Herrscher sei auf dem Marktplatz, um die Huldigung entgegenzunehmen, und erwarte dort die Gefangenen. Das Volk flutete zum Markt; auch wir wurden dorthin getrieben.

Pugatschow saß auf einem Lehnstuhl vor dem Eingang zum Hause des Kommandanten. Er trug einen roten Kosakenkaftan, reich mit Tressen verziert. Die mit goldenen Quasten geschmückte Zobelmütze hatte er tief in die Stirn gedrückt, fast bis zu den funkelnden Augen. Sein Gesicht kam mir irgendwie bekannt vor. Die Kosakenältesten umringten ihn. Blaß und zitternd stand der Priester Gerassim an der Treppe und hielt das Kreuz, und es war, als bitte er schweigend, die unvermeidbaren Opfer zu verschonen. In aller Eile wurde auf dem Platz ein Galgen errichtet. Als wir uns näherten, trieben die Baschkiren das Volk auseinander, und so standen wir denn vor Pugatschow. Das Glockengeläute verstummte; eine tiefe Stille trat ein. »Welcher von ihnen ist der Kommandant?« fragte der Usurpator. Da trat unser entflohener Kosakenunteroffizier aus der Menge und zeigte auf Iwan Kusjmitsch. Pugatschow blickte den Greis zornig an und sprach: »Und du wagtest es, dich mir, deinem Herrscher, zu widersetzen?« Allein obwohl der Kommandant furchtbar unter seiner Wunde litt, raffte er die letzte Kraft zusammen und entgegnete fest: »Du bist für mich kein Herrscher: du bist ein Dieb und ein Usurpator, hörst du!« Pugatschow wurde düster und winkte mit einem weißen Tuch. Sogleich packten einige Kosaken den greisen Hauptmann und zerrten ihn zum Galgen. Oben auf dem Querbalken hockte jener verstümmelte Baschkire, den wir am Abend vorher verhören wollten. Er hielt den Strick, und gleich darauf sah ich den armen Iwan Kusjmitsch in der Luft baumeln. Als zweiter wurde Iwan Ignatjewitsch vor Pugatschow geführt. »Leiste den Eid«, sprach Pugatschow zu ihm, »den Eid dem Zaren Pjotr Fjodorowitsch!« »Was bist du für ein Zar«, entgegnete ihm Iwan Ignatjewitsch und wiederholte die Worte seines Hauptmanns, »du, Onkelchen, bist ein Dieb und ein Usurpator!« Und wieder winkte Pugatschow mit dem Tuch, und sogleich hing der brave Leutnant neben seinem alten Kommandeur.

Nun war die Reihe an mir. Mit der Absicht, die Worte meiner heldenmütigen Kameraden zu wiederholen, blickte ich Pugatschow dreist ins

Gesicht. Allein da gewahrte ich plötzlich zu meinem unbeschreiblichen Erstaunen im Kreise der Ältesten der Aufständischen Schwabrin, er trug die Haare rundgeschoren und einen Kosakenkaftan. Er näherte sich Pugatschow und flüsterte ihm einige Worte ins Ohr. »Aufhängen!« sagte Pugatschow, ohne mich eines Blickes zu würdigen. Augenblicks wurde mir die Schlinge um den Hals gezogen. Ich betete still für mich und brachte Gott meine aufrichtige Reue wegen all meiner Sünden dar, aber ich flehte auch um die Rettung all derer, die ich in meinem Herzen trug. Man zerrte mich unter den Galgen. »Keine Angst, keine Angst«, riefen mir meine Peiniger zu, und es kann sein, daß sie mich in der Tat ermuntern wollten. Plötzlich hörte ich jemanden schreien: »Haltet ein, ihr Verfluchten! So wartet doch ...« Meine Henker blieben stehen. Ich blickte auf: Ssaweljitsch kniete vor Pugatschow. »Herr und Vater!« redete ihn mein armer Alter an. »Was kann dir daran liegen, daß das Herrenkind stirbt? Gib ihn frei; du wirst gewiß ein Lösegeld bekommen; und wenn du wirklich jemanden brauchst, um ein abschreckendes Beispiel zu geben, dann laß lieber mich alten Mann aufhängen!« Pugatschow winkte, und sogleich wurde ich losgebunden und war frei. »Unser Väterchen begnadigt dich«, rief man mir zu. Ich kann wirklich nicht sagen, ob ich mich in dieser Minute über meine Rettung besonders freute, ich will freilich auch nicht sagen, daß ich sie etwa bedauert hätte. Meine Empfindungen waren äußerst unklar. Ich wurde aufs neue vor den Usurpator geführt und mußte vor ihm niederknien. Pugatschow streckte mir seine nervige Hand hin. »Die Hand küssen! Küß die Hand!« rief es rings. Allein ich hätte die grausamste Marter dieser schmachvollen Selbsterniedrigung vorgezogen. »Pjotr Andrejewitsch, Väterchen!« flüsterte mir Ssaweljitsch, der hinter mir kniete, zu und stieß mich zugleich sanft vorwärts. »Sei nicht eigensinnig! Was ist schon dabei? Spuck einmal kräftig aus und küß ihm das Händchen.« Aber ich rührte mich nicht. So ließ denn Pugatschow seine Hand sinken und meinte spöttisch: »Seine Hochwohlgeboren sind vor Freude närrisch geworden. Hebt ihn auf!« Man zerrte mich auf, ich war in Freiheit und wurde Augenzeuge vom weiteren Verlauf dieser grauenhaften Komödie.

Die Einwohner der Festung leisteten den Huldigungseid. Einer nach dem anderen traten sie heran, küßten das Kreuz und neigten sich vor dem Usurpator bis zur Erde. Auch die Soldaten der Garnison befanden sich hier. Der Kompanieschneider schnitt mit seiner stumpfen Schere allen die Zöpfe ab. Sie schüttelten sich und traten vor Pugatschow, ihm die Hand zu küssen, und er gewährte ihnen seine Verzeihung und nahm sie in seine Bande auf. Das dauerte gegen drei Stunden. Endlich erhob sich Pugatschow von seinem Lehnstuhl und schritt, umringt von den Ältesten, die Stufen hinab. Sein weißes Roß, dessen Geschirr reich geschmückt war, wurde ihm vorgeführt. Zwei

Kosaken stützten ihn, als er es bestieg. Er teilte dem Priester Gerassim mit, daß er bei ihm zu Mittag speisen werde. Da plötzlich ertönte Weibergekreisch. Einige Räuber zerrten die zerzauste Wassilissa Jegorowna, die sie völlig entkleidet hatten, auf den Vorplatz. Einer von ihnen hatte sich in aller Eile bereits ihre warme Wolljacke angezogen. Andere waren mit Daunenbetten beladen und schleppten Kisten, Teegeschirr, Wäsche und Hausgerät. »Gute Leute!« schrie die arme Alte, »laßt meine geplagte Seele in Ruh. Ich bitte euch, bringt mich zu meinem Iwan Kusjmitsch!« Aber plötzlich sah sie auf, erblickte den Galgen und erkannte ihren Gatten. »Ihr Mörder!« schrie sie in Raserei, »was habt ihr ihm angetan? O, du Licht meiner Augen, Iwan Kusjmitsch, mein tapferer Soldat! Die Bajonette der Preußen haben dich verschont, und die Kugeln der Türken sind an dir vorbeigeflogen; aber nicht durftest du dein Leben im ehrlichen Kampf lassen, genommen hat es dir ein entflohener Sträfling!« – »Fort mit der alten Vettel!« rief Pugatschow, und sogleich versetzte ihr ein junger Kosak einen Säbelhieb über den Kopf, worauf sie tot auf den Stufen niedersank. Pugatschow ritt davon; das Volk rannte ihm nach.

Der Marktplatz leerte sich. Ich jedoch stand immer noch regunglos auf dem gleichen Fleck und vermochte meine Gedanken, verstört durch all die gräßlichen Eindrücke, nicht zu sammeln.

Am meisten bedrückte mich, daß ich nichts über Marja Iwanownas Schicksal wußte. Wo mochte sie stecken? Was war mit ihr geschehen? War es ihr gelungen, sich zu verbergen? Hatte sie einen sicheren Zufluchtsort gefunden?... Voll besorgter Gedanken begab ich mich in das Kommandantenhaus. Alles war darin verwüstet; Stühle, Tische und Kästen – alles zerbrochen; zerschlagen das Geschirr; vieles gestohlen. Ich eilte die kleine Treppe, die zum Schlafzimmer führte, hinan und betrat zum allerersten Male Marja Iwanownas Zimmer. Da war ihr Bett, das die Räuber um und um gewühlt hatten; der Schrank war erbrochen und ausgeplündert; aber noch immer brannte das Lämpchen vor dem Heiligenschrein. Doch wo, wo mochte nur die Herrin sein? Ein schauerlicher Gedanke drängte sich mir unwillkürlich auf: wie, wenn sie den Schurken in die Hände gefallen wäre... Mein Herzschlag stockte. Bittere, bittere Tränen vergoß ich, und laut stöhnte ich den Namen meiner Geliebten... Allein plötzlich wurde ein leichtes Geräusch vernehmbar, und hinter dem Schrank glitt blaß und bebend Palaschka hervor.

»Ach, Pjotr Andrejewitsch!« rief sie händeringend, »was für ein Tag! Was haben wir alles erleben müssen!«

»Wo ist Marja Iwanowna?« fragte ich sie ungeduldig. »Was macht sie?«

»Das gnädige Fräulein ist wohlauf«, entgegnete Palaschka, »wir haben sie bei Akulina Pamphilowna verborgen.«

»Bei der Frau des Popen!« Ich schrie es voll Entsetzen. »Um Himmels willen! Und Pugatschow ist gerade dort!...«

Sogleich eilte ich aus dem Zimmer und war augenblicklich auf der Straße und flog spornstreichs besinnungslos zum Hause des Priesters. Lachen, Schreien und Lieder drangen mir entgegen... Pugatschow tafelte dort im Kreise seiner Genossen. Palaschka lief hinter mir her. Ich bat sie, so heimlich als nur möglich Akulina Pamphilowna herauszurufen. Nach wenigen Augenblicken erschien diese, eine Schnapsflasche in der Hand.

»Um Gottes willen! Wo ist Marja Iwanowna?« fragte ich in unsagbarer Erregung.

»Sie liegt, das Täubchen, dort hinter der Scheidewand auf einem Bett«, erwiderte die Popenfrau. »Ach, Pjotr Andrejewitsch, fast hätte es ein Unglück gegeben; Gott sei Dank, es ging noch gut ab. Der Schurke hatte sich gerade an die Tafel gesetzt, da kam das arme Ding zu sich und begann zu stöhnen! Mir wurde ganz kalt dabei. Er hörte es. ›Wer stöhnt da in dei- ner Wohnung, Alte?‹ Ich machte vor dem Diebe eine tiefe Ver- beugung: ›Meine Nichte ist es, großer Herrscher, sie ist krank und liegt schon die zweite Woche.‹ – ›Ist sie jung, deine Nichte?‹ – ›Großer Herrscher, sie ist jung.‹ – ›Na, Alte, dann zeig sie mir mal, deine Nichte.‹ Mein Herz klopfte, als wollte es zerspringen, aber was konnte ich tun? ›Zu Diensten, großer Herrscher; es ist nur das eine: die Dirne kann sich nicht erheben, um vor Deine Majestät zu treten.‹ – ›Macht nichts, Alte, dann geh ich eben selber, sie anzuschauen.‹ Und er ging wirk- lich, der Verfluchte, hinter die Scheidewand, und was meinst du! Er schlug tatsächlich den Vorhang zurück und schaute hinein und sah sie mit seinen Habichtsaugen an – aber nichts weiter ... Gott half uns! Doch willst du's mir glauben, ich und mein Alter machten uns schon bereit, den Märtyrertod zu erleiden. Es ist noch ein wahres Glück, daß mein Täubchen ihn nicht erkannt hat. Herr, mein Gott, schöne Zeiten sind über uns gekommen! Wahrhaftig! Und der arme Iwan Kusjmitsch! Wer hätte das gedacht!... Und Wassilissa Jegorowna? Und Iwan Ignatjewitsch? Wofür mußte denn er leiden? ... Wieso hat man eigentlich Sie laufen lassen? Aber wie gefällt Ihnen Schwabrin? Das Haar rund geschoren, so sitzt er jetzt bei uns und tafelt mit den anderen! Ein gewandter Schuft, das kann man wohl sagen! Als ich von der kranken Nichte erzählte, es ist kaum zu glauben, da sah er mich fest an, so daß es mir durch und durch ging, als hätte man mich mit einem Messer gestochen; doch er hat mich nicht verraten, schon dafür sei ihm Dank.«

In diesem Augenblick drangen die trunkenen Rufe der Gäste zu uns heraus und die Stimme des Priesters Gerassim. Die Gäste forderten Schnaps, und der Hausherr rief nach seiner Ehehälfte. Die Popenfrau wurde unruhig.

»Machen Sie jetzt, daß Sie nach Hause kommen, Pjotr Andre- jewitsch«, sagte sie, »besser, Sie lassen sich hier nicht sehen; es ist ein tolles Saufgelage. Es könnte ein Unglück geben, wenn Sie den Betrunkenen in die Hände fallen. Leben Sie wohl, Pjotr Andrejewitsch. Was geschehen soll, wird geschehen; Gott wird uns gewiß nicht verlassen!«

Mit diesen Worten verließ mich die Popenfrau. Das Gespräch hatte mich ein wenig beruhigt, und so kehrte ich denn in meine Wohnung zurück. Als ich am Marktplatz vorbeikam, sah ich einige Basdikiren sich um den Galgen drängen und von den Leichen der Gehenkten die Stiefel reißen; nur mit Mühe dämpfte ich eine Aufwallung des Zornes in mir, denn ich sagte mir, daß mein Eingreifen doch nur erfolglos verlaufen würde. Durch die Festung streiften Räuber und plünderten die Offizierswohnungen. Von allen Seiten drang das Grölen der betrunkenen Rebellen. Ich kam vor meinem Hause an. Ssaweljitsch erwartete mich auf der Schwelle.

»Gottlob!« rief er bei meinem Anblick. »Ich fürchtete schon, die Bösewichter hätten dich aufs neue ergriffen. Väterchen Andrejewitsch, es ist nicht zu glauben, die Betrüger haben uns ratzekahl ausgeplündert: die Kleider sind fort, die Wäsche, unser Gepäck und unser Geschirr – nichts ließen sie stehen. Aber was macht das! Gott sei Dank, daß sie dich wenigstens am Leben gelassen haben! Und sag, Herr, hast du ihn eigentlich erkannt, den Kosaken-Ataman?«

»Nein, ich kann mich nicht erinnern; wer ist es denn?«

»Väterchen, wie? Hast du ihn vergessen, den Trunkenbold, der dir in jener Herberge dein gutes Pelzchen abgeschwindelt hat? Und dabei war er fast noch neu, der Hasenpelz; alle Nähte krachten, als die Bestie sich hineinzwängte!«

Es war erstaunlich. Die Ähnlichkeit zwischen Pugatschow und jenem Führer war in der Tat überaus auffallend. Nach und nach kam ich zur Überzeugung, daß Pugatschow und jener ein und dieselbe Person seien, und da erst begriff ich die Ursache, warum ich begnadigt worden war. Um so wunderlicher war mir die sonderbare Verkettung der Umstände: ein Kinderpelz, einem Landstreicher geschenkt, bewahrte mich vor dem Galgen, und ein Trunkenbold, der von Wirtshaus zu Wirtshaus taumelte, belagerte nun Festungen und verursachte eine Erschütterung des ganzen Staates!

»Willst du nicht etwas essen?« fragte Ssaweljitsch, der in seinen Gewohnheiten stets der gleiche blieb. »Zu Hause haben wir freilich nichts; aber ich will gehen, mich umschauen und dir etwas zurechtmachen.«

Nun war ich allein und verfiel sogleich in tiefes Nachdenken. Was sollte ich tun? In der Festung bleiben, die sich den Räubern unterworfen hatte, oder gar seiner Bande folgen – beides war eines Offiziers unwürdig. Gebot der Pflicht war es für mich, dorthin zu eilen, wo meine Dienste dem Vaterlande in den gegenwärtigen schwierigen Zeitläufen nützlich sein konnten ... Die Liebe allerdings riet mir nachdrücklich, bei Marja Iwanowna zu bleiben, um sie zu verteidigen und zu beschützen. Und obwohl ich keineswegs daran zweifelte, daß eine baldige Änderung in den Zuständen eintreten müsse, zitterte ich dennoch, wenn ich mir die Gefahren, denen sie in ihrer jetzigen Lage ausgesetzt war, vor Augen führte.

Meine Überlegungen unterbrach der Eintritt eines Kosaken, der zu mir mit der Meldung gelaufen kam: »Der große Kaiser fordert dich vor sich.«

»Wo finde ich ihn?« fragte ich, entschlossen zu gehorchen.

»Im Kommandantenhause«, antwortete der Kosak. »Nach dem Mittagessen begab sich unser Väterchen in die Badstube, und jetzt ruht er aus. Euer Gnaden, man kann an allem sehen, daß es eine große Persönlichkeit ist, bei Tisch hat er zwei ganze gebratene Spanferkel zu verspeisen geruht, und das Dampfbad nahm er so heiß, daß nicht einmal Taras Kurotschkin es aushalten konnte und den Birkenbesen Tomjka übergab und erst wieder recht lebendig wurde, nachdem er mit vielem kalten Wasser übergössen worden war. Ja, da kann man nichts sagen, das sind alles so gewichtige und bedeutende Gebräuche ... Und er hat auch, wie man hört, dortselbst in der Badstube seine kaiserlichen Merkmale auf der Brust vorgewiesen: auf der einen Brust ein Doppeladler, groß wie ein Fünfkopekenstück, und auf der anderen Brust seine eigene Person.«

Es war zwecklos, die Ansicht des Kosaken zu bestreiten, und so folgte ich ihm denn in das Haus des Kommandanten, indem ich mir meine Begegnung mit Pugatschow ausmalte und zu erraten versuchte, wie das alles enden würde. Der Leser kann sich leicht vorstellen, daß ich dabei nicht ganz kaltblütig war.

Es dämmerte bereits, als ich zum Hause des Kommandanten kam. Dunkel und grauenhaft drohte der Galgen mit den zwei Gehenkten. Vor dem Hauseingang lag noch immer der Leichnam der armen Kommandantin, zwei Kosaken hielten vor dem Hause Wache. Der Kosak, der mich hergeführt hatte, begab sich ins Haus, um mich zu melden; er kehrte sogleich zurück und führte mich in dasselbe Zimmer, in dem ich tags zuvor von Marja Iwanowna Abschied genommen hatte.

Das Bild, das sich mir beim Eintritt bot, war recht ungewöhnlich. Sie saßen am Tisch, ein Tischtuch lag darauf, und auf diesem standen unzählige Karaffen und Gläser. Pugatschow und einige zehn seiner Kosakenältesten tranken dort, sie trugen ihre Mützen und die geblümten Hemden und waren vom Wein erhitzt, ihre Gesichter glühten, und die Augen funkelten. Aber weder Schwabrin noch unser Kosakenunteroffizier, die beiden neugeworbenen Verräter, befanden sich in ihrer Schar. »Sieh da, Euer Gnaden!« sagte Pugatschow, als ich eintrat, »willkommen; schön, daß du uns die Ehre erweisest, nimm Platz, wenn es dir beliebt.« Sie rückten zusammen. Schweigend ließ ich mich am Tischende nieder. Mein Nachbar, ein junger Kosak, schlank und schön, schenkte mir ein Glas gewöhnlichen Schnapses ein, aber ich berührte es nicht. Neugierig betrachtete ich die eigentümliche Gesellschaft. Pugatschow saß auf dem Ehrenplatz, beide Ellenbogen auf dem Tisch, und stützte den schwarzen Bart auf seine breite Faust. In seinen regelmäßigen und durchaus nicht unangenehmen Zügen war nichts von Grausamkeit zu lesen. Am meisten sprach er mit einem Mann von etwa fünfzig Jahren, den er zuweilen Graf nannte und zuweilen Timofejewitsch und hie und da sogar Onkelchen. Sie verhielten sich alle zueinander wie Kameraden, ich konnte nicht wahrnehmen, daß sie ihrem Führer besondere Wertschätzung gezollt hätten. Sie sprachen vom Angriff am Morgen, von den Fortschritten, die der Aufruhr machte, und auch von dem, was sie noch in Zukunft zu verrichten gedachten. Ein jeder von ihnen prahlte weidlich und wollte nur seine Meinung gelten lassen und widersprach Pugatschow nach Belieben. Und eben in diesem seltsamen Kriegsrate faßten sie den Beschluß, auf Orenburg zu marschieren, ein verwegenes Unternehmen, das, wie man sich erinnern wird, fast von unheilvollem Erfolg gekrönt wurde! Der Feldzug wurde schon für den nächsten Tag angesetzt. »So, ihr Brüderchen«, sagte Pugatschow endlich, »und nun laßt uns, bevor wir schlafen gehen, mein Lieblingslied singen. Tschumakow, fang an!«

Mein Nachbar stimmte mit einem hohen Kopflaut das herzzerreißende Räuberlied an, und alle fielen im Chore ein.

Sollte ich schildern, welchen Eindruck dieses einfache Volkslied vom Galgen, von Männern gesungen, die dem Galgen verfallen waren, auf mich machte, ich könnte es nicht. Die wilden Gesichter, die wohllautenden Stimmen, der schwermütige Ausdruck, den sie den ohnehin schon ausdrucksvollen Worten gaben – all das erschütterte mich.

Jeder von ihnen leerte noch ein Glas, worauf sich alle erhoben und von Pugatschow Abschied nahmen. Ich wollte eigentlich das gleiche tun, aber Pugatschow hielt mich zurück: »Bleib nur; ich will noch mit dir sprechen.« So blieben wir denn allein.

Wir schwiegen beide einige Minuten. Pugatschow sah mich fest an, nur ab und zu zwinkerte er mit dem linken Auge, und dann nahm sein Gesicht einen überraschenden Ausdruck von Schalkhaftigkeit und Spott an. Plötzlich lachte er laut auf, wobei sein Lachen von einer so ungekünstelten Lustigkeit war, daß auch ich bei seinem Anblick lachen mußte, wußte ich auch eigentlich nicht, warum.

»Nun, Euer Gnaden?« fing er an. »Gesteh´s nur, als meine Burschen dir die Schlinge um den Hals warfen, da war´s dir nicht besonders gut zumut? Was?

Ich meine, da dürft´ es dir schwarz vor den Augen geworden sein... Du hättest am Querbalken baumeln müssen, wenn nicht dein Diener gekommen wäre. Den habe ich gleich erkannt. Was, Euer Gnaden, hättest du das für möglich gehalten, daß der Mann, der dir den Weg zu jener Herberge zeigte, selber der große Kaiser war?« (Bei diesen Worten nahm er eine bedeutende und geheimnisvolle Miene an.) »Du hast dich schwer an mir vergangen«, fuhr er fort, »aber ich habe dir verziehen, weil du mir damals, als ich gezwungen war, mich vor meinen Feinden versteckt zu halten, einen Dienst erwiesen hast. Du wirst noch ganz andere Dinge sehen! Wie groß wird erst deine Belohnung sein, wenn ich in den Besitz meines Reiches gekommen sein werde! Willst du versprechen, mir mit Eifer zu dienen?«

Die Frage des Betrügers und seine Frechheit erheiterten mich so, daß ich mein Lachen nicht länger verbeißen konnte.

»Worüber lachst du?« fragte er, und seine Miene verdüsterte sich, »oder glaubst du vielleicht nicht, daß ich der große Kaiser bin? Sag's offen heraus.«

Ich zauderte. Den Landstreicher als Herrscher anerkennen konnte ich nicht, das wäre eine unverzeihliche Schwäche gewesen. Andererseits bedeutete es mein sicheres Verderben, ihn geradedeheraus als Betrüger zu bezeichnen, und außerdem wäre das, wozu ich angesichts des Galgens und vor den Augen des ganzen Volkes im ersten Feuer des Unmutes bereit gewesen war, in diesem Augenblick nichts als eine überflüssige Tollkühnheit gewesen. Ich schwankte. Finster erwartete Pugatschow meine Antwort. Endlich jedoch (und noch heute fühle ich Genugtuung, denke ich an diese Minute) triumphierte in mir das Pflichtgefühl über die menschliche Schwäche. So erwiderte ich denn Pugatschow: »Höre, ich will dir die volle Wahrheit sagen. Überlege mal, ob ich dich als Kaiser anerkennen kann? Denn selbst wenn ich's täte, müßtest du, als gescheiter Mensch, merken, daß ich dich nur täuschen will.«

»Wer bin ich denn, deiner Ansicht nach?«

»Gott weiß, wer du bist; aber wer immer du auch sein mögest, du spielst ein gefährliches Spiel.«

Pugatschow sah mich an.

»So, so, du glaubst also nicht«, sprach er, »daß ich der Zar Pjotr Fjodorowitsch bin? Schon recht. Aber wie denkst du, kann der Verwegene nicht auch Erfolg haben? Grischka Otrepjew, ist er vielleicht nicht Zar geworden? Halte mich, für wen du willst, aber bleibe bei mir. Was geht dich schließlich all das andere an? Die einen sagen Pope, die anderen Priester. Diene mir treu und redlich, und ich will dich zum Feldmarschall erheben und zum Fürsten machen. Wie gefällt dir das?«

»Das geht nicht«, versetzte ich bestimmt; »du weißt, ich bin Edelmann; ich habe der Herrin und Kaiserin den Eid geleistet; ich kann unmöglich in deinen

Dienst treten. Wenn du tatsächlich mir wohlwillst, so laß mich nach Orenburg ziehen.«

Pugatschow dachte lange nach.

»Und wenn ich dich nun ziehen lasse«, sagte er endlich, »willst du mir zum mindesten versprechen, nicht mehr gegen mich zu kämpfen?«

»Wie wäre es möglich, dir das zu versprechen?« entgegnete ich, »du weißt doch selber, daß das nicht von mir abhängt; wenn man mir befiehlt, gegen dich zu ziehen, so muß ich eben gehorchen, da ist nichts zu machen. Du bist jetzt selber Befehlshaber; du verlangst ebenfalls Gehorsam von den Deinen. Wonach würde das aussehen, wenn ich einen Dienst verweigern wollte, den man von mir fordert? Mein Leben ist in deiner Hand, läßt du mich frei, vielen Dank; willst du mich hinrichten lassen – Gott wird dein Richter sein; ich habe dir jetzt die volle Wahrheit gesagt.«

Meine Aufrichtigkeit überraschte Pugatschow.

»Also gut«, meinte er schließlich und versetzte mir einen freundschaftlichen Schlag auf die Schulter. »Wenn man richtet, soll man schnell richten, und wenn man begnadigt, voll begnadigen. Zieh denn hin nach allen vier Himmelsrichtungen und tu, was du willst. Komm morgen, um mir Lebwohl zu sagen, und geh jetzt schlafen, denn auch ich will nun schlafen.«

Ich verließ Pugatschow und trat auf die Straße. Die Nacht war klar und frostig. Die Sterne funkelten, helles Mondlicht beleuchtete den Platz und den Galgen. Auf den Straßen war alles ruhig und dunkel. Nur in der Schenke war noch Licht, es drang von dorther das Schreien der späten Zecher. Ich ging am Hause des Priesters vorüber. Die Läden waren verschlossen, die Türe versperrt. Im Hause schien alles ruhig zu sein.

So kam ich denn heim und traf Ssaweljitsch in großem Kummer über meine Abwesenheit an. Die Nachricht von meiner Freilassung erfreute ihn unsagbar.

»Gelobt sei der Herr!« rief er und bekreuzigte sich. »Sobald der Tag graut, wollen wir die Festung verlassen und forteilen, wohin uns der Sinn steht. Aber nun mußt du etwas essen, mein Väterchen, ich habe dir etwas zubereitet, und dann geh zur Ruhe und schlaf bis Morgen wie am Herzen Christi.«

Das war ein guter Rat, ich aß mit großem Appetit zu Abend und legte mich darauf, seelisch und körperlich gleich ermüdet, auf dem nackten Fußboden schlafen.

Frühmorgens weckte mich Trommelschlag. Ich eilte zum Sammelplatz. Vor dem Galgen, an dem immer noch die gestrigen Opfer hingen, ordneten sich bereits Pugatschows Scharen. Die Kosaken waren zu Pferde, die Soldaten standen unter Gewehr. Die Fahnen flatterten. Da waren auch einige Kanonen auf Lafetten, unter ihnen erkannte ich bald die unsrige. In Erwartung

Pugatschows waren alle Einwohner der Festung herbeigeströmt. Am Eingang zum Kommandantenhaus hielt ein Kosak ein wundervolles weißes Kirgisenroß am Halfter. Ich schaute mich nach dem Leichnam der Kommandantin um. Er war beiseitegeschafft und mit einer Bastmatte bedeckt worden. Endlich trat Pugatschow aus dem Hause. Das Volk entblößte die Häupter. Pugatschow blieb stehen und grüßte nach allen Seiten. Einer seiner Kosakenältesten reichte ihm einen Beutel mit Kupfergeld, das er alsbald mit vollen Händen auszustreuen begann. Schreiend stürzte sich das Volk darauf, der Vorgang lief nicht ohne einige Unfälle ab. Die Haupträdelsführer umringten Pugatschow. Unter diesen befand sich auch Schwabrin. Unsere Blicke kreuzten sich; aus meinem sprach Verachtung, er jedoch wendete sich mit dem Ausdruck tiefer Bosheit und einem gekünstelten Spott von mir ab. Gleich darauf wurde Pugatschow meiner gewahr, er nickte mir zu und rief mich heran. »Hör mal«, sprach er zu mir, »du gehst auf der Stelle nach Orenburg, dort sollst du dem Gouverneur und den Generälen melden, sie dürften mich binnen einer Woche erwarten. Und rat ihnen gut, mir mit kindlicher Liebe ünd Unterwürfigkeit zu begegnen; widrigenfalls ich sie grausam bestrafen würde. Glückliche Reise, Euer Gnaden!« Darauf wendete er sich zum Volk und sprach, auf Schwabrin weisend: »Da habt ihr, meine Kinder, euern neuen Kommandanten. Gehorcht ihm in allen Stücken, denn er trägt für euch und für die Festung die Verantwortung.« Entsetzen packte mich, als ich diese Worte hörte: Schwabrin – der Befehlshaber der Festung! Marja Iwanowna in seiner Hand! Mein Gott, was würde wohl aus ihr werden! Pugatschow schritt die Treppe herunter. Sein Pferd wurde herangeführt. Geschickt schwang er sich in den Sattel, ohne auf die Kosaken zu warten, die herbeieilten, um ihm aufsteigen zu helfen.

Im gleichen Augenblick aber bemerkte ich, wie sich mein Ssaweljitsch durch die Menge drängte, vor Pugatschow trat und ihm ein Blatt Papier überreichte. Ich konnte mir nicht einmal denken, was das sein sollte.

»Was soll das?« fragte Pugatschow und nahm eine wichtige Miene an.

»Lies nur, du wirst schon sehen«, entgegnete Ssaweljitsch.

Pugatschow nahm das Papier entgegen und schaute es lange und ernsthaft an.

»Was hast du für eine unleserliche Schrift?« sagte er schließlich. »Unsere scharfen Augen vermögen sie nicht zu entziffern. Wo steckt mein Obersekretär?«

Ein junger Mensch in Korporalsuniform eilte herbei. »Vorlesen!« sagte der Usurpator und gab ihm das Papier. Ich war äußerst begierig zu erfahren, was mein gewesener Mentor Pugatschow mitzuteilen habe. Der Obersekretär las Zeile für Zeile buchstabierend mit lauter Stimme folgendes:

»Zwei Schlafröcke, einer aus feiner Baumwolle, der andere aus Seide und gestreift – sechs Rubel.«

»Was soll das wieder?« fragte Pugatschow und runzelte die Brauen.

»Befiehl, weiter zu lesen«, entgegnete Ssaweljitsch beschwichtigend.

Der Obersekretär fuhr fort: »Eine Uniform aus feinem grünen Tuch – sieben Rubel.

Weiße Tuchhosen – fünf Rubel.

Zwölf Hemden aus holländischem Leinen und mit Manschetten – zehn Rubel.

Ein Reisekorb mit Teegeschirr – zwei und einen halben Rubel.«

»Was für dummes Zeug!« unterbrach ihn Pugatschow. »Was, zum Teufel, geht mich das Teegeschirr an und die Hemden mit Manschetten?«

Ssaweljitsch räusperte sich und ging ans Erklären.

»Schau mal, Väterchen, das ist nämlich ein Register der Sachen, die meiner Herrschaft gehören und die von den Gaunern gestohlen worden sind.«

»Von welchen Gaunern?« warf Pugatschow drohend ein.

»Verzeihung, das ist mir von der Zunge gerutscht«, antwortete Ssaweljitsch. »Es waren keine Gauner, sondern deine Burschen, sie haben uns alles fortgeschleppt. Sei mir nicht bös deswegen; ein Pferd, das doch vier Beine hat, kann auch zuweilen stolpern. Sei so gut, laß ihn zu Ende lesen.«

»Also, lies zu Ende«, sagte Pugatschow.

»Eine Kattundecke und eine Taftdecke auf Baumwolle – vier Rubel. Ein Fuchspelz – vierzig Rubel. Außerdem ein kurzer Hasenpelz, den Deine Gnaden in der Herberge von uns geschenkt erhielt – fünfzehn Rubel.«

»Was soll das heißen!« schrie Pugatschow mit funkelnden Augen. Aufrichtig gestanden, ich war um meinen armen Alten besorgt. Er wollte zwar in seinen Erklärungen fortfahren, aber Pugatschow fuhr ihn an: »Wie unterstehst du dich, mir mit solchen Dummheiten zu kommen!« Er schrie es, riß das Papier aus den Händen des Sekretärs und warf es Ssaweljitsch ins Gesicht. »Törichter Greis! Man hat euch geplündert: eine große Sache! Du solltest eigentlich, du alter Esel, ewig für mich und für meine Kinder beten, weil du samt deinem Herrn da nicht mit den anderen Unbotmäßigen dort hängst ... Hasenpelz! Ich werde dir zeigen, was ein Hasenpelz ist! Ja, du weißt wohl, daß ich dir lebendig die Haut vom Leibe schinden lassen kann, um Pelze daraus zu machen?«

»Wie es dir beliebt«, entgegnete Ssaweljitsch, »ich bin ein Leibeigener und bin für das Eigentum meiner Herrschaft verantwortlich.«

Offenbar hatte Pugatschow einen Anfall von Großmut. Wortlos wendete er sich ab und ritt von dannen. Schwabrin und die Kosakenältesten folgten ihm. In guter Ordnung zog die Bande aus der Festung. Das Volk eilte nach, Pugatschow das Geleit zu geben. Ssaweljitsch nur und ich blieben auf dem

Platz zurück. Mein früherer Mentor hielt sein Register und sah es bekümmert an.

Da er nämlich das gute Einvernehmen, das zwischen Pugatschow und mir herrschte, bemerkt hatte, war er auf den Einfall gekommen, es auszunutzen; allein die pfiffige Absicht schlug ihm fehl. Ich wollte ihn eigentlich seines unangebrachten Eifers wegen ausschelten, aber ich konnte es nicht, ich mußte lachen. »Immerhin lach nur, Herr«, sagte Ssaweljitsch, »lach nur; aber wenn wir dann alles werden von neuem anschaffen müssen, dann wollen wir sehen, ob es dir noch lächerlich zumute ist.«

Ich beeilte mich, zum Hause des Priesters zu gelangen, um Marja Iwanowna noch einmal zu sehen. Die Hausfrau empfing mich mit einer traurigen Nachricht. Nachts war bei Marja Iwa- nowna ein heftiges Fieber zum Ausbruch gekommen. Sie war ohne Besinnung und phantasierte. Die Popenfrau führte mich in ihr Zimmer. Still trat ich an das Bett. Ihr Aussehen war völlig verändert. Die Kranke erkannte mich nicht. Lange, lange stand ich vor dem Bett und hörte weder, was Priester Gerassim sagte, noch die Worte seiner herzensguten Frau, die mich beide, wie es scheint, zu trösten versuchten. Ich war schmerzlich bewegt. Die Lage der armen und schutzlosen Waise, die ich unter den wilden Rebellen zurücklassen mußte, und meine eigene Ohnmacht, ihr zu helfen, beunruhigten mich tief. Und Schwabrin, Schwabrin – das war das ärgste. Nachdem er nunmehr alle Machtbefugnisse und das Kommando in der Festung erhalten hatte, war er in der Lage, alles anzustellen. Aber was konnte ich dagegen tun? Wie sollte ich ihr beistehen? Auf welche Art vermochte ich sie aus der Hand des Bösewichts zu befreien? Es gab nur ein Mittel: sofort nach Orenburg zu gehen, um dort die Entsetzung der Festung Bjelogorsk zu betreiben und selber so sehr als möglich dabei mitzuwirken. So nahm ich denn vom Priester und von Akulina Pamphilowna Abschied und empfahl Marja, die ich in Wahrheit schon als mein Weib betrachtete, inständig ihrer Obhut. Die Hand des armen Mädchens lag in meiner, ich küßte sie und benetzte sie mit Tränen. »Leben Sie wohl«, sagte die Frau des Priesters, mir das Geleit gebend, »Pjotr Andrejewitsch, leben Sie wohl. Vielleicht sehen wir in besseren Zeiten uns wieder. Vergessen Sie uns nicht ganz und schreiben Sie uns, sooft Sie dazu Gelegenheit finden werden. Die arme Marja Iwanowna hat außer Ihnen keinen Trost mehr, keinen Beschützer auf der Welt.«

Als ich wieder auf dem Platz war, blieb ich ein wenig stehen, betrachtete den Galgen und verbeugte mich tief vor ihm, darauf verließ ich die Festung und gewann die Straße nach Orenburg, begleitet von Ssaweljitsch, der nicht von meiner Seite wich. Gedankenverloren zog ich so meines Weges, als ich plötzlich Pferdegetrappel hinter mir vernahm. Ich drehte mich um: es war ein Kosak, der mir aus der Festung nachgaloppierte und am Zügel ein

Baschkirenpferd mit sich führte; er winkte mir schon aus der Ferne zu. Ich blieb stehen und erkannte bald darauf unseren gewesenen Kosakenunteroffizier. Er sprengte heran, übergab mir die Zügel des anderen Pferdes und sagte: »Euer Gnaden! Unser Väterchen schenkt Ihnen dies Pferd und von seiner eigenen Schulter den Pelz da.« (Ein Schafpelz war an den Sattel gebunden.) »Und außerdem«, fuhr der Unter- offizier stockend fort, »belohnt er Sie mit ... mit einem halben Rubel ... aber den habe ich unterwegs verloren, verzeihen Sie großmütig.« Ich zog den Schafpelz an und schwang mich aufs Pferd, Ssaweljitsch ließ ich hinter mir aufsitzen. »Nun siehst du selber, Herr«, sagte der Alte, »daß es nicht so völlig nutzlos war, daß ich dem Gauner mit meiner ergebenen Bitte kam: sein Diebesgewissen hat sich geregt. Und sind auch diese langbeinige Baschkirenmäre und der Schafpelz nicht die Hälfte dessen wert, was uns die Räuber gestohlen haben und was du selber ihm zu schenken beliebtest, so können sie uns jetzt doch von Nutzen sein; und was will man mehr von einem bissigen Hunde als ein Büschel Wolle?«

Als wir in die Nähe von Orenburg gelangt waren, begegneten wir einer Schar von Sträflingen, deren Köpfe kahl geschoren und deren Gesichter von den Eisen der Henker gebrandmarkt worden waren. Unter Aufsicht von Garnisonsinvaliden arbeiteten sie unweit der Schanzen. Auf kleinen Wagen schafften die einen den Schutt fort, der mit der Zeit den Festungsgraben angefüllt hatte, während die anderen mit Schaufeln die Erde umgruben; auf dem Festungswall selber sah man Maurer mit Ziegeln hantieren, um die Stadtmauer wieder zu befestigen. Die Schildwache am Tor hielt uns an und verlangte unsere Pässe. Als der Sergeant erfuhr, daß ich aus der Festung Bjelogorsk kam, führte er mich schnurstracks zum Hause des Generals.

Ich fand ihn im Garten. Er besichtigte gerade seine Apfelbäume, die der Herbstwind entblättert hatte, und war dabei, sie mit Hilfe eines alten Gärtners sorgfältig in warmes Stroh einzuhüllen. Sein Antlitz atmete Ruhe, Gesundheit und Gutherzigkeit. Er war sichtlich erfreut, mich zu sehen, und fragte mich sogleich nach den grauenhaften Ereignissen, deren Augenzeuge ich gewesen war. Ich erzählte ihm, was ich wußte. Aufmerksam hörte mir der Greis zu und fuhr derweil fort, dürre Zweige abzuschneiden. »Der arme Mironow!« sagte er, als meine traurige Erzählung zu Ende war, »er dauert mich, er war ein braver Offizier, und Madame Mironow war eine treffliche Frau, wie meisterhaft verstand sie, Pilze einzulegen! Und Mascha, die Hauptmannstochter, was ist mit ihr?« Ich antwortete, sie sei in der Festung zurückgeblieben und die Popenfrau pflege sie. »O weh!« bemerkte der General, »schlimm, sehr schlimm. Man kann nicht auf die Disziplin dieser Räuber rechnen. Was soll aus dem armen Kinde werden?« Ich entgegnete, die Strecke bis zur Festung Bjelogorsk sei gering und Seine Exzellenz würde sicher nicht verfehlen, alsbald Truppen zum Entsatz der armen Bevölkerung abzuschicken. Aber der General schüttelte den Kopf. »Abwarten, abwarten«, meinte er. »Darüber müssen wir noch reiflich sprechen. Komm am Nachmittag auf eine Tasse Tee zu mir: es wird heute bei mir ein Kriegsrat stattfinden. Du kannst uns zuverlässige Nachrichten über den Taugenichts Pugatschow und sein Heer geben. Jetzt geh und ruh einstweilen aus.«

Ich begab mich zu der mir angewiesenen Wohnung und fand dort Ssaweljitsch bereits in voller Tätigkeit; ungeduldig erwartete ich das Heranrücken der festgesetzten Stunde. Der Leser kann sich leicht vorstellen, daß ich zu jener Beratung zu erscheinen nicht verabsäumte, die so großen Einfluß auf mein zukünftiges Schicksal haben mußte. Mit dem Schlag der Stunde war ich beim General.

Ich traf dort einen Stadtbeamten an, er war, wenn ich mich recht erinnere, Direktor der Zollbehörde, ein wohlgenährter und rotbackiger alter Herr in einem goldverschnürten Leibrock. Er fragte mich lebhaft nach dem Schicksal von Iwan Kusjmitsch aus, den er seinen Gevatter nannte, und unterbrach meine Antworten häufig durch Nebenfragen und belehrende Bemerkungen, die, wenn sie auch nicht gerade einen in der Kriegskunst sehr bewanderten Mann in ihm verrieten, doch auf schnelle Auffassungsgabe und auf natürlichen Verstand schließen ließen. Währenddessen trafen nach und nach die übrigen Eingeladenen ein. Nachdem alle Platz genommen und ihren Tee erhalten hatten, setzte uns der General mit großer Klarheit die ganze Sachlage ausführlich auseinander. »Jetzt aber, meine Herren«, fuhr er darauf fort, »müssen wir entscheiden, wie wir gegen die Aufrührer vorzugehen haben: offensiv oder defensiv? Jede dieser Methoden hat ihre Vorteile und ihre Nachteile. Die Offensive gibt mehr Hoffnung, den Feind schnellstens aufzureiben; dagegen ist die Defensive sicherer und gefahrloser ... Und nun lassen Sie uns nach der Vorschrift unsere Stimmen abgeben, wir beginnen mit dem Rangjüngsten. Herr Fähnrich!« – mit diesen Worten wendete er sich an mich – »wollen Sie so gut sein, mir Ihre Ansicht mitzuteilen.«

Ich erhob mich und schilderte in kurzen Worten zunächst Pugatschow und seine Bande, darauf aber erklärte ich mit aller Bestimmtheit, es wäre dem Usurpator völlig unmöglich, sich gegen reguläre Truppen zu halten.

Allein die Beamten hörten meine Ansicht mit offenkundiger Mißgunst an. Sie sahen darin nur den Übereifer und die Verwegenheit des jungen Mannes. Ein Gemurmel erhob sich, und ganz deutlich konnte ich vernehmen, wie jemand halblaut »Grüner Junge« sagte. Der General sah mich an und meinte lächelnd: »Herr Fähnrich, es ist meistens so, daß die ersten Stimmen in einem Kriegsrat zugunsten der Offensive abgegeben werden, das ist so die Regel.

Lassen Sie uns fortfahren, die Stimmen zu sammeln. Herr Kollegienrat, darf ich um Ihre Ansicht bitten?«

Der alte Herr im goldverschnürten Leibrock leerte in aller Eile seine dritte Tasse Tee, die er reichlich mit Rum versetzt hatte, und antwortete dem General:

»Exzellenz, ich bin der Meinung, wir sollten weder offensiv noch defensiv vorgehen.«

»Wie soll ich das verstehen, Herr Kollegienrat?« erwiderte überrascht der General. »Die Taktik der Strategie kennt keine anderen Methoden: es gibt nur die offensive Bewegung und die defensive...«

»Exzellenz, und was meinen Sie zu einer bestechenden Bewegung?«

»Ah so! Ihre Meinung ist durchaus verständlich. Die bestechende Taktik wird von der Strategie gebilligt, und wir wollen jedenfalls Ihren Rat befolgen. Man könnte vielleicht auf den Kopf dieses Taugenichtses... einige siebzig Rubel oder gar hundert aussetzen ... aus dem Geheimfonds ...«

»Nun, und ich will alsdann«, unterbrach ihn der Zolldirektor, »kein Kollegienrat mehr sein, sondern ein Kirgisenhammel, wenn diese Diebe uns nicht ihren Ataman, an Händen und Füßen gefesselt, ausliefern werden.«

»Das müssen wir noch reiflich überlegen und erwägen«, entgegnete der General. »Trotzdem müssen wir auf jeden Fall auch gewisse militärische Maßnahmen treffen. Meine Herren, ich bitte um Ihre Stimmen in der vorschriftsmäßigen Reihenfolge!«

Es stellte sich heraus, daß alle Ansichten der meinen entgegengesetzt waren. Die Beamten sprachen von der Unzuverlässigkeit der Truppen, von der Unsicherheit des Erfolges, von Vorsicht und von lauter so ähnlichem Zeug. Sie waren alle der Meinung, daß es viel weiser sei, unter dem Schutz der Kanonen hinter der festen Steinmauer zu bleiben, als im offenen Felde das Glück der Waffen zu versuchen. Als schließlich der General alle Stellungnahmen angehört hatte, klopfte er die Asche aus seiner Pfeife und hielt folgende Rede:

»Meine Herren! Ich muß Ihnen mitteilen, daß ich meinerseits mich völlig der Ansicht des Herrn Fähnrich anschließe: diese Ansicht stützt sich auf alle Regeln einer gesunden Strategie, die eigentlich in fast sämtlichen Fällen die offensive Taktik der defensiven vorzieht.«

Bei diesen Worten hielt er inne und schickte sich an, seine Pfeife aufs neue zu stopfen. Meine Eitelkeit triumphierte. Nicht ohne Selbstgefühl blickte ich die Beamten an, die sichtlich unruhig und unzufrieden miteinander zu flüstern begannen.

»Jedoch, meine Herren«, fuhr der General fort, wobei er gleichzeitig mit einem Seufzer eine dichte Wolke Tabakrauch ausstieß, »ich kann nicht wagen, eine so große Verantwortung auf mich allein zu nehmen.«

Nun war die Reihe an den Beamten, mich ihrerseits spöttisch anzublicken. Der Kriegsrat löste sich auf. Auf das lebhafteste beklagte ich die Schwäche des ehrenwerten Kriegers, der sich gegen seine Überzeugung der Ansicht jener unwissenden und unerfahrenen Männer angeschlossen hatte.

Ich will mich nicht damit befassen, die Belagerung Orenburgs zu beschreiben, sie gehört der Geschichte an und nicht in eine Familienchronik.

Einst, als es uns während der Belagerung gelungen war, einen ziemlich starken Kosakenhaufen zu zersprengen und in die Flucht zu schlagen, ritt ich auf einen Kosaken los, der hinter seinen Kameraden zurückgeblieben war; ich schwang bereits meinen türkischen Säbel, da riß er die Mütze ab und rief: »Pjotr Andrejewitsch, guten Tag zu wünschen! Wie geht es immer?«

Es war unser vormaliger Kosakenunteroffizier. Ich freute mich unbeschreiblich.

»Grüß Gott, Maximytsch«, antwortete ich. »Bist du schon lange aus Bjelogorsk fort?«

»Gar nicht lange, Väterchen Pjotr Andrejewitsch, ich bin erst seit gestern wieder hier. Ich habe ein Brieflein für Sie.«

»Wo hast du's denn, wo?« rief ich, über und über errötend.

»Hier ist es«, sagte Maximytsch und fuhr in die Brusttasche. »Ich habe Palaschka fest versprochen, es Ihnen bestimmt zuzustellen.«

Er gab mir das zusammengefaltete Papier und sprengte sogleich von dannen. Ich öffnete es und las bebend folgende Zeilen:

»Gott hat es gefallen, mir so plötzlich Vater und Mutter zu nehmen: auf Erden habe ich keine Verwandten mehr und keine Beschützer. Sie allein sind meine Zuflucht, denn ich weiß, Sie wollten mir immer wohl und Sie wären bereit, einem jeden Menschen zu helfen. Ich flehe zu Gott, daß dieser Brief Sie auf irgendeine Weise erreichen möge! Maximytsch versprach, ihn zu bestellen. Palaschka hat von Maximytsch gehört, daß er Sie häufig aus der Ferne bei den Ausfällen gesehen habe und daß Sie sich gar nicht in acht nehmen; Sie denken wohl nicht mehr an jene, die mit Tränen zu Gott für Sie beten. Ich war lange krank; kaum war ich wiederhergestellt, da zwang Alexej Iwanowitsch Schwabrin, der jetzt hier an Stelle meines entschlafenen Vaters das Kommando führt, den Priester Gerassim, mich ihm auszuliefern, indem er ihm drohte, alles Pugatschow zu enthüllen. Ich wohne jetzt als Gefangene in unserem Hause. Alexej Iwanowitsch will mich zwingen, ihn zu heiraten. Er sagt, er habe mir dadurch, daß er den Betrug Akulina Pamphilownas, die mich vor den Bösewichten als ihre Nichte ausgab, nicht aufdeckte, das Leben gerettet. Allein es wird mir viel leichter sein, zu sterben, als die Frau eines solchen Menschen zu werden, wie Alexej Iwanowitsch einer ist. Er behandelt mich mit großer Grausamkeit und droht, wenn ich mich nicht anders bedenke und nicht einwilligen wolle, so werde er mich ins Lager zu den schlechten Menschen bringen und dann werde es mir genauso ergehen wie der Lisaweta Charlowa. Ich bat Alexej Iwanowitsch um Bedenkzeit. Er war damit einverstanden, noch drei Tage zu warten, wenn ich aber nach den drei Tagen nicht meine Einwilligung gebe, dann habe ich auf keine Schonung mehr zu hoffen. Pjotr Andrejewitsch, Liebster! Sie sind der einzige Schutz, den ich habe; helfen Sie mir Armen. Bitten Sie den General, bitten Sie alle Kommandeure, uns möglichst bald Sukkurs zu schicken, und kommen Sie selber, sobald Sie können. Ich verbleibe als Ihre gehorsame arme Waise

Marja Mironowa.«

Ich verlor fast den Verstand, als ich diesen Brief las. Ich fegte in die Stadt zurück und gab meinem armen Pferd unbarmherzig die Sporen. Unterwegs überlegte ich hin und her, was man zur Erlösung des ärmsten Mädchens unternehmen könnte, aber es fiel mir nichts ein. In der Stadt angekommen, sprengte ich geradenwegs zum General und war in einem Nu in seinem Hause.

Der General ging in seinem Zimmer auf und ab und rauchte seine Meerschaumpfeife. Er sah mich und blieb stehen. Mein Anblick überraschte ihn offensichtlich; besorgt erkundigte er sich nach der Ursache meines plötzlichen Erscheinens. »Exzellenz«, begann ich, »ich komme zu Ihnen, wie man zum eigenen Vater kommt; schlagen Sie um Gottes willen meine Bitte nicht ab, es geht um das Glück meines ganzen Lebens.« »Was ist denn geschehen, Väterchen?« fragte aufs höchste er- staunt der Greis. »Was kann ich für dich tun? Sprich!« »Exzellenz, gestatten Sie mir, eine Kompanie Soldaten zu nehmen und ein halbes Hundert Kosaken, um die Festung Bjelogorsk zu säubern.« Der General sah mich prüfend an, er dachte, glaube ich, ich sei von Sinnen (was freilich auch fast zutraf). »Wie das? Bjelogorsk säubern?« fragte er schließlich. »Ich hafte Ihnen für den Erfolg«, entgegnete ich leidenschaft- lich. »Lassen Sie mich ziehen.« »Nein, junger Mann«, sagte er kopfschüttelnd, »bei der ziem- lich großen Entfernung dürfte es dem Feinde leichtfallen, euch von der Kommunikation mit dem strategischen Hauptpunkt ab- zuschneiden und dadurch einen vollen Sieg über euch zu er- zielen. Die ununterbrochene Kommunikation...« Ich erschrak, denn ich sah, daß er sich in militärischen Erör- terungen verlor, und beeilte mich, ihn zu unterbrechen. »Die Tochter des Hauptmannes Mironow«, sagte ich, »hat mir einen Brief geschrieben; sie bittet um Hilfe; Schwabrin will sie zwin- gen, ihn zu hairaten.« »Wahrhaftig? O, dieser Schwabrin ist mir ein Erzschelm, und wenn er mir einmal in die Hände fallen sollte, so will ich ihm binnen vierundzwanzig Stunden das Urteil sprechen, und dann wollen wir ihn auf der Brustwehr des Festungswalles abschie- ßen! Zunächst aber müssen wir uns in Geduld fassen ...« »In Geduld fassen!« schrie ich außer mir, »und derweilen wird er Marja Iwanowna heiraten!...« »O!« entgegnete der General, »das ist noch kein Unglück, es ist sogar für sie jetzt besser, einstweilen Schwabrins Frau zu sein; er kann ihr jetzt sehr nützlich sein; wenn wir ihn dann später erschossen haben werden, nun, dann wollen wir eben in Gottes Namen ihr einen neuen Freier finden. Hübsche Witwen bleiben nie lange Jungfern; das heißt, ich wollte sagen, eine kleine Witwe findet eher einen Mann als eine Jungfrau.«

»Lieber sterben«, rief ich, »als sie Schwabrin überlassen!«

»Ah!« sagte der General. »Jetzt verstehe ich: du bist also in Marja Iwanowna verliebt. O, das ist freilich eine andere Sache! Mein armer Junge! Allein trotz allem, ich kann dir keine Kompanie Soldaten und kein halbes Hundert Kosaken geben. Diese Unternehmung wäre allzu gewagt; ich könnte sie keineswegs verantworten.«

Ich ließ den Kopf hängen; Verzweiflung bemächtigte sich meiner. Plötzlich schoß ein Gedanke durch meinen Kopf: worin er bestand, wird, wie die alten Romanschreiber sagen, der Leser im nächsten Kapitel erfahren.

Ich verließ den General und eilte nach Hause. Ssaweljitsch redete mir, sobald er meiner ansichtig wurde, wie immer ins Gewissen. »Herr, was hast du eigentlich davon, mit diesen besoffenen Räubern zu fechten? Schickt sich das für einen Edelmann? Die Stunden sind ungleich: um nichts und wieder nichts kannst du umkommen. Und wenn's noch der Türke wäre oder der Schwede, so jedoch – es ist eine Sünde, um es zu sagen.«

Nach einer halben Stunde saß ich bereits auf meinem guten Pferde, Ssaweljitsch aber schwang sich auf einen mageren und lahmen Gaul, den ihm einer der Stadtbewohner, der ihn nicht länger ernähren konnte, unentgeltlich überlassen hatte. Wir kamen zum Tor; die Wache ließ uns durch, und so lag Orenburg bald hinter uns. Wir kamen durch eine Schlucht und waren kurz darauf in einem Dorf. In allen Hütten brannte Licht. Überall herrschte Lärmen und Schreien. Auf den Straßen sah ich eine Menge Volkes, aber niemand bemerkte uns in der Dunkelheit, und keine Sterbensseele erkannte in mir den Offizier aus Orenburg. Man führte uns vor ein Haus, das an einer Straßenkreuzung stand. Vor dem Tor lagen Schnapsfässer, und zwei Kanonen waren aufgepflanzt. »Da habt ihr den Palast«, sagte der eine der Bauern, »ich werde euch jetzt anmelden.« Er trat ins Haus. Ich blickte Ssaweljitsch an: der Alte bekreuzigte sich und betete leise. Ich mußte lange warten; endlich kam der Bauer zurück und sagte mir: »Komm, unser Väterchen befahl, den Offizier hereinzulassen.«

So betrat ich denn das Haus oder, wie die Bauern sagten, den Palast. Zwei Talglichter bildeten die Beleuchtung, die Wände waren mit Goldpapier überzogen; alles übrige jedoch, die Bänke, der Tisch, das hängende Waschbecken, am Nagel das Handtuch, die Ofenschaufel in der Ecke, der breite Herd, auf dem Kochtöpfe standen – all das war genauso wie in jeder einfachen Bauernhütte. Unter dem Schrein mit den Heiligenbildern saß Pugatschow in seinem roten Kaftan, er trug eine hohe Mütze und hatte eine stolze Haltung angenommen. Mit gespielter Unterwürfigkeit umringten ihn die vornehmsten seiner Genos- sen. Die Nachricht vom Eintreffen eines Orenburger Offiziers hatte die Neugierde der Anführer auf das höchste gereizt, und sie hatten sich Mühe gegeben, mich möglichst prunkvoll zu empfangen. Pugatschow erkannte mich sofort. Und sogleich war es auch aus mit seiner angenommenen Würde. »Ah, Euer Gna- den«, rief er mir zu, »wie geht es dir? Von woher führt dich der Himmel?« Ich antwortete ihm, ich sei in eigener Sache un- terwegs und seine Leute hätten mich festgehalten. »Und was ist das für eine Sache?« fragte er. Ich wußte nicht, was ich ihm erwidern sollte. In der Annahme, daß ich vor Zeugen nicht spre- chen wolle, wendete sich Pugatschow zu seinen Kameraden und befahl ihnen, den Raum zu verlassen. Mit Ausnahme von zweien, die sich nicht vom Fleck rührten, kamen alle dem Be- fehle nach. »Vor diesen kannst du dreist sprechen«, meinte Pu- gatschow, »vor ihnen verberge ich nichts.« Ich schaute mir die Vertrauten des Usurpators an. Der eine von ihnen, ein schwäch- liches und gebücktes altes Männchen mit grauem Bärtchen, hatte nichts Bemerkenswertes an sich, mit Ausnahme eines blauen Ordensbandes, das er quer über die Brust seines grauen Kittels trug. Seinen Kameraden jedoch werde ich zeitlebens nicht ver- gessen. Er war hoch von Wuchs, voll und breitschultrig und mochte einige fünfundzwanzig Jahre alt sein. Der wilde rote Bart, die grauen blitzenden Augen, die Nase, an der die Nüstern fehlten, sowie die geröteten Flecken auf Stirn und Wangen verliehen seinem breiten und blatternarbigen Gesicht einen un- beschreiblichen Ausdruck. Er trug ein rotes hochgeschlossenes Hemd, über diesem das lange Oberkleid der Kirgisen und darunter die Pluderhosen der Kosaken. Später erfuhr ich, daß jener der flüchtige Korporal Bjeloborodow war, dieser hingegen Afanassij Ssokolow, genannt Chlopuscha, ein deportierter Verbrecher, der bereits zum dritten Male aus den Bergwerken Sibiriens ausgebrochen war. Ungeachtet der Gefühle, die mich so ausschließlich bewegten, wirkte doch die Gesellschaft, in die ich unversehens hereingeschneit war, stark auf meine Phantasie. Aber Pugatschow ließ mich nicht lange in diesem Zustand, sondern fragte: »Also sprich, aus welchem Grunde hast du Orenburg verlassen?«

Ein seltsamer Gedanke schoß mir durch den Kopf, es kam mir fast vor, als wollte mir die Vorsehung, indem sie mich zum zweiten Male mit Pugatschow zusammenstieß, ein Mittel in die Hand geben, meine Absicht wirklich auszuführen. Ich entschloß mich, es zu benutzen, und antwortete Pugatschow, ehe ich meinen Beschluß noch recht überlegt hatte, folgendes auf seine Frage:

»Ich bin auf dem Wege nach der Festung Bjelogorsk, um eine Waise, die dort beleidigt wird, zu befreien.«

Pugatschows Augen funkelten auf.

»Wer von meinen Burschen wagt, eine Waise zu beleidigen?« schrie er, »und sei er sieben Ellen hoch, meiner Strafe wird er nicht entgehen. Wer ist der Schuldige?«

»Schwabrin ist es«, antwortete ich. »Er hält jenes Mädchen, das du damals bei der Frau des Priesters krank im Bett liegen sahst, gefangen und will sie mit Gewalt zwingen, ihn zu heiraten.«

»Das werde ich Schwabrin versalzen!« sagte Pugatschow drohend. »Ich werde ihm zeigen, was es heißt, seine Macht zu überschreiten und das Volk zu kränken. Ich lasse ihn aufhängen.« »Ein Wort, wenn du erlaubst«, warf Chlopuscha mit heiserer Stimme ein. »Du warst damals zu schnell, als du Schwabrin zum Kommandanten der Festung ernanntest, und willst jetzt wieder zu schnell sein und ihn hängen lassen. Du hast die Kosaken gekränkt, da du einen Edelmann zu ihrem Befehlshaber machtest, schreck jetzt nicht den Adel ab, indem du ihn nach der ersten Bezichtigung hinrichten läßt.«

»Weder soll man sie bedauern noch begnadigen!« warf der Alte im blauen Ordensbande ein. »Schwabrin hinrichten wäre nicht so übel; aber ebenso wäre es nicht übel, den Herrn Offizier ordentlich auszufragen, und vor allem, warum er herkam? Wenn er dich nicht als seinen Herrscher anerkennt, warum sucht er dann Unterstützung bei dir; erkennt er dich aber an, warum saß er dann bis zum heutigen Tage in Orenburg bei deinen Gegnern? Meinst du nicht, man sollte ihn in die Kanzlei bringen und ein hübsches Feuerchen anmachen, es schwant mir, die Herren Orenburger Kommandeure haben Seine Gnaden zu uns beordert.«

Die Logik des alten Schurken war ziemlich überzeugend. Frost lief mir über den Rücken, als mir die Einsicht kam, in wessen Hände ich geraten war. Pugatschow bemerkte meine Verwir- rung.

»Na, Euer Gnaden?« sagte er und zwinkerte mir zu. »Mein Feldmarschall scheint's getroffen zu haben? Was denkst du darüber?«

Pugatschows Spott gab mir mein Selbstvertrauen zurück. Mit aller Ruhe entgegnete ich ihm, daß ich in seiner Hand sei und daß es ihm freistehe, mit mir zu schalten, wie er es für recht befinde.

»Freilich«, sagte Pugatschow. »Aber nun beichte uns, wie es um eure Stadt steht?«

»Gottlob«, entgegnete ich, »dort ist alles in Ordnung.« »In Ordnung?« wiederholte Pugatschow. »Aber das Volk stirbt vor Hunger!«

»Ach! da hätte ich bald vergessen, dir für das Pferd und für den Pelz zu danken. Ohne deine Hilfe wäre ich sicher nicht bis zur Stadt gekommen und unterwegs bestimmt erfroren.« Meine List wirkte. Pugatschow wurde zusehends heiterer. »Schulden sind schön, wenn man sie bezahlt«, meinte er, blinzelte und kniff die Augen zu. »Und jetzt erzähl einmal, was du mit jenem Mädel hast, das Schwabrin beleidigt hat? Hat am Ende Liebesglut des tapferen Burschen Herz versehrt, he?« »Sie ist meine Braut«, entgegnete ich Pugatschow, denn nun sah ich, daß das Wetter umgeschlagen war, und hielt es nicht mehr für notwendig, mit der Wahrheit hinterm Berge zu halten. »Deine Braut!« schrie Pugatschow. »Warum hast du das nicht früher gesagt? Ja, dann wollen wir dich doch mit ihr verheiraten und zu deinem Hochzeitsschmaus kommen!« Darauf wandte er sich zu Bjeloborodow: »Feldmarschall, paß mal auf! Seine Gnaden und ich, wir sind alte Freunde! Wir wollen jetzt zusammen zu Abend speisen; der Morgen ist weiser als der Abend. Morgen wollen wir zusehen, was mir mit ihm beginnen.« Am Morgen kam ein Bote, um mich zu Pugatschow zu holen. Ich folgte ihm. Am Tor sah ich einen Reiseschlitten stehen, vor den ein Dreigespann aus tatarischen Pferden gespannt war. Die Straße wimmelte von Menschen. Im Vorraum begegnete mir Pugatschow, er war reisefertig und trug einen Pelz und die Kirgisenmütze. Die gestrigen Zechkumpane umringten ihn und zeigten wieder denselben Ausdruck der Unterwürfigkeit, der so völlig allem, dessen Zeuge ich am Vorabend geworden war, widersprach. Pugatschows Begrüßung war freundschaftlich, er winkte mir, ich solle mich neben ihn in den Reiseschlitten setzen. Wir nahmen Platz. »Nach der Festung Bjelogorsk!« rief Pugatschow dem breitschultrigen Tataren, der stehend das Dreigespann lenkte, zu. Mein Herz pochte stark. Die Pferde fielen in Trab, die Schlittenglöckchen klangen, der Schlitten flog dahin... Und plötzlich erblickte ich das Dörfchen am steilen Ufer des Ja[:i]k, den Palisadenzaun und den Glockenturm – und nach einer Viertelstunde waren wir in der Festung Bjelogorsk. Der Schlitten hielt vor dem Kommandantenhause. Am Geläute der Glöckchen erkannte das Volk Pugatschow und folgte uns in hellen Scharen. Schwabrin trat aus dem Hause, um den Usurpator zu begrüßen. Er trug Kosakentracht und hatte sich den Bart stehen lassen. Der Verräter war Pugatschow beim Aussteigen behilflich und versicherte ihn in geradezu schmählichen Ausdrücken seines Eifers und seiner Ergebenheit. Als er meiner ansichtig wurde, stutzte er, allein er faßte sich bald, streckte mir die

Hand hin und sprach: »Auch du bist also jetzt auf unserer Seite? Schon längst hätte es sich so gehört!« Ich drehte ihm den Rücken und gab keine Antwort.

Das Herz wurde mir schwer, als wir gleich darauf in das altbekannte Zimmer traten, wo an der Wand, ein trauriges Epitaphium vergangener Zeiten, noch immer das Diplom des verstorbenen Kommandanten hing. Auf den gleichen Diwan, auf dem vormals, eingelullt vom Schelten seiner Gattin, Iwan Kusjmitsch einzunicken pflegte, setzte sich nun Pugatschow. Schwabrin präsentierte ihm eigenhändig den Begrüßungsschnaps. Pugatschow leerte das Glas, befahl jedoch dann, auf mich weisend: »Traktiere auch Seine Wohlgeboren.« Und Schwabrin kam sogleich auch zu mir, allein ich drehte ihm zum zweiten Male den Rücken. Er schien ganz aus dem Häuschen zu sein. Es fiel ihm, bei seinem angeborenen Scharfsinn, nicht schwer, zu erraten, daß Pugatschow mit ihm unzufrieden war. Er war sichtlich verzagt und blickte mich hie und da voll Mißtrauen an. Pugatschow ließ sich berichten, in welchem Zustande sich die Festung befinde und ob man von feindlichen Truppen gehört habe und ähnliches mehr, endlich aber überrumpelte er ihn mit der unerwarteten Frage: »Sag mal, Bruder, was ist das für eine Jungfrau, die du bei dir eingesperrt hältst? Zeig' sie mir doch.«

Schwabrin wurde blaß wie der Tod.

»Herrscher«, entgegnete er, und seine Stimme zitterte, »großer Herrscher, sie ist nicht eingesperrt... sie ist krank ... sie liegt im Mädchenzimmer.«

»Dann führ' mich zu ihr«, sagte der Usurpator und erhob sich. Es gab keine Ausrede mehr, Schwabrin mußte Pugatschow zum Gemach Marja Iwanownas führen. Ich schloß mich an.

Auf der Treppe blieb Schwabrin stehen.

»Großer Herrscher!« rief er, »Sie haben die Macht, alles von mir zu verlangen; aber verbieten Sie, daß ein Fremder das Schlafzimmer meiner Gattin betritt.«

Ich fuhr auf: »Du bist also vermählt!« schrie ich Schwabrin zu, bereit, ihn zu erwürgen.

»Ruhig Blut!« unterbrach mich Pugatschow. »Das ist meine Sache. Du jedoch«, fuhr er fort und wendete sich zu Schwabrin, »hör jetzt auf und mach keine Geschichten mehr; ob sie nun deine Frau ist oder nicht, ich führe zu ihr, wen ich will. Euer Gnaden, mir nach!«

An der Türe hielt uns Schwabrin abermals auf und sagte keuchend:

»Herrscher, ich muß jedoch darauf vorbereiten, daß sie bereits seit drei Tagen an schwerem Fieber darniederliegt und ohne Unterlaß phantasiert.«

»Mach auf!« rief Pugatschow.

Schwabrin gab sich den Anschein, als suche er in seinen Taschen, und sagte schließlich, er habe vergessen, den Schlüssel mitzunehmen. Pugatschow gab der Tür einen Fußtritt, das Schloß flog herunter, die Tür ging auf und wir traten ein. Ich sah – und erstarrte. Auf dem Fußboden saß bleich, abgemagert und mit zerrauftem Haar Marja Iwanowna in einem abgetragenen Bauernkleidchen. Vor ihr stand ein Krug Wasser, ein Stück Brot lag darüber. Als sie meiner ansichtig wurde, erzitterte sie und schrie auf. Aber was in mir vorging – ich weiß es nicht mehr.

Pugatschow heftete seinen Blick auf Schwabrin und sagte mit trockenem Lachen:

»Ein schönes Lazarett hast du da!« Darauf näherte er sich Marja Iwanowna: »Täubchen, sag mal, aus welchem Grunde bestraft dein Mann dich so hart? Was hast du angestellt?«

»Mein Mann?« wiederholte sie. »Er ist nicht mein Mann! Nie und nimmer werde ich seine Frau sein! Ich bin entschlossen, lieber zu sterben, und werde sterben, wenn keiner mich von ihm erlöst.«

Pugatschows Blick wurde drohend.

»Und du wagtest, mich zu hintergehen!« fuhr er Schwabrin an. »Weißt du auch, du Taugenichts, was du verdient hast?« Schwabrin lag auf den Knien... So sehr ich ihn auch haßte und gegen ihn erbittert war, in diesem Augenblick wurde alles vom Gefühl der Verachtung erstickt. Voller Ekel blickte ich den Edelmann an, der zu Füßen eines entsprungenen Kosaken lag. Pugatschow freilich stimmte dieser Umstand milder.

»Für diesmal will ich dir verzeihen«, sagte er zu Schwabrin, »aber gib acht, bei der nächsten Verfehlung wird auch diese mit angerechnet.«

Darauf wandte er sich zu Marja Iwanowna und bedeutete dem armen Mädchen freundlich: »Du kannst das Zimmer verlassen, liebe Jungfrau; ich schenke dir die Freiheit. Ich bin der Herrscher.«

Marja Iwanowna blickte auf und erriet, daß vor ihr der Mörder ihrer Eltern stand. Sie schlug die Hände vors Gesicht und fiel bewußtlos nieder. Ich eilte ihr zu Hilfe; im gleichen Augenblick jedoch drang Palaschka, meine alte Bekannte, keck ins Zimmer und nahm sich ihres Fräuleins an. Pugatschow verließ das Gemach, und so gingen wir selbdritt wieder ins Speisezimmer hinunter.

»Nun, Euer Gnaden?« lachte Pugatschow, »das schöne Mädchen haben wir also befreit! Was meinst du, sollen wir nicht den Popen holen lassen, damit er seine Nichte gleich trauen kann? Ich würde vielleicht den Brautvater spielen und Schwabrin den Brautführer; und trinken und feiern in guter Ruh und sperren zum Schluß die Türe zu!«

Meine Befürchtung traf zu. Schwabrin geriet außer sich, als er Pugatschows Vorschlag vernahm.

»Großer Herrscher!« rief er und tat wie verrückt. »Ich weiß, ich habe mich vergangen, weil ich Sie belogen habe; aber auch Grinew hintergeht Sie. Dieses Mädchen ist keineswegs die Nichte des hiesigen Popen: sie ist Iwan Mironows Tochter, der am Tage der Einnahme dieser Festung hingerichtet ward.«

Pugatschow heftete seine funkelnden Augen auf mich. »Was soll das wieder?« fragte er überrascht. »Schwabrin spricht die Wahrheit«, entgegnete ich fest.

»Das hast du mir nicht gesagt«, warf Pugatschow ein, und seine Miene verdüsterte sich.

»Bedenke doch«, erwiderte ich, »was wäre daraus entstanden, wenn ich dir vor deinen Burschen gesagt hätte, daß die Tochter Mironows noch am Leben sei. Sie hätten sie ja zerfleischt. Da hätte nichts mehr sie retten können!«

»Richtig«, meinte Pugatschow und mußte lachen. »Meine versoffenen Burschen hätten das arme Mädel nicht verschont. Es war gut, daß die Frau des Popen sie betrogen hat.«

»Und nun höre noch dies«, sprach ich weiter, denn ich sah, daß er guter Laune war. »Ich weiß nicht, wie ich dich nennen soll, und ich will es auch nicht wissen .... Allein Gott weiß, daß ich für das, was du an mir getan hast, freudig mit meinem Leben bezahlen würde. Fordere nur nicht von mir, was meiner Ehre und dem Gewissen des Christen widerspricht. Du bist mein Wohltäter. Vollende denn, wie du begonnen hast: laß uns ziehen, mich und die arme Waise, wohin es Gott gefällig ist. Wir aber werden, wo du auch seist und was immer mit dir geschehe, jeden Tag Gott um die Rettung deiner armen Seele anflehen....«

Es schien mir, daß meine Worte die rauhe Seele Pugatschows gerührt hatten.

»Gut denn!« sagte er schließlich. »Entweder soll man richten oder begnadigen, so habe ich's immer gehalten. Nimm sie denn mit dir, deine schöne Jungfrau, und bring sie, wohin du willst, und schenke Gott euch Liebe und Verstand!«

Darauf wendete er sich zu Schwabrin und befahl ihm, mir einen Passierschein, gültig für alle unterworfenen Festungen und Plätze, auszustellen. Schwabrin stand da, als sei er ganz zusammengebrochen und vernichtet. Pugatschow entfernte sich darauf, um die Festung zu besichtigen. Schwabrin begleitete ihn; ich aber blieb unter dem Vorwand, Reisevorbereitungen treffen zu müssen, zurück.

Ich eilte sogleich hinauf. Die Tür war versperrt. Ich klopfte. »Wer ist da?« fragte Palaschka. Ich nannte meinen Namen. Marja Iwanownas liebes Stimmchen erklang: »Noch ein wenig Geduld, Pjotr Andrejewitsch. Ich kleide mich gerade um. Gehen Sie derweilen zu Akulina Pamphilowna, ich werde sogleich dort sein.«

Ich fügte mich und begab mich zum Hause des Priesters Gerassim. Er sowohl wie auch seine Frau eilten mir entgegen. Ssaweljitsch hatte sie bereits von allem unterrichtet.

»Pjotr Andrejewitsch«, rief die Popenfrau, »so hat uns Gott wieder zusammengeführt. Wie geht's denn immer? Jeden lieben Tag haben wir von Ihnen gesprochen. Und Marja Iwanowna, was hat die alles ausstehen müssen, das arme Täubchen, während Sie fort waren! Ja, und sagen Sie doch, mein Väterchen, wie haben Sie nur den Pugatschow herumbekommen? Und wieso hat er Sie nicht um die Ecke gebracht? Na, jedenfalls müssen wir dem Halunken dafür dankbar sein.«

»Schon gut, Alte«, unterbrach sie der Priester Gerassim. »Du brauchst nicht deine ganze Wissenschaft auszukramen. Durch Schwatzen ist noch niemand selig geworden. Pjotr Andrejewitsch, Väterchen, immer hereinspaziert, wenn's beliebt. Lange, lange schon hatten wir nicht mehr die Ehre.«

Die Popenfrau setzte mir vor, was Küche und Kammer zu bieten hatten, und sprach und sprach ohne Unterlaß. Sie schilderte, auf welche Art Schwabrin sie gezwungen hatte, Marja Iwanowna auszuliefern; und wie Marja Iwanowna geweint hatte und sich nicht von ihnen hatte trennen wollen; und wie sie nachher mit Marja Iwanowna in ständiger Verbindung gestanden hatte, und zwar durch Vermittlung von Palaschka (ein tüchtiges Mädchen, das auch den Kosakenunteroffizier nach seiner Pfeife tanzen läßt); und wie sie Marja Iwanowna geraten hatte, mir jenen Brief zu schreiben, und so weiter. Ich erzählte ihr darauf in der Küche meine Geschichte. Als sie erfuhren, daß Pugatschow von ihrem frommen Betrüge unterrichtet sei, bekreuzigten sich beide, der Pope und seine Frau. »Gott stehe uns jetzt bei!« rief Akulina Pamphilowna. »Gott gebe, daß diese Wolke vorüberziehe. Hat man Worte, dieser Schwabrin, ein schöner Herr!« Im gleichen Augenblick ging die Türe auf und Marja Iwanowna trat ein, ihr Gesicht war noch immer sehr bleich, aber sie lächelte. Die Bauerntracht hatte sie abgelegt und war wie früher einfach, aber gut gekleidet.

Ich ergriff ihre Hand und konnte lange kein Wort sprechen. Wir schwiegen beide, unsere Herzen waren übervoll. Unsere Wirte erkannten, daß ihre Anwesenheit überflüssig war, und verließen uns. Wir blieben allein. Und alles war vergessen. Wir sprachen und konnten uns nicht satt sprechen. Marja Iwanowna erzählte mir alles, was ihr seit der Einnahme der Festung zugestoßen war; sie schilderte mir das Grauenvolle ihrer Lage und alle die Qualen, mit denen der abscheuliche Schwabrin sie gemartert hatte. Wir gedachten auch der früheren glückseligen Zeit ... und weinten beide ...

Schließlich begann ich ihr meine Absichten zu entdecken. In der Festung bleiben, die Pugatschow untertänig war und unter Schwabrins Befehl stand, war natürlich für sie unmöglich. Ebenso unmöglich, an Orenburg zu denken, denn dort litt alles unter den Greueln der Belagerung. Sie selber hatte auf der ganzen Welt keine verwandte Menschenseele. So schlug ich ihr denn vor, zu meinen Eltern zu fahren. Zwar schwankte sie anfangs, denn ihr war bekannt, daß mein Vater ihr nicht wohlgesinnt war, und das schreckte sie zurück. Allein ich beruhigte sie bald. Ich wußte, daß mein Vater es für ein Glück erachten würde und für eine von selbst verständliche Pflicht der Ehre, die Tochter eines verdienten Offiziers, der für sein Vaterland gefallen war, bei sich aufzunehmen. »Marja Iwanowna, Teure!« sagte ich endlich, »ich sehe dich schon jetzt als mein Weib an. Wunderbare Ereignisse haben uns unauflöslich miteinander verbunden; es ist nichts auf der Welt, das uns je zu trennen vermöchte.« Und Marja Iwanowna hörte mich ruhig an, ohne gemachte Schämigkeit, ohne gezierte Ausreden. Sie wußte, daß ihr Schicksal hinfort mit meinem verknüpft war. Aber sie wiederholte, sie könne nicht anders mein Weib werden als mit der Zustimmung meiner Eltern. Ich dachte auch nicht daran, ihr zu widersprechen. Wir küßten uns aufrichtig und leidenschaftlich – und alles war zwischen uns im reinen.

Eine Stunde darauf kam der Passierschein, der Kosakenunteroffizier brachte ihn mir, Pugatschow hatte irgendwie seinen Namen daruntergekritzelt – gleichzeitig wurde ich aufgefordert, zu ihm zu kommen. Ich traf ihn im Begriff, die Rückreise anzutreten. Es ist mir völlig unmöglich, zu schildern, was in mir vorging, als ich von diesem entsetzlichen Menschen Abschied nahm, diesem Ungeheuer, diesem Scheusal für alle anderen und einzig für mich nicht. Und warum die Wahrheit verheimlichen? Ein wirkliches Mitgefühl zog mich in diesem Augenblick zu ihm. Ich wünschte nichts sehnlicher, als ihn aus der Schar der Bösewichter, deren Anführer er war, zu reißen und auf diese Weise, bevor es zu spät war; seinen Kopf zu retten. Jedoch das Volk, das sich um uns drängte, und die Anwesenheit Schwabrins verhinderten mich daran, dem, womit mein Herz erfüllt war, Ausdruck zu verleihen.

Wir schieden in Freundschaft. Pugatschow erblickte in der Menschenmenge Akulina Pamphilowna, drohte ihr scherzhaft mit dem Finger und zwinkerte ihr bedeutungsvoll zu, dann aber schwang er sich in den Schlitten und befahl, nach Berda zu fahren, allein er steckte alsbald seinen Kopf noch einmal heraus und schrie mir zu: »Leb wohl, Euer Gnaden! Mag sein, daß wir uns noch einmal wiedersehen.« Und in der Tat, wir sahen uns freilich wieder – aber unter welchen Umständen! ...

Pugatschow war fort. Lange schaute ich ihm nach und verfolgte mit den Augen sein Dreigespann, das über die weiße Steppe dahinflog. Das Volk zerstreute sich. Schwabrin war verschwunden. Ich kehrte ins Haus des Priesters zurück. Alles war fertig zu unserer Abreise; ich sah keinen Anlaß, länger zu zaudern. Unser Hab und Gut war gepackt und lag im alten Fuhrwerk des Kommandanten. Die Kutscher spannten die Pferde an. Marja Iwanowna ging, vom Grabe ihrer Eltern Abschied zu nehmen; man hatte sie hinter der Kirche beigesetzt. Ich wollte sie begleiten; allein sie bat mich, sie allein zu lassen. Sie kehrte nach wenigen Minuten zurück und weinte still vor sich hin. Der Wagen fuhr vor. Der Priester Gerassim und seine Frau begleiteten uns bis vors Haus. Selbdritt nahmen wir im Innern des Wagens Platz: Marja Iwanowna mit ihrer Palaschka und ich. Ssaweljitsch kletterte auf den Bock. »Leb wohl, mein Täubchen Marja Iwanowna!« rief die brave Popenfrau. »Glückliche Reise! Gott segne euch alle beide!« So fuhren wir denn ab. Am Fenster des Kommandantenhauses stand Schwabrin. Finstere Wut sprach aus seinem Gesicht. Nicht willens, über den unterlegenen Feind zu triumphieren, bemühte ich mich, nach einer anderen Richtung zu blicken. Endlich kamen wir durchs Tor der Festung und verließen Bjelogorsk auf immerdar.

So mit einem Male, und zwar so völlig unerwartet, mit dem geliebten Mädchen verbunden, um das ich mich noch am Morgen qualvoll gesorgt hatte, kam mir alles plötzlich irgendwie unglaublich vor, und ich dachte, das Ganze sei vielleicht nichts als ein leeres Traumgesicht. Marja Iwanowna sah gedankenvoll bald mich an und bald auf den Weg hinaus, sie war offenbar noch durchaus nicht zu sich gekommen, geschweige denn zur vollen Besinnung. Wir schwiegen. Unsere Herzen waren allzu ermattet. Ohne es recht zu merken, befanden wir uns bereits nach zwei Stunden in der nächsten Festung, die ebenfalls von Pugatschow erobert worden war. Hier wechselten wir die Pferde. Die Schnelligkeit, mit der das geschah, und die flinke Dienstfertigkeit, die der bärtige Kosak uns erwies, den Pugatschow hier zum Kommandanten bestellt hatte, bewiesen mir nur zu deutlich, daß man, dank der Schwatzhaftigkeit des Kutschers, der uns hergefahren hatte, mich vermutlich für eine dem Hof nahestehende Größe hielt.

Und wieder ging es weiter. Die Dämmerung brach herein. Wir näherten uns einem Städtchen, in welchem wir, wie uns der bärtige Kommandant mitgeteilt hatte, einen größeren Truppenverband antreffen sollten, der gerade im Begriff stand, sich mit dem Heer des Usurpators zu vereinigen. Ein Wachtposten hielt uns an. Auf seine Frage: »Wer da?« entgegnete der Kutscher mit schallender Stimme: »Der Gevatter des Herrschers mit seiner jungen Hausfrau.« Sogleich umringte uns eine Husarenabteilung, und wir hörten furchtbares Fluchen. »Nur heraus, Gevatter des Satans«, brüllte mich ein schnauzbärtiger Wachtmeister an. »Dir und deiner jungen Hausfrau wollen wir jetzt tüchtig einheizen!«

Ich stieg aus dem Wagen und verlangte, vor den Befehlshaber geführt zu werden. Als sie den Offizier erblickten, stellten die Soldaten augenblicks ihr Geschrei ein. Der Wachtmeister führte mich zum Major. Ssaweljitsch wich nicht von mir, brummte aber in einem fort vor sich hin: »Da haben wir den Gevatter des Herrschers! So kommt man aus dem Regen in die Traufe ... Gott und Herr! Wie wird das noch enden?« Der Wagen folgte uns im Schritt.

Nach fünf Minuten kamen wir vor das hell erleuchtete Haus. Der Wachtmeister übergab mich dem Posten und ging, mich zu melden. Allein er kehrte sogleich zurück und teilte mir mit, daß Seine Hochwohlgeboren nicht in der Lage seien, mich zu empfangen, sondern befohlen hätten, mich ins Gefängnis zu bringen, meine junge Hausfrau hingegen hinaufzuführen.

»Was soll das heißen?« schrie ich, rasend vor Wut. »Er ist wohl verrückt geworden?«

»Das kann ich nicht entscheiden, Euer Wohlgeboren«, entgegnete der Wachtmeister. »Aber Seine Hochwohlgeboren haben befohlen, Euer Wohlgeboren ins Gefängnis zu bringen, und haben ferner befohlen, Euer Wohlgeboren vor Seine Hochwohlgeborenen zu führen, Euer Wohlgeboren.«

Ich eilte ins Haus. Dem Posten fiel es nicht ein, mich aufzuhalten, und so lief ich denn schnurstracks ins Zimmer, wo ich die Husarenoffiziere, sechs Mann hoch, beim Kartenspiel antraf. Der Major hielt die Bank. Aber wer beschreibt mein Erstaunen, als ich in ihm jenen Iwan Iwanowitsch Surin erkannte, der seinerzeit in dem Gasthaus zu Ssimbirsk mir so viel abgenommen hatte!

»Ist es möglich«, rief ich, »Iwan Iwanowitsch! Bist du das?« »Ah, das ist ja Pjotr Andrejewitsch! Wie kommst denn du her? Woher des Wegs? Willkommen, Bruder. Was meinst du zu einer Karte?«

»Danke vielmals. Laß mir lieber Quartier anweisen.«

»Wozu dir Quartier? Bleib doch bei mir.«

»Unmöglich, ich bin nicht allein.«

»Na, dann reich ihn her, deinen Kameraden.«

»Es ist kein Kamerad, ich ... ich bin mit einer Dame hier.«

»Mit einer Dame! Und wo hast du denn die aufgegabelt? Du bist mir einer, Brüderchen!«

Und dabei pfiff er so ausdrucksvoll, daß alles rings in Lachen ausbrach, ich dagegen wurde völlig verwirrt.

»Schön«, fuhr Surin fort, »wie du willst. Dein Quartier sollst du haben. Es tut mir leid ... Wir hätten so gut eins zechen können ... Heda! Kleiner! Wo bleibt denn die Gevatterin von dem Pugatschow? Ist sie vielleicht eigensinnig? Sagt ihr, sie soll sich nicht fürchten; der gnädige Herr sei ausgezeichnet, sie werde zufriedengestellt werden – und gebt ihr einen ordentlichen Rippenstoß.«

»Welcher Unsinn!« unterbrach ich Surin, »was da, Gevatterin von Pugatschow! Es ist ja die Tochter des verstorbenen Hauptmanns Mironow. Ich habe sie aus der Gefangenschaft befreit und bringe sie jetzt zum Gut meines Vaters, wo sie einstweilen bleiben soll.«

»Wie? Dann warst du das, von dem man mir soeben berichtete? Ja, hör mal! Was sind das für Geschichten?«

»Das erzähl ich dir nachher. Jetzt aber beruhige um Gottes willen das arme Mädchen, deine Husaren haben sie zu Tode erschreckt.«

Surin traf auf der Stelle seine Anordnungen. Er begab sich sogar auf die Straße, um sich vor Marja Iwanowna wegen des vorgekommenen Mißverständnisses zu entschuldigen; gleichzeitig befahl er dem Wachtmeister, ihr das beste Quartier in der ganzen Stadt anzuweisen. Ich dagegen blieb über Nacht bei ihm. Nachdem wir zu Abend gespeist hatten und allein geblieben waren, erzählte ich ihm mein Abenteuer. Surin hörte mit großer Aufmerksamkeit zu. Als ich zu Ende war, schüttelte er den Kopf und meinte nur: »Ja, Bruder, alles ganz schön und gut; nur das eine ist dumm: welcher Satan reitet dich, heiraten zu wollen? Schau mal, als honetter Offizier muß ich dir die Wahrheit sagen, glaub mir, die ganze Ehe ist nichts als eine Dummheit. Hast du es denn so notwendig, dich mit einer Frau zu plagen und die Kinderfrau zu spielen? Spuck darauf! Hör lieber auf mich, laß sie laufen, die Hauptmannstochter. Die Straße nach Ssimbirsk habe ich gesäubert, dort ist jetzt für den Reisenden keine Gefahr mehr. Laß sie also morgen zu deinen Eltern allein fahren und bleibe selber bei meinem Detachement. Nach Orenburg zurückzukehren ist überflüssig. Wenn du den Rebellen von neuem in die Hände fällst, wirst du nicht so billigen Kaufes davonkommen. Auf diese Weise wirst du am besten die ganze Liebesnarretei los, und alles wird sich schon einrenken.«

War ich auch nicht in allem mit ihm eines Sinnes, so konnte ich mich doch nicht des Gefühles erwehren, daß das Gebot der Ehre gebieterisch meine Anwesenheit im Heere der Kaiserin erfordere. Ich entschloß mich, den Rat Surins zu befolgen und Marja Iwanowna zu meinen Eltern zu schicken, selber jedoch beim Detachement zu bleiben.

Ssaweljitsch kam, mir beim Auskleiden behilflich zu sein; ich bedeudete ihm, sich am nächsten Tage fertigzuhalten, um die Reise mit Marja Iwanowna anzutreten. Er wollte erst nicht recht. »Was soll das, Herr? Wie könnte ich dich allein lassen? Wer wird auf dich achtgeben? Und was werden deine Eltern dazu sagen?«

Da ich den Eigensinn meines guten Alten sehr wohl kannte, versuchte ich ihn durch Zureden und Aufrichtigkeit umzustimmen. »Archip Ssaweljitsch, du warst immer schon mein wahrer Freund!« so sprach ich zu ihm. »Schlag mir die Bitte nicht ab, erweise mir die Wohltat; du weißt selber, an Bedienung wird es mir nicht mangeln, aber wie könnte ich ruhig sein, wenn Marja Iwanowna allein und ohne dich diese Reise antritt? Wenn du ihr dienst, so dienst du hierdurch gleichzeitig auch mir, da es mein fester Entschluß ist, sie, sobald es die Verhältnisse einigermaßen zulassen, zu heiraten.«

Ssaweljitsch schlug die Hände zusammen, er war einfach unbeschreiblich verblüfft.

»Heiraten!« wiederholte er. »Was nicht gar, das Kind will heiraten! Und was wird denn der Herr Vater dazu sagen, und was soll das Mütterchen davon denken?«

»Sie werden einwilligen, sie werden bestimmt einwilligen«, entgegnete ich, »wenn sie erst Marja Iwanowna kennengelernt haben werden. Ich setze meine Hoffnung auf dich. Vater und Mutter haben Vertrauen zu dir; du sollst unser Fürsprecher sein, was meinst du dazu?«

»Väterchen, Väterchen, Pjotr Andrejewitsch!« antwortete er. »Ist es auch viel zu früh für dich, ans Heiraten zu denken, so ist doch Marja Iwanowna ein so vortreffliches Fräulein, daß es jammerschade wäre, diese Gelegenheit ungenützt vorübergehen zu lassen. Wie du meinst! Ich will sie begleiten, diesen Engel Gottes, und werde deinen Eltern mit aller Unterwürfigkeit unterbreiten, daß ein Bräutchen dieses Schlages wahrscheinlich keine Mitgift vonnöten hat.«

Ich dankte Ssaweljitsch und begab mich im gleichen Zimmer mit Surin zu Bett. Ich war so erhitzt und aufgeregt, daß ich ins Schwatzen kam. Surin war anfangs gerne dabei, nach und nach jedoch wurden seine Worte immer seltener und verloren immer mehr den Zusammenhang; endlich ertönte statt der Antwort auf eine Frage, die ich ihm gestellt hatte, nur ein Schnarchen und ein pfeifendes Atmen. So verstummte denn auch ich und folgte seinem Beispiel.

Tags darauf eilte ich schon in der Frühe zu Marja Iwanowna. Ich entdeckte ihr meine Absichten. Sie hielt sie für verständig und gab alsbald ihre Zustimmung. Surins Abteilung sollte noch am gleichen Tage aus der Stadt rücken. Wir mußten mithin eilen. So nahm ich denn selbst Abschied von Marja Iwanowna und überantwortete sie, nachdem ich ihr einen Brief an meine Eltern übergeben hatte, Ssaweljitsch. Marja Iwanowna brach in Tränen aus. »Lebe wohl, Pjotr Andrejewitsch«, sagte sie mit verhaltener Stimme. »Ob wir uns je wiedersehen werden oder nicht – weiß Gott allein; ich werde immerdar an dich denken; du allein wirst in meinem Herzen bleiben bis ans Grab.« Was konnte ich darauf erwidern? Wir waren nicht allein. Vor den Fremden wollte ich mich nicht den Gefühlen, die mich bewegten, hingeben. Sie reiste bald darauf ab. Still und traurig kehrte ich zu Surin zurück. Er versuchte mich aufzumuntern, und auch ich selber wollte mich zerstreuen; in Saus und Braus ging der Tag hin, am Abend rückten wir ins Feld.

Es war unterdessen Ende Februar geworden. Der Winter, der die militärischen Unternehmungen gehemmt hatte, war vorüber, und unsere Generäle trafen Vorkehrungen zu einem gemeinsamen Vorrücken. Pugatschow stand immer noch vor Orenburg. Inzwischen hatten sich unweit von ihm die verschiedenen Heeresgruppen vereinigt, und nun drang man von allen Seiten gegen das Räubernest vor. Die aufständischen Dörfer unterwarfen sich, sobald sie unserer Truppen ansichtig wurden; die Räuberbanden flohen vor uns, und so schien einer schnellen und siegreichen Durchführung des Feldzuges nichts mehr im Wege zu stehen.

Bald darauf gelang es dem Fürsten Golizyn, bei der Festung Tatischtschewo Pugatschow zu schlagen, er zerstreute dessen Scharen, entsetzte Orenburg und hatte, wie es schien, dem Aufruhr den letzten und entscheidenden Schlag versetzt. Surin erhielt gleichzeitig den Befehl, gegen eine Horde rebellischer Baschkiren vorzugehen, allein noch ehe wir sie zu Gesicht bekamen, waren sie schon in alle Winde. Wir lagerten gerade in einem kleinen Tatarendorf, als der Frühling über uns kam. Die Flüsse traten aus ihren Ufern, und die Wege waren nicht mehr zu passieren. In unserer Tatenlosigkeit war uns der Gedanke ein Trost, daß nunmehr dieser langweilige Kleinkrieg mit Räubern und Wilden seinem Ende entgegengehe.

Allein Pugatschow war entwischt. Er tauchte bald darauf in den sibirischen Bergwerken auf, sammelte neue Banden und begann aufs neue sein Unwesen. Und wieder schossen überall die Gerüchte von seinen Erfolgen empor. Wir erfuhren, daß er einige sibirische Festungen zerstört habe. Kurz danach kam die Nachricht von der Einnahme Kasans; der Marsch des Usurpators auf Moskau endlich bewirkte, daß unsere Heerführer aufwachten, die so lange in der Hoffnung auf die Schwäche des verachteten Aufwieglers sorglos geschlummert hatten. Surin erhielt den Befehl, über die Wolga zu setzen.

Es hat keinen Sinn, unsern Feldzug und das Ende des Krieges zu schildern. Ich will nur kurz mitteilen, daß die Not bis zum äußersten gestiegen war. Die Behörden hatten ihre Tätigkeit eingestellt; die Gutsbesitzer flüchteten in die Wälder. An allen Enden wüteten Räuberbanden; die Befehlshaber der einzelnen Abteilungen straften und begnadigten, wie es ihnen gut dünkte; der Zustand des ganzen umfangreichen Landstriches, in dem die Feuersbrunst wütete, war wahrscheinlich entsetzlich ... Gott bewahre uns davor, jemals einen russischen Aufruhr zu erleben, weil er immer sinnlos und unbarmherzig ist.

Endlich ergriff Pugatschow die Flucht, verfolgt von Iwan Iwanowitsch Michelson. Bald darauf kam die Nachricht, daß er völlig aufgerieben sei. Endlich erhielt Surin die Mitteilung, daß der Usurpator gefangen sei, gleichzeitig wurde uns befohlen haltzumachen. Der Krieg war zu Ende. Es bestand mithin für mich die Möglichkeit, zu meinen Eltern zu fahren. Der Gedanke, daß ich diese nun bald umarmen würde und auch Marja Iwanowna, von der ich überhaupt keine Nachricht hatte, wiedersehen dürfte, begeisterte mich wie ein Rausch. Ich hüpfte wie ein Kind. Surin lachte mich aus und meinte achselzuckend: »Nein! nein! Du wirst kein gutes Ende nehmen! Heiraten bedeutet nutzlos zugrunde gehen!«

Allein ein sonderbares Gefühl vergällte meine Freude, es war der Gedanke an den Bösewicht, der die Blutschuld an so viel unschuldigen Opfern auf sich geladen hatte, der Gedanke an die Hinrichtung, die ihm bevorstand – dies beunruhigte mich unwillkürlich. »Warum hast du dich nicht rechtzeitig in ein Bajonett gestürzt oder vor eine Kartätsche gestellt?« dachte ich manchmal verstimmt. »Etwas Besseres hättest du nicht ersinnen können.« Was hätte ich tun sollen! Der Gedanke an ihn war unauflöslich mit dem Gedanken an jene Begnadigung verbunden, die er mir in einer der furchtbarsten Minuten meines Lebens zuteil werden ließ, und ebenso mit dem Gedanken, daß er meine Braut aus den Händen des abscheulichen Schwabrin befreit hatte.

Surin gab mir natürlich sofort Urlaub. Nur noch wenige Tage, und ich sollte wieder im Kreise der Meinigen weilen und Marja Iwanowna wiedersehen ... Aber da brach unerwartet ein Wetter über mich herein.

Am Tage meiner Abreise, ja fast in der gleichen Minute, als alles so weit war, daß ich endlich abfahren konnte, trat Surin in meine Hütte; er hielt ein Papier in der Hand, seine Miene war außergewöhnlich bekümmert. Es gab mir einen Stich ins Herz. Ich erschrak und wußte nicht, warum. Er schickte meinen Diener hinaus und teilte mir mit, er müsse mit mir sprechen. »Was gibt es?« fragte ich beunruhigt. – »Eine dumme Sache«, entgegnete er und reichte mir das Papier. »Lies, was mir diesen Augenblick zugestellt wurde.« Und ich las: es war ein Geheim- erlaß an alle Abteilungskommandanten, mich zu verhaften, wo immer ich mich auch aufhielt, mich ohne Verzug unter Bedeckung nach Kasan transportieren zu lassen und mich der Untersuchungskommission zuzuführen, die in allen Angelegenheiten, die Pugatschow betrafen, eingesetzt worden war.

Das Papier wäre mir fast aus der Hand gefallen. »Nichts zu machen!« sagte Surin. »Es ist meine Pflicht, dem Erlaß zu gehorchen. Vermutlich sind irgendwelche Gerüchte über deine freundschaftlichen Fahrten mit Pugatschow bis zu den Ohren der Regierung gedrungen. Ich hoffe, daß die Sache keine Folgen haben wird und daß es dir gelingen wird, dich vor der Kommission zu rechtfertigen. Verzage nicht und mach dich auf den Weg.« Mein Gewissen war rein, ich scheute das Gericht keineswegs; nur das eine war mir entsetzlich, die Minute des seligen Wiedersehens wieder ferner gerückt zu sehen, vielleicht sogar auf einige Monate. Unterdessen fuhr der Wagen vor. Surin nahm auf das freundschaftlichste von mir Abschied. Ich wurde in den Wagen gehoben. Neben mir saßen zwei Husaren mit gezogenen Säbeln, und so fuhr ich denn ab, die Hauptstraße entlang.

Ich war davon überzeugt, daß an allem nur meine eigenmächtige Entfernung aus Orenburg schuld war. Allein es war mir leicht, mich zu rechtfertigen: nicht nur waren uns zu keiner Zeit Reiterstückchen verboten worden, sondern wir wurden sogar auf jede Weise dazu ermuntert. Man konnte mir zu große Verwegenheit vorwerfen, doch keine Unbotmäßigkeit. Freilich konnten andererseits meine freundschaftlichen Beziehungen zu Pugatschow durch viele Zeugen erwiesen werden, und es lag auf der Hand, daß sie zum mindesten als sehr verdächtig ausgelegt werden konnten. Während des ganzen Weges beschäftigte mich der Gedanke an die Verhöre, die mich sicherlich erwarteten, ich legte mir meine Antworten zurecht und war fest entschlossen, vor Gericht nur die lauterste Wahrheit auszusagen, denn diese Methode der Rechtfertigung hielt ich nicht nur für die einfachste, sondern auch für die allerbeste.

So traf ich denn in Kasan ein, es sah verwüstet und abgebrannt aus. Auf den Straßen sah man an Stelle der Häuser verkohlte Trümmerhaufen, hie und da ragten rauchgeschwärzte Wände empor ohne Dächer und Fenster. Das war die Spur, die Pugatschow hinterlassen hatte! Man brachte mich zum Festungswerk, das allein inmitten der niedergebrannten Stadt unversehrt geblieben war. Die Husaren übergaben mich dem wachhabenden Offizier. Dieser ließ den Schmied rufen. Meine Füße wurden in Ketten gelegt, die fest zusammengeschmiedet wurden. Darauf wurde ich in den Kerker geführt und in einem engen dunklen Loch eingesperrt, das aus vier kahlen Wänden bestand mit einem winzigen, dicht vergitterten Fensterchen.

Dieser Anfang verhieß wenig Gutes. Dennoch ließ ich meinen Mut nicht sinken und verlor auch die Hoffnung nicht. Ich nahm meine Zuflucht zu dem Troste aller Bekümmerten und schlief beruhigt ein, nachdem ich zum ersten Male die Süßigkeit des Gebetes, das aus reinem, aber gepeinigtem Herzen strömt, gekostet hatte, ohne mich darum zu sorgen, was mit mir geschehen werde.

Tags darauf weckte mich der Gefängnisschließer mit der Mitteilung, ich solle der Kommission vorgeführt werden. Ich wurde von zwei Soldaten über den Hof in die Kommandantur gebracht, sie blieben im Vorsaal zurück und ließen mich allein in die inneren Gemächer treten.

Ich kam in einen ziemlich geräumigen Saal. An einem ganz mit Papieren überhäuften Tisch saßen zwei Männer: ein bereits bejahrter General, dessen

Miene streng und eisig war, und ein junger Hauptmann der Garde, der etwa achtundzwanzig Jahre alt sein mochte und sehr angenehm aussah, er war im Umgang gewandt und sicher. Am Fenster saß über seine Papiere gebeugt der Sekretär an einem besonderen Tisch, die Feder hinterm Ohr; er schickte sich an, meine Aussagen niederzuschreiben. So begann das Verhör. Zuerst wurde ich nach meinem Namen und meinem Stand gefragt. Der General erkundigte sich, ob ich nicht ein Sohn des Andrej Petrowitsch Grinew sei? Und als ich die Frage beantwortet hatte, warf er mit rauhem Tone hin: »Schade, daß ein so ehrenwerter Mann einen so nichtswürdigen Sohn hat!« Mit größter Ruhe entgegnete ich ihm, daß, welcher Art auch die Beschuldigungen seien, die gegen mich schwebten, ich sie dennoch durch die freimütige Schilderung des wahren Sachverhaltes zu zerstreuen hoffte. Meine Zuversicht wollte ihm keineswegs gefallen. »Du bist ein Pfiffikus, Bruder«, sagte er und runzelte die Stirn, »wir haben schon mehr deinesgleichen gesehen!«

Darauf fragte mich der jüngere Mann, bei welcher Gelegenheit und zu welcher Zeit ich in Pugatschows Dienst getreten sei und zu welcher Art Aufträgen ich von ihm verwendet worden sei.

Mit lebhaftem Unwillen entgegnete ich, daß ich, als Offizier und Edelmann, in keinerlei Dienstverhältnis zu Pugatschow treten konnte und auch keinerlei Aufträge von ihm jemals entgegengenommen hatte.

»Wieso konnte es dann geschehen«, entgegnete er, »daß einzig dieser Offizier und Edelmann vom Usurpator verschont wurde, während alle seine Kameraden auf bestialische Weise ermordet wurden? Wieso kam es, daß dieser selbe Offizier und Edelmann auf Freundesart mit den Rebellen zechte und vom Haupthalunken sogar Geschenke annahm, einen Pelz, ein Pferd und einen halben Rubel in barem Gelde? Woher stammte diese eigentümliche Freundschaft und worauf konnte sie wohl beruhen, wenn nicht auf Verrat oder zum mindesten auf niedriger, verbrecherischer Feigheit?«

Diese Worte des Gardeoffiziers verletzten mich auf das äußerste, und mit größter Leidenschaft begann ich meine Rechtfertigung. Ich erzählte von jenem Schneesturm in der Steppe und wie damals meine Bekanntschaft mit Pugatschow angefangen hatte und daß er mich bei der Einnahme der Festung Bjelogorsk nur begnadigte, weil er mich erkannt hatte. Ich sagte, daß ich in der Tat keinen Hinderungsgrund, das Pferd und den Pelz vom Usurpator entgegenzunehmen, gesehen hätte; doch daß ich hingegen die Festung Bjelogorsk bis zur äußersten Möglichkeit gegen die Übeltäter verteidigt hätte. Schließlich berief ich mich auch auf meinen General, der meinen Eifer zur Zeit der unglücklichen Belagerung von Orenburg wohl bezeugen dürfte.

Da ergriff der strenge alte Herr einen auf dem Tisch liegenden bereits geöffneten Brief und las ihn laut vor:

»Zu der Anfrage Eurer Exzellenz hinsichtlich des Fähnrichs Grinew, ob er in die gegenwärtigen Unruhen verwickelt und in dienstwidrige und den Fahneneid verletzende Beziehungen zum Übeltäter getreten sei, habe ich die Ehre, folgendes zu melden: Besagter Fähnrich Grinew stand in Orenburg im Dienst vom Anfang Oktober des vorigen 1773er Jahres bis zum 27. Februar des laufenden Jahres, an welchem Tage er sich aus der Stadt entfernte und seit der Zeit nicht mehr unter meinem Kommando gewesen ist. Den Aussagen von Überläufern jedoch konnte man entnehmen, daß er im Hauptquartier Pugatschows geweilt habe und ferner mit ihm zusammen nach der Festung Bjelogorsk gereist sei, wo Besagter vormals im Dienst stand; bezüglich seiner Aufführung kann ich...«

Hier unterbrach er die Lektüre und fragte mich rauh: »Was kannst du hierauf zu deiner Rechtfertigung anführen?« Es war eigentlich meine Absicht gewesen, fortzufahren, wie ich begonnen, und auch meine Beziehungen zu Marja Iwanowna genauso freimütig zu offenbaren wie alles übrige, plötzlich jedoch überkam mich ein unüberwindlicher Abscheu davor. Mir schoß durch den Kopf, daß, wenn ich sie nannte, die Kommission sie zweifellos vorladen würde, allein schon der Gedanke, ihren Namen mit den widerlichen Bezichtigungen von Halunken in Zusammenhang zu bringen, ja womöglich die Ursache zu sein, daß sie mit solchen konfrontiert würde – dieser greuliche Gedanke war so überwältigend, daß ich unwillkürlich stockte und in Verwirrung geriet.

Beim Anblick meiner Bestürzung gewann bei meinen Richtern, die anscheinend bereits begonnen hatten, meine Aussagen mit einer gewissen Geneigtheit anzuhören, die alte Voreingenommenheit wieder Oberhand. Der Gardeoffizier verlangte, daß ich mit dem Hauptangeber konfrontiert werden solle. Der General befahl, den gestrigen Schuft zu holen. Gespannt drehte ich mich zur Türe, das Erscheinen meines Anklägers erwartend. Einige Minuten darauf hörte ich das Geklirr von Ketten, die Türe ging auf, und wen mußte ich erblicken? Es war Schwabrin. Es überraschte mich, wie ungemein er sich verändert hatte. Er sah entsetzlich blaß und abgemagert aus. Seine Haare, noch vor kurzem pechschwarz, waren völlig grau geworden; sein Bart war lang und struppig. Er wiederholte seine Anschuldigungen mit leiser, aber sicherer Stimme. Er sagte, ich sei von Pugatschow als Spion nach Orenburg entsendet worden; ich hätte während der täglich stattfindenden Reiterscharmützel dem Feinde schriftliche Nachrichten über alles zukommen lassen, was in der Stadt vorging; endlich sei ich offen zum Usurpator übergegangen und sei mit ihm von Festung zu Festung gereist, und zwar mit der Absicht, meine Kameraden, die ebenfalls Verrat geübt hätten, zu verderben, um ihre Posten einzunehmen und die Belohnungen, die der Usurpator verteilte, einzustecken. Schweigend hörte ich zu, befriedigt nur von dem einen: Marja Iwanownas Name kam nicht über die Lippen des widerwärtigen Schurken; sei es nun, daß seine Eigenliebe zu sehr bei dem Gedanken an jene, die ihn mit Verachtung zurückgewiesen hatte, leiden mußte, oder geschah es vielleicht, weil auch in seinem Herzen verborgen ein Funken jenes Gefühles glomm, das mich schweigen ließ. Wie immer dem auch sei, der Name der Tochter des Kommandanten von Bjelogorsk wurde vor der Untersuchungskommission nicht genannt. Ich überzeugte mich immer mehr davon, daß mein Entschluß richtig war, und als schließlich meine Richter fragten, wodurch ich Schwabrins Angaben widerlegen wolle, antwortete ich nur, daß ich mich an meine erste Aussage hielte und nichts anderes zu meiner Rechtfertigung anzuführen hätte. Darauf befahl der General, uns abzuführen. Wir gingen zusammen hinaus. Mit großer Ruhe betrachtete ich Schwabrin, allein ich sprach kein Wort zu ihm. Er lachte sein boshaftes Lachen und überholte mich, indem er seine Ketten in die Höhe raffte und seinen Schritt beschleunigte. So wurde ich denn wiederum in den Kerker geworfen und seit jenem Tage zu keinem Verhöre mehr vorgeladen.

Zum Schluß habe ich dem Leser nur noch einige Vorgänge mitzuteilen, die ich zwar nicht selber miterlebt habe, aber von denen ich so häufig erzählen hörte, daß selbst die geringsten Einzelheiten sich meinem Gedächtnis eingeprägt haben, so daß es mir zuweilen fast vorkommen will, als ob ich selber allem unsichtbar beigewohnt hätte.

Marja Iwanowna wurde von meinen Eltern mit jener aufrichtigen Gutherzigkeit aufgenommen, die ein Kennzeichen der Leute des alten Schlages ist. Sie erblickten eine Wohltat Gottes darin, daß es ihnen vergönnt war, einer verlassenen Waise Obdach zu geben und sie nach Kräften aufzurichten. Nicht lange, und sie waren ihr innig zugetan, denn es war ja ein Ding der Unmöglichkeit, sie kennenzulernen und nicht liebzugewinnen. Mein Vater sah nunmehr meine Liebe nicht als eine pure Dummheit an, meine Mutter wünschte nichts ehrlicher, als daß ihr Petruscha die liebliche Hauptmannstochter bald heiraten möge. Das Gerücht von meiner Verhaftung war ein Schlag für meine ganze Familie. Marja Iwanowna hatte meinen Eltern meine wunderliche Bekanntschaft mit Pugatschow so schlicht geschildert, daß diese sich nicht nur deswegen keineswegs beunruhigten, sondern sogar häufig von ganzem Herzen darüber lachten.

Darum sträubte sich auch mein Vater, daran zu glauben, daß ich in den scheußlichen Aufruhr verwickelt sein könnte, dessen Ziel ja doch nur Thronsturz und Ausrottung des Adels waren. Trotzdem stellte er ein strenges Verhör mit Ssaweljitsch an. Mein alter Erzieher verhehlte natürlich nicht, daß freilich sein Herr zu Gast bei Jemeljan Pugatschow gewesen sei und daß der Bösewicht ihm Wohlwollen erwiesen habe; aber er schwur gleichzeitig, daß von irgendwelchem Verrat auch nicht die Rede sein könnte. Meine betagten Eltern beruhigten sich hierbei und erwarteten voller Ungeduld das Eintreffen günstiger Nachrichten. Marja Iwanowna hingegen war heftig erschüttert, schwieg jedoch, da ihr die Gabe der Bescheidenheit und der Rücksicht im höchsten Maße zu eigen war.

So vergingen einige Wochen ... Plötzlich erhielt mein Vater einen Brief aus Petersburg, und zwar von unserem Verwandten, dem Fürsten B. Der Brief des Fürsten betraf mich. Nach der üblichen Einleitung teilte er ihm mit, daß zu seinem Leidwesen der Verdacht bezüglich meiner Mitwirkung an den Plänen der Rebellen sich als nur zu begründet erwiesen habe und daß mir demzufolge eine exemplarische Strafe habe zuerkannt werden müssen, daß jedoch Ihre Majestät aus Rücksicht auf die Verdienste und das ehrwürdige Alter des Vaters beschlossen habe, den verbrecherischen Sohn zu begnadigen, und, das entehrende Urteil kassierend, lediglich befohlen habe, ihn zu ewiger Verbannung in einen entfernten Strich Sibiriens zu bringen.

Dieser unverhoffte Schlag kostete meinen Vater fast das Leben. Dieses Mal war es aus mit seiner gewöhnlichen Standhaftigkeit, und sein Kummer (den er meist verborgen hielt) ergoß sich in bitterem Klagen: »Wie!« rief er außer sich. »Mein eigener Sohn hat an den Absichten Pugatschows teilgenommen! Gerechter Gott, und das mußte ich erleben! Die Kaiserin hat das Urteil kassiert! Wird es dadurch für mich etwa erträglich? Die Strafe schreckt mich nicht, starb mein Ahne doch auf dem Richtplatz, als er dafür einstand, was er für das unantastbare Heiligtum seines Gewissens hielt! Mein eigener Vater hat gemeinsam mit Wolynskij und Chruschtschow leiden müssen. Aber ein Edelmann, der seinen Eid bricht, der sich mit Räubern verbündet, mit Mördern und mit entlaufenen Sklaven! Schmach und Schande unserem Hause!...« Mein Mütterchen war über diesen Ausbruch der Verzweiflung so erschrocken, daß sie es nicht wagte, in seiner Gegenwart zu weinen, und nur das eine im Sinne hatte, ihn zu ermutigen, indem sie beständig von der Unzuverlässigkeit der Gerüdite und vom Wankelmut der Menschen sprach. Allein mein Vater war untröstlich.

Marja Iwanowna litt noch mehr als die anderen. Sie war davon überzeugt, daß es mir ein leichtes gewesen wäre, mich zu rechtfertigen, sobald ich es nur gewollt hätte, denn sie erriet den Grund, warum ich schwieg, und hielt sich heimlich für die Urheberin meines Elends. Allein sie verbarg ihre Tränen und ihren Gram vor allen und dachte nur unablässig daran, auf welche Weise sie mich retten könnte.

Eines Abends saß mein Vater wie immer auf dem Kanapee und blätterte im »Hofkalender«, aber seine Gedanken waren ganz woanders, und so vermochte diesmal die Lektüre nicht, ihren gewöhnlichen Einfluß auf ihn auszuüben. Er pfiff einen altmodischen Marsch vor sich hin. Mein Mütterchen strickte schweigend an einem wollenen Kamisol, und ab und zu tropften Tränen auf ihre Arbeit. Plötzlich rückt Marja Iwanowna, die dort mit einer Handarbeit beschäftigt saß, mit der Mitteilung heraus, daß eine gebieterische Notwendigkeit es erfordere, daß sie sich unverzüglich nach Petersburg begebe, und daß sie darum bitte, sie hinzuschaffen. Mein Mütterchen war hierüber sehr betrübt. »Wozu mußt du denn nach Petersburg?« fragte sie. »Marja Iwanowna, willst du uns wirklich verlassen?« Aber Marja Iwanowna entgegnete, ihr ganzes ferneres Schicksal hänge von dieser Fahrt ab und sie müsse als die Tochter eines Mannes, der um seiner Treue willen gelitten habe, jetzt unbedingt dorthin fahren, um die Unterstützung und die Hilfe einflußreicher Leute zu gewinnen.

Mein Vater beugte sein Haupt, wie ein ätzender Vorwurf berührte ihn jedes Wort, das ihn an das vermeintliche Verbrechen seines Sohnes erinnerte. »Fahr zu, Mütterchen!« gab er ihr seufzend zur Antwort. »Es sei ferne von uns, deinem Glück im Wege zu stehn. Gott gebe dir einen redlichen Menschen zum Mann und nicht einen ehrlosen Verräter.« Hiermit stand er auf und verließ das Gemach.

Als Marja Iwanowna mit meiner Mutter allein war, eröffnete sie ihr zum Teile, was sie beabsichtigte. Und mein Mütterchen umarmte sie unter Tränen und flehte zu Gott, Er möge das Vorhaben zu einem glücklichen Ende führen. Marja Iwanowna wurde mit allem versehen und reiste schon nach wenigen Tagen ab, begleitet von ihrer treuen Palaschka und dem treuen Ssaweljitsch, der, so gewaltsam von mir getrennt, den einzigen Trost im Gedanken fand, daß er wenigstens meiner Braut diene.

Marja Iwanowna langte wohlbehalten in dem Petersburger Vororte Sophia an und entschloß sich, dort ihren Aufenthalt zu nehmen. Ein Logis war bald gefunden, war es auch nur ein Verschlag hinter einer spanischen Wand. Die Frau des Aufsehers kam sogleich ins Gespräch mit ihr und erzählte ihr unter anderem, sie sei die Nichte eines Hofheizers, und weihte sie unverzüglich in alle Geheimnisse des Hoflebens ein. Sie wußte, um welche Stunde die Kaiserin gewöhnlich aufzuwachen pflegte und wann sie den Kaffee zu sich zu nehmen geruhte und wann sie ihren Spaziergang machte; ihr war bekannt, welche Würdenträger sie umgeben durften; und welche Worte sie geruht hatte gestern bei sich zu sprechen; und wer aller des Abends empfangen worden war. Kurzum, was Anna Wlasjewna zu sagen wußte, war viele Seiten historischer Erinnerung wert und wäre für die Nachwelt unschätzbar. Aufmerksam hörte ihr Marja Iwanowna zu. Darauf gingen sie in den Park. Anna Wlasjewna kannte die Geschichte jeder Allee und jedes Brückchens, und nachdem sie sattsam spazieren gegangen waren, kehrten sie wieder zurück und gingen schließlich tiefbefriedigt voneinander zu Bett.

Des anderen Tages erwachte Marja Iwanowna bereits in aller Morgenfrühe, zog sich leise an und ging in den Park. Es war ein wundervoller Morgen, die Sonnenstrahlen spielten auf den Gipfeln der Linden. Der breite See schimmerte reglos. Die Schwäne schwammen majestätisch aus den Büschen hervor. Marja Iwanowna war gerade zu einer prächtigen Wiese gekommen. Da schlug plötzlich ganz in ihrer Nähe ein weißes Hündchen laut an und lief auf sie zu. Marja Iwanowna erschrak und blieb stehen. Im gleichen Augenblick ertönte eine angenehme Frauenstimme: »Keine Furcht, er beißt nicht.« Marja Iwanowna erblickte auf der Bank, die einem Denkmal gegenüberstand, eine Dame. Marja Iwanowna nahm auf dem anderen Ende der Bank Platz. Die Dame musterte sie aufmerksam; aber auch Marja Iwanowna, die sich ihrerseits nur mit einigen schnellen Seitenblicken begnügt hatte, vermochte es, ihre Nachbarin von Kopf bis zu Fuß zu besichtigen. Sie trug ein weißes Morgenkleid, eine Nachthaube und eine Wolljacke. Sie mochte einige vierzig Jahre alt sein. Ihr rundliches und rosiges Gesicht atmete Würde und Ruhe, aber die blauen Augen und das sanfte Lächeln waren von unbeschreiblicher Anmut. Die Dame unterbrach als erste das Schweigen.

»Sie sind gewiß nicht von hier?« fragte sie.

»In der Tat, ich bin erst gestern aus der Provinz gekommen.«

»Sie sind wohl mit Ihren Angehörigen hier?«

»Keineswegs, ich kam allein.«

»Allein! Sie sind doch noch so jung?«

»Ich habe weder Vater mehr noch Mutter.«

»Sie reisten zweifellos her, um irgendwelche Angelegenheiten zu regeln?«

»Allerdings. Ich will der Kaiserin eine Bittschrift überreichen.«

»Sie sind eine Waise; ich nehme daher an, daß Sie sich über Bedrückung und Kränkungen zu beklagen haben.«

»Keineswegs. Ich kam, um eine Gnade zu erbitten, nicht etwa eine Gerechtigkeit.«

»Darf ich fragen, wen ich vor mir sehe?«

»Ich bin die Tochter des Hauptmanns Mironow.«

»Mironows Tochter! Desselben, der Kommandant einer der Orenburger Festungen war?«

»In der Tat.«

Die Dame schien gerührt.

»Verzeihen Sie«, sprach sie in womöglich noch freundlicherem Tone, »wenn ich mich in Ihre Angelegenheiten einmische, ich verkehre zuweilen bei Hofe; teilen Sie mir bitte mit, worin das Gesuch besteht; es könnte möglich sein, daß es mir gelänge, Ihnen behilflich zu werden.«

Marja Iwanowna erhob sich und dankte ihr respektvoll. Unwillkürlich zog es sie zu der Unbekannten, die ihr ein großes Vertrauen einflößte. Marja Iwanowna holte das bereits gefaltete Papier aus ihrem Beutel und überreichte es der fremden Gönnerin, die es still zu lesen begann.

Anfangs las diese das Gesuch mit aufmerksamer und wohlwollender Miene; plötzlich jedoch veränderte sich der Ausdruck ihres Gesichtes - und Marja Iwanowna, deren Augen gespannt jede ihrer Regungen verfolgten, erschrak vor der Strenge dieses Antlitzes, das noch vor wenigen Augenblicken so angenehm und so ruhig ausgesehen hatte.

»Sie bitten für Grinew?« sagte die Dame kalt. »Die Kaiserin kann ihm nicht verzeihen. Nicht Dummheit oder Leichtgläubigkeit hat ihn zu dem Usurpator geführt, er schloß sich ihm an, weil er ein liederlicher und gefährlicher Taugenichts ist.«

»Ach, das ist nicht wahr!« rief Marja Iwanowna.

»Was? Nicht wahr?« brauste die Dame auf, rot vor Zorn.

»Nein, es ist nicht wahr, bei Gott, es ist nicht wahr! Ich allein weiß alles und will es Ihnen erzählen. Nur mir zuliebe, einzig meinetwegen hat er sich all dem ausgesetzt, was man ihm jetzt vorwirft. Und daß er sich vor Gericht nicht rechtfertigen konnte, kam sicher nur deswegen, weil er mich nicht mit hinein verwickeln wollte.«

Voller Eifer begann sie darauf, das zu schildern, was dem Leser bereits bekannt ist.

Aufmerksam hörte die Dame zu.

»Wo wohnen Sie?« fragte sie schließlich und sagte dann, als sie Anna Wlasjewnas Namen vernahm, mit einem kleinen Lächeln: »Ach so! Ich weiß schon. Leben Sie wohl und sagen Sie keinem von dieser Begegnung. Ich hoffe, daß die Antwort auf Ihren Brief nicht lange auf sich warten lassen wird.«

Damit stand sie auf und ging durch einen Laubengang, Marja Iwanowna dagegen kehrte voll freudiger Hoffnung zu Anna Wlasjewna zurück.

Die Hausfrau schalt sie wegen des frühen Herbstspazierganges, das sei schädlich und besonders nachteilig für die Gesundheit junger Mädchen. Sie brachte den Samowar herbei, kaum jedoch hatte sie sich zu einer Tasse Tee niedergelassen und eine ihrer endlosen Erzählungen über den Hof begonnen, da fuhr auch schon eine Hofkutsche vor, und ein Kammerlakai trat mit der Meldung ein, Ihre Majestät geruhe, die Jungfrau Mironowa zu sich zu bitten.

Anna Wlasjewna war überrascht, bekundete jedoch ihren Eifer. »Du mein Gott!« rief sie. »Die Herrscherin verlangt, daß Sie bei Hofe erscheinen. Wie kann sie nur Ihre Anwesenheit erfahren haben? Und wie werden Sie sich denn, Mütterchen, der Kaiserin vorstellen? Sie kennen ja, wenn ich recht sehe, nicht einmal den Hofknix. Vielleicht wäre es besser, ich begleite Sie? Ich könnte Sie immerhin aufmerksam machen. Und wie wollen Sie denn hin? Doch nicht in diesem Reisekleid? Sollte ich nicht lieber zur Hebamme schicken und sie um ihren gelben Reifrock bitten?«

Allein der Kammerlakai sagte, Ihre Majestät hätten gewünscht, Marja Iwanowna möge allein kommen, und zwar so, wie man sie gerade antreffe. Es war nichts zu machen, Marja Iwanowna nahm in der Kutsche Platz und fuhr zum Schloß, begleitet von den Ratschlägen und den Segenswünschen Anna Wlasjewnas.

Marja Iwanowna ahnte, daß sich unser Schicksal jetzt entscheiden müsse; ihr Herz klopfte stark und unregelmäßig. Wenige Minuten darauf hielt die Kutsche vor dem Schloß. Zitternd stieg Marja Iwanowna die Treppe hinan. Die Türe flog vor ihr auf. Der Kammerdiener zeigte ihr den Weg, es war eine Reihe leerer, prächtiger Zimmer. Endlich vor einer verschlossenen Türe ließ er sie allein.

Nun mußte sie gleich die Kaiserin von Angesicht zu Angesicht sehen. Dieser Gedanke erschreckte sie so sehr, daß sie sich kaum mehr auf den Beinen halten konnte. Eine Minute darauf öffnete sich die Türe und sie trat in das Ankleidezimmer der Herrscherin.

Die Kaiserin war bei der Toilette. Sie war von einigen Hofbeamten umgeben, die voll Ehrerbietung Marja Iwanowna Platz machten. Liebevoll wandte sich die Herrscherin zu ihr, und da erkannte Marja Iwanowna jene Dame, mit der sie vor wenigen Minuten so freimütig gesprochen hatte. Die Herrscherin winkte sie heran und sprach mit einem Lächeln: »Ich freue mich, daß es mir vergönne ist, mein Wort zu halten und Ihre Bitte erfüllen zu können. Ihre Sache ist geregelt. Ich bin von der Schuldlosigkeit Ihres Bräutigams überzeugt. Diesen Brief bitte ich Sie Ihrem zukünftigen Schwiegervater zu überbringen.«

Mit zitternder Hand empfing Marja Iwanowna den Brief, sie schluchzte auf und sank zu den Füßen der Kaiserin nieder, wurde jedoch gleich von dieser aufgehoben und geküßt. Die Herrscherin zog sie ins Gespräch. »Ich weiß, daß Sie kein Vermögen haben«, meinte sie schließlich, »aber ich glaube, daß ich die Schuldnerin der Tochter des Hauptmanns Mironow bin. Machen Sie sich um Ihre Zukunft keine Sorgen. Ich nehme es auf mich, Ihr Vermögen zu begründen.«

Nachdem die Kaiserin von ihr Abschied genommen hatte, wurde sie entlassen. In der gleichen Hofkutsche, in der sie gekommen war, fuhr Marja Iwanowna wieder zurück. Anna Wlasjewna, die außer sich vor Ungeduld ihre Heimkehr erwartete, überschüttete sie mit Fragen, aber Marja Iwanowna konnte immer nur antworten, wie's gerade kam. Und wenn auch Anna Wlasjewna mit dieser Verwirrung eigentlich recht unzufrieden war, so schrieb sie das doch in der Hauptsache der Verlegenheit des Landfräuleins zu und entschuldigte es großmütig. Am gleichen Tage reiste Marja Iwanowna, die nicht einmal aus Neugierde einen Blick auf Petersburg warf, wieder auf unser Gut zurück ...

Hier brechen die Aufzeichnungen Pjotr Andrejewitsch Grinews ab. Die Familien-Chronik berichtet, daß er gegen Ende des 1774er Jahres durch einen namentlichen Erlaß von seiner Einkerkerung befreit wurde; daß er darauf der Hinrichtung Pugatschows beigewohnt und daß dieser ihn in der Menge erkannt und ihm zugenickt habe, wenige Augenblicke später sei dann sein Haupt tot und blutbesudelt dem Volke gezeigt worden. Bald danach vermählte sich Pjotr Andrejewitsch mit Marja Iwanowna. Ihre Nachkommenschaft blüht im Ssimbirskschen Gouvernement. In einem Herrenhause kann man noch heute hinter Glas und Rahmen einen Brief Katharinas II. sehen. Er ist an Pjotr Andrejewitschs Vater gerichtet und enthält nicht nur die Rechtfertigung seines Sohnes, sondern auch ein Lob des Verstandes und des Herzens der Tochter des Hauptmanns Mironow.

Pjotr Andrejewitsch Grinews Handschrift wurde uns durch einen seiner Enkel übermittelt, der in Erfahrung gebracht hatte, daß wir mit einer Untersuchung des Falles beschäftigt seien. Wir entschlossen uns mit der Genehmigung der Familie, ein besonderes Werk daraus zu machen.

19. Oktober 1836

DAS FRÄULEIN ALS BÄUERIN

In einem unserer entlegenen Gouvernements befand sich das Gut Iwan Petrowitsch Berestows. In seiner Jugend hatte er in der Garde gedient, aber zu Beginn des Jahres 1797 seinen Abschied genommen und war auf sein Gut gezogen, das er seitdem niemals verließ. Er war mit einer armen Adligen verheiratet gewesen, die im Wochenbett starb, gerade zu einer Zeit, als er sich auf der Jagd befand. In der Bewirtschaftung seines Gutes fand er bald Trost. Er baute sich ein Haus nach eigenem Plan, richtete eine Tuchfabrik ein, sicherte sich ein Einkommen und begann sich für den klügsten Mann in der ganzen Gegend zu halten, und die Nachbarn, die ihn in Begleitung ihrer Familien und ihrer Hunde zu besuchen pflegten, widersprachen dem nicht. An Wochentagen trug er eine Plüschjacke, an Feiertagen aber einen Rock aus hausgewebtem Tuch; er schrieb selbst alle Ausgaben auf und las nichts außer den »Senatsnachrichten«. Im allgemeinen war er beliebt, obwohl ihn viele für hochmütig hielten. Nur sein nächster Nachbar Grigorij Iwanowitsch Muromskij konnte mit ihm nicht auskommen. Dieser war ein echter russischer großer Herr. Nachdem er in Moskau den größten Teil seines Vermögens verpraßt hatte und zugleich Witwer geworden war, zog er sich auf das einzige ihm noch gebliebene Gut zurück, wo er seine tollen Streiche fortsetzte, wenn sie auch jetzt anderer Art waren. Er legte einen englischen Park an, der fast alle seine Einnahmen verschlang. Seine Stallknechte waren wie englische Jockeys gekleidet. Seine Tochter hatte eine englische Erzieherin. Die Felder werden auf englische Manier bestellt, aber:

»Auf fremde Art kann russisch' Korn nicht wachsen.«

Trotz der bedeutenden Einschränkung der Ausgaben, nahm das Einkommen Grigorij Iwanowitschs nicht zu; er fand auch auf dem Lande Mittel, neue Schulden zu machen; dabei galt er für gar nicht dumm, denn er war als erster von allen Gutsbesitzern des Gouvernements darauf gekommen, sein Gut beim Vormundschaftsgericht zu verpfänden, – ein Unternehmen, das damals für außerordentlich kompliziert und kühn galt. Unter allen, die ihn tadelten, urteilte Berestow strenger als alle. Eine Abneigung gegen alle Neuerungen war der auffallendste Zug seines Charakters. Von der Anglomanie seines Nachbarn konnte er gar nicht gleichgültig sprechen und fand jeden Augenblick Gelegenheit, ihn zu kritisieren. Wenn er einem Gast seinen Besitz zeigte, so antwortete er auf das Lob, das jener seinen wirtschaftlichen Anordnungen spendete, mit ironischem Lächeln: »Jawohl, bei mir ist es nicht so wie bei meinem Nachbar Grigorij Iwanowitsch. Was soll ich mich auf englische Manier zugrunde richten; ich will lieber auf russische Art satt werden.« Solche und ähnliche Scherze kamen dank den Bemühungen der Nachbarn auch Grigorij Iwanowitsch zu Ohren, sogar mit Ergänzungen und Kommentaren. Der Anglomane konnte die Kritik ebenso schwer vertragen wie unsere Journalisten. Er wütete und nannte seinen Kritiker einen Bären und einen Provinzialen.

Solcher Art waren die Beziehungen zwischen den beiden Gutsbesitzern, als der Sohn Berestows zu seinem Vater aufs Gut kam. Er war an der Universität *** erzogen worden und hatte die Absicht, in den Militärdienst zu treten, allein sein Vater wollte es ihm nicht erlauben. Für den Zivildienst fühlte der junge Mann nicht die geringste Befähigung. Sie wollten einander nicht nachgeben; der junge Alexej begann das Leben eines reichen Landjunkers zu führen und ließ sich für jeden Fall einen Schnurrbart stehen.

Alexej war in der Tat ein strammer Bursche. Es wäre wirklich schade gewesen, wenn es seiner schlanken Figur versagt bliebe, von einer Militäruniform umspannt zu werden, und wenn er, statt hoch zu Roß zu stolzieren, seine Jugend über Kanzleiakten gebückt verbringen müßte. Wenn die Nachbarn sahen, wie er bei einer Jagd immer allen voran, ohne auf Weg und Steg zu achten, dahersprengte, sagten sie einstimmig, daß aus ihm niemals ein ordentlicher Amtsvorstand werden würde. Die jungen Mädchen beobachteten ihn und vergafften sich sogar in ihn; aber Alexej schenkte ihnen wenig Beachtung, und sie sahen den Grund seiner Gefühllosigkeit in einem geheimen Liebesbunde. Und in der Tat ging die Abschrift der Adresse eines seiner Briefe von Hand zu Hand: »An Akulina Petrowna Kurotschkina, in Moskau, gegenüber dem Alexej-Kloster, im Hause des Kupferschmiedes Ssaweljew, und Sie werden höflichst gebeten, diesen Brief abzugeben an A. N. R.« Diejenigen meiner Leser, die noch nie auf dem Land gelebt haben, können sich keine Vorstellung davon machen, wie entzückend die jungen Mädchen in der Provinz sind! In der reinen Luft, im Schatten ihrer Apfelbäume aufgewachsen, schöpfen sie die Kenntnis des Lebens und der Welt aus Büchern. Vereinsamung, Freiheit und Lektüre zeitigen in ihnen früh Gefühle und Leidenschaften, die unseren an Zerstreuungen gewöhnten Schönen unbekannt sind. Für so ein junges Mädchen ist schon der Ton einer Postwagenschelle ein Erlebnis; eine Reise nach der nächsten Stadt wird als eine wichtige Epoche ihres Lebens angesehen, und der Besuch eines Fremden hinterläßt eine lange, zuweilen eine ewige Erinnerung. Es ist natürlich einem jeden erlaubt, sich über einige ihrer Eigenheiten lustig zu machen; aber die Scherze eines oberflächlichen Beobachters vermögen ihre tatsächlichen Vorzüge nicht zu vernichten, von denen die Eigentümlichkeit des Charakters, die »Individualität«, die vornehmste ist, ohne die es nach Jean Pauls Ansicht keine menschliche Größe geben kann. In den Hauptstädten genießen die Frauen vielleicht eine bessere Erziehung; aber der gesellschaftliche Verkehr schleift bald die Eigentümlichkeiten des Charakters ab und macht die Seelen ebenso einförmig wie den Kopfputz. Dies soll weder als Vorwurf noch als Tadel ausgesprochen werden, aber »nota nastra manet«, wie ein alter Kommentator schreibt.

Man kann sich wohl vorstellen, welchen Eindruck Alexej auf unsere jungen Mädchen machen mußte. Er war der erste, der finster und enttäuscht vor ihnen erschien; der erste, der ihnen von verlorenen Freuden und von seiner verwelkten Jugend sprach; außerdem trug er einen schwarzen Ring mit einem Totenkopfe. Das alles war in jenem Gouvernement noch neu. Die jungen Mädchen waren alle in ihn vernarrt.

Am meisten interessierte sich aber für ihn die Tochter meines Anglomanen, Lisa (oder Betsy, wie Grigorij Iwanowitsch sie gewöhnlich nannte). Die Väter verkehrten nicht mit einander, und sie hatte Alexej noch nicht gesehen, während alle jungen Nachbarinnen nur von ihm sprachen. Sie war siebzehn Jahre alt. Ihr dunkles, sehr anmutiges Gesicht wurde von schwarzen Augen belebt. Sie war das einzige Kind und darum verhätschelt. Ihre Lebhaftigkeit und die Streiche, die sie jeden Augenblick anstellte, entzückten den Vater und brachten ihre Erzieherin, Miß Jackson, zur Verzweiflung. Diese war eine vierzigjährige affektierte alte Jungfer, die sich die Wangen weiß und die Brauen schwarz malte, zweimal im Jahre die »Pamela« las, dafür zweitausend Rubel Gehalt bekam und in diesem barbarischen Rußland vor Langeweile verging.

Lisas Zofe hieß Nastja; sie war etwas älter, aber ebenso leichtsinnig wie ihre Herrin. Lisa liebte sie sehr, vertraute ihr alle ihre Geheimnisse an, beriet sich mit ihr über jeden Streich, – mit einem Worte, Nastja war aus dem Gute Prilutschino eine viel wichtigere Person als jede »Vertraute« der Heldin einer französischen Tragödie.

»Erlauben Sie mir heute einen Besuch zu machen,« sagte einmal Nastja, während sie ihre Herrin ankleidete.

»Gerne; wohin willst du denn?«

»Nach Tugilowo, zu den Berestows. Die Frau ihres Koches hat Namenstag und war gestern hier, um uns zum Essen zu bitten.«

»Da sieht man es!« sagte Lisa. »Die Herrschaften sind verfeindet, und die Diener laden einander ein.«

»Was gehen uns die Herrschaften an?« entgegnete Nastja. »Außerdem gehöre ich Ihnen und nicht Ihrem Papa. Sie sind doch nicht mit dem jungen Berestow verzankt; mögen nur die Alten streiten, wenn es ihnen Spaß macht.«

»Nastja, gib dir Mühe, Alexej Berestow zu sehen, und sage mir dann, wie er aussieht und was für ein Mensch er ist.«

Nastja versprach es ihr, und Lisa wartete einen ganzen Tag mit Ungeduld auf ihre Rückkehr. Nastja kam gegen Abend. »Nun, Lisaweta Grigorjewna,« sagte sie, ins Zimmer tretend, »ich habe den jungen Berestow gesehen; ich konnte ihn lange genug betrachten; den ganzen Tag waren wir zusammen.«

»Wie kam es nur? Erzähle, erzähle alles der Reihe nach.«

»Bitte sehr: wir gingen hin; ich, Anissja Nenila, Dunjka...«

»Gut, ich weiß es. Nun und weiter?«

»Erlauben Sie, ich will es der Reihe nach erzählen. Wir kamen also gerade zum Essen. Das Zimmer war voll von Menschen. Es waren welche aus Kolbino, aus Sacharjewo da, die Verwaltersfrau mit ihren Töchtern, aus Chlupino ...«

»Nun, und Berestow?«

»Warten Sie. Wir setzten uns zu Tisch. Die Verwaltersfrau auf den ersten Platz, und ich neben sie. Ihre Töchter taten so stolz, aber ich pfeif' auf sie ...«

»Ach, Nastja, wie du mich mit allen diesen Einzelheiten langweilst!«

»Wie ungeduldig Sie doch sind. Nun, wir standen vom Tisch auf ... drei Stunden hatten wir gesessen, und das Essen war so fein: zum Nachtisch gab es blaues, rotes und gestreiftes Gelee ... Wir standen also vom Tische auf und gingen in den Garten, um Fangen zu spielen, – und da kam auch der junge Herr herbei.«

»Nun, ist es wahr, daß er so hübsch ist?« »Wunderhübsch. Man kann wohl sagen, daß er ein schöner Mann ist. Schlank, groß, mit roten Wangen ...« »Wirklich? Und ich hatte mir gedacht, daß er blaß sein muß. Nun, wie kam er dir vor? Traurig, nachdenklich?«

»Was glauben Sie? Einen solchen Wildfang habe ich noch nie gesehen. Es fiel ihm ein, mit uns Fangen zu spielen ...«

»Mit euch Fangen zu spielen! Unmöglich!«

»Es ist sogar sehr möglich. Und was er sich dabei erlaubte! Wenn er nur eine fing, küßte er sie gleich ab.«

»Du magst sagen, was du willst, Nastja, aber es ist nicht wahr.«

»Sie können sich denken, was Sie wollen, aber es ist wahr. Mit Mühe hielt ich ihn mir vom Leibe. Den ganzen Tag gab er sich mit uns ab.«

»Aber man sagt doch, er sei verliebt und sehe keinen Menschen an?«

»Ich weiß es nicht, mich hat er aber schon zu sehr angesehen; auch Tanja, die Verwalterstochter; auch Pascha aus Kolbino; die Wahrheit zu sagen: er hat niemand verschmäht, so ein lustiger Herr!«

»Das ist merkwürdig. Und was sagt man im Hause von ihm?«

»Man sagt, er sei ein lieber Herr, so gut und so lustig. Aber eines ist nur nicht schön: er läuft den Mädchen nach. Ich würde es noch für kein großes Unglück halten: mit der Zeit wird er gesetzter werden.«

»Wie gerne möchte ich ihn sehen!« sagte Lisa mit einem Seufzer.

»Warum sollte das so schwierig sein? Tugilowo ist ja nicht weit von uns, – nur drei Werst; gehen Sie mal in die Gegend spazieren oder reiten Sie aus; Sie werden ihm gewiß begegnen. Er geht jeden Tag am frühen Morgen mit seiner Flinte auf die Jagd.«

»Nein, das geht nicht. Er könnte glauben, daß ich ihm nachlaufe. Außerdem sind unsere Väter verzankt, und ich kann gar nicht seine Bekanntschaft machen. – Ach, Nastja: weißt du was? Ich will mich als Bäuerin verkleiden!« »Ja, wirklich: ziehen Sie ein grobes Hemd und einen Sarasan an und gehen Sie ohne Bedenken nach Tugilowo; ich wette, Berestow wird Sie nicht an sich vorbeigehen lassen.« »Ich verstehe auch ausgezeichnet wie die hiesigen Bauern zu sprechen. Ach, Nastja, liebe Nastja! Welch ein herrlicher Einfall!« Und Lisa ging zu Bett mit der Absicht, ihren lustigen Plan auch wirklich auszuführen. Gleich am anderen Tag machte sie sich an die Ausführung: sie schickte auf den Markt, ließ grobe Leinwand, blauen Baumwollstoff und Messingknöpfe holen, schnitt sich mit Nastjas Hilfe ein Hemd und einen Sarafan zu, ließ die ganze Gesindestube arbeiten, und am Abend war schon alles fertig. Lisa probierte ihr neues Kleid vor dem Spiegel und mußte sich gestehen, daß sie sich selbst noch nie so hübsch gesehen hatte. Sie repetierte ihre Rolle. Sie verbeugte sich im Gehen, schüttelte dann einigemale den Kopf wie ein Porzellankater, sprach die Bauernsprache, lachte, das Gesicht mit dem Ärmel bedeckend, und Nastja zollte ihr volle Anerkennung. Eines machte ihr nur Schwierigkeiten: sie versuchte barfuß durch den Hof zu gehen, aber der Rasen stach ihre zarten Sohlen, und der Sand und die Steinchen kamen ihr unerträglich vor. Nastja kam ihr auch hier zu Hilfe: sie nahm von Lisas Fuß Maß, lief aufs Feld zum Hirten Trofim und bestellte ihm ein Paar Bastschuhe nach diesem Maße. Am nächsten Tage war Lisa schon beim ersten Morgengrauen wach. Das ganze Haus schlief noch. Nastja erwartete vor dem Tore den Hirten. Die Flöte ertönte, und die Dorfherde zog am Herrenhause vorbei. Trofim gab Nastja im Vorbeigehen die winzigen bunten Bastschuhe und bekam dafür einen halben Rubel als Lohn. Lisa kleidete sich leise als Bäuerin an, gab Nastja flüsternd ihre Anordnungen in bezug auf Miß Jackson, ging durch die Hintertreppe in den Gemüsegarten und lief ins freie Feld.

Im Osten leuchtete das Morgenrot, und die goldenen Reihen der Wolken schienen die Sonne zu erwarten, wie die Höflinge ihren Herrscher erwarten; der heitere Himmel, die Morgenfrische, der Tau, der leise Wind und das Zwitschern der Vögel erfüllten Lisas Herz mit Fröhlichkeit; da sie jemand Bekanntem zu begegnen fürchtete, flog sie buchstäblich dahin. Als sie sich dem Wäldchen an der Grenze des väterlichen Besitztums näherte, verlangsamte sie die Schritte. Hier mußte sie auf Alexej warten. Heftig pochte ihr Herz, sie wußte selbst nicht warum; aber die Furcht, die unsere jugendlichen Streiche begleitet, bildet doch ihren Hauptreiz. Lisa trat in den Schatten de Wäldchens. Dumpfes, wiederhallendes Rauschen begrüßte hier das Mädchen. Ihre lustige Stimmung wurde etwas gedämpft. Allmählich versank sie in süße Träumerei. Sie dachte ... kann man aber mit Sicherheit bestimmen, was sich so ein siebzehnjähriges junges Mädchen allein, im Walde, in der sechsten Morgenstunde denkt? So ging sie nachdenklich auf einem an beiden Seiten von hohen Bäumen beschatteten Wege, als sie plötzlich von einem schönen Jagdhunde angebellt wurde. Lisa erschrak und schrie auf. Im gleichen Augenblick rief eine Stimme: »Tout-beau, Sogar, ici...,« und ein junger Jäger kam hinter einem Gebüsch hervor. – »Hab' keine Angst, meine Liebe,« sagte er zu Lisa, »mein Hund beißt nicht.« Lisa hatte sich schon von ihrem Schrecken erholt und verstand, sich die Umstände zunutze zu machen. »Aber nein, gnädiger Herr,« sagte sie, indem sie sich halberschrocken und halbschüchtern stellte, »ich habe solche Angst, der Hund ist so böse, gleich wird er wieder losspringen.« Alexej (der Leser hat ihn natürlich schon erkannt) musterte indessen genau die junge Bäuerin. »Ich begleite dich, wenn du dich fürchtest,« sagte er: »Du erlaubst mir doch, neben dir zu gehen?« – »Wer kann's dir wehren?« antwortete Lisa. »Jeder hat seine Freiheit, und die Landstraße gehört allen.« – »Woher bist du?« – »Aus Prilutschino. Ich bin die Tochter des Schmiedes Wassilij und gehe Pilze sammeln.« (Lisa trug an einem Schnürchen einen Bastkorb.) »Und du, Herr, du bist doch aus Tugilowo, nicht?« – »Gewiß,« antwortete Alexej, »ich bin Kammerdiener des jungen Herrn.« Alexej wollte seine Stellung der ihrigen anpassen, Lisa sah ihn aber an und lachte. »Du lügst,« sagte sie, »ich bin nicht so dumm und sehe, daß du der Herr selbst bist.« – »Woran erkennst du das?« – »An allem.« – »Doch wie?« – »Wie soll man den Herrn vom Diener nicht unterscheiden können? Du trägst dich anders und redest anders und rufst auch den Hund in einer fremden Sprache.« Lisa gefiel Alexej immer mehr. Da er nicht gewohnt war, bei den hübschen Bauernmädchen Umstände zu machen, wollte er sie umarmen; aber Lisa sprang zurück und nahm plötzlich eine strenge und kalte Miene an, die Alexej zwar amüsierte, aber von weiteren Angriffen abhielt. »Wenn Sie wollen, daß wir auch ferner gute Freunde bleiben,« sagte sie wichtig, »so wollen Sie sich nicht wieder vergessen.« – »Wer hat dich diese Weisheit gelehrt?« fragte Alexej lachend. »Vielleicht meine Bekannte Nastja, die Zofe eures gnädigen Fräuleins? Auf solchen Wegen wird jetzt die Aufklärung verbreitet!« – Lisa fühlte, daß sie aus ihrer Rolle gefallen war, und verbesserte sich sofort. »Was denkst du dir denn?« sagte sie: »Komme ich denn nie ins Herrenhaus? Sei unbesorgt: ich habe gar manches gehört und gesehen. Aber,« fuhr sie fort, »wenn ich mit dir plaudere, finde ich keine Pilze. Herr, geh du deinen Weg und ich gehe den meinen. Leben Sie wohl...« Lisa wollte weitergehen, aber Alexej hielt sie bei der Hand zurück. – »Wie heißt du, mein Herz?« – »Akulina,« antwortete Lisa, indem sie sich bemühte, ihre Finger aus der Hand Alexejs zu befreien: »Laß mich, Herr, es ist Zeit, daß ich nach Hause komme.« – »Nun, liebe Akulina, ich werde ganz gewiß deinen Vater, den Schmied Wassilij, besuchen.« – »Was fällt dir ein?« entgegnen Lisa lebhaft. »Um Christi willen, komme nicht. Wenn man zu Hause erfährt, daß ich mit dem jungen Herrn im Wäldchen geschwatzt habe, geht es mir schlecht; mein Vater, der Schmied Wassilij, wird mich totschlagen.« – »Aber ich will dich unbedingt wiedersehen.« – »Nun, dann komme ich einmal wieder her, um Pilze zu sammeln.« – »Liebe Akulina, ich möchte dich küssen, aber ich wage es nicht. Also morgen um diese Zeit, nicht wahr?« – »Ja, ja.« – »Und du wirst mich nicht betrügen?« -. »Nein.« – »Schwöre es mir.« – »Nun, dann schwöre ich es beim heiligen Freitag, daß ich kommen werde.«

Die jungen Leute trennten sich. Lisa kam aus dem Walde, durchschritt das Feld, schlich sich in den Garten und stürzte Hals über Kopf auf die Meierei, wo Nastja sie erwartete. Hier zog sie sich um, gab auf die Fragen der ungeduldigen Vertrauten zerstreute Antworten und eilte ins Wohnzimmer. Der Tisch war gedeckt, das Frühstück fertig, und Miß Jackson, die bereits fertig geschminkt und so eng geschnürt war, daß ihre Taille an ein Likörglas gemahnte, schnitt dünne Brotscheiben ab. Der Vater lobte sie wegen ihres frühen Spazierganges. »Nichts ist gesünder,« sagte er, »als beim Sonnenaufgang aufzustehen.« Er zitierte mehrere Beispiele langer Lebensdauer, die er aus englischen Zeitschriften geschöpft hatte, und bemerkte, daß alle Menschen, die über hundert Jahre gelebt, keinen Branntwein zu sich genommen hätten und immer, wie im Sommer, so auch im Winter, beim Sonnenaufgang aufgestanden wären. Lisa hörte ihm nicht zu. Im Geiste durchlebte sie von neuem alle Umstände der heutigen Zusammenkunft, die ganze Unterhaltung Akulinas mit dem jungen Jäger, und empfand Gewissensbisse. Vergebens hielt sie sich selbst vor, daß die Unterhaltung die Grenzen des Anstandes nicht überschritten habe und daß ihr Streich keinerlei Folgen haben könne, – ihr Gewissen war lauter als die Stimme der Vernunft. Das Versprechen, das sie für den nächsten Tag gegeben hatte, beunruhigte sie mehr als alles: sie war schon entschlossen, den feierlichen Eid nicht zu halten. Aber Alexej könnte ja, nachdem er auf sie vergebens gewartet, im Dorfe die Tochter des Schmiedes Wassilij, die wirkliche Akulina, ein dickes pockennarbiges Mädel, aufsuchen, – und so würde er hinter ihren leichtsinnigen Streich kommen.

Dieser Gedanke erschreckte sie, und sie entschloß sich, am nächsten Morgen wieder als Akulina ins Wäldchen zu kommen. Alexej war seinerseits entzückt; den ganzen Tag dachte er nur an die neue Bekannte, und nachts wollte das Bild der dunklen Schönen nicht aus seiner Phantasie weichen. Kaum tagte es, als er schon fertig angekleidet war, ohne sich Zeit zu lassen, sein Gewehr zu laden, ging er mit seinem treuen Sbogar ins Feld und eilte nach dem Orte der verabredeten Zusammenkunft. Gegen eine halbe Stunde verging in einer für ihn unerträglichen Erwartung; endlich sah er den blauen Sarafan im Gebüsch schimmern und stürzte der lieben Akulina entgegen. Sie lächelte über sein Entzücken und seine Dankbarkeit; aber Alexej bemerkte sofort in ihrem Gesicht Spuren von Traurigkeit und Unruhe. Er wollte die Ursache wissen. Lisa gestand, daß ihr Schritt ihr leichtsinnig erscheine, daß sie ihn bereue, daß sie dieses Mal das gegebene Versprechen nicht hätte brechen wollen, daß aber diese Begegnung die letzte sein müsse, und sie ihn bitte, die Bekanntschaft, die zu nichts Gutem führen könnte, abzubrechen. Das alles wurde natürlich in der Bauernsprache gesagt; aber die für ein einfaches Mädchen so ungewöhnlichen Gedanken und Empfindungen setzten in Erstaunen. Er wandte seine ganze Beredsamkeit an, um Akulina von ihrer Absicht abzubringen; er beteuerte ihr die Unschuld seiner Absichten, versprach, ihr niemals Grund zur Reue zu geben und ihr in allen Dingen zu folgen, und beschwor sie, ihn dieser einzigen Freude – sie, und wenn auch nur jeden zweiten Tag oder nur zweimal in der Woche, allein zu sehen, nicht zu berauben. Er redete die Sprache der wahren Leidenschaft und war in diesem Augenblick wirklich verliebt. Lisa hörte ihn schweigend an. »Gib mir dein Wort,« sagte sie endlich, »daß du mich niemals im Dorfe suchen und niemals nach mir fragen wirst. Gib mir dein Wort, keine anderen Zusammenkünfte mit mir zu suchen, als die, die ich selbst bestimme.« Alexej fing schon an, beim heiligen Freitag zu schwören, aber sie hielt ihn lächelnd zurück: »Ich brauche keine Schwüre,« sagte Lisa, »mir genügt dein bloßes Versprechen.« Dann gingen sie freundschaftlich plaudernd durch den Wald, bis Lisa ihm sagte: »Es ist Zeit.« Sie schieden, und Alexej konnte, als er allein geblieben, nicht begreifen, wie das einfache Bauernmädchen es verstanden habe, nach zwei Begegnungen eine solche Macht über ihn zu erlangen. Seine Beziehungen zu Akulina hatten für ihn den Reiz der Neuheit, und obwohl die Vorschriften des sonderbaren Bauernmädchens ihm als eine Last erschienen, kam ihm nie der Gedanke, sein Wort nicht zu halten. Die Sache war die, daß Alexej trotz seines unheimlichen Ringes, der geheimnisvollen Korrespondenz und seiner finsteren Blasiertheit dennoch ein braver, begeisterungsfähiger Jüngling war und ein reines Herz hatte, das sich noch an Unschuld erfreuen konnte.

Könnte ich ganz meinen eigenen Wünschen folgen, so würde ich mit aller Ausführlichkeit die Zusammenkünfte der jungen Leute, das Anwachsen der gegenseitigen Zuneigung und des Vertrauens, ihren Zeitvertreib und ihre

Gespräche schildern, aber ich weiß, daß die Mehrzahl meiner Leser diese Freuden nicht teilen würde. Alle diese Einzelheiten müßten süßlich erscheinen, darum übergehe ich sie und bemerke nur ganz kurz, daß noch nicht zwei Monate vergangen waren, als Alexej bis zur Bewußtlosigkeit verliebt war, und auch Lisa, wenn auch schweigsamer als er, doch nicht gleichgültiger als er war. Sie waren beide in der Gegenwart glücklich und dachten wenig an die Zukunft.

Der Gedanke an unzertrennliche Bande kam ihnen recht oft in den Sinn; aber sie hatten noch nie darüber gesprochen. Die Ursache ist ja klar: wie zugetan Alexej seiner geliebten Akulina auch war, mußte er doch immer an den Abstand denken, der ihn von dem armen Bauernmädchen trennte; Lisa aber wußte, welche Feindschaft zwischen ihren Vätern bestand, und wagte es nicht, auf ihre Versöhnung zu hoffen. Außerdem wurde ihr Ehrgeiz heimlich durch die vage romantische Hoffnung aufgestachelt, den Gutsherrn von Tugilowo zu Füßen der Tochter des Schmiedes von Prilutschino zu sehen. Ein plötzlich eingetretenes wichtiges Ereignis hätte aber beinahe ihre gegenseitigen Beziehungen geändert.

An einem heiteren kalten Morgen (einem jener Morgen, an denen unser russischer Herbst so reich ist) ritt Iwan Petrowitsch Berestow aus und nahm für jeden Fall drei Paar Windhunde, einen Stallknecht und mehrere mit Klappern versehene Jungen mit. Um diese selbe Stunde ließ Grigorij Iwanowitsch Muromskij, vom schönen Wetter verführt, seine Stute mit dem englisch gestutzten Schwanz satteln und ritt im Trab durch seinen anglisierten Besitz. Als er sich dem Wäldchen näherte, erblickte er seinen Nachbar, der in einem mit Fuchspelz gefütterten Rock stolz auf seinem Pferde saß und den Hasen erwartete, den die Jungen durch Geschrei und Geklapper aus dem Gebüsch trieben. Hatte Grigorij Iwanowitsch diese Begegnung voraussehen können, so würde er sicher umgekehrt sein; er war aber ganz unerwartet auf Berestow gestoßen und stand plötzlich in der Entfernung eines Pistolenschusses von ihm. Es war nichts zu machen: Muromskij ritt als gebildeter Europäer auf seinen Feind zu und begrüßte ihn höflich. Berestow erwiderte den Gruß mit dem gleichen Anstand, mit dem ein zahmer Bär sich auf Geheiß seines Wärters vor den Herrschaften verbeugt. In diesem Augenblick sprang der Hase aus dem Walde und lief querüberfeld. Berestow und sein Stallknecht schrien aus vollem Halse auf, ließen die Hunde los und folgten im Galopp dem Hasen. Das Pferd Muromskijs, das noch nie auf der Jagd gewesen war, erschrak und begann wild zu rennen. Muromskij, der sich für einen guten Reiter hielt, ließ dem Pferde die Zügel und war innerlich über diesen Zufall froh, der ihn von der unangenehmen Gesellschaft befreite. Als aber das Pferd zu einem Graben gelangte, den es bisher nicht gesehen, warf es sich auf die Seite, und Muromskij fiel aus dem Sattel. Er stürzte schwer auf den hartgefrorenen Boden, lag da und verfluchte seine kurzschwänzige Stute, welche, als wäre sie plötzlich zur Besinnung gekommen, stehen blieb, sobald sie sich ohne Reiter fühlte. Iwan Petrowitsch sprengte auf ihn zu und erkundigte sich, ob er sich nicht wehgetan hätte. Inzwischen kam der Stallknecht mit dem schuldigen Pferd, das er am Zaume führte, zurück. Er half Muromskij in den Sattel und Berestow lud ihn zu sich ein. Muromskij konnte die Einladung nicht abschlagen, da er sich dem Nachbarn gegenüber für verpflichtet fühlte, und so kehrte Berestow mit Triumph nach Hause zurück, nachdem er einen Hasen erbeutet hatte und seinen Feind, verwundet, fast als Kriegsgefangenen mit sich führte.

Die Nachbarn kamen beim Frühstück in ein freundschaftliches Gespräch. Muromskij bat Berestow um eine Droschke, da er gestehen mußte, daß er nach dem Sturze nicht imstande war, nach Hause zu reiten. Berestow begleitete ihn vor die Haustür, und Muromskij fuhr nicht eher ab, als er von ihm das Versprechen abgenommen, daß er gleich am nächsten Tage (mit Alexej Iwanowitsch) nach Prilutschino kommen und bei ihm freundschaftlich zu Mittag speisen würde. So hatte es den Anschein, daß eine alte, tiefeingewurzelte Feindschaft dank der Scheu einer kurzschwänzigen Stute beigelegt werden sollte. Lisa eilte Grigorij Iwanowitsch entgegen. »Was ist das, Papa?« fragte sie erstaunt: »Warum hinken Sie? Wo ist Ihr Pferd? Wessen Droschke ist das?« – »Das wirst du nicht erraten, my dear,« antwortete ihr Grigorij Iwanowitsch, und erzählte ihr alles, was vorgefallen war. Lisa traute ihren Ohren nicht. Grigorij Iwanowitsch ließ sie gar nicht aus dem Erstaunen herauskommen, indem er ihr erklärte, daß morgen die beiden Berestows bei ihm speisen würden. »Was sagen Sie!« rief sie erbleichend: »Die Berestows, Vater und Sohn! Morgen sollen sie bei uns essen! Nein, Papa, tun Sie, was Sie wollen, aber ich werde mich um keinen Preis zeigen.« – »Was hast du, bist du von Sinnen?« versetzte der Vater: »Seit wann bist du so schüchtern? Oder nährst du eine Erbfeindschaft gegen sie wie eine romantische Heldin? Genug, sei nicht so albern ...« – »Nein, Papa, um nichts auf der Welt, für keine Schätze werde ich mich den Berestows zeigen.«

Grigorij Iwanowitsch zuckte die Achseln und stritt mit ihr nicht mehr, denn er wußte, daß man bei ihr durch Widerspruch nichts erreichen konnte; und er zog sich zurück, um nach diesem folgenschweren Ritte auszuruhen. Lisaweta Grigorjewna ging auf ihr Zimmer und rief Nastja herbei. Sie berieten sich lange wegen des morgigen Besuches. Was wird sich Alexej denken, wenn er im wohlerzogenen Fräulein seine Akulina wiedererkennt? Was für eine Meinung wird er von ihrem Betragen, von ihrem Anstand und von ihrer Vernunft haben? Anderseits wollte Lisa gerne sehen, welchen Eindruck auf ihn eine so unerwartete Begegnung machen würde... Plötzlich kam ihr ein Gedanke. Sie teilte ihn Nastja mit; beide freuten sich, als hätten sie einen Schatz gefunden, und beschlossen, den Gedanken unbedingt zu verwirklichen. Am andern Tage fragte Grigorij Iwanowitsch seine Tochter beim Frühstück, ob sie noch immer die Absicht habe, sich vor den Berestows zu verstecken. »Papa,« antwortete Lisa, »wenn Sie wünschen, will ich sie empfangen, aber unter einer Bedingung: wie ich vor ihnen auch erscheine, wie ich mich auch benehme, Sie dürfen mich nicht schelten und auch auf keine Weise Erstaunen oder Unzufriedenheit äußern.« – »Du hast wohl wieder irgendeinen Streich vor!« sagte Grigorij Iwanowitsch lachend. »Also, gut, ich bin einverstanden, tu was du willst, mein schwarzäugiger Wildfang.« Mit diesen Worten küßte er sie auf die Stirn, und Lisa lief fort, um ihre Vorbereitungen zu machen. Punkt zwei Uhr erschien eine von sechs Pferden gezogene, im Hause gebaute Kutsche und machte eine Runde auf dem mit tiefgrünem Rasen eingefaßten Hof. Der alte Berestow stieg mit Hilfe von zwei livrierten Lakaien Muromskijs die Treppe hinauf. Gleich nach ihn kam auch sein Sohn zu Pferde an und betrat zugleich mit dem Vater das Speisezimmer, wo der Tisch schon gedeckt war. Muromskij empfing seine Gäste in der freundschaftlichsten Weise,

machte ihnen den Vorschlag, vor dem Essen den Garten und den Tierpark anzusehen, und führte sie auf den sorgfältig gekehrten und mit Sand bestreuten Wegen. Der alte Berestow beklagte innerlich die für diese unnützen Dinge verschwendete Arbeit und Zeit, schwieg aber aus Höflichkeit. Sein Sohn teilte weder die Unzufriedenheit des berechnenden Gutsbesitzers, noch das Entzücken des eingebildeten Anglomanen; aber er erwartete mit Ungeduld das Erscheinen der Tochter des Hauses, von der er schon so viel gehört hatte; obwohl sein Herz, wie wir schon wissen, vergeben war, hatte die junge Schöne doch immerhin ein Anrecht auf sein Interesse.

Ins Wohnzimmer zurückgekehrt, setzten sie sich zu dreien hin; während die Alten der früheren Jahre gedachten und sich Anekdoten aus ihrer Dienstzeit erzählten, grübelte Alexej über die Rolle, die er in Lisas Gegenwart spielen sollte. Er entschied sich dafür, daß eine kühle Zerstreutheit in jedem Falle am passendsten wäre, und traf danach seine Vorbereitungen. Die Tür ging auf; er wandte den Kopf mit einer solchen Gleichgültigkeit, mit einer so stolzen Nachlässigkeit, daß das Herz der verstocktesten Kokette unbedingt zusammengefahren wäre. Leider trat statt Lisa die alte Miß Jackson ein, gepudert, geschminkt, eng geschnürt, mit gesenkten Augen und einem kleinen Knicks, und so war die schöne militärische Gebärde Alexejs vergebens. Kaum hatte er seine Kräfte wieder gesammelt, als die Tür von neuem aufging; diesmal war es Lisa. Alle erhoben sich, der Vater fing schon an, ihr die Gäste vorzustellen, als er plötzlich stockte und sich aus die Lippen biß... Lisa, seine dunkle Lisa war bis an die Ohren gepudert und geschminkt, viel ärger als Miß

Jackson selbst; die falschen Locken, viel heller als ihr eigenes Haar, waren wie eine Perücke aus der Zeit Ludwig XIV. aufgesteckt; die Ärmel à l'imbecile waren steif wie der Reifrock der Madame de Pompadour; die Taille war so eng geschnürt, daß sie einem X glich, und alle noch nicht verpfändeten Brillanten ihrer Mutter funkelten an ihren Fingern, Hals und Ohren. Alexej konnte in diesem lächerlichen und glänzenden Fräulein seine Akulina nicht wiedererkennen. Sein Vater küßte ihr die Hand, und er folgte ärgerlich seinem Beispiel; als er ihre weißen Finger berührte, kam es ihm vor, als zitterten sie. Indessen bemerkte er das absichtlich vorgestreckte und kokett beschuhte Füßchen. Das versöhnte ihn einigermaßen mit ihrem übrigen Aufzug. Und was ihre Schminke betrifft, so hatte er sie, offen gestanden, in seiner Herzenseinfalt auf den ersten Blick nicht bemerkt, wie er sie auch später gar nicht sah. Grigorij Iwanowitsch dachte an sein Versprechen und bemühte sich, kein Erstaunen zu zeigen, doch der Streich seiner Tochter kam ihm so amüsant vor, daß er sich kaum beherrschen konnte. Aber der steifen Engländerin war es gar nicht zum Lachen. Sie ahnte, daß Puder und Schminke aus ihrer Kommode entwendet worden waren, und die Röte des Ärgers leuchtete durch das künstliche Weiß ihres Gesichtes hindurch. Sie warf flammende Blicke der jungen Verbrecherin zu, welche alle Erklärungen auf eine andere Gelegenheit aufschob und so tat, als bemerkte sie nichts.

Man setzte sich zu Tisch. Alexej fuhr fort, die Rolle des Zerstreuten und Nachdenklichen zu spielen. Lisa tat geziert, sprach in singendem Ton durch die Zähne und nur französisch. Der Vater sah sie jeden Augenblick an; er begriff nicht, welches Ziel sie dabei verfolgte, aber fand das alles sehr amüsant. Die Engländerin raste innerlich und schwieg; Iwan Petrowitsch allein fühlte sich wie zu Hause, er aß für zwei, trank soviel wie immer, lachte über sein eigenes Lachen und redete von Minute zu Minute freundschaftlicher und lustiger.

Endlich standen sie vom Tische auf; die Gäste empfahlen sich, und Grigorij Iwanowitsch machte seiner Lachlust und Neugier Luft. »Was fiel dir ein, sie zu Narren zu halten?« fragte er Lisa. »Weißt du aber, die weiße Schminke steht dir sehr gut; ich will nicht auf die Geheimnisse der Damentoilette eingehen, aber an deiner Stelle würde ich mich immer schminken, natürlich nicht zuviel, sondern ganz leicht.« Lisa war über den Erfolg ihres Einfalls entzückt. Sie umarmte den Vater, versprach, sich seinen Rat zu überlegen und lief hin, die erzürnte Miß Jackson zu besänftigen, die sie nur mit Mühe bewegen konnte, ihre Tür zu öffnen und ihre Rechtfertigung anzuhören: Lisa hätte sich geschämt, vor den Gästen mit so dunklem Teint zu erscheinen; sie hätte nicht gewagt, sie zu bitten ... sie sei überzeugt, daß die gute liebe Miß Jackson ihr verzeihen würde ... usw. usw. Miß Jackson überzeugte sich, daß Lisa gar nicht daran gedacht habe, sie lächerlich zu machen, beruhigte sich, küßte Lisa und schenkte ihr als Pfand der Versöhnung ein Töpfchen englische weiße Schminke, das Lisa mit dem Ausdrucke aufrichtigen Dankes annahm. Der Leser wird erraten, daß Lisa am folgenden Morgen nicht versäumte, im Wäldchen der Zusammenkünfte zu erscheinen. »Herr, warst du gestern bei unseren Herrschaften?« fragte sie sofort Alexej. »Wie gefiel dir unser gnädiges Fräulein?« Alexej antwortete, daß er sie nicht beachtet habe. »Schade,« entgegnete Lisa. – »Warum denn schade?« fragte Alexej. – »Weil ich dich fragen wollte, ob es wahr ist, was die Leute sagen ...« – »Was sagen die Leute?« – »Ist es wahr, daß ich dem gnädigen Fräulein ähnlich sehe?« – »Was für Unsinn! Im Vergleich zu dir ist sie ein Scheusal!« – »Ach, Herr, es ist Sünde, so zu sprechen; unser gnädiges Fräulein ist so weiß von Gesicht, so schön geputzt! Wie könnte ich mit ihr vergleichen!« Alexej schwur, daß sie schöner sei als alle die weißen gnädigen Fräuleins, und begann, um sie vollständig zu beruhigen, ihr ihre Herrin so lächerlich zu schildern, daß Lisa herzlich lachen mußte. »Aber,« sagte sie seufzend, »wenn unser Fräulein vielleicht auch lächerlich ist, so bin ich doch im Vergleich zu ihr eine ungebildete dumme Gans.« – »Ach!« sagte Alexej: »Ein großes Unglück! Wenn du willst, werde ich dich lesen und schreiben lehren.« – »Ja, wirklich,« antwortete Lisa, »warum sollte ich es nicht versuchen?« – »Gerne, meine Liebe; wir wollen gleich anfangen.« – Sie setzten sich. Alexej holte Bleistift und Notizbuch aus der Tasche, und Akulina lernte erstaunlich schnell die Buchstaben. Alexej konnte ihre Gelehrigkeit gar nicht genug bewundern. Am nächsten Morgen wollte sie schon zu schreiben versuchen; der Bleistift wollte ihr anfangs nicht gehorchen, aber nach wenigen Minuten malte sie schon die Buchstaben recht ordentlich. »Was für ein Wunder!« sagte Alexej. »Bei uns geht die Sache sogar schneller als nach dem Lancaster-System.« Und in der Tat, bei der dritten Stunde war Lisa bereits imstande, »Natalja, die Bojarentochter« zu lesen; sie unterbrach die Lektüre mit Bemerkungen, die Alexej in aufrichtiges Erstaunen versetzten, füllte auch ein ganzes Blatt Papier mit Sätzen aus der gleichen Erzählung. Nach einer Woche war zwischen ihnen schon ein Briefwechsel im Gange. Als Postbureau diente ihnen eine Höhlung in einer alten Eiche. Nastja versah im geheimen das Amt eines Briefträgers. Dorthin brachte Alexej seine mit großen Buchstaben geschriebenen Briefe und fand dort die auf einfaches blaues Papier gekritzelten Krähenfüße seiner Geliebten. Akulina eignete sich eine gute Ausdrucksweise an, und ihr Geist bildete und entwickelte sich zusehends.

Indessen festigte sich die vor kurzem geschlossene Bekanntschaft zwischen Iwan Petrowitsch Berestow und Grigorij Iwanowitsch Muromskij immer mehr; sie verwandelte sich bald in Freundschaft, und zwar aus folgenden Gründen:

Muromskij hatte oft darüber nachgedacht, daß das ganze Gut Iwan Petrowitschs nach dessen Tode auf Alexej Iwanowitsch übergehen sollte, der in diesem Falle einer der reichsten Gutsbesitzer im Gouvernement werden würde; daher liege gar kein Grund vor, warum er Lisa nicht heiraten solle. Der alte Berestow seinerseits hielt zwar seinen Nachbarn für etwas verrückt (von der englischen Narrheit besessen, wie er sich ausdrückte), leugnete darum aber doch seine vielen Vorzüge nicht, z. B. seine seltene Tüchtigkeit; Grigorij Iwanowitsch war nahe verwandt mit dem Grafen Pronskij, einem angesehenen und einflußreichen Manne; der Graf könnte Alexej sehr nützlich sein, und Muromskij (so glaubte Iwan Petrowitsch), würde sich wahrscheinlich freuen, seine Tochter so gut verheiraten zu können. Die Alten überlegten sich die Sache, ein jeder bei sich, so lange, bis sie endlich ihre Ansichten austauschten; sie umarmten sich, versprachen, die Sache in Angriff zu nehmen, und begannen, ein jeder von seiner Seite, vorzuarbeiten. Muromskij hatte noch eine große Schwierigkeit zu bewältigen: seine Betsy zu überreden, Alexej, den sie seit jenem denkwürdigen Mittagessen nicht mehr gesehen hatte, näher kennen zu lernen. Es hatte den Anschein, als gefielen sie einander sehr wenig; Alexej hatte wenigstens seinen Besuch in Prilutschino nicht mehr wiederholt, und Lisa zog sich immer auf ihr Zimmer zurück, wenn Iwan Petrowitsch die Ehre seines Besuches machte. »Aber,« dachte sich Grigorij Iwanowitsch, »wenn Alexej jeden Tag zu mir kommt, wird Betsy sich in ihn verlieben müssen. Das ist in der Ordnung der Dinge. Die Zeit wird das ihrige tun.« Iwan Petrowitsch machte sich weniger Sorgen um den Erfolg seiner Absichten. Er ließ seinen Sohn noch am selben Abend zu sich ins Kabinett kommen, steckte sich eine Pfeife an und sagte nach einem Schweigen: »Warum sprichst du nicht mehr vom Militärdienst, Aljoscha? Oder lockt dich die Husarenuniform nicht mehr?« – »Nein, Väterchen,« antwortete Alexej respektvoll: »ich sehe, es ist Ihnen nicht gefällig, daß ich zu den Husaren gehe; meine Pflicht ist es, Ihnen zu gehorchen.« – »Gut,« antwortete Iwan Petrowitsch, »ich sehe, daß du ein gehorsamer Sohn bist; das ist für mich ein Trost, und ich will dich nicht zwingen, jetzt gleich ... in den Zivildienst zu treten; vorläufig möchte ich dich verheiraten.«

»Mit wem, Väterchen?« fragte Alexej erstaunt.

»Mit Lisaweta Grigorjewna Muromskaja,« antwortete Iwan Petrowitsch. »Die Braut ist doch nett?« »Väterchen, ans Heiraten denke ich noch nicht.«

»Du denkst noch nicht, aber ich habe statt deiner nachgedacht und mir alles überlegt.«

»Wie Sie wünschen, aber Lisa Muromskaja gefällt mir gar nicht.«

»Sie wird dir schon später gefallen. Wenn du dich an sie gewöhnst, wirst du sie auch lieb gewinnen.«

»Ich halte mich nicht für fähig, sie glücklich zu machen.«

»Ihr Glück geht dich nichts an. Wie? So achtest du den Willen des Vaters? Das ist ja schön!«

»Wie Sie wünschen, aber ich will nicht heiraten und werde auch nicht heiraten.«

»Du wirst heiraten, oder ich werde dich verfluchen und das Gut – das schwöre ich dir bei Gott! – verkaufen oder verschwenden und dir keinen Heller hinterlassen. Ich gebe dir drei Tage zum Nachdenken, inzwischen sollst du dich nicht unterstehen, mir vor die Augen zu kommen.«

Alexej wußte, daß, wenn sein Vater sich etwas in den Kopf setzte, man es ihm nicht mal mit einem Nagel, wie sich Taras Skotinin ausdrückte, wieder austreiben konnte. Aber Alexej war seinem Vater nachgeraten und ebenso starrköpfig wie er. Er ging auf sein Zimmer und begann zu grübeln über die Grenzen der väterlichen Gewalt, über Lisaweta Grigorjewna, über seines Vaters feierliches Versprechen, ihn zu einem Bettler zu machen, und endlich über Akulina. Zum ersten Male sah er ganz klar, daß er sie leidenschaftlich liebte; der romantische Gedanke, ein Bauernmädchen zu heiraten und von seiner Hände Arbeit zu leben, setzte sich in seinem Kopfe fest, und je mehr er über seinen entscheidenden Schritt nachdachte, um so vernünftiger erschien er ihm. Seit einiger Zeit hatten die Zusammenkünfte im Wäldchen infolge des regnerischen Wetters aufgehört. Er schrieb Akulina mit seiner leserlichen Handschrift und in einem ganz rasenden Stil einen Brief, teilte ihr das ihm drohende Unheil mit und bot ihr seine Hand an. Er trug den Brief sofort auf ihr Postamt in der Eiche und legte sich, überaus mit sich zufrieden, schlafen.

Am anderen Morgen ritt Alexej, fest entschlossen, zu Muromskij, um sich mit ihm offen auszusprechen. Er hoffte, seine Großmut zu erregen und ihn für sich zu gewinnen. »Ist Grigorij Iwanowitsch zu Hause?« fragte er, sein Pferd vor dem Herrenhause von Prilutschino anhaltend.

»Zu Befehl, nein,« antwortete der Diener. »Grigorij Iwanowitsch sind am frühen Morgen ausgeritten.« – »Wie ärgerlich!« dachte sich Alexej. »Ist wenigstens Lisaweta Grigorjewna zu Hause?« – »Sie ist zu Hause.« Alexej sprang vom Pferde, gab die Zügel dem Diener und ging unangemeldet ins Haus.

»Jetzt wird sich alles entscheiden,« dachte er sich, als er sich dem Wohnzimmer näherte. »Ich will mich mit ihr selbst aussprechen.« Er trat ein ... und erstarrte! Lisa ... nein, Akulina, seine liebe, braune Akulina, nicht in ihrem Sarafan, sondern in einem weißen Morgenkleidchen saß am Fenster und las seinen Brief; sie war so vertieft, daß sie ihn nicht eintreten hörte. Alexej konnte sich eines freudigen Ausrufes nicht enthalten. Lisa fuhr zusammen, hob den Kopf, schrie auf und wollte fortlaufen. »Akulina, Akulina! ...« Lisa versuchte sich von ihm zu befreien... »Mais laizzes-moi donc, monsieur: mais êtes vous fou!« rief sie, sich von ihm wegwendend. »Akulina! Meine liebe Akulina!« wiederholte er, ihr die Hände küssend. Miß Jackson, die Zeugin dieser Szene war, wußte nicht, was sie sich denken sollte. In diesem Augenblick ging die Tür auf, und Grigorij Iwanowitsch trat ein.

»Aha!« sagte Muromskij: »Es scheint, ihr habt die Sache schon selbst ins Reine gebracht...«

Die Leser werden mich der überflüssigen Verpflichtung entbinden, auch noch die Lösung zu beschreiben.

DIE PIQUE-DAME

I.

Die Pique-Dame bedeutet versteckte Feindseligkeit.
(Neuestes Wahrsagebuch)

Beim Gardeoffizier Narumow fand ein Kartenabend statt. Die lange Winternacht ging ganz unmerklich dahin, und man setzte sich zum Souper erst um fünf Uhr morgens. Diejenigen, die gewonnen hatten, zeigten großen Appetit, die andern saßen zerstreut vor den leeren Tellern. Als der Champagner kam, wurde die Unterhaltung lebhafter, und alle nahmen an ihr teil.

»Nun, wie geht's, Ssurin?« fragte der Gastgeber. »Schlecht, ich habe alles verloren, wie gewöhnlich. Ich muß gestehen, ich habe immer Pech: ich spiele Mirandole, ruhig, gelassen, lasse mich durch nichts aus der Fassung bringen, und doch verliere ich immer.« »Hast du dich denn nie hinreißen lassen, Route zu setzen? ... Ich bewundere deine Selbstbeherrschung!« »Wie gefällt euch der Hermann?« sagte ein Gast, auf einen jungen Genieoffizier zeigend. »Er hat noch nie im Leben eine Karte angerührt, nie gesetzt, und doch bringt er es fertig, mit uns bis fünf Uhr dazusitzen und dem Spiel zuzuschauen.«

»Das Spiel interessiert mich sehr,« sagte Hermann, »ich bin aber nicht in der Lage, das Unentbehrliche auf die Karte zu setzen, um Überflüssiges zu gewinnen.«

»Hermann ist ein Deutscher: er ist sparsam und vernünftig – das ist die Sache!« versetzte Tomskij. »Wen ich aber nicht begreife, das ist meine Großmutter Anna Fjodorowna.«

»Wieso?« riefen die Gäste.

»Ich finde es unbegreiflich,« fuhr Tomskij fort, »warum sie nie pointiert.«

»Es wäre doch weit merkwürdiger, wenn eine achtzigjährige Alte pointieren würde,« bemerkte Narumow.

»Wißt ihr denn gar nichts von ihr?«

»Nein, wirklich nichts.«

»Also hört! Ihr müßt wissen, daß meine Großmutter vor sechzig Jahren in Paris war und dort großen Erfolg hatte. Das ganze Volk lief zusammen, um die ›Venus moscovite‹ zu sehen. Selbst Richelieu machte ihr den Hof, und meine Großmutter behauptet, er hätte sich ihretwegen beinahe das Leben genommen. Um jene Zeit spielten die Damen noch Pharao. Einmal verlor meine Großmutter bei Hofe an den Herzog von Orleans eine bedeutende Summe, die sie ihm schuldig bleiben mußte. Nach Hause zurückgekehrt, erzählte sie dem Großvater, während sie die Mouches vom Gesicht nahm und den Reifrock abstreifte, von ihrer Spielschuld und befahl ihm, diese zu begleichen. Mein seliger Großvater wurde, so viel ich mich erinnere, von der Großmutter mehr als Haushofmeister behandelt und hatte vor ihr den größten Respekt. Als er aber von dieser ungeheuren Spielschuld hörte, wurde er ganz wild. Er brachte sein Ausgabenbuch und zeigte ihr, daß sie im letzten Halbjahr eine halbe Million verlebt hätten; bei Paris hätten sie weder die Moskauer, noch die Ssaratower Güter, er könne also unmöglich das Geld beschaffen. Die Großmutter gab ihm eine Ohrfeige und ging allein zu Bett, um ihm ihre Ungnade zu zeigen: Am nächsten Morgen ließ sie den Mann rufen, den sie durch diese häusliche Strafe bekehrt glaubte. Er war aber noch immer unerbittlich. Da ließ sich die Großmutter zum erstenmal in ihrem Leben herab, mit ihm zu verhandeln; sie redete ihm ins Gewissen und versuchte ihm zu beweisen, daß eine Spielschuld doch etwas anderes sei als eine gewöhnliche Schuld, und daß es doch einen Unterschied gäbe zwischen einem Herzog und einem Wagenlieferanten. Alles war vergebens, der Großvater ließ sich durch nichts umstimmen. Die Großmutter wußte nicht, was sie machen sollte.

Nun war sie mit einem höchst merkwürdigen Menschen intim bekannt. Ihr habt wohl alle etwas vom Grafen Saint-Germain gehört, von dem so merkwürdige Dinge erzählt wurden. .Ihr wißt wohl, daß er sich für den Ewigen Juden, für den Erfinder des Lebenselixiers und des Steins der Weisen und so weiter ausgab. Er wurde oft als Scharlatan angesehen und verlacht; Casanova behauptet aber in seinen Memoiren, er sei ein Spion gewesen. Dieser Saint-Germain sah übrigens, trotz aller Geheimniskrämerei sehr ehrwürdig aus und verstand es, sich in Gesellschaft höchst liebenswürdig zu zeigen. Meine Großmutter liebt ihn noch heute mit heißer Liebe, und sie kann es nicht leiden, wenn man von ihm unehrerbietig spricht. Sie wußte, daß er über unheimliche Geldmittel verfügte. Sie schrieb ihm also ein Billett, er möchte sie sofort besuchen. Der alte Sonderling leistete der Einladung sofort Folge und fand sie in größtem Kummer. Sie beschrieb ihm in den düstersten Farben die Barbarei ihres Mannes und sagte, sie setze ihre letzte Hoffnung auf seine Freundschaft und Liebenswürdigkeit. Der Graf geriet in einige Verlegenheit. ›Ich könnte Ihnen wohl die nötige Summe leihen,‹ sagte er, ›aber ich weiß, daß Sie keine Ruhe finden werden, ehe Sie mir das Geld zurückzahlen; ich will Ihnen aber keine neuen Sorgen machen. Ich weiß ein anderes Mittel: Sie können das Geld zurückgewinnen.‹

›Aber, lieber Graf,‹ sagte die Großmutter, ich habe Ihnen ja gesagt, daß wir kein Geld haben.‹

›Sie brauchen dazu kein Geld,‹ sagte Saint-Germain.

›Hören Sie mich nur an.‹

Und da vertraute er ihr ein Geheimnis an, für das wohl jeder von uns sehr viel geben würde...«

Die jungen Leute verdoppelten ihre Aufmerksamkeit.

Tomskij zündete sich seine Pfeife an und fuhr fort:

»Am gleichen Abend erschien meine Großmutter in Versailles beim *jeu de la reine*. Der Herzog von Orleans hielt die Bank; meine Großmutter entschuldigte sich zuvor, daß sie die Spielschuld nicht mitgebracht habe, wofür sie irgend einen erdichteten Grund angab, und begann zu setzen. Sie wählte drei Karten und setzte auf sie nacheinander: alle drei gewannen, und so kam sie wieder zu ihrem Geld.«

»Zufall!« sagte ein Gast.

»Ein Märchen!« meinte Hermann.

»Vielleicht waren es gar gezeichnete Karten!« bemerkte ein Dritter.

»Das glaube ich nicht,« erwiderte Tomskij.

»Wie,« sagte Narumow, »du hast eine Großmutter, die drei Karten hintereinander trifft, und hast ihr diese Hexerei noch nicht abgeguckt?«

»Ja, zum Teufel!« antwortete Tomskij. »Sie hatte vier Söhne, und alle, darunter auch mein Vater, waren verzweifelte Spieler; doch hat sie keinem von ihnen ihr Geheimnis anvertraut, obwohl sie es alle – und auch ich auch – recht gut brauchen könnten. Mein Onkel, der Graf Iwan Iljitsch, hat mir aber folgende Geschichte erzählt, deren Richtigkeit er mit seinem Ehrenworte bekräftigte: Der berühmte Tschaplizkij, der bekanntlich Millionen verspielt hat und als Bettler gestorben ist, hatte einmal in seiner Jugend dreihunderttausend Rubel – wenn ich nicht irre, an Sorin – verloren. Er war ganz verzweifelt. Meine Großmutter, die sonst dem Leichtsinn junger Leute gegenüber sehr streng war, hatte nun Mitleid mit dem Tschaplizkij. Sie gab ihm drei Karten an, die er nacheinander zu besetzen hatte, und verpflichtete ihn mit einem Ehrenwort, nie wieder zu spielen. Tschaplizkij ging zu seinem glücklichen Partner, setzte auf die erste Karte fünfzigtausend und gewann Sonika, er bot Paroli und Paroli-Pe und gewann seinen Verlust wieder und noch ein rundes Sümmchen dazu...«

»Es ist aber Zeit, daß wir schlafen gehen. Die Uhr hat eben dreiviertel sechs geschlagen.«

In der Tat – der Tag graute bereits. Die jungen Leute leerten ihre Gläser und brachen auf.

II

»Il paraît, que monsieur est décidément pour les suivantes.«
»Que voulez-vouz, madame? Elles sont plus fraiches.«
(Aus einem Salongespräch.)

Die alte Gräfin *** saß in ihrem Toilettenzimmer vor dem Spiegel; drei Zofen umgaben sie. Die eine hielt ein Töpfchen Rouge, die zweite eine Schachtel mit Haarnadeln und die dritte eine hohe Haube mit feuerroten Bändern.

Die Gräfin hatte alle Ansprüche auf Schönheit längst aufgegeben, aber sie bewahrte alle Gewohnheiten ihrer Jugendzeit, kleidete sich streng nach der Mode der siebziger Jahre, und ihre Toilette war ebenso sorgfältig und nahm ebensoviel Zeit in Anspruch, wie vor sechzig Jahren. Am Fenster saß über einen Stickrahmen gebeugt ein junges Mädchen – ihre Pflegetochter.

»Guten Tag, grand'maman!« sagte ein junger Offizier, ins Zimmer tretend. »Bon jour, madmoiselle Lise! Grand'maman, ich komme mit einer Bitte.«

»Was ist's, Pawel?«

»Gestatten Sie mir, daß ich einen meiner Freunde bei Ihnen einführe und ihn Freitag zu Ihrem Ball mitbringe.«

»Gut. Bring' ihn Freitag mit, und dann kannst du ihn mir gleich vorstellen. Warst du übrigens gestern bei ***?«

»Gewiß! Da ging es sehr lustig zu. Man tanzte bis fünf Uhr früh. Die Jeletzkaja war entzückend!«

»Aber, mein Lieber! Was findest du denn an ihr? Kann man sie denn mit ihrer Großmutter, der Fürstin Darja Petrowna, vergleichen? ... Die Fürstin ist wohl sehr gealtert?«

»Wieso, gealtert?« Tomskij mußte auflachen. »Sie ist ja seit sieben Jahren tot.«

Das junge Mädchen horchte auf und machte ihm ein Zeichen. Da fiel es erst Tomskij ein, daß man der alten Gräfin den Tod ihrer Altersgenossinnen zu verheimlichen pflegte. Er biß sich in die Lippen, die Gräfin hatte aber die Nachricht gehört und blieb ziemlich ruhig.

»Also sie ist tot!« sagte sie. »Und ich habe nichts davon gewußt! Wir wurden beide gleichzeitig zu Hofdamen ernannt; als wir uns dann der Kaiserin vorstellten ...«

Die Gräfin erzählte die Geschichte ihrem Enkel bereits zum hundertsten Mal.

»Nun, Pawel,« sagte sie dann, hilf mir aufstehen; Lisa, wo ist meine Tabatière?«

Die Gräfin zog sich mit ihren Zofen hinter eine spanische Wand zurück, um ihre Toilette zu vollenden. Tomskij und das junge Mädchen blieben allein.

»Wen wollen Sie bei uns einführen?« fragte Lisaweta Iwanowna leise.

»Den Narumow. Kennen Sie ihn denn nicht?«

»Nein! Ist er Offizier oder Zivilist?«

»Offizier.«

»Genieoffizier?«

»Nein, Kavallerist. Wie kommen Sie auf einen Genieoffizier?«

Das junge Mädchen lachte und gab keine Antwort.

»Pawel!« rief die Gräfin hinter der spanischen Wand. »Schicke mir, bitte, irgendeinen Roman, aber keinen von den modernen.«

»Wie meinen Sie das, grand'maman?«

»Also einen Roman, in dem der Held weder Vater noch Mutter umbringt und in dem keine Wasserleichen vorkommen. Ich habe solche Angst vor Wasserleichen.«

»Solche Romane gibt es jetzt gar nicht. Wollen Sie nicht einen russischen Roman lesen?«

»Gibt es denn überhaupt russische Romane? Schick' mir einmal einen, mein Freund.«

»Verzeihen Sie, grand'maman, ich habe große Eile... Auf Wiedersehen, Lisaweta Iwanowna! Also warum glaubten Sie, Narumow sei Genieoffizier?«

Tomskij verließ das Toilettenzimmer.

Lisaweta Iwanowna blieb allein. Sie ließ ihre Handarbeit liegen und blickte zum Fenster hinaus. An einer Straßenecke erschien bald ein junger Offizier. Sie wurde rot und neigte den Kopf über den Stickrahmen. In diesem Augenblick kam die Gräfin, die ihre Toilette beendet hatte. »Lisa,« sagte sie, »laß einspannen, wir wollen etwas spazieren fahren.«

Lisa stand auf und begann ihre Handarbeit wegzuräumen.

»Was ist denn, Lisa? Bist du taub?« schrie die Gräfin. »Laß gleich einspannen!«

»Sofort!« sagte das Mädchen leise und lief ins Vorzimmer. Ein Diener trat ein und brachte der Gräfin Bücher vom Fürsten Pawel Alexandrowitsch.

»Gut. Ich lasse danken,« sagte die Gräfin. »Lisa, Lisa, was rennst du so?«

»Ich will mich anziehen.«

»Du hast noch Zeit. So, setz' dich hierher, nimm den ersten Band und lies mir vor...«

Lisa nahm das Buch und las einige Zeilen.

»Lauter!« unterbrach sie die Gräfin. »Was hast du denn, Kind? Hast du keine Stimme mehr? Wart', rück' mir mal den Fußschemel her, noch näher... So!«

Lisaweta Iwanowna las noch zwei Seiten. Die Gräfin gähnte.

»Leg' das Buch weg,« sagte sie, »es ist ja ganz albernes Zeug! Schick' es dem Fürsten Pawel zurück und lass danken... Was ist mit dem Wagen?«

»Der Wagen ist bereit,« sagte Lisaweta Iwanowna, nachdem sie zum Fenster hinausgeblickt hatte.

»Warum bist du noch nicht fertig?« fragte die Gräfin. »Immer muß man auf dich warten. Auf die Dauer ist es unerträglich!«

Lisa eilte in ihr Zimmer. Nach zwei Minuten begann die Gräfin aus allen Kräften zu schellen. Drei Zofen erschienen in einer Tür, ein Kammerdiener in der anderen.

»Warum kommt ihr nicht gleich, wenn ich schelle?« herrschte sie die Gräfin an. »Sagt Lisaweta Iwanowna, daß ich warte.«

Lisaweta Iwanowna kam in Hut und Mantel.

»So, endlich kommst du, mein Kind!« sagte die Gräfin »Wozu dieser Aufzug? Wen willst du heute erobern? ... Wie ist das Wetter? Ich glaube, es ist sehr windig.«

»Durchaus nicht, Durchlaucht, es ist windstill!« antwortete der Kammerdiener.

»Ihr redet immer aufs Geratewohl! Mach' einmal das Fenster auf! Natürlich ist es windig, auch noch kalt dazu!

Laß wieder ausspannen! Lisa, wir fahren nicht aus, der ganze Aufputz war überflüssig.«

– So ist mein ganzes Leben – dachte Lisa.

Lisaweta Iwanowna war in der Tat ein unglückliches Geschöpf. Fremdes Brot schmeckt bitter, sagt Dante, und die Stufen eines fremden Hauses sind steil; aber niemand fühlt so sehr die Bitterkeit der Abhängigkeit, wie eine arme Pflegetochter einer vornehmen alten Dame. Gräfin *** hatte kein böses Herz, aber, wie jede verwöhnte Weltdame, ihre Launen; sie war geizig und egoistisch wie alle alten Leute, die ihr Leben und Lieben hinter sich haben und denen die Gegenwart fremd ist. Sie nahm an allen Veranstaltungen der großen Welt teil und besuchte alle Bälle, wo sie geschminkt und nach der alten Mode gekleidet in einer Ecke saß, als häßliches, aber notwendiges Prunkstück des Ballsaals; alle Gäste begrüßten sie immer zuerst mit tiefen Verbeugungen, wie es die Sitte vorschrieb, und beachteten sie dann nicht mehr. Auf ihren Empfängen erschien die ganze Stadt, sie beobachtete die strengste Etikette, erkannte aber keinen von den Geladenen. Die zahlreiche Dienerschaft, die in den Vorzimmern und Mädchenkammern alt und fett geworden war, tat, was sie wollte, und bestahl die sterbende Alte auf die infamste Weise. Lisaweta Iwanowna war die Märtyrerin des Hauses. Sie mußte Tee einschenken und Vorwürfe wegen übermäßigen Verbrauchs von Zucker anhören. Sie mußte Romane vorlesen und wurde für jeden Fehler des Verfassers verantwortlich gemacht. Sie mußte die Gräfin bei ihren Ausfahrten begleiten und die Verantwortlichkeit für das Wetter tragen. Es war ihr ein bestimmtes Gehalt ausgesetzt, das aber nie voll ausbezahlt wurde; und doch wurde von ihr verlangt, daß sie sich »wie alle«, d. h. wie sehr wenige, kleide. In der Gesellschaft spielte sie eine recht traurige Rolle. Alle kannten sie und niemand bemerkte sie; auf den Bällen tanzte sie nur dann, wenn gerade ein Visavis fehlte, und die Damen nahmen sie unter den Arm, so oft sie in die Garderobe mußten, um etwas an ihren Toiletten zu richten. Sie war dabei sehr stolz und empfindlich, sie fühlte die Unerträglichkeit ihrer Lage und wartete mit Ungeduld auf einen Erlöser. Die jungen Leute waren viel zu berechnend und hochmütig, um ihr die geringste Beachtung zu schenke, obwohl sie hundertmal mehr Reiz besaß als die frechen und kalten jungen Mädchen, denen sie die Cour schnitten. Oft verließ sie unbemerkt den prunkvollen aber langweiligen Salon und ging in ihr Kämmerchen, wo eine mit Tapeten beklebte spanische Wand, eine Kommode, ein kleiner Spiegel und ein gestrichenes Bett standen und in einem Messingleuchter ein einsames Talglicht flackerte; dann ließ sie ihren Tränen freien Lauf.

Zwei Tage nach dem Kartenabend, den wir am Anfang der Erzählung beschrieben haben, und acht Tage vor der Szene, an der wir stehen geblieben sind, blickte Lisa einmal zufällig von ihrem Stickrahmen auf und bemerkte draußen vor dem Fenster einen jungen Genieoffizier. Er stand unbeweglich da und starrte zum Fenster hinauf. Sie senkte gleich den Kopf und machte sich wieder an die Arbeit. Als sie aber nach fünf Minuten wieder hinaussah, stand der junge Offizier noch immer auf der gleichen Stelle. Es war nicht ihre Art, mit vorbeigehenden Offizieren zu kokettieren; sie saß dann noch etwa zwei Stunden an ihrer Arbeit, ohne ein einziges Mal hinauszuschauen. Als das Mittagessen gereicht wurde, stand sie auf und begann ihre Stickerei wegzuräumen; als ihr Blick dabei zufällig ins Fenster fiel, sah sie den Offizier noch immer stehen. Das kam ihr etwas sonderbar vor. Nach dem Essen trat sie etwas beunruhigt ans Fenster: der Offizier war fort, und bald darauf vergaß sie ihn ganz ...

Als sie zwei Tage später das Haus verließ, um mit der Gräfin auszufahren, sah sie ihn wieder. Er stand dicht an der Einfahrt, sein Gesicht war von dem Biberkragen halb verdeckt, und unter dem Hut funkelten seine schwarzen Augen. Lisaweta Iwanowna erschrak, sie wußte selbst nicht warum, und setzte sich mit seltsamer Beklommenheit in den Wagen.

Nach Hause zurückgekehrt, eilte sie sofort ans Fenster: der Offizier stand noch immer an gleicher Stelle und starrte sie an; sie entfernte sich, von Neugierde gequält und von einem ihr ganz neuen Gefühl ergriffen. Von nun an erschien der junge Mann jeden Tag zur gleichen Stunde vor ihrem Fenster. Zwischen ihm und ihr entwickelte sich ein stummes Verhältnis. Wenn sie an ihrer Arbeit saß und sein Nahen fühlte, hob sie den Kopf und blickte ihn an; von Tag zu Tag wurde dieser Blick länger. Der junge Mann war ihr dafür, wie es schien, sehr dankbar: sie sah mit dem scharfen Blick der Jugend, wie seine blassen Wangen jedesmal rot wurden, wenn sich ihre Blicke trafen. Nach weiteren acht Tagen lächelte sie ihm bereits zu...

Als Tomskij seine Großmutter um Erlaubnis bat, ihr einen seiner Freunde vorstellen zu dürfen, bekam das arme Mädchen Herzklopfen. Als sie aber erfuhr, daß Narumow nicht Genieoffizier, sondern Gardekavallerist sei, bereute sie ihre Frage, die dem leichtsinnigen Tomskij ihr Geheimnis verraten konnte.

Hermann war der Sohn eines eingewanderten Deutschen, der ihm ein kleines Kapital hinterlassen hatte. Er setzte sich zum Ziel die Festigung seiner materiellen Unabhängigkeit; er ließ daher selbst die Zinsen seines Kapitals unberührt, lebte vom Gehalt allein und erlaubte sich keinerlei Extraausgaben. Im übrigen war er so verschlossen und ehrgeizig, daß seine Kameraden nur selten Gelegenheit hatten, über seine übertriebene Sparsamkeit zu spotten. Er hatte ein leidenschaftliches Temperament und eine feurige Phantasie, aber seine Charakterstärke bewahrte ihn vor den gewöhnlichen Verirrungen der Jugend. Er war ein geborener Spieler, und doch nahm er nie eine Karte in die Hand, denn er behauptete, seine Lage erlaube ihm nicht, Unentbehrliches auf die Karte zu setzen, um Überflüssiges zu gewinnen. Er verbrachte aber ganze Nächte am Kartentisch, mit fieberhafter Erregung alle Wendungen des Spiels verfolgend.

Die Anekdote von den drei Karten hatte auf ihn einen starken Eindruck gemacht, und er mußte an sie die ganze Nacht denken. »Wie wäre es nun,« dachte er, als er am nächsten Abend durch die Straßen von Petersburg flanierte, »wie wäre es nun, wenn die alte Gräfin mir ihr Geheimnis anvertraute? Oder mir für einen Fall die drei Karten nennte? Warum sollte ich nicht mein Glück versuchen? ... Ich könnte mich ihr vorstellen lassen, ihre Sympathie erwerben, vielleicht auch ihr Liebhaber werden; dies alles erfordert Zeit, sie ist aber siebenundachtzig Jahre alt und kann in einer Woche, oder in zwei Tagen sterben! ... Dann diese Anekdote ... Ob sie auch wahr ist? ... Nein! Berechnung, Mäßigkeit und Fleiß – das sind die drei zuverlässigsten Karten, die mein Vermögen verdreifachen, versiebenfachen und mir Ruhe und Unabhängigkeit verschaffen werden!«

Mit solchen Gedanken beschäftigt, kam er auf seiner Wanderung in eine der Hauptstraßen und blieb vor einem alten Palais stehen. Unzählige Equipagen hielten vor der Einfahrt und füllten die ganze Straße. Aus den Equipagen streckte sich bald das schlanke Füßchen einer jungen Schönen, bald ein sporenklirrender Reiterstiefel, bald der gestreifte Strumpf und der Schuh eines Diplomaten heraus. In Pelze und Mäntel gehüllte Gestalten eilten am majestätisch aussehenden Portier vorbei. »Wem gehört das Haus?« fragte er einen an der stehenden Wachsoldaten.

»Der Gräfin ***,« antwortete dieser.

Hermann gab es einen Ruck. Die merkwürdige Anekdote fiel ihm wieder ein. Er begann vor dem Hause auf und ab zu gehen und dachte unaufhörlich an die Gräfin und an ihre wunderbare Fähigkeit. Spät abends kehrte er in seine bescheidene Wohnung zurück und schlief lange nicht ein. Als der Schlaf sich endlich einstellte, träumte er von Karten, Spieltischen, Bergen von Dukaten und Haufen von Banknoten. Er setzte eine Karte nach der andern, bot entschlossen Paroli, gewann in einem fort, sammelte das Gold ein und steckte die Banknoten in die Tasche. Als er erwachte, seufzte er über den Verlust des geträumten Reichtums und begann wieder in den Straßen zu irren. Er kam wieder vor das Haus der Gräfin ***; eine sonderbare Gewalt schien ihn dorthin zu locken. Er blieb stehen und blickte nach den Fenstern hinauf. An einem Fenster bemerkte er ein braunes Köpfchen, das über ein Buch oder über eine Handarbeit gebeugt war. Das Köpfchen erhob sich. Hermann sah ein frisches Gesicht und dunkle Augen. In diesem Augenblick war sein Schicksal besiegelt.

III

Vous m'écrivez, mon ange, des lettres de quatre pages plus vite que je ne puis les lire. (Aus dem Briefwechsel)

Kaum hatte Lisaweta Iwanowna ihren Hut und Mantel abgelegt, als die Gräfin wieder nach ihr schickte und einspannen ließ. Sie stiegen in die Equipage. Als zwei Lakaien die Alte in den Wagen hoben, bemerkte Lisaweta Iwanowna dicht beim Wagen ihren Offizier; er hatte ihre Hand erfaßt; sie war ganz erschrocken. Der junge Mann verschwand, und in ihrer Hand blieb ein Billett. Sie verbarg es in ihrem Handschuh und war dann während der ganzen Fahrt wie geistesabwesend. Die Gräfin pflegte während der Ausfahrten ununterbrochen Fragen zu stellen: wer war das eben? wie heißt diese Brücke? was steht dort auf dem Schild? Lisaweta Iwanowna gab diesmal unzutreffende Antworten, und die Gräfin wurde böse.

»Was hast du, mein Kind? Hast du den Starrkrampf? Du hörst mich nicht und verstehst mich nicht ... Gott sei Dank, ich habe keinen Sprachfehler und bin noch bei Sinnen!« Lisaweta Iwanowna gab keine Antwort. Sobald sie zu Hause waren, lief sie in ihr Zimmer und holte das Billett aus dem Handschuh hervor: es war nicht versiegelt. Lisaweta Iwanowna begann zu lesen. Der Brief enthielt eine Liebeserklärung, er war in zärtlichen aber höflichen Ausdrücken gehalten und wörtlich aus einem deutschen Roman abgeschrieben. Lisaweta Iwanowna las aber keine deutschen Bücher und war mit dem Brief zufrieden.

Der Brief, den sie von dem Offizier angenommen hatte, begann sie bald zu beunruhigen. Es war das erstemal, daß sie mit einem jungen Mann in intimere Fühlung trat. Seine Kühnheit erschreckte sie. Sie machte sich Vorwürfe wegen ihres unvorsichtigen Benehmens und wußte nicht, was sie unternehmen solle: sollte sie nie mehr ans Fenster treten und durch ihre Gleichgültigkeit ihm die Lust zu weiteren Schritten vertreiben? Sollte sie den Brief zurückschicken? Oder ihn kühl und abweisend beantworten? Sie hatte niemand, den sie um Rat fragen konnte, weder eine Freundin, noch eine Leiterin. Sie entschloß sich, zu antworten.

Sie setzte sich an den Schreibtisch, nahm Feder und Papier und saß eine Zeitlang sinnend da. Sie fing ihren Brief einige Male an, doch zerriß sie das Geschriebene gleich wieder: bald kam ihr der Ton zu wohlwollend vor, bald wieder zu schroff. Endlich brachte sie einige Zeilen fertig, mit denen sie zufrieden war. Sie schrieb: »Ich bin von der Lauterkeit Ihrer Absichten überzeugt wie auch davon, daß Sie mich durch Ihren unbedachten Schritt nicht haben beleidigen wollen; unsere Bekanntschaft sollte aber auf eine andere Art angeknüpft werden. Ich schicke Ihnen Ihren Brief zurück und hoffe, daß ich in Zukunft keine Ursache haben werde, mich über eine unverdiente Mißachtung zu beklagen.«

Als Lisaweta Iwanowna am nächsten Tage zum Fenster hinaussah und Hermann erblickte, stand sie auf, ging in den Salon und ließ, auf die Geschicklichkeit des jungen Offiziers vertrauend, ihr Billett aus dem Klappfenster auf die Straße fallen. Hermann lief herbei, hob das Billett auf und ging in einen Konditorladen. Er erbrach das Siegel und fand seinen Brief und Lisas Antwort. So hatte er es auch erwartet. Er ging heim, ganz mit der angeknüpften Intrige beschäftigt.

Drei Tage darauf brachte eine junge flinke Ladenmamsell ein Billett für Lisaweta Iwanowna. Sie entfaltete es mit einiger Unruhe, denn sie fürchtete, es sei eine Mahnung wegen einer unbezahlten Rechnung. Da erkannte sie die Handschrift Hermanns.

»Sie haben sich geirrt, meine Liebe,« sagte sie der Mamsell, »das Billett ist nicht für mich.«

»Nein, es ist bestimmt für Sie!« antwortete das flinke Mädel mit einem schelmischen Lächeln. »Lesen Sie es nur!« Lisaweta Iwanowna überflog den Zettel. Hermann bat um ein Stelldichein.

»Es stimmt doch nicht,« sagte sie, durch diese plötzliche Forderung und durch die Art, wie er sie ihr übermittelte, erschreckt, »der Brief ist nicht für mich.« Mit diesen Worten zerriß sie das Billett in kleine Fetzen. »Warum zerreißen Sie ihn denn, wenn er nicht für Sie ist?« sagte die Mamsell. »Ich hätte ihn sonst der Person zurückgegeben, die mich geschickt hat.«

»Ich bitte Sie, mein Kind,« sagte Lisaweta Iwanowna, durch diese Bemerkung zum Erröten gebracht, »mir in der Zukunft keine Billetts zu überbringen. Dem Herrn, der Sie geschickt hat, sagen Sie aber, er solle sich schämen!« Aber Hermann ließ sich nicht beirren. Lisaweta Iwanowna bekam von ihm – bald auf diese, bald auf jene Weise – täglich Briefe. Sie waren jetzt nicht mehr deutschen Romanen entlehnt. Hermann schrieb sie selbst, durch seine Leidenschaft angeregt, in seiner eigenen Sprache. In diesen Briefen spiegelte sich sein eigensinniges Verlangen und seine verworrene zügellose Phantasie. Lisaweta Iwanowna dachte gar nicht daran, sie ihm jetzt zurückzuschicken; sie berauschte sich an ihnen und schrieb ihm wieder – ihre Billetts wurden von Tag zu Tag länger und zärtlicher. Schließlich warf sie ihm folgenden Zettel zu: »Heute abend ist Ball beim ***schen Gesandten. Die Gräfin geht hin. Jetzt haben Sie die Gelegenheit, mich allein zu treffen. Wir bleiben bis gegen zwei Uhr dort. Sobald die Gräfin fort ist, wird wohl auch die ganze Dienerschaft das Haus verlassen; der Portier wird wahrscheinlich bleiben, aber er wird sich wohl in seine Kammer zurückziehen. Kommen Sie um halb zwölf und gehen Sie gleich die Treppe hinauf. Wenn Sie im Vorzimmer auf jemand stoßen, so fragen Sie, ob die Gräfin zu Hause ist. Sie werden dann hören, daß sie nicht zu Hause sei, und leider abziehen müssen. Wahrscheinlich werden Sie aber auf niemand stoßen. Die Zofen schlafen alle in einem Zimmer. Wenn Sie das Vorzimmer passiert haben, so gehen Sie links, immer geradeaus bis zum Schlafzimmer der Gräfin. Im Schlafzimmer finden Sie hinter der spanischen Wand zwei kleine Türen: rechts befindet sich ein Kabinett, das die Gräfin nie betritt, links ein Korridor mit einer schmalen Wendeltreppe, die in mein Zimmer führt.« Hermann zitterte in der Erwartung der bestimmten Stunde wie ein Tiger. Um zehn Uhr abends postierte er sich schon vor dem Palais. Das Wetter war sehr schlecht: der Wind pfiff, und der nasse Schnee fiel in großen Flocken; die Straßenlaternen brannten trüb. die Straßen waren leer. Nur selten fuhr eine Droschke vorbei, deren Kutscher nach einem verspäteten Fahrgast ausspähte. Hermann war nur mit einem Rock bekleidet, doch spürte nichts von Wind und Schnee. Endlich fuhr der Wagen vor. Hermann sah, wie die Lakaien eine in Zobelpelz gehüllte zusammengeschrumpfte alte Dame in den Wagen hoben und wie ihr ihre Pflegetochter in einem Mantel und mit Blumen im Haar nachfolgte. Die Wagentür wurde zugeschlagen, und der Wagen rollte schwer über den weichen Schnee. Der Portier schloß die Tür, in den Fenstern war kein Licht mehr zu sehen. Hermann ging noch immer vor dem Hause auf und ab. Er trat an eine Laterne und sah auf die Uhr: es war erst zwanzig Minuten nach elf. Er blieb bei der Laterne stehen, den Blick auf den Minutenzeiger gerichtet. Punkt halb zwölf trat er in den hellbeleuchteten Flur. Der Portier war nicht da. Hermann lief die Treppe hinauf, öffnete die Vorzimmertür und erblickte einen Lakai, der vor einer Lampe, in einem alten schmierigen Lehnsessel sitzend, schlief. Hermann ging mit leichtem und festem Schritt an ihm vorbei. Der Salon und das Empfangszimmer waren dunkel, und nur aus dem Vorzimmer drang spärliches Licht. Er kam ins Schlafzimmer. Vor dem Heiligenschrein, der mit alten Bildern gefüllt war, brannte eine goldene Lampe. An den mit chinesischen Tapeten bekleideten Wänden standen in trauriger Symmetrie mit verblaßter Seide überzogene Sessel und Sofas, deren Vergoldung alt und schwarz war. Auf der Wand hingen zwei von Madame Lebrun in Paris gemalte Bildnisse. Das eine stellte einen etwa vierzigjährigen Herrn mit vollem rosigem Gesicht und hellgrüner Uniform mit Ordensstern dar; das andere – eine junge Schönheit mit einer Adlernase, glattfrisierten Schläfen und einer Rose im gepuderten Haar. In allen Ecken standen Porzellanschäferinnen, vom berühmten Leroy stammende Stutzuhren, Schächtelchen, Roulettes und alle möglichen Damenspielsachen, die am Ende des vorigen Jahrhunderts zugleich mit dem Montgolfier-Ballon und dem Mesmerismus erfunden worden sind. Hermann trat hinter die spanische Wand; da stand eine Eisenbettstelle, rechts war die Tür ins Kabinett, links die zum Korridor. Hermann öffnete die letztere und sah jene schmale Wendeltreppe, die ins Zimmer der armen Pflegetochter führte. Er kehrte aber um und ging in das finstere Kabinett. Die Stunden schleppten sich langsam hin. Alles war still. Die Uhr im Empfangszimmer schlug Mitternacht, dann schlugen auch alle anderen Uhren des Hauses, und dann war wieder alles still. Hermann stand an einen kalten, ungeheizten Ofen gelehnt. Er war ruhig, und sein Herz schlug gleichmäßig, wie bei einem, der eine gefährliche, aber notwendige Sache beschlossen hat. Die Uhren schlugen eins, dann zwei, und da hörte er das ferne Rollen eines Wagens. Er wurde etwas unruhig. Der Wagen hielt vor dem Hause, und Hermann hörte, wie der Wagentritt herabgelassen wurde. Im ganzen Hause wurde es lebendig. Die Diener liefen hin und her, es wurde Licht gemacht, und viele Stimmen ließen sich vernehmen. Drei alte Zofen kamen ins Schlafzimmer gelaufen, und ihnen folgte die Gräfin; sie war todmüde und ließ sich gleich in einen Voltaire-Sessel sinken. Hermann beobachtete alles durch die Türspalte. Lisaweta Iwanowna ging an ihm vorbei, und er hörte, wie sie die Wendeltreppe hinaufeilte. Er spürte etwas wie Gewissensbisse, doch nur für einen Augenblick. Er war wie versteinert. Die Gräfin entkleidete sich vor dem Spiegel. Man steckte ihr die mit Rosen geputzte Haube los und nahm ihr vom kurz geschorenen Schädel die gepuderte Perücke ab. Die Stecknadeln fielen wie ein Regen um sie herum. Die gelbe silbergestickte Robe fiel zu ihren unförmigen Füßen. Hermann war Zeuge aller abstoßenden Mysterien ihrer Toilette. Schließlich blieb sie in einer Nachtjacke und einer Nachthaube sitzen. In diesem Aufputz, der ihrem Alter besser entsprach, sah sie viel weniger abstoßend und schrecklich aus. Wie die meisten alten Leute, litt die Gräfin an Schlaflosigkeit. Als ihre Nachttoilette beendet war, schickte sie die Zofen fort. Die Kerzen wurden fortgetragen, und das Zimmer war wieder nur von der Lampe, die vor den Heiligenbildern brannte, beleuchtet. Die Gräfin war ganz gelb, sie bewegte stumm ihre herabhängenden Lippen, ihr Oberkörper pendelte hin und her. Ihre trüben Augen drückten keinerlei Denken aus; man konnte glauben, daß die Bewegungen der schauerlichen Alten nicht ihrem Willen, sondern einer verborgenen galvanischen Kraft entsprangen. Plötzlich ging auf ihrem leblosen Gesicht eine schreckliche Veränderung vor sich, die Lippen bewegten sich nicht mehr, die Augen lebten auf: vor der Gräfin stand ein unbekannter Mann.

»Um Gottes willen, erschrecken Sie nicht!« sagte er leise, aber deutlich. »Ich habe keine feindlichen Absichten, ich will Sie nur um eine Gnade anflehen.«

Die Alte starrte ihn stumm an, sie schien ihn nicht zu hören. Hermann dachte, sie sei taub; er neigte sich zu ihrem Ohr und wiederholte die gleichen Worte. Die Alte schwieg noch immer.

»Sie können mein Lebensglück begründen,« fuhr Hermann fort, »es soll Sie nichts kosten: ich weiß, daß Sie die Fähigkeit besitzen, drei hintereinander folgende Karten zu erraten ...«

Hermann stockte: die Gräfin schien zu begreifen, was er von ihr wollte, und nach Worten zu suchen. Endlich sagte sie:

»Es war ein Scherz, ich schwöre Ihnen, daß es nur ein Scherz war!«

»Mit so etwas soll man nicht scherzen,« entgegnete Hermann zornig, »denken Sie nur .... Tschaplizkij, dem Sie zur Wiedererlangung seines Verlustes verhalfen.«

Die Gräfin geriet offenbar in Verlegenheit. Ihre Züge drückten eine starke seelische Erregung aus, bald verfiel sie aber in ihre frühere Teilnahmslosigkeit. »Können Sie mir die drei sicheren Karten nennen?« fuhr Hermann fort.

Die Alte schwieg.

»Für wen wollen Sie Ihr Geheimnis bewahren? Für die Enkel? Die sind ohnehin reich und kennen auch den Wert des Geldes nicht. Einem Verschwender können Ihre drei Karten nichts nützen. Wer das väterliche Erbe nicht zu bewahren weiß, der wird trotz aller Teufelskünste in Armut sterben. Ich bin kein Verschwender und kenne den Wert des Geldes. Ihre drei Karten sind also bei mir nicht verloren. Nun! ...«

Er hielt inne und erwartete bebend ihre Antwort. Sie schwieg. Hermann sank in die Knie. »Wenn Ihr Herz jemals Liebe kannte, wenn Sie sich noch der Freuden der Liebe erinnern, wenn Sie nur einmal beim Schrei eines Neugeborenen gelächelt haben, wenn sich je etwas Menschliches in Ihrer Brust geregt hat, so beschwöre ich Sie bei den Gefühlen einer Gattin, Geliebten, Mutter, bei allem, was im Leben heilig ist, – vertrauen Sie mir Ihr Geheimnis an! ... Was nützt es Ihnen? ... Vielleicht ist es mit irgendeiner schrecklichen Sünde, mit dem Verlust der ewigen Seligkeit, mit einem Teufelspakt verbunden... Denken Sie doch daran, daß Sie alt sind und nicht mehr lange zu leben haben – ich bin bereit, Ihre Sünde auf mich zu nehmen. Eröffnen Sie mir nur Ihr Geheimnis. Bedenken Sie doch, daß Sie jetzt das Glück eines Menschen in der Hand haben, daß nicht nur ich, daß auch meine Kinder, Enkel und Urenkel Ihr Andenken stets heilig halten werden...«

Die Alte entgegnete kein Wort.

Hermann stand auf.

»Alte Hexe!« sagte er mit zusammengepreßten Zähnen. »Ich werde dich zwingen, mir zu antworten...«

Mit diesen Worten holte er eine Pistole hervor. Als die Alte diese sah, zeigte sie zum zweitenmal eine heftige Erregung. Sie nickte mit dem Kopf, hob die Hand, als ob sie ihr Gesicht schützen wollte, fiel dann in den Sessel ... und blieb unbeweglich.

»Lassen Sie diese Kindereien,« sagte Hermann, ihre Hand ergreifend. »Ich frage Sie zum letztenmal: wollen Sie mir die drei Karten nennen? Ja oder nein?«

Die Alte antwortete nicht, und Hermann sah, daß sie tot war.

IV

Homme sans mœurs et sans religion!
(Aus dem Briefwechsel.)

Lisaweta Iwanowna saß noch immer im Ballkleid ihrem Zimmer. Sie war in Gedanken versunken. Sobald sie nach Hause gekommen war, schickte sie die verschlafene Zofe, die ihr beim Auskleiden behilflich sein wollte, fort und ging bebend in ihr Zimmer, in der Hoffnung, dort Hermann zu treffen, und mit dem Wunsch, ihn nicht zu treffen. Beim ersten Blick sah sie, daß er nicht gekommen war, und dankte dem Schicksal, das ihm irgend ein Hindernis in den Weg gelegt hatte. Sie setzte sich, ohne sich auszukleiden, hin und ließ alle Umstände, die sie in so kurzer Zeit so weit gebracht hatten, Revue passieren. Es waren ja seit jenem Tage, als sie den jungen Mann zum erstenmal im Fenster erblickt hatte, kaum drei Wochen verstrichen, und doch korrespondierte sie mit ihn bereits und hatte ihm sogar ein nächtliches Stelldichein gewährt! Seinen Namen kannte sie nur aus den Unterschriften seiner Briefe; sie hatte mit ihm noch nie gesprochen, kannte selbst den Klang seiner Stimme nicht und hatte – bis zu diesem Abend – noch nie von ihm sprechen hören. Es hatte sich so sonderbar gefügt! – Tomskij wollte heute auf dem Ball die junge Fürstin Pauline *** ärgern, weil sie diesmal gegen ihre Gewohnheit mit einem andern und nicht mit ihm kokettierte; um sich zu rächen, engagierte er Lisaweta Iwanowna zu einer endlosen Mazurka. Während des Tanzes neckte er sie wegen ihrer Vorliebe für Genieoffiziere und behauptete, viel mehr zu wissen, als sie glaube; einige seiner Scherze waren so geschickt gezielt, daß Lisaweta Iwanowna zu glauben anfing, daß er ihr Geheimnis kenne.

»Von wem wissen Sie das alles?« fragte sie lachend.

»Von den Freunden einer Ihnen wohlbekannten Person,« erwiderte Tomskij, »eines ganz ungewöhnlichen Menschen.«

»Wer ist denn dieser ganz ungewöhnliche Mensch?«

»Er heißt Hermann.«

Lisaweta Iwanowna fand keine Antwort, aber ihre Glieder erstarrten zu Eis...

»Dieser Hermann,« fuhr Tomskij fort, »ist eine echte Romangestalt: er hat das Profil von Napoleon und die Seele eines Mephisto. Ich glaube, daß er mindestens drei Verbrechen auf dem Gewissen hat. Wie blaß Sie geworden sind!...«

»Ich habe Kopfweh... Was hat Ihnen dieser Hermann erzählt ... oder wie heißt er doch?...«

»Hermann ist mit seinem Freund höchst unzufrieden; er sagt, daß er an seiner Stelle anders gehandelt hätte ... Ich glaube übrigens, daß dieser Hermann selbst Absichten auf Sie hat: jedenfalls kann er die Liebesergüsse seines Freundes nicht gleichgültig anhören.«

»Wo hat er mich denn gesehen?«

»Vielleicht in der Kirche ... oder auf der Promenade. Gott weiß wo! Vielleicht auch in Ihrem Zimmer, während Sie schliefen: er ist zu allem fähig.«

In diesem Augenblick traten an sie drei Damen heran mit der Frage: »Oubli ou regret?« So wurde dies Gespräch, welches für Lisaweta Iwanowna so quälend interessant geworden war, unterbrochen.

Die Dame, die sich Tomskij jetzt wählte, war eben die Fürstin Pauline, von der er sich anfangs abgewandt hatte.

Sie tanzte mit ihm eine Extratour und machte wieder alles gut. Als Tomskij auf seinen Platz zurückkehrte, dachte er weder an Lisa, noch an Hermann. Sie wollte durchaus das begonnene Gespräch fortsetzen, aber die Mazurka war schon zu Ende, und die alte Gräfin brach auf.

Die Worte Tomskijs waren nichts mehr als ein gewöhnliches Mazurka-Geschwätz, und doch drangen sie tief in die Seele der jungen Träumerin. Das von Tomskij entworfene Bild stimmte mit dem, das sie sich selbst ausgemalt hatte, überein, und die eigentlich ganz gewöhnliche Gestalt reizte und ängstigte ihre von den neuen Romanen stark beeinflußte Phantasie. Sie saß, die nackten Arme gekreuzt und den noch mit Blumen geschmückten Kopf auf die entblößte Brust gesenkt, als die Tür aufging und Hermann eintrat. Sie erbebte...

»Wo waren Sie?« flüsterte sie ängstlich.

»Im Schlafzimmer der alten Gräfin,« antwortete Hermann, »ich habe sie erst eben verlassen. Die Gräfin ist tot.«

»Mein Gott! ... Was sagen Sie? ...«

»Und ich glaube,« fuhr Hermann fort, »daß ich ihren Tod verschuldet habe.«

Lisaweta Iwanowna sah ihn an und mußte an die Worte Tomskijs denken: dieser Mensch hat mindestens drei Verbrechen auf dem Gewissen! Hermann setzte sich neben sie auf das Fensterbrett und erzählte ihr alles.

Lisaweta Iwanowna hörte ihm zitternd zu. Die leidenschaftlichen Briefe, die ungestümen Forderungen, die frechen hartnäckigen Nachstellungen – dies alles bedeutete also nicht Liebe! Geld! – nur nach Geld lechzte er! Nur Geld, und nicht sie, sollte sein Verlangen stillen und ihn glücklich machen! Die arme Pflegetochter war also nur die blinde Helferin eines Räubers, des Mörders ihrer alten Wohltäterin... Sie weinte bittere Tränen der späten, qualvollen Reue. Hermann sah sie schweigend an: auch er war bestürzt, doch waren es nicht die Tränen des jungen Mädchens und nicht die große Schönheit ihrer Verzweiflung, was ihn so ergriff. Eines quälte ihn nur: der unwiederbringliche Verlust des Geheimnisses, auf das er seine Hoffnung auf Bereicherung gesetzt hatte. »Sie sind ein Ungeheuer!« sagte endlich Lisaweta

»Ich habe ihren Tod nicht gewollt,« erwiderte Hermann. »Die Pistole war ja gar nicht geladen.«

Beide blieben schweigend sitzen.

Der Morgen brach an. Lisaweta Iwanowna blies die niedergebrannte Kerze aus. Das erste blasse Morgenlicht drang ins Zimmer. Sie wischte sich die Tränen aus den Augen und sah Hermann an. Er saß mit gekreuzten Armen und drohend gerunzelter Stirne auf dem Fensterbrett. In dieser Stellung hatte er große Ähnlichkeit mit Napoleon. Diese .Ähnlichkeit erschütterte Lisaweta Iwanowna. »Wie verlassen Sie nun das Haus?« sagte sie nach einer Pause. »Ich hatte vor, Sie über die geheime Treppe hinunterzuleiten; man muß da aber das Schlafzimmer passieren, und ich habe solche Angst...« »Erklären Sie mir nur, wie ich zu der geheimen Treppe komme; ich finde dann schon selbst hinaus.« Lisaweta Iwanowna stand auf, holte aus der Kommode einen Schlüssel und gab ihn Hermann mit einer genauen Anweisung, wie er zu gehen habe. Hermann drückte ihre kalte leblose Hand, küßte ihren gesenkten Kopf und verließ das Zimmer.

Er ging die Wendeltreppe hinunter und kam wieder ins Schlafzimmer der Gräfin. Die tote Alte saß wie versteinert, ihre Züge drückten tiefen Frieden aus. Hermann blieb vor ihr stehen und sah sie lange an, als ob er sich noch der schrecklichen Wahrheit vergewissern wollte; dann ging er ins Kabinett, wo er tastend eine hinter der Tapete verborgene Tür fand. Er kam auf eine dunkle Treppe. Sonderbare Gedanken gingen ihm durch den Kopf, während er die Stufen hinunterstieg: »Vor sechzig Jahren schlich vielleicht über diese Treppe in dies Schlafzimmer und um diese selbe Stunde ein jungem glücklicher Galan im gestickten Rock, à l'oisea royal frisiert und den Dreimaster ans Herz drückend; er ist längst im Grabe zu Staub zerfallen, das Herz seiner alten Geliebten hat aber erst heute zu schlagen aufgehört...« Unten angelangt, fand Hermann eine Tür, die er mit dem gleichen Schlüssel öffnete, und kam so in einen Korridor, durch den er auf die Straße gelangte.

V.

*Heute Nacht erschien mir die verstorbene Baronin v. A***. Sie war ganz in weiß gekleidet und sagte mir: »Guten Abend, Herr Rat.«*
Emanuel von Swedenborg.

Drei Tage später begab sich Hermann um neun Uhr früh in die Kirche des ***schen Klosters, zum Totenamt für die verstorbene Gräfin. Er empfand keine Reue, und doch gelang es ihm nicht, eine innere Stimme zum Schweigen zu bringen, die ihm ununterbrochen zuflüsterte: »Du bist der Mörder der Alten!« Obwohl er keinen richtigen Glauben hatte, war er doch sehr abergläubisch. Er glaubte, daß die tote Gräfin sein weiteres Leben ungünstig beeinflussen könne, und daher kam er zu ihrer Beerdigung, um sie um

Vergebung zu bitten. Die Kirche war überfüllt, und Hermann konnte sich nur mit der größten Mühe durch die Volksmenge hindurch drängen. Der Sarg stand auf einem prunkvollen Katafalk unter einem Samtbaldachin. Die Tote lag im offenen Sarg mit gekreuzten Armen und war mit einer Spitzenhaube und einem weißen Atlaskleid angetan. Um den Katafalk standen ihre Angehörigen und Hausgenossen: Diener in schwarzen Livreen mit Wappenbändern an der Schulter und Kerzen in der Hand, dann die Familie – ihre Kinder, Enkel und Urenkel, alle in Trauerkleidung. Niemand weinte, denn Tränen wären ja une affection gewesen. Die Gräfin war so alt, daß ihr Tod niemand erschüttern konnte, und die ganze Verwandtschaft betrachtete sie längst als gestorben. Ein junger Bischof hielt die Grabrede. Er schilderte in schlichten und rührenden Worten das friedliche Hinscheiden der Gerechten, deren langes Leben nur eine stille rührende Vorbereitung auf ein christliches Ende gewesen sei. »Der Engel des Todes,« sprach der Prediger, »fand sie wachend in gottgefällige Gedanken versunken und den Bräutigam, der da von Mitternacht kommt, erwartend.« Der Gottesdienst war zu Ende. Die Verwandten begannen Abschied von der Leiche zu nehmen. Ihnen folgte das Publikum, das in Scharen herbeigeströmt war, um derjenigen, die so lange Zeit an ihren Festen teilgenommen hatte, die letzten Ehren zu erweisen. Dann kam das Hausgesinde an die Reihe. Schließlich nahte die Haushälterin – eine Altersgenossin der Verstorbenen, von zwei Mädchen an den Armen geführt. Sie hatte nicht die Kraft, um die vorgeschriebene tiefe Verbeugung zu machen, dafür vergoß sie aber allein einige Tränen, während sie die erkaltete Hand der Herrin küßte.

Zuletzt entschloß sich auch Hermann an den Sarg zu treten. Er verbeugte sich bis zur Erde und blieb einige Augenblicke auf dem kalten mit Tannenreisig bestreuten Fußboden liegen; dann erhob er sich und ging die Stufen zum Katafalk herauf; er war so blaß wie die Tote selbst. Als er sich über die Tote neigte, schien es ihm, daß sie ihm höhnisch zulächelte und mit einem Auge blinzelte. Hermann wich eilig zurück, stolperte und fiel rücklings auf den Boden. Man hob ihn auf. Im gleichen Augenblick fiel Lisaweta Iwanowna in Ohnmacht, man trug sie schleunigst aus der Kirche ins Freie. Dieser Zwischenfall störte etwas die Feierlichkeit des traurigen Amtes. Die Besucher begannen zu tuscheln, und ein dürrer Kammerherr – ein naher Verwandter der Verstorbenen – erklärte einem neben ihm stehenden Engländer, der junge Offizier sei ein natürlicher Sohn der Gräfin, worauf der Engländer nur kühl »Oh?« erwiderte.

Den ganzen Tag darauf war Hermann sehr verstimmt. Er aß in einem entlegenen Gasthaus zu Mittag und trank dabei, ganz gegen seine Gewohnheit, viel Wein: er wollte sich etwas betäuben. Der Wein erhitzte aber seine

Phantasie noch viel mehr. Nach Hause zurückgekehrt, legte er sich angekleidet ins Bett und schlief gleich ein.

Als er erwachte, war es bereits Nacht. In sein Zimmer drang Mondlicht. Die Uhr zeigte dreiviertel drei. Er hatte ganz ausgeschlafen; auf dem Bette sitzend, dachte er noch an die Totenfeier der alten Gräfin. Da blickte plötzlich jemand von der Straße in sein Fenster herein und verschwand sofort wieder. Hermann schenkte dem keine Aufmerksamkeit. Nach einigen Minuten hörte er die Vorzimmertür knarren. Hermann dachte, es sei sein Bursche, der wie gewöhnlich betrunken heimkomme. Die Schritte kamen ihm jedoch unbekannt vor: es waren die Tritte leise schlürfender Pantoffel. Die Tür ging auf: ins Zimmer trat eine weißgekleidete weibliche Gestalt. Hermann glaubte im ersten Augenblick, es sei seine alte Amme, und wunderte sich, daß sie ihn um diese Nachtstunde besuche. Die weiße Frau kam immer näher und da erkannte er – die Gräfin!

»Ich komme zu dir gegen meinen Willen,« sagte sie mit fester Stimme. »Es ist mir aber befohlen worden, deine Bitte zu erfüllen. Die Drei, die Sieben und das Aß werden hintereinander gewinnen; du darfst aber im Laufe einer Nacht nur eine Karte besetzen und dann im ganzen Leben nie wieder spielen. Ich verzeihe dir meinen Tod, wenn du meine Pflegetochter Lisaweta Iwanowna heiratest ...« Mit diesen Worten wandte sie sich um, ging schlürfenden Schrittes zur Tür und verschwand. Hermann hörte noch, wie draußen die Tür zugeschlagen wurde, und sah, wie jemand wieder von der Straße ins Fenster blickte. Es verging lange Zeit, ehe Hermann zur Besinnung kommen konnte. Er ging ins Nebenzimmer. Sein Bursche schlief auf dem Fußboden, und mit großer Mühe gelang es Hermann, ihn zu wecken. Der Bursche war wie gewöhnlich betrunken, und man konnte aus ihm kein Wort herausbringen. Die Haustür war versperrt. Hermann ging wieder in sein Zimmer, machte Licht und notierte sich seine Vision.

VI.

Zwei unverrückbare Gedanken können in der Welt des Abstrakten unmöglich nebeneinander wohnen, wie in der Welt des Greifbaren zwei Körper unmöglich den gleichen Raum einnehmen können. In Hermanns Phantasie wurde das Bild der toten Alten ganz von den drei Karten – Drei, Sieben und Aß – verdrängt. Drei, Sieben und Aß gingen ihm nicht aus dem Kopfe und wichen nicht von seinen Lippen. Wenn er ein junges Mädchen sah, sagte er: »Sie ist schlank wie eine Coeur-Drei!« Wenn man ihn nach der Zeit fragte, sagte er: »In fünf Minuten eine Sieben.« Jeder beleibte Herr erinnerte ihn an das Aß. Drei, Sieben und Aß verfolgten ihn selbst im Traume und nahmen da alle möglichen Formen an: die Drei blühte als ein wunderbarer Grandiflorus, die Sieben erschien ihm als ein gotisches Portal und das Aß in der Gestalt einer Riesenspinne. Alle seine Gedanken liefen immer auf das eine hinaus: wie das so teuer erkaufte Geheimnis ausnutzen? Er wollte den Dienst quittieren und Reisen unternehmen. In den öffentlichen Spielsälen von Paris wollte er die Göttin Fortuna versuchen. Ein Zufall machte dies alles überflüssig. In Moskau hatten einige reiche Spieler einen Klub begründet; den Vorsitz führte der berühmte Tschekalinskij, der sein ganzes Leben am Spieltisch verbracht und Millionen erworben hatte, indem er Wechsel gewann und bares Geld verlor. Seine langjährigen Erfahrungen verschafften ihm das Vertrauen seiner Freunde; durch seine Gastfreundschaft, gute Küche und Liebenswürdigkeit erwarb er sich die Achtung des Publikums. Er siedelte nach Petersburg über. Die Jugend strömte scharenweise in sein Haus und vergaß die Bälle über den Karten und die Lockungen der Damenwelt bei den Lockungen des Pharao. Hermann wurde zu ihm von Narumow gebracht. Sie passierten eine Reihe prunkvoller Zimmer, in welchen wohlerzogene Lakaien herumstanden. Alle Säle waren überfüllt. Einige Generale und Geheimräte spielten Whist, die jüngeren Gäste lehnten in den Sofas, aßen Gefrorenes und rauchten Pfeifen. Im Salon stand ein langer Tisch, um den sich etwa zwanzig Spieler drängten; der Hausherr selbst hielt die Bank. Es war ein etwa sechzigjähriger Herr von höchst ehrwürdigem Äußern, sein Kopf war stark ergraut, sein volles frisches Gesicht drückte Gutmütigkeit aus, seine Augen leuchteten und lächelten unaufhörlich. Narumow stellte ihn Hermann vor. Tschekalinskij drückte ihm freundschaftlich die Hand, bat ihn, wie zu Hause zu sein, und fuhr fort, die Bank zu halten. Diese Taille dauerte lange. Auf dem Tische lagen gegen dreißig Karten. Nach jedem Wurf machte Tschekalinskij eine Pause, um den Spielern Gelegenheit zum Ordnen ihrer Karten und zum Ankreiden ihrer Verluste zu geben. Er hörte höflich jeden Wunsch an und glättete noch höflicher die aus Versehen umgebogenen Kartenecken. Endlich war die Taille zu Ende. Tschekalinskij mischte die Karten und machte Anstalten, mit der neuen Taille zu beginnen. »Gestatten Sie, daß ich mitspiele,« sagte Hermann, seine Hand hinter einem sehr korpulenten Pointeur hervorstreckend.

Tschekalinskij lächelte und nickte bejahend. Narumow gratulierte Hermann laut lachend zur Beendigung der langen Abstinenz und wünschte ihm einen glücklichen Anfang. »Ich setze!« sagte Hermann, den Betrag über ankreidend.

»Wieviel?« fragte der Bankhalter sich vorneigend. »Sie verzeihen, ich kann es nicht lesen.« »Siebenundvierzigtausend,« erwiderte Hermann. Alle Augen richteten sich aus Hermann. »Er ist wahnsinnig!« dachte Narumow.

»Gestatten Sie die Bemerkung,« sagte Tschekalinskij mit dem gleichen Lächeln, »daß Ihr Spiel sehr hoch ist; hier hat noch niemand über zweihundertfünfundsiebzig simple gesetzt.«

»Nun,« sagte Hermann, »wollen Sie meine Karte schlagen oder nicht?«

Tschekalinskij nickte wieder höflich bejahend.

»Ich möchte noch bemerken,« sagte Tschekalinskij, »daß ich, wie ich es dem mir entgegengebrachten Vertrauen schuldig bin, nur mit barem Geld Bank halte. Ich bin, natürlich fest davon überzeugt, daß Ihr Wort genügt. Lediglich der Ordnung wegen bitte ich Sie, Ihren Einsatz auf die Karte zu legen.«

Hermann zog ein Bankbillett aus der Tasche und reichte es Tschekalinskij. Dieser sah es flüchtig an und legte es auf Hermanns Karte. Dann begann er zu werfen. Rechts fiel eine Neun, links eine Drei.

»Gewonnen!« sagte Hermann, seine Karte vorzeigend. Unter den Spielern erhob sich ein Gemurmel. Tschekalinskij wurde ernst, sein Lächeln kehrte aber gleich wieder. »Wünschen Sie das Geld gleich in Empfang zu nehmen?« fragte er Hermann. »Wenn ich bitten darf.«

Tschekalinskij zog aus der Tasche einige Bankbilletts und beglich den Verlust. Hermann nahm das Geld und verließ gleich den Tisch. Narumow war ganz bestürzt. Hermann leerte ein Glas Limonade und fuhr nach Hause. Am nächsten Abend erschien er wieder bei Tschekalinskij, der auch diesmal die Bank hielt. Als Hermann an den Spieltisch trat, machten ihm die Pointeurs gleich Platz. Der Wirt lächelte ihm freundlich zu, Hermann wartete eine neue Taille ab und setzte dann auf eine Karte seine siebenundvierzigtausend und noch den gestrigen Gewinn dazu. Tschekalinskij spielte aus: rechts fiel ein Bube, links – eine Sieben.

Hermann zeigte seine Sieben.

Man schrie förmlich auf. Tschekalinskij wurde verlegen. Er zählte vierundneunzigtausend ab und übergab sie Hermann. Dieser nahm das Geld höchst kaltblütig in Empfang und ging sofort nach Hause.

Am nächsten Abend war er wieder da. Man erwartete ihn bereits, die Generale und Geheimräte hatten ihren Whist verlassen, um diesem ungewöhnlichen Spiel zuzusehen. Die jungen Offiziere verließen ihre Sofas, selbst die Lakaien kamen herbei. Alles drängte sich um Hermann. Die anderen Spieler setzten gar nicht und warteten erst den Ausgang ab. Hermann stand dem bleichen, aber noch immer lächelnden Tschekalinskij als einziger Pointeur gegenüber. Jeder nahm ein Spiel neuer Karten in die Hand. Tschekalinskij mischte, Hermann hob ab, wählte sich eine Karte und bedeckte sie mit einem

Haufen von Banknoten. Es sah wie ein Duell aus. Tiefes Schweigen herrschte ringsum.

Tschekalinskij spielte mit zitternden Händen aus: rechts fiel eine Dame, links – ein Aß.

»Das Aß hat gewonnen!« sagte Hermann und zeigte seine Karte.

»Ihre Dame ist geschlagen!« versetzte Tschekalinskij verbindlich.

Hermann zuckte zusammen: er hatte in der Tat statt eines Asses eine Pique-Dame besetzt. Er traute seinen Augen nicht und begriff nicht, wie er sich hatte irren können. In diesem Augenblick kam es ihm vor, als ob die Pique-Dame mit den Augen blinzelte und ihm zulächelt. Eine ungeheure Ähnlichkeit fiel ihm auf.

»Die Alte!« schrie er ganz außer sich.

Tschekalinskij kassierte die verlorenen Banknoten ein. Hermann stand wie versteinert. Als er seinen Platz am Tisch verließ, erhob sich ein Lärm von vielen Stimmen.

»Er hat es gut gemacht!« meinten die Spieler.

Tschekalinskij mischte die Karten, und ein neues Spiel begann.

Epilog.

Hermann wurde verrückt. Er befindet sich jetzt im Obuchowschen Spital auf Nummer siebzehn. Er antwortet auf keine Frage und murmelt mit rasender Geschwindigkeit unaufhörlich vor sich hin: »Drei, Sieben, Aß! Drei, Sieben, Dame!...«

Lisaweta Iwanowna verheiratete sich mit dem Sohn des ehemaligen Verwalters der alten Gräfin, einem liebenswürdigen jungen Menschen, der irgendwo im Staatsdienst ist und ein kleines Vermögen besitzt. Sie hat eine arme Verwandte als Pflegetochter bei sich aufgenommen. Tomskij ist Rittmeister geworden und hat die Fürstin Pauline geheiratet.

DER SARGMACHER

Die letzten Habseligkeiten des Sargmachers Adrian Prochorow waren auf den Leichenwagen gelegt, und ein Paar magerer Pferde schleppte diesen zum vierten Mal von der Basmannaja in die Nikitskaja, wohin der Sargmacher mit seinem ganzen Haushalt umzog. Er machte seinen Laden zu, nagelte eine Anzeige an die Tür, daß das Haus zu verkaufen und zu vermieten sei, und begab sich zu Fuß nach seiner neuen Wohnung. Als er sich dem gelben Häuschen näherte, das schon lange seine Phantasie gereizt und das er endlich für eine bedeutende Summe erworben hatte, fühlte der alte Sargmacher mit Erstaunen, daß sein Herz sich gar nicht freute. Als er über die neue Schwelle trat und in seiner neuen Behausung ein großes Durcheinander vorfand, gedachte er mit einem Seufzer seiner alten Hütte, wo achtzehn Jahre lang die strengste Ordnung geherrscht hatte; er fing an, seine beiden Töchter und die Magd wegen ihrer Langsamkeit zu schelten und legte selbst Hand an. Bald war die Ordnung hergestellt; der Schrein mit den Heiligenbildern, der Schrank mit dem Geschirr, der Tisch, das Sofa und das Bett nahmen die für sie bestimmten Winkel im Hinterzimmer ein; in die Küche und ins Wohnzimmer kamen aber die Erzeugnisse des Hausherrn: Särge von allen Farben und Größen, ebenso Schränke mit Trauerhüten, Mänteln und Fackeln. Über dem Tore prangte ein Schild mit der Darstellung eines wohlbeleibten Amors, der eine gesenkte Fackel in der Hand hielt, und der Inschrift: »Hier werden einfache und gestrichene Särge verkauft und überzogen, auch werden solche ausgeliehen und alte repariert.« Die Mädchen gingen auf ihre Kammer; Adrian machte eine Runde durch seinen Besitz, setzte sich ans Fester und ließ sich den Samowar bringen.

Der aufgeklärte Leser weiß, daß Shakespeare und Walter Scott ihre Totengräber als lustige und zum Scherzen aufgelegte Menschen darstellen, um durch diesen Kontrast unsere Phantasie mächtiger zu erregen. Aus Achtung vor der Wahrheit können wir aber diesem Beispiel nicht folgen und müssen gestehen, daß der Charakter unseres Sargmachers vollkommen seinem düsteren Handwerke entsprach. Adrian Prochorow war gewöhnlich finster und versonnen. Er brach sein Schweigen nur, um seine Töchter auszuzanken, wenn er sie beschäftigungslos am Fenster sitzen und nach den Vorbeigehenden ausschauen fand, oder um für seine Erzeugnisse einen übertriebenen Preis von denen zu verlangen, die das Unglück (zuweilen auch das Vergnügen) hatten, ihrer zu bedürfen. Adrian war auch jetzt, da er am Fenster saß und die siebente Tasse Tee leerte, wie immer in seine traurigen Betrachtungen versunken. Er dachte an den Regenguß, in den vor acht Tagen der Leichenzug eines verabschiedeten Brigadiers unmittelbar an der Stadtgrenze geraten war. Viele Trauermäntel waren nach diesem Guß enger geworden, viele Hüte hatten sich geworfen. Er sah unvermeidliche Auslagen voraus, denn sein alter Vorrat an Trauerkostümen geriet allmählich in einen jämmerlichen Zustand. Er hoffte, diesen Schaden bei der Beerdigung der alten Kaufmannswitwe Trjuchina herauszuschlagen, die schon seit einem Jahre im Sterben lag. Aber die Trjuchina starb auf dem Rasguljai, und Prochorow fürchtete, daß die Erben, trotz des gegebenen Versprechens, es scheuen würden, zu ihm so weit zu schicken, und sich mit seinem nächsten Konkurrenten einigen könnten. Diese Betrachtungen wurden unterbrochen durch ein dreimaliges Freimaurerklopfen an der Türe. »Wer ist da?« fragte der Sargmacher. Die Tür ging auf, und ins Zimmer trat ein Mann, in dem man auf den ersten Blick einen deutschen Handwerker erkannte und der sich mit der lustigsten Miene dem Sargmacher näherte. »Verzeihen Sie, Herr Nachbar,« sagte er in jenem russischen Dialekt, den wir noch immer nicht ohne Lachen anhören können: »verzeihen Sie, daß ich störe ... ich möchte schneller Ihre Bekanntschaft machen. Ich bin Schuhmacher, mein Name ist Gottlieb Schulz, und ich wohne hier gleich gegenüber in diesem Häuschen vor Ihren Fenstern. Morgen feiere ich meine silberne Hochzeit, und ich bitte Sie und Ihre Töchter, bei mir freundschaftlich zu Mittag zu speisen.« Die Einladung wurde wohlwollend angenommen. Der Sargmacher bat den Schuhmacher, Platz zu nehmen und eine Tasse Tee zu trinken, und dank dem offenen Charakter des Gottlieb Schulz kam bald ein freundschaftliches Gespräch in Fluß. »Wie geht das Geschäft, Euer Gnaden?« fragte Adrian. – »He, he.« antwortete Gottlieb Schulz: »verschieden. Klagen kann ich nicht, obwohl meine Ware doch ganz anders ist als die Ihrige: der Lebende kann sich ohne Stiefel behelfen, aber der Tote kann ohne Sarg nicht leben.« – »Sehr wahr!« bemerkte Adrian: »wenn aber der Lebende kein Geld hat, um sich Stiefel zu kaufen, so muß er barfuß laufen; doch der tote Bettler kriegt seinen Sarg umsonst.« So ging die Unterhaltung noch eine Weile; endlich stand der Schuhmacher auf und verabschiedete sich vom Sargmacher, wobei er seine Einladung wiederholte. Am andern Tag, punkt zwölf Uhr, traten der Sargmacher und seine Töchter aus der Pforte ihres neugekauften Häuschens und begaben sich zum Nachbarn. Ich will weder den russischen Kaftan Adrian Prochorows, noch den europäischen Putz Akulinas und Darjas beschreiben und weiche somit von der Übung der modernen Romanschreiber ab. Ich halte es jedoch nicht für überflüssig zu bemerken, daß die beiden jungen Mädchen gelbe Hüte und rote Schuhe trugen, die sie nur bei feierlichen Gelegenheiten zu tragen pflegten.

Die kleine Wohnung des Schuhmachers war voller Gäste; es waren dies hauptsächlich deutsche Handwerker mit ihren Frauen und Gesellen. Von russischen Beamten war nur der Esthe Jurko zugegen, ein Nachtwächter, der trotz seines bescheidenen Amtes das besondere Wohlwollen des Gastgebers genoß. Fünfundzwanzig Jahre hatte er dieses Amt treu und ehrlich versehen, wie der Postillon bei Pogorelskij. Der Brand von 1812, der die erste Hauptstadt des Reiches zerstörte, vernichtete auch sein gelbes Wächterhäuschen. Aber bald nach der Vertreibung des Feindes erschien an seiner Stelle ein neues, graugetünchtes mit weißen dorischen Säulen, vor dem Jurko wieder in seiner Rüstung aus grobem Tuch und mit der Hellebarde in der Hand auf und ab zu gehen begann. Er war fast allen Deutschen, die in der Nähe des Nikitskij-Tores wohnten, gut bekannt: viele von ihnen hatten schon manche Nacht vom Sonntag auf Montag in seinem Wächterhäuschen zugebracht. Adrian lernte ihn sofort als einen Menschen kennen, den er früher oder später vielleicht brauchen können würde, und als die Gäste sich an die Tafel setzten, nahmen sie nebeneinander Platz. Herr und Frau Schulz und ihre Tochter, das siebzehnjährige Lottchen, aßen mit den Gästen, bewirteten sie und halfen der Köchin beim Servieren. Das Bier floß in Strömen. Jurko aß für vier; Adrian stand ihm nicht nach; seine Töchter genierten sich jedoch mehr; die in deutscher Sprache geführte Unterhaltung wurde immer lauter. Plötzlich erbat sich der Hausherr Aufmerksamkeit, entkorkte eine versiegelte Flasche und rief auf russisch:

»Auf das Wohl meiner guten Luise!« Der Champagner zweiter Güte schäumte. Der Hausherr küßte zärtlich das frische Gesicht seiner vierzigjährigen Lebensgefährtin, und die Gäste tranken geräuschvoll auf das Wohl der guten Luise. »Auf das Wohl meiner liebenswürdigen Gäste!« verkündete der Hausherr, eine zweite Flasche entkorkend. Die Gäste dankten ihm, indem sie ihre Gläser von neuem leerten. Nun folgten die Trinksprüche aufeinander: man trank auf das Wohl eines jeden Gastes besonders; auf das Wohl von Moskau und eines ganzen Dutzend deutscher Städtchen; man trank auf das Wohl aller Zünfte im allgemeinen und jeder einzelnen im besonderen; man trank auf das Wohl aller Meister und ihrer Gesellen. Adrian trank mit großem Eifer und kam so sehr in Stimmung, daß er selbst einen scherzhaften Trinkspruch ausbrachte. Plötzlich erhob einer der Gäste, ein dicker Bäcker, sein Glas und rief: »Auf das Wohl derer, für die wir arbeiten, auf das Wohl unserer Kunden!« Dieser Vorschlag wurde wie die anderen freudig und einstimmig angenommen. Die Gäste begannen, sich voreinander zu verbeugen: der Schneider vor dem Schuhmacher, der Schuhmacher vor dem Schneider, der Bäcker vor den beiden, alle vor dem Bäcker usw. Jurko rief inmitten dieser gegenwärtigen Verbeugungen seinem Nachbarn zu: »Nun, Väterchen, trink' doch aus das Wohl deiner Toten!« Alle lachten, aber der Sargmacher hielt sich für beleidigt und wurde mürrisch. Niemand merkte es, die Gäste tranken weiter, und man läutete schon zur Vesper, als alle sich vom Tische erhoben.

Die Gäste trennten sich in später Stunde, zum größten Teil angeheitert. Der dicke Bäcker und der Buchbinder, dessen Gesicht in roten Saffian gebunden zu sein schien, führten Jurko an den Armen nach seinem Wächterhäuschen, eingedenk des russischen Sprichwortes: »Die Schuld wird erst durchs Bezahlen schön.« Der Sargmacher kam betrunken und wütend nach Hause. »Was ist das, in der Tat,« sprach er laut vor sich hin, »warum soll mein Handwerk weniger ehrenhaft sein als die übrigen? Ist denn der Sargmacher ein Bruder des Henkers? Worüber lachen diese Deutschen? Ist denn ein Sargmacher ein Hanswurst für die Fastnacht? Ich wollte sie schon zur Einweihung meiner neuen Wohnung einladen und ein Fest geben; doch das soll nicht sein. Ich lade aber diejenigen, für die ich arbeite: die rechtgläubigen Leichen« – »Was redest du, Väterchen?« sagte die Magd, die ihm gerade die Stiefel auszog. »Was sprichst du für Unsinn? Bekreuzige dich doch. Die Toten zu Gast laden. Fürchterlich.« – »Bei Gott, ich werde sie laden,« fuhr Adrian fort. »Und sogar für morgen. Bitte kommt doch, meine Wohltäter, zu mir morgen abend zu einem Schmaus. Ich werde euch traktieren mit allem, was mir Gott beschert hat.« Mit diesen Worten ging der Sargmacher zu Bett und begann bald zu schnarchen. Draußen war es noch dunkel, als man Adrian weckte. Die Kaufmannswitwe Trjuchina war in derselben Nacht gestorben, und ein berittener Bote vom Verwalter brachte Adrian diese Nachricht. Der Sargmacher gab ihm dafür zehn Kopeken Trinkgeld, zog sich in aller Eile an, nahm eine Droschke und fuhr nach dem Rasguljai. Am Tore des Sterbehauses stand schon die Polizei und gingen Kaufleute auf und ab, wie die Raben, die ein Aas wittern. Die Verstorbene lag auf dem Tisch, gelb wie Wachs, aber durch die Verwesung noch nicht entstellt. Verwandte, Nachbarn und das Hausgesinde drängten sich um sie. Alle Fenster standen offen; die Kerzen brannten; die Geistlichen lasen Gebete. Adrian ging auf Trjuchinas Neffen, einen jungen Kaufmann in modischem Rock, zu und erklärte ihm, daß er den Sarg, die Kerzen, die Sargdecke sowie das übrige Begräbniszubehör in bester Ordnung und pünktlich beistellen würde. Der Erbe dankte ihm zerstreut und sagte, er wolle wegen der Kosten nicht feilschen und verlasse sich in allen Dingen auf seine Anständigkeit. Der Sargmacher schwur seiner Gewohnheit gemäß bei Gott, daß er keinen Pfennig zuviel verlangen würde, wechselte mit dem Verwalter einen vielsagenden Blick und machte sich auf, um das Notwendige herbeizuschaffen. Den ganzen Tag fuhr er vom Rasguljai zum Nikitskij-Tor und zurück; gegen abend war er fertig, entließ die Droschke und ging zu Fuß heim. Es war eine Mondnacht. Der Sargmacher erreichte glücklich das Nikitskij-Tor. Bei der Himmelfahrtskirche rief ihn unser Freund Jurko an, und als er den Sargmacher erkannte, wünschte er ihm gute Nacht. Es war spät. Der Sargmacher näherte sich schon seinem Hause, als es ihm plötzlich vorkam, daß jemand auf die Hauspforte zuging, sie öffnete und eintrat. »Was mag das wohl bedeuten?« fragte sich Adrian. »Wer kann nach mir verlangen? Ist es vielleicht ein Dieb? Oder haben meine dummen Gänse Besuch von Geliebten? Das wäre möglich.« Der Sargmacher wollte schon seinen Freund Jurko zuhilfe rufen. Aber in diesem Augenblick näherte sich wieder jemand der Hauspforte und wollte eintreten; als er den Hausherrn heranlaufen sah, blieb er stehen und zog seinen Dreimaster. Das Gesicht kam Adrian bekannt vor, aber in der Eile konnte er es nicht genau sehen. »Sie kommen zu mir,« sagte Adrian atemlos: »treten Sie bitte ein.« – »Keine Umstände, Väterchen,« antwortete jener dumpf. »Geh' voraus und zeige den Gästen den Weg.« Adrian hatte auch keine Zeit, Umstände zu machen. Die Hauspforte stand offen, er ging die Treppe hinauf, und jener folgte ihm. Adrian kam es vor, als ob in seinen Zimmern Leute auf und ab gingen. »Was für ein Teufelsspuk!« dachte er sich und wollte eintreten ... aber hier knickten seine Beine ein. Das Zimmer war voller Toten. Der Mond schien durch die Fenster herein und beleuchtete ihre gelben und blauen Gesichter, die eingesunkenen Münder, die trüben, halbgeschlossenen Augen und die zugespitzten Nasen ... Adrian erkannte in ihnen mit Entsetzen Leute, die unter seiner Beteiligung beerdigt worden waren; in dem Gast, der zugleich mit ihm eingetreten war, den Brigadier, bei dessen Beerdigung es in Strömen geregnet hatte. Sie alle, die Herren und die Damen umringten den Sargmacher mit Verbeugungen und Komplimenten, mit Ausnahme eines Bettlers, der vor kurzem unentgeltlich begraben worden war und der, sich seiner Lumpen schämend, nicht näher kam und bescheiden in einem Winkel stand. Alle übrigen waren höchst anständig gekleidet: die Damen trugen Hauben mit Bändern; die Beamten hatten ihre Uniformen an, waren aber unrasiert; die Kaufleute waren in ihren Feiertagsröcken erschienen. »Siehst du, Prochorow,« sagte der Brigadier im Namen der ganzen Gesellschaft, »wir sind alle auf deine Einladung hin auferstanden; nur diejenigen sind zu Hause geblieben, die nicht kommen konnten, die ganz auseinandergefallen sind und nur noch aus Knochen ohne Haut bestehen; aber auch von diesen konnte sich einer nicht enthalten – so gerne wollte er dich besuchen ...« In diesem Augenblick drängte sich ein kleines Skelett durch die Menge und ging auf Adrian zu. Sein Schädel lächelte dem Sargmacher freundlich zu. Fetzen hellgrünen und roten Tuches und alter Leinwand hingen an ihm wie an einer Stange, während die Knochen seiner Füße in seinen hohen Reitstiefeln wie Stößel in Mörsern klapperten. »Du erkennst mich nicht, Prochorow,« sagte das Skelett. »Erinnerst du dich noch an den verabschiedeten Sergeanten der Garde

Pjotr Petrowitsch Kurilkin, denselben, dem du im Jahre 1799 deinen ersten Sarg verkauft hast, und dazu einen aus Fichtenholz statt aus Eichenholz?« Mit diesen Worten wollte er ihn in seine knöchernen Arme schließen. Aber Adrian nahm seine ganze Kraft zusammen, schrie auf und stieß ihn zurück. Pjotr Petrowitsch wankte, fiel hin und ging in Stücke. Unter den Toten erhob sich ein Gemurmel der Entrüstung; alle traten für die Ehre ihres Genossen ein, fielen über Adrian mit Schimpfworten und Drohungen her, und der arme Gastgeber, fast erdrückt und durch ihr Geschrei betäubt, verlor seine Geistesgegenwart, fiel selbst auf die Gebeine des verabschiedeten Sergeanten der Garde und verlor das Bewußtsein.

Die Sonne beleuchtete schon längst das Bett, auf dem der Sargmacher lag. Endlich schlug er die Augen auf und erblickte vor sich die Magd, die die Kohlen im Samowar anfachte. Mit Entsetzen erinnerte sich Adrian aller gestrigen Erlebnisse. Die Trjuchina, der Brigadier und der Sergeant Kurilkin tauchten wieder vor ihm auf. Er wartete schweigend, daß die Magd ein Gespräch beginnen und ihm über die Folgen der nächtlichen Abenteuer berichten würde.

»Wie du dich verschlafen hast, Väterchen Adrian Prochorowitsch,« sagte Aksinja, indem sie ihm seinen Schlafrock reichte. »Der Nachbar Schneider war da, auch der Nachtwächter mit der Mitteilung, daß der Revieraufseher heute Namenstag hat, aber du geruhtest noch zu schlafen, und wir wollten dich nicht wecken.«

»Kam denn niemand von der verstorbenen Trjuchina?« »Von der Verstorbenen? Ist sie denn gestorben?« »Dumme Gans! Hast du mir nicht selbst geholfen, alles für ihre Beerdigung herzurichten? »Was hast du, Väterchen: bist du von Sinnen oder ist der gestrige Rausch noch nicht verflogen? Was für eine Beerdigung hast du denn gestern gehabt? Du hast den ganzen Tag beim Deutschen gezecht, warst dann betrunken heimgekommen, hast dich aufs Bett geworfen und hast bis zur Stunde geschlafen, wo man zur Messe läutete.« »Wirklich?« fragte der Sargmacher erfreut. »Aber gewiß!« antwortete die Magd. »Nun, wenn es so ist, dann gib mir schnell Tee und ruf' die Töchter her.«

DER SCHNEESTURM

Ende des Jahres 1811, in der uns allen denkwürdigen Zeit, lebte auf seinem Landgute Neparadowo der wackere Gawrila Gawrilowitsch R. Er war durch seine Gastfreundlichkeit und Gutmütigkeit in der ganzen Gegend bekannt. Die Nachbarn kamen jeden Tag zu ihm auf Besuch um zu essen und zu trinken oder mit seiner Gattin, Praskowja Petrowna, Boston zu fünf Kopeken den Point zu spielen; viele auch, um ihre Tochter, Marja Gawrilowna, ein schlankes, bleiches siebzehnjähriges Mädchen zu sehen. Sie galt als reiche Partie, und viele ersehnten sie für sich oder für ihre Söhne.

Marja Gawrilowna war mit französischen Romanen erzogen worden und folglich verliebt. Ihr Auserwählter war ein armer Fähnrich von der Linie, der sich auf Urlaub auf dem Lande aufhielt. Es versteht sich von selbst, daß im Busen des jungen Mannes die gleiche Leidenschaft loderte, und daß die Eltern seiner Geliebten, als sie ihre gegenseitige Zuneigung merkten, der Tochter untersagten, an ihn nur zu denken, und ihn bei seinen Besuchen noch unfreundlicher aufnahmen als irgendeinen verabschiedeten Assessor.

Unsere Verliebten tauschten häufig Briefe aus und sahen sich täglich unter vier Augen im Fichtengehölz oder bei der alten Kapelle. Dort schwuren sie einander ewige Liebe, beklagten ihr Los und schmiedeten allerlei Pläne. Nach den vielen Gesprächen und Briefen gelangten sie (was ja sehr natürlich ist) zu folgendem Schluß: »Da wir ohne einander nicht atmen können und der Wille der grausamen Eltern unserm Glücke im Wege steht, könnten wir uns da nicht auch ohne ihre Einwilligung behelfen?« Es versteht sich, daß dieser glückliche Gedanke zuerst dem jungen Mann gekommen war und der romantischen Phantasie Marja Gawrilownas außerordentlich zusagte.

Der eingetretene Winter machte ihren Zusammenkünften ein Ende; ihr Briefwechsel wurde aber um so lebhafter. Wladimir Nikolajewitsch beschwor sie in einem jeden seiner Briefe, die seinige zu werden: sich mit ihm heimlich trauen zu lassen, eine Zeitlang in einem Versteck zu leben und dann den Eltern zu Füßen zu stürzen; die Eltern aber würden sich von der heroischen Treue und dem Unglück der Liebenden rühren lassen und sicherlich sagen: »Kinder! Kommt in unsere Arme.«

Marja Gawrilowna schwankte; viele Fluchtpläne wurden von ihr nacheinander verworfen. Endlich willigte sie ein: an dem für die Entführung bestimmten Tage sollte sie nicht zu Abend essen und sich, Kopfweh vorschützend, in ihr Zimmer zurückziehen. Dann sollte sie mit ihrer Zofe, die in die Verschwörung eingeweiht war, durch den Hinterflur in den Garten gehen, hinter dem Garten einen angespannten Schlitten vorfinden, in diesen einsteigen und etwa fünf Werst weit nach dem Dorf Schadrino direkt zur Kirche fahren, wo Wladimir sie schon erwarten würde.

Die Nacht vor dem entscheidenden Tage konnte Marja Gawrilowna keinen Schlaf finden; sie packte ihre Sachen, band Wäsche und Kleider zu einem Bündel zusammen und schrieb einen langen Brief an ihre Freundin, ein sehr empfindsames junges Mädchen, und einen zweiten an ihre Eltern. Sie nahm von ihnen in den rührendsten Ausdrücken Abschied, entschuldigte ihren Schritt mit der unüberwindlichen Macht der Leidenschaft und schloß mit den Worten, daß sie den Augenblick, in dem sie ihren teuren Eltern zu Füßen fallen dürfte, für den glücklichsten ihres Lebens betrachten würde. Nachdem sie beide mit einem in Tula verfertigten Petschaft, auf dem zwei flammende Herzen, von einer entsprechenden Inschrift umgeben, dargestellt waren, versiegelt hatte, warf sie sich beim Tagesgrauen auf ihr Lager und schlummerte ein, wurde aber fortwährend von furchtbaren Traumbildern aufgeschreckt. Bald schien es ihr, daß ihr Vater gerade in dem Augenblick, da sie in den Schlitten stieg, um zur Trauung zu fahren, sie überraschte, mit schmerzvoller Schnelligkeit über den Schnee schleifte und in ein finsteres, fensterloses Verließ stieße ... sie stürzte kopfüber hinab, während ihr Herz sich unaussprechlich zusammenkrampfte; bald sah sie Wladimir blaß und verblutend im Grase liegen; im Sterben beschwor er sie mit herzzerreißender Stimme, sich sofort mit ihm trauen zu lassen. Noch viele andere gestaltlose und sinnlose Schreckbilder schwebten eines nach dem andern vor ihren Blicken. Als sie endlich aufstand, war sie blasser als sonst und hatte wirkliches Kopfweh. Vater und Mutter merkten sofort ihre Unruhe; die zärtliche Besorgtheit der Eltern und ihre unaufhörlichen Fragen: »Was hast du, Mascha? Bist du nicht wohl, Mascha?« schnitten sie ins Herz. Sie versuchte, sich zu beruhigen und sorglos zu erscheinen, brachte es aber nicht fertig. Indessen wurde es Abend. Der Gedanke, daß sie den scheidenden Tag zum allerletzten Mal inmitten der Ihrigen begleite, bedrückte sie schwer. Sie war mehr tot als lebendig; im Geiste verabschiedete sie sich schon von allen Personen und Gegenständen, die sie umgaben. Das Abendessen wurde aufgetragen; ihr Herz begann heftig zu pochen. Mit bebender Stimme erklärte sie, daß sie heute nicht zu Abend essen würde, und wünschte den Eltern gute Nacht. Diese küßten sie und gaben ihr, wie jeden Abend, ihren Segen; sie fing dabei beinahe zu weinen an. Als sie in ihr Zimmer kam, ließ sie sich in einen Sessel fallen und brach in Tränen aus. Die Zofe beschwor sie, sich zu beruhigen und Mut zu fassen. Alles war schon bereit. In einer halben Stunde schon sollte Mascha dem Elternhause, ihrem Zimmer und dem stillen Mädchendasein für immer Lebewohl sagen...

Draußen tobte ein Schneesturm; der Wind heulte, die Fensterläden bebten und klopften; alles erschien ihr drohend und unheilkündend. Bald war es im Hause still; alle schliefen. Mascha hüllte sich in ihren Schal, zog sich einen warmen Mantel an, nahm ihr Köfferchen in die Hand und trat auf den Hinterflur. Die Zofe folgte ihr mit zwei Bündeln. Sie gingen in den Garten hinunter. Der Schneesturm wütete noch immer; der Wind blies Mascha ins Gesicht, wie wenn er die junge Missetäterin aufhalten wollte. Mit großer Mühe gelangten sie an das Ende des Gartens. Auf der Straße wartete schon der Schlitten. Die durchfrorenen Pferde wollten nicht mehr ruhig stehen; Wladimirs Kutscher ging vor den Deichselstangen auf und ab und bemühte sich, die Ungeduldigen zu halten. Er half dem Fräulein und der Zofe in den Schlitten zu steigen und die Bündel und das Köfferchen unterzubringen, ergriff die Zügel, und die Pferde rasten dahin. Wir wollen aber das Fräulein der Sorge des Schicksals und der Kunst des Kutschers Terjoschka anvertrauen und uns zu unserm jungen Liebhaber wenden.

Wladimir war den ganzen Tag unterwegs. Am Morgen besuchte er den Priester von Schadrino und einigte sich mit ihm, nicht ohne Mühe. Dann begab er sich auf die Suche nach Trauzeugen zu den benachbarten Gutsbesitzern. Der erste, den er aufsuchte, der vierzigjährige ehemalige Kornett Drawin willigte mit Freuden ein. Dieses Abenteuer, behauptete er, erinnere ihn an die Husarenstreiche seiner Jugend. Er bewog Wladimir, bei ihm zu Mittag zu essen, und versicherte ihm, daß die zwei noch fehlenden Zeugen sich unschwer finden lassen würden. Gleich nach dem Essen erschienen tatsächlich der Geometer Schmidt, der einen Schnurrbart und Sporen trug, und der Sohn des Landpolizeihauptmanns, ein etwa sechzehnjähriger Junge, der vor kurzem bei den Ulanen eingetreten war. Sie nahmen Wladimirs Vorschlag nicht nur an, sondern erklärten sich auch bereit, für ihn ihr Leben aufs Spiel zu setzen. Wladimir schloß sie entzückt in seine Arme und fuhr nach Hause, um die letzten Vorbereitungen zu treffen.

Es dämmerte schon seit geraumer Zeit. Wladimir schickte seinen verläßlichen Terjoschka mit einer Troika und genauer und ausführlicher Instruktion nach Neparadowo, ließ sich den kleinen einspännigen Schlitten geben und fuhr allein ohne Kutscher nach Schadrino, wo nach etwa zwei Stunden auch Marja Gawrilowna eintreffen sollte. Der Weg war ihm gut bekannt, und die Fahrt dauerte gewöhnlich nur zwanzig Minuten.

Kaum hatte aber Wladimir das Dorf verlassen, als sich ein Wind erhob und ein solcher Schneesturm losbrach, daß er nichts mehr sehen konnte. Die Straße war in einem Augenblick unter den Schneemassen verschwunden; ein trüber, gelblicher Nebel, durch den die weißen Schneeflocken flogen, verdeckte den Ausblick; der Himmel floß mit der Erde in eins zusammen;

Wladimir sah sich plötzlich mitten im freien Feld und machte vergebliche Versuche, wieder auf die Straße zu gelangen. Das Pferd lief aufs Geratewohl; bald fuhr es in einen Schneehaufen hinein, bald versank es in einen Graben; der Schlitten kippte jeden Augenblick um. Wladimir war nur auf das eine bedacht: die Richtung nicht zu verlieren. Es war aber schon, wie ihm schien, mehr als eine halbe Stunde vergangen, und er hatte das Gehölz von Schadrino noch immer nicht erreicht.

Es vergingen noch zehn Minuten – vom Gehölz war noch immer nichts zu sehen. Wladimir fuhr über ein Feld, das von tiefen Gräben durchzogen war. Der Schneesturm wollte sich nicht legen und der Himmel sich nicht aufklären.

Das Pferd begann müde zu werden, und er selbst kam in Schweiß, obwohl er jeden Augenblick bis an den Gürtel in den Schnee versank.

Bald merkte er, daß er in falscher Richtung fuhr. Wladimir hielt an, überlegte sich seine Lage und kam zur Überzeugung, daß er etwas mehr nach rechts fahren müsse. Er fuhr nach rechts. Das Pferd bewegte vor Müdigkeit kaum die Beine. Er war schon mehr als eine Stunde unterwegs. Schadrino mußte ganz in der Nähe sein. Er fuhr aber immer weiter, und das Feld nahm kein Ende. Immer neue Schneehaufen und Gräben; der Schlitten kippte immer wieder um, und er mußte ihn immer wieder aufrichten. Die Zeit verging; Wladimir wurde nun ernsthaft unruhig.

Endlich zeigte sich seitwärts etwas Dunkles. Wladimir lenkte das Pferd in diese Richtung. Als er näher kam, sah er, daß es ein Gehölz war. »Gott sei Dank.« sagte er sich: »Jetzt ist es nicht mehr weit.« Er fuhr am Gehölz entlang, denn er hoffte, entweder auf die ihm wohlbekannte Landstraße zu kommen oder das Gehölz zu umbiegen; Schadrino mußte ja gleich dahinter liegen. Bald fand er den Weg und fuhr in das Dunkel der Bäume, die der Winter ihres Laubes beraubt hatte. Der Wind konnte hier nicht mehr so furchtbar wüten; die Straße war eben, das Pferd faßte neuen Mut, und Wladimir beruhigte sich. Er fuhr aber und fuhr, doch von Schadrino war immer noch nichts zu sehen, das Gehölz wollte kein Ende nehmen. Wladimir merkte mit Schrecken, daß er in einen ihm unbekannten Wald geraten war. Verzweiflung bemächtigte sich seiner. Er gab dem Pferd die Peitsche; das arme Tier versuchte Trab zu laufen, wurde aber bald müde und ging schon nach einer Viertelstunde, trotz aller Bemühungen des unglücklichen Wladimirs, wieder im Schritt.

Allmählich lichtete sich das Dickicht, und Wladimir fuhr aus dem Walde heraus. Von Schadrino war nichts zu sehen. Es mochte gegen Mitternacht sein. Tränen traten ihm in die Augen; er fuhr aufs Geratewohl weiter. Der Sturm hatte sich gelegt, die Wolken verzogen sich; vor ihm lag ein von einem weißen, welligen Teppich bedecktes Tal. Die Nacht war ziemlich hell. Er entdeckte in der Nähe ein Dörfchen, das aus vier oder fünf Höfen bestand. Wladimir fuhr auf das Dörfchen zu. Beim ersten Bauernhause sprang er aus dem Schlitten, lief auf ein Fenster zu und begann zu klopfen. Nach einigen Minuten ging der hölzerne Laden auf, und ein alter Mann streckte seinen grauen Bart heraus. »Was willst du?« – »Ist es weit bis Schadrino?« – »Ob es bis Schadrino weit ist?« – »Ja, ja. Ist es weit?« – »Gar nicht weit: an die zehn Werst.« Als Wladimir diese Antwort hörte, fuhr er sich in die Haare und erstarrte wie ein zum Tode Verurteilter. »Und wo kommst du her?« fuhr der Alte fort. Wladimir hatte aber nicht den Mut, seine Frage zu beantworten. »Alter,« wandte er sich an ihn, »kannst du mir Pferde nach Schadrino verschaffen?« – »Woher sollen wir Pferde haben?« antwortete der Bauer. »Kann ich vielleicht einen Führer bekommen, der den Weg nach Schadrino kennt. Ich will ihm bezahlen, soviel er verlangt.« – »Wart' einmal,« sagte der Alte, den Fensterladen schließend, »ich will dir meinen Sohn schicken; er wird dich begleiten.« Wladimir begann zu warten. Es war aber noch keine halbe Minute vergangen, als er wieder zu klopfen anfing. Der Laden ging auf, und der graue Bart zeigte sich wieder. »Was willst du?« – »Wo bleibt denn dein Sohn?« – »Gleich kommt er: er zieht sich die Stiefel an. Friert es dich vielleicht? Komm nur herein und wärme dich.« – »Ich danke. Schicke schneller deinen Sohn heraus.«

Bald knarrte das Tor. Ein Bursche, mit einem dicken Knüttel in der Hand, kam heraus und ging vor dem Schlitten her, den schneeverwehten Weg bald zeigend und bald suchend. »Wie spät ist es?« fragte ihn Wladimir. »Es wird wohl bald tagen,« antwortete der junge Bauer. Wladimir sprach nun kein Wort mehr. Die Hähne krähten, und es war schon hell, als sie Schadrino erreichten. Die Kirche war geschlossen. Wladimir bezahlte seinen Führer und fuhr zum Geistlichen. Auf dessen Hofe war aber keine Troika zu sehen. Was für eine Nachricht erwartete ihn da!

Kehren wir aber zu den braven Gutsbesitzern von Neparadowo zurück und sehen wir, was bei ihnen vorgeht.

Nichts Besonderes.

Die Alten standen wie jeden Morgen auf und kamen in die gute Stube: Gawrila Gawrilowitsch in Nachtmütze und Flausjacke, Praskowja Petrowna in wattiertem Schlafrock. Als der Samowar aufgetragen war, schickte Gawrila Gawrilowitsch ein Mädchen zu Marja Gawrilowna, sie zu fragen, wie es ihr heute ginge und wie sie geschlafen habe. Das Mädchen kam zurück und meldete, daß das gnädige Fräulein sehr schlecht geschlafen habe, sich aber jetzt schon etwas besser fühle und bald kommen werde. Die Tür ging tatsächlich auf, und Marja Gawrilowna trat ein, um Papa und Mama zu begrüßen.

»Wie ist es mit deinem Kopfweh, Mascha?« fragte Gawrila Gawrilowitsch. – »Es geht schon besser, Papachen,« antwortete Mascha. – »Es kommt wohl vom Ofendunst,« meinte Praskowja Petrowna. – »Ja, wahrscheinlich, Mamachen,« erwiderte Mascha.

Der Tag verlief glücklich, aber gegen Abend wurde Mascha krank. Man schickte in die Stadt nach einem Arzt. Dieser kam sehr spät und traf die Kranke im Delirium an. Sie hatte heftiges Fieber, und die Ärmste schwebte zwei Wochen lang zwischen Leben und Tod. Niemand im Hause wußte etwas von der geplanten Flucht. Die Briefe, die Mascha am Vorabend geschrieben, hatte sie verbrannt; die Zofe sagte aus Furcht vor dem Zorn der Herrschaft niemand ein Wort. Der Geistliche, der ehemalige Kornett, der Geometer mit dem Schnurrbart und der kleine Ulan waren diskret und hatten wohl ihre Gründe dafür. Der Kutscher Terjoschka verschnappte sich selbst im Rausche nicht. So wurde das Geheimnis von dem halben Dutzend Mitverschworener treu behütet. Doch Marja Gawrilowna selbst verriet es in ihrem fortwährenden Delirium. Ihre Worte waren aber so wirr, daß die Mutter, die das Krankenzimmer für keinen Augenblick verließ, aus ihnen nur das eine verstehen konnte, daß ihre Tochter sterblich in Wladimir Nikolajewitsch verliebt sei und daß die Erkrankung wahrscheinlich mit dieser Liebe zusammenhänge. Sie beriet sich mit ihrem Gatten und einigen Nachbarn, und alle kamen überein, daß es dem jungen Mädchen wohl vom Schicksal so beschieden sei, daß niemand dem ihm vom Himmel vorausbestimmten Ehegenossen entrinnen könne, daß Armut keine Schande sei, daß man nicht das Geld, sondern den Menschen heirate und so weiter. Moralische Sprichwörter pflegen ungemein nützlich in solchen Fällen zu sein, wo man selbst keinerlei Rechtfertigung zu ersinnen vermag. Das junge Mädchen erholte sich indessen wieder. Wladimir hatte sich schon lange nicht mehr in Gawrila Gawrilowitschs Hause blicken lassen. Die Behandlung, die ihm hier immer zuteil wurde, schreckte ihn wohl ab. Es wurde beschlossen, ihn kommen zu lassen, um ihm das unerwartete Glück: die Einwilligung auf die Ehe zu verkünden. Wie groß war aber das Erstaunen der Gutsbesitzer von Neparadowo, als sie von ihm als Antwort auf die Einladung einen halbverrückten Brief erhielten. Er teilte ihnen mit, daß er seinen Fuß nie wieder über ihre Schwelle setzen würde, und bat sie, den Unglücklichen, für den der Tod nun die einzige Hoffnung sei, zu vergessen. Nach einigen Tagen erfuhren sie, daß Wladimir wieder in sein Regiment eingerückt war. Das geschah im Jahre 1812. Man konnte sich lange nicht entschließen, dies der genesenden Mascha zu melden. Sie sprach nie mehr von Wladimir. Als sie einige Monate später seinen Namen unter denen, die sich bei Borodino ausgezeichnet hatten und schwer verwundet waren, las, fiel sie in Ohnmacht, und man fürchtete schon, daß ihre Krankheit zurückkehren würde. Der Ohnmachtsanfall hatte aber, Gott sei Dank, keine ernsten Folgen.

Sie wurde von einem andern Kummer heimgesucht: Gawrila Gawrilowitsch verschied und ließ sie als Erbin seines ganzen Besitzes zurück. Die Erbschaft gab ihr aber keinen Trost; sie teilte aufrichtig die Trauer Praskowja Petrownas und schwor, sich niemals von ihr trennen zu wollen. Die beiden verließen Neparadowo, die Stätte trauriger Erinnerungen, und zogen auf ihr ***sches Gut. Die Freier umschwirrten auch hier das hübsche und reiche Mädchen; sie gab aber niemand auch die leiseste Hoffnung. Die Mutter redete ihr manchmal zu, sich einen Ehegenossen zu wählen. Marja Gawrilowna schüttelte aber nur den Kopf und wurde nachdenklich. Wladimir weilte nicht mehr unter den Lebenden: er war zu Moskau, am Vorabend des Einzuges der Franzosen, gestorben. Sein Andenken schien Mascha heilig zu sein; jedenfalls bewahrte sie alles, was an ihn erinnerte, treulich auf: die Bücher, die er einst gelesen, seine Zeichnungen, Noten und die Verse, die er für sie abgeschrieben. Die Nachbarn, die solches hörten, bewunderten ihre Standhaftigkeit und erwarteten mit Neugier den Helden, der über die rührende Treue der jugendlichen Artemis triumphieren würde.

Der Krieg war indessen ruhmvoll beendet. Unsere Heere kehrten aus dem Auslande zurück. Das Volk eilte ihnen entgegen. Die Regimentskapellen spielten die im Feldzuge eroberten Weisen: Vive Henri-Quatre, Tyroler Walzer und Arien aus der »Joconde«. Die Offiziere, die als halbe Knaben ins Feld gezogen waren, kehrten, im Pulverdampf der Schlachten zu Männern geworden, mit Ehrenkreuzen geschmückt, heim. Die Soldaten plauderten lustig miteinander, fortwährend deutsche und französische Worte in ihre Rede mischend. Unvergeßliche Zeit! Die Zeit des Ruhmes und der Begeisterung! Wie stark pochte das russische Herz beim Klange des Wortes »Vaterland«! Wie süß waren die Freudentränen des Wiedersehens! Wie einmütig verbanden wir das Gefühl des nationalen Stolzes mit der Liebe zum Kaiser! Und für diesen selbst – welche Augenblicke!

Die Frauen, die russischen Frauen waren damals unvergleichlich. Ihre gewöhnliche Kühle war verschwunden. Ihr Entzücken war wahrlich berauschend, als sie die Sieger mit »Hurra!« begrüßten »und in die Luft die Häubchen warfen...«

Wer von den damaligen Offizieren wird nicht zugeben, daß er von der russischen Frau den besten, den kostbarsten Lohn empfingt... Marja Gawrilowna lebte um diese glanzvolle Zeit mit ihrer Mutter im ***schen Gouvernement und sah gar nicht, wie die beiden Residenzen die zurückgekehrten Truppen feierten. In der Provinz und auf dem flachen Lande war die allgemeine Begeisterung vielleicht noch stärker. Das Erscheinen eines Offiziers in solchen Gegenden war ein wahrer Triumph, und ein Liebhaber in Zivilfrack konnte neben ihm gar nicht aufkommen. Wie gesagt, war Marja

Gawrilowna trotz ihrer Kälte nach wie vor von Bewerbern umgeben. Alle mußten aber weichen, als der verwundete Husarenhauptmann Burmin mit dem Georgskreuze im Knopfloch und der »interessanten Blässe«, wie sich die damaligen jungen Damen ausdrückten, im Gesicht auf ihrem Schlosse erschien. Er war an die sechsundzwanzig Jahre alt. Er verbrachte den Urlaub auf seinen Besitzungen, die in der Nähe des Gutes Marja Gawrilownas lagen. Marja Gawrilowna zeichnete ihn vor allen anderen aus. In seiner Gegenwart wich ihre gewöhnliche Versonnenheit einem lebhafteren Gemütszustand. Man kann nicht behaupten, daß sie mit ihm kokettierte, aber ein Dichter, der ihr Benehmen sähe, würde gesagt haben:

»Se amor non é, che dunche?«

Burmin war in der Tat ein liebenswürdiger junger Mann. Er besaß gerade jenen Geist, der den Damen so gut gefällt: den Geist des Anstandes und der Aufmerksamkeit ganz ohne Anmaßung, doch mit gutmütigem Humor. Sein Benehmen Marja Gawrilowna gegenüber war einfach und ungezwungen; doch was sie auch sagen oder tun mochte, seine Seele und seine Blicke folgten ihr. Er schien einen stillen und bescheidenen Charakter zu haben, aber es wurde behauptet, daß er einst ein schlimmer Taugenichts gewesen sei, was ihm übrigens in Marja Gawrilownas Augen durchaus nicht zu schaden vermochte, da sie (wie alle jungen Damen) gern alle Streiche verzieh, die Kühnheit und feuriges Temperament verrieten.

Doch mehr als alles andere ... (mehr als seine zärtliche Veranlagung, mehr als seine angenehme Unterhaltungsgabe, als seine interessante Blässe, als sein verwundeter Arm) mehr als das alles war es das Schweigen des jungen Husaren, das ihre Neugier und Phantasie reizte. Sie konnte sich nicht verhehlen, daß sie ihm sehr gefiel; wahrscheinlich hatte auch er bei seinem Geist und seiner Erfahrung schon bemerkt, daß sie ihn vor den andern auszeichnete; wie war es nun zu erklären, daß sie ihn noch immer nicht zu ihren Füßen gesehen und sein Geständnis nicht zu hören bekommen? Was hielt ihn zurück? Schüchternheit, die von wahrer Liebe unzertrennlich ist, Stolz oder die Koketterie eines schlauen Schürzenjägers? Das war ihr ein Rätsel. Als sie sich das alles ordentlich überlegt hatte, sagte sie sich, daß Schüchternheit der einzige Grund seiner Zurückhaltung sein müsse, und sie entschloß sich, ihn durch erhöhte Aufmerksamkeit und, wenn es die Umstände verlangten, selbst durch Zärtlichkeit zu ermutigen. Sie war auf eine höchst unerwartete Lösung gefaßt und erwartete mit Ungeduld den Augenblick der romantischen Liebeserklärung. Jedes Geheimnis, ganz gleich welcher Natur, ist den Frauenherzen unerträglich. Ihre strategischen Maßnahmen führten zum erwünschten Erfolg; Burmin versank jedenfalls in so tiefe Nachdenklichkeit, und seine schwarzen Augen blickten mit solchem Feuer auf Marja

Gawrilowna, daß der entscheidende Moment ganz nahe zu sein schien. Die Nachbarn sprachen von der Hochzeit als von einer beschlossenen Tatsache, und die gute Praskowja Petrowna freute sich, daß ihre Tochter endlich einen würdigen Bräutigam gefunden habe. Die alte Dame saß einmal im Wohnzimmer, mit einer Grand-Patience beschäftigt, als Burmin ins Zimmer trat und sich sofort nach Marja Gawrilowna erkundigte. »Sie ist im Garten,« antwortete die Mutter, »gehen Sie zu ihr, ich werde Sie hier erwarten.« Burmin ging hinaus, und die alte Dame bekreuzigte sich und dachte: Vielleicht wird die Sache heute zur Entscheidung kommen!

Burmin traf Marja Gawrilowna am Teiche, unter einer Weide, mit einem Buche in der Hand, – als echte Romanheldin. Nachdem die ersten Fragen ausgetauscht waren ließ Marja Gawrilowna das Gespräch absichtlich stocken, die beiderseitige Verlegenheit auf diese Weise dermaßen vergrößernd, daß nur eine plötzliche und entscheidende Erklärung befreiend wirken könnte. So kam es auch: als Burmin die Schwierigkeit seiner Lage merkte, erklärte er, daß er schon längst eine Gelegenheit gesucht habe, vor ihr sein Herz zu enthüllen, und bat sie um eine Minute Gehör. Marja Gawrilowna machte das Buch zu und senkte zum Zeichen des Einverständnisses die Augen. »Ich liebe Sie,« begann Burmin, »ich liebe Sie leidenschaftlich ...« (Marja Gawrilowna errötete und ließ den Kopf noch tiefer sinken.) »Ich handelte leichtsinnig, als ich mich der süßen Gewohnheit, Sie alltäglich zu sehen und zu hören, hingab...« (Marja Gawrilowna mußte an den ersten Brief des St. Preux denken.) »Nun ist es zu spät, mich meinem Schicksale zu widersetzen: die Erinnerung an Sie, Ihr liebes, unvergleichliches Bild wird nun die ewige Qual und die ewige Wonne meines Lebens sein; eine schwere Pflicht ist aber noch zu erfüllen: ich muß Ihnen ein schreckliches Geheimnis enthüllen und damit eine unüberwindliche Schranke zwischen uns errichten...« – »Diese Schranke hat schon immer bestanden,« unterbrach ihn Marja Gawrilowna lebhaft, »niemals konnte ich die Ihre werden.« – »Ich weiß es,« antwortete er leise, »ich weiß, daß Sie schon einmal geliebt haben; aber der Tod und die drei Jahre der Trauer ... Liebe, gute Marja Gawrilorowa, versuchen Sie nicht, mir meinen letzten Trost zu rauben: den Gedanken, daß Sie bereit wären, mein ganzes Glück zu sein, wenn ...« – »Schweigen Sie, um Gottes willen, schweigen Sie. Sie quälen mich.« – »Ja, ich weiß, ich fühle es, daß Sie die meinige werden würden, aber ich, ich unseligstes Geschöpf, – ich bin schon verheiratet.«

Marja Gawrilowna blickte ihn erstaunt an. »Ich bin verheiratet,« fuhr Burmin fort, »seit vier Jahren schon, und ich weiß nicht, wer meine Frau ist, wo sie weilt und ob es mir beschieden ist, sie je wiederzusehend »Was sagen Sie?!« rief Marja Gawrilowna aus: »Wie seltsam. Fahren Sie fort; ich will Ihnen später erzählen, aber fahren Sie um Gottes willen fort.«

»Zu Beginn des Jahres 1812« erzählte Burmin, »eilte ich nach Wilna, wo sich unser Regiment befand. Als ich eines Abends zur späten Stunde auf eine Station kam und sofort anzuspannen begann, erhob sich ein furchtbarer Schneesturm, und der Stationsaufseher und die Kutscher rieten mir, abzuwarten. Ich folgte ihnen, aber eine unbegreifliche Unruhe bemächtigte sich meiner; mir war es, als ob mich jemand fortwährend stieße. Der Schneesturm wollte sich nicht legen. Ich hielt es nicht länger aus, gab wieder den Befehl anzuspannen und setzte trotz des Sturmes meine Reise fort. Der Kutscher hatte den Einfall, über den Fluß zu fahren, was die Reise um drei Werst abkürzen sollte. Die Flußufer waren vom Schnee verweht. Der Kutscher verpaßte die Stelle, wo man wieder auf die Landstraße kommen konnte, und so gerieten wir in eine gänzlich unbekannte Gegend. Der Sturm wütete noch immer. Ich sah einen Lichtschein und ließ auf dieses Ziel fahren. Wir kamen in ein Dorf; in der hölzernen Kirche brannte Licht. Die Kirchentür stand offen; hinter der Kirchenmauer warteten einige Schlitten, und vor dem Eingang gingen Menschen auf und ab. 'Hierher, hierher« riefen einige Stimmen. Ich befahl dem Kutscher, vor der Kirche zu halten. ›Mein Gott, wo bliebst du so lange?‹ sagte mir jemand: ›Die Braut ist ohnmächtig; der Pope weiß nicht, was zu tun; wir wollten schon nach Hause fahren. Komm aber schnell her!‹ Ich sprang schweigend aus dem Schlitten und trat in die Kirche, die von zwei oder drei Kerzen schwach erleuchtet war. Ein Mädchen saß auf einer Bank in einer finsteren Ecke; ein anderes rieb ihr die Schläfen. ›Gott sei Dank,‹ sagte das letztere: ›Wir haben Sie kaum erwarten können. Sie haben das Fräulein beinahe getötet. Der alte Geistliche ging auf mich zu und fragte: ›Sollen wir beginnen?‹ –,Ja, beginnen Sie, Hochwürden, beginnen Sie,‹ antwortete ich zerstreut. Man hob das Mädchen auf. Es erschien mir recht hübsch... Ein unerklärlicher, unverzeihlicher Leichtsinn... Ich stellte mich neben sie vor den Altar; der Priester hatte große Eile; die drei Männer und die Zofe stützten die Braut und waren mit ihr allein beschäftigt. So traute man uns. ›Küßt euch,‹ sagte man uns. Meine Frau wandte mir ihr blasses Gesicht zu. Ich wollte sie schon küssen... Sie schrie aber auf: ›Ach, er ist's nicht, er ist's nicht!‹ und fiel wieder in Ohnmacht. Die Zeugen richteten auf mich ihre erstaunten Blicke. Ich wandte mich um, verließ ungehindert die Kirche, stürzte in den Schlitten und schrie: »Los!« »Mein Gott.« rief Marja Gawrilowna aus: »Und Sie wissen gar nicht, was aus Ihrer armen Frau geworden ist?« »Ich weiß es nicht,« antwortete Burmin, »ich weiß nicht, wie das Dorf heißt, in dem ich getraut wurde, und von welcher Station ich hingekommen war. Damals legte ich meinem verbrecherischen Streich so wenig Bedeutung bei, daß ich gleich, nachdem ich die Kirche verlassen, einschlief und erst am nächsten Morgen auf der dritten Station erwachte. Mein Diener, der mich damals begleitete, starb während des

Feldzuges, und so habe ich gar keine Hoffnung, diejenige zu finden, mit der ich den grausamen Streich gespielt habe und die nun so grausam gerächt ist.« »Mein Gott, mein Gott!« sagte Marja Gawrilowna, seine Hand ergreifend: »Also Sie waren es! Und Sie erkennen mich nicht?« Burmin erbleichte und stürzte ihr zu Füßen...

DER SCHUß

I

Wir lagen im Städtchen ***. Das Leben eines Linienoffiziers ist ja bekannt. Morgens Exerzierplatz und Reitschule; Mittagessen beim Regimentskommandeur oder im jüdischen Wirtshause, und abends Punsch und Karten. In *** gab es keine einzige Familie, bei der man verkehren könnte, und kein einziges junges Mädchen. Wir versammelten uns beieinander, wo wir nichts als unsere Uniformen sahen.

Nur ein einziger Mensch gehörte zu unserem Kreise, ohne Militär zu sein. Er war an die fünfunddreißig Jahre alt und wurde von uns daher wie ein alter Mann behandelt. Seine Erfahrungen gaben ihm verschiedene Vorzüge vor uns; zudem hatten seine gewöhnlich finstere Stimmung, sein schroffer Charakter und seine böse Zunge einen mächtigen Einfluß auf unsere jugendlichen Gemüter. Etwas Geheimnisvolles umhüllte sein Schicksal; er schien Russe zu sein, obwohl er einen fremden Namen trug. Einst hatte er bei den Husaren gedient und sogar mit gutem Erfolg; niemand kannte die Ursache, die ihn bewogen hatte, den Dienst zu quittieren und sich im armseligen Städtchen niederzulassen, wo er zugleich ärmlich und verschwenderisch lebte: er ging stets zu Fuß und trug einen alten schwarzen Rock, hielt aber für sämtliche Offiziere unseres Regiments ein offenes Haus. Die Diners, die er uns gab, bestanden allerdings nur aus zwei oder drei Gerichten, die ein alter, verabschiedeter Soldat zubereitete, aber der Champagner floß in Strömen. Sein Vermögen und seine Einnahmen waren unbekannt, und niemand wagte, ihn darüber zu befragen. Er besaß auch Bücher, zum größten Teil militärischen Inhalts, und auch Romane. Er gab sie uns gerne zum Lesen und verlangte sie niemals zurück; dafür gab er auch ein Buch, das er selbst entlieh, niemals dem Besitzer zurück. Seine Hauptbeschäftigung war das Schießen mit Pistolen. Die Wände seines Zimmers waren mit Kugeln gespickt und voller Löcher wie die Honigwaben. Eine reiche Pistolensammlung war der einzige Luxus der ärmlichen Hütte, in der er wohnte. Die Kunst, die er sich im Schießen angeeignet hatte, war ganz außerordentlich, und hätte er sich erboten, einem von uns eine Birne von der Mütze zu schießen, so würde sich niemand im ganzen Regiment geweigert haben, ihm seinen Kopf hinzuhalten. Unsere Gespräche drehten sich oft um Duelle; Silvio (so will ich ihn nennen) mischte sich niemals in diese Gespräche ein. Die Frage, ob er schon Duelle gehabt habe, beantwortete er trocken, daß es solche Fälle wohl gegeben habe, aber auf

Einzelheiten ließ er sich niemals ein, und es war uns klar, daß solche Fragen ihn unangenehm berührten. Wir glaubten, daß er auf dem Gewissen irgendein unglückliches Opfer seiner unheimlichen Kunst habe. Übrigens kam es uns niemals in den Sinn, ihn einer Regung zu verdächtigen, die nur irgendwie der Feigheit ähnlich sähe. Es gibt Menschen, deren äußeres allein schon jeden derartigen Verdacht ausschließt. Ein unerwarteter Vorfall setzte uns alle in Erstaunen.

Einmal aßen zehn Offiziere unseres Regiments bei Silvio zu Mittag. Man trank wie gewöhnlich, das heißt sehr viel; nach dem Essen baten wir den Hausherrn, uns eine Bank zu halten. Erst weigerte er sich, denn er spielte fast nie; endlich ließ er aber die Karten holen, schüttete ein halbes hundert Dukaten auf den Tisch und setzte sich, um die Karten zu geben. Wir umringten ihn, und das Spiel begann. Silvio hatte die Angewohnheit, beim Spiel vollkommenes Stillschweigen zu beobachten; niemals stritt er oder ließ sich auf Erklärungen ein. Wenn aber einer der Spieler sich verrechnete, so zahlte er sofort den Überschuß aus oder schrieb das Fehlende auf. Wir wußten das schon und hinderten ihn nicht, auf seine Art zu walten; aber unter uns befand sich ein Offizier, der erst vor kurzem zu uns versetzt worden war. Beim Spiele bog er aus Zerstreutheit eine Ecke zuviel ein. Silvio nahm die Kreide und brachte die Rechnung nach seiner Gewohnheit in Ordnung. Der Offizier glaubte, er hätte sich geirrt, und versuchte sich mit ihm auseinanderzusetzen. Silvio fuhr fort, schweigend die Karten auszuteilen. Der Offizier verlor die Geduld, nahm die Bürste und wischte das, was er für irrtümlich angeschrieben hielt, ab. Silvio nahm die Kreide und schrieb es wieder auf. Der durch den Wein, das Spiel und das Lachen der Kameraden erhitzte Offizier hielt sich für grausam beleidigt, ergriff in seiner Wut einen Messingleuchter vom Tisch und warf ihn auf Silvio, dem es kaum gelang, dem Wurfe auszuweichen. Wir wurden alle verlegen. Silvio erhob sich, erbleichte und sagte mit funkelnden Augen: »Mein Herr, wollen Sie sich entfernen und danken Sie Gott, daß dies in meinem Hause geschehen ist.«

Wir zweifelten nicht an den Folgen und betrachteten unseren neuen Kameraden schon als tot. Der Offizier erklärte, daß er dem Herrn Bankhalter jede gewünschte Satisfaktion geben werde, und entfernte sich. Das Spiel dauerte noch einige Minuten; da wir aber merkten, daß der Hausherr nicht mehr bei der Sache war, gaben wir einer nach dem anderen das Spiel auf und kehrten in unsere Quartiere zurück, unterwegs über die Vakanz, die es wohl bald geben würde, sprechend.

Am anderen Tage in der Reitschule fragten wir uns schon, ob unser armer Leutnant noch am Leben sei, als er selbst unter uns erschien; wir richteten an ihn die gleiche Frage. Er antwortete, daß er von Silvio noch nichts gehört habe.

Dies setzte uns in Erstaunen. Wir gingen zu Silvio und trafen ihn schon auf dem Hofe, damit beschäftigt, Kugel auf Kugel in ein ans Tor geklebtes Aß zu jagen. Er empfing uns wie gewöhnlich und erwähnte den gestrigen Vorfall mit keinem Worte. Es vergingen drei Tage, unser Leutnant war noch immer am Leben. Wir fragten uns erstaunt: »Wird sich Silvio denn gar nicht schlagen?«

Silvio schlug sich nicht. Er gab sich mit einer kurzen Erklärung zufrieden und söhnte sich mit seinem Gegner aus. Dies schadete anfangs außerordentlich seinem Ansehen bei der Jugend. Mangel an Mut wird am allerwenigsten bei den jungen Leuten verziehen, die in der Tapferkeit gewöhnlich den Gipfel aller menschlichen Tugenden und eine Entschuldigung für alle möglichen Laster sehen. Nach und nach wurde das aber vergessen, und Silvio erwarb sich wieder seinen früheren Einfluß.

Ich allein vermochte ihm nicht mehr nahezukommen. Von Natur mit einer romantischen Phantasie begabt, hatte ich mich früher mehr als alle diesem Menschen angeschlossen, dessen Leben ein Rätsel war und der mir als Held eines geheimnisvollen Romans erschien. Er liebte mich; wenigstens gab er im Verkehre mit mir allein seine schroffe und lästerliche Art auf und sprach mit mir über alle möglichen Gegenstände einfach und ungemein angenehm. Aber nach jenem unglückseligen Abend wollte mich der Gedanke, daß seine Ehre befleckt und nach seinem eigenen Willen nicht reingewaschen sei, nicht verlassen und hinderte mich, ihn wie früher zu behandeln; ich mußte mich schämen, ihn anzusehen. Silvio war zu klug und zu erfahren, um das nicht zu merken und die Ursache dieser Veränderung nicht zu erraten. Dies schien ihn zu kränken; wenigstens sah ich ihm einige Male den Wunsch an, sich mit mir auseinanderzusetzen; ich ging aber jeder Gelegenheit dazu aus dem Wege, und Silvio gab mich auf. Von nun an sah ich ihn nur noch in Gesellschaft von Kameraden, und unsere früheren vertrauten Gespräche hörten auf.

Die an Zerstreuungen reichen Bewohner der Hauptstadt haben keine Vorstellung von vielen Aufregungen, die den Bewohnern der Dörfer und kleinen Städte bekannt sind, z. B. von der Erwartung des Posttages: jeden Dienstag und Freitag war unsere Regimentskanzlei mit Offizieren angefüllt; der eine erwartete Geld, der andere einen Brief, der dritte Zeitungen. Die Sendungen wurden gewöhnlich gleich geöffnet und alle Neuigkeiten mitgeteilt, und so bot die Kanzlei ein sehr belebtes Bild. Silvio bekam seine Briefe an die Adresse unseres Regiments und befand sich gewöhnlich auch in der Kanzlei. Einmal übergab man ihm einen Brief, den er mit dem Ausdrucke größter Ungeduld entsiegelte. Während er den Brief überflog, funkelten seine Augen. Die Offiziere, die mit ihren eigenen Briefen beschäftigt waren, merkten nichts. »Meine Herren,« sagte ihnen Silvio, »die Umstände verlangen meine sofortige Abreise; ich verreise heute nacht; ich hoffe, daß Sie es mir nicht abschlagen werden, bei mir zum letzten Male zu Mittag zu essen. Ich erwarte auch Sie,« fuhr er fort, sich an mich wendend, »ich erwarte Sie unbedingt.« Mit diesen Worten entfernte er sich eilig, während wir, nachdem wir uns verabredet hatten, uns bei Silvio zu treffen, auseinandergingen.

Ich kam zu Silvio zur festgesetzten Stunde und traf bei ihm fast das ganze Regiment an. Alle seine Sachen waren schon gepackt; es blieben nur die nackten, zerschossenen Wände zurück. Wir setzten uns zu Tisch; der Hausherr war außerordentlich gut aufgelegt, und die lustige Stimmung wurde bald allgemein; die Pfropfen knallten jeden Augenblick, die Gläser schäumten unaufhörlich, und wir wünschten dem Abreisenden mit dem größten Eifer gute Reise und jeden Segen. Wir erhoben uns sehr spät vom Tische. Als wir aufbrachen, nahm Silvio beim Abschied mich bei der Hand und hielt mich, als ich schon fortgehen wollte, zurück. »Ich muß mit Ihnen sprechen,« sagte er leise. Ich blieb.

Die Gäste waren fort, und wir blieben allein. Wir setzten uns einander gegenüber und begannen schweigend unsere Pfeifen zu rauchen. Silvio schien besorgt; von seiner früheren krampfhaften Lustigkeit war keine Spur geblieben. Die düstere Blässe, die funkelnden Augen und der dichte Tabaksrauch, der ihm aus dem Munde kam, verliehen ihm das Aussehen eines echten Teufels. Es vergingen einige Minuten, und Silvio brach das Schweigen. »Vielleicht sehen wir uns nie wieder,« sagte er mir. »Vor der Trennung möchte ich mich Ihnen gegenüber aussprechen. Sie werden wohl bemerkt haben, daß ich auf fremde Meinung nicht viel gebe; Sie aber liebe ich, und es wäre mir peinlich, in Ihrer Phantasie eine ungerechte Vorstellung zu hinterlassen.«

Er hielt inne und begann seine ausgebrannte Pfeife neu zu stopfen; ich schwieg und hielt die Augen gesenkt. »Es kam Ihnen seltsam vor,« fuhr er fort, »daß ich von diesem betrunkenen Narrn R.*** keine Satisfaktion gefordert habe. Sie werden doch zugeben, daß sein Leben, da ich die Wahl der Waffe hatte, sich in meiner Hand befand, während das meinige fast außer jeder Gefahr war; ich könnte meine Mäßigung meiner Großmut allein zuschreiben, ich will aber nicht lügen. Könnte ich den R.*** züchtigen, ohne mein Leben einer Gefahr auszusetzen, so würde ich es ihm nicht verziehen haben.«

Ich sah Silvio erstaunt an. Dieses Geständnis machte mich ganz wirr. Silvio fuhr fort:

»Es ist so: ich habe nicht das Recht, mich einer Lebensgefahr auszusetzen. Vor sechs Jahren habe ich eine Ohrfeige bekommen, und mein Feind ist noch am Leben.«

Meine Neugier war im höchsten Grade erregt. »Sie haben sich mit ihm nicht geschlagen?« fragte ich. »Dann haben wohl die Umstände Sie von ihm getrennt?«

»Ich habe mich mit ihm wohl geschlagen,« antworte Silvio, »und hier ist die Erinnerung an unseren Zweikampf.«

Silvio stand auf und holte aus einem Karton eine rote Mütze mit goldener Quaste und goldener Tresse (wie sie die Franzosen bonnet de police nennen); er setzte sie auf; sie war zwei Zoll über der Stirne durchschossen. »Sie wissen,« fuhr Silvio fort, »daß ich im ***schen Husarenregiment gedient habe. Mein Charakter ist Ihnen bekannt: ich bin gewohnt, überall die erste Rolle zu spielen; aber in meiner Jugend war das bei mir geradezu eine Leidenschaft. In unserer Zeit waren tolle Streiche in Mode: ich war wohl der tollste Offizier in der ganzen Armee. Wir prahlten mit unserer Kunst zu trinken: ich übertraf darin den berühmten, von Denis Dawydow besungenen Burzow. Duelle gab es in unserem Regiment jeden Augenblick: ich beteiligte mich an allen entweder als Zeuge oder als handelnde Person. Die Kameraden vergötterten mich, und die Regimentskommandeure, die jeden Augenblick wechselten, betrachteten mich als ein unvermeidliches Übel.

So genoß ich ruhig (oder unruhig) meinen Ruhm, als in unser Regiment ein junger Mann aus einer reichen und vornehmen Familie eintrat (seinen Namen will ich nicht nennen). Seit ich lebe, habe ich noch keinen so glücklichen und glänzenden Menschen gesehen. Denken Sie sich Jugend, Geist, Schönheit, die tollste Lustigkeit, die verwegenste Tapferkeit, einen wohlklingenden Namen, unglaublichen Reichtum, der sich niemals erschöpfte, und stellen Sie sich nun den Eindruck vor, den er auf uns machte. Meine Vorherrschaft geriet ins Schwanken. Von meinem Ruhme geblendet, suchte er anfangs meine Freundschaft; ich nahm ihn aber sehr kühl auf, und er verließ mich ohne jedes Bedauern. Ich fing ihn zu hassen an. Seine Erfolge im Regiment und bei den Frauen brachten mich zur Verzweiflung. Ich suchte einen Streit mit ihm. Meine Epigramme beantwortete er mit Epigrammen, die mir immer unerwarteter und beißender als die meinigen erschienen und die natürlich unvergleichlich lustiger waren: er scherzte, während ich wütete. Endlich, als ich ihn einmal auf einem Balle bei einem polnischen Gutsbesitzer als Gegenstand der Aufmerksamkeit aller Damen und besonders der Hausfrau, mit der ich ein Verhältnis hatte, sah, sagte ich ihm eine platte Grobheit ins Ohr. Er fuhr auf und gab mir eine Ohrfeige. Wir stürzten nach unseren Säbeln; die Damen fielen in Ohnmacht; man brachte uns auseinander, und in der gleichen Nacht fuhren wir noch hinaus, um uns zu schlagen.

Es war beim Tagesanbruch. Ich stand mit meinen drei Sekundanten an der verabredeten Stelle. Mit unbeschreiblicher Ungeduld wartete ich auf meinen Gegner. Die Frühlingssonne war schon aufgegangen, und es fing an, heiß zu werden. Ich sah ihn in der Ferne. Er ging zu Fuß, hatte seinen Waffenrock am Säbel hängen und war von nur einem Sekundanten begleitet. Er näherte sich, eine Mütze voll Kirschen in der Hand. Die Sekundanten maßen uns zwölf Schritte ab. Ich hatte als erster zu schießen; aber meine Wut war so groß, daß ich mich auf die Sicherheit meiner Hand nicht verlassen wollte und ihm den ersten Schuß abtrat, um mich indessen etwas abzukühlen; mein Gegner wollte darauf nicht eingehen. Es wurde beschlossen, das Los entscheiden zu lassen: die erste Nummer fiel auf ihn, den ewigen Liebling Fortunas. Er zielte, und seine Kugel durchbohrte meine Mütze. Nun war ich an der Reihe. Endlich hatte ich sein Leben in meiner Hand; ich sah ihn gierig an und bemühte mich, aus seinem Gesicht auch nur einen Schatten von Unruhe zu entdecken. Während er vor meiner Pistole stand, suchte er sich aus seiner Mütze die reifen Kirschen aus und spuckte die Steine vor sich hin, so daß sie mir fast vor die Füße flogen. Seine Gleichgültigkeit machte mich rasend. Was nützt es, dachte ich mir, ihm das Leben zu nehmen, wenn er so wenig Wert darauf legt. Ein böser Gedanke ging mir durch den Kopf. Ich senkte die Waffe. ›Mir scheint, Sie denken jetzt nicht an den Tod,‹ sagte ich ihm: ›Sie belieben zu frühstücken; ich will Sie nicht stören.&‹nbsp;– ›Sie stören mich nicht im geringsten,‹ antwortete er, ›wollen Sie nur schießen, – übrigens wie es Ihnen beliebt; Ihr Schuß bleibt Ihnen; ich stehe Ihnen immer zur Verfügung.« Ich wandte mich an die Sekundanten, erklärte ihnen, daß ich heute nicht die Absicht hätte, zu schießen, und damit war das Duell beendet...

Ich quittierte den Dienst und zog mich in dieses Städtchen zurück. Es ist aber seitdem nicht ein Tag vergangen, an dem ich nicht an Rache gedacht hätte. Nun ist meine Stunde gekommen...«

Silvio holte aus der Tasche den Brief, den er am Morgen bekommen hatte, und gab ihn mir zu lesen. Jemand (anscheinend ein Bevollmächtigter) teilte ihm mit, daß die bewußte Person sich demnächst mit einem schönen jungen Mädchen verheiraten würde. »Sie ahnen wohl,« sagte Silvio, »wer diese bewußte Person ist. Ich gehe nach Moskau. Wir wollen sehen, ob er den Tod vor der Hochzeit ebenso gleichgültig hinnehmen wird, wie er ihn damals bei seinen Kirschen erwartete!«

Bei diesen Worten stand Silvio auf, warf seine Mütze auf den Boden und fing an, im Zimmer auf und ab zu gehen wie ein Tiger in seinem Käfig. Ich hatte ihm regungslos zugehört: seltsame, widerstreitende Gefühle regten sich in mir. Der Diener kam herein und meldete, daß die Pferde bereitstünden. Silvio drückte mir kräftig die Hand; wir umarmten uns. Er setzte sich in den Wagen, in dem zwei Koffer standen, der eine mit seinen Pistolen, der andere mit seinen übrigen Sachen. Wir verabschiedeten uns wieder, und die Pferde sprengten von dannen.

II

Es vergingen mehrere Jahre, und die Familienverhältnisse zwangen mich, in ein armes Dörfchen des N***schen Kreises zu ziehen. Ich beschäftigte mich zwar mit der Bewirtschaftung des Gutes, hörte aber nicht auf, im Geheimen meinem früheren lärmenden und sorglosen Leben nachzuseufzen. Am schwersten fiel es mir, mich daran zu gewöhnen, die Frühlings- und Winterabende in voller Vereinsamung zuzubringen. Die Zeit vor dem Mittagessen gelang es mir noch irgendwie totzuschlagen: ich sprach mit dem Dorfschulzen, sah mir die Arbeiten an oder machte einen Rundgang durch die neuen Gebäude; aber sobald es zu dunkeln anfing, wußte ich gar nicht, was anzufangen. Die wenigen Bücher, die ich unter den Schränken und in der Vorratskammer gefunden hatte, wußte ich bereits auswendig. Alle Märchen, die die Haushälterin Kirilowna nur wüßte, hatte sie mir schon erzählt; die Lieder der Bauernweiber langweilten mich. Ich machte mich schon an den ungesüßten Fruchtschnaps, aber davon bekam ich Kopfweh; auch fürchtete ich, offen gestanden, mich aus Kummer dem Trunke zu ergeben, also Quartalsäufer zu werden, wofür es in unserem Kreise mehrere Beispiele gab. Nahe Nachbarn hatte ich nicht, mit Ausnahme von zwei oder drei Quartalsäufern, deren Unterhaltung hauptsächlich im Aufstoßen und Seufzen bestand. Die Einsamkeit war schon leichter zu ertragen. Endlich entschloß ich mich, so früh als möglich zu Bett zu gehen und so spät als möglich zu Mittag zu essen. Aus diese Weise verkürzte ich den Abend und verlängerte den Tag; und ich fand, daß es gut war.

Vier Werst von mir lag ein großes Gut, das der Gräfin B*** gehörte; es war nur vom Verwalter allein bewohnt; die Gräfin war auf ihr Gut nur einmal im ersten Jahre nach ihrer Verheiratung gekommen und hatte hier keinen vollen Monat verbracht. Aber im zweiten Frühling meines Einsiedlerlebens kam das Gerücht auf, daß die Gräfin mit ihrem Manne für den Sommer auf das Gut kommen würde. Sie trafen in der Tat Anfang Juni ein. Die Ankunft eines reichen Nachbarn ist ein wichtiges Ereignis für alle Landbewohner. Die Gutsbesitzer und ihr Gesinde sprechen davon zwei Monate vorher und drei Jahre nachher. Was aber mich betrifft, so muß ich gestehen, daß die Nachricht von der Ankunft der jungen und schönen Nachbarin einen großen Eindruck auf mich machte; ich brannte vor Ungeduld, sie zu sehen, und so begab ich mich am ersten Sonntag nach ihrer Ankunft nach dem Essen ins Kirchdorf ***, um den beiden Erlauchten als nächster Nachbar und ergebenster Diener meine Aufwartung zu machen.

Ein Lakai führte mich in das Kabinett des Grafen und ging, um mich anzumelden. Das geräumige Zimmer war mit dem größten Luxus ausgestattet; an den Wänden standen Schränke mit Büchern und auf jedem von ihnen eine Büste aus Bronze; über dem Marmorkamin hing ein breiter Spiegel; der Fußboden war mit grünem Tuch ausgeschlagen und mit Teppichen bedeckt. Da ich mir in meiner ärmlichen Behausung jeden Luxus abgewöhnt und schon lange keinen fremden Reichtum gesehen hatte, wurde ich hier von einer gewissen Scheu ergriffen und erwartete den Grafen mit Beben, wie ein Gesuchsteller aus der Provinz das Erscheinen eines Ministers erwartet. Die Tür ging auf, und ein hübscher Mann von etwa zweiunddreißig Jahren trat ein. Der Graf näherte sich mir mit der herzlichsten und freundschaftlichsten Miene, ich machte mir Mut und fing an, mich vorzustellen, aber er kam mir zuvor. Wir setzten uns. Seine ungezwungene und liebenswürdige Unterhaltung zerstreute bald meine linkische Scheu; ich fing schon an, meine gewöhnliche Stimmung wiederzugewinnen, als plötzlich die Gräfin erschien, und sich meiner eine noch größere Verlegenheit bemächtigte. Sie war in der Tat eine Schönheit. Der Graf stellte mich ihr vor; ich wollte ungezwungen erscheinen, aber je mehr ich mich bemühte, mir eine ungezwungene Miene zu geben, um so verlegener fühlte ich mich. Um mir Zeit zu lassen, mich zu beruhigen und mich an die neuen Bekannten zu gewöhnen, fingen sie an, miteinander zu sprechen, wie man es ungezwungen in Gegenwart eines guten Nachbarn tut. Ich fing indessen an, auf und abzugehen und mir die Bucher und die Bilder anzusehen. Von Bildern verstehe ich nicht viel, aber eines zog meine Aufmerksamkeit auf sich. Es stellte irgendeine Schweizer Landschaft dar; mich fesselte aber nicht die Malerei, sondern der Umstand, daß das Bild von zwei Kugeln durchbohrt war, die aufeinander saßen. »Ein vorzüglicher Schuß,« sagte ich, mich an den Grafen wendend. – »Ja,« antwortete er, »es ist ein merkwürdiger Schuß. Schießen Sie gut?« fuhr er fort. – »Nicht schlecht,« antwortete ich, erfreut, daß das Gespräch endlich einen mir vertrauten Gegenstand berührte. »Auf dreißig Schritte Distanz verfehle ich keine Karte, natürlich mit einer Pistole, die ich schon kenne.« – »Wirklich?« fragte die Gräfin mit dem Ausdrucke eines großen Interesses. »Kannst auch du, mein Freund, eine Karte auf dreißig Schritte Distanz treffen?« – »Das wollen wir einmal versuchen,« antwortete der Graf. »Zu meiner Zeit schoß ich nicht schlecht; aber seit vier Jahren habe ich keine Pistole mehr angerührt.« – »Ah,« bemerkte ich, »in diesem Falle möchte ich wetten, daß Erlaucht auch auf zwanzig Schritte Distanz keine Karte treffen werden; die Pistole verlangt tägliche Übung. Das weiß ich aus Erfahrung. In unserem Regiment galt ich als einer der besten Schützen. Einmal traf es sich, daß ich einen ganzen Monat keine Pistole anrührte, denn die meinigen waren in Reparatur. Und was glauben Sie, Erlaucht: als ich wieder zu schießen begann, verfehlte ich viermal hintereinander eine Flasche auf zwanzig Schritte Distanz. Wir hatten einen Rittmeister, einen geistreichen Witzling; er war zufällig dabei und sagte mir: ›Ich weiß, Bruder, du kannst deine Hand nicht gegen eine Flasche erheben.‹ Nein, Erlaucht, man soll die tägliche Übung nicht für gering halten, sonst verlernt man es ganz. Der beste Schütze, den ich jemals gesehen habe, pflegte jeden Vormittag wenigstens dreimal zu schießen. Das war bei ihm Sitte wie das Glas Branntwein vor dem Essen.«

Der Graf und die Gräfin freuten sich, daß ich so gesprächig geworden war. »So, wie schoß er denn?« fragte mich der Graf. – »Nun, Erlaucht: wenn er mal eine Fliege auf der Wand sitzen sah ... Sie lachen, Gräfin? Bei Gott, es ist wahr... Wenn er eine Fliege sah, rief er gleich: ›Kusjka, die Pistole!‹ Kusjka bringt ihm die geladene Pistole. Paff, und die Fliege steckt schon tief in der Wand!« –

»Erstaunlich!« sagte der Graf. »Und wie hieß er?« – »Silvio, Erlaucht.« – »Silvio!« rief der Graf und sprang von seinem Platze auf. »Sie kannten also Silvio?« – »Gewiß, Erlaucht, wir waren Freunde; er wurde in unserem Regiment als Kamerad behandelt; aber seit fünf Jahren habe ich von ihm nichts mehr gehört. Also haben auch Sie ihn gekannt, Erlaucht?« – »Ja, sogar sehr gut. Hat er Ihnen nicht von einem sehr seltsamen Erlebnis erzählt?« – »Meinen Erlaucht vielleicht die Ohrfeige, die er auf einem Balle von einem jungen Taugenichts bekommen hat?« – »Hat er Ihnen nicht den Namen dieses Taugenichtses genannt?« – »Nein, Erlaucht, er hat ihn nicht genannt... Ach, Erlaucht!« fuhr ich fort, die Wahrheit ahnend: »Entschuldigen Sie ... ich habe es nicht gewußt ... waren Sie es?« ... – »Ja, ich,« antwortete der Graf mit höchst verlegener Miene, »und das durchschossene Bild ist ein Andenken an unsere letzte Begegnung.« – »Ah, Liebster,« sagte die Gräfin: »um Gottes willen, erzähle es nicht. Es wird mir schrecklich sein, es zu hören.« – »Nein,« entgegnete der Graf, »ich will alles erzählen; er weiß, wie ich seinen Freund beleidigt habe; soll er nun hören, wie Silvio sich an mir gerächt hat.« Der Graf schob mir einen Sessel hin, und ich hörte mit gespanntester Neugier folgende Erzählung: »Vor fünf Jahren habe ich geheiratet. Den ersten Monat verbrachte ich hier in diesem Dorfe. Diesem Hause danke ich die schönsten Augenblicke und zugleich eine der schrecklichsten Erinnerungen. Abends ritten wir beide aus; das Pferd meiner Frau scheute; sie erschrak, gab mir die Zügel und ging zu Fuß nach Hause. Ich ritt voraus. Auf unserem Hofe traf ich einen Reisewagen; man sagte mir, daß in meinem Kabinett ein Mann sitze, der seinen Namen nicht nennen wollte und einfach gesagt habe, daß er mit mir etwas zu erledigen hätte... Ich trat in dieses Zimmer und erblickte in der Dunkelheit einen mit Staub bedeckten bärtigen Mann; er stand hier am Kamin. Ich ging auf ihn zu und versuchte mich zu erinnern, wo ich dieses Gesicht schon einmal gesehen hätte. ›Du hast mich nicht wiedererkannt, Graf?‹ fragte er mit zitternder Stimme. – ›Silvio!‹ rief ich aus, und ich muß gestehen, ich fühlte, wie mir die Haare zu Berge standen. –‚Ja, das bin ich,‹ fuhr er fort,‹ ›Ich habe noch einen Schuß und bin hergekommen, um meine Pistole zu entladen; bist du bereit?« In seiner Seitentasche steckte wirklich eine Pistole. Ich maß zwölf Schritte ab, stellte mich dort in den Winkel und bat ihn, schneller zu schießen, ehe meine Frau zurückkäme. Er zögerte und verlangte Licht. Man brachte Kerzen. Ich schloß die Türe zu, befahl niemand hereinzulassen und bat ihn wieder, zu schießen. Er holte seine Pistole aus der Tasche und zielte... Ich zählte die Sekunden und dachte an sie... So verging eine entsetzliche Minute. Silvio ließ die Hand sinken. ›Es tut mir leid,‹ sagte er, ›daß die Pistole nicht mit Kirschkernen geladen ist ... die Kugel ist schwer. Ich habe das Gefühl, daß es kein Duell sei, sondern ein Mord: ich bin nicht gewohnt, auf einen Wehrlosen zu schießen. Fangen wir von vorn an; losen wir, wer zuerst schießen soll.‹ Der Kopf schwindelte mir... Ich glaube, ich wollte darauf nicht eingehen. Endlich wurde noch eine Pistole geladen; wir rollten zwei Zettel zusammen; er legte sie in die Mütze, die ich einst durchlöchert hatte; und ich zog wieder Nummer eins heraus. ›Du hast teuflisches Glück, Graf,‹ sagte er mit einem Lächeln, das ich niemals vergesse. Ich begreife nicht, was mit mir los war und wie er mich dazu hat zwingen können ... aber ich schoß und traf dieses Bild hier.« (Der Graf zeigte mit dem Finger auf das durchbohrte Bild; sein Gesicht glühte wie Feuer; die Gräfin war weißer als ihr Taschentuch; ich konnte mich nicht eines Ausrufes enthalten.)

»Ich schoß,« fuhr der Graf fort, »und fehlte Gott sei Dank; nun begann Silvio .... (in diesem Augenblick war er wirklich schrecklich) begann Silvio zu zielen. Plötzlich geht die Tür auf, Mascha stürzt herein und wirft sich mir schreiend um den Hals. Ihre Gegenwart gab mir meinen Mut wieder. ›Liebste,‹ sagte ich ihr, ›siehst du denn nicht, daß wir scherzen? Wie erschrocken du bist. Geh', trink' ein Glas Wasser, und dann komm' wieder zurück; ich will dir einen alten Freund und Kameraden vorstellen.‹ Mascha wollte mir nicht recht trauen. ›Sagen Sie, spricht mein Mann die Wahrheit?‹ wandte sie sich an den schrecklichen Silvio: ›Ist es wahr, daß Sie beide scherzen?‹ – ›Er scherzt immer, Gräfin,‹ antwortete ihr Silvio. ›Einmal gab er mir im Scherz eine Ohrfeige; dann schoß er mir im Scherz eine Kugel durch diese Mütze; im Scherz hat er soeben fehlgeschossen; jetzt bin ich an der Reihe, zu scherzen...‹ Mit diesem Worte wollte er auf mich zielen ... in ihrer Gegenwart. Mascha warf sich ihm zu Füßen. ›Steh auf, Mascha, schäme dich‹ rief ich wütend. ›Und Sie, mein Herr, werden Sie mal aufhören, sich über ein armes Weib lustig zu machend Werden Sie schießen oder nicht? – › Nein, ich werde nicht,‹ antwortete Silvio.

'Ich bin befriedigt: ich sah deine Verwirrung und deine Angst, ich zwang dich, auf mich zu schießen. Für mich ist das genug. Du wirst mich nicht vergessen. Ich überlasse dich deinem Gewissen.‹ Er wollte schon hinausgehen, blieb aber noch in der Türe stehen, warf einen Blick auf das von mir durchlöcherte Bild, schoß darauf, fast ohne zu zielen, und verschwand. Meine Frau lag in einer Ohnmacht; die Diener wagten nicht, ihn zurückzuhalten und sahen ihn entsetzt an; er trat vor das Haus, rief seinem Kutscher und fuhr davon, ehe ich zur Besinnung kommen konnte.«

Der Graf verstummte. So erfuhr ich das Ende dieser Geschichte, deren Anfang mich einst in solches Erstaunen versetzt hatte. Den Helden dieser Geschichte sah ich niemals wieder. Man sagt, daß Silvio beim Aufstande Alexander Ypsilantis an der Spitze einer Abteilung Heteristen, die er befehligte, in der Schlacht bei Skulleni gefallen sei.

BORIS GODUNOW

Dem den Russen teuren Gedenken
Nikolai Michailowitsch Karamsins
widmet dieses von seinem Genius
beseelte Werk in Ehrfurcht und Dankbarkeit

Alexander Puschkin

Palast im Kreml (1598, 20. Februar).

Die Fürsten Schuiski und Worotynski.

Worotynski. Wohl sind beauftragt wir, die Stadt zu hüten,
Doch jede Aufsicht, scheint es, ist hier unnütz.
Moskau ist leer; es zog ja alles Volk
Dem Patriarchen nach, zum Kloster hin
Was meinst du, wie wird dieses Treiben enden?

Schuiski. Wie's enden wird? Das ist nicht schwer zu sagen:
Das Volk wird wieder heulen, wieder jammern –
Boris wird wieder das Gesicht verziehn,
Wie vor dem Glase Branntewein der Säufer,
Und wird zuletzt in seiner Huld die Krone
Demütig anzunehmen sich entschließen.
Und dann – dann herrscht er wieder über uns,
Wie ehedem.

Worotynski. Doch ist's ein Monat schon,
Daß er ins Kloster schloß sich mit der Schwester
Und scheinbar allem Weltlichen entsagte.
Der Patriarch nicht, die Bojaren nicht
Vermochten ihn bis heute zu bewegen.
Er achtet keiner Mahnung, keiner Tränen,
Hört nicht ihr Flehn, hört nicht auf Moskaus Jammer,
Noch auf die Stimme der vereinten Stände.
Umsonst hat seine Schwester man beschworen,
Durch ihren Segen ihn dem Thron zu weihn;

Die schwergebeugte Zarin, Nonne jetzt,
Bleibt, wie ihr Bruder, fest und unerbittlich,
Als hätt' er sie mit seinem Geist erfüllt.
Und wie? Wenn in der Tat nun der Regent
Der Herrschersorgen überdrüssig wäre,
Beharrlich den verlaßnen Thron verschmähte?
Was sagst du dann?

Schuiski Ich sage, daß umsonst
Des jungen Zarensohnes Blut geflossen –
Daß, wenn dem so, Dimitri leben könnte.

Worotynski Entsetzliches Verbrechen! Sag, hat wirklich
Boris das Kind gemordet?

Schuiski Wer denn sonst?
Wer dang vergebens denn den Tscheptschugow?
Wer sandte beide Bitiagowski aus
Und den Katschalow? Ich ward selbst nach Uglitsch
Gesandt, den Vorgang zu untersuchen.
Auf die noch frischen Spuren stieß ich hier –
Die ganze Stadt war Zeuge des Verbrechens;
Einmütig sagten's alle Bürger aus.
Nach meiner Rückkehr konnte durch ein Wort
Ich den versteckten Bösewicht entlarven.

Worotynski Was hielt dich also ab, ihn zu vernichten?

Schuiski Ich muß gestehn, er wußte damals mich
Durch seine dreiste Ruhe zu verwirren.
Er sah mir fest ins Aug', als wär' er schuldlos,
Er fragte hin und her, berührte alles
Und ließ mich so das Märchen wiederholen,
Das er mir selber in den Mund gelegt.

Worotynski Du handeltest nicht recht.

Schuiski Was sollt' ich machen?
Dem Zaren alles kundtun ? Aber Fjodor
Sah alles mit den Augen Godunows,

Hörte nur mit den Ohren Godunows,
Und hätt' er heute mir geglaubt, schon morgen
Hätt' ihm Boris den Glauben doch genommen;
Mich aber hätte man vom Hof verbannt
Und eines Tages mich, wie meinen Oheim,
In aller Still' erwürgt im öden Kerker.
Ich will nicht großtun – wenn es einmal gilt,
Beb' ich vor keiner Marter wohl zurück;
Ich bin kein Feigling – aber auch kein Dummkopf –
Und steck' den Hals nicht töricht in die Schlinge.

Worotynski Ein grauser Frevel! Höre, sicherlich
Ist es die Reue, die den Mörder quält.
Es ist das Blut des unschuldsvollen Knaben,
Was ihn zurückscheucht von des Thrones Stufen.

Schuiski. Er schreitet drüber weg, er ist nicht blöde!
Ein schöner Ruhm für uns und für ganz Rußland,
Der Sklave, der Tatar, Maljutas Eidam,
Des Henkers Eidam, selbst geborner Henker –
Wird Kron' und Halsband Monomachs ergreifen.

Worotynski Gering ist seine Herkunft, wir sind edler.

Schuiski Ich glaub' es wohl!

Worotynski. Die Schuiski, Worotynski
Sind, leicht gesagt, geborne Fürsten.

Schuiski. Freilich!
Von Ruriks Blut!

Worotynski. Hör, Fürst, dann hätten wir
Doch wohl ein Recht auf Fjodors Thron –

Schuiski. Weit mehr
Als dieser Godunow!

Worotynski. Wahrhaftig!

Schuiski. Nun,
Gibt Godunow sein schlaues Spiel nicht auf,
So ist's an uns, die Massen aufzustacheln,
Daß sie dem Godunow den Rücken wenden.
Fehlt's ihnen doch an eignen Fürsten nicht –
Sie mögen einen sich zum Zaren wählen.

Worotynski. Wohl sind wir zahlreich vom Warägerstamme,
Doch schwer wird uns der Kampf mit Godunow.
Schon lange sieht das Volk in uns nicht mehr
Den Nachwuchs seiner kriegerischen Herrscher,
Schon lange sind wir unsrer Länder bar,
Schon lange sind wir nur der Zaren Diener;
Doch er verstand durch Schrecken und durch Milde
Sowie durch seinen Ruhm das Volk zu blenden.

Schuiski sieht zum Fenster hinaus.
Mut hat er, das ist alles. Wir dagegen ...
Doch sieh, das Volk hat sich zerstreut, kehrt heim.
Komm, eilen wir, den Ausgang zu erfahren!

Der Rote Platz.

Volk.

Erster Nicht zu erweichen! Abgewiesen hat er
Bojaren, Priester und den Patriarchen.
Umsonst sind sie zu Füßen ihm gefallen,
Der helle Glanz des Thrones schreckt ihn ab.

Zweiter. Du lieber Gott! wer wird uns denn regieren?
Oh, weh uns!

Dritter. Sieh, es tritt der Oberschreiber
Heraus, des Rates Spruch uns zu verkünden.

Volk. Seid still, seid still – der Oberschreiber spricht.
St! höret zu!

Schtschtelkalow von der Haupttreppe aus.
Es hat der Rat beschlossen,
Die Macht der Bitte noch ein letztes Mal
An des Regenten Schwermut zu versuchen.
Der heil'ge Patriarch wird morgen früh
Im Kreml feierliches Hochamt halten –
Dann trägt man ihm voran die Kirchenfahnen,
Der Mutter Gottes von Wladimir Bild
Und das vom Don – so will er mit dem Rat,
Mit den Bojaren und den Deputierten
Und mit dem ganzen gläub'gen Volk von Moskau
Hinausziehn und die Zarin nochmals anflehn,
Daß der verwaisten Stadt sie sich erbarme,
Zum Thron Boris durch ihren Segen weihe.
So geht denn nun mit Gott in eure Häuser
Und betet, und zum Himmel steige auf
Der Christenschar inbrünstiges Gebet!

Das Volk geht auseinander.

Das Jungfernfeld. Das Neue Jungfernkloster.

Volk.

Erster. Jetzt weilen in der Zarin Zelle sie,
Boris, der Patriarch und viel Bojaren
Sind eingetreten.

Zweiter. Und was hört man?

Dritter. Immer
Noch sträubt er sich, doch kann man Hoffnung fassen.

Ein Weib mit einem Kinde.
Nicht weinen, Kind! Sonst kommt der schwarze Mann
Und schleppt dich weg! Hör auf zu weinen, Herzchen!

Erster. Kann man nicht in den Klosterhof hinein?

Zweiter. Wo denkst du hin? Schon auf dem Felde kommt man
Kaum durchs Gedräng' – und drinnen erst! Ganz Moskau
Ist hier beisammen – sieh nur, Mauern, Dächer,
Des höchsten Glockenturmes Galerien,
Der Kirchen Kuppeln und die Kreuze selbst
Bekränzt mit Menschen!

Erster. Ja, ein schöner Anblick!

Einer. Was für ein Lärm ist dort?

Ein andrer. Horch, welch ein Lärm!
Es heult das Volk, sie stürzen auf die Knie
In Reih'n, wie Wellenschlag – und noch – und noch –
Jetzt kommt's an uns, rasch, werfen wir uns nieder!

Volk kniend, Geheul und Schluchzen.
Erbarm dich doch, o Vater, nimm es an,
Sei unser Herr und Zar!

Erster leise. Was weinen sie?

Zweiter. Was wissen wir's? Das wissen die Bojaren,
Nicht unsereins.

Weib mit dem Kinde. Jetzt, da es weinen soll,
Ist's still. Wart nur, da kommt der schwarze Mann!
So wein doch, Range! Sie wirft das Kind auf die Erde, das Kind schreit.
Endlich!

Erster. Alles weint –
Wir müssen's auch.

Zweiter. Ich krieg's nicht fertig.

Erster. Mir
Geht's ebenso. Hast du nicht eine Zwiebel?

Zweiter. Woher? Mit Speichel geht's am Ende auch.
Was gibt's da wieder?

Erster. Ja, wer wird draus klug!

Volk. Er nahm die Krone an – will unser Zar sein –
Boris ist unser Herrscher! Heil Boris!

Kreml.

Boris, Patriarch, Bojaren.

Boris. Du, Vater Patriarch, und ihr, Bojaren,
Vor euch liegt meine Seele offen da;
Gesehn habt ihr, daß ich der Herrschaft Zügel
Mit banger Demut in die Hände nehme.
Schwer liegt auf mir die Bürde meiner Pflichten!
Der mächtigen Iwane Erbe bin ich
Und bin der Erbe des verklärten Zaren!
Du Seliger! Mein väterlicher Fürst!
Schau nieder auf die Tränen deiner Treuen
Und sende dem, den du so sehr geliebt,
Den du so wunderherrlich hier erhöht,
Zur Herrscherlaufbahn deinen heil'gen Segen,
Daß ruhmvoll ich mein Volk regieren möge,
In Milde und Gerechtigkeit, wie du!
Von euch erwart' ich Beistand, ihr Bojaren,
Dient mir, so wie ihr ihm gedienet, als
Ich eure Arbeit noch mit euch geteilt,
Eh' mir durch Volkes Willen ward die Krone.

Bojaren. Den Eid, den wir geschworen, halten wir.

Boris. Jetzt laßt uns gehn, zu beten an den Särgen
Der Herrscher Rußlands, die im Herrn entschlafen.
Und dann sei unser Volk zum Schmaus geladen
Vom Würdenträger bis zum blinden Bettler –
Sie alle sind als Gäste uns willkommen!

Er geht ab, die Bojaren folgen ihm.

Worotynski. hält den Schuiski zurück.
Du hattest recht!

Schuiski. Was soll's?

Worotynski. Nun hier, vor kurzem,
Du weißt doch noch?

Schuiski. Ich? Nein, ich weiß von nichts.

Worotynski. Als auf das Jungfernfeld das Volk hinauszog,
Da sprachst du –

Schuiski. Alles darf man nicht behalten;
Zuzeiten ist es ratsam, zu vergessen.
Nur durch verstelltes Schmähen übrigens
Wollt' ich dich damals prüfen und dein Denken,
Dein innerstes, mit Sicherheit erforschen.
Doch jubelnd grüßt den Zaren schon das Volk;
Man könnte leicht bemerken, daß ich fehle –
Drum geh' ich hin.

Worotynski. O hinterlist'ger Höfling!

Nacht. Zelle im Tschudow-Kloster (1603).

Vater Pimen, Grigori (schlafend).

Pimen schreibt bei einer Lampe.
Nur ein Ereignis noch, es ist das letzte;
Und dann ist meine Chronik abgeschlossen,
Erfüllt die Pflicht, die Gott mir auferlegt,
Mir Sünder. Nicht umsonst hat ja der Herr
Zum Zeugen vieler Jahre mich gemacht
Und mich die Kunst des Schreibens lernen lassen.
Es wird dereinst ein arbeitsamer Mönch
Die treue, namenlose Chronik finden –
Er zündet dann, wie ich, die Lampe an;
Vom Pergament den Staub der Zeiten schüttelnd,
Verzeichnet er die wahrhaften Berichte,

Auf daß der Gläub'gen Enkel innewerden
Des Heimatlandes früheres Geschick,
Daß sie gedenken ihrer großen Zaren
Und ihres weisen, ruhmerfüllten Waltens –
Doch für ihr Unrecht, ihre dunkeln Taten
Demütig zum Erlöser beten mögen.
Im Alter leb' ich jetzt ein neues Leben,
An mir vorbei zieht die Vergangenheit;
Ist's lange denn, daß sie, geschwellt von Taten,
Hinrauschte wie ein wilder Ozean?!
Jetzt schweigt der Sturm, und tiefe Ruhe herrscht.
Nicht viel Gesichter hab' ich im Gedächtnis,
Nicht viele Worte dringen an mein Ohr,
Das andre ist unwiederbringlich hin! ...
Doch sieh, es tagt, die Lampe will erlöschen –
Nur ein Ereignis noch, es ist das letzte. Schreibt.

Grigori erwachend. Derselbe Traum! Und schon zum dritten Male?
Verwünschter Traum! ... Noch immer vor der Lampe
Sitzt da der Greis und schreibt – kein Schlaf hat ihm
Die ganze Nacht das Auge schließen können.
Wie lieb' ich seine ruhige Gebärde,
Wenn, ins Vergangene den Geist versenkt,
Er seine Chronik niederschreibt! Schon oft
Sucht' ich zu raten, was er grade schildert –
Ob der Tataren düstres Herrschertum?
Oder Iwans entsetzlich grausam Wüten?
Das sturmerregte Wetsche Nowgorods?
Des Vaterlandes Ruhm? Vergebens frag' ich!
Nicht auf der hohen Stirn, nicht in den Blicken
Ist, was er im geheimen denkt, zu lesen.
Dieselbe fromm-ehrwürd'ge Miene stets.
Ganz so blickt der im Amt ergraute Richter
Gelassen auf Gerechte wie auf Schuld'ge,
Vernimmt gleichmütig Gutes sowie Böses
Und weiß von Mitleid nichts und nichts von Zorn.

Pimen Erwacht, mein Bruder?

Grigori Gib mir deinen Segen,
Ehrwürd'ger Vater.

Pimen Segne dich der Herr,
So heute wie in alle Zukunft. Amen.

Grigori Du schriebst und schriebst, und dich beschlich kein Schlummer
Doch meine Ruh' hat ein Gesicht der Hölle
Gestört, mich ängstigte der böse Feind.
Es träumte mir, daß ich auf steiler Leiter
Erstiegen einen Turm, von dessen Höhe
Moskau wie ein Ameisenhaufen dalag –
Da unten wogte auf dem Platz das Volk
Und mit Gelächter wies es auf mich hin;
Ich schämte mich und war zugleich erschreckt,
Und jählings stürzt' ich nieder und erwachte;
Und dreimal träumte ich denselben Traum.
Ist das nicht sonderbar?

Pimen Es spielt das junge Blut.
Kasteie dich mit Beten und mit Fasten,
Und sanfte Bilder werden deine Träume
Erfüllen. Bis auf diesen Tag, wenn ich,
Vom Schlummer wider Willen übermannt,
Nicht auf die Nacht ein lang Gebet verrichtet,
So ist mein alter Schlaf nicht fest, nicht sündlos.
Bald zeigen sich mir lärmende Gelage,
Bald Heereszüge und bald Schlachtgetümmel,
Woran die tolle Jugend Freude hat!

Grigori Wie froh verlebtest du die jungen Jahre!
Du hast gefochten unter Kasans Mauern,
Du warfst Litauens Heer zurück mit Schuiski,
Du sahst den Hof Iwans und seine Pracht!
Du Glücklicher! Doch ich, von Kindheit an,
Muß durch die Klosterzellen einsam wandeln,
Warum könnt' ich nicht auch am Kampf mich freun
Und auch mit schmausen an des Zaren Tafel?
Noch früh genug könnt' ich wie du im Alter
Verzichten auf das Treiben dieser Welt,

Mich durch das strenge Mönchsgelübde binden
Und in die stille Klause mich verschließen.

Pimen Bedaure nicht, daß du die sünd'ge Welt
So früh verlassen, daß nicht viel Versuchung
Der Höchste dir gesandt. O glaube mir's,
Von ferne locken Ruhm und Prunksucht uns,
Und ränkevoll umstrickt uns Frauenliebe.
Ich habe lang gelebt und viel genossen,
Doch von der Zeit an weiß ich erst, was Glück ist,
Da mich der Herr ins Kloster kommen ließ.
Die großen Zaren faß ins Auge, Sohn:
Wer steht wohl höher? Gott nur. Wer erhebt
Sich gegen sie? Niemand! Und doch – wie oft
Hat sie der goldne Reif zu schwer gedrückt,
Und sie vertauschten ihn mit der Kapuze.
So nahm auch Zar Iwan, nach Frieden suchend,
Der Mönche stilles Wirken sich zum Vorbild.
Sein Schloß, von stolzen Günstlingen erfüllt,
Nahm eines Klosters Ansehn plötzlich an:
Der Leibtrabant erschien als frommer Mönch
Mit Kappe und im härenen Gewand,
Der grimme Zar als gottesfürcht'ger Abt.
Hier sah ich ihn, in dieser selben Zelle
(Kyrill bewohnte sie damals, der Dulder,
Ein heil'ger Mann – Gott hatte zu der Zeit
Auch mich bereits die Eitelkeit der Welt
Erkennen lassen) – hier sah ich den Zaren,
Von Zorngedanken und vom Strafen müde.
So saß bei uns der Schreckliche, still sinnend,
Wir standen vor ihm, ohne uns zu rühren –
Und leis und milde klangen seine Worte.
Also sprach er zum Abt und zu den Brüdern:
»Ihr Väter, meiner Wünsche Tag wird kommen,
Erscheinen werd' ich hier, nach Rettung dürstend.
Du, Nikodem ... du, Sergej ... du, Kyrill,
Ihr all empfanget mein geistliches Gelübde:
Als reu'ger Sünder will ich zu euch kommen,
Zu deinen Füßen knien, Vater Abt,
Und dann in frommes Bußgewand mich kleiden.«

So redete der hochgewalt'ge Herrscher,
Und lieblich floß das Wort von seinen Lippen,
Und weinen sahn wir ihn und flehten heiß
Zum Herrn in Tränen, daß er niedersende
Frieden und Liebe der gequälten Seele.
Und dann sein Sohn Fjodor? Auf dem Thron
Seufzt' er voll Sehnsucht nach dem stillen Leben
Des stummen Klausners. Er verwandelte
Die Zarenhalle in ein Betgemach.
Da trübten seine reine Seele nicht
Der Herrschaft schwere, kummervolle Sorgen.
Dem Herrn gefiel des Zaren Frömmigkeit,
Und Rußland durfte ehrenvollen Friedens
Sich freuen unter ihm, und als er hinschied,
Begab ein unerhörtes Wunder sich:
Ans Lager trat, vom Zaren nur gesehn,
Ein Mann in außerordentlichem Glanz.
Mit ihm begann Fjodor ein Gespräch
Und nannte ihn erhabner Patriarch.
Und alle rings erfaßte großer Schreck –
Wohl spürten sie die himmlische Erscheinung,
Dieweil der Kirchenfürst in dem Gemach
Sich bei dem Zaren damals nicht befand.
Als er dann hingeschieden war, da füllte
Mit laut'rem Wohlgeruch sich der Palast,
Sein Antlitz aber glänzte wie die Sonne.
Solch einen Zar erblicken wir nicht wieder!
O schreckliches, noch nie erlebtes Leid!
Wir haben Gott erzürnt und schwer gesündigt,
Den Zarenmörder haben wir gesetzt
Zum Herrscher über uns.

Grigori. Schon lange, frommer Vater,
Trieb's mich, um Auskunft dich zu bitten über
Dimitris, des Zarewitsch, Tod. Damals
Warst du, so heißt's, in Uglitsch.

Pimen. Ach, jawohl!
Gott führte mich dahin, zu sehn die Untat,
Den blut'gen Frevel. In das ferne Uglitsch

Ward ich zu klösterlichem Dienst gesandt.
Nachts langt' ich an. Frühmorgens um die Messe
Zieht plötzlich man die Glocke – Sturmgeläut,
Geschrei und Lärm. Man rennt zum Hof der Zarin.
Ich laufe mit. Schon ist die ganze Stadt
Versammelt – hingemeuchelt liegt Dimitri,
Ohnmächtig über ihm die Zarin-Mutter,
Verzweifelnd Klaggeschrei erhebt die Amme,
Her schleppt in wilder Raserei das Volk
Die ruchlose Verräterin, die Wartfrau.
Da zeigt sich plötzlich grimmig, bleich vor Wut,
In ihrer Mitte Judas-Bitiagowski.
Ein Zorngeheul bricht aus: »Das ist der Frevler!«
Im Nu ist er zerrissen. Und das Volk
Stürzt den entflohenen drei Mördern nach.
Aus dem Versteck reißt man die Bösewichter
Und stellt sie an des Knaben warme Leiche.
Und wunderbar – es zitterte der Tote.
»Bekennet!« tönt des Volkes Donnerstimme,
Die Beile drohn, Angst packt die Bösewichter,
Sie beichteten und nannten – den Boris.

Grigori. Wie alt war der Zarewitsch, als er fiel?

Pimen. Nun, sieben Jahre, und jetzt wär' er schon –
(Zehn Jahre sind es her – nein mehr, schon zwölf)
Er stünde jetzt mit dir in einem Alter
Und wäre Zar – doch anders wollt' es Gott.
Mit dieser Trauerkunde will ich denn
Auch meine Chronik schließen; seit der Zeit
Vernahm ich wenig von der Welt. – Hör, Bruder,
Durch Lesen und durch Schreiben ist dein Geist
Geweckt – ich übergebe dir mein Werk.
In Stunden, wo die fromme Übung ruht,
Da schreibe nieder, schlicht und ohne Klügeln,
All das, wovon du Zeuge wirst im Leben,
So Krieg als Frieden und der Herrscher Walten,
Geweihter Männer heil'ge Segenswunder,
Des Himmels Zeichen, voll von Vorbedeutung.
Für mich ist's Zeit, ist's hohe Zeit, zu ruhn,

Zu löschen meine Lampe. – Doch man läutet
Zur Morgenmesse. Segne du, o Herr,
Die Knechte dein! ... Grigori, gib die Krücke. Geht ab.

Grigori. Boris, Boris! Es zittert vor dir alles,
Und niemand wagt es, dich an das Geschick
Des unglücksel'gen Kindes zu erinnern.
Inzwischen aber schreibt in dunkler Zelle
Der Mönch die schwere Klagschrift gegen dich,
Und du entrinnst dem weltlichen Gerichte
So wenig als dem göttlichen Gericht.

Palast des Patriarchen.

Patriarch, Abt des Tschudow-Klosters.

Patriarch. Also ist er davongelaufen, Vater Abt?

Abt. Davongelaufen, heiliger Herr, es ist heute der dritte Tag.

Patriarch. Bube, vermaledeiter! Und wo ist er her?

Abt. Er ist aus dem Geschlecht der Otrepjew, Bojarenkinder von Galitsch; wurde in früher Jugend schon Mönch, man weiß nicht wo; lebte dann in Susdal im Jefimjew-Kloster; ging von da fort, trieb sich in verschiedenen Klöstern um und kam endlich in meine Tschudowsche Bruderschaft; ich sah, daß er noch jung und unerfahren war und übergab ihn der Obhut des Vaters Pimen, eines sanften, frommen Greises; der Entflohene war in Büchern bewandert, las unsere Chroniken und machte auch Lobgesänge auf die Heiligen; aber nicht unser Herrgott scheint ihm verholfen zu haben zu seinem Wissen.

Patriarch. Ach geht mir mit diesen Wissenden! Was hat er sich da ausgedacht! »Ich werde Zar sein in Moskau!« Ach, du Gefäß des Satans! Wir wollen aber nicht darüber an den Zaren berichten – wozu unsern väterlichen Herrscher damit behelligen! Es genügt, dem Djak Smirnow oder dem Djak Jefimjew die Flucht zu melden. Solch eine Ketzerei! »Ich werde Zar sein in Moskau!« Man soll ihn einfangen, den Höllensohn, und ihn ins Solowezki-Kloster schicken zu lebenslänglicher Abbüßung. Ist es nicht Ketzerei, Vater Abt?

Abt. Ketzerei, heiliger Herr, wahre Ketzerei.

Gemächer des Zaren.

Zwei Hofleute.

Erster. Wo ist der Zar?

Zweiter. Er hat im Schlafgemach
Mit einem Zauberer sich eingeschlossen.

Erster. Ja, das ist seine liebste Unterhaltung:
Wahrsager, Hexenmeister, Zauberinnen –.
Er läßt sich prophezein wie eine Braut.
Was er wohl so herauszubringen sucht ?

Zweiter. Da kommt er selbst. Beliebt dir's, ihn zu fragen?

Erster. Wie finster blickt er! Beide gehen ab.

Der Zar tritt ein.

Zar. Mein ist nun die Macht.
Fünf Jahre schon regier' ich ungestört,
Doch Glück kennt meine Seele nicht. Ganz so
Erfaßt uns Liebesglut in jungen Jahren,
Wir schmachten nach Genuß – und stillten kaum
Durch flüchtigen Besitz des Herzens Hunger,
So fühlen Kälte wir und Überdruß!
Umsonst verheißen mir die Zeichendeuter
Ein langes Leben, ungetrübte Herrschaft:
Froh macht mich nicht die Herrschaft, nicht das Leben
Des Himmels Donner hör' ich grollend nahn.
Mir wird kein Glück zuteil. Mein Volk gedacht' ich
Durch Wohlstand und durch Ehre zu befried'gen,
Durch Spenden seine Liebe zu gewinnen –
Doch gab ich längst das eitle Mühen auf.
Die Menge haßt den Herrscher, der da lebt,
Zu lieben wissen sie die Toten nur.
Gleich törïcht sind wir, wenn des Volkes Jauchzen,
Wie wenn sein Toben uns das Herz bewegt!
Gott sandte Hungersnot in unser Land,

Es jammerte das Volk, erlag den Qualen.
Ich schloß die Speicher ihnen auf und streute
Geld unter sie, ich schaffte ihnen Arbeit –
Sie aber fluchten mir in ihrem Wahnsinn!
Die Feuersbrunst verzehrte ihre Häuser,
Ich baute ihnen neue Wohnungen –
Auf meine Schulter wälzten sie den Brand!
So denkt das Volk – da wirb um seine Liebe!
In meinem Hause dacht' ich Trost zu finden,
Die Tochter dacht' ich glücklich zu vermählen –
Da rafft der Tod den Bräutigam hinweg,
Und wieder wirft das tückische Gerücht
Die Schuld an meiner Tochter Witwenschaft
Auf mich, auf mich, den unglücksergen Vater!
Wer immer stirbt – ich bin's, der alle mordet.
An Fjodors frühem Ende bin ich schuld,
Ich tötete die Zarin, meine Schwester,
Die fromme Nonne! ... Alles kommt von mir!
Weh mir! Ich fühl's, in dieses Lebens Nöten
Kann nichts dem Herzen Frieden geben, nichts –
Es sei denn das Gewissen. Ist es rein,
Dann siegt es über Bosheit und Verleumdung.
Doch hat darin ein einz'ger Flecken nur,
Ein einz'ger sich zufällig eingenistet –
Dann wehe! Wie vom Pesthauch angeglüht,
Verbrennt die Seele, Gift durchströmt das Herz,
Wie Hammerschlag pocht Vorwurf an das Ohr,
Die Kehle ist wie zugeschnürt, mir schwindelt,
Und blut'ge Knaben hüpfen vor den Augen ...
Man möchte fliehen – doch wohin? – entsetzlich!
Unselig, wer nicht rein weiß sein Gewissen!

Schenke an der litauischen Grenze.

Misail und Warlaam, wandernde Bettelmönche; Grigori Otrepjew in weltlicher Tracht; Wirtin.

Wirtin. Womit kann ich euch aufwarten, fromme Väter?

Warlaam. Was Gott gibt, Frau Wirtin. Habt ihr keinen Wein?

Wirtin. Wie sollten wir nicht, ehrwürd'ge Väter! Ich will ihn gleich holen. Geht ab.

Misail. Was läßt du denn so den Kopf hängen, Gesell? Da ist nun die litauische Grenze, nach der dich so verlangte.

Grigori. Erst muß ich in Litauen sein, dann bin ich ruhig.

Warlaam. Was hast du denn für einen Narren gefressen an dem Litauen? Da sieh mal uns an, den Vater Misail und mich armen Sünder: seit wir aus dem Kloster glücklich entschlüpft sind, denken wir an nichts weiter: Rußland oder Litauen – Krallen oder Klauen – das macht uns wenig Pein – gibt es nur Wein – da bringt man ihn herein!

Misail. Wie sich das prächtig reimt, Vater Warlaam.

Wirtin tritt ein. Hier, liebe Väter. Wohl bekomm' es euch!

Misail. Danke schön, liebe Frau, segne dich Gott!

Sie trinken. Warlaam stimmt ein Lied an: »In der Stadt Kasan, der schönen ...«

Warlaam. Nun, was singst du nicht mit?

Grigori. Ich will nicht.

Misail. Des Menschen Wille ist sein Himmelreich.

Warlaam. Wer gut zecht, ist im Himmelreich!
Laßt uns ein Gläschen leeren –
der Frau Wirtin zu Ehren...
Singt: »Ward ein junger Mönch geschoren« usw.

Ja freilich, Vater Misail, wenn ich das Trinken treibe – halt' ich mir Nüchterne vom Leibe. Ein andres ist die Becherei – ein andres die Großsprecherei; willst du leben so wie wir, so bist du willkommen, wenn nicht, so scher dich fort, pack dich: es passen die Laffen nicht zu den Pfaffen.

Grigori. Sauf, aber paß auf dich selber auf, Vater Warlaam! ... Du siehst, zuweilen kann ich auch reimen.

Warlaam. Was soll ich aufpassen?

Misail. Laß ihn in Ruh', Vater Warlaam.

Warlaam. Ja, was ist er denn für ein Betbruder? Hat sich selbst zu uns gedrängt, Gott weiß wer, Gott weiß woher – und tut groß! Er hat wohl an der Stute gerochen... Trinkt und singt.

Grigori zur Wirtin. Wohin führt dieser Weg?

Wirtin. Nach Litauen, Freund, nach den Lujowbergen.

Grigori. Und ist es weit bis zu den Lujowbergen?

Wirtin. Weit ist es nicht, man könnte bis zum Abend dort sein, wenn nicht des Zaren Schlagbäume wären und die Wachtposten.

Grigori. Wie, Schlagbäume? Was soll das heißen?

Wirtin. Es ist einer entflohn aus Moskau, und da ist Befehl gegeben, jedermann anzuhalten und zu untersuchen.

Grigori für sich. Da haben wir die Bescherung.

Warlaam. He, Genosse! Hast dich ja an die Frau Wirtin gemacht.
Fragst nicht nach dem Glase, sondern nach der Frau Base.
Auch gut, Bruder, auch gut! Jeder hat seine Gewohnheiten.
Dem Vater Misail und mir macht nur eines das Herz schwer:
wie kriegen wir den Becher leer? Wir trinken immer noch eins herum –
und stürzen zuletzt den Becher um.

Misail. Schön gereimt, Vater Warlaam.

Grigori. Wen suchen sie denn? Wer ist aus Moskau entflohn?

Wirtin. Ja, Gott weiß wer, ein Dieb, ein Räuber – genug, jetzt können auch die ehrlichen Leute hier nicht durch. Und was kommt dabei heraus? Gar nichts, keinen räudigen Hund werden sie fangen. Als ob es keine anderen Wege nach Litauen gäbe als die Landstraße. Da wendet man sich bloß links von hier und schlägt den Pfad durch den Kiefernwald ein, bis zur Kapelle, die am Tschekanbach steht, von da geht's grade durch den Sumpf nach Chlopino und von da nach Sacharjewo – und ist man erst dort, so bringt einen jedes Kind nach den Lujowbergen. Von diesen Grenzwächtern hat man weiter nichts, als daß sie die Reisenden plagen und uns arme Leute schinden. Man hört ein Geräusch. Was gibt's da wieder? Ach, da sind sie, die Verfluchten! Sie machen die Runde.

Grigori. Wirtin! Gibt es nicht noch einen anderen Winkel hier im Hause?

Wirtin. Nein, Bester, ich wäre selbst froh, mich zu verstecken. Da tun sie groß mit ihrer Besichtigung und wollen bloß Wein aufgetischt haben und Brot und was alles noch – daß sie die Pest holen möge, daß sie ...

Zwei Grenzwächter treten ein.

Grenzwächter. Guten Tag, Wirtin.

Wirtin. Seid willkommen, werte Gäste. Bitte, tretet doch näher.

Ein Grenzwächter zum andern. Ach! hier wird gezecht; da fällt auch für uns was ab. Zu den Mönchen. Was seid ihr für Leute?

Warlaam. Wir sind gottgeweihte Greise, demütige Mönche, wandern in den Ortschaften umher und sammeln christliche Almosen fürs Kloster.

Grenzwächter zu Grigori. Und du?

Misail. Ist unser Reisegefährte ...

Grigori. Ich bin ein Bürger aus der Vorstadt, habe die Alten bis an die Grenze begleitet und will jetzt wieder nach Haus.

Misail. So bist du andern Sinnes ...

Grigori leise. Schweig doch!

Grenzwächter Wirtin, bring noch Wein, wir wollen hier mit den Alten eins trinken und plaudern.

Zweiter Grenzwächter. Der Bursch da scheint mir kahl zu sein, bei dem ist nichts zu holen; die Alten aber ...

Erster. Nur ruhig, wir wollen ihnen gleich beikommen. Nun, ihr Väter, wie geht die Hantierung?

Warlaam. Schlecht, mein Sohn, schlecht! Die Christenmenschen sind dermalen karg geworden, sind aufs Geld erpicht und halten's fest, wollen Gott wenig geben. Es ist große Sünde kommen über die Leute. Haben sich alle auf Handel und Wandel und Pfiffe und Kniffe verlegt, denken nur an die Schätze der Welt und nicht an das Heil ihrer Seele. Da wandert man und wandert, betet seinen Spruch her und schlägt in drei Tagen kaum drei Groschen heraus! Über die Sünde! Eine Woche vergeht und noch eine, man guckt in den Beutel, ja, da ist so wenig drin, daß man sich schämt, damit im Kloster zu erscheinen. Was geschieht? Aus Verdruß vertrinkt man auch das wenige. Es ist ein Jammer. Ach, es steht gar schlimm, man merkt, das Ende der Tage ist herangekommen ...

Wirtin weinend. O Herr, sei uns gnädig und beschütz uns!

Während der Rede Warlaams hat der erste Grenzwächter den Misail aufmerksam betrachtet.

Erster Grenzwächter. Alexej, hast du des Zaren Befehl bei dir?

Zweiter. Jawohl.

Erster. Gib doch her!

Misail. Was starrst du mich so unverwandt an?

Erster Grenzwächter. Das will ich dir sagen: Aus Moskau ist ein gewisser böser Ketzer entlaufen, mit Namen Grischa Otrepjew. Hast du nicht davon gehört?

Misail. Nein.

Grenzwächter.. Nicht? Auch gut. Nun, diesen flüchtigen Ketzer hat der Zar befohlen, zu fangen und zu hängen. Weißt du davon?

Misail. Gar nichts.

Grenzwächter zu Warlaam. Kannst du lesen?

Warlaam. Ich hab's in meiner Jugend gekonnt, hab's aber verlernt.

Grenzwächter zu Misail. Und du?

Misail. Der Herr hat mich nicht erleuchtet.

Grenzwächter. Nun, siehst du, hier ist des Zaren Befehl.

Misail. Was soll er mir?

Grenzwächter. Mir will es vorkommen, daß der flüchtige Ketzer, Dieb, Spitzbube kein anderer ist – als du!

Misail. Ich? Gott bewahre! Was fällt dir ein?

Grenzwächter. Warte! Die Türen zugehalten ... Das wollen wir gleich herausbringen.

Wirtin. Ach, die heillosen Plagegeister! Nicht einmal den alten Mönch lassen sie in Ruhe.

Grenzwächter. Wer kann hier lesen?

Grigori tritt vor. Ich kann lesen.

Grenzwächter. Sieh doch mal an!... Wer hat es dich denn gelehrt?

Grigori. Unser Mesner.

Grenzwächter reicht ihm das Blatt. Lies laut!

Grigori liest. »Vom Tschudow-Kloster der unwürdige Mönch Grigori, aus dem Geschlecht der Otrepjew, verfiel in Ketzerei und erfrechte sich, angestiftet vom Teufel, die fromme Bruderschaft durch allerlei Ärgernis und gottlose Reden aufzuhetzen. Aus den angestellten Nachforschungen hat sich ergeben, daß er, der gottlose Grischka, nach der litauischen Grenze zu entflohen ist ...«

Grenzwächter zu Misail. Siehst du, daß du es bist?

Grigori. »Und hat der Zar befohlen, ihn einzufangen ...«

Grenzwächter. Und aufzuhängen!

Grigori. Hier steht nicht: aufzuhängen.

Grenzwächter. Flunkere nicht! Es wird nicht jedes Wort ausgeschrieben. Du liest: einzufangen und aufzuhängen.

Grigori. »Und aufzuhängen. Und steht der Dieb Grischka im Alter über fünfzig Jahr' er sieht dabei den Warlaam an, ist von mittlerer Größe, hat eine kahle Stirn, grauen Bart, dicken Bauch.«

Alle sehen auf Warlaam.

Erster Grenzwächter. Kinder! Hier ist der Grischka! Haltet ihn, bindet ihn! Das hätt' ich nicht gedacht, das hätt' ich nicht vermutet!

Warlaam reißt das Papier an sich. Halt, ihr Hurensöhne! Wie soll ich der Grischka sein? Wie? Fünfzig Jahre, grauer Bart, dicker Bauch! Nein, Brüderchen, du bist noch zu grün, um mit mir dein Spiel zu treiben. Ich hab' lange nicht mehr gelesen, und es wird mir sauer, aber wenn es an den Hals geht, bring' ich's schon fertig. Liest, mühsam buchstabierend: »Steht – im Alter von – zwan–zig Jahren –« Was, Bruder, wo steht da fünfzig? Siehst du? – Zwanzig.

Zweiter Grenzwächter. Ja, ich erinnere mich, zwanzig; so wurd' es uns auch gesagt.

Erster Grenzwächter zu Grigori. Du bist, scheint's, ein Spaßvogel, Freundchen.

Während des Lesens steht Grigori mit gebeugtem Kopf, die Hand im Busen.

Warlaam fährt fort. »Von kleinem Wuchse, Brust breit, ein Arm kürzer als der andere, Augen blau, Haare rot, auf der Wange eine Warze, auf der Stirn ebenfalls.« Ja, mein Lieber, das bist am Ende gar du selber?!

Grigori zieht plötzlich einen Dolch; alle weichen vor ihm zurück; er springt zum Fenster hinaus.

Die Grenzwächter. Haltet ihn! Haltet!

Alles rennt in Verwirrung ihm nach.

Moskau. Wohnung Schuiskis.

Schuiski nebst vielen Gästen, beim Abendessen.

Schuiski Bringt noch mehr Wein! Er erhebt sich, alle stehen auf.
Wohlan, ihr werten Gäste,
Den Abschiedstrunk! Sprich, Knabe, das Gebet.

Knabe Des Himmels Herr, du, der allgegenwärtig
Und ewig thront, hör deiner Knechte Flehn:
Für unsern Herrscher beten wir zu dir,
Den frommen, den durch deine Gnad' erkornen,
Den selbstgebietenden Herrn der Christenheit.
Schirm ihn in seinem Schloß und auf dem Schlachtfeld,
Auf seinen Wegen und auf seinem Lager.
Verleih ihm über seine Feinde Sieg,
Laß seinen Ruhm von Meer zu Meer ertönen.
Fröhlich erblühe ihm des Hauses Stamm,
Daß seine edlen Zweige überschatten
Die ganze Welt; uns aber, seinen Knechten,
Bleib er, wie früher, huldreich zugetan,
Voll Milde und langmütigen Erbarmens.
Aus seiner Weisheit unerschöpftem Born
Entquelle auch für uns heilsame Labung.
So bringen diesen Becher wir dem Zaren
Und bitten dich, o Gott, um deinen Segen.

Schuiski trinkt. Lang lebe unser edler, großer Herrscher!
Und nun lebt wohl, ihr meine werten Gäste;

Habt Dank, daß mein bescheidnes Mahl ihr nicht
Verschmähtet. Lebt denn wohl, und gute Ruh'.

Die Gäste entfernen sich; Schuiski gibt ihnen das Geleit.

Afanassi Puschkin. Endlich sind sie fort; nun, Fürst Wassili Iwanowitsch, ich dachte schon, es würde gar nicht möglich sein, mit dir ein Wort allein zu sprechen.

Schuiski zu den Dienern. Was habt ihr hier zu gaffen? Wenn ihr nur immer horchen könnt auf das, was die Herrschaft sagt. Räumt ab, und dann fort mit euch. Was ist es, Afanassi Michailowitsch?

Puschkin. Ja, Wunder sind es, wahre Wunderdinge! Von meinem Brudersohn, Gawrila Puschkin, kam heute früh aus Krakau ein Kurier.

Schuiski Nun?

Puschkin. Seltsam klingt die Botschaft meines Neffen. Der Sohn Iwans ...
Doch wart. Geht an die Tür und sieht nach.
Der edle Knabe,
Der auf Boris' Befehl ermordet ward ...

Schuiski Das ist doch gar nichts Neues.

Puschkin. Warte nur ...
Dimitri lebt.

Schuiski Das nenn' ich eine Mär!
Der Sohn des Zaren lebt! Fürwahr ein Wunder!
Und ist das alles?

Puschkin. Höre bis zu Ende:
Wer es auch sei, ob der gerettete
Zarewitsch, ob ein böser Geist in seiner
Gestalt, ob nur ein frecher Abenteurer –
Genug, Dimitri ist dort aufgetaucht.

Schuiski Unmöglich.

Puschkin. Puschkin hat ihn selbst gesehn,
Als eben er im Schlosse angelangt war
Und durch die Reih'n der litauischen Herren
Gerad ins Kabinett des Königs schritt.

Schuiski Wer ist er? Woher kommt er?

Puschkin. Das weiß niemand;
Bekannt ist nur, daß er beim Wischnewezki
Als Knecht gedient; daß auf dem Krankenlager
Er sich entdeckte seinem Beichtiger;
Daß, als der Herr vernommen das Geheimnis,
Er nicht zu stolz war, seinen Knecht zu pflegen,
Zu Sigismund zu bringen den Genesnen.

Schuiski Und was spricht man von diesem kecken Burschen?

Puschkin. Er soll verständig sein, freundlich, gewandt
Und allen recht. Die Flüchtlinge aus Moskau
Hat er bezaubert. Die latein'schen Pfaffen
Sind eins mit ihm. Der König schmeichelt ihm
Und hat, so heißt es, Hilf ihm zugesagt.

Schuiski. Das alles, Bruder, ist ein solcher Wirrwarr,
Daß mir der Kopf davon ganz schwindlig wird,
Ein falscher Dimitri ist es ohne Zweifel,
Doch die Gefahr ist freilich nicht gering.
Die Nachricht ist von Wichtigkeit, und dringt sie
Ins Volk, so kann es große Stürme geben.

Puschkin. So groß, daß Zar Boris die Krone kaum
Auf seinem klugen Haupt behalten dürfte.
Und recht geschah' ihm – er regiert uns ja
Wie Zar Iwan – Gott schütze uns in Gnaden!
Was nutzt es, daß wir nicht mehr öffentlich
Gerichtet werden, nicht auf blut'gen Brettern
Vor allem Volk dem Heiland Psalmen singen?
Daß man uns nicht, wie einstmals, auf dem Marktplatz
Verbrennt, indes der Zar die glühenden Kohlen
Mit seinem Herrscherstab zusammenscharrt?

Sind wir drum unsres armen Lebens sicher?
Es warten unser jeden Tag Verbannung,
Sibirien, Kloster, Kerkerhaft und Ketten,
In öder Wildnis Hungertod und Strang.
Wo sind denn unsre edelsten Geschlechter?
Wo sind die Schestunow, die Fürsten Sizki,
Wo unsres Landes Hoffnung, die Romanow?
Sie leiden der Verbannung herbe Qual.
Hab nur Geduld, dich trifft das gleiche Los.
Sag selber, sind wir nicht im eignen Hause
Umstellt von falschen Knechten wie vom Feind?
Verräterische Zungen überall,
Schurken, die der Regierung sich verkauften!
Wir hängen ab vom ersten besten Sklaven,
Nach dessen Züchtigung der Sinn uns steht.
Da fiel's ihm ein, den Juritag zu streichen –
Nun sind wir nicht mehr Herr auf unsern Gütern.
Den Faulpelz darfst du nicht vom Hofe jagen,
Du mußt ihn füttern! Keinen Fremden darfst du
Zu dir herüberlocken – das ist strafbar!
Sag, war – selbst unter Zar Iwan – dergleichen
Jemals erhört? Und hat das Volk es besser?
Frag es doch selbst! Laß diesen Schein-Zarewitsch
Ihm nur den alten Juritag versprechen,
Dann ist der Teufel los!

Schuiski. Ja, du hast recht.
Doch höre, Puschkin, über alles dies
Laß uns einstweilen schweigen.

Puschkin. Selbstverständlich
Behält man's hübsch für sich. Du bist gescheit,
Mit dir zu reden macht mir immer Freude,
Und geht mir eine Sach' im Kopf herum,
Kann ich es kaum erwarten, dir's zu sagen.
Zudem hat auch dein Bier, dein würz'ger Met
Mir heut' die Zunge so gelöst ... Doch nun
Leb wohl, mein Fürst.

Schuiski. Leb wohl, auf Wiedersehen!

Geleitet den Puschkin.

Palast des Zaren.

Der Zarewitsch zeichnet eine Landkarte. Die Zarewna und ihre Wartfrau.

Xenia küßt ein Miniaturbild. Mein lieber Bräutigam, du schöner Königssohn, nicht mir bist du zu eigen geworden, deiner Braut; nein, dem dunkeln Grabe in fremder Erde. Nie werd' ich Trost finden, ewig werd' ich dich beweinen.

Wartfrau Ei, Zarewna! Mädchentränen sind wie Morgentau: die Sonne geht auf und verzehrt ihn. Du wirst einen anderen Bräutigam bekommen, der schön und leutselig sein wird; den wirst du liebhaben, holdes Kind, und wirst den Prinzen Iwan vergessen.

Xenia Nein, Mütterchen, ich werde auch dem Toten die Treue bewahren.

Boris tritt ein.

Zar. Nun, Xenia? Nun, mein liebes, gutes Kind?
Kaum Braut und schon von Witwenschmerz gebeugt!
Noch immer weinst du um den toten Bräut'gam.
Mein Kind, das Schicksal hat mir nicht vergönnt,
Der Stifter eures Erdenglücks zu sein.
Vielleicht hab' ich des Himmels Zorn verdient,
Und er verwehrte mir, euch zu vereinen.
Doch warum mußt du schuldlos leiden, Kind?
Und du, mein Sohn, was treibst du? Was ist das?

Fjodor. Von unsrem Land ein Abriß: unser Reich
Von einem End' zum andern. Hier liegt Moskau,
Hier Nowgorod, hier Astrachan. Die See hier,
Und hier die dichten Waldungen von Perm.
Das ist Sibirien.

Zar. Und was windet sich
In Schlangenlinien hier?

Fjodor. Das ist die Wolga.

Zar. Wie schön! Das ist des Lernens süße Frucht!
Du überschaust hier wie aus Wolkenhöhen
Das ganze Reich: die Grenzen, Städte, Flüsse.
Ja, lerne, lieber Sohn! Das Wissen kürzt
Uns die Erfahrungen des flücht'gen Lebens.
Es werden dermaleinst, und bald vielleicht,
Die Länder alle, deren Zeichnung du
So künstlich hier auf dem Papier entworfen,
Der Leitung deiner Hände anvertraut.
Drum lerne, lieber Sohn, du wirst dann leichter
Und klarer deine Herrscherpflicht erkennen.

Semjon Godunow tritt ein.

Sieh, da kommt Godunow mit einer Meldung.
Zu Xenia. Mein Herzenskind, geh jetzt in dein Gemach,
Gehab dich wohl, es tröste dich der Herr.

Xenia geht mit der Wartfrau ab.

Was bringst du mir, Semjon Nikitisch?

S. Godunow. Heute
In aller Früh' kam Fürst Wassilis Schaffner
Nebst Puschkins Diener zu mir, zu berichten.

Zar. Nun?

S. Godunow. Puschkins Diener meldete, daß gestern
Ganz früh aus Krakau ein Kurier ins Haus
Gekommen und nach einer Stunde schon
Zurückritt ohne schriftlichen Bescheid.

Zar. Man nehm ihn fest!

S. Godunow. Er wird bereits verfolgt.

Zar. Was ist mit Schuiski?

S. Godunow. Er bewirtete
Die Freunde gestern, beide Miloslawski,
Die Buturlin, Michailo Saltykow
Und Puschkin, und noch einige andre mehr.
Man trennte sich erst spät. Puschkin allein
Blieb bei dem Herrn des Hauses noch zurück
Und hatte noch mit ihm ein lang Gespräch.

Zar. Schuiski soll augenblicklich kommen.

S. Godunow. Herr,
Er wartet draußen.

Zar. Rufe ihn herein. S. Godunow geht ab.
Verbindung mit Litauen? Was soll das?
Der Puschkin meuterische Sippschaft hass' ich,
Und diesem Schuiski ist auch nicht zu traun,
Er ist geschmeidig, aber kühn und schlau ...

Schuiski tritt ein.

Ich habe zwar mit dir zu reden, Fürst,
Doch scheint's, du habest selbst was vorzubringen,
Und darum will ich dich zuvor vernehmen.

Schuiski. Ja, Herr, dir wicht'ge Botschaft kundzutun,
Treibt mich die Pflicht.

Zar. Ich höre dich.

Schuiski leise auf den Zarewitsch deutend. Doch, Herr ...

Zar. Wovon Fürst Schuiski Wissenschaft besitzt,
Das darf auch der Zarewitsch wissen. Sprich.

Schuiski. Aus Litauen, Herr, kam Nachricht ...

Zar. Wohl dieselbe,
Die gestern ein Kurier dem Puschkin brachte?

Schuiski. Er weiß um alles! ... Herr, ich war der Meinung,
Daß dies Geheimnis dir noch nicht bekannt sei.

Zar. Das kann dir gleich sein. Die Berichte will ich
Zusammenhalten – nur auf diese Weise
Erfahren wir die Wahrheit.

Schuiski. Herr, ich weiß
Nur, daß ein falscher Zar in Krakau auftritt,
Vom König und vom Adel unterstützt.

Zar. Was sagt man denn? Wer ist der falsche Zar?

Schuiski. Ich weiß es nicht.

Zar. Wo liegt denn die Gefahr?

Schuiski. Dein Thron, o Zar, steht freilich fest – du hast
Durch Huld und treues Walten und durch Wohltun
Die Herzen deiner Knechte dir gewonnen.
Doch weißt du selbst: der blöde Pöbel ist
Veränderlich, rebellisch, abergläubisch,
Er überläßt sich eitler Hoffnung gern,
Gehorcht der Eingebung des Augenblicks,
Ist gegen Wahrheit taub und unempfänglich
Und saugt aus Fabeln seine liebste Nahrung.
Ein dreistes Wagen sagt ihm immer zu –
Darum, hat dieser unbekannte Strolch
Litauens Grenze einmal überschritten,
So treibt Dimitris auferstandner Name
Die Narren ihm in hellen Haufen zu.

Zar. Was sagst du da? Dimitris, jenes Knaben?
Dimitris? Wie? ... Mein Sohn, laß uns allein.

Schuiski. Er ward ganz rot ... Es ist ein Sturm im Anzug.

Fjodor. Herr, darf ich nicht? ...

Zar. Nein, Sohn, es geht nicht, laß uns ...
Fjodor geht ab. Dimitris! ...

Schuiski. Ah! Er hat von nichts gewußt.

Zar. Hör, Fürst: Maßregeln sind sofort zu treffen,
Rußland ist gegen Litau'n abzusperren
Durch dichte Posten; es darf keine Seele
Die Grenze überschreiten, ja kein Hase
Aus Polen darf herüber, keine Krähe
Von Krakau hierherfliegen. Geh ans Werk.

Schuiski. Sogleich.

Zar. Halt, noch etwas. Nicht wahr, die Nachricht
Ist spaßhaft? Hast du jemals schon gehört,
Daß Tote aus den Gräbern auferstehn,
Um Zaren vor Gericht zu stellen – Zaren,
Die sich das Volk gesetzt hat und erwählt
Und die der heil'ge Patriarch gesalbt?
Das ist zum Lachen, wie? Was lachst du nicht?

Schuiski. Ich, Herr? ...

Zar. Noch eine Frage, Fürst Wassili.
Als ich damals erfuhr, daß man den Knaben ...
Daß dieser Knabe umgekommen sei,
Schickt' ich dich hin, den Fall zu untersuchen.
Im Namen Gottes jetzt und bei dem Kreuze
Beschwör' ich dich, die Wahrheit zu gestehn:
Hast den erschlagnen Knaben du erkannt?
Fand nicht Vertauschung statt? Gib Antwort!

Schuiski. Herr,
ich schwöre dir ...

Zar. Nein, Schuiski, schwöre nicht,
Sag einfach: der Zarewitsch war es!

Schuiski. Ja!

Zar. Bedenk es, Schuiski. Ich will gnädig sein –
Ich will nicht frühre Lüge durch die Acht,
Die nichts mehr fruchtet, strafen. Aber wenn
Du jetzt mich hintergehst – beim Haupt des Sohnes
Schwör' ich's –, dann trifft so harte Strafe dich,
Daß selbst der Zar Iwan Wassiljewitsch
In seinem Grab erzittert vor Entsetzen.

Schuiski. Mich schreckt die Strafe nicht, mich schmerzt dein Zürnen!
Wie dürft' ich's wagen, falsch vor dir zu sein?
Und hätt' ich wohl so grob mich täuschen können,
Daß ich Dimitri nicht erkannt? Drei Tage
Besucht' ich in der hohen Kathedrale
Den Leichnam, von der ganzen Stadt begleitet.
Es lagen dreizehn Tote um ihn her,
Die in der Wut das Volk zerrissen hatte,
Und sie begannen merklich zu verwesen.
Doch des Zarewitsch kindlich Antlitz blieb,
Wie eines Schlummernden, frisch, klar und ruhig.
Es war die tiefe Wunde nicht geronnen,
Es hatten sich die Züge nicht verändert;
Nein, Herr, es leidet keinen Zweifel. Dimitri
Liegt tot im Sarg.

Zar. Genug, du kannst jetzt gehn.

Schuiski geht ab.

Oh, wie mir schwer ist. Ich muß Atem schöpfen!
Ich hab' es wohl gefühlt, daß alles Blut
Mir ins Gesicht schoß und nur langsam wich.
Das also war's, warum ich dreizehn Jahre
Im Traum stets das blut'ge Kind gesehn?
Ja, ja, das ist's! Jetzt erst versteh' ich's ganz.
Wer aber ist denn dieser Widersacher?
Wer droht mir denn? Ein leerer Nam', ein Schatten.
Entreißt ein Schatten wohl mir meinen Purpur?
Und raubt ein Schall ihr Erbe meinen Kindern?
Tor, der ich bin! Was bringt mich so in Schrecken?
Ein Hauch auf dies Gespenst, und es verschwindet!

So sei's! Ich werfe jede Furcht von mir!
Doch heischt die Klugheit, nichts geringzuachten.
Schwer lastest du, o Krone Monomachs!

Krakau. Haus Wischnewezkis.

Der falsche Dimitri und Pater Tschernikowski.

Dimitri. Nein, würd'ger Pater, schwierig wird's nicht sein.
Ich kenne meines Volkes Geist genau:
Frei ist sein Glauben von fanat'scher Wut,
Und heilig ist ihm seines Zaren Beispiel;
Auch ist ja Duldsamkeit gelaßnen Sinns.
Noch eh' zwei Jahr' vergehn, des bin ich Bürge,
Wird Rußland und die ganze nördliche Kirche
Des röm'schen Stuhles Hoheit anerkennen.

Pater. Es steh dir bei der heilige Ignatius,
Wenn einmal andre Zeiten kommen werden.
Inzwischen aber birg in deinem Busen
Des Himmelssegens Aussaat, edler Prinz.
Uns zu verstellen vor der blöden Welt,
Wird oft für uns ein geistliches Gebot.
Die Menschen richten, was man sagt und tut,
Die Absicht aber sieht nur Gott allein.

Dimitri. Amen. Wer kommt? Ein Diener tritt ein.
Sag nur, daß wir empfangen.

Die Türen gehen auf, eine Menge Russen und Polen treten ein.

Genossen! Morgen geht es fort aus Krakau!
Bei dir in Sambor, Mnischek, halt' ich mich
Drei Tage auf; ich weiß, dein gastlich Schloß
Glänzt nicht allein durch seine edle Pracht!
Weit höhern Ruhm verleiht ihm seine Wirtin.
Die reizende Marina hoff ich dort
Zu sehn. Ihr aber, meine Freunde, Polen
Und Russen, die das Banner brüderlich
Erhoben gegen den gemeinsamen Feind,

Der mich voll Arglist zu vernichten trachtet –
Ihr Slawensöhne! Eure grimmen Scharen
Führ' ich nun bald in den ersehnten Kampf.
Doch seh' ich hier Gesichter, die mir neu.

Gawrila Puschkin. Sie kamen, um in deinem Dienst das Schwert,
Wenn du's vergönnst, zu führen.

Dimitri. Freut mich, Kinder.
Zu mir, ihr Freunde! Aber sag mir, Puschkin,
Wer ist der schöne Jüngling dort?

Puschkin. Fürst Kurbski.

Dimitri zu Kurbski. Ein stolzer Name! Bist du ein Verwandter
Des Helden von Kasan?

Kurbski. Sein Sohn.

Dimitri. Er lebt noch?

Kurbski. Er starb.

Dimitri. Groß war im Feld er wie im Rat.
Doch von der Zeit ab, da man ihn gesehn
Als grimm'gen Rächer der erlittnen Kränkung
Mit Litau'ns Heer vor Olgas alter Stadt –
Vernahm man weiter nichts von ihm.

Kurbski. Mein Vater
Beschloß sein Leben in Wolhynien,
Auf Gütern, die Báthory ihm geschenkt.
Da hat er still und einsam dann gelebt
Und bei den Wissenschaften Trost gesucht.
Doch hat dies friedlich Tun ihm nicht genügt,
Stets mußt' er seiner Jugend Heimat denken
Und sehnte sich nach ihr bis an sein Ende.

Dimitri. Beklagenswerter Feldherr du! Wie strahlte
Der Anfang deines sturmbewegten Lebens!

Ich freue mich, mein hochgeborner Kämpe,
Daß sich dem Vaterland sein Blut versöhnt.
Nicht soll gedenken man der Schuld der Väter;
Friede sei ihrer Asche! Näher, Kurbski,
Reich mir die Hand! Wie seltsam! Kurbskis Sohn,
Er führt zum Throne, wen? Den Sohn Iwans!
Hold ist mir alles: Menschen und Geschick.
Und wer bist du?

Ein Pole Sobanski, freier Schlachtschitz.

Dimitri. Sei ehrenvoll gegrüßt, du Sohn der Freiheit!
Man zahle ihm ein Drittel Sold voraus.
Doch wer sind diese? Ich erkenne ja
Die Trachten meiner Heimat. Das sind Russen.

Chruschtschow berührt mit der Stirn den Boden.
So ist es, Herr, du unser Vater. Wir
Sind deine treuen, hartbedrängten Knechte.
Verbannt aus Moskau, flüchten wir zu dir,
Zu unserm Zaren, und wir sind bereit,
Für dich zu sterben! Mögen unsre Leichen
Die Stufen dir zum Herrscherthrone werden.

Dimitri. Ermannet euch, ihr schuldlos Leidenden!
Bin ich nur erst in Moskau, soll Boris,
Was er an mir und euch gesündigt, büßen.
Wie sieht's in Moskau aus ?

Chruschtschow Noch alles still.
Doch hat das Volk die Rettung des Zarewitsch
Bereits erfahren, und an allen Orten
Liest man dein Schreiben. Alles wartet deiner.
Vor wenigen Tagen wurden zwei Bojaren
Durchs Schwert getötet auf Boris' Befehl,
Weil sie bei Tisch dein Wohlsein heimlich tranken.

Dimitri. Die guten, unglücklichen Bojaren!
Doch Blut um Blut! Und weh dem Godunow!
Was hört man sonst von ihm?

Chruschtschow. Er zieht sich ganz
Zurück in seine traurigen Gemächer,
Grausam und finster ist er. Man erwartet
Noch weitre Bluturteile. Doch von Krankheit
Wird er geplagt, kaum steht er auf den Füßen,
Und man behauptet, seine letzte Stunde
Sei nicht mehr weit.

Dimitri. Als großmüt'ger Feind
Wünsch' ich dem Zaren einen schnellen Tod.
Sonst – weh dem Bösewichte! Wen gedenkt
Er wohl zu seinem Erben zu ernennen?

Chruschtschow. Noch hat er seinen Willen nicht verkündet,
Doch, meint man, soll sein junger Sohn Fjodor
Nach ihm den Thron besteigen ...

Dimitri. Möglich wär's,
Daß sich Boris hier stark verrechnet hat.
Wer bist du?

Karela. Ein Kosak, zu dir gesandt
Vom freien Kriegervolk, den tapfern Hetmans
Vom obern und vom untern Don, zu schauen
In deine Herrscheraugen und zu melden,
Daß ihre Häupter dir zu Diensten stehen.

Dimitri. Den Don kenn' ich und habe nie gezweifelt,
Den Reiherbusch in meinem Heer zu sehn.
Wir sagen unsern don'schen Truppen Dank
Wir wissen, ungerechten Zwang erduldet
Heut' der Kosak, er wird verfolgt, bedrückt;
Doch wenn der Herr uns zu besteigen hilft
Der Väter Thron, so wollen, wie vor alters,
Wir unsern treuen freien Don bedenken.

Poet naht mit tiefen Verbeugungen und faßt Dimitri am Rockzipfel.
O großer Prinz, durchlaucht'ger Königssohn!

Dimitri. Was wünschest du?

Poet überreicht ein Papier. Nimm huldreich an, o Herr,
Des dienstbeflißnen Strebens arme Frucht.

Dimitri. Was seh' ich, ein lateinisches Gedicht!
Gesegnet sei der Bund von Schwert und Leier!
Es schlingt um beide sich der gleiche Lorbeer.
Bin ich im Hohen Norden auch geboren,
So ist mir Latiums Muse doch nicht fremd.
Ich bin ein Freund der Blüten des Parnaß
Und glaube an die Seherkraft der Dichter.
Oh. Nicht umsonst entbrennt in ihrem Busen
Die heil'ge Glut, gesegnet ist das Werk,
Das sie prophetisch im voraus verherrlicht.
Komm näher, Freund. Zu meinem Angedenken
Nimm dies. Gibt ihm einen Ring.
Wenn sich an mir vollzogen hat
Des Schicksals Schluß, wenn ich der Väter Krone
Aufs Haupt mir setze, hoff ich Siegeshymnen
Von deiner Stimme Wohllaut zu vernehmen.
Musa gloriam coronat, gloriaque musam.
Und so, ihr Freunde, lebt bis morgen wohl!

Alle. Ins Feld, ins Feld! Dimitri Heil und Sieg!
Der große Fürst von Moskau lebe hoch!

Schloß des Wojewoden Mnischek in Sambor.

Eine Reihe erleuchteter Zimmer. Musik. Wischnewezki. Mnischek.

Mnischek. Mit keiner spricht er als mit meiner Tochter,
Und nur Marina ist's, die ihn beschäftigt ...
Das läßt sich ja ganz hochzeitsmäßig an.
Nun, hast du je gedacht, sag, Wischnewezki,
Daß meine Tochter Zarin werden könnte?

Wischnewezki. Ja, wunderbar! Und dachtest du wohl, Mnischek,
Mein Reitknecht würde Moskaus Thron besteigen?

Mnischek. Was sagst du nur zu meiner Tochter, Freund?
Kaum raunte ich ihr zu: »Nun, Kind, gib acht,

Dimitri laß nicht los!« Und siehe da,
Es ist getan! Er ist in ihren Netzen!

Die Musik spielt eine Polonäse. Dimitri tritt mit Marina an.

Marina leise zu Dimitri. Ja, in dem Lindengange, morgen abend
Um elf Uhr find' ich mich am Springbrunn ein.

Sie gehen vorüber. Neues Paar.

Kavalier. Was hat er nur an ihr gefunden?

Dame. Wie?
Sie ist doch schön

Kavalier. Ja, eine Marmornymphe.
Die Augen, Lippen – leblos, ohne Lächeln ...

Anderes Paar.

Dame. Schön ist er nicht, doch von gefäll'gem Äußern;
Wohl sieht man, daß er königlichen Blutes. Neues Paar.

Dame. Wann geht's ins Feld?

Kavalier. Wenn der Zarewitsch ruft.
Wir sind bereit – doch scheint es, Panna Mnischek
Hält den Zarewitsch hier samt uns gefesselt.

Dame. Die Fessel läßt sich tragen ...

Kavalier. Ja, wenn Ihr ...

Man trennt sich, die Zimmer werden leer.

Mnischek. Wir Alten sind nicht mehr auf Tanz gerichtet,
«Es lockt uns nicht die rauschende Musik;
Auf zarte Minne haben wir verzichtet,
Doch lächelte auch uns einmal das Glück.
Jetzt ist es nicht mehr wie in unsern Zeiten,

Die heut'ge Jugend ist nicht mehr so kühn,
Der Schönheit Wangen scheinen matt zu glühn,
Die rechte Freude fehlt – wer wird's bestreiten?
Doch gehen wir, mein alter Kriegsgenoß.
Ein Fläschchen Ungar, worauf Gras schon sproß,
Erwartet uns. Laß uns den Hals ihm brechen
Und dann im stillen Winkelchen, zu zwein,
Den öligduft'gen Labetrank verzechen,
Dabei fällt einem dies und jenes ein.
Komm, Bruder!

Wischnewezki. Ja, mein Freund, so soll es sein.

Nacht. Garten, Springbrunnen.

Dimitri. Marina.

Dimitri tritt auf. Da ist der Springbrunn – hierher will sie kommen.
Mir ist doch wahrlich Furcht nicht angeboren;
Ins Auge hab' ich schon dem Tod geschaut
Und habe vor dem Tode nicht gezittert,
Mir drohte ewige Gefangenschaft,
Verfolgt, verlor ich meine Fassung nicht,
Durch kecken Mut entrann ich der Verhaftung.
Was ist es, das mir jetzt den Atem zuschnürt?
Was soll dies unbezwingliche Erbeben?
Ist es das Zittern glühenden Verlangens?
Nein, es ist Furcht! In banger Spannung hab' ich
Den ganzen Tag dies Stelldichein erwartet,
Wohl überdacht, was ich ihr sagen wollte,
Um ihre stolze Seele zu bezaubern,
Bis ich sie Moskaus Zarin nennen würde.
Die Stund' ist da, und alles ist vergessen,
Ich finde nicht die wohlgemerkten Worte –
Die Leidenschaft verwirrt mir die Gedanken.
Doch sieh, da blitzt was – horch, es rauscht was auf.
Nein, es war nur des Mondes trügrisch Licht,
Und nur ein Luftzug strich hier durch.

Marina tritt auf.

Marina. Zarewitsch!

Dimitri. Sie ist's. Es stockt das Blut mir in den Adern.

Marina. Seid Ihr's, Dimitri?

Dimitri. Süße Zauberstimme! Nähert sich.
So bist du endlich da? Ich sehe dich
Allein mit mir im Schatten stiller Nacht!
Wie zögernd strich der lange Tag dahin!
Wie zögernd nur erlosch das Abendrot!
Wie lang hab' ich geharrt im nächt'gen Dunkel!

Marina. Die Stunden rinnen, meine Zeit ist kostbar.
Ich habe die Zusammenkunft gewünscht,
Doch nicht um süße Reden anzuhören
Vom Liebenden. Der Worte braucht es nicht.
Du liebst – ich glaub' es; aber höre mich!
Mit deinem stürmischen, unsichern Lose
Will ich mein Los verbinden – aber eins
Muß ich dafür, Dimitri, von dir fordern!
Ich fordere, daß du jetzt mir anvertraust
Des innersten Gemütes Hoffnungen,
Entschlüsse – ja, und selbst Befürchtungen;
Womit ich Hand in Hand mit dir mich kühn
Ins Leben wag', nicht blindlings wie ein Kind,
Nicht als leichtsinn'ger Manneswünsche Sklavin,
Als deine stumme Bettgenossin – nein!
Als deiner würdige Gattin und Gehilfin
Will ich den Thron von Moskau mit dir teilen.

Dimitri. O laß auf eine Stunde nur vergessen
Mich meines Schicksals unruhvolle Sorgen!
Vergiß du selber, daß es der Zarewitsch,
Der zu dir spricht! Marina, sieh in mir
Nichts mehr als den Geliebten deiner Wahl,
Für den ein Blick von dir schon Seligkeit.
Vernimm der Liebe Flehn und gönne mir
Zu sagen alles, was mein Herz erfüllt!

Marina. Es ist die Zeit nicht, Fürst. Du zauderst hier,
Indes der Freunde Eifer dir erkaltet,
Mit jeder Stunde wird Gefahr und Mühe
Gefährlicher nur noch und mühevoller.
Schon gehn bedenkliche Gerüchte um,
Schon drängt sich Neuigkeit auf Neuigkeit,
Und Godunow ist schon am Werk ...

Dimitri. Was frag' ich
Nach Godunow? Liegt denn in seiner Hand
Mein einz'ges Glück auf Erden, deine Liebe?
O nein, o nein! Gleichgültig schau' ich jetzt
Auf seinen Thron, auf die Gewalt des Herrschers.
O deine Liebe – was ist ohne sie
Mir Leben, Ruhm, was Rußlands Zarenreich?
In öder Steppe, in der ärmsten Hütte
Ersetzest du die Zarenkrone mir.
O deine Liebe ...

Marina. Schäme dich, vergiß
Nicht deinen hohen, heiligen Beruf!
Es muß dein Rang von höhrem Werte dir
Als jede Erdenlust und Freude sein;
Nichts andres darf sich dir mit ihm vergleichen.
Dem Jüngling nicht, der leidenschaftlich schwärmt,
Den meiner Reize Macht in Fesseln schlug,
Reich' ich, das wisse, feierlich die Hand –
O nein, dem Erben nur des Throns von Moskau,
Dem Zarensohn, den das Geschick bewahrte!

Dimitri. O quäl mich nicht, liebreizende Marina,
Sag nicht, daß meinen Rang und nicht mich selbst
Du dir erwählt. Du weißt es nicht, Marina!
Wie tief du mir das Herz damit verwundest –
Wie, wenn ich nun ... O grauenhafter Zweifel! ...
Sag, wenn nun nicht die fürstliche Geburt
Das blinde Schicksal mir beschieden hätte –
Wenn ich nun nicht der Sohn des Zaren wäre,
Nicht jener von der Welt vergeßne Jüngling –
Sag, würdest du mich dann auch lieben können?

Marina. Du bist Dimitri, kannst kein andrer sein!
Ich liebe keinen andern.

Dimitri. Nein! Genug!
Mit einem Toten mag ich die Geliebte
Nicht teilen, die nur ihm gehören will!
Nein, länger heuchl' ich nicht. Die ganze Wahrheit
Will ich dir sagen: Wisse, dein Dimitri
Ist längst begraben und steht nicht mehr auf.
Und willst du wissen, wer ich selber bin?
So hör es denn: ein armer, niedrer Mönch!
Der Sklaverei des Klosters überdrüssig,
Entwarf ich in der Kutte meinen Anschlag,
Der eine Welt in Staunen setzen sollte.
Aus meiner Zelle bin ich dann entflohn
In ein ukrainisches Kosakendorf.
Da lernt' ich reiten und den Säbel führen –
Kam dann hierher und nannte mich Dimitri
Und täuschte so die hirnverbrannten Polen.
Was sagst du nun, hoffärtige Marina,
Bist du mit meiner Beichte wohl zufrieden?
Du sagst kein Wort?

Marina. O Schmach! O wehe mir! Schweigen.

Dimitri für sich. Wozu hat mich der Unmut hingerissen!
Das künstliche Gebäude meines Glücks
Hab' ich vielleicht für alle Zeit zertrümmert.
Was tat ich Rasender?! Laut. Ich sehe, sehe,
Du schämst der Liebe des Unwürd'gen dich!
So sprich denn das verhängnisvolle Wort;
In deinen Händen ruht jetzt mein Geschick;
Ich warte, sprich! Wirft sich ihr zu Füßen.

Marina. Erhebe dich, du armer
Betrüger! Glaubst du etwa, durch den Kniefall
Mein eitles Herz zu rühren, als gehört' es
Einem vertrauensseligen, schwachen Mädchen?

Du irrst dich, Freund, zu meinen Füßen sah
Ich edle Ritter, hochgeborne Grafen,
Und ihre Bitten wies ich kalt zurück,
Doch nicht, um einen flücht'gen Bettelmönch ...

Dimitri steht auf. Verachte nicht den jungen Gegenzar;
Es schlummern in ihm Kräfte, die vielleicht
Des Zarenthrons von Moskau würdig sind
Und würdig deiner Hand, der unschätzbaren ...

Marina. Der Schmach des Galgens würdig, Unverschämter!

Dimitri. Wohl trifft mich Schuld; vom Übermut geblendet,
Log ich vor Gott und vor den Königen.
Die Welt belog ich. Doch nicht dir, Marina,
Gebührt's zu strafen: rein bin ich vor dir,
Denn dich zu täuschen hab' ich nicht gewagt.
Du warst für mich das einz'ge Heiligtum,
Mit dem ich falsches Spiel nicht treiben konnte.
Ja, blinde Liebe, eifersücht'ge Liebe
Hat mich allein gezwungen, alles dir
Zu sagen.

Marina. Womit prahlt er nur, der Tor!
Wer hat dies Eingeständnis denn verlangt?
Wenn dir's gelang, Landstreicher ohne Namen,
Zwei große Völker seltsam zu verblenden,
So mußtest du, das durfte man erwarten,
Wert bleiben deines glücklichen Erfolgs
Und sicherstellen die verwegne Täuschung
Durch ein hartnäckig tiefes, ew'ges Schweigen.
Kann ich mich dir vertrauen, sage selbst,
Kann ich, vergessend Herkunft, Mädchenscham,
Mein Schicksal mit dem deinigen verbinden,
Wenn du mit solchem Leichtsinn, solcher Einfalt
Die eigne Schande selber offenbarst?
Er hat aus Liebe sich mit mir verplaudert!
Da wundert's mich nur, daß du meinem Vater
Aus Freundschaft dich bisher noch nicht entdecktest
Oder dem König Sigismund vor Freude!

Vielleicht auch noch dem edlen Wischnewezki
Aus Dankbarkeit des treuergebnen Knechtes!

Dimitri. Ich schwöre dir, daß du allein vermochtest,
Dem Herzen dies Geständnis auszupressen –
Ich schwöre dir, daß nimmermehr und nirgends,
Beim Schmause nicht, beim schäumenden Pokal,
Noch auch in trauter Zwiesprach' unter Freunden,
Nicht unterm Dolch, nicht unter Folterqualen
Die Zunge mein Geheimnis je verrät!

Marina. Du schwörst es mir, und also muß ich's glauben.
Ich glaube dir! Doch darf man wohl erfahren,
Wobei du schwörst? Schwörst du beim Namen Gottes,
Als frommer Pflegesohn der Jesuiten?
Bei deiner Ehre, wie ein edler Ritter?
Vielleicht auch nur bei deinem Zarenwort,
Als Zarensohn? Ist es nicht so? Gib Antwort!

Dimitri stolz. Mich schuf zum Sohn der Geist des strengen Zaren,
Im Grab hat er Dimitri mich genannt,
Erregte rings um mich der Völker Scharen
Und gab den Godunow in meine Hand.
Ich bin der Sohn des Zaren. Schmachvoll wär's,
Vor einer stolzen Polin sich zu beugen!
Wir sind getrennt. Das blut'ge Spiel des Kriegs,
Der Sorgen Fülle, die mein Los mir weckt,
Das alles, hoff ich, dämpft den Liebesschmerz.
Wie ich dich bitter hassen werde, wenn
Die Glut der schnöden Leidenschaft erlosch!
Jetzt geh' ich. Ob Verderben oder Krone
In Rußland meines Hauptes harren mögen –
Find' ich den Tod in ehrenvoller Schlacht,
Find' ich ihn auf dem Block als Missetäter –
Du wirst mir nimmermehr Gefährtin sein.
Doch könnt' es kommen, daß dich Reu' ergreift
Um das Geschick, das du zurückgewiesen.

Marina. Und wenn ich nun dein freches Lügenspiel
Vor aller Welt vorzeitig offenbare?

Dimitri. Du meinst doch nicht, daß ich dich fürchte? Glaubst
Du etwa, daß man einem Polenmädchen
Mehr traut als einem russischen Zarewitsch?
So wisse denn, daß König, Papst und Adel
Nach meiner Worte Wahrheit gar nicht fragen.
Was kümmert's sie, ob ich Dimitri bin?
Ich bin der Vorwand nur zu Krieg und Hader;
Darum nur ist's zu tun, und dich, Rebellin,
Das glaube mir, wird man schon schweigen lehren.
Leb wohl denn!

Marina. Halt, Zarewitsch. Endlich hör' ich
Die Stimme eines Mannes, keines Knaben.
Sie ist es, Fürst, die mich mit dir versöhnt.
Vergessen hab' ich deine wilde Torheit,
Ich seh' Dimitri wieder. Aber höre,
Es drängt die Zeit! Erwache, zögre nicht!
Führ gegen Moskau ungesäumt das Heer,
Befrei den Kreml, besteige Moskaus Thron –
Dann laß mich zum Altar zu dir entbieten!
Doch dies hört Gott: so lange nicht dein Fuß
Sich auf des Thrones Stufen sicher stützt,
So lange Godunow noch nicht gestürzt ist,
Mag ich von dir kein Wort der Liebe hören.

Geht ab.

Dimitri. Nein, lieber schlag' ich mich mit Godunow
Und messe mich mit schlauen Jesuiten
Als mit dem Weib! Der Teufel mag sie holen!
Das kriecht heran und krümmt und windet sich,
Entschlüpft der Hand und zischt und droht und sticht.
O Schlange, Schlange! Meine Angst war nicht
Umsonst – verloren war ich um ein Haar.
Entschlossen bin ich: morgen geht's ins Feld.

Litauische Grenze (1604, 16. Oktober).

Fürst Kurbski und Dimitri, beide zu Pferde; die Truppen nähern sich der Grenze.

Kurbski sprengt voran. Da ist sie, da! Das ist die russische Grenze!
O heil'ges Vaterland, jetzt bin ich dein!
Den Staub der Fremde schüttl' ich von den Kleidern
Verächtlich ab; ich schlürfe neue Luft,
Der Heimat Luft! O jetzt wird deine Seele
Trost finden, Vater, und im Grabe noch
Erfreut sich dein geächtetes Gebein!
Hell blinket wieder unsrer Ahnen Schwert,
Das Heldenschwert, vor dem Kasan gezittert,
Das gute Schwert, das Moskaus Zaren dient!
Bald wird es sich im wilden Tanze schwingen
Für unser aller Hoffnung, unsern Herrn!

Dimitri reitet langsam, gesenkten Hauptes.
Wie glücklich ist er! Wie die reine Seele
In Freude und in Ruhmbegierde lodert!
Mein Kämpe, ich beneide dich! Der Sohn
Des Kurbski, in der Fremde aufgewachsen,
Vergißt die Kränkung, die der Vater litt,
Tilgt seine Schuld noch übers Grab hinaus;
Dein Blut zu lassen für den Sohn Iwans
Bist du bereit und bringst den rechten Zaren
Zurück auf vaterländ'schen Boden. Wohl
Mag deine Seele jauchzen vor Entzücken.

Kurbski. Und ist denn dein Gemüt nicht auch erfreut?
Sieh, da ist unser Rußland – es ist dein!
Dort harren dein die Herzen deines Volks,
Dein Moskau, dein gewalt'ger Kreml, dein Reich.

Dimitri. O Kurbski, russisch Blut wird fließen müssen!
Ihr kämpft für euren Zaren; ihr seid rein –
Ich aber führ' euch gegen meine Brüder,
Litauen rief ich gegen Rußland auf,
Den Weg zeig' ich dem Feind zum heil'gen Moskau!
Doch nicht auf mein Haupt falle meine Sünde,
Sie fall auf dich, Boris, du Zarenmörder!
Vorwärts!

Kurbski. Vorwärts! Und weh dem Godunow!

Sie sprengen fort. Die Truppen überschreiten die Grenze.

Ratsversammlung beim Zaren.

Der Zar; der Patriarch; die Bojaren.

Zar. Ist's möglich ? Dieser ausgestoßne Mönch
Führt gegen uns verbrecherische Scharen?
Erfrecht sich, uns zu schreiben und zu drohn?
Zeit ist es, diesen Rasenden zu dämpfen!
Auf denn, du, Trubezkoi, und du, Basmanow,
Bringt Hilfe meinen treuen Wojewoden:
Tschernigow ist bedrängt von den Empörern,
Rettet die Stadt und ihre Bürger!

Basmanow. Herr,
Es sollen nicht drei Monate verstreichen,
Und keiner spricht mehr von dem Afterzar.
Wir bringen ihn in einem Eisenkäfig
Nach Moskau wie ein fremdes, wildes Tier.
Das schwör' ich dir. Geht ab mit Trubezkoi.

Zar. Mir hat der schwedische König
Ein Bündnis angetragen durch Gesandte;
Doch wir bedürfen fremder Hilfe nicht.
Wir haben selber streitbar Volk genug,
Verräter abzuwehren und die Polen:
Ich lehnte ab. Schtschelkalow, fertige
Befehle ab an alle Wojewoden,
Daß sie zu Pferde steigen und die Leute
Zum Dienste stellen nach dem alten Brauch.
Auch sind in allen Klöstern auszuheben
Die Laienbrüder. Zwar in frühern Zeiten,
Wenn von Gefahr das Vaterland bedroht war,
Da zogen selbst die Mönche in die Schlacht;
Doch lassen wir sie dieses Mal verschont,
Sie mögen für uns beten. Also lautet
Des Zaren Wunsch und der Bojaren Wahrspruch.
Nun liegt noch eine wicht'ge Frage vor.
Euch ist bekannt, daß dieser freche Lügner

Arglistige Gerüchte ausstreun läßt;
Es haben Schriften, die er ausgehn ließ,
Unruhe überall gesät und Zweifel.
Empörung führt das Wort auf offnem Markt,
Die Geister gären – Einhalt muß man tun –
Ich möchte Strafen gern entbehrlich machen;
Doch wie? Wodurch? Das laßt uns jetzt erwägen.
Du, frommer Vater, sag zuerst die Meinung.

Patriarch. Gepriesen sei der Höchste, der den Sinn
Der Gnade und barmherz'ger Langmut pflanzte
In deine Seele, großer Herr und Zar!
Du willst der Fehlenden Verderben nicht.
Still wartest du, ob die Verirrung weiche;
Sie weichet, und der ew'gen Wahrheit Sonne
Bestrahlet alle. Ich, demüt'ger Priester,
In Dingen dieser Welt ein schlechter Richter,
Auf dein Geheiß erheb' ich meine Stimme.
Der Höllensohn, der abgefallne Mönch,
Gibt vor dem Volk sich für Dimitri aus.
Mit des Zarewitsch Namen hat er frech
Wie mit gestohlnem Meßrock sich gedeckt:
Man reiße ihm den Rock nur von den Schultern,
So steht er nackt in seiner Schande da.
Es beut Gott selbst ein Mittel uns dazu.
Denn wisse, Herr, sechs Jahre ist es her –
Es war das Jahr, als dich der Herr gesegnet,
Die Zarenkrone auf dein Haupt zu legen –,
Da kam einmal in abendlicher Stunde
Zu mir ein schlichter Hirte, schon betagt,
Und kündete mir wundervolle Mär.
»In jungen Jahren«, sprach er, »ward ich blind
Und konnte Tag von Nacht nicht unterscheiden
Bis an mein Alter: denn vergeblich hatt' ich
In Kräutern Heil gesucht und Zaubersprüchen,
Vergeblich war ich in den heil'gen Klöstern,
Die großen Wundertäter zu verehren,
Vergeblich netzte ich die dunkeln Augen
Mit kräft'gem Wasser aus geweihten Brunnen –
Es sandte mir der Herr Genesung nicht.

Da gab ich endlich alle Hoffnung auf,
Gewöhnte mich an meine Nacht und konnte
Der Dinge Bilder auch im Traum nicht schauen,
Mir träumte nur von Tönen. Einst, als ich
Fest schlief, vernahm ich eine Kinderstimme,
Die sprach: ›Erwache, Alter, mach dich auf
Nach Uglitsch in die Kirche zur Verklärung.
Da sprich an meinem Grabe ein Gebet,
Gnädig ist Gott, und ich will dich erlösen.‹
›Wer aber bist du ?‹ fragte ich die Stimme.
›Dimitri bin ich, der Zarewitsch. Gott
Nahm mich in seine Engelscharen auf,
Und große Wunder kann ich jetzt bewirken.
Geh, Alter.‹ Da erwachte ich und dachte:
Vielleicht will wirklich Gott in seiner Gnade
Mir eine späte Heilung noch gewähren;
Gehn will ich – und ich tat die weite Reise.
Ich kam nach Uglitsch, ich betrat sogleich
Das Haus des Herrn und hörete die Messe,
In meiner Seel' entbrannte fromme Rührung:
Ich weinte süß, mir war's, als ob die Blindheit
Mit meinen Tränen von den Augen floß.
Als sich das Volk entfernte, sagte ich
Zu meinem Enkel: ›Führe mich ans Grab
Dimitris, des Zarewitsch.‹ Und der Knabe
Führte mich hin, und kaum hatt' ich am Grabe
Ein fromm Gebet in Andacht still verrichtet,
Da sahen meine Augen – ich gewahrte
Das Gotteslicht, den Enkel und das Grab.«
Das war es, Herr, was mir der Alte kundtat.

Allgemeine Bestürzung. Während der ganzen Rede hat Boris mehrere Male das Gesicht mit dem Tuche getrocknet.

Drauf sandt' ich eigens Boten aus nach Uglitsch,
Und die erfuhren, daß viel Kranke dort
In gleicher Weise wie der alte Hirte
Heilung gefunden an Dimitris Sarg.
Nun ist mein Rat, daß in den Kreml man
Die heiligen Gebeine bringt, sie aufstellt

Im Dom Sankt Michaels. Es sieht dann klar
Das Volk den Trug des gottvergeßnen Frevlers,
Und gleich wie Staub zerfällt der Hölle Macht.

Schweigen.

Fürst Schuiski. Wer, heil'ger Vater, kann des Höchsten Wege
Erforschen wohl? Ich beuge mich vor ihm.
Verwesungslosen Schlaf und Wunderkraft
Kann er verleihn dem Leichnam eines Kindes.
Doch gilt es hier, was sich das Volk erzählt,
Sorgfältig und mit Ernst zuvor zu prüfen;
Und dürfen wir an solche hohe Dinge
In stürm'scher Zeit, wo Aufruhr drohet, denken?
Wird man nicht sagen, daß wir Heiliges
Voll Frevelmut für uns zur Waffe schmieden?
Auch so schon schwankt das Volk in seinem Wahn,
Auch so schon will das Schwatzen nicht verstummen.
Durch so bedeutungsschwere Kunde darf
Man die Gemüter nicht noch mehr erregen.
Wohl seh' ich ein, man muß zuschanden machen
Das Märchen, das der Mönch verbreitet hat –
Doch andre, einfachere Mittel gibt es.
Wenn du's gestattest, Herr, so will ich selbst
Auf offnem Markt hintreten vor das Volk,
Beschwichtigen die Tollheit durch mein Wort,
Aufdecken des Landstreichers bösen Trug.

Zar. So soll es sein. Du, Vater Patriarch,
Begleitest mich in mein Gemach, denn heute
Bedarf ich deines Zuspruchs. Er geht, ihm folgen die Bojaren.

Ein Bojar leise zum andern. Sahst du, wie
Der Zar erbleichte, wie in großen Tropfen
Der kalte Schweiß von seiner Stirne rann ?

Zweiter. Ich muß gestehn, ich wagte kaum zu atmen,
Geschweige denn das Auge aufzuschlagen.

Erster. Der Schuiski half ihm durch. Ein feiner Kopf!

Ebene bei Nowgorod Sewerski (1604, 21. Dezember).

Schlacht

Soldaten in regelloser Flucht. Weh, weh! Der Zarewitsch! Die Polen! Sie kommen! Sie kommen!

Die Hauptleute Margeret und Walter Rosen treten auf.

Margeret. Wohin? Wohin? Allons ... mack fort ßurück!

Ein Flüchtling. Mach selbst ßurück, wenn du Lust hast, verfluchter Heide.

Margeret. Quoi! Quoi?

Ein anderer. Kwa! Kwa! Ja, du möchtest den russischen Zarewitsch wohl anquaken, du ausländischer Frosch; wir aber sind rechtgläubig.

Margeret. Qu'est-ce à dire recktklaubik? ... Sacrés gueux, maudite canaille! Mordieu, mein Herr, j'enrage: on dirait que ça n'a pas de bras pour frapper, ça n'a que des jambes pour foutre le camp.

Rosen. Es ist eine Schande.

Margeret. Ventre-saint-gris! Je ne bouge plus d'un pas – puisque le vin est tiré, il faut le boire. Qu'en dites-vous, mein Herr?

Rosen. Sie haben recht.

Margeret. Tudieu, il y fait chaud! Ce diable de Samozvanetz, [*] comme ils l'appellent, est un bougre, qui a du poil au cul. Qu'en pensez-vous, mein Herr?

Rosen. O ja!

Margeret. He! Voyez donc, voyez donc! L'action s'engage sur les derrières de l'ennemi. Ce doit être le brave Basmanow, qui aurait fait une sortie.

Rosen. Ich glaub' es auch.

Deutsche treten auf.

Margeret. Ha, ha! Voici nos Allemands. Messieurs! Mein Herr, dites-leur donc de se rallier et, sacrebleu, chargeons!

Rosen. Sehr gut. Halt! Die Deutschen ordnen sich. Marsch!

Die Deutschen. Hilf, Gott! Kampf, die Russen fliehen abermals.

Die Polen. Sieg! Sieg! Es lebe der Zar Dimitri!

Dimitri zu Pferde. Zum Rückmarsch blasen! Wir haben gesiegt. Es ist genug, schont russisches Blut. Gebt das Signal!

Trompeten und Trommeln.

Platz vor der Kathedrale in Moskau.

Volk.

Einer. Wird der Zar bald aus der Kirche kommen?

Zweiter. Die Messe ist aus, man spricht das Gebet.

Erster. Nun? Haben sie den schon verflucht?

Zweiter. Ich stand in der Vorhalle und hörte den Diakonus schreien: »Grischka Otrepjew – Anathema!«

Erster. Sollen sie ihn nur verfluchen. Der Zarewitsch hat mit Otrepjew nichts zu schaffen.

Zweiter. Ja, dem Zarewitsch singen sie das ewige Gedächtnis.

Erster. Ewiges Gedächtnis einem Lebenden! Sie werden es schon noch büßen, die Gottlosen.

Dritter. St! Woher der Lärm? Ist es nicht der Zar?

Vierter. Nein, es ist der Narr.

Der Idiot Nikolka tritt ein, eine Eisenkappe auf dem Kopf, mit Ketten behängt und von Gassenjungen umringt.

Gassenjungen. Nikolka, Nikolka, Eisenkapp'! Trrrr –

Eine alte Frau. Packt euch fort, ihr Teufelsbrut! Bete für mich Sünderin, du Gesegneter.

Idiot. Gib, gib, gib eine Kopeke!

Alte. Da hast du eine Kopeke; gedenke mein.

Idiot setzt sich auf den Boden und singt.

Der Mond fährt,
Das Kätzchen weint,
Nikolka, steh auf,
Bete zu Gott!

Die Gassenjungen umringen ihn wieder.

Einer der Buben. Guten Tag, Nikolka, warum nimmst du die Kappe nicht ab? Er schnippt auf dessen Eisenkappe. Wie das klingt!

Idiot. Und ich habe eine Kopeke.

Bube. Ist nicht wahr! – Nu, so zeig doch.

Er entreißt ihm die Kopeke und läuft weg.

Idiot weint. Sie haben mir meine Kopeke genommen, sie tun dem Nikolka Leid an.

Volk. Der Zar, der Zar kommt!

Der Zar tritt aus der Kathedrale; ein vor ihm gehender Bojar teilt Almosen an die Bettler aus. Bojaren.

Idiot. Boris, Boris! Die Buben tun dem Nikolka Leid an.

Zar. Man geb ihm ein Almosen. Worüber weint er?

Idiot. Die Buben tun mir Leid an ... Laß sie abschlachten, wie du den jungen Zarewitsch geschlachtest hast.

Bojaren. Fort, du Narr! Ergreift den Narren!

Zar. Laßt ihn. Bete für mich, armer Nikolka. Geht weiter.

Idiot ihm nachrufend. Nein, nein! Man kann nicht beten für den Zaren Herodes: die Mutter Gottes will es nicht haben.

Sewsk.

Dimitri, umgeben von seinem Gefolge.

Dimitri. Wo habt ihr den Gefangenen?

Ein Pole. Hier.

Dimitri. Ruf ihn. Ein russischer Gefangener tritt ein. Du bist?

Gefangener. Roshnow aus Moskau, Edelmann.

Dimitri. Dienst du schon lange?

Gefangener. Etwa einen Monat.

Dimitri. Schämst du dich nicht, Roshnow, daß gegen mich
Das Schwert du zogst?

Gefangener. Je nun, wir sind nicht frei.

Dimitri. Hast du bei Sewersk mitgefochten?

Gefangener. Ich
Kam erst zwei Wochen nach der Schlacht aus Moskau.

Dimitri. Wie nimmt sich Godunow?

Gefangener. Er war bestürzt
Ob dem Verlust der Schlacht und ob der Wunde
Mstislawskis und hat Schuiski abgesandt,
Daß er des Heeres Führung übernehme.

Dimitri. Warum rief den Basmanow er zurück?

Gefangener. Der Zar hat sein Verdienst belohnt durch Ehren
Und Gold. Basmanow sitzt im Rat des Zaren.

Dimitri. Im Heere war' er nötiger gewesen.
Wie sieht's in Moskau aus?

Gefangener. Nun, Gott sei Dank,
Hübsch ruhig.

Dimitri. Man erwartet mich?

Gefangener. Gott weiß es.
Man wagt es nicht, viel über dich zu reden.
Dem einen schneiden sie die Zunge ab,
Den Kopf dem andern. Toll genug geht's zu.
Wohl jeden Tag wird einer hingerichtet,
Und die Gefängnisse sind pfropfend voll.
Wenn auf dem Markte drei beisammenstehn,
So schleicht auch der Spion sich schon heran;
In seinen Mußestunden fragt der Zar
Die Spitzel selber aus. Man kommt zu leicht
Ins Unglück; darum schweigt man lieber still.

Dimitri. Ein beneidenswertes Leben beim Boris!
Wie steht's ums Heer?

Gefangener. Ja, das hat Kleidung, Nahrung,
Und dem ist alles recht.

Dimitri. Und ist es zahlreich?

Gefangener. Gott weiß es.

Dimitri. Werden's dreißigtausend sein?

Gefangener. Man zählt auch fünfzigtausend wohl heraus.
Dimitri wird nachdenklich, die Umstehenden sehen einander an.

Dimitri. Was sagt man denn von mir in eurem Lager?

Gefangener. Von deiner Gnaden sagen sie, du wärst
Zwar – nimm's nicht übel – zwar ein Schuft, allein
Ein ganzer Kerl.

Dimitri lacht. Das will ich durch die Tat
Beweisen. Freunde, auf den Schuiski warten
Wir länger nicht, ich wünsch' euch Glück zu morgen.
Wir greifen an. Geht ab.

Alle. Es lebe Zar Dimitri!

Pole. Wir greifen an! Sie haben fünfzigtausend,
Wir sind im ganzen fünfzehntausend kaum:
Er ist von Sinnen!

Anderer Pole. Possen, Freund. Ein Pole
Nimmt es mit hundert Moskowitern auf.

Gefangener. Ja, nimmt es auf! Und wenn's zum Schlagen kommt,
So läufst du auch vor einem fort, du Prahler!

Pole. Wenn du nicht ohne Säbel wärst, Vermeßner,
So würd' ich dich mit diesem hier zeigt auf seinen Säbel
schon zücht'gen.

Gefangener. Der Russe kommt auch ohne Säbel aus!
Ist dir nicht dies gefällig zeigt die Faust, blöder Rüpel!

Der Pole sieht ihn stolz an und geht schweigend ab. Alle lachen.

Wald.

Dimitri. Puschkin. Im Hintergrunde liegt ein sterbendes Pferd.

Dimitri. Mein armes Roß! Wie mutig ist es heut'
In seine letzte Schlacht gesprengt, wie rasch
Trug es, trotz seiner Wunde, mich davon!
Mein armes Roß!

Puschkin für sich. Und darum jammert er!
Ums tote Pferd, wenn unser ganzes Heer
Vernichtet ist!

Dimitri. Hör doch, hat nicht die Wunde
Ihm bloß die Kraft geraubt, und kann es sich
Nicht noch erholen?

Puschkin. Nicht daran zu denken!
Es stirbt!

Dimitri geht zum Pferd. Mein armes Roß! Was tun? Ich nehme
Ihm Zaum und Sattel ab, daß es in Freiheit
Veratmen kann.

Er nimmt dem Pferde Zaum und Sattel ab.
Mehrere Polen treten auf.

Seid mir gegrüßt, ihr Herren.
Ich seh' den Kurbski nicht in eurer Mitte!
Heut' sah ich, wie er in den dicksten Haufen
Sich einhieb, wie zahllose Säbelklingen
Gleich schwanken Halmen wogten um sein Haupt!
Doch sein Schwert ragte höher als die andern,
Sein wilder Schlachtruf übertönte alles.
Wo ist mein Held?

Ein Pole. Fiel auf dem Feld der Ehre.

Dimitri. Ruhm sei dem Tapfern, Friede seiner Seele!
Wie wen'ge hat der heiße Tag verschont!

O ihr verräterischen Saporoger!
Ihr Schelme habt zugrunde uns gerichtet!
Dem Anprall drei Minuten nicht zu stehn!
Ich werde sie! Der zehnte Mann soll hängen.
Die Bösewichter!

Puschkin. Wer die Schuld auch trägt,
Unleugbar ist, daß wir aufs Haupt geschlagen
Und aufgerieben sind.

Dimitri. Der Sieg war unser!
Das Vordertreffen hatt' ich aufgerollt,
Da warfen uns die Deutschen bös zurück.
Sind brave Bursche, weiß Gott, brave Bursche,
Ich lieb' sie drum, und eine Ehrengarde
Werd' ich aus ihnen ganz gewiß mir bilden.

Puschkin. Wo sollen wir denn lagern heut' zur Nacht?

Dimitri. Wo? Hier im Wald. Ist das kein gutes Lager?
Wir brechen auf, wenn's tagt. In Rylsk ist Mittag.
Schlaft wohl!

Er wirft sich nieder, legt den Sattel unter den Kopf und schläft ein.

Puschkin. Recht angenehme Ruh', Zarewitsch!
Aufs Haupt geschlagen, kaum durch Flucht gerettet,
Ist er so sorglos wie ein dummes Kind.
Ganz sichtbar steht er unter höherm Schutze.
So wollen wir auch, Freunde, nicht verzagen.

Moskau. Gemach des Zaren.

Boris. Basmanow.

Zar. Geschlagen ist er, doch was frommt es uns?
Unfruchtbar ist der Lorbeer dieses Siegs.
Gesammelt hat er sein zerstreutes Heer,
Und von Putiwls Mauern droht er uns.
Und was tun unsre Helden unterdes?

Sie stehn vor Kromy, wo von morschen Wällen
Des Heeres spottet ein Kosakenhaufen.
Sehr rühmlich! Nein, ich bin höchst unzufrieden
Und werde dir die Oberleitung geben.
Nicht das Geschlecht macht, nein, der Geist den Feldherrn.
Sie mögen seufzen über Rangverletzung,
Nicht acht' ich mehr des hohen Pöbels Murren,
Vernichte den verderblichen Gebrauch.

Basmanow. Herr, hundertmal gesegnet sei der Tag,
An dem die Bücher des Geschlechterrangs
Samt aller Zwietracht und Familienhoffart
Das Feuer frißt.

Zar. Der Tag ist nicht mehr fern.
Laß mich des Volkes meuterischen Sinn
Nur dämpfen erst.

Basmanow. Der mache dir nicht Sorge.
Stets hat das Volk ja stillen Hang zum Aufruhr.
So beißt das feur'ge Roß in seine Zügel,
So sträubt der Sohn sich der Gewalt des Vaters:
Was tut's? Der Reiter lenkt in Ruh' sein Roß,
Und Herr wird seines Sohnes auch der Vater.

Zar. Doch wirft das Roß den Reiter manchmal ab,
Und ewig währt nicht die Gewalt des Vaters.
Durch Strenge nur, die nicht erlahmen darf,
Zähmt man das Volk. So dachte einst Iwan,
Der kluge Fürst, der aller Stürme Herr ward,
So dachte auch sein grimmer Enkelsohn.
Nein, unempfindlich ist das Volk für Milde:
Tu Gutes – keinen Dank wird es dir sagen;
Brandschatze, töte – und du fährst noch schlimmer.

Ein Bojar tritt ein.

Was gibt's?

Bojar. Gesandte bitten um Gehör.

Zar. Ich will sie sehn. Basmanow, warte noch;
Verweile hier, ich muß mit dir noch reden. Geht ab.

Basmanow. Welch hohe Herrscherseele aus ihm spricht!
Gott gebe, daß er mit dem schuft'gen Mönch
Erst fertig wird, dann wird er noch gewiß
Des Guten viel, sehr viel für Rußland tun.
Er trägt sich da mit einem großen Plan;
Man darf den Vorsatz nicht erkalten lassen.
Mir öffnet eine weite Laufbahn sich,
Wenn er den Rangstolz der Bojaren bricht.
Im Felde kenn' ich keinen, der mir gleichkommt;
Dann steh' zunächst ich an des Thrones Stufen,
Und möglich wär's ... Welch sonderbarer Lärm!

Verwirrung. Bojaren, Hofbediente eilen durcheinander und flüstern.

Erster. Holt doch den Arzt!

Zweiter. Schickt schnell zum Patriarchen!

Dritter. Nach dem Zarewitsch ruft er immerwährend.

Vierter. Den Beicht'ger bringt!

Basmanow. Was ist geschehen? Redet!

Fünfter und Sechster. Ohnmächtig ward der Zar, er stirbt.

Basmanow. O Gott!

Fünfter. Auf seinem Throne sitzend, sank er um,
Es stürzte ihm das Blut aus Mund und Ohren.

Man bringt den Zaren auf einem Sessel. Die ganze Zarenfamilie, alle Bojaren.

Zar. Verlaßt mich alle. Der Zarewitsch nur
Soll bei mir bleiben. Alle außer Fjodor ab. Sohn, mein Ende naht;
Umarme mich. Leb wohl. Die Herrschaft trittst du
In wenigen Augenblicken an. O Gott!

So bald schon tret' ich vor dich hin und konnte
Die Seele nicht mehr reinigen durch Buße.
Doch fühl' ich es, mein Sohn, du bist mir teurer
Als meine Seligkeit – es mag denn sein.
Ich hätte, als geborner Untertan,
In Dunkelheit als solcher sterben müssen;
Doch ich errang die höchste Herrschaft – Wie?
Das frage nicht. Bist du ja doch nicht schuldig,
Du wirst nach deinem guten Recht regieren,
Ich muß für alles Rede stehn dem Herrn.
Mein teurer Sohn, o laß durch Trug dich nicht
Verstricken und durch Falschheit nicht verblenden.
In stürm'scher Zeit trittst du die Herrschaft an:
Gefährlich ist er, dieser Afterzar,
Ein schauervoller Name panzert ihn.
Ich, in der Kunst des Herrschens schon seit Jahren
Geübt, ich konnte die Empörung bänd'gen;
Sie zitterten vor mir in bleicher Furcht –
Verrat war nicht so kühn, das Haupt zu heben.
Doch du, als junger, unerfahrner Herrscher,
Wie wirst du bei dem drohnden Sturm regieren,
Den Aufruhr dämpfen, den Verrat ersticken?
Doch Gott ist groß, er leiht dem Jüngling Weisheit
Und gibt dem Schwachen Kraft. Nun höre mich.
Nimm zum Berater einen sichern Mann
Von reifem Alter, kühler Überlegung,
Den gern das Volk hat, den der Adel ehrt
Um seine Herkunft oder seinen Ruhm;
Vielleicht den Schuiski. Eines tücht'gen Führers
Bedarf das Heer, da sende den Basmanow,
Und bleibe fest, wenn die Bojaren murren.
Du hast von Jugend auf im Rat gesessen
Und kennst den Gang der Staatsverwaltung schon:
Am Laufe der Geschäfte ändre nichts,
Gewohnheit ist die Seele der Regierung.
Ich mußte ächten und am Leben strafen;
Stell du das ein, und segnen wird man dich,
So wie man deinen Oheim segnete,
Als er den Thron des Schrecklichen bestieg.
Im Laufe der Zeit magst du allmählich dann

Der Herrschaft Zügel wieder fester anziehn –
Jetzt lockre sie, doch laß sie nicht entgleiten.
Sei huldreich, gönne Fremden Zutritt gern,
Nimm ihre Dienste mit Vertrauen an.
Bewahre streng die Satzungen der Kirche.
Sei schweigsam – niemals darf des Zaren Wort
Zwecklos verhallen in der leeren Luft;
Es soll, geweihter Glocke gleich, nur künden
Ein großes Leiden oder große Feier.
Du trittst, mein lieber Sohn, in jenes Alter,
Wo Frauenschönheit unser Blut erregt:
Bewahre dir ein reines, keusches Herz
Und wirf nicht ab der Unschuld stolze Scham.
Wer in der Jugend Tage seine Sinne
In sündigen Genüssen schwelgen ließ,
Der wird als Mann unwirsch und blutbegierig,
Und vor der Zeit verfinstert sich sein Geist.
In deinem Hause sei du stets das Haupt,
Die Mutter ehre, aber walte selbst
Als Mann, als Zar. Die Schwester habe lieb;
Du bleibst ihr einziger Beschützer jetzt.

Fjodor kniet nieder. Nein, lebe, Vater, und regiere lang noch:
Das Volk und wir sind ohne dich verloren.

Zar. Es ist vorbei – mir dunkelt's vor den Augen,
Ich fühle Grabeskälte ...

Es treten ein der Patriarch, Priester und sämtliche Bojaren.
Die Zarin wird geführt; die Zarewna schluchzt.

Wer ist da?
Die Kutte – ja! Die heilige Tonsur ...
Die Stunde schlug! Es wird der Zar zum Mönch –
Das dunkle Grab wird meine Zelle sein.
Wart noch ein Weilchen, hoher Patriarch!
Noch bin ich Zar. Vernehmt mich, ihr Bojaren!
Da steht er, dem das Reich ich übergebe;
Drum huldiget dem Fjodor ... Du, Basmanow,
Ihr, meine Freunde all! ... Am Rand des Grabes

Beschwör' ich euch, dient redlich ihm und treu!
Er ist ja noch so jung, so ohne Vorwurf.
Schwört ihr's?

Bojaren. Wir schwörn's.

Zar. So bin ich zufrieden.
Verzeiht mir alles nun, was ich gefehlt
Und wo ich offen oder still euch kränkte ...
Komm, heil'ger Vater, jetzt ... bin ich bereit.

Es beginnt der Ritus der Einkleidung. Man trägt die Frauen, die in Ohnmacht sanken, fort.

Zelt.

Basmanow führt den Puschkin herein.

Basmanow. Tritt ein und rede ohne alle Scheu.
So hat er also dich zu mir gesandt?

Puschkin. Ja, und er bietet seine Freundschaft dir
Und in dem Reich die höchste Ehrenstelle.

Basmanow. Mich hat Fjodor hoch genug gehoben:
In meinen Händen liegt des Heeres Führung.
Geschlechterrang hat er für mich mißachtet
Und der Bojaren Zorn. Ich schwur ihm Treue.

Puschkin. Es galt dein Eid dem rechtmäßigen Erben,
Allein wenn nun ein anderer noch lebt,
Der größere Rechte hat ...

Basmanow. Hör, Puschkin, laß das.
Unnütze Reden spare dir, ich weiß
Ja, wer er ist.

Puschkin. Rußland und Polen haben
Ihn als Dimitri längst schon anerkannt,
Doch darauf kommt's am Ende gar nicht an.

Vielleicht ist er der wirkliche Dimitri,
Vielleicht nur ein Betrüger; eines aber
Weiß ich genau: der Sohn des Godunow
Räumt früher oder später ihm den Platz.

Basmanow. So lange ich den jungen Zaren schütze,
So lange wird er seinen Thron behalten.
An Truppen fehlt es uns nicht, Gott sei Dank!
Ich kann durch Siege ihren Mut beleben,
Wen aber habt ihr gegen mich zu senden?
Karela, den Kosaken? Oder Mnischek?
Wie stark denn seid ihr? Bestenfalls achttausend.

Puschkin. Gefehlt: auch so viel bringen wir nicht auf.
Ich leugne nicht, daß unser Heer ein Dreck ist,
Daß die Kosaken nur die Dörfer plündern,
Daß diese Polen prahlen nur und saufen,
Und daß die Russen ... Doch was red' ich viel?
Ich will vor dir nicht hinterm Berge halten.
Doch, weißt du, was so stark uns macht, Basmanow?
Das Heer nicht, nein, auch nicht die Polenhilfe –
Die Meinung ist es! Ja, des Volkes Meinung.
Gedenkst du der Triumphe des Dimitri
Und seiner friedlichen Eroberungen?
Als allerorten ohne Schwertschlag ihm
Die Städte sich ergaben und der Pöbel
Die widerspenst'gen Wojewoden band?
Du sahst es selbst: schlugen sich eure Leute
Wohl gern mit ihm? Wann? Unter Godunow!
Jetzt aber? ... Nein, es ist zu spät, Basmanow,
Des Streites halberloschne Glut zu schüren:
Mit allem deinem Geist und festen Willen
Wirst du nicht widerstehn. Ist es nicht besser,
Wenn du zuerst ein kluges Beispiel gibst,
Dimitri selbst als Zaren anerkennst
Und ihn dadurch auf ewig dir verbindest?
Was meinst du?

Basmanow. Morgen sollt ihr es erfahren.

Puschkin. Entschließe dich!

Basmanow. Leb wohl!

Puschkin. Bedenk's, Basmanow!

Geht ab.

Basmanow. Er hat ganz recht, Verrat reift überall;
Was soll ich tun? Soll ich etwa drauf warten,
Daß die Empörer dem Otrepjew mich
Gefesselt überliefern? Wär's nicht klüger,
Der Sturmflut vorzubeugen, eh' sie ausbricht,
Und selbst ... Doch untreu werden meinem Schwur?
Und mein Geschlecht für alle Zeit mit Schmach
Bedecken? Das Vertraun des jungen Zaren
Mit häßlicher Verräterei belohnen?
Leicht wird es dem geächteten Verbannten,
Auf Meuterei zu sinnen und Verschwörung –
Doch mir, der ich des Herrschers Liebling bin ...
Allein der Tod ... die Macht ... des Volkes Not ...

Er sinnt nach.

Hieher! Wer da? Pfeift. Mein Pferd! Blast zum Appell!

Richtplatz.

Puschkin kommt, umgeben vom Volk.

Volk. Uns sandte der Zarewitsch den Bojaren.
Laßt hören, was uns der Bojar vermeldet.
Hieher! hieher!

Puschkin von dem Gerüst herab. Bürger von Moskau! Euch
Entbietet der Zarewitsch seinen Gruß! Er verneigt sich.
Ihr wisset, wie des Himmels Vorsehung
Aus Mörderhand den Zarensohn gerettet.
Er zog heran, um seinen Feind zu strafen,
Doch Gottes Hand schlug den Boris zuvor.

Rußland hat sich Dimitri unterworfen,
Basmanow selbst hat, voll aufricht'ger Reue
Zur Huldigung ihm zugeführt das Heer.
Dimitri kommt zu euch in Lieb' und Frieden.
Wollt ihr für die Familie Godunows
Die Hand erheben gegen euren Zar,
Den rechten Zar, den Enkel Monomachs?

Volk. Gewiß nicht!

Puschkin. Höret weiter, Bürger Moskaus!
Es weiß die Welt, wieviel ihr dulden mußtet
Unter der Geißel dieses Aufdringlings!
Verbannung, Tod, Entehrung, hohe Steuern,
Kummer und Hunger mußtet ihr erfahren.
Dimitri aber will euch Gnad' erweisen,
Bojaren, Edelleuten, Richtern, Kriegern,
Kaufleuten, Gästen, allem biedern Volk.
Werdet ihr töricht euch dawidersetzen,
Verschmähen die euch angebotne Huld?
Erinnert euch, daß er den Thron besteigt
In seiner Väter furchtbarem Geleite.
Erzürnet nicht den Zaren, fürchtet Gott,
Küsset das Kreuz und huldigt eurem Herrscher!
Seid unterwürfig! Schickt alsbald zu ihm
Ins Lager den Metropoliten nebst
Bojaren, Djaken und erwählten Leuten,
Daß sie ihr Knie dem Zar und Vater beugen.

Er steigt herunter. Bewegung unter dem Volk.

Volk. Wozu viel reden? Wahr hat er gesprochen,
Es lebe Zar Dimitri, unser Vater!

Ein Bauer auf dem Gerüst. Auf, in den Kreml! In das Zarenschloß!
In Ketten mit der Brut des Godunow!

Volk. Bindet, ersäuft ihn! Zar Dimitri lebe!
Nieder mit dem Geschlechte des Boris!

Kreml. Haus des Boris. Wache am Eingang.

Fjodor am Fenster.

Bettler. Gebt mir ein Almosen, um Christi willen.

Wache. Fort von hier! Es ist verboten, mit den Gefangenen zu sprechen.

Fjodor. Geh, Alter, ich bin ärmer als du, du bist frei.

Xenia, verschleiert, tritt ebenfalls ans Fenster.

Einer aus dem Volk. Bruder und Schwester – arme Kinder, wie Vöglein im Käfig!

Zweiter. Was ist da zu bedauern? Eine verwünschte Sippschaft!

Erster. Der Vater war ein Bösewicht, aber die Kinder sind unschuldig.

Zweiter. Der Apfel fällt nicht weit vom Stamm.

Xenia. Bruder! Bruder! Es scheint, die Bojaren wollen zu uns.

Fjodor. Das sind Golizyn, Mosalski. Die andern kenne ich nicht.

Xenia. Ach, Bruder! Das Herz preßt sich mir zusammen.

Golizyn, Mosalski, Moltschanow und Scherefedinow mit drei Schützen.

Volk. Macht Platz, macht Platz! Die Bojaren kommen.

Die Bojaren treten ins Haus.

Einer aus dem Volke. Weswegen sind sie gekommen?

Zweiter. Gewiß um Fjodor Godunow den Eid abzunehmen.

Dritter. Wirklich? Hör doch, was für ein Geräusch da drinnen. Welch ein Lärm! Man rauft sich!

Volk. Horch! Gewimmer! Das ist eine Weiberstimme. – Kommt hinein! ... Die Türen sind geschlossen; das Schreien hat aufgehört ...

Die Türen öffnen sich. Mosalski erscheint an der Treppe.

Mosalski. Ihr Leute! Maria Godunowa und ihr Sohn Fjodor haben sich selbst durch Gift getötet. Wir haben ihre Leichen gesehen.

Das Volk schweigt voll Entsetzen.

Was schweigt ihr? Ruft doch: Es lebe der Zar Dimitri Iwanowitsch!

Das Volk bleibt stumm.

Anhang: Die von Puschkin ausgeschiedenen Szenen

I

Im Klostergarten.

Grigori und ein böser Mönch.

Grigori. Oh, wie traurig, oh, wie einsam fließt das Leben uns dahin!
Tage kommen, Tage gehen – Eines sieht und hört man nur:
Vor den Augen – schwarze Kutten, in den Ohren – Glockenklang.
Gähnend schlendert man am Tage, schläft vor Langeweile ein,
Und des Nachts bis Sonnenaufgang wälzt man schlaflos sich im Bett.
Kommt einmal der Schlaf, dann ängst'gen schwarze Träume das Gemüt,
Daß man froh ist, wenn die Glocke, wenn der Krückstock einen weckt.
Nein, ich kann's nicht länger tragen! Fort aus dieser Zelle, fort!
Groß ist Gottes Welt ja, alle Wege stehn mir frei – ich flieh'.

Mönch. Ja, ihr lebenslust'gen jungen Mönche, euer Los ist hart.

Grigori. Wenn doch Litau'n sich empörte, wenn der Khan sich doch erhüb' –
Ha, wie wollt' ich dann mit meinem Schwerte mich in Lust ergehn!
Wie, wenn plötzlich der Zarewitsch stieg' aus seines Grabes Nacht,
Wenn er riefe: »Hei, ihr Freunde, die ihr Treue mir gelobt –
Fangt Boris, den Zarenmörder, führt den Feind geknebelt her!«

Mönch. Narrenspossen! Nie erwecken wir zum Leben den, der tot,
Nein, ein anderes bestimmte dem Zarewitsch sein Geschick ...
Aber höre: wenn es sein soll, nun, so sei es denn auch ganz ...

Grigori. Sprich, was meinst du?

Mönch. Wenn ich deine Jugend, deine Kräfte hätt',
Wenn nicht vor der Zeit im Barte sich manch graues Haar gezeigt ...
Du verstehst mich?

Grigori. Nichts versteh' ich!

Mönch. Höre! Unser dummes Volk –
Willig glaubt's dem Wundertruge, läßt betören sich gar leicht;
Nie vergessen die Bojaren, daß Boris ihr gleicher war,
Immer noch verehren alle des Warägers alten Stamm.
Altersgleich mit dem Zarewitsch bist du – wärst du schlau und kühn ...
Nun, verstehst du? Schweigen.

Grigori. Ich verstehe.

Mönch. Und was sagst du?

Grigori. Ha, es sei!
Bin Dimitri, bin Zarewitsch.

Mönch. Gib die Hand mir – du wirst Zar.

II

Schloß des Wojewoden Mnischek in Sambor.

Marinas Putzzimmer.

Marina, Rusia (mit Ankleiden beschäftigt). Dienerinnen.

Marina vor dem Spiegel. Nun, bist du fertig? Geht's nicht rascher von der Hand?

Rusia. Trefft erst die schwier'ge Wahl – was paßt zum Kleide?
Was legt Ihr heute an? Ob Euer Perlenband,
Ob das smaragdene Geschmeide?

Marina. Die Demantkrone.

Rusia. Schön! Die habt Ihr auch getragen
Das letztemal im Königsschloß zum Tanz.
Da machtet Ihr durch Eurer Schönheit Glanz
Die Männer seufzen und die Fraun verzagen.
Es sah Euch damals auch, glaub' ich, zum erstenmal
Der junge Bronski, der sich dann erschossen.
Wie viele Tränen sind um ihn geflossen!
Ach, freilich blieb ihm keine Wahl.
Ein jeder sagt's: man braucht Euch bloß zu kennen,
Um gleich in Liebe zu entbrennen.

Marina. Kannst du nicht schneller machen?

Rusia. Gleich.
Heut' rechnet Euer Vater sehr auf Euch.
Wohl sah Euch der Zarewitsch nicht vergebens,
Und zu verbergen weiß er sein Entzücken nicht;
Verwundet ist er schon, nun ist es Eure Pflicht,
Daß Ihr ihn trefft im Kern des Lebens.
Er ist in Euch verliebt und zeigt es unverhohlen,
Ist Euer Gast seit einem Monat schon,
Denkt an den Krieg nicht mehr, nicht an den Zarenthron,
Und ärgert Russen sowie Polen.
O Gott! Soll mir's beschieden sein?
Nicht wahr, wenn Ihr nach seinen Siegen
Mit ihm auf Moskaus Thron gestiegen,
Dann, hoff ich doch, gedenkt Ihr mein?

Marina. Was meinst du, werd' ich Zarin sein?

Rusia. Wer sonst als Ihr? Wer mag in diesen Reichen
An Schönheit, Herrin, sich mit Euch vergleichen?
Der Mnischek Haus ist hoch wie irgendeins gestellt,
An Geist bezwingt Ihr alle Welt –

Glücklich, wenn Euer Blick Beachtung mag gewähren,
Wer Eures Herzens Liebe kann beschwören!
Sei es auch unser König in Person,
Sei es von Frankreichs Prinzen einer,
Nicht bloß der hergelaufne Zarensohn:
Woher der kommt und wer er ist, weiß keiner!

Marina. Er ist des Zaren Sohn und anerkannt von allen.

Rusia. Doch weiß man, daß er vor'ges Jahr
Noch Knecht bei Wischnewezki war.

Marina. Verborgen hielt er sich.

Rusia. Ich lass' es mir gefallen.
Allein, ist Euch noch nicht bekannt,
Was man von ihm erzählt – und zwar nicht bloß die Feinde?
Er wär' ein Meßner bloß, aus Moskau durchgebrannt,
Der ärgste Schelm in der Gemeinde!

Marina. Welch törichtes Geschwätz!

Rusia. Ei nun, ich glaub' nicht dran.
Ich sage nur, daß er sein Schicksal segnen kann,
Wenn Ihr so gütig seid, ihm Euer Herz zu schenken,
Statt einen andern zu bedenken.

Dienerin kommt gelaufen. Die Gäste sind versammelt.

Marina. Wunderschön!
So kannst du schwatzen bis zur Tageshelle,
Indessen kommt mein Putz nicht von der Stelle.

Rusia. Gleich, gleich. Bewegung unter den Dienerinnen.

Marina für sich. Er muß die Wahrheit mir gestehn.

Alexander Puschkin: Entwurf eines Vorwortes zum »Boris Godunow« (1829/30?)

Das Studium Shakespeares, Karamsins und unserer alten Chroniken gab mir den Gedanken ein, eine der dramatischsten Epochen der neueren Geschichte in dramatische Form einzukleiden. Von keinem anderen Einfluß verwirrt, ahmte ich Shakespeare, seine freie und breite Schilderung der Charaktere, die ungekünstelte und einfache Zusammenstellung der Typen nach; Karamsin folgte ich in der übersichtlichen Entwicklung der Ereignisse, in den Chroniken bemühte ich mich, den Gedankengang und die Sprache der damaligen Zeit zu enträtseln. Reiche Quellen! Ob es mir gelungen ist, sie zu nutzen, weiß ich nicht. Wenigstens waren meine Bemühungen emsig und gewissenhaft.

Lange konnte ich mich nicht entschließen, mein Drama drucken zu lassen. – Der gute oder schlechte Erfolg meiner Gedichte, das wohlwollende oder strenge Urteil der Zeitschriften über irgendeine Erzählung in Versen beruhigten meine Eigenliebe nicht sonderlich. Die schmeichlerischen Besprechungen haben sie nicht geblendet. Beim Lesen der beleidigendsten Besprechungen war ich bemüht, die Meinung der Kritik zu erraten und mit möglichster Kaltblütigkeit zu begreifen, worin ihre Beschuldigungen eigentlich bestehen, und wenn ich auf sie nie erwiderte, so geschah es nicht aus Verachtung, sondern einzig aus der Überzeugung, daß unsere Literatur il est indifférent, ob dieses oder jenes Kapitel aus dem *Onjegin* höher oder tiefer stehe als ein anderes. Aber ich gestehe aufrichtig, der Mißerfolg meines Dramas würde mich kränken; denn ich bin überzeugt, daß unserem Theater die volkstümlichen Gesetze des Shakespearedramas anstehen, nicht aber die höfische Sitte der Tragödie Racines, und daß jedes mißlungene Experiment die Umgestaltung unserer Bühne verlangsamen würde. (Der *Jermak* von A. S. Chomjakow ist mehr ein lyrisches Werk als ein Drama. Seinen Erfolg verdankt es nur seinen herrlichen Versen.)

Ich gehe nun zu einigen näheren Erklärungen über. Der von mir angewandte Vers (der fünffüßige Jambus) wird gewöhnlich von den Engländern und Deutschen angewandt. – Bei uns finden wir, dünkt mich, das erste Beispiel dafür in den *Argiviern*. A. Shandr verwendet in dem Bruchstück seiner schönen, in freien Rhythmen geschriebenen Tragödie vornehmlich dieses Versmaß. – Ich behielt die Zäsur des französischen Pentameters auf dem zweiten Fuß und habe damit, scheint mir, einen Irrtum begangen, da ich dadurch meinen Vers der ihm eigenen Mannigfaltigkeit freiwillig beraubte.

Es gibt da derbe Scherze, volkstümliche Szenen. Der Dichter darf nicht nach eigenem Belieben vulgär sein, wenn er es vermeiden kann; ist es aber notwendig, darf er sich nicht davor scheuen.

Als ich in der Geschichte einem meiner Vorfahren begegnete, der in dieser unglücklichen Epoche eine wichtige Rolle spielte, brachte ich ihn auf die Bühne, ohne an die Kitzligkeit des Anstandes zu denken, con amore, aber ohne jeden versteckten Adelsstolz. Von allen meinen Nachahmungen Byrons wäre der Adelsstolz die lächerlichste. Unsere Aristokratie wird vom neuen Adel gebildet, der alte ist in Verfall geraten; seine Rechte sind den Rechten der anderen Stände angeglichen, die großen Güter sind längst zerstückelt, vernichtet ... Einer solchen Aristokratie anzugehören, ist in den Augen des vernünftigen Pöbels gar kein Vorzug, und die einsame Verehrung des Ruhms der Vorfahren kann einem lediglich den Vorwurf der äußersten Geschmacklosigkeit oder der Nachahmung der Ausländer zuziehen.

(II)

Der Geist des Zeitalters fordert große Veränderungen auch auf der dramatischen Bühne. Es ist möglich, daß auch sie die Hoffnungen der Reformatoren enttäuschen werden. Der auf der *Höhe des Schaffens lebende* Dichter sieht vielleicht auch die Mängel der gerechten Forderungen klarer und das, was sich vor den Blicken der erregten Menge verbirgt; aber es wäre vergeblich für ihn, darum zu kämpfen ... So gaben Lope de Vega, Shakespeare und Racine dem Strom nach. Aber das Genie bleibt Genie, welche Richtung es auch immer wählt: das Urteil der Nachwelt wird das Gold, das ihm gehört, von den Schlacken scheiden. (1830)

EUGEN ONEGIN

"Pétri de vanité, il avait encore plus de cette espèce d'orgueil, que fait avouer avec la même indifférence les bonnes comme les mauvaises actions, suite d'un sentiment de supériorité, peut-être imaginaire."
Tiré d'une lettre particulière

Nicht auf die Gunst gestrenger Kenner,
Auf warmen Anteil nur bedacht,
Sei dir allein, als treuem Gönner,
Dies Pfand der Freundschaft dargebracht.
Dir, dessen Geist seit Jugendtagen,
Von heil'ger Phantasie belebt
Und von der Dichtkunst Hauch getragen,
In lautrem Ernst zur Höhe strebt.
Wohlan denn, laß ihn dir behagen,
Den anspruchslosen, bunten Strauß
Von oft so trüb', oft heitren Klängen,
Volksweisen, Idealgesängen,
Wie meinem Hirn sie wirr und kraus
Bei flücht'gem Musenspiel entsprossen:
Aus Träumen ferner Jugendzeit,
Dem Unmut bittrer Lebensglossen
Und meines Herzens tiefstem Leid!

ERSTES BUCH

Er stürmt durchs Leben hin, beschleunigt sein Gefühl.
Fürst Wjasemski

I

"Mein Onkel tut sehr brav und bieder,
Jetzt plötzlich sterbenskrank zu sein:
So schätzt man ihn doch einmal wieder;
Gescheitres fiel ihm selten ein.
Sein Beispiel – andern eine Lehre!
Wenn nur, o Gott, die Qual nicht wäre,
Vom siechen Greis bei steter Wacht
Nicht loszukommen Tag und Nacht!
Und diese Last gemeinster Pflichten:
Solch halbem Leichnam beizustehn,
Mit Arzenei zur Hand zu gehn,
Wehleidig ihm sein Pfühl zu richten –
Da seufzt man wohl und denkt für sich:
Wann endlich holt der Teufel dich!"

II

So machte seine bittren Glossen
In Extrapost ein junger Fant,
Dem als der Sippe letztem Sprossen
Das Glück der Erbschaft vorbestand.
Euch, die ihr Ruslan und Ludmillen
So warm empfingt mit Freundeswillen,
Sei meines Versromanes Held
Hier mit Verlaub gleich vorgestellt:
Mein Freund Onegin ward geboren
Am Newastrand, der auch wohl gar,
O Leser, deine Wiege war,
Zu deines Namens Glanz erkoren!
Einst kam auch ich dort gut zurecht –
Doch mir bekommt der Norden schlecht.

III

Sein Vater lebte bloß vom Borgen,
Seit der den Dienst mit Fug quittiert,
Vergaß bei Tanz und Schmaus die Sorgen –
Und war dann schließlich ruiniert.
Das Schicksal blieb Eugen gewogen:
Nachdem Madame es süß verzogen,
Gab man, weil trotzig, wenn auch gut,
Das Kind Monsieur l'abbé in Hut.
Der zage Franzmann hielt in Sachen
Des Unterrichts von Sanftmut viel,
Von Strenge wenig, mit dem Ziel,
Dem kleinen Schalk es leicht zu machen;
Ließ gehn, was irgend Zucht noch litt,
Und nahm ihn hübsch zum Stadtpark mit.

IV

Doch als die Zeit der bangen Wonnen,
Wo junge Sehnsucht schwärmt und klagt,
Auch für des Zöglings Herz begonnen,
Da ward Monsieur davongejagt.
Jetzt trat Eugen als freies Herrchen,
Geschniegelt wie ein Dandy-Närrchen,
Modern frisiert und angetan
Erstmalig auf den Weltenplan.
Französisch war ihm ganz zu eigen,
Er sprach und schrieb es tadellos,
War als Masurkatänzer groß
Und konnte sich scharmant verbeugen:
Braucht's mehr, damit die liebe Welt
Uns für gescheit und reizend hält?

V

Gelernt hat jeder von uns allen
Sein Pröbchen, minder oder mehr:
Drum ist, durch Bildung aufzufallen,
Bei uns, gottlob, nicht eben schwer.

Onegin war nach Ansicht vieler
(Berufner Kenner, streng subtiler)
Ein kluger Kopf, wenn auch Pedant:
Er pflegte nämlich höchst gewandt
Unaufgefordert dreinzuschwätzen,
Wo irgend nur geredet ward,
Sich zu Disputen ernstrer Art
Stumm würdevoll dazuzusetzen,
Und gab sie dann dem Damenkreis
Mit raschem Witz zum Lachen preis.

VI

Latein ist heut nicht mehr so wichtig.
Drum, frei herausgesagt, Eugen
War da so weit, um leidlich richtig
Widmungsinschriften zu verstehn,
Von Juvenal was vorzulügen
Und Briefen *vale* beizufügen,
Auch stand ihm aus Virgil zur Not
Ein magres Verschen zu Gebot.
Sich mit Historie abzuplagen
War nicht sein Fall, er wühlte nie
Im Staub der Weltchronologie;
Doch Anekdoten seit den Tagen
Des Remus bis auf unsre Zeit
Hatt' er im Kopfe stets bereit.

VII

Den Reiz, für Poesie zu leben,
Begriff er nicht, auch nimmerdar,
Soviel ich mir auch Müh' gegeben,
Was Iambus, was Trochäus war,
Und schalt Homer und andre Geister.
Doch Adam Smith war recht sein Meister,
Drum unterhielt er spät und früh
Papa mit Staatsökonomie,
Zum Beispiel: wie Kredit sich wandelt,
Wenn Wohlstand zunimmt, Arbeit nährt,

Und wie ein Land kein Gold entbehrt,
Sofern es Rohprodukte handelt.
Papa, der nichts vom Kram verstand,
Nahm Hypotheken auf sein Land.

VIII

Noch Weitres dieser Art zu melden,
Erübrigt sich und führt zu weit.
Doch was den Genius meines Helden
Mehr dartat als Gelehrsamkeit,
Was ihm seit frühen Jugendtagen
Zur Quelle ward von Lust und Plagen,
Wodurch er sich zur Leidenschaft
Aus leerem Nichtstun aufgerafft –
War – daß er um die Triebe wußte,
Die einst Ovid so reich besang,
Wofür der Dichter lebenslang
Fern von Italien büßen mußte,
Aus jungem Ruhm und Glück verbannt
Ins öde Moldausteppenland.

IX

....
....
....

X

Wie früh verstand er schon die Künste
Der Eifersucht und Heuchelei,
Der Überredung Truggespinste,
Des Launenspiels, der Ziererei,
Die Kunst, bald sanft, bald stolz und eigen,
Bald dienstbar sich, bald kühl zu zeigen!
Wie karg und stumm war hier sein Mund,
Dort wie gesprächig kunterbunt,
Im Liebesbrief wie überschwenglich!
Wie selbstlos schien sein Herz allein

Von einem Trieb erfüllt zu sein!
Und dieser Blick, bald dreist-verfänglich,
Bald schamhaft-zärtlich, der sogar
Erlogner Tränen fähig war!

XI

Wie täuschend er den Neuling spielte,
Sich harmlos stellte, schüchtern tat,
Verzweifelt schien, nach Rührung schielte,
So schmeichelsüß um Neigung bat,
Dann, lauernd auf das kleinste Schwanken,
Der Unschuldsjahre keusche Schranken
Mit List und Feuer überwand;
Auf scheue Zärtlichkeit gespannt.
Zum Austausch drang von Liebesschwüren,
Um schnell beim ersten Herzenslaut,
Schon immer mehr und mehr vertraut,
Ein Stelldichein herbeizuführen,
Wo schleunigst nach Verführerart
Der Unterricht vollendet ward.

XII

Wie früh verfing in seinen Netzen
Sich selbst die erzkokette Frau!
Und wie verstand er still zu hetzen,
Verdacht zu streun und boshaft schlau
Des Leumunds Gift herumzutragen,
Um Nebenbuhler abzuschlagen!
Nur ihr glücksel'gen Eheherrn
Saht ihn als Hausfreund immer gern:
Der Schelm sowohl, der selbst hienieden
Faublas' galante Wege lief,
Der Greis, der ohne Argwohn schlief,
Wie auch der Hahnrei, stets zufrieden
Mit seinem Wanst, so satt und dick,
Sich selbst und seinem Eheglück.

XIII/XIV

....
....
....

XV

Meist, eh er aufsteht, sind beizeiten
Schon Kärtchen da. Was gibt's, laß sehn;
Man lädt ihn richtig von drei Seiten
Zum Abend ein und bittet schön
Hier zum Geburtstag, dort zu Bällen.
Wie soll mein Schelm sich dazu stellen?
Wohin zuerst? Ach, einerlei,
Er schafft es schon für alle drei.
Einstweilen läßt er sich frisieren,
Stülpt auf den Kopf den *Bolivar,*
Fährt aus, stellt fein den Weltmann dar
Und geht geruhsam promenieren,
Bis allgemach die Stunde schlägt,
Da unser Freund zu speisen pflegt.

XVI

Schon dunkelt's. Schlitten her: geschwinde
Geht's "Platz da!" sausend übers Eis;
Zu Frost bereift bei scharfem Winde
Sein Biberkragen silberweiß.
Dort bei *Talon* zu guter Stunde
Harrt seiner schon die Tafelrunde,
Er tritt herein, der Pfropfen knallt,
Es strömt des Elfers Vollgehalt;
Zum blut'gen Roastbeef gibt's die Blüte
Von Frankreichs Küche, Trüffeln just,
Für junge Gaumen höchste Lust,
Straßburgs Pasteten erster Güte,
Limburger Käse unter Glas
Und schließlich goldne Ananas.

XVII

Man würde gern noch weiterzechen,
War das Menü doch reichlich fett,
Allein, die Uhr mahnt aufzubrechen:
Schon läutet's drüben zum Ballett.
Nun eilt Onegin ins Theater,
Allwo er sich als Kunstberater
Und Primadonnenfavorit
Nach Laune um Erfolg bemüht,
Und jeder kritisch sich betätigt,
Hier Beifall klatscht dem *entrechat,*
Dort mit Gezisch Kleopatra
Und Phädra abzutreten nötigt,
Vor allem Lärm macht, möglichst toll,
Damit man rings ihn hören soll.

XVIII

O Zauberwelt erlauchter Geister!
Wo einst so kühn die Geißel schwang,
Fonwisin, der Satire Meister,
Knjashnin manch klassisch Werk gelang;
Wo mit Semjonowa, der schönen,
Sich Oserow den Zoll der Tränen
Und Beifallsstürme spenden ließ;
Katenin seine Kunst bewies,
Der uns Corneille erst schätzen lehrte;
Wo Schachowskoi mit seiner Schar
Komödien – Liebling aller war,
Und wo Didelot sich stets bewährte –
Dort, dort in der Kulissen Raum
Träumt' ich so manchen Liebestraum.

XIX

Wo seid ihr göttlich Anmutsgleichen?
Ist euer Wirbel heut verrauscht?
Habt ihr mit andern, ach, nicht gleichen
Zu meinem Schmerz den Platz getauscht?

Tönt euer Sang noch süß belebend?
Wird Rußlands Terpsichore schwebend
Mein Aug' und Herz noch an sich ziehn?
Soll ich vergebens mich bemühn,
Ein teures Antlitz aufzufinden?
Und achtlos, mit dem Glas bewehrt,
Das fremden Reizen zugekehrt,
Enttäuschung mühsam nur verwinden,
Um gähnend unter all dem Schein
Entschwundnen Glücks gedenk zu sein?

XX

Schon ist das Haus gefüllt bis oben,
Parterre und Logen – dichter Hauf';
Die Galerie beginnt zu toben;
Da endlich rauscht der Vorhang auf:
Und lächelnd, in der Nymphen Reigen,
Umkost vom Zaubersang der Geigen,
Steht feenhaft im Märchenglanz
Istomina: sie hebt zum Tanz
Ihr Füßchen, kreist in leichten Ringen,
Dem Boden sanft nur angeschmiegt,
Schnellt auf – und plötzlich fliegt sie, fliegt
Wie zarter Flaum auf Zephirs Schwingen;
Dreht blitzschnell Wirbel Schwung um Schwung
Und schließt graziös im Trillersprung.

XXI

Der Beifall rast. Jetzt kommt gewichtig
Onegin, zwängt sich stolpernd vor,
Erhebt sein Glas, durchmustert flüchtig
Der Logen reichen Damenflor,
Läßt Schmuck, Kostüm und Coiffüren
Sehr nonchalant Kritik passieren
Und dreht sich unbefriedigt um;
Grüßt da und dort ins Publikum
Mit streng bemeßner Etikette,
Beschaut dann, steif zurückgelehnt,

Die Bühne, kehrt sich ab und gähnt
Und murmelt: "Viel zuviel Ballette;
Das Personal taugt gar nichts mehr,
Und auch Didelot enttäuscht mich sehr."

XXII

Noch flattern Engel, toben, dräuen
Lindwurm und Höllenkreatur,
Noch schnarcht der müde Troß Lakaien,
Die Pelze hütend, auf dem Flur;
Noch rauscht Musik, noch tönt dazwischen
Das Husten, Schneuzen, Klatschen, Zischen;
Noch breiten übers ganze Haus
Laternen ihren Schimmer aus;
Noch stampfen schauernd in den Strängen
Die Pferde, knirschen, schlagen sich,
Derweil die Kutscher ärgerlich
In Frost und Wärmefeuer drängen;
Doch fort schon ist Eugen: für ihn
Ist's Zeit, daheim sich umzuziehn.

XXIII

Soll nun vom Kabinett ich melden,
Wo unser Freund jetzt wohlbedacht
Als Muster junger Modehelden
Subtilste Toilette macht?
Was irgend London schwerbereichert
An Weltimporten aufgespeichert
Und gegen Holz und Talg und Teer
Zu Schiff uns austauscht übers Meer,
Und was Paris durch Kunstvermögen
Und als Geschmacksbeherrscherin
An Mitteln aufbringt, um den Sinn
Für Pracht und Luxus anzuregen –
Mit all dem schmückte seinen Hof
Der achtzehnjähr'ge Philosoph.

XXIV

Da sah man Stambuls Bernsteinpfeifen,
Nippes, Bronzen, Porphyr, Medaillons
Und (nur für Kenner) feinste Seifen,
Kristallgerät, Odeurflakons
Nebst kleinen Feilen, weichen Schwämmen,
Diversen Scheren, Messern, Kämmen
Und Bürsten jeder Wahl und Art
Für Zähne, Nägel, Kopf und Bart.
Man weiß, wie sich Rousseau beklagte,
Weil Grimm, der Weltmann, ruhig dreist
Vor ihm, dem lauten Feuergeist,
Die Nägel sich zu putzen wagte.
Doch war der Kämpfer für das Recht
In diesem Fall höchst ungerecht.

XXV

Es kann als Mensch sehr viel bedeuten,
Wer sonst auf saubre Nägel hält.
Weshalb auch gegen Mode streiten?
Regiert sie doch die ganze Welt.
Drum war Onegin, im Bestreben,
Nie Anlaß zur Kritik zu geben,
In seinem Äußren als Pedant
Fast übertrieben elegant,
Saß stundenlang, sich eifrig schmückend,
Vorm Spiegel, eh er fertig war,
Und glich dann wirklich auf ein Haar
Der lockren Venus, die berückend,
Als flotter junger Mann frisiert,
Zum Maskenball davonkutschiert.

XXVI

Ich könnte nun, nachdem ihr eben
Der Toilette Glanz gesehn,
Um Bildungswünschen nachzugeben,
Ans Schildern seiner Kleidung gehn.

Bei solchem Wagnis wird indessen
Die Nennung von Kostümfinessen,
Frack, Pantalons, Gilet, zur Pflicht,
Und – all das gibt's auf russisch nicht.
Auch ist ja leider, mir zum Schaden,
Mein ungelenker, trockner Stil
Seit Anbeginn schon viel zuviel
Mit Fremdwortflittern überladen,
So heiß ich auch studiert' genug
Das akadem'sche Wörterbuch.

XXVII

Doch halten wir mit derlei Fragen
Uns hier nicht auf, um unverweilt
Zum Ball zu gehn, wohin im Wagen
Onegin schon vorausgeeilt.
Vor stummen Häusern, nachtumdunkelt,
Entlang der stillen Straße funkelt
In freundlich heller Doppelspur
Der Kutschlaternen Lichterschnur.
Buntfarbnen Scheins, den Schnee bestrahlend,
Besät mit Lampen flammt die Pracht
Der stolzen Hausfront durch die Nacht,
Und an den Fenstern, Schatten malend,
Huscht flüchtig Kopf um Kopf dahin
Von Kavalier und Tänzerin.

XXVIII

Da rollt Eugen zum Vestibüle:
Flugs eilt er am Portier vorbei
Treppaufwärts durch die Marmordiele,
Streicht übers Haar und schreitet frei
Zum Saal hinein: Gedrängte Massen;
Noch hat Musik nicht nachgelassen,
Geräuschvoll wogt Masurkatanz,
Rings helle Lust, bewegter Glanz;
Die blanken Gardesporen klirren,
Graziöser Füßchen holder Schwung

Entzündet heiße Huldigung,
Die Wangen glühn, die Blicke schwirren,
Und scheeler Zungen Spott und Hohn
Verschlingt der Geigen Jubelton.

XXIX

Im Jugenddrang nach Lust und Scherzen
Ließ so ein Ball mir keine Ruh':
Man angelt nirgends leichter Herzen
Und spielt sich kleine Briefchen zu.
Ihr Herrn Gemahle, seht, ich stelle
Mich euch zu Dienst für derlei Fälle:
Bedenkt mein Wort im vorhinein,
Ich will euch nur ein Warner sein.
Auch ihr Mamas, daß auf die Blüte
Der lieben Tochter scharf ihr paßt,
Nie das Lorgnon vom Auge laßt,
Sonst könnte, könnte – Gott verhüte!
Das schreib' ich hier so offen hin,
Weil ich nun längst gesittet bin.

XXX

Was hab' ich, ach, auf lockren Pfaden
Für schöne Zeit vertan! Und doch:
Wär's meinem Ruf nur nicht zum Schaden –
Auf Bälle flög' ich heute noch.
Wie lieb' ich all den bunten Trubel,
Die frische Lust, den Glanz und Jubel,
Der Damen Anmut, Duft und Schein,
Und ihre Füßchen erst! ... Allein
In Rußlands grenzenloser Weite
Gibt's hübscher Füßchen kaum drei Paar.
Ach, unvergeßlich immerdar
Bleibt eines mir! ... Noch heute, heute,
So ernst ich bin, verfolgt es mich,
Und selbst im Traume zittre ich.

XXXI

Wann nur, in welchen Wildnisbanden
Schlägst du sie, Tor, dir aus dem Sinn?
O Füßchen, Füßchen! Wo zulanden
Schwebt heut ihr über Blumen hin?
Gehätschelt in des Südens Milde,
Ließt ihr im öden Schneegefilde
Des rauhen Nordens keine Spur;
Dem wohlig weichen Teppich nur
Wart ihr gewohnt euch anzuschmiegen.
Vergaß ich blinder Schwärmer nicht
Verbannung, Heimat, Ruhm und Pflicht,
Um eurem Zauber zu erliegen?
Mein junges Glück entschwand im Blühn,
Gleich eurer Spur im Wiesengrün.

XXXII

Dianens Busen, Floras Wangen,
O Freunde, reizen meinen Sinn!
Und dennoch zieht mich mehr Verlangen
Zum Füßchen Terpsichores hin.
Denn, wie es Augen selig blendet
Und, Gunst verheißend, Wonne spendet,
Entfesselt es in Lust und Qual
Der Wünsche ungemeßne Zahl.
Das Füßchen lieb' ich, o Elvine,
Am Tische, vom Damast verhüllt,
Auf Wiesen, die der Lenz erfüllt,
Am Winterabend vorm Kamine,
Im glatten Ballsaal, hoch am Strand,
Auf schroffgranitner Klippenwand.

XXXIII

Ich sah das Meer an Sturmestagen:
Mit welchem Neid genoß ich dann,
Wie Flut um Flut herangetragen
Liebkosend ihr zu Füßen rann!

Wie wünscht' ich damals mit den Wellen
Im Kuß an sie heranzuschwellen!
Nein, nicht im tollsten Jugenddrang,
Da Gier mich trieb und Überschwang,
Empfand ich mich so hingerissen,
Holder Armiden süßen Mund,
Erblühten Busens volles Rund,
Entflammter Wangen Glut zu küssen;
Nein, nie hat sonst der Sinne Macht
In mir solch heißen Wunsch entfacht!

XXXIV

Noch andre teure Bilder schweben
Durch meiner Seele Traumesland:
Ich darf sie in den Bügel heben,
Ich fühl' ihr Füßchen auf der Hand;
Und wieder stürmt's in meinem Innern,
Holder Berührung süß Erinnern
Treibt jäh zum Herzen mir das Blut –
Erneute Qual, erneute Glut! ...
Genug. Es sind die stolzen Schönen
Nicht würdig, daß Gesang sie ehrt,
Sie sind der Leidenschaft nicht wert,
Der Lieder nicht, die ihnen tönen;
Ihr Mund, ihr lächelnd Auge lügt
Genau so, wie ihr Füßchen trügt.

XXXV

Na, und Eugen? Der fährt vom Balle
Schlaftrunken heim, aufs Bett bedacht,
Derweil ringsum bei Trommelschalle
Das Treiben Petersburgs erwacht.
Der Kaufmann rüstet, Boten fliegen,
Zur Börse rollt's von Droschkenzügen,
Die Milchmagd stapft, so schnell sie kann,
Durch knarrend frischen Schnee heran;
Der Frühlärm schallt als froher Wecker
Vor offnen Läden, blauer Rauch

Steigt kraus empor, und längst geht auch
Beim flinken Deutschen dort, dem Bäcker
Im weißen Hut, ohn' Unterlaß
Klapp-auf, klapp-zu sein "Was-ist-das".

XXXVI

Inzwischen schläft, vom Ball ermüdet,
Vertauschend Nacht mit Morgenschein,
Das Kind der Weltlust wohlumfriedet
Bis in den hellen Tag hinein.
Erst mittags wird er sich erheben,
Und dann beginnt das gleiche Leben,
Dann lockt der gleichen Freuden Schar,
Und morgen folgt, was heute war.
Ob freilich dieser unbedachte,
Durch nichts gehemmte Vollgenuß
Von Jugend, Glanz und Überfluß
Eugen auch wirklich glücklich machte?
Erhielt sich, so von Lust betört,
Sein Herz trotz allem unversehrt?

XXXVII

Nein, sein Gefühl war bald erstorben,
Die bunte Welt erschien ihm leer;
Und, die er sonst so heiß umworben,
Die Schönen reizten ihn nicht mehr:
Er war es satt, genarrt zu werden.
Auch Freundschaft schuf ihm nun Beschwerden,
Denn ewig konnte man doch nicht
Zum Beefsteak oder Nachgericht
Champagner durch die Kehle jagen,
Und auf Verlangen obendrein
Mit schwerem Kopf noch geistreich sein;
Ja, sonst bereit, sich gleich zu schlagen,
Selbst Ehrenhändel ließ er nun,
So Degen wie Pistole, ruhn.

XXXVIII

Ein Leiden, welches aufzuklären,
Obschon verwandt mit Englands Spleen,
Die Ärzte längst verpflichtet wären,
Kurz: Rußlands Trübsinn hatte ihn
Seitdem bedenklich in den Krallen.
Sich aber einfach totzuknallen,
Das, Gott sei Dank, mißfiel ihm just;
Nur schwand ihm jede Lebenslust.
Und nun erschien er auf den Festen
Gleich Ritter Harold eisig stumm
Und blieb für Tanz und Spiel ringsum,
Für holde Seufzer, zarte Gesten,
Skandalgeschichten, Spott, Bonmots
Vollkommen kalt und teilnahmslos.

XXXIX/XL/XLI

....
....
....

XLII

Ihr launenhaften großen Damen!
Euch ließ er ganz zuerst im Stich.
Der "feine Ton" im steifen Rahmen
Langweilt ja heut auch fürchterlich.
Zwar wissen manche höchst Aparten
Mit Say und Bentham aufzuwarten,
Doch was man sie so plappern hört,
Ist schaudervoll und mitleidswert.
Und dabei tun sie noch so wichtig,
So arg gebildet, stolz und fein,
Sind allesamt so engelrein,
So unzugänglich, keusch und züchtig,
So ganz den Männern abgeneigt,
Daß schon ihr Anblick Spleen erzeugt.

XLIII

Auch euch, ihr Dämchen freier Liebe,
Die ihr in sinnlich toller Hast
Spätnachts durch Petersburgs Getriebe
Von Droschken euch entführen laßt,
Auch euch beschloß er kühl zu meiden.
Und gründlich satt der wilden Freuden
Spann gähnend er zu Haus sich ein
Und nahm sein Schreibzeug vor. Allein,
Entwöhnt, mit Arbeit sich zu quälen,
Und weil der Feder nichts entfloß,
Mißlang's ihm, sich als Zunftgenoß
Den kecken Leuten beizuzählen,
An denen sich nicht gerne reibt,
Wer, so wie ich, ihr Handwerk treibt.

XLIV

Aufs neu dem Nichtstun preisgegeben,
Verstimmt, sich seelisch leer zu sehn,
Verfiel er drauf als löblich Streben,
Der Weisheit andrer nachzugehn.
Nun ließ er Haufen Bücher kommen,
Las, las, doch ohne Nutz und Frommen:
Hier war nur Unsinn, Trug und Tand,
Dort weder Einsicht noch Verstand,
Kurz, lauter Schund von blöden Schreibern;
Die alten waren nichts mehr wert,
Die neuen dreist und gleich verkehrt.
Deshalb verließ er nächst den Weibern
Nun auch der Bücher staub'ges Chor
Und überwarf's mit Trauerflor.

XLV

Gleich ihm entflohn der Weltlust Plagen,
Befreit aus hohler Formen Bann,
Ward ich sein Freund in jenen Tagen.
Er zog als Mensch mich lebhaft an

Mit seinem Hang zum Phantasieren,
Den unnachahmlichen Manieren,
Dem unbeirrbar scharfen Geist.
Ich war verbittert, er vereist,
Uns beide hatte schon das Leben,
Der Leidenschaften Spiel genarrt,
Uns beiden war das Herz erstarrt;
Wir hatten Jugend hingegeben,
Und nur Fortunas blinden Hohn
Und unsrer Mitwelt Haß zum Lohn.

XLVI

Wer lebt und urteilt, lernt beizeiten,
Wie tief verächtlich Menschen sind;
Wer fühlt, dem muß es Schmerz bereiten,
Wie schnell des Lebens Wahn zerrinnt.
Er kann nun all den Zauber missen,
Verzehrt sich in Gewissensbissen
Und spürt der Reue dumpfe Pein ...
Dergleichen spendet insgeheim
Der Unterhaltung reiche Würze.
Erst quälte mich Onegins Ton;
Doch ich gewöhnte bald mich schon
An seine blendend scharfe Kürze,
Den spöttisch überlegnen Stil,
Das fein geschliffne Redespiel.

XLVII

Wie oft – wenn in der sommerhellen,
Durchsicht'gen Nacht, des Mondes bar,
Sich in der heitern Newa Wellen
Spiegelten leuchtend, weiß und klar
Die endlos hohen Himmelsräume –
Ging unser Flug ins Reich der Träume,
Gedachten wir der Jugendzeit,
Der ersten Liebe Lust und Leid,
Und schwelgten in Erinnerungen,
Vom tiefen Zauber stumm berauscht!

Wie ein Gefangner träumend lauscht,
Zum grünen Wald sich wähnt entsprungen,
So trug uns lockend Schwärmersinn
Zum Frühling unsres Lebens hin.

XLVIII

Dann stand Eugen, sich heimlich sehnend,
Gedankenvoll, elegisch trüb
Und schweigsam am Granitbord lehnend,
Wie ein Poet sich einst beschrieb.
Ganz still war's; nur vereinzelt schollen
Der Schildwach' Rufe; fernes Rollen
Von spätem Fuhrwerk hallte matt
Aus der in Schlaf versunknen Stadt.
Im Strom, der schlummernd ausgebreitet
Dahinfloß, sich ein Kahn verlor,
Und fernher glitt zu unserm Ohr
Ein heitrer Sang, vom Horn begleitet ...
Oh, um wie voller man genießt,
Wo Tassos Lied die Nacht versüßt!

XLIX

O Adrias kristallne Wogen!
O Brenta! Doch – ich schaue euch,
Geschwellten Herzens hingezogen
Zu eurer Klänge Zauberreich!
Sie sind Apollos Enkeln teuer
Und mir durch Albions stolze Leier
Längst innig kund in tiefster Brust.
Ich will in sel'ger Nächte Lust
Italiens goldne Wonnen schlürfen,
In stiller Gondel zärtlich warm,
Venedigs holde Maid im Arm,
Bald stumm, bald plaudernd schwelgen dürfen,
Bis meinen Lippen süß vertraut
Petrarcas und der Liebe Laut!

L

Wird meiner Freiheit Stunde schlagen?
O schnell, schon treibt's mich ohne Ruh'
Zum Ufer hin, den Wind zu fragen,
Schon wink' ich Segeln Grüße zu.
Wann endlich gönnt mir Schicksalswille,
Durch Sturmwind oder Meeresstille
Frei hinzuziehn ins Sonnenland?
Bloß fort von diesem öden Strand
Mir feind gewordner Elemente,
Auf daß ich froh des Südens, nah
Dem Himmel meines Afrika,
Vom Düster Rußlands träumen könnte,
Wo Liebe mich und Leid bedrängt,
Wo ich mein Herz ins Grab gesenkt ...

LI

Zum Plan, uns reisend aufzufrischen,
War auch Onegin schon bereit;
Allein das Schicksal trat dazwischen
Und trennte uns für lange Zeit:
Sein Vater starb. Mit harten Blicken
Begannen Gläub'ger ihn zu drücken.
Ein jeder tut, was ihm gefällt:
Onegin, vor die Wahl gestellt,
Entschloß sich, um von Schachernöten
Nicht weiter drangsaliert zu sein,
Der eklen Sippschaft insgemein
Den magren Nachlaß abzutreten;
In stiller Ahnung offenbar,
Wie nah des Oheims Ende war.

LII

Schon kam auch wirklich mit Stafette
Bericht vom Gutsvogt an Eugen:
Sein Oheim, siech im Sterbebette,
Verlange dringlichst ihn zu sehn.

Sofort bestieg nach diesen Zeilen
Eugen die Post, um hinzueilen,
Mit stillem Groll darauf gefaßt,
Daß ihm so manche Pein und Last
Bei Wehgestöhn und Seufzermienen
Ums liebe Geld zu tragen blieb
(Wie ich's zu Anfang schon beschrieb);
Doch, kaum auf Oheims Gut erschienen,
Fand er den Greis schon aufgebahrt
Im Leichenschmuck zur Grabesfahrt.

LIII

Der Gutshof schwoll von Dienerscharen;
Von fern und nah zum Trauerhaus
Kam Freund und Feind herbeigefahren,
Begierig auf den Leichenschmaus.
Kaum barg das Grab die Erdenreste,
Bezechten Popen sich und Gäste
Und taten beim Nachhausegehn,
Als wär's in frommer Pflicht geschehn.
Mein Freund besaß nun weite Länder,
Mit Äckern, Mühlen, Wald und Flur,
War Gutsherr, bis vor kurzem nur
Ein Ordnungsfeind und Geldverschwender,
Und froh, weil seiner Lebensbahn
Solch Umschwung sichtbar wohlgetan.

LIV

Zwei Tage lang gefiel die Stille,
Das freie Land ihm wirklich gut,
Der dunkle Wald, die Saatenfülle,
Des Bächleins leise Murmelflut;
Am dritten schien der Fluren Segen
Ihn freilich kaum noch anzuregen!
Und endlich ließ ihn alles kalt.
Ihn drückte nun auch hier sehr bald
Dieselbe Langeweile nieder,
Wie dort bei Prunk und Stadtgewühl,

Theater, Ball und Kartenspiel.
Der alte Trübsinn kehrte wieder
Und hing ihm wie sein Schatten an,
Wie Weiber am geliebten Mann.

LV

Dafür kann ich so recht genießen,
Wenn mir des Dörfleins Ruhe winkt,
Wo im verborgnen Lieder sprießen,
Der Leier Stimme süßer klingt.
Dort darf ich schlendern, wunschlos sinnen,
Im Nachen schaukelnd Träume spinnen,
Dem *far niente* still geweiht.
Mit froher Ungebundenheit
Beschenkt mich jeder neue Morgen:
Ich lese wenig, schlafe viel
Und frage kaum nach Zweck und Ziel.
War's nicht dies Dasein ohne Sorgen,
In goldner Freiheit auf dem Land,
Wo ich das reinste Glück empfand?

LVI

O Blumen, Liebe, Flur und Frieden,
Euch geb' ich mich von Herzen hin!
Es freut mich, daß ich so verschieden
Von meinem Freund Onegin bin,
Weil nun kein Leser, mich bespöttelnd,
Noch jemand sonst, der, Arges zettelnd,
Mich selbst mit ihm vergleicht, fortan
Gewissenlos behaupten kann,
Ich hätte mich sehr unverfroren,
Von Byrons stolzer Art verführt,
Hier deutlich selber porträtiert;
Als müßten alle Herrn Autoren
Nur immerfort mit sich allein,
Dem lieben Ich beschäftigt sein!

LVII

Beiläufig: Dichter schwärmen immer,
Sobald ihr Herz von Liebe quillt.
Auch mich entzückte früh der Schimmer
Süßholder Wesen, deren Bild
Mir heimlich in der Seele webte,
Bis es der Muse Hauch belebte;
Und so besang ich froh-bereit
Mein Ideal, des Berglands Maid,
Die am Salgir gefangnen Schönen.
Nun fragt ihr lieben Freunde mich
Jetzt gar so oft: "Für wen, o sprich,
Entströmt dein Schmerz in Leiertönen?
Wem aus der eifersücht'gen Schar
Der Mädchen bringst du Opfer dar?

LVIII

Wes Zauberblick voll Seligkeiten
Belohnte mit der Liebe Dank
Den tiefen Wohllaut deiner Saiten?
Sprich, wen vergöttert dein Gesang?"
Ei, niemand, Freunde, Gott zum Zeugen!
Der Leidenschaften Sturmesreigen
Warf Trostes bar mich an den Strand.
O glücklich, wer dem Sinnenbrand
Des Sanges reine Glut vermählte,
Zwiefach so steigernd ihren Glanz
Und mit Petrarcas Ruhmeskranz
Begnadet – alles, was ihn quälte,
Vom Herzen warf! Nur mich allein
Zwang Liebe, blöd und stumm zu sein.

LIX

Sie schwand; die Muse kehrte wieder,
Der Schleier fiel von meinem Blick.
Befreit nun ruf' ich alte Lieder,
Gefühl, Gedanken mir zurück.

Mein Herz ist still, derweil ich schreibe;
Die Feder malt zum Zeitvertreibe
Kein Köpfchen, keine Füßchen mehr,
Wie sonst, um meine Strophen her.
Kein Funke kann im Busen zünden,
Der Seufzer starb, ich traure nur,
Und bald wird auch die letzte Spur
Der einst'gen Seelenstürme schwinden.
Gleich fang' ich ein Poem sodann
In fünfundzwanzig Sängen an.

LX

Schon hab' ich nebst der Form des Planes
Mir einen Helden ausgedacht –
Inzwischen hier des Versromanes
Ersten Gesang zum Schluß gebracht;
Hab' viel gebessert, viel gestrichen,
Zwar wimmelt's noch von Widersprüchen,
Doch sei's darum. Und kurz und gut:
Dem Zensor zahl' ich gern Tribut,
Und übergebe zur Vernichtung
Mein Werk der Rezensentenhand.
So zieh denn hin zum Newastrand,
Du, meine neugeborne Dichtung,
Und wirb mir dort des Sängers Lohn:
Mißdeutung, Undank, Spott und Hohn!

ZWEITES BUCH

O rus!
Horaz

O Rußland!

I

Der Landsitz, wo Onegin gähnte,
War recht ein Plätzchen zum Gedeihn;
Dort durfte, wer nach Glück sich sehnte,
Dem Himmel wahrhaft dankbar sein.
An eines Bächleins klarem Spiegel
Stand unterm Windschutz sanfter Hügel
Allein für sich ein Herrenhaus.
Sein Giebel schaute frei hinaus
Auf Saatengold und grüne Matten;
Rings lagen Dörfchen still verstreut,
Viehherden grasten weit und breit,
Und flüsternd wölbte seine Schatten
Des Parks verträumter Wipfelwald,
Ernster Dryaden Aufenthalt.

II

Das Schloß, von ernst behäb'gen Zügen,
Wie sich's für Schlösser so gebührt,
War würdevoll und streng gediegen
Nach alter Baukunst ausgeführt:
Hochhelle Räume, breite Gänge,
Im Saal schwerseidne Wandbehänge,
Des Zaren Bild in Hermelin
Und bunte Fliesen am Kamin.
Heut gilt das alles für veraltet,
Weiß Gott warum; wie dem auch sei,
Für meinen Freund blieb's einerlei,
Welch ein Geschmack darin gewaltet:

Denn gähnend fand er's ganz egal,
Ob alter, ob moderner Saal.

III

Er fand im selben Raum Behagen,
Wo vierzig Jahr' lang frommbeseelt
Der Dorfgreis Fliegen totgeschlagen
Und mit der Magd herumkrakeelt.
Ein schlichtes Zimmer: eichne Diele,
Zwei Schränke, Sofa, Tisch und Stühle,
Kein kleinster Tintenfleck zu sehn.
Die Schränke prüfend fand Eugen:
Hier Wirtschaftsbücher, dort die Spender
Des Seelentrostes: Schnaps, Likör
Und Apfelwein, ein ganzes Heer;
Von Anno acht den Volkskalender.
Sonst hatte bei der Pflichten Last
Der Greis kein Buch mehr angefaßt.

IV

Allein inmitten seiner Güter,
Auch weil er sonst noch nichts getan,
Verfiel Eugen als Ortsgebieter
Auf einen neuen Wirtschaftsplan:
Als freier Geist in engen Zeiten
Erließ er seinen armen Leuten
Die altererbte harte Fron;
Sie dankten ihm mit Gotteslohn.
Darob erboste sich im Winkel
Der geiz'ge Nachbar, weil für ihn
Solch Beispiel höchst gefährlich schien;
Gespottet ward sogar aus Dünkel,
Und endlich kam man überein:
Das muß ein schlimmer Vogel sein!

V

Erst gab's noch oft Besuch und Gönner;
Doch weil er sich verschmitzt erwies
Und jedesmal sich flugs den Renner
Im Hinterhofe satteln ließ,
Sobald er vorn die stark beschwerte
Familienkutsche rumpeln hörte,
Verschnupfte diese Prellerei,
Und mit der Freundschaft war's vorbei.
"Der Nachbar ist verrückt, ein Flegel
Und Umsturzmann, so frech wie roh;
Sitzt immerfort beim Glas Bordeaux;
Vergißt vor Fraun die Anstandsregel;
Brummt weiter nichts wie *ja* und *nein,*
Der Tropf!" So hieß es allgemein.

VI

Dortselbst erschien in jenen Tagen
Ein neuer Gutsherr auf dem Land,
An dem mit gleichem Unbehagen
Die Nachbarschaft zu kritteln fand:
Wladimir Lenski, ein im Busen
Göttingisch freier Sohn der Musen,
Von jugendfrischem Hauch umweht,
Anhänger Kants, dazu Poet.
Er brachte aus Germaniens Nebeln
Die Früchte reifer Wissenschaft:
Verstand, sehr tief, doch rätselhaft,
Freiheitsbegeisterung, kaum zu knebeln,
Beredsamkeit, höchst wunderbar,
Und langes, schwarzes Lockenhaar.

VII

Noch rein und unberührt geblieben
Vom Lastertreiben dieser Welt,
War noch von Freundschaft, treuem Lieben
Sein ahnungsloses Herz geschwellt.

Noch stand es holdem Irrtum offen,
Noch wiegte ihn ein süßes Hoffen,
Und gläubig gab sein Schwärmersinn
Sich noch dem Trug des Lebens hin.
Den Zweifel, wenn er leis erwachte,
Verscheuchte seiner Träume Spiel,
Wobei er sich des Daseins Ziel
Als abgrundtiefes Rätsel dachte,
Sich oft den Kopf darum zerbrach
Und von der Zukunft Wundern sprach.

VIII

Er glaubte, eine Seele wäre
Für ihn bestimmt, durch Sympathie,
Die trostlos sich in Harm verzehre
Und seiner harre spät und früh;
Er glaubte, treue Freunde ließen
Sich gern für ihn in Ketten schließen
Und seien hilfreich jederzeit
Zu Beistand in Gefahr bereit;
Daß Menschen leben, die in Gnade
Erwählt vom Schicksal ...

....
....
....

IX

Sein Mitleid mit der Not auf Erden,
Sein Wahrheitstrieb und Edelmut
Sowie der Wunsch, berühmt zu werden,
Erregten früh sein junges Blut.
Die Welt durchschwärmend mit der Leier,
War ihm an Schillers, Goethes Feuer
In deren Himmel seine Brust
Emporgeloht in Sangeslust.
Und seiner Muse holde Gaben
Entweihte er, der Reine, nie:

Der Hochflug seiner Poesie
War über Erdenstaub erhaben,
Von träumerisch naivem Schwung
Und schöner, keuscher Mäßigung.

X

Er sang von demutsvoller Liebe,
Und harmlos war sein Lied und rein
Wie eines Mägdleins Unschuldstriebe,
Wie Kindestraum, wie Mondenschein,
Dem, wenn er nachts so friedlich leuchtet,
Die Sehnsucht ihren Kummer beichtet;
Er sang von Wehmut, Trennungsharm,
Von Nebelduft und andrem Schwarm,
Von Rosen, die romantisch sprossen;
Er sang von Ländern fern und weit,
Wo in verschwiegner Einsamkeit
Einst bitter seine Zähren flossen;
Er sang von frühem Tod sogar –
Ein halbes Kind von achtzehn Jahr!

XI

In dieser Wüste, wo von allen
Ihn nur Eugen nach Wert bemaß,
Empfand er wenig Wohlgefallen
An seiner Nachbarn derbem Spaß
Und ihren lauten Trinkgelagen;
Auch ihr Gespräch von Wirtschaftsfragen,
Heuernte, Dung und Ackerfrucht,
Familie, Wein und Hundezucht
Gebrach zu sehr an Geistesblüten,
Poetisch reiner Harmonie,
Verstand, Gefühl und Phantasie,
Um für den Ton Ersatz zu bieten;
Das Schlimmste freilich war dabei
Der bessern Hälften Klatscherei.

XII

Als hübscher Bursch mit viel Vermögen
Kam Lenski als ein Freiersmann
Den Landfamilien sehr gelegen:
Jedweder Mutter lag daran,
Den "halben Russen" einzufangen.
Er kommt: gleich wird drauflosgegangen,
Wie öde doch das Einerlei
Des Hagestolzenlebens sei;
Zum Samowar wird herbefohlen,
Schön-Dunja macht den Tee geschwind,
Man flüstert: "Sei recht lieb, mein Kind!"
Dann läßt man die Gitarre holen,
Und Dunja flötet (wehe dir!):
"Komm auf mein güldnes Schloß zu mir!"

XIII

Doch Lenski schien aus guten Gründen
Solch zarte Fesseln noch zu scheun
Und wünschte, statt sich schon zu binden,
Vorerst Onegins Freund zu sein.
Es glückte. Zwischen Fels und Fluten,
Gesang und Prosa, Eis und Gluten
Gab's eher noch ein Bindeglied.
Auch schuf der Wesensunterschied
Den beiden anfangs viel Beschwerden;
Doch man gefiel sich, wurde warm,
Ritt täglich aus, ging Arm in Arm,
Um schließlich eng vertraut zu werden.
Wie denn (mir selber ist's passiert)
Faulenzerei zur Freundschaft führt.

XIV

Zwar ist auch solche Freundschaft selten,
Weil unser blinder Dünkel meint,
Daß andere bloß für Nullen gelten,
Wodurch man selbst als Eins erscheint.

Uns dünkt, wir seien Bonaparte,
Und blicken von der steilen Warte
Auf die zweibein'ge Kreatur:
Für uns ist sie ein Werkzeug nur.
Da war Eugen noch gut zu leiden;
Denn eben, weil er ganz und gar
Kein Freund der lieben Menschheit war,
Verstand er scharf zu unterscheiden,
So daß er manchen gelten ließ
Und seinem Herz Respekt erwies.

XV

Drum ließ er Lenski ruhig schwärmen,
Begeistert in den Himmel schaun,
Sich an der Rede Glanz erwärmen
Und arglos seinen Sinnen traun;
Ihm war's so neu, so ungewöhnlich.
Auch hielt er, von Natur versöhnlich,
Mit kühlem Widerspruch zurück
Und dachte: soll ich ihm dies Glück
Der kurzen Täuschung jetzt schon rauben?
Das tut die Zeit ja später doch.
Mag denn dies Herz einstweilen noch
Ans Paradies der Erde glauben,
Und Nachsicht drum dem jungen Blut,
Dem jungen Wahn, der jungen Glut!

XVI

Sie stritten über jede Frage,
Die Stoff zum Disputieren bot:
Das Völkerschicksal grauer Tage,
Das Leben vor und nach dem Tod,
Das Vorurteil, an dem wir kranken,
Und unsrer Weisheit enge Schranken,
Ja, oft sogar ward Gott und Welt
Noch ernster Prüfung unterstellt.
Wenn dann sein Dichterherz ihm pochte,
Trug Lenski, der sich gern verlor,

Fragmente seiner Lyrik vor,
Und Freund Eugen, der lächeln mochte,
Ergab sich mit Geduld darein
Und ließ ihn hochpathetisch sein.

XVII

Ihr liebstes Thema war daneben
Der Leidenschaften Tyrannei.
Eugen, schon mehr gereift im Leben,
Beschränkte sich zumeist dabei
Auf melancholisch ernste Glossen.
Wohl dem, der Liebe tief genossen
Und ihr zuletzt sich doch entwand;
Noch besser, wer sie nie gekannt,
Der Lockung durch Verzicht begegnet,
Dem Haß durch Spott; im warmen Nest
Bei Weib und Freund sich wohl sein läßt,
Von Argwohn frei sein Schicksal segnet
Und nie sein hübsch ererbtes Geld
Dem Spieltisch zur Verfügung stellt!

XVIII

Sobald wir in der Weisheit Hafen
Nach manchem Sturm gelandet sind,
Begierden, Wunsch und Triebe schlafen,
Und nun dies ganze Labyrinth
Durchkämpfter Qual, verfehlter Ziele,
Der Nachhall einst'ger Hochgefühle,
Die mühsam wir zur Ruh' gebracht –
Uns nur noch leise lächeln macht,
Dann lauschen wir mit Wohlbehagen
Der heißen Jugend Herzenswahn.
Hört doch der blinde Veteran,
Der einst im Feld sich brav geschlagen,
Noch gern in seiner Altersruh'
Berichten jüngrer Krieger zu.

XIX

Wogegen, immer überschwenglich,
Die Jugend nicht zu schweigen weiß:
Ihr rascher Mund gibt unbedenklich
Haß, Liebe, Glück und Kummer preis.
Sich selbst als Veteranen fühlend,
Vernahm Eugen, den Ernsten spielend,
Wie sein Poet so nach und nach
Das Siegel seines Herzens brach
Und sein Geheimnis zarter Triebe
Dahingab an des Freundes Schoß.
Und so empfing er mühelos,
Die scheue Beichte erster Liebe,
Ein bunt Gewirr von Schwärmerei,
Das alte Lied, doch ewig neu.

XX

Er liebte, ach, wie heutzutage,
Kein einz'ger mehr in Lieb' entflammt,
Und wie vom Los zur Liebesplage
Nur der Poet ist noch verdammt:
In steter Sehnsucht, steter Trauer,
In ewig gleichem Wonneschauer,
In ungemindert heißem Brand!
Kein Aufenthalt in fremdem Land,
Kein hold Getändel mit den Musen,
Nicht Studium, nicht Trennungszeit,
Nicht Freundschaft noch Geselligkeit
Noch andrer schöner Mädchen Busen –
Nichts hatte je das Band, gesprengt,
Den Trieb des Herzens abgelenkt.

XXI

Er hatte früh schon aus der Ferne
Sich an Klein-Olgas Reiz erbaut
Und unschuldsvoll, ein Knabe, gerne
Dem Spiel der Kleinen zugeschaut,

Es oft im Garten selbst geleitet
Und so die Neigung vorbereitet,
Bis hier Mama und dort Papa
Im Geist das künft'ge Pärchen sah.
Auf diesem stillen Erdenfleckchen
War sie erblüht zu keuscher Pracht,
Von Elternaugen treu bewacht,
Wie ein verborgnes Maienglöckchen,
Im Grün versteckt, das holde Ding,
Vor Bienchen wie vor Schmetterling.

XXII

Sie schenkte ihm zu stiller Feier
Den ersten Traum der Seligkeit;
Der erste Seufzer seiner Leier
War ihrem süßen Bild geweiht.
Ade, ihr goldnen Jugendspiele!
Nun zog es ihn zur Waldeskühle,
Wo Einsamkeit und Schweigen wohnt,
Zur dunklen Nacht, zu Stern und Mond,
Dem guten Mond, der Himmelsleuchte,
Die uns auf jungem Liebespfad
So oft ein treuer Kamerad,
So oft ein Trost in Tränen deuchte ...
Und die man später nur noch kennt,
Wenn sonstwo kein Laternchen brennt.

XXIII

Stets artig, folgsam, sanft, bescheiden,
Stets heiter wie das Morgenrot,
Unschuldig wie des Dichters Freuden,
Gleich einem Kuß, den Liebe bot,
Die Augen blau, die blonden Zöpfchen,
Der Gang, der Wuchs, das feine Köpfchen,
Dies alles zwang in Olgas Bann.
Jedoch in jedem Schundroman –
Man liest ihn wohl in Mußestunden –
Wird euch ihr Konterfei beschert.

Ich selber hab' es einst verehrt,
Doch später recht banal gefunden.
Drum laßt uns, ohne umzusehn,
Zur ältren Schwester übergehn.

XXIV

Sie hieß Tatjana ... Solcherweise
Bin ich's zuerst, der unverzagt
Euch diesen Namen niedrer Kreise
Gar im Roman zu bieten wagt.
Warum auch nicht? Er klingt poetisch,
Obschon, ich weiß es, zart ästhetisch
Geschulten Ohren sehr trivial,
Vulgär. Nun, in der Namenwahl
(Von unsern Versen ganz zu schweigen)
Vermögen wir trotz Bildungslack,
Wir alle, weder viel Geschmack
Noch eben viel Kultur zu zeigen;
Uns blieb vom Segen höhern Lichts
Nur Affektiertheit – weiter nichts.

XXV

Kurzum: Tatjana hieß sie eben.
Mit jener frischen Wangenpracht,
Der Schönheit und dem quicken Leben
Der Schwester war sie nicht bedacht.
Schwermütig, wortkarg, ernst und eigen,
Scheu wie ein Reh im Waldesschweigen,
Erschien sie im Familienkreis
Wie ein verpflanztes, fremdes Reis.
Den Eltern zärtlich anzuhängen
Verstand sie nicht; als Kind sogar
Vermied sie schon, sich in die Schar
Der Spielgenossen einzumengen,
Und hockte lieber ganz allein
Am Fenster, um für sich zu sein.

XXVI

Solch stundenlanges Träumespinnen,
Von Kindheit auf ihr liebster Hang,
Verklärte ihren weichen Sinnen
Den dörflich stillen Alltagsgang.
Zum Nähen wie zu Handarbeiten
Gelang es nicht sie anzuleiten,
Dergleichen häuslich frohe Pflicht
Geriet den zarten Händchen nicht.
Den Trieb zum Herrschen offenbaren
Sonst Mädchen zeitig: schon das Kind
Erzieht sein Püppchen, lernt geschwind
Die spätre Kunst in jungen Jahren
Und wiederholt mit strengem Ton
Dem kleinen Balg Mamas Lektion.

XXVII

Doch selbst in diesen Kindestagen
Ließ Tanja derlei Spielzeug ruhn,
Sie mochte nie die Püppchen tragen,
Mit ihnen schwatzen, zärtlich tun,
Auch nichts von Kinderspäßen hören.
Allein bei schönen Schauermären
Am warmen Herd zur Winterzeit
Ward ihr das Herzchen wohlig weit.
Selbst wenn die Amme Spielgenossen
Zum Fangball auf die Wiese rief
Und Olga fröhlich sprang und lief,
Tat sie nicht mit und schien verdrossen,
Weil Lust und Lärm der kleinen Schar
Dem ernsten Kind zuwider war.

XXVIII

Vor Tagesanbruch stand sie gerne
Schon am Balkon, vom Schlaf erfrischt,
Wenn nach und nach der Chor der Sterne
Am bleichen Horizont verlischt,

Die fernen Hügel rot zerfließen,
Frühwinde sanft den Morgen grüßen
Und dann im Glanz der Tag erwacht.
Im Winter selbst, wenn tiefe Nacht
Noch hüben in den Tälern schlummert
Und drüben blaß und still der Mond
Auf dunklen Wolkenschleiern thront,
Der graue Osten träge schlummert –
War sie gewohnt bei Kerzenschein
Schon zeitig aus dem Bett zu sein.

XXIX

Dem stillen jungen Mädchen galten
Romane längst als höchste Lust;
Rousseaus und Richardsons Gestalten
Belebten ihre Schwärmerbrust.
Ihr Vater, der als komisch trister,
Beschränkter Kauz und Hausphilister
Nie Bücher las, deshalb den Kram
Für harmlos leichten Plunder nahm,
Versäumte, weil er nichts entdeckte,
Beizeiten auf der Hut zu sein,
Welch Schmöker seinem Töchterlein
Nachtsüber unterm Kissen steckte;
Obzwar ja doch Mama sogar
Durch Richardson ganz närrisch war.

XXX

Die hielt auf ihn so große Stücke,
Nicht weil sie selbst ihn etwa las,
Und Lovelace, diesen Schuft voll Tücke,
Mit Grandison, dem Edlen, maß;
Nein, bloß weil einstmals die Kusine
In Moskau, die Komteß Pauline,
Von beiden gar so oft erzählt.
Da war sie selbst noch unvermählt,
Verlobt zwar, aber glomm in Schmerzen
Für einen andern jungen Mann,

Der ihre Neigung rasch gewann,
Ein Grandison nach ihrem Herzen,
Ein Spieler, dabei sehr galant,
Ein Geck und Gardeleutenant.

XXXI

Sie trug sich, wie dies Wunderwesen,
Stets ganz modern und höchst geziert,
Ward aber ohne Federlesen
Doch mit dem ersten kopuliert.
Der fuhr in wohlerwogner Eile,
Damit ihr wundes Herzchen heile,
Mit ihr davon aufs stille Gut.
Dort kam zunächst die Tränenflut,
Sie sträubte sich und schrie und stöhnte,
Bis allgemach nach Zwist und Zank,
Beschwichtigt durch den Wirtschaftsgang,
Ihr Trotz sich friedsam eingewöhnte.
Hat Gott doch dem, der Glück entbehrt,
Gewohnheit als Ersatz beschert.

XXXII

Sie half den Kummer überwinden,
Der andern Balsam von sich wies,
Und lehrte bald ein Mittel finden,
Das jeden Schmerz vergessen ließ:
Und zwar die Kunst, durch feine Schlingen
Den Gatten unters Joch zu zwingen,
Um selbst das Räderwerk zu drehn.
Und gleich ging alles wunderschön:
Sie zankte mit den Ackerleuten,
Schor Köpfe, salzte Pilze ein,
Nahm alles selbst in Augenschein,
Ließ samstags sich ihr Bad bereiten,
Ohrfeigte ab und zu die Magd
Und ließ den Gatten ungefragt.

XXXIII

Wenn vormals sie den Schwarm nur kannte,
Mit Blut ins Album Verse schrieb,
Das Bäschen süß "Pauline" nannte,
Die Stimme bis zum Flöten trieb,
Die Taille ganz unglaublich schnürte
Und unser N, das ungezierte,
Französisch durch die Nase sprach –
Ließ jetzt solch Unfug gründlich nach:
Korsett und Album nebst "Pauline",
Das Näseln, das Gebildettun
Ward abgetan, sie rief auch nun
Kurzweg Akulka statt "Seline"
Und trug zu guter Letzt im Haus
Nur Haube noch und Watteflaus.

XXXIV

Ihr Mann, gewohnt, sich still zu schicken,
Stets sanft und liebreich im Verstehn,
Vertraute ihr in allen Stücken
Und ließ sich nur im Schlafrock sehn.
Sein Tag verfloß in Ruh' und Frieden,
Und kamen abends, froh beschieden,
Die Nachbarn zum Besuch kutschiert,
Dann ward gemütlich diskutiert,
Der liebe Nächste vorgenommen,
Ein heitres Späßchen laut belacht
Und prächtig so die Zeit verbracht,
Bis Olga mit dem Tee gekommen,
Hernach geschmaust, die Uhr befragt
Und schließlich gute Nacht gesagt.

XXXV

Sie hielten sich im schlichten Rahmen
Altbiedrer Art behaglich frisch;
Stets in der Fastnachtwoche kamen
Die fetten Plinsen auf den Tisch,

Und zweimal jährlich ging man beichten.
Der Mummenschanz und Christmarkt reichten
Zu ihrer Kurzweil völlig aus.
Am Pfingsttag, wenn im Gotteshaus
Die Bauern gähnend Messe hören,
Vergossen sie so rührsam nett
Paar Tränchen auf ihr Pfingstbukett.
Bei Tisch kam stets der Kwaß zu Ehren,
Und Gästen ward, wie sich's gebührt,
Genau nach Stand und Rang serviert.

XXXVI

So kamen beide in die Jahre,
Bis eines Tags der Alte starb
Und, friedlich schlummernd auf der Bahre,
Sich einen neuen Kranz erwarb.
Er starb ein Stündchen vor dem Essen,
Von allen Nachbarn unvergessen
Und Weib und Kindern laut beweint,
Als treue Seele, niemand feind.
Er war als Herr so sanft und gnädig,
Und über seinem Totenschrein
Verkündet ein Gedächtnisstein:
"Hier ruht in Gott, der Sünden ledig,
Erlöst von aller Erdenqual,
Herr Dmitri Larin, General."

XXXVII

Alsbald, nachdem er heimgekommen,
Trat Lenski vor die stille Gruft,
Die teure Ruhstatt dieses Frommen,
Und machte sich in Seufzern Luft,
War sturmbewegt und weinte lange.
"Poor Yorick!" sprach er wehmutsbange:
"Auf seinen Armen trug er mich;
Ließ oft das Knäblein väterlich
Mit seinen blanken Orden spielen;
Er hatte Olga mir geweiht,

Er sprach: ›Erleb' ich noch die Zeit?‹"
Und übermannt von Schmerzgefühlen,
Schrieb Lenski mit erhabnem Sinn
Ein Verschen auf den Grabstein hin,

XXXVIII

Um gleichen Ortes unter Zähren
Auch seiner Eltern Trauermal
Mit einem ernsten Spruch zu ehren ...
Ach, hier im bunten Erdental
Ist kurz Erblühn und schnell Erkalten
Nach unerforschtem Schicksalswalten
Das Erbteil aller Kreatur,
Und eine folgt der andern Spur ...
So sprießt in kurzen Erdentagen
Die Menschensaat und welkt hinab,
Zu ihrer Ahnen dunklem Grab.
Auch uns wird bald die Stunde schlagen,
Da unsern Leib, wie's Gott so lenkt,
Der Enkel in die Grube senkt!

XXXIX

Drum, Freunde, schlürft in vollen Zügen
Des Lebens kurzbemeßne Lust!
Ich freilich kenne seine Lügen,
Bin mir der Täuschung kühl bewußt
Und mag den Irrwahn nicht mehr teilen.
Ein leiser Wunsch nur quält zuweilen
Mein Herz mit ungewisser Pein:
Ich möchte nicht verurteilt sein,
Ganz spurlos aus der Welt zu scheiden;
Begehre keinen eitlen Ruhm –
Nur soll mein Erdenpilgertum
Sich noch in solchen Schimmer kleiden,
Daß freundlich, wenn auch matt beschwingt,
Ein Schall doch von mir Kunde bringt,

XL

Um da und dort ein Herz zu rühren;
Daß, vom Geschick bewahrt, fortan
Mein Lied im Strom sich nicht verlieren,
In Lethes Nacht versinken kann;
Ja, daß vielleicht (o schönstes Hoffen!)
Einst noch der dümmste Narr betroffen
Vor meinem Bilde stille steht
Und staunend ausruft: "Welch Poet!"
Dir aber sag' ich treuverbunden,
O Freund der Musen, wärmsten Dank,
Wenn mein bescheidner, flücht'ger Sang
In deiner Brust Asyl gefunden
Und gönnerhaft dein Finger rührt
Den Lorbeer, der das Haupt mir ziert.

DRITTES BUCH

Elle était fille, elle était amoureuse.
Malfilâtre

I

"Schon fort? Ein Kreuz mit euch Poeten!" –
"Leb wohl, Onegin, höchste Zeit!" –
"Schön, schön, ich will dich nicht verspäten;
Doch wohin eilst du? Gib Bescheid." –
"Zu Larins." – "Hm ... Gesteh mal ehrlich:
Ist's auf die Dauer nicht beschwerlich,
Dies Hocken in Familie, sprich?" –
"Durchaus nicht." – "Traun, das wundert mich;
Man malt sich solche Dorfgeschichte –
So ist's doch? – schon von weitem aus:
Ein russisch-philiströses Haus,
Sehr gastfrei, eingemachte Früchte,
Nebst ewig gleichem Redeschwall
Von Wetter, Flachs und Rinderstall ..." –

II

"Das läßt sich immer noch ertragen." –
"Man stirbt vor Langerweile, Freund." –
"Dir mag die große Welt behagen,
Mich lockt ein Heim, wo traut vereint
Zwei Herzen ..." – "Himmelst du schon wieder?
Freund, bitte, keine Schäferlieder!
Du fährst nun, schade. Noch ein Wort:
Hör, Lenski, könnt' ich wohl mal dort
Die Phyllis sehn, die all dein Dichten
Begeistert, stets im Traum dir nah,
Und Harm und Schwarm et cetera? ...
Stell mich doch vor." – "Du scherzt." – "Mitnichten!" –
"Dann gern." – "Wann also?" – "Gleich, steig ein,
Wir werden sehr willkommen sein." –

III

"Wohlan!" – Sie fahren los, gelangen
Ans Ziel und sehn sich allbereit
Behaglich-würdevoll empfangen
Mit umstandsreicher Gastlichkeit.
Hier ist die alte Zeit zu spüren:
Auf kleinen Tellern Konfitüren,
Gastfreundlich wird herangeschafft
In hohem Kruge Beerensaft.
....
....
....
....
....
....

IV

Der Abend kommt, die Freunde scheiden
Und kutschen heim bei Dämmerlicht.
Nun laßt uns hören, was die beiden
Zu reden haben. Lenski spricht:
"Du gähnst, Onegin?" – "Laß das Fragen,
Gewohnheit, Freund, hat nichts zu sagen." –
"Doch mehr als sonst." – "Ach was, egal!
Wie schnell es dunkelt, schau doch mal!
Andrjuschka, zugefahren! Scheußlich,
Dies öde Feld ... Na, tut mir leid:
Mama wirkt etwas bäurisch breit,
Scheint aber sonst ganz brav und häuslich ...
Daß der verdammte Beerensaft
Mir nur keine Beschwerden schafft!

V

Hm ja, die Töchter ... wer von beiden
War Tanja?" – "Jene, die so trüb
Und schweigsam, wie um uns zu meiden,
Ans Fenster trat und abseits blieb." –

"Dich reizt die Jüngre?" – "Ja – weswegen?" –
"Mir wär' an jener mehr gelegen,
Wär' ich, wie du, apollbeseelt:
Den Augen deiner Olga fehlt,
Gleichwie van Dycks Madonnen, Leben;
Ihr Rosenlärvchen, prallgesund,
Gleicht dort dem Mond, der dumm und rund
Sich anschickt, uns Geleit zu geben."
Wladimir wich der Antwort aus
Und schwieg verdrossen bis nach Haus.

VI

Bei Larins hatte mittlerweile
Eugens Besuch sehr vorteilhaft
Und tief gewirkt. Mit Windeseile
Drang dies Gerücht zur Nachbarschaft:
Die Neuigkeit ward flugs verbreitet,
Es ward geklatscht, geraunt, gedeutet,
Und man verriet sich mitteilsam
Tatjanens künft'gen Bräutigam.
Ja, ganz Erfahrne wollten wissen,
Die Heirat sei perfekt, jedoch
Verschoben, denn man habe noch
Um neue Ringe schreiben müssen.
Daß Olga Lenski zugedacht,
Galt allen längst als ausgemacht.

VII

Tatjana nahm Geschwätz und Fragen
Unwillig auf, doch insgeheim
Empfand sie leises Wohlbehagen –
Unmerklich wuchs der Neigung Keim;
Bis endlich, was den Blick noch trübte,
Der klaren Sonne wich: sie liebte ...
So aus dem Schoß der Erde sprießt
Die Saat, sobald der Frühling grüßt.
Längst trieb ein scheues Glücksverlangen
Sie ruhelos durch Qual und Lust,

Längst sehnte sich die junge Brust
Aus tiefem Wirrsal, stetem Bangen
In keuschen Wonnen aufzugehn:
Das Seelchen suchte – irgendwen

VIII

Und harrte ... Endlich kam der Rechte.
"Der ist es!" rief ihr Herz befreit.
Ach, nun ist alles, Tag und Nächte,
Der stille Traum der Einsamkeit
Von ihm erfüllt, und all ihr Denken,
Ihr Hoffen, Fühlen, Sichversenken
Gilt einzig ihm! Sie weicht im Haus
Dem heitren Wort der Ihren aus,
Entzieht sich treubesorgten Fragen.
Sie wandelt wie verstört umher
Und kann nun kaum die Gäste mehr
Mit ihrem Alltagsklatsch ertragen,
Die stets im Kommen so geschwind
Und zum Verzweifeln seßhaft sind.

IX

Wie jetzt Romane sie beglücken,
Wie eifrig sie nun liest und liest,
Mit immer steigendem Entzücken
Der holden Täuschung Reiz genießt!
Der Phantasie geschäftig Walten
Haucht Leben in die Traumgestalten,
Der Freund der Julia Volmar,
Malek-Adhel und de Linar
Und Werther, dieses Herz in Flammen,
Selbst Grandison in seiner Pracht
(Der mich gewöhnlich schläfern macht),
Sie fließen all in eins zusammen,
In eines einz'gen herrlich Bild:
Eugen, dem ihre Sehnsucht gilt.

X

Sie malt sich aus, die Heroine
Der Lieblingsdichtungen zu sein,
Clarissa, Julia, Delphine;
Durchstreift mit ihrem Buch allein
Den stillen Wald, um dort zu träumen;
Was sie bekümmert, im geheimen
Ihr Herz beseligt, Harm und Glück,
Es spiegelt ihr das Buch zurück.
Und während sie mit allen Sinnen
Bei fremdem Leid und fremder Lust,
Beginnt ihr Geist, halb unbewußt,
An ihn ein Briefchen auszuspinnen ...
Allein, was sonst mein Held auch war –
Ein Grandison doch nimmerdar.

XI

Ein idealisch reiner Schimmer
Umfloß den Dichter alter Zeit:
Er malte seinen Helden immer
Als Muster der Vollkommenheit.
Der Liebling mußte tausend Plagen,
Verfolgung, Haß und Pein ertragen,
War stets an Geist ein Phänomen,
Gefühlvoll und bezaubernd schön.
Im Vollbesitz solch reicher Mittel
Vergießt er, groß an Opfermut,
In stetem Kampf sein edles Blut,
Bis endlich dann im Schlußkapitel
Das schwarze Laster unterliegt
Und, Gott sei Dank, die Tugend siegt.

XII

Doch heut ist unser Sinn umnebelt,
Moral ein überwundner Wahn;
Das Laster, früher fest geknebelt,
Nun triumphiert es im Roman.

Was Englands Musen wild gebären,
Kommt dräuend, unsern Schlaf zu stören:
Der jüngste Backfisch sieht zumal
Im Vampir heut sein Ideal,
In allen Köpfen spukt's gigantisch
Vom ew'gen Juden, vom Korsar,
Vom düstren Melmoth, vom Sbogar.
Lord Byron kam uns hochromantisch
Und hob, der Willkür Ebenbild,
Den Egoismus auf den Schild.

XIII

Wohin, o Freunde, soll das führen?
Kann sein, daß bald ein Gott mich zwingt,
Mein Ränzel als Poet zu schnüren
Und, ob auch Phöbus zürnend winkt
(Ein neuer Dämon wird mich lenken),
Zur schlichten Prosa abzuschwenken.
Dann kehr' ich friedlich im Roman
Zurück zur alten, biedren Bahn,
Und werde keine Spukgeschichten
Von schwarzen Sündern, Gift und Blut,
Nein, nur was harmlos, brav und gut
Am stillen Herd sich spinnt, berichten:
Getreue Lieb' und Herzeleid
Und alte, fromme Redlichkeit;

XIV

Ich bring' vergeßne schlichte Worte,
Vom Vater und vom Ohm gehört,
Erzähl', wie an verborgnem Orte
Sich traf das Pärchen ungestört,
Und führ' es sacht durch Kuß und Freuden,
Durch Eifersucht und Harm und Leiden
Zum frohen Ende Hand in Hand
Beseligt in den Ehestand ...
Und schwelge wieder in den süßen,
Glutvollen Worten, wunderbar,

An denen ich so reich einst war,
Da ich, ein Jüngling noch, zu Füßen
Des heißgeliebten Mädchens saß,
Und die ich, ach, so lang vergaß.

XV

Tatjana, holdes, teures Wesen!
Nun wein' ich mit dir, weil du blind
An den Tyrannen, ach, den bösen,
Dein Schicksal hingabst, armes Kind!
Du gehst zugrunde, liebe Kleine,
Und wirst zuvor dich noch im Scheine
Trügrischer Hoffnung süß ergehn,
Des Lebens Wonnen vor dir sehn,
Den Giftkelch des Verlangens trinken,
In Träumen schweben für und für,
Und allerorten werden dir
Verstecke sel'gen Kosens winken;
Wohin auch deine Schritte fliehn,
Wird dein Versucher mit dir ziehn.

XVI

Nun ist's um Tanjas Ruh' geschehen;
Sie irrt im Garten trüb umher
Und bangt und seufzt, bleibt sinnend stehen,
Starrt vor sich hin und atmet schwer:
Ihr Busen wogt, die Wangen flammen,
Der Kummer preßt ihr Herz zusammen,
Es rauscht und hämmert ihr im Ohr,
Den Blick verhüllt ein Tränenflor ...
Schon breitet Nacht die dunklen Schwingen;
Von droben schaut mit mildem Schein
Der Mond herab; im Fliederhain
Beginnt die Nachtigall zu singen.
Nur Tanja findet keine Ruh'
Und flüstert ihrer Amme zu:

XVII

"Wie schwül ... kein Schlummer will mir kommen!
Das Fenster auf – mich drückt's so schwer." –
"Was ist dir, Schatz?" – "Nichts – nur beklommen;
Erzähl mir etwas, setz dich her." –
"Ja, was denn, Kind? In Jüngern Tagen,
Da freilich wußt' ich viele Sagen
Aus alten Zeiten, wunderschön,
Von bösen Geistern, guten Feen;
Doch jetzt ist's alle, ich behalte
Rein gar nichts mehr, der Kopf wird dumm,
Die bessern Jährchen sind herum,
Es geht bergab ..." – "Ach, gute Alte,
Besinn dich, was es sonst noch gibt –
Sag, warst du selber mal verliebt?"

XVIII

"Ei Kind! Man hat in unsern Jahren
Nicht erst nach Liebe viel gefragt;
Sonst hätte, wenn sie das erfahren,
Mich auch die Schwieger schön geplagt." –
"Wie wurdest du denn Braut?" – "Ach, Tanja,
Das kam, wie's Gott so fügt. Mein Wanja
War jünger noch als ich, das Ding
Von dreizehn Jahr. Die Muhme ging
Zwei Wochen lang bei beiden Teilen
Mit Werbung um; zuletzt in Ruh'
Gab Vater seinen Segen zu,
Und ich bekam vor Schreck das Heulen.
Mit Tränen löste man mein Haar,
Und mit Gesang ging's zum Altar.

XIX

So lernt' ich denn die Fremde kennen ...
Ja, hast du denn auch zugehört?" –
"Ach, Amme, meine Schläfen brennen,
Und diese Angst, die mich verzehrt –

Ich könnte weinen ohne Ende! ..." –
"Kind, du bist krank, so heiße Hände –
Allmächt'ger Gott, erbarme dich!
Schnell, schnell, was soll ich holen, sprich ...
Weihwasser wird das Fieber stillen;
Du glühst, bist krank ..." – "Nicht krank – betrübt;
Ach, Amme ... hör ... ich bin verliebt." –
"Gott steh dir bei, um Christi willen!"
Die Alte hebt, vor Schreck gebannt,
Bekreuzigend die greise Hand.

XX

"Ich liebe ...", seufzt Tatjana wieder
Und birgt ihr fiebernd Angesicht.
"O Kind, du leidest, leg dich nieder." –
"Ich liebe – laß mich, stör mich nicht."
Und still und stiller wird's im Zimmer ...
Der Mond läßt seinen sanften Schimmer
Um Tanjas aufgelöstes Haar,
Ihr kummerbleiches Wangenpaar,
Um ihre feuchten Wimpern fließen
Und um die alte, schlichte Frau
In Wams und Häubchen, müd und grau,
Auf niedrem Schemel ihr zu Füßen;
Sein Zauber webt im stillen Raum,
Und alles schweigt und ruht im Traum.

XXI

Und sinnend schaut die Sehnsuchtkranke
Zum Vollmond auf – ihr ist so weh ...
Da kommt ihr plötzlich ein Gedanke:
"Ich will allein sein, Amme, geh.
Erst Feder noch und Tinte, schiebe
Das Tischchen her ... und nun, du Liebe,
Gut Nacht, schlaf wohl." Sie ist allein.
Das Haupt gestützt, vom Mondenschein
Beleuchtet, schreibt sie, schreibt mit Schmerzen,
Im Geist bei *seinem* teuren Bild,

Und was die krausen Zeilen füllt,
Es strömt aus keuschem Mädchenherzen.
Sie ist am Schluß; nun seufzt sie tief ...
Tatjana, sprich! wem gilt der Brief?

XXII

Ich kannte schöne Weiblichkeiten,
Keusch, unerbittlich, kalt wie Eis,
Unangreifbar, nicht auszudeuten,
Durch nichts gerührt, um keinen Preis.
Bewundernd sah ich ihre Jugend,
Die makellose, strenge Tugend
Und – lief entsetzt von ihnen fort;
Mir schien, als ob das Höllenwort
Auf ihrer Stirn geschrieben stünde:
"Laß alle Hoffnung weit zurück."
Abstoßend sein heißt ihnen – Glück,
Und Herzen an sich ziehen – Sünde.
Vielleicht sind euch am Newastrand
Solch edler Damen mehr bekannt.

XXIII

Ich sah noch andre stolze Schönen,
Umringt von der Trabanten Schar,
An deren Hochmut Liebessehnen
Und Schmeichelei vergeudet war.
Doch was bemerkt' ich mit Erstaunen?
Erst wiesen sie durch spröde Launen
Den brünst'gen Sklaven rauh zurück,
Um hinterher mit süßem Blick
Das Närrchen wieder anzulocken;
Zumal im Klang der Worte schien
So täuschend echte Gunst zu glühn,
Daß jener, eben noch erschrocken,
Aufs neu vertrauensvoll naiv
Nach seinem holden Irrlicht lief.

XXIV

Ist Tanjas Schuld nun wirklich schlimmer?
Wenn sie, des klaren Blicks beraubt,
Umgaukelt von der Täuschung Schimmer,
An goldne Ideale glaubt?
Wenn sie, beseelt von reinem Triebe,
In ungekünstelt echter Liebe
Sich hingibt dem erträumten Ziel?
Weil Gott ihr Sinnen, ihr Gefühl
Zur Zärtlichkeit, zur Güte lenkte,
Sie mit Verstand und Willenskraft,
Beglückend warmer Leidenschaft
Und einem starken Herz beschenkte?
Soll, was die Unschuld gläubig rein
Zur Irrung führte, Sünde sein?

XXV

Kokette Mädchen ziehen Schranken,
Tatjana liebt naiv und blind
Und überläßt sich ohne Wanken
Der Neigung, wie ein holdes Kind.
Sie sagt nicht: hübsch behutsam, leise,
Das steigert unsre Gunst im Preise,
Fängt auch den Freier sichrer ein;
Erst lassen wir ihn selig sein,
Im Glücksrausch eitler Hoffnung gleiten,
Und stürzen dann sein Herz in Nacht,
Bis Eifersucht ihn rasend macht;
Weil sonst, verwöhnt durch Zärtlichkeiten,
Ein launenhafter junger Mann
Leicht unversehns entwischen kann.

XXVI

Nun kommt mir eins noch ungelegen:
Daß ich Tatjanas Brieferguß
Der nationalen Ehre wegen
Erst förmlich übersetzen muß.

Ihr Russisch konnte wenig gelten,
Journale las sie auch nur selten,
Und schrieb drum, weil sie offenbar,
Des Heimatlauts nicht mächtig war,
Französisch ... Nun, dergleichen Sitten
Sind schuld, wenn unsre Damenwelt
Noch immer nicht für schicklich hält,
Ihr Herz auf russisch auszuschütten:
Die eigne Sprache, stolz und tief,
Ist noch verpönt beim Liebesbrief.

XXVII

Ich weiß, daß man zum Russischlesen
Die Damen drängt. O Unverstand!
Man denke sich ein holdes Wesen,
Den "Wohlgesinnten" in der Hand!
Nein, ihr Poeten sollt mir sagen,
Die ihr in lockren Jugendtagen
Dem Gegenstand der Zärtlichkeit
Manch heimlich süßes Lied geweiht:
War's nicht das reizend ungeschickte,
Halbrussisch-wirre Kunterbunt!
Das, einem roten Mädchenmund
Entsprudelnd, uns so hoch beglückte?
Was fragte unser Herz danach,
Wenn solcher Mund Französisch sprach?

XXVIII

Daß Gott mich bloß davor bewahre,
Auf Bällen mich umringt zu sehn
Von Löckchen, die zum Seminare,
Und Zöpfen, die studieren gehn!
Gleich roten Lippen ohne Lachen,
Sind Mädchen, die nicht Fehler machen
Beim Russischsprechen, mir verhaßt.
Zwar wird ja bald, ich fürcht' es fast,
Ein neuer Nachwuchs junger Schönen,
Vom Pädagogenwitz belehrt

(Und mit poet'scher Kost genährt!)
Uns an korrekten Stil gewöhnen ...
Ich aber – ja, wie sollt' ich auch? –
Ich schwöre auf den alten Brauch.

XXIX

Dies hold verlegne Radebrechen,
Der schalkhaft regellose Bach
Der Worte läßt Erinnerung sprechen,
Ruft alte Wonnen in mir wach.
Drum bleib' ich, sei's auch ungezogen,
Den Gallizismen wohlgewogen,
Wie meinem sünd'gen Lebensmai,
Wie Bogdanowitschs Reimerei.
Doch still – wir haben nachzutragen:
Tatjanens Brief versprech' ich euch;
Ich gab mein Wort zum Pfand, obgleich
Entschlossen fast, mich loszusagen.
Der Ton Parnys liegt uns zu fern;
Gefühlvoll sein ist unmodern.

XXX

Wärst du, schwermüt'ger Freund und Sänger,
Der du die "Feste" schufst, noch hier,
Dann trüg' ich meine Last nicht länger
Und bäte dich, das Briefchen mir
Melodisch zart zu übertragen,
Das Tanja, um ihr Leid zu klagen,
In fremden, wirren Lauten schrieb.
Wo bist du? Hilf mir – dir zulieb
Begeb' ich mich der eignen Rechte ...
Doch fern, im felsig-rauhen Nord
Vereinsamt, taub dem Freundeswort,
Irrt er durch Finnlands stumme Nächte,
Und seine Seele hört es nicht,
Wie bang zu ihr die meine spricht.

XXXI

Hier leg' ich denn mein Kleinod nieder:
Tatjanens lieben, holden Brief.
Ich les' ihn oft – und immer wieder
Bewegt er mich so seltsam tief.
Wer lehrte sie die süßen Worte,
So frei, und doch am rechten Orte,
Wer dieser Sprache schlichte Kraft,
Den Herzenston der Leidenschaft,
So kühn, so rührend überschwenglich?
Ich weiß es nicht – und bringe nur
Statt lebenswarmer Vollnatur
Ein Nachbild, matt und unzulänglich,
Wie wenn ein Stümper, der nicht fühlt,
Den "Freischütz" euch herunterspielt.

Tatjanens Brief an Onegin
"Ich bin so kühn, an Sie zu schreiben –
Ach, braucht es mehr als dies allein?
Nun wird gewiß – was soll mir bleiben? –
Verachtung meine Strafe sein!
Doch wenn, wo Angst und Qual mich treiben,
Ein Fünkchen Mitleid für mich spricht –
O dann verwerfen Sie mich nicht!
Erst wollt' ich schweigen, hätte nimmer,
Was nun zu Schmach und Schande ward,
Dem strengen Auge offenbart,
Ach, bliebe nur ein winz'ger Schimmer
Von Hoffnung, Sie von Zeit zu Zeit
In unsrer Abgeschiedenheit
Zu sehn, zu grüßen, im geheimen
Mich ihres klugen Worts zu freun,
Um selig-froh für mich allein
Vom nächsten Wiedersehn zu träumen ...
Doch heißt's, Ihr Stolz vertrüge nicht,
In niedren Hütten einzukehren;
Und wir – sind klein, gering und schlicht,
Nur dankbar, einen Gast zu ehren.

Ach, warum kamen Sie aufs Land,
Wo wir so still verborgen waren?
Ich hätte nimmer Sie gekannt
Und nie solch Herzeleid erfahren.
Ich hätte, klüger mit den Jahren,
Vielleicht ein ander Ziel erstrebt
Und, einem andern treu verbunden,
Ein friedlich Glück bei ihm gefunden
Und frommer Mutterpflicht gelebt.
Ein andrer ... Nein! Es kann auf Erden
Mein Herz sich keinem andern weihn!
So ließ des Schöpfers Hand mich werden,
So will's der Himmel: ich bin Dein.
Dich zu gewinnen, war mein Leben
Ein einzig' Pfand nur, fort und fort;
Gott selber hat Dich mir gegeben,
Bis an das Grab bist Du mein Hort ...
Du warst's, der mich im Traum beglückte,
Längst liebt' ich Dich, eh' ich Dich sah;
Dein Antlitz strahlte mir so nah,
Und Deiner Stimme Klang entzückte
Mich längst ... Das war kein Traum, o nein!
Sowie Du eintratst, gleich erkannte
Mein Herz Dich wieder, jauchzte, brannte
Und rief: er ist's, er muß es sein!
War's nicht Dein Hauch, der mich umwehte,
Mir zusprach, wenn ich einsam stand,
Wenn ich der bittren Armut Nöte
Zu lindern ging, wenn im Gebete
Die bange Seele Tröstung fand?
War's nicht Dein Bildnis, glanzumwoben,
Das nächtlich dann vom Himmel droben
Herabglitt in mein Schlafgemach,
Sich flüsternd an mein Kissen schmiegte
Und mich mit süßen Worten wiegte,
Aus denen sel'ge Hoffnung sprach?
O komm und löse meine Zweifel:
Wer bist Du, Engel oder Teufel,
Versucher oder Schutz und Freund?
Ach, wenn nun Träume nur mich narren,

Mein töricht' Herz vergeblich weint,
Und andre Lose meiner harren ...?
Gleichviel! Es ruht ja mein Geschick
Von nun an doch in Deinen Händen,
Dich sucht mein tränenfeuchter Blick,
Nur Du vermagst mir Trost zu spenden ...
O sieh: hier steh' ich ganz allein,
Niemand versteht mich, unbeachtet
Verwelkt mein Herz, mein Geist verschmachtet,
Ich muß vergehn in stummer Pein.
O komm: der Seele banges Hoffen
Belebt ein einz'ger Blick von Dir;
Wenn anders – dann zernichte mir
Dies Wahngebilde hart und offen!

Ich schließe! Wie mich Wort um Wort
Schon reut – ich fühle Scham und Grauen ...
Doch Ihre Ehre sei mein Hort:
Ihr will ich frei mich anvertrauen ..."

XXXII

Nun holt sie Atem, tief erschüttert,
Und bebt und seufzt aus Herzensgrund;
Die ros'ge Briefoblate zittert
An ihrem fieberheißen Mund.
Sie neigt das Haupt in bangem Sinnen
Und merkt kaum, daß das zarte Linnen
Von ihrer weißen Schulter glitt ...
Schon naht des Morgens leiser Schritt:
Der Mond verblaßte, Nebel wallen,
Aus lichten Schleiern grüßt das Tal;
Vom Fluß her blitzt ein Silberstrahl;
Man hört das Horn des Hirten schallen;
Es tagt – das Dorf ist längst erwacht:
Tatjana hat auf gar nichts acht,

XXXIII

Bleibt von der Morgenröte Schimmer
Wie unberührt, sitzt stumm gebückt
Und hat das Petschaft auch noch immer
Dem kleinen Brief nicht aufgedrückt.
Da knarrt die Tür: behutsam leise
Erscheint Filipjewna, die greise,
Und bringt den Morgentee herein.
"Wach auf, wach auf, mein Töchterlein!
Ei, sieh doch, munter schon? Willkommen,
Du kleine Frühaufsteherin!
Du bist gesund, wie froh ich bin!
Gottlob, mir ist die Angst genommen,
Das böse Fieber ist entflohn,
Die Wänglein frisch wie roter Mohn!"

XXXIV

"Ach, Amme, tu mir eine Liebe ..." –
"Gern, gern, mein Schatz." – "Versprich mir noch:
Denk ja nicht ... wirklich ... ich betriebe ...
Glaub mir ... indes ... o tu es doch!" –
"Kind, was es sei, ich will's erfüllen." –
"Schick deinen Enkel denn im stillen
Mit diesem Brief zu O ... nun ja,
Zum Nachbarn ... Sag, er soll mir da
Kein Wort verraten, mich nicht nennen,
Soll unbedingt verschwiegen sein." –
"Schön, doch zu wem, mein Töchterlein?
Ich weiß mich da nicht auszukennen.
Dazu ist mein Verstand zu dumm –
Es gibt viel Nachbarn hier herum." –

XXXV

"Ach, Amme, kannst du denn nicht fassen?" –
"Geliebtes Kind, bin schon so alt,
Da will der Kopf zu nichts mehr passen;
Ja, früher, da verstand ich bald:

Die Herrschaft durfte bloß befehlen ..." –
"Ach, Amme, nur nicht lang erzählen,
Was braucht es denn viel Kopf dafür?
Du siehst ja doch, dies Briefchen hier
Soll zu Onegin." – "Ah, nun eben.
Sei drum nicht bös, du weißt ja, Kind,
Wie täppisch alte Leute sind ...
Doch wie du blaß wirst, süßes Leben!" –
"Belanglos! Sorg dich nicht um mich;
Nur schnell den Boten, spute dich."

XXXVI

Doch keine Antwort, nichts ... So scheidet
Der Tag; am nächsten – wieder nichts!
Seit frühem Morgen angekleidet,
Harrt Tanja bleichen Angesichts.
Wladimir kommt am Nachmittage;
Mama empfängt ihn mit der Frage:
"Wo steckt denn eigentlich Ihr Freund?
Der Herr vergaß uns, wie mir scheint."
Tatjana fühlt ihr Herz erkalten ...
"Er sagte mir, er käme heut",
Entgegnet Lenski ihr zerstreut,
"Vielleicht hat Post ihn aufgehalten."
Erschrocken schaut Tatjana fort:
Ihr klingt's wie Vorwurf aus dem Wort.

XXXVII

Schon dämmert's; drinnen summt beschaulich
Der Samowar sein Abendlied;
Im bunten Teetopf brodelt's traulich,
Und weißer Dampf zischt auf und sprüht.
Der duftig-goldne Trank, bereitet
Von Olgas Händen, quillt und gleitet
In blanke Tassen; nebenbei
Gibt's süßen Rahm und Näscherei.
Tatjana bleibt am Fenster sitzen,
Haucht stumm die kalten Scheiben an

Und sinnt und seufzt und zeichnet dann
Mit ihren zarten Fingerspitzen
Aufs trübe Glas in ernstem Weh
Die teuren Chiffren *O* und *E*.

XXXVIII

Und härmt sich; ihre Augen schwimmen,
Ihr ist die Brust wie zugeschnürt.
Horch: Hufschlag ... nah und näher ... Stimmen ...
Ihr Herz erstarrt: dort galoppiert
Onegin auf den Hof! Sie flüchtet
Blind fort durch Haus und Diele, richtet
Zur Gartentür in Hast den Lauf,
Rennt, rennt und schaut vor Angst kaum auf,
Springt über Beete, Rasen, Steige,
Läuft durch den Lindengang zum Hain,
Am Weiher hin, zertritt am Rain
Die Blumen, knickt die Fliederzweige,
Flieht atemlos den Bach entlang –
Und sinkt erschöpft auf eine Bank ...

XXXIX

"Er hier, Eugen!" Sie stöhnt und wimmert;
"Mein Gott, was hat er wohl gedacht!"
Ein letztes Fünkchen Hoffnung schimmert
Durch ihrer Seele trübe Nacht:
Sie bebt und horcht, die Wangen glühen –
Nichts regt sich ... Nur von ferne ziehen
Vertraute Klänge an ihr Ohr:
Dort sang der fleiß'gen Mägde Chor
Beim Beerenpflücken muntre Lieder
(Wie strengstens anbefohlen war,
Damit kein Mäulchen aus der Schar
Sich unterm Strauch so hin und wieder
Am Obst der Herrschaft gütlich tat:
Ja, kluge Gutsherrn wissen Rat!).

Gesang der Mädchen
"Mädchen, frisches junges Blut,
Herzensmädchen, lieb und gut,
Laßt am muntren Spiel uns freun,
Frohen Sinns und lustig sein!
Stimmt ein Liedchen an und singt,
Daß es hell ins Weite klingt.
Und den Burschen jung und schlank
Lockt euch her zu Spiel und Sang.
Merkt er auf und tappt herbei,
Hurtig dann und mit Juchhei
Flieht und lacht und werft dem Tropf
Rote Beeren an den Kopf,
Rote Kirschen über ihn,
Muß der Schelm von dannen ziehn.
Ei, was geht dich losen Mann
Unser frohes Spielchen an?
Troll dich weiter, schau nicht zu,
Laß uns Mädchen fein in Ruh'!"

XL

So klingt ihr heitres Lied herüber.
Tatjana lauscht und zittert, fühlt
Nach Herz und Stirn, ob nicht das Fieber,
Das innen zehrt, sich endlich kühlt,
Das Rot von ihren Wangen schwindet –
Umsonst, nur immer mehr entzündet,
Entflammt sich ihr erregtes Blut,
Und heißer, heißer sengt die Glut.
So zappelt, mit den Flügeln schlagend,
Ein armer, bunter Schmetterling,
Den spielend sich der Knabe fing;
So kauert sich, vor Angst verzagend,
Ein Häschen in die junge Saat,
Wenn drohend ihm der Jäger naht.

XLI

Doch endlich kann sie sich erheben;
Mit einem Seufzer lenkt sie still
Zum Haus zurück. Doch wie sie eben
Den Lindengang betreten will,
Steht plötzlich, wie der Nacht entstiegen,
Gespenstisch groß, mit finstern Zügen
Und Feuerblick, vor ihr – Eugen!
Und starr vor Schrecken bleibt sie stehn.
Doch weil mir heut die Kräfte fehlen
Zu schildern, was für unser Paar
Die Folge der Begegnung war,
Will ich, ermattet vom Erzählen,
Vorerst mal ruhn, "spazierengehn" –
Und irgendwie dann weiter sehn.

VIERTES BUCH

La morale est dans la nature des choses.
Necker

I/II/III/IV/V/VI

....
....
....

VII

Ein Weib wird um so heißer lieben,
Je kühler man sich abseits hält,
Und wird dann leicht ins Netz getrieben,
Das die Verführung ausgestellt.
Der wahren Kunst zu lieben rühmte
Sich einst die schamlos unverblümte
Genußsucht: lüstern und verwöhnt,
Hat nur der Wollust sie gefrönt.
Dies ekle Spiel entsprach den Tücken
Verlebter Affen aus der Zeit
Großväterlicher Herrlichkeit:
Doch roter Absatz und Perücken
Sind längst verstaubt, wie auch der Ruhm
Der Lovelace und ihr Kennertum.

VIII

Bekommt man doch dies Schellenläuten
Und fade Heucheln schließlich satt,
Dies Wichtigtun mit Albernheiten,
Die jeder längst begriffen hat.
Wo nach maskierten Hindernissen
Bedenken erst zerstreut sein müssen,

Die nicht einmal bei einem Kind
Von dreizehn Jahren glaubhaft sind!
Wem wird nicht schlimm bei all den Schwüren,
Dem Schmachten, Trotzen, Jammern, Drohn,
Dem Briefgeschwall, dem Klatsch und Hohn,
Der Tränenflut, dem Spionieren
Von Müttern, Tanten, nebst der Qual
Der Freundschaft mit dem Herrn Gemahl!

IX

So dachte auch Eugen. Im Feuer
Der ersten, frischen Jugendkraft
Verlor er sich in Abenteuer,
Ein Spielball toller Leidenschaft.
Umschmeichelt von des Lebens Wogen,
Hier schnell und flüchtig angezogen,
Dort schnell gesättigt, abgekühlt,
Von Sehnsucht nach Genuß durchwühlt,
Und im Genuß nach Sehnsucht schmachtend;
Ernüchtert zwar vom Rausch der Lust,
Und doch die Warnung seiner Brust
Durch Spott zu übertäuben trachtend –
So zehrte er in wildem Lauf
Acht seiner besten Jahre auf.

X

Jetzt freilich warb er um Sirenen
Nur noch zum Zweck der Tändelei:
Ward ihm ein Korb – gab's andre Schönen,
Der Laufpaß – nun, dann war er frei.
So nüchtern, so ironisch heiter,
Wie er gekommen, ging er weiter,
Von Haß und Liebe kaum berührt.
So etwa setzt, durch nichts geniert,
Ein Abendgast zum Whist sich nieder,
Spielt ruhig seine Karten aus,
Kutschiert nach Schluß getrost nach Haus,
Erfreut durchs Bett die müden Glieder

Und ahnt noch kaum, wenn früh erwacht,
Wo er sein nächstes Spielchen macht.

XI

Doch als er Tanjas Brief gelesen,
War Freund Onegin ernst bewegt,
Von dieses Kindes reinem Wesen
Im tiefsten Innern aufgeregt.
Er sah die kummerbleichen Wangen,
Ihr bittend Auge, florumfangen –
Und fühlte, wie ein süßer Bann
In seiner Seele Macht gewann.
Vielleicht war alte Sinnenliebe
Vorübergehend mit im Spiel –
Doch sträubte sich sein Ehrgefühl
Vor Mißbrauch keuscher Unschuldstriebe.
Nun schnell zum Garten, wo das Paar
Sich unverhofft begegnet war.

XII

In erster Überraschung blieben
Sie beide stumm; dann nahm Eugen
Das Wort: "Sie haben mir geschrieben,
Kein Leugnen macht es ungeschehn.
Ich las der Neigung hold Bekenntnis,
Der reinen Seele zart Geständnis;
Ihr edles Zutraun rührt mich tief.
Was lang vergessen in mir schlief,
Ward aufgeweckt zu neuem Leben.
Doch leeres Schmeicheln liegt mir fern:
Dem offnen Herzen will ich gern
Mit gleichem Freimut Antwort geben.
O hören Sie die Beichte an,
Ihr eigner Spruch entscheide dann.

XIII

Wär' es mein höchster Wunsch auf Erden,
Geborgen sein im Eheglück,
Und hätte Gatte, Vater werden
Mir vorbestimmt ein hold Geschick;
Wenn der Familie süße Bürde
Mich auch nur flüchtig locken würde –
Ich hätte einzig in der Welt
Nur Sie als Braut mir zugesellt.
Ja, ich bekenn' es unumwunden:
In Ihnen hätte meine Wahl
Das einst erträumte Ideal,
Den Halt, den Trost im Leid gefunden;
Der größte Schatz, er wäre mein,
Und ich – ich könnte glücklich sein!

XIV

Doch bin ich nicht dafür geboren,
Nie hat mein Sinn danach begehrt;
Ihr Liebreiz ist für mich verloren,
Der holden Gunst bin ich nicht wert.
O glauben Sie (mein Wort zum Pfande):
Wir trügen schwer am Ehestande.
Wie warm ich auch für Sie gefühlt,
Ich wäre bald doch abgekühlt;
Sie weinen dann – allein durch Tränen
Wird nimmermehr mein Herz erweicht,
Nein, nur verbittert, fortgescheucht.
Dies sind die Rosen dann, die schönen,
Die uns, vielleicht für Lebenszeit,
Gott Hymen auf die Pfade streut!

XV

Was kann's auf Erden Schlimmres geben,
Als Ehen, wo die arme Frau
Sich härmt um ihr verfehltes Leben,
Derweil der Mann, zu Hause rauh,

Gelangweilt, bitter, stumm, verdrossen,
Wiewohl ihr Wert ihm voll erschlossen,
Vor Eifersucht die Augen rollt
Und mürrisch seinem Schicksal grollt!
Derart bin ich. Und Sie, Sie lieben
Solch Wesen, haben rührend schlicht,
In keuscher, reiner Zuversicht,
Ihm, was Ihr Herz bewegt, geschrieben?
Darf solch ein Los voll bittrer Pein
Das Endziel Ihrer Wünsche sein?

XVI

Die Jugend flieht, ihr Wahn entschwindet;
Mein Busen wurde hoffnungsleer ...
Nur wie des Bruders Herz empfindet,
So lieb' ich Sie – vielleicht auch mehr.
Sie dürfen ohne Groll mir glauben:
Wie sich mit neuem Grün belauben
In jedem Lenze Busch und Baum,
So löst im Mädchenherz ein Traum
Den andern ab mit bunten Flügeln.
So war's von je. Auch Ihr Gefühl
Entdeckt sich bald ein neues Ziel ...
Nur lernen Sie Ihr Herz zu zügeln:
Nicht jeder achtet es wie ich –
Wer Schaden fürchtet, hüte sich."

XVII

So klang die Predigt aus. Sie hörte
Mit tränenfeuchtem Angesicht
Verhaltnen Atems zu, doch wehrte
Sie seinen strengen Worten nicht.
Dann bot er ihr den Arm entgegen;
Sie nahm, wie wir zu sagen pflegen,
Mechanisch an; und stumm gebeugt,
Das Köpfchen tief herabgeneigt,
So schlich sie heim mit müden Schritten.
Selbander kamen sie nach Haus,

Und niemand machte Wesen draus:
Das Land hat schöne, freie Sitten,
Die es mit gleichem Recht bewahrt,
Wie Moskau seine Großstadtart.

XVIII

Ihr werdet anerkennen müssen,
Daß unser Held sich ritterlich
Des rücksichtsvollsten Takts beflissen.
Nicht hier bloß, glaubt mir, zeigte sich
Sein Herz von dieser zarten Seite,
Wenn auch die Mißgunst andrer Leute
An ihm kein gutes Härchen ließ.
Bei Freunden (die, wie sich erwies,
Oft mehr zu fürchten) wie bei Feinden
War er gewöhnlich übel dran.
Nun, Feinde hat ja jedermann,
Doch Gott bewahr uns vor den Freunden!
Ich kannte selber ehedem
Von dieser Sippschaft – trau, schau, wem.

XIX

Wieso? Nun so. Doch keine Klagen,
Ich will nicht unnütz bitter sein
Und nur *in Parenthese* sagen:
Es gibt kein Schmähwort, erzgemein,
Von Buben euch zum Schimpf ersonnen
Und von den Schwätzern fortgesponnen,
Kein unverschämtes Spottgedicht,
Kein noch so übles Schandgerücht,
Das nicht der Freund (dazu unendlich
Durch Klatsch vermehrt) höchst wohlgelaunt
Vor euren Gönnern ausposaunt –
In aller Unschuld, selbstverständlich!
Denn sonst liebt euch der Ehrenmann,
Wie nur – Verwandtschaft lieben kann.

XX

Hm, hm! Sind deine Vettern alle,
Geneigter Leser, hübsch gesund?
Dann hörst du auch in diesem Falle
Gewiß sehr gern durch ihren Mund,
Was so *Verwandtschaft* meist bedeute:
Verwandte sind die biedern Leute,
Die man in Herzensüberfluß
Verehren, lieben, hätscheln muß
Und denen man aus reinstem Triebe
Zum Wiegenfeste sehr gerührt
Selbst oder schriftlich gratuliert,
Damit uns ihre Nächstenliebe
(Gott soll sie segnen!) für den Rest
Des Jahres – ungeschoren läßt.

XXI

Da ist man doch bei hübschen Kindern,
Was Liebe angeht, besser dran,
Weil kein Zerwürfnis uns behindern,
Die zarten Rechte schmälern kann.
Gewiß, doch wenn die Moden wandeln,
Die Launen nach Belieben handeln,
Der Eigensinn sein Ziel erreicht –
Ach, Weiberart ist federleicht!
Zudem, weil ehelich verbunden,
Ein keusches Täubchen vorsichtsvoll
Des Gatten Ehre hüten soll.
Ist auf versprochene Schäferstunden
Für uns mitunter kein Verlaß ...
Mit Liebe scherzt ja Satanas.

XXII

Wen also lieben? Wem vertrauen?
Gibt's einen, der verläßlich ist?
Der, ohne rechts und links zu schauen,
Die Welt nach unsrem Zollstock mißt?

Uns hinterm Rücken nicht beleidigt,
Vielmehr herausstreicht, lobt, verteidigt,
Nachsichtig urteilt, wenn man irrt,
Und niemals unausstehlich wird?
Nein, solche Engel, wie beschrieben,
Gibt's nirgendwo; drum geb' ich dir,
Mein hochverehrter Leser, hier
Den klugen Rat: dich selbst zu lieben,
Und dies Objekt wird obendrein
Dir zweifellos das liebste sein!

XXIII

Und jener tränenreichen Stunde
Ergebnis? Ach, ihr ahnt es, hört:
Des armen Kindes Herzenswunde
Brennt heißer nur, Verzweiflung mehrt
Den Aufruhr aller jungen Triebe;
Die stumme Qual verschmähter Liebe
Verdoppelt nur die Leidenschaft.
Der Schlummer flieht, ihr sinkt die Kraft;
Und Anmut, Lebensfrische, Güte,
Ihr Lächeln, ihr gesunder Sinn,
Sie sind wie leerer Schall dahin;
Es welkt Tatjanens Jugendblüte.
So hüllt sich, wenn ein Wetter droht,
In Schwarz das schönste Morgenrot.

XXIV

Ach, grausam ward ihr Herz getroffen,
Bleich irrt sie, teilnahmslos umher;
Ihr Mädchentraum, ihr selig Hoffen
Zerrann ... Sie spricht kein Wörtchen mehr.
Die Nachbarn schaun sich wechselweise
Kopfschüttelnd an und flüstern leise:
"Wenn doch nur bald ein Freier käm'!" ...
Genug. Ich möchte außerdem
Euch wieder heitre Bilder gönnen
Von junger Liebe Lust und Glück.

Aus Mitleid kann sich oft mein Blick
Nur schwer von Gram und Kummer trennen;
Verzeiht mir: denn ihr alle wißt,
Wie lieb mir meine Tanja ist!

XXV

Von Tag zu Tage mehr umsponnen
Vom Liebreiz seiner Schäferin,
Gab Lenski sich den süßen Wonnen
Der Neigung vollen Herzens hin.
Stets weilt er bei ihr. Treuverbunden
Durchplaudern sie die Dämmerstunden:
Und jeder Morgen, gottgesandt,
Sieht sie im Garten, Hand in Hand.
Und wie berauscht von Hochgefühlen,
Wagt er's mitunter, heiß vor Glück,
Ermutigt durch der Holden Blick,
Mit ihrem Lockenhaar zu spielen,
Wonach er schamhaft sich vermißt
Und ihres Kleides Zipfel küßt.

XXVI

Oft liest er ihr zu Nutz und Frommen
Romane vor (von Qualität),
Wo leider manchmal Dinge kommen,
Die kaum Chateaubriand verrät.
Weshalb er dann gewisse Seiten
Voll unerwünschter Deutlichkeiten
(Für keusche Ohren ein Verdruß)
Errötend überschlagen muß.
Auch sitzen sie zurückgezogen
Für sich allein und spielen Schach
Und denken tief und gründlich nach
Bei aufgestützten Ellenbogen,
Bis Lenski, der zu träumen pflegt,
Zerstreut die eignen Türme schlägt.

XXVII

Sogar daheim in seinen Wänden
Schafft er für Olga stillbeglückt,
Wobei er ihr mit fleiß'gen Händen
Die Blätter ihres Albums schmückt:
Und zeichnet hier ein Dorf am Weiher,
Dort Tempel, Urnen, eine Leier,
Durch die ein Taubenpärchen huscht,
Nett ausgeführt und angetuscht.
Auf andern widmungsstolzen Seiten
Entwirft er mit bescheidnem Sinn
Ein schlichtes Verschen untenhin,
Als stummes Denkmal sel'ger Zeiten,
Als zarte Spur der Träumerei,
Die ewig zeugt: ich bin dir treu.

XXVIII

Ihr kennt ja wohl aus kleinen Städtchen
Solch Backfischalbum Blatt für Blatt,
Worin die Feder aller Mädchen
Sich kreuz und quer verewigt hat,
Und Verse wimmeln, nach Belieben,
Verbalhornt oder falsch geschrieben,
Die hier die Freundschaft wohlgemeint
Zu einem bunten Strauß vereint.
Voran steht meist französisch zierlich:
"Qu'écrirez-vous sur ces tablettes?"
Darunter: *"t.a.v. Annette."*
Und ganz zum Schluß, bewußt possierlich:
"Wer dich noch lieber hat als ich,
Versuch's und schreibe hinter mich."

XXIX

Da sieht man jedesmal zwei Herzen
Nebst Kranz und Fackel, brennendrot,
Und zwischen allerliebsten Scherzen
Den Schwur: *"Getreu bis in den Tod."*

Ein Leutnant auch, der gottlos witzelt,
Hat flotten Unfug beigekritzelt.
In solch ein Album, schmuck und fein,
Da schreib' ich selber gern mich ein,
Weil hier die anspruchslose Gabe
Auch immer anspruchslos erfreut
Und ich von solcher Kleinigkeit
Nie hinterher den Ärger habe,
Daß Scheelsucht erst mal prüft und mißt,
Ob mein Geflunker geistreich ist!

XXX

Doch euch, ihr protzig aufgeblähten
Prunkalbums, die ihr leider heut
Als Marter für Salonpoeten
Bei stolzen Fraun in Mode seid,
Wo hingezaubert um die Wette
Die Grazie von Tolstois Palette
Sich paart mit Baratynskis Witz –
O träf' euch sämtlich Gottes Blitz!
Wenn eine Gnäd'ge mir zuweilen
Solch Ding in Quarto überreicht
Und mich die blinde Wut beschleicht,
Ein Epigramm zurechtzufeilen,
Giftscharf und blank, wie aus Metall –
Da schreibe wer ein Madrigal!

XXXI

Nun freilich, Madrigale schriebe
Freund Lenski nie in Olgas Band,
Aus seiner Feder quillt nur Liebe,
Sie prunkt nicht eisig mit Verstand.
Was er von ihr erlauscht, erkundet,
Wird hübsch zu Reimen abgerundet,
Und seiner Elegien Strauß
Haucht nur den Duft der Keuschheit aus.
So singst auch du, Komet auf Erden,
Jasykow, leidenschaftdurchglüht,

Weiß Gott, für wen dein Schwärmerlied,
Und deine Elegien werden
Dereinst ein treuer Widerschein
Der Irrfahrt deines Lebens sein.

XXXII

Doch pst! Der Kritikus, o Schrecken,
Befiehlt den Elegienstrauß
Hinwegzuschleudern, schwingt den Stecken,
Zankt uns Poetenvölkchen aus
Und schimpft: "Jetzt still mit eurem Leiern,
Dem Gackern über alten Eiern,
Dem faulen Kram, der nicht mehr zieht;
Singt endlich mal ein ander Lied!"
"Fürwahr, wir sollten ernstlich streben,
Durch Tuba, Maske, Dolch einmal
Dem toten Geisteskapital
Erneute Kraft und Schwung zu geben.
Das ist doch deiner Wünsche Kern?" –
"Ach was, schreibt *Oden,* junge Herrn,

XXXIII

Wie unsrer großen Vorzeit Söhne
Sie einst uns sangen stolz und frei." –
"Die ew'gen Jubelodentöne!
Bah, Freundchen, ist's nicht einerlei?
Beherz'ge doch des Spötters Worte!
Ist sie denn mehr wert, diese Sorte
Von Schwulst und Pathos, als zur Zeit
Der Überschwang an Traurigkeit?" –
"Die Elegie ist Schund dagegen,
Ihr Ziel erbärmlich, wesenlos,
Doch das der Ode klar und groß,
Erhaben, würdig." – Meinetwegen;
Ich schüre keinen Bruderzwist
Und schweige, weil es klüger ist.

XXXIV

Freund Lenski freilich, tief durchdrungen
Von patriotisch heil'ger Pflicht,
Er hätte Oden gern gesungen –
Nur Olga las dergleichen nicht.
Ob je dem heißgeliebten Wesen
Sein schmachtend' Verschen vorzulesen
So ein Poet die Gunst besaß?
Es heißt, dies Glück sei ohne Maß.
Und wahrlich, höchste Wonne leuchtet
Dem Sänger, der mit keuschem Sinn
Vor seiner Herzenskönigin
In Tönen seine Liebe beichtet –
Sofern nicht, sonstwie abgelenkt,
Sie selbst an ganz was andres denkt.

XXXV

Ich freilich lese meine Reime,
So schön sie sind, nur einem Ohr:
Dem Schutzgeist meiner Kinderträume,
Der lieben alten Amme vor.
Und wenn gelangweilt ich nach Tische
Den Nachbarn mal am Zaun erwische,
Betäub' ich ihn mit einem Guß
Tragödien, daß er ächzen muß.
Oft auch (dies ohne Scherz!) benommen
Vom Schweigen in der Musen Reich,
Bin ich als Bummler auf dem Teich
Den wilden Enten unwillkommen:
Vor meiner Strophen Harmonie
Entfleucht das ganze Federvieh.

XXXVI/XXXVII

Nun, und Eugen? – Ganz recht, natürlich!
Nun soll zur Sühne meiner Schuld
Sein Tagewerk euch ganz ausführlich
Geschildert werden, nur Geduld:

Anachoret mit Wohlbehagen,
Erhob sich an den Sommertagen
Um sieben, trabte dann von Haus
Im Negligé zum Fluß hinaus,
Durchschwamm ihn, gleich Gülnarens Sänger,
Als Hellespont, trank nach dem Bad
Den Kaffee, las sein tristes Blatt,
Bis endlich, kürzer oder länger,
Sich anzuziehn beschlossen ward ...

XXXVIII/XXXIX

Spazieren, tüchtig schlafen, lesen,
Rast an der Quelle, Waldesruh';
Von hübschen, blondgelockten Wesen
Gelegentlich ein Kuß dazu;
Ein scharfer Ritt auf edlem Renner,
Ein feingewürztes Mahl für Kenner,
Ein guter Tropfen, stets bereit,
Das Hochgefühl der Einsamkeit –
Das war Onegins Schlemmerleben,
Dem er sich hingab unbewußt,
Ja, ohne auf des Sommers Lust
Vor lauter Wohlsein achtzugeben;
Der Unrast, der die Großstadt frönt,
Und seiner Freunde längst entwöhnt.

XL

Doch unser Sommer, kurz bemessen,
Das weiß ja jeder, der ihn kennt,
Ist leider nur ein Zerrbild dessen,
Was man im Süden Winter nennt.
Schon weht es herbstlich kühl herüber,
Die Tage werden kürzer, trüber,
Die liebe Sonne sieht man kaum;
Verzagt entblößt sich Baum für Baum
Des lauschig dichten Schmucks der Blätter;
Im Nebel welkt das letzte Grün;
Geschwader wilder Gänse ziehn

Hellkreischend südwärts; ödes Wetter,
Des Jahres schlimmste Zeit begann:
Schon rückt November grau heran.

XLI

Nun kommt das Frührot träg und schauernd,
Der Feldarbeiten Klang verhallt,
Schon zeigen, dreist auf Beute lauernd,
Sich Wolf und Wölfin vor dem Wald;
Der Klepper, der das Raubzeug wittert,
Bäumt auf und schnaubt, der Fuhrmann zittert
Und peitscht drauflos in wildem Zorn.
Verstummt ist nun das Hirtenhorn,
Bei dessen sonst vertrautem Klingen
Das Vieh zur Trift zog früh vor Tag
Und mittags satt der Ruhe pflag.
Jetzt schnurrt das Spinnrad, Mägde singen,
Und durch das niedre Stübchen streut
Der Kienspan Winters Heimlichkeit.

XLII

Schon fror's zur Nacht; auf Halm und Moosen
Blinkt silberweißen Reifes Glast ...
(Der Leser harrt des Reimworts "*Rosen*" –
Schön, wie's beliebt, nur zugefaßt!)
Wie Glanzparkett im Spiegelsaale
Bedeckt das Eis den Bach im Tale,
Und jauchzend tummelt sich darauf
Die Bubenschar beim Schlittschuhlauf.
Dort wackelt plump auf roten Socken
Die fette Gans zum Eis daher,
Und patscht, als wenn das Wasser wär',
Und purzelt hin. In dichten Flocken
Kommt's lustig wirbelnd aus der Höh',
Millionen Sternchen: erster Schnee!

XLIII

Was tut man jetzt vor Langerweile
Auf einem Dorf? Spazierengehn?
Wo doch im Umkreis einer Meile
Nur kahles, ödes Land zu sehn.
Im Sattel durch die Steppe jagen?
Der Hengst verliert, nur stumpf beschlagen,
Auf Glatteis jeden sichren Tritt:
Stürzt hin und reißt den Reiter mit.
Da heißt es denn zu Hause bleiben
Und mit de Pradt und Walter Scott
Und Rechnungskram, du lieber Gott,
Sich irgendwie die Zeit vertreiben,
Bis stumpf und dumpf nach langer Frist
Der Winter überstanden ist.

XLIV

Auch Freund Eugen ging nun im Hause
Gelangweilt, wie ein Harold, um:
Nahm früh sein Bad mit kalter Brause,
Verblieb im Zimmer, nahm sich stumm
Ein Queue und spielte, Bälle prüfend
Und in Berechnung sich vertiefend,
Am Billard stundenlang allein.
So bricht die Dunkelheit herein:
Erlösung! Fort mit Queue und Bällen!
Ein Tischchen, am Kamin gedeckt,
Hat längst den Appetit geweckt;
Onegin harrt. Horch, Lenskis Schellen:
Die Graufuchs-Troika hält vorm Haus.
He, aufgetragen! Wein heraus!

XLV

Gesagt, getan: in kurzem prangen
Moet und Veuve Cliquot, ganz frisch
In Eis gekühlt und froh empfangen,
Vor unsrem Dichter auf dem Tisch.

Champagner perlt wie Hippokrene:
Für seine goldne Schaumfontäne
(Gemahnend an so mancherlei)
Ward ich zu jeder Narretei,
Ihr wißt es, Freunde, fortgerissen
Und gab mein letztes Silberstück,
Was hat sein Strom uns nicht an Glück,
An sel'gen Räuschen spenden müssen,
Bei Scherz und Streit, Gesang und Glut
Und fessellosem Übermut!

XLVI

Allein ich fühl's, daß meinem Magen
Sein toller Schaumgeist wenig frommt,
Und daß mir heut in allen Lagen
Ein Glas *Bordeaux* viel mehr bekommt.
Champagner hat die gleichen Tücken
Wie Weiber, die mit Zauberblicken
Uns süß umgarnen – und geschwind
Enttäuschen, weil sie Blendwerk sind.
Doch du, *Bordeaux,* du gleichst dem schlichten
Erprobten Freunde, immerdar
Bereit, die Herzen wunderbar
In Gram und Sorgen aufzurichten,
Du machst Betrübte wieder froh,
Drum sei gepriesen, Freund *Bordeaux!*

XLVII

Die Flamme starb; der Rest der Kohlen
Verglimmt zu Asche; blasser Rauch,
Kaum sichtbar, ringelt sich verstohlen
Empor; ein letzter Wärmehauch
Strömt vom Kamin; zu fahlen Streifen
Zerfließt der Qualm der Tabakspfeifen.
Noch immer füllt sich, schäumt und blinkt
Der Weinpokal; der Abend sinkt ...
Wie schön doch in der Dämmerstunde
Sich's plaudern läßt beim Glase Wein;

In Frankreich heißt sie allgemein
Die Stunde "zwischen Wolf und Hunde"
(Weshalb, das weiß ich freilich nicht).
Jetzt nimmt Eugen das Wort und spricht:

XLVIII

"Nun, und wie steht's bei Tanja drüben
Und Olga, deiner süßen Maus?" –
"Ein Schlückchen noch – genug; den Lieben
Geht's, danke, gut; das ganze Haus
Ist wohl und läßt sich dir empfehlen.
Ach, Freund, was könnt' ich nicht erzählen!
Wie Olga aufblüht! Eine Lust
Für Aug' und Herz! Eugen, du mußt
Durchaus mal hin, auch wird sich's schicken;
Du fühlst es selber ja sofort:
Nur zweimal warst du flüchtig dort
Und ließt dich dann nicht wieder blicken.
Doch halt: (ein solcher Tropf zu sein!)
Sie laden dich zum Samstag ein." –

XLIX

"Mich?" – "Ja, denn Samstag, mußt du wissen,
Ist Tanjas Namenstag; Mama
Und Olga möchten dich nicht missen.
Sei Kavalier und sage ja!" –
"Nur kommen dann die Anverwandten
Nebst einem Schwarm von Gratulanten ..." –
"Kein Mensch, wir werden ganz allein,
Ganz harmlos in Familie sein:
Entschließ dich, tu es mir zu Ehren!
Nun? ..." – "Also ja." – "Wie freundschaftlich!"
Er war entzückt, beeilte sich,
Sein Glas auf Tanjas Wohl zu leeren,
Und schwärmte dann fast überlaut
Nur noch von Olga, seiner Braut.

L

Er war so froh: in wenig Wochen
War ihm der Wünsche höchstes Ziel,
Der Brautnacht Seligkeit versprochen,
Da sollte ihn der Minne Spiel,
Der Liebe zartes Band beglücken!
Ach, Hymens Bosheit, Hymens Tücken,
Des grauen Alltags Last und Pflicht,
Sie ahnte unser Lenski nicht.
Derweil wir andern herzlos Kalten
Die Ehe für den gröbsten Wahn,
Den abgeschmacktesten Roman
Im Lafontaineschen Genre halten ...
Er freilich war, so rein beseelt,
Für jenen Stand wie auserwählt.

LI

Er war geliebt (das heißt: so glaubte
Sein Schwärmerherz) und war beglückt.
Wohl dem, dem nichts die Einfalt raubte.
Der ohne Mißtraun weltentrückt
Sich näher träumt dem schönsten Ziele,
Wie ein Betrunkner auf dem Pfühle,
Gefäll'ger: wie der Schmetterling,
Der duftberauscht am Blümchen hing.
Doch wie bedauernswert dagegen,
Wer nie sich mehr am Schein erfreut,
Ernüchtert durch die Wirklichkeit
Gewohnt ist, stets Verdacht zu hegen,
Sein Herz versperrt, sich nie vergißt
Und keines Leichtsinns fähig ist!

FÜNFTES BUCH

Träume nie solch bösen Traum,
Holdes Kind, Swetlana!
Shukowski

I

Der Herbst hielt nach dem Fall der Blätter
Noch lange stand in diesem Jahr;
Es kam und kam kein Winterwetter.
Schnee fiel auch erst im Januar,
Am Dritten nachts. Als in der Frühe
Tatjana munter wurde, siehe,
War Hof und Garten weit und breit,
Der Zaun, die Dächer tief verschneit,
Am Fenster prangten Blumensterne,
Die Bäume standen silberschwer,
Es schwirrten Elstern froh umher,
Und alle Höhen in der Ferne
Bedeckte flimmernd Schnee und Eis.
Ringsum ein einzig blendend Weiß.

II

Winter ...! Der Landmann hat im Schlitten
Nun wieder herrlich freie Bahn;
Sein Rößlein stampft mit kurzen Tritten,
Die Nüstern blähend, durch den Plan.
Wie prächtig die Kibitka drüben
Dahinsaust, daß die Flocken stieben;
Der Kutscher, der die Zügel führt,
Im Pelz, mit rotem Gurt umschnürt.
Ein kleiner Schelm tollt ausgelassen
Mit seinem Schlittchen vor der Tür;
Der Hofhund spielt den Passagier
Und er das Pferdchen, macht Grimassen

Und friert und jauchzt, die Wangen rot,
Und merkt kaum, wie ihm Mutter droht.

III

Nun wird euch zwar an solchen Bildern
Wahrscheinlich nichts gelegen sein:
Die schlichte Wirklichkeit zu schildern
Gilt für prosaisch, für gemein.
Auch hat mich längst in diesen Stoffen
Ein andrer Dichter übertroffen
Und uns, von Poesie verklärt,
Den Sang vom ersten Schnee beschert.
Was er so reich an Winterfreuden,
Von Schlittenfahrten singt und sagt,
Hat euch gewiß viel mehr behagt.
Drum will ich mich vor ihm bescheiden,
Wie auch vor dir, Freund, dessen Lied
Für Finnlands schönstes Mädchen glüht.

IV

Tatjana schwärmte (weil sie eben,
Zwar unbewußt, ganz Russin war)
Für unser frisches Winterleben,
Den Eisesglanz, die wunderbar
Vom Rauhreif überhauchten Wälder,
Die Schlittenfahrt durch weiße Felder,
Der Morgenröte Farbenpracht,
Das Dunkel der Dreikönigsnacht.
Die war zu Haus seit alten Tagen
Als hocherwünschtes Fest bekannt:
Die Mägde kamen dann gerannt,
Um ihren Fräulein wahrzusagen,
Und stets war Geld und, hocherfreut,
Ein schmucker Krieger prophezeit.

V

Solch alten, dunklen Volksgebräuchen
Galt Tanjas scheue Sympathie:
An Mondeszauber, Wunderzeichen
Und Kartenlegen glaubte sie,
Auch daß die Träume Aufschluß bringen,
Daß in den unscheinbarsten Dingen
Geheime Vorbedeutung steckt –
Und ward von Ahnungen erschreckt.
Sobald der Kater auf dem Herde
Sich schnurrend übers Näschen strich,
Dann war's ein Wink, daß sicherlich
Noch heut Besuch erscheinen werde.
Erblickte sie den Silberrand
Des jungen Monds zur linken Hand,

VI

Dann überkam sie leises Bangen.
Wenn sich in dunkler Mitternacht
Sternschnuppen leuchtend niederschwangen,
War Tanja stets darauf bedacht,
Geschwind den Blick hinaufzulenken
Und an den liebsten Wunsch zu denken,
Bevor der kurze Glanz verblich.
Kam ihr im Feld gelegentlich
Ein schwarz vermummter Mönch entgegen,
Sprang unvermutet aus der Saat
Ein Häschen über ihren Pfad,
Dann schlug ihr Herz mit stärkren Schlägen,
Und sorgend eilte sie zurück:
Ihr ahnte künft'ges Mißgeschick.

VII

Es war der Reiz des Schauerlichen,
Den sie geheimnisvoll empfand:
So schuf uns, reich an Widersprüchen,
Natur mit rätselhafter Hand.

Es nahn die heiligen zwölf Nächte;
Da werden nun die Schicksalsmächte
Vom jungen Völkchen, das noch blüht
Und sorglos froh ins Leben sieht,
Befragt, was sein für Lose warten,
Und selbst das Alter, das gebeugt
Sich langsam schon zum Grabe neigt,
Legt sich noch einmal still die Karten.
Ob jung, ob alt – der gläub'ge Sinn
Gibt sich so gern der Täuschung hin.

VIII

Am Herd wird abends Wachs gegossen:
Seltsam sich formend tut es kund,
Was in der Zukunft Rat beschlossen;
Man fischt auf eines Eimers Grund
Nach eingeworfnen Fingerringen,
Wobei die Mädchen Lieder singen.
Kaum zieht man Tanjas Ring hervor,
Ertönt der alte Sang im Chor:
"Dort hausen eitel reiche Bauern,
Die scharren Silber Hauf um Hauf;
Und wen es trifft, und dem Glückauf!"
Doch in den dunklen Worten lauern
Gefahr und Harm ... ein zart Gemüt
Verspricht sich mehr vom Kätzchenlied.

IX

Es fror zur Nacht; am klaren Himmel
Zog schweigend seine ew'ge Bahn
Das diamantne Sterngewimmel ...
Da kommt, ganz leicht nur angetan,
Tatjana auf den Hof gegangen,
Den Mond im Spiegel aufzufangen:
Allein es zittert traurig blaß
Nur Lunas Bild im dunklen Glas ...
Da horch, es knarren Männerschritte
Im harten Schnee – auf Zehen schwebt

Sie rasch dahin, ihr Stimmchen bebt
Und haucht im Flötenton die Bitte:
"Dein Name, schnell!" Der will davon
Und glotzt und stottert: "Agathon".

X

Wie ihr die Amme vorgeschlagen,
Läßt Tanja nachts zur Zauberei
Ins Bad sich leis ein Tischchen tragen,
Geheimnisvoll gedeckt für zwei.
So harrt sie ... plötzlich graust's Tatjana –
Und beim Gedanken an Swetlana
Graust's mir noch mehr; drum schweig' ich still,
Weil ich von Spuk nichts wissen will.
Nun löst sie Seidengurt und Mieder,
Entkleidet sich, steckt mit Bedacht
Den kleinen Spiegel für die Nacht
Noch unters Pfühl und legt sich nieder ...
Kupido naht im Zauberschein –
Rings wird es still. Sie schlummert ein.

XI

Und wundersame Träume schwirren
Durch ihren Geist: sie sieht sich weit
Auf schneebedeckten Feldern irren,
Umhüllt von tiefer Dunkelheit.
Ein Wildbach kommt mit finstren Wogen
Durch Klüfte Schnees herangezogen
Und wälzt in ungehemmter Wut
Dumpfbrausend seine schwarze Flut.
Ein paar vereiste dünne Stangen
Verbinden sich zu schwankem Steg:
Ihr Fuß kann nur auf diesem Weg
Zum andern Ufer hingelangen –
Und drunten tobt des Stroms Gewalt ...
Entsetzt und ratlos macht sie halt.

XII

Und schaudernd vor dem tiefen Schlunde
Klagt jammernd sie ihr Schicksal an,
Und späht verzweifelt in die Runde,
Ob ihr nicht Rettung werden kann.
Da plötzlich wird's im Schnee lebendig:
Was kriecht hervor? ein Bär, unbändig,
Groß, schwarz und zottig ... Sie erbleicht,
Schreit auf – er brummt sie an und reicht
Ihr seine Tatze mit den Klauen;
Und sie in ihrer Angst und Not
Erfaßt die Stütze, die er bot,
Und überschreitet so mit Grauen
Den Abgrund ... Wildnis um sie her.
Rasch eilt sie fort, ihr nach der Bär.

XIII

Sie wagt nicht hinter sich zu sehen,
Beflügelt ihren bangen Schritt:
Umsonst, sie kann ihm nicht entgehen,
Der rauhe Diener trottet mit,
Der Bär bleibt schnaufend ihr zur Seite;
Ein Wald erhebt sich; düstre, breite,
Turmhohe Fichten, Ast um Ast
Herabgebeugt von weißer Last;
Gewirr von Espen, Birken, Linden;
Durch kahle Wipfel blinkt die Pracht
Des Sternenheers der Winternacht;
Und nirgendwo ein Weg zu finden –
Gebüsch und Grund, wohin sie späht,
Sind rings vom Schneesturm zugeweht.

XIV

Sie läuft hinein – gefolgt vom Bären.
Im tiefen Schnee versinkt ihr Knie;
Des Dickichts dunkle Massen wehren
Der Flucht; Geäst verwundet sie,

Zerrt ihr die Ringe von den Ohren;
Ein Schuh bleibt stecken, geht verloren,
Die armen Füßchen tun ihr weh;
Jetzt fällt der Mantel in den Schnee,
Fort, fort! Allein sie fühlt mit Beben:
Der Bär verfolgt sie immer noch!
Sie strauchelt schon, und schämt sich doch,
Den Saum des Kleides aufzuheben.
So rennt sie, hinter ihr das Tier ...
Die letzten Kräfte schwinden ihr –

XV

Sie stürzt. Der Riese hebt die Bange
Behutsam auf und trägt sie fort;
Sie fügt sich willenlos dem Zwange,
Ihr Atem stockt ... An düstrem Ort,
In schaurig öder Waldesmitte
Steht einsam eine morsche Hütte,
Bis an den Giebel eingeschneit;
Schwach flimmert durch die Dunkelheit
Ein dünner Lichtstrahl; wüstes Lärmen
Und schrilles Kreischen tobt durchs Haus.
Der Zottel brummt: *"Hier ruh dich aus,*
Komm, mein Gevatter wird dich wärmen!"
Er trägt sie rasch zum Flur hinein
Und setzt sie ab. Sie ist allein.

XVI

Verängstet schaut sie auf, will fragen:
Der Bär ist fort! Ihr wird so bang ...
Und drinnen schallt, wie bei Gelagen,
Getös und lauter Becherklang.
Was geht hier vor? Sie schleicht zur Schwelle,
Lugt durch den Türspalt in die Helle –
O Graus! Ein widerlich Gemisch
Von Ungeheuern zecht am Tisch:
Ein Hexenweib mit bärt'ger Lippe,
Ein krummgehörnter Hundekopf,

Ein dürrer Hahn mit rotem Schopf,
Ein süßlich grinsendes Gerippe,
Dort ein geschwänzter Zwerg, und hier
Ein langgeschnäbelt Katertier.

XVII

Es kommt noch toller: rittlings gaukelt
Ein Krebs auf ekler Spinnenbrut,
Auf langem Gänsehalse schaukelt
Ein Totenkopf mit rotem Hut;
Dazwischen klappert eine Mühle
Im Wirbeltanz um Tisch und Stühle –
Das heult und lacht und kräht und bellt
Und trampelt, daß die Stube gellt!
Doch welch Entsetzen faßt die Arme:
In diesem Pfuhl von Scheußlichkeit
Erkennt sie – ach, ihr Glück und Leid,
Ihn, ihn, Eugen! Im Höllenschwarme
Sitzt er leibhaftig mittendrin
Und blinzelt nach der Türe hin.

XVIII

Sein Blick macht jedes Haupt sich neigen,
Er hebt den Becher – alles trinkt,
Er schaut verdrossen – alle schweigen,
Er lacht – und alles johlt und springt.
Er kommandiert hier, ohne Frage.
Nun schreckt Tatjana dies Gelage
Nicht mehr so arg, die Wißbegier
Verleitet sie, sie klinkt die Tür –
Da faucht ein Windstoß durchs Gemäuer,
Die Lichter löschen sämtlich aus,
Ein toller Wirrwarr tobt im Haus,
Onegins Augen glühn wie Feuer,
Jäh springt er von der Tafel auf
Und stürmt zur Tür – ihm nach der Hauf'.

XIX

Vor Schrecken will die arme Seele
Entfliehn – umsonst! Um Hilfe flehn –
Auch das vergebens! – in der Kehle
Erstickt der Schrei: schon reißt Eugen
Die Tür weit auf – vor aller Blicken,
Vor dieser Brut voll Teufelstücken
Steht Tanja wehrlos! Laut ertönt
Gelächter, alles geifert, höhnt,
Und Hörner, Krallen, Rüssel, Schöpfe,
Geschwänztes Pack und Bocksgesicht,
Gewürm, Geschmeiß und Nachtgezücht,
Blutrote Lefzen, Totenköpfe,
Sie dringen wütend auf sie ein
Und kreischen gierig: "Mein, mein, mein!"

XX

"Mein!" ruft Eugen mit Zornesfunkeln.
Im Nu zerstiebt der grause Schwarm.
Sie steht mit ihm allein im Dunkeln ...
Er führt sie rücksichtsvoll am Arm
Zu einer Bank – dort sinkt sie nieder;
Noch zittern ihr vor Angst die Glieder.
Sie fühlt nur, wie er still versöhnt
Das Haupt an ihre Schulter lehnt.
Da blitzt ein Strahl – und sieh: verwegen
Tritt Lenski ein an Olgas Hand ...
Eugen springt auf, reckt wutentbrannt
Den Lauschern seine Faust entgegen
Und weist sie fluchend aus der Tür;
Tatjana wankt, es schwindelt ihr.

XXI

Der Streit wird ärger; Messer blinken –
Eugen sticht zu – und grauenvoll
Durchbohrt fällt Lenski ... Schatten sinken,
Nacht wird's umher; ein Schrei erscholl

So gellend, daß die Hütte krachte –
Und Tanja schreckensbleich erwachte ...
Verwundert schaut sie: helles Licht –
Durch frostbehauchte Scheiben bricht
Des frühen Morgens goldner Schimmer.
Die Tür geht auf: in ros'gem Duft,
Gleich einem Schwälbchen aus der Luft
Fliegt Olga frisch und froh ins Zimmer:
"Nun, Schwesterherz, verrate mir,
Von welchem Freier träumte dir?"

XXII

Doch die läßt sich im Bett nicht stören,
Bemerkt kaum ihren Frühbesuch
Und blättert, ohne hinzuhören,
Gedankenvoll in einem Buch.
Obschon dies freilich weder Sprüche
Der Lebenskunst noch bunte Stiche
Noch Poesie zu bergen schien –
So stand doch weder Scott, Racine
Noch Byron ihrem Herzen näher,
Kein neustes Modenblatt sogar
Bot jemals stärkre Reize dar
Als dies Geheimbuch vom "Chaldäer",
Martin Sadeka, jenem Mann,
Der alle Träume deuten kann.

XXIII

Ihr hatte diesen Schatz vor Jahren
Ein Wandertrödler zugeführt
Und ihn als Perle seiner Waren,
Nachdem er lang erst lamentiert,
Doch endlich nebst *"Malwinens Leben"*
Um vierthalb Rubel hergegeben,
Entschädigt durch den dritten Band
Von Marmontel, verschiednen Tand,
Zwei stark vergilbte Petriaden
Und ein zerfetztes Diktionär.

Martin Sadeka blieb seither
Ihr Trost und Freund auf allen Pfaden
Und mußte selbst im Kämmerlein
Nachtsüber immer bei ihr sein.

XXIV

Nun macht der Traum ihr Angst und Sorgen.
Sie möchte gern den Sinn verstehn,
Das Grause, das in ihm verborgen,
Durch ihren Freund gedeutet sehn.
Zwar all die Schrecken, die sie plagen,
Sind im Register eingetragen:
Bär, Brücke, Dickicht, Hexe, Mord,
Nacht, Schädel, Schneesturm und so fort.
Doch ach, der Rätsel schwere Fülle,
Martin Sadeka löst sie nicht,
Das drohend wirre Traumgesicht
Blieb nach wie vor in dunkler Hülle,
So daß die Ärmste bang und trüb
Noch tagelang in Sorge blieb.

XXV

Doch sieh, schon führt mit Purpurhänden
Aurora, vor der Sonne Lauf
Vorangeeilt, aus Traumgeländen
Den heitren Namenstag herauf.
Von früh an herrscht Tumult und Wesen
In Larins Haus; in Kutschen, Chaisen
Und Schlitten traf mit groß und klein
Der Nachbarn ganze Sippschaft ein.
Im Vorhaus prallt die Flut zusammen;
Man zwängt sie durch den Korridor,
Grüßt, küßt, umarmt sich, stellt sich vor;
Dazwischen Lärm, Gekreisch von Ammen,
Getrampel, Lachen rauh und hell,
Babygeplärr und Mopsgebell.

XXVI

Nebst Gattin, an Gewicht nicht minder,
Erschien der Dickwanst Pustjakow;
Gwosdin, ein reicher Bauernschinder,
Der geckenhafte Petuschkow,
Provinzadonis ohnegleichen;
Skotinins, dürre Vogelscheuchen,
Nebst ihrer starken Kinderschar
Von anderthalb bis dreißig Jahr;
Sodann mein Bruderherz Bujanow,
In Flaus und Mütze, seinem Staat
(Wie ihr gewiß ihn oft schon saht),
Und Staatsrat außer Diensten Flianow,
Als Plappermaul, geschmierte Hand
Und blöder Vielfraß wohlbekannt.

XXVII

Dann Jungfrau Charlikow, im Schutze
Der Eltern, nebst Monsieur Triquet,
Dem Franzmann, der in eitlem Putze
Und Brille kam und ein Couplet
Nervös in seiner Tasche rollte,
Das er Tatjanen widmen wollte
Nach altbekannter Melodie:
Reveillez-vous, belle endormie.
Es stand mit andern schönen Dingen
In einem staub'gen Almanach,
Und mein Triquet, Poet von Fach,
Beschloß es neu ans Licht zu bringen,
Nachdem er geistreich *belle Nina*
Vertauscht mit *belle Tatiana.*

XXVIII

Zum Schluß erschien als treuer Ritter
Des ältern Flors vom Jungfernstand
Und letzte Hoffnung aller Mütter
Der Hauptmann mit dem Ordensband ...

Nebst einer Botschaft, froh vernommen:
Die Regimentsmusik wird kommen!
Herr Oberst selbst versprach sie heut.
Ein Ball – o welche Seligkeit!
Die junge Welt springt hoch vor Wonne.
Nun geht's zur Tafel. Paar um Paar
Stolziert heran, die Damenschar
Zieht rechts zu Tanja, die Kolonne
Der Herrn zur Linken; jeder schlägt
Ein Kreuz und setzt sich froh bewegt.

XXIX

Wie auf Befehl verstummt das Plappern:
Die Gaumen sind in Tätigkeit;
Rings hört man nichts wie Tellerklappern
Und Gläserklang. Nur kurze Zeit,
Denn bald schon fühlt man sich vertrauter,
Plauscht, trinkt sich zu, wird laut und lauter,
Lacht, disputiert und schreit und kräht,
Bis keiner mehr sein Wort versteht.
Auf einmal öffnet sich die Pforte:
Eugen und Lenski treten ein.
Frau Larin ruft: "Herrje, wie fein,
Na endlich doch!" Begrüßungsworte,
Man stellt sich vor, rückt ab, hantiert,
Und beide werden rasch placiert –

XXX

Tatjanen grade gegenüber;
Die, unverhofft und jäh bedrängt,
Erbleichend, wie im kalten Fieber,
Die Blicke stumm zu Boden senkt.
Ihr Herzchen pocht mit lautem Schlage,
Das qualvoll Bittre ihrer Lage
Betäubt sie wie ein wirrer Traum;
Der Freunde Glückwunsch hört sie kaum,
Ist einer Ohnmacht nahe, sammelt
Die letzte Kraft, ihr Atem fliegt –

Allein die Selbstbeherrschung siegt,
Sie kämpft die Tränen nieder, stammelt
Ein Dankeswort mit mattem Blick
Und sinkt auf ihren Stuhl zurück.

XXXI

Tragisch-nervösen Ohnmachtsszenen
War unser Held von jeher gram,
Nichts war ihm mehr verhaßt als Tränen.
Schon dies verwünschte Fest benahm
Ihm alle Laune; augenscheinlich
Trug Lenski Schuld. Auch ihm war's peinlich
Mit anzusehn, wie jammervoll
Tatjana litt. Sein Unmut schwoll,
Und er beschloß mit Ärgermiene
Am heut'gen Abend nicht zu ruhn
Und Lenski einen Tort zu tun.
Einstweilen, bis zur bald'gen Sühne,
Bot ihm der Gäste bunte Schar
Objekte stiller Spottlust dar.

XXXII

Zwar hatte mancher bei der Fete
Den Fall bemerkt: doch eben kam,
Allseits begrüßt, die Fleischpastete,
Die Aug' und Mund in Anspruch nahm
(Nur leider stark versalzen schmeckte);
Auch ging, was lauten Jubel weckte,
Jetzt zwischen Braten und Dessert
Champagnerwein (vom Don) umher,
In Gläsern, schlank wie deine Glieder,
Sisi, du Herzensideal,
Du meiner Seele Lust und Qual,
Entzücken meiner jungen Lieder,
Du Liebeskelch, kristallenklar,
Davon ich selig trunken war!

XXXIII

Mit lautem Knall entströmt der Flasche
Das schäumend edle Naß. Jetzt zieht
Triquet sein Opus aus der Tasche,
Da er schon längst vor Eifer glüht,
In Tönen seine Kunst zu zeigen.
Rings herrscht erwartungsvolles Schweigen.
Tatjana bebt: Monsieur Triquet
Steht auf, entrollt sein Festcouplet
Und singt und detoniert empfindlich.
Applaus; sie dankt, so gut sie kann.
Und er, der anspruchslose Mann
Und große Dichter, bringt verbindlich
Ihr Wohl aus, lächelt angenehm
Und überreicht ihr sein Poem.

XXXIV

Bravo! und neues Applaudieren!
Sie dankt verwirrt und rot vor Scham.
Als nun jedoch beim Gratulieren
Auch Eugen an die Reihe kam
Und er die schmerzlich offenbarte
Hilflose, stumme Pein gewahrte,
Empfand er Mitleid, trat zurück,
Verbeugte sich und schwieg. Sein Blick
Schien seltsam weich und zart verbunden.
War dies nun wirklich Sympathie,
Wohlwollen oder Ironie,
Geheuchelt oder rein empfunden –
Gleichviel, es hatte unbemerkt
Tatjanens Seele neu gestärkt.

XXXV

Das Mahl ist aus; Rumor, Gedränge:
Gleich Bienen, die im Sonnenschein
Zur Wiese schwärmen, strömt die Menge
Geräuschvoll zum Salon hinein.

Die biedren, vollgeschmausten Dicken
Beginnen friedlich einzunicken,
Derweil die Damen zum Kamin,
Die Mädchen nach den Winkeln ziehn
Und plauschen. Für die Spielerseelen
Stehn grüne Tische rings bereit,
Zum Lomber, das die Alten freut,
Zum Boston, das die Kenner wählen,
Und Whist – drei Spiele, deren Ruf
Habgier und Langeweile schuf.

XXXVI

Acht Robber waren schon gewonnen,
Und achtmal hatten schon die Herrn
Den Platz getauscht und neu begonnen;
Da kam der Tee. Ich teile gern
Den Tag in Frühstück, Mittagessen
Und Abendbrot; die Zeit zu messen,
Belehrt uns auf dem Land Natur:
Der Magen ist die beste Uhr.
Auch merk' ich selber (doch ich bringe
Dies nur in Klammern hinterdrein),
Daß ich genau so oft von Wein
Und reichen Tafelrunden singe
Wie du, Homeros, den die Welt
Seit drei Jahrtausend' heilighält.

XXXVII/XXXVIII/XXXIX

Kaum also hielten unsre Damen
Ihr Täßchen Tee geziert im Schoß,
Als laut vom Saal her Töne kamen:
Fagott und Flöte legten los.
Musik! Im Nu sind Tee und Tassen,
Likör und Rum im Stich gelassen,
Herr Petuschkow, der schöne Mann,
Schassiert mit Olga flott voran,
Tatjana folgt an Lenskis Seite,
Bujanow schleppt Frau Pustjakow,

Triquet erwischt die Charlikow,
Die alte Jungfer auf der Freite,
Und alles wirbelt wie der Wind
Zum Saal hinein: der Ball beginnt.

XL

Ich war zu Anfang dieser Dichtung
(Vergleicht gefälligst: Erstes Buch!)
Im Anschluß an die Moderichtung
Der Neuzeit grade beim Versuch,
Den Petersburger Ball zu schildern;
Doch schwelgend in Erinnerungsbildern,
Betört von einem Füßchenpaar,
Erlag ich Schwärmer, der ich war,
Der süßen Lockung abzuschweifen.
Jetzt freilich, seit mein Leichtsinn schwand,
Wird mit dem Alter mein Verstand,
Mit ihm auch Form und Inhalt reifen.
Drum will ich (endlich soll's geschehn)
Im Fünften Buch auf Ordnung sehn!

XLI

Vom Rausch der Rhythmen fortgezogen,
Blind rastlos, wie der Jugend Sinn,
Umschlingen sich des Walzers Wogen,
Kreist wirbelnd Paar um Paar dahin.
Jetzt soll Eugens Revanche kommen:
Rasch hat er Olgas Arm genommen
Und schwingt sie stürmisch kreuz und quer
Vor aller Welt im Saal umher,
Placiert sie lächelnd, bleibt daneben
Galant und heiter plaudernd stehn,
Um wie ein Pfeil im Handumdrehn
Aufs neu' mit ihr davonzuschweben.
Rings großes Staunen; Lenski glüht,
Kaum glaubt er, was sein Auge sieht.

XLII

Nun folgt Masurka. Wenn vor Zeiten
Solch Tanz begann, ja dazumal
Durchschwoll ein Sturm von Seligkeiten,
Ein Jubelbraus den weiten Saal,
Daß Fenster klirrten, Wände dröhnten!
Und heut? Heut trippeln wir Verwöhnten
Geziert auf Glanzparkett dahin.
Nur auf dem Land, bei frischem Sinn,
Da steht Masurka noch in Blüte,
Sind Kraft und Schönheit noch bewahrt:
Das wogt und stampft, keck weht der Bart –
Noch ganz wie sonst ... Und Gott verhüte,
Daß dies dem Fluch der heut'gen Welt,
Dem Modezwang zum Opfer fällt!

XLIII/XLIV

Da kommt Bujanow kühn im Bogen
Mit beiden Schwestern aus dem Schwarm
Auf unsern Helden losgezogen:
Der wählt geschmeidig Olgas Arm,
Fliegt lässig tänzelnd durch die Reihen
Und drückt ihr unter Schmeicheleien
Vielsagend warm die kleine Hand,
Erglühend strahlt sie, lustentbrannt,
Nichts hat das eitle Püppchen lieber.
Mein Lenski sieht's – ihm kocht das Blut,
Er schäumt vor Eifersucht und Wut,
Harrt bebend, bis die Tour vorüber,
Und engagiert sie sans façon
In blinder Hast zum Kotillon.

XLV

Sie ist versagt. Wie? Was? So plötzlich?
Je nun, man kam ihm schon zuvor:
Onegin hat den Tanz. – Entsetzlich!
Welch bittre Schmach vernimmt sein Ohr!

Sie konnte ...! Sie, das harmlos nette,
Halbreife Kind – und schon Kokette!
Sie treibt schon mit der Neigung Spott,
Verrät, betrügt ihn schon – o Gott!
Er taumelt, kann sich kaum erholen
Von diesem Schlage; tief verstört
Entfernt er sich, verlangt sein Pferd
Und rast davon ... Ein Paar Pistolen,
Zwei Kugeln – sind der Weisheit Schluß,
Der sein Geschick entscheiden muß.

SECHSTES BUCH

Là, sotto i giorni nubilosi e brevi,
Nasce una gente a cui l'morir non dole.
Petrarca

I

Seit Lenski sich in blinder Eile
Davongemacht, bekam Eugen
An Olgas Seite Langeweile;
Er schwieg, ihm war genug geschehn.
Auch Olgas Laune war im Schwinden,
Sie konnte Lenski gar nicht finden
Und schien erschöpft vom Kotillon.
Da endlich Schlußtour. Im Salon
Folgt noch ein Imbiß für den Magen.
Inzwischen wird bis unters Dach
In jedem Winkel von Gemach
Ein Heer von Betten aufgeschlagen.
Zufrieden streckt sich jeder aus.
Eugen als einz'ger fuhr nach Haus.

II

Rings wird es still: schon schnarcht im Saale
Der biedre Dickwanst Pustjakow
Nebst seinem feisten Ehgemahle;
Gwosdin, Bujanow, Petuschkow
Und Flianow (schwer bezecht wie immer)
Auf Stühlen im Gesellschaftszimmer.
Triquet am Boden quer davor,
Die Zipfelmütze überm Ohr;
Und alle müden jungen Damen
Gesellte man den Schwestern zu.
Nur Tanja findet keine Ruh',
Sie härmt sich, lehnt am Fensterrahmen

Und schaut im bleichen Mondenschein
Mit Tränen in die Nacht hinein.

III

Daß er so unverhofft gekommen,
Anfangs durch Rücksicht sie gerührt,
Doch dann so seltsam sich benommen
Und gegen Olga aufgeführt,
Erschüttert sie; sie kann sein Wesen
Nicht deuten, nicht das Rätsel lösen
Und bebt vor eifersücht'ger Qual;
Ihr ist, als wenn ein kalter Stahl
Das Herz durchbohrt, vor ihren Schritten
Ein grausig finstrer Abgrund droht ...
Sie flüstert: "Ach, es ist mein Tod,
Doch selig, wenn durch ihn erlitten.
In Demut trag' ich mein Geschick –
Bei ihm erblüht mir doch kein Glück."

IV

Auf, frisch voran, geliebte Strophe!
Jetzt kommt ein neuer Held in Sicht:
Bei Krasnogorje, Lenskis Hofe,
Verbringt seit langem brav und schlicht
Als Eremit von altem Schlage
Nachbar Sarezki seine Tage;
In jüngern Jahren zwar bekannt
Als Raufbold, Spieler, Intrigant,
Wirtshaustribun und arger Sünder,
Der aber nun, dem Leichtsinn feind,
Als biedrer Dörfler, treuer Freund
Und led'ger Vater vieler Kinder,
Kurz, als ein Mann von Ehre lebt.
Wie schnell doch heut Moral sich hebt!

V

Einst Hauptkumpan beim Zechgejohle,
Tat kühn er jeden Unfug mit;
Fürwahr, er schoß auch mit Pistole
Durchs blanke As auf zwanzig Schritt.
Erwies sich, mit Verlaub zu melden,
Auch einst im Krieg als Reiterhelden
Und fiel, berauscht fürs Vaterland,
Kopfüber in Franzosenhand –
Ein teurer Fang! Den Ruhm zu mehren,
War er sogleich nach Friedensschluß
Bereit, als neuer Regulus
In Feindeshaft zurückzukehren,
Um bei Véry tagaus, tagein
Auf Staatskredit bezecht zu sein.

VI

Er hatte stets als Schalk gegolten,
Gern jeden Dummkopf angeschmiert,
Auch Klügste, die sich brüsten wollten,
Ergötzlich hinters Licht geführt,
Was ihm, wenn er's zu derbe machte,
Mitunter stramme Püffe brachte,
So daß er nach mißglücktem Spaß
Oft selber in der Patsche saß.
Er konnte äußerst lustig streiten,
Gab ganz verblüffend gut heraus,
Hielt an sich bei entfachtem Strauß,
Damit die andern sich entzweiten,
Und blies dann Feuer in den Kram,
Bis ein Duell zustande kam.

VII

Half manchmal auch sie auszusöhnen,
Um dritter Mann beim Trunk zu sein
Und hinterher in allen Tönen
Gespött und Unglimpf auszustreun.

Sed alia tempora! Dem Triebe
Der Rauflust (wie dem Spuk der Liebe –
Zwei Plagen!) setzt die Zeit ihr Ziel.
Kurzum, erlahmt vom wüsten Spiel,
Bringt heute mein Sarezki drüben
In seines Gärtchens Schattenruh'
Wie einst Horaz sein Dasein zu,
Pflanzt philosophisch Kohl und Rüben,
Zieht sein Geflügel, schneidet Klee,
Und lehrt im Dorf das Abc.

VIII

Er war gescheit und welterfahren,
Drum lud Eugen, dem überdies
Sein Geist und Witz willkommen waren,
Zumal er Schwächen gelten ließ,
Den Nachbarn, dessen Ton ihm paßte,
Sehr oft und gern zu sich zu Gaste,
Weshalb es ihn nicht wundernahm,
Daß er so früh schon zu ihm kam.
Doch schien, der sonst'gen Art entgegen,
Sarezki heut verstockt zu sein,
Ging auf Gespräch nicht weiter ein
Und überreichte halb verlegen
Ein Schreiben von des Freundes Hand.
Eugen erbrach es, las – und fand:

IX

Mit dürren Worten angedeutet,
Nach allen Regeln – ein *Kartell:*
Kalt-förmlich, nur von Haß geleitet,
Entbot ihn Lenski zum Duell.
Sogleich und ohne Überlegung
Beschied Eugen in erster Regung
Den Bringer dieser Neuigkeit:
Er sei natürlich *stets bereit.*
Der schien es bündig aufzufassen,
Erhob sich, schützte da und dort

Geschäfte vor und eilte fort.
Doch kaum mit sich allein gelassen,
Empfand Eugen auf einmal klar,
Wie unklug sein Verhalten war.

X

Denn strenggenommen, vorm Gewissen,
War sein Betragen gestern schlecht,
Er hätte sich entschuld'gen müssen.
Zuerst mal war es schon nicht recht,
Der zarten Neigung des Poeten
So spöttisch dreist zu nah zu treten.
Und zweitens, wenn ein junger Tor
Von achtzehn Jahr'n den Kopf verlor,
So war's verzeihlich. Er dagegen,
Dem Freunde doch von Herzen gut,
Er durfte nicht aus Wankelmut
Sich gleich nach Knabenart erregen,
Gleich blindlings raufen wollen – nein,
Er mußte männlich, maßvoll sein.

XI

Er durfte sich vernünftig wehren,
Jedoch nicht sinnlos borstig tun;
Er hätte Lenskis Zorn beschwören,
Entwaffnen müssen. "Freilich nun –
Nun (denkt er) ist's zu spät, hat leider
Doch schon der alte Ehrabschneider
Und Duellant sich eingemischt,
Der gar zu gern im trüben fischt.
Was käme dann wohl zur Erscheinung,
Wenn der's herumträgt, bissig-scharf,
Und jeder Tölpel spotten darf ...!"
Da seht: die öffentliche Meinung,
Den Götzen, der die Ehre zwingt,
Dem alle Welt ihr Opfer bringt!

XII

Daheim harrt Lenski Stund um Stunde,
Von Ungeduld und Haß verzehrt,
Bis triumphierend mit der Kunde
Der Nachbar endlich wiederkehrt.
O wie das wohltat seinem Drange!
Schon war der Eifersücht'ge bange,
Der freche Spötter könnte ihn,
Um vor der Waffe feig zu fliehn,
Mit einem schnöden Vorwand prellen.
Doch nun sind alle Zweifel fort:
Gleich morgen, bei der Mühle dort,
Ist's abgemacht, sich einzustellen,
Und dann wird, wie's die Hand befiehlt,
Auf Schenkel oder Stirn gezielt.

XIII

Er will fortan die Falsche hassen,
Vorm Zweikampf nicht zu Olga gehn,
Kann abends aber doch nicht lassen,
Verstohlen nach der Uhr zu sehn,
Um schließlich – ach, was sind Bedenken! –
Zu seinen Larins abzuschwenken.
Er dachte: "Tret' ich so herein,
Wird Olga wie zerschmettert sein."
Welch Irrtum! Frank und ungezwungen,
Die flücht'ge Hoffnung in Person,
So kam sie vor der Haustür schon
Auf unseren Dichter zugesprungen,
Beglückt und harmlos, frisch und klar,
Kurz – niedlich, wie sie immer war.

XIV

Ihr erstes Wort ist: "Sag, weswegen
Gingst gestern du so früh nach Haus?"
Ihn überläuft's, er steht verlegen
Und weiß vor Scham nicht ein noch aus.

Vor dieser Augen heller Güte,
Der Anmut dieser Mädchenblüte,
Vor dieser offnen Herzlichkeit
Flieht Groll und Argwohn, schmilzt sein Leid:
Fürwahr, er hat umsonst gelitten,
Sie liebt ihn noch mit ganzer Huld!
Schon fühlt er reuig seine Schuld,
Schon will er um Verzeihung bitten,
Bebt, ringt nach Worten, zaudert, weilt –
Und ist beseligt, fast geheilt ...

XV/XVI/XVII

Und wiederum, die Stirn in Falten,
Steht Lenski trüb und zweifelnd da
Und wagt nicht, Olga vorzuhalten,
Was gestern auf dem Ball geschah.
Er überlegt: "Ich will sie retten,
Sie des Verführers Schmeichelketten
Entreißen, der mit Trug und List
Nach ihrer Unschuld lüstern ist,
Will hindern, daß mit gift'gem Bisse
Der Wurm den Liliensproß zersticht,
Auf daß die holde Blüte nicht,
Noch kaum entfaltet, welken müsse."
Natürlich war damit gemeint:
Ich schieße mich mit meinem Freund.

XVIII

Ach, daß kein Blick ihm offenbarte,
Was Tanja litt in tiefster Brust!
Sie selbst das Unheil nicht gewahrte!
Sonst hätte, wenn sie drum gewußt,
Daß sich Eugen und Lenski grollten
Und morgen blutig kämpfen wollten,
Nach ihrer Liebe Kraft vielleicht
Der Freunde starren Sinn erweicht!
Doch, leider, niemand wußte eben
Um ihre stille Leidenschaft,

Onegin schwieg gewissenhaft,
Und sie verschloß sich stumm ergeben.
Nur vor der Amme Angesicht
Lag's offen, doch erriet sie's nicht.

XIX

Freund Lenski war den Abend heute
Sehr aufgeregt und wunderlich,
Bald trüb, bald froh – wie Dichtersleute
Nun einmal sind: erst ließ er sich
Mit düstrer Stirn am Piano nieder,
Griff Mollakkorde, seufzte wieder,
Sah dann verzückt nach Olga hin
Und hauchte: "Wie ich glücklich bin!"
Es wurde spät, der Abschied drängte.
Da war's, als wenn mit einemmal
Ein Übermaß von Seelenqual
Sein sorgenschweres Herz zersprengte.
Sie will ihn halten: "Hör, ein Wort –
Was fehlt dir?" – "Nichts." So stürzt er fort.

XX

Kommt heim, sucht gleich sein Paar Pistolen
Vom Schrank hervor, prüft Hahn und Lauf,
Ist rasch entkleidet, schürt die Kohlen
Und schlägt im Bett den Schiller auf.
Doch kann sein Geist nicht Ruhe finden,
Sein Herz die Angst nicht überwinden,
Denn unbeschreiblich süß und mild
Umschwebt ihn Olgas Engelsbild.
Er muß das Buch vor Wehmut schließen,
Greift flugs zur Feder, um sein Leid
Und seiner Liebe Seligkeit
In Versen schmachtend auszugießen,
Und deklamiert sie voller Glut
(Wie oft im Rausch Freund Delwig tut).

XXI

Sie wurden später aufgefunden;
Hier folgt die Abschrift, wortgetreu:
"Wohin, wohin bist du entschwunden,
Du meiner Jugend güldner Mai?
Was bringt er mir, der künft'ge Morgen,
Des Antlitz, tief in Nacht verborgen,
Annoch unfaßbar meinem Blick?
Gleichviel, gerecht ist das Geschick.
Und fall' ich auch, ins Herz geschossen,
Soll mir das Blei vorübergehn –
Schlaf oder Wachen, mag geschehn,
Was droben über mich beschlossen.
Willkommen sei des Lebens Not,
Willkommen auch ein früher Tod!

XXII

Wenn mit der Morgenröte Prangen
Der neue Tag herniederlacht,
Bin ich vielleicht schon eingegangen
Ins Schattenreich der Grabesnacht;
Versenkt in Lethes finstren Gründen,
Wird des Poeten Namen schwinden
Und bald verwehn. Nur du allein,
O Engel, wirst mir Tränen weihn,
Zu meiner Urne seufzend wallen
Und sinnen: ach, er war mir gut,
Sein ganzes Herz, in junger Glut,
In Glück und Harm war mein vor allen! ...
O komm, Geliebte, komm zu mir,
Dein Freund – dein Gatte ruft nach dir! ..."

XXIII

So schrieb er schwülstig, *trist* und *fade*
("Romantisch" wird das heut genannt,
Doch mit Romantik hat's gerade
Nicht viel zu tun; was soll der Tand?),

Um kurz vor Tag mit matten Blicken
Schlaftrunken langsam einzunicken,
Und flüstert' schlafend noch einmal
Das Modewörtchen *"Ideal"*.
Ein Labsal, das nicht lange währte,
Weil gleich darauf der Kamerad
Geräuschvoll in sein Stübchen trat
Und seinen kurzen Frieden störte:
"Die Uhr ist sechs, auf, auf, mein Sohn,
Geschwind, Onegin wartet schon!"

XXIV

Er täuschte sich: noch tief im Traume
Lag unser Held, den Pflichten fern.
Schon dämmert's leis am Himmelssaume.
Der Hahn begrüßt den Morgenstern –
Noch ruht das Weltkind schlafumfangen.
Schon ist die Sonne aufgegangen
Und überstreut mit weißem Glanz
Kristallner Flocken Wirbeltanz –
Er aber träumt noch mit der Miene
Der Unschuld sanft im Schlafgemach.
Doch jetzt auf einmal wird er wach,
Gähnt, reckt sich, teilt die Bettgardine
Und schaut – bis plötzlich er gewahrt:
Es ist ja höchste Zeit zur Fahrt!

XXV

Er schellt: sofort erscheint am Bette
Guillot, ein Franzmann, sein Lakai,
Hilft emsig bei der Toilette
Und bringt Habit und Schuh' herbei.
Onegin schlüpft in seine Sachen
Und heißt Guillot sich fertigmachen,
Um mitzufahren; als Gepäck
Verlangt er nur sein Schießbesteck.
Der Schlitten jagt, wie anbefohlen,
Zur Mühle hin; dort irgendwo

Wird haltgemacht, dann muß Guillot,
Im Arm die grausen zwei Pistolen,
Dem Kavalier zur Seite gehn.
Der Schlitten bleibt beim Wäldchen stehn.

XXVI

Längst harrte Lenski bei der Schleuse
Voll Ungeduld; sein Kamerad
Besah derweil nach Kennerweise
Den Mechanismus. Endlich naht
Eugen, bedauert sein Verspäten
Und grüßt. Sarezki fragt betreten:
"Wo aber bleibt Ihr Sekundant?"
Denn er als alter Duellant
War für System in derlei Dingen
Und hielt darauf, den Menschen nur
Streng klassisch, wie die Kunst verfuhr,
Nach allen Regeln umzubringen,
Getreu dem Brauch, wie sich's gehört
(Das war unstreitig lobenswert).

XXVII

"Mein Sekundant?" Eugen wird heiter:
"Hier mit Verlaub: Monsieur Guillot,
Mein Freund; man fragt ja wohl nicht weiter
Nach Herkunft, noch warum, wieso;
Er ist ein Diener von Manieren
Und darf als Ehrenmann passieren."
Sarezki schaut verdutzt und schweigt.
Onegin drauf: "Man scheint geneigt,
Kann's also losgehn?" – "Nach Belieben",
Wirft Lenski hin. Die vier im Schritt
Ziehn querfeldein; Sarezki tritt
Nebst seinem Ehrenmann da drüben
Im ernsten Zwiegespräch zurück.
Die Gegner senken stumm den Blick.

XXVIII

Die Gegner! Nach so wenig Stunden
Durch grimmen Blutdurst schon entzweit?
Sind sie nicht jüngst noch eng verbunden,
Zwei gute Freunde, jederzeit
Mit ganzer Seele eins gewesen?
Und wollen nun, betört vom Bösen,
In unbegreiflich wilder Wut,
Erbfeinden gleich, mit kaltem Blut
Einander ins Verderben schicken –
Statt aufzulachen, froh zu sein,
Daß noch die Hand von Frevel rein,
Und sich versöhnt ans Herz zu drücken? ...
O falscher Ehrbegriff der Welt,
Der Schamgefühl für Schwäche hält!

XXIX

Schon wird geladen, Läufe blitzen;
Der feste Pfropfen wird vom Stahl
Gehämmert, bis die Kugeln sitzen;
Es knackt der Hahn zum erstenmal.
Dann streut man Pulver auf die Pfannen
Und eilt, das Drehschloß anzuspannen,
Das mit dem scharfen Feuerstein
Den Funken schlägt. Vor Angst und Pein
Verkriecht Guillot sich unterdessen.
Das Paar wirft rasch die Mäntel ab,
Sarezki, schweigsam wie ein Grab,
Hat zweiunddreißig Schritt vermessen,
Und jeder Gegner wählt den Stand
Und harrt, die Waffe in der Hand.

XXX

"Jetzt los!" Und bittren Ernstes schreiten
Zwei Feinde, noch den Hahn in Ruh',
Bedächtig, stumm, von beiden Seiten
Vier Schritte aufeinander zu.

Vier Schritte, die zum Jenseits führen.
Nun hebt in stetem Avancieren
Onegin, schweigend wie zuvor,
Ganz langsam sein Pistol empor.
Fünf Schritt noch sind zurückzulegen.
Jetzt hat auch Lenski haltgemacht,
Legt an und zielt – da plötzlich kracht
Onegins Schuß ... mit dumpfen Schlägen
Entschied das Los: der Dichter wankt,
Sein Arm versagt, die Waffe schwankt,

XXXI

Er führt die Linke still zum Herzen
Und fällt ... sein mattes Auge spricht
Von sanftem Sterben, ohne Schmerzen.
So von der Bergwand löst sich, bricht
Und stürzt, zerstäubt im Sonnenstrahle,
Die Schneelawine jäh zu Tale.
Ein eis'ger Schauer packt Eugen –
Er eilt herzu, er will ihn sehn,
Kniet nieder, ruft ihn an – vergebens:
Es ist vorbei, der Würfel fiel,
Der Jüngling fand ein frühes Ziel;
Es hat die Blüte dieses Lebens
Der Sturm geknickt im Morgenrot.
Das reine Licht erlosch im Tod.

XXXII

Da lag er, starr, mit bleichem Munde,
Entseelt, entrückt dem Erdenweh.
Noch immer troff aus seiner Wunde
Das Herzblut dampfend in den Schnee.
Und eben erst, noch vor Minuten,
Glomm dieses Herz in heil'gen Gluten,
Noch eben schlug's in junger Kraft
Für Liebe, Haß und Leidenschaft:
Und nun ist jeder Ton verklungen,
Wie im verlaßnen, leeren Haus –

Rings totenstill, die Lichter aus,
Die Fenster übertüncht, zersprungen,
Die Läden zu, kein Mensch darin,
Die Wirtin fort, Gott weiß wohin.

XXXIII

Dem Feind mit scharfen Epigrammen
Zu Leibe gehn ist eine Lust;
Ein Labsal, wenn in Zornesflammen
Der Tölpel, seiner Schmach bewußt,
Sich schämt, zum Spiegel hinzublicken,
Weil ihn verdiente Hörner schmücken;
Und köstlich, wenn er wütend flennt
Und seine Fratze selbst erkennt!
Weit schöner noch, sich kühl zu rächen,
Dem Kerl die Maske fortzuziehn
Und vornehm schweigend über ihn
Gesellschaftlich den Stab zu brechen.
Doch seinen Gegner töten – nein,
Kann nimmermehr vergnüglich sein.

XXXIV

Wie dann, wenn schwer von euch getroffen,
Ein Freund dahinsank, todesbleich,
Nur weil er sorglos, allzu offen
Im Übermut sich gegen euch
Beim Wein ein keckes Wort erlaubte,
Vielleicht sich selbst beleidigt glaubte
Und blind vor Zorn euch fordern ließ?
Sagt, könnte eure Seele dies
Verwinden, wenn, die Brust durchschossen,
Er daliegt, ihr ihn sterben seht,
Sein letzter Atemzug verweht,
Und nun, die Lippen fest geschlossen,
Er starr und taub vor euch sich streckt,
Kein Schmerzensschrei ihn auferweckt?

XXXV

Zerknirscht, die Waffe stumm in Händen,
Vermag Eugen in seiner Not
Vom Freunde keinen Blick zu wenden.
Sarezki murmelt: "Also tot."
Tot! ... Aufgepeitscht von diesem Worte
Entflieht Eugen dem Schreckensorte
Und ruft zum Beistand Leute her.
Sarezki läßt behutsam schwer
Den Körper in den Schlitten tragen
Und führt sie heim, die kalte Last:
Die Pferde wittern graunerfaßt
Den blut'gen Leichnam, schnauben, jagen
Und netzen ihr Gebiß mit Schaum –
Sie hemmt kein Zügel, hält kein Zaum.

XXXVI

Der Ärmste dauert euch, der eben
Noch voll von Glück und Poesie,
Bevor sich kaum sein schönes Streben
Entfalten durfte, ach, zu früh,
Den Tod empfing! Und Jugendfülle,
Sein Wissenstrieb und hoher Wille,
Gelenkt von keuschem, edlem Sinn,
Sein glühend' Herz – wo sind sie hin?
Wohin sein Drang nach Licht und Klarheit,
Der Liebesreichtum seiner Brust,
Sein Abscheu vor gemeiner Lust,
Und du, Begeistrung, Quell der Wahrheit,
Die seiner Träume Schöpferflug
Zu himmlisch reinen Sphären trug?

XXXVII

Er war vielleicht zu großen Dingen,
Zum Heil der Menschheit ausersehn,
Um auf der Leier goldnen Schwingen,
Die nun zerbarst, in lichten Höhn

Unsterblich durch sein Lied zu werden.
Er hätte wohl schon hier auf Erden
Des Dichterruhms Zenit erreicht.
Sein blut'ger Schatten nahm vielleicht
Der Offenbarung schönste Gabe
Ins Jenseits mit hinweg, entflohn
Ist seines Mundes süßer Ton,
Und nimmer steigt von seinem Grabe
Als tausendfält'ger Jubelchor
Der Nachwelt Dank zu ihm empor.

XXXVIII/XXXIX

Ihm konnte freilich auch im Leben
Ein Alltagslos beschieden sein:
Er hätte Frische, Lust und Streben
Gemach verloren, hinterdrein
Enttäuscht die Musen satt bekommen,
Im Dorf gehockt, ein Weib genommen
Und sich als Hahnrei, stillvergnügt,
Im Schlafrock dieser Welt gefügt;
Geschmaust, geschnarcht und, hoch an Jahren,
Dann endlich, mürb vor Gicht und Fett,
Als Biedergreis im Sterbebett,
Umheult von Weib und Kinderscharen
Und von der Ärzte Kunst mißbraucht,
Den letzten Seufzer ausgehaucht.

XL

Sei dem nun schließlich, wie ihm wolle:
Der Sänger, der so rein empfand,
Der liebeswarme, seelenvolle –
Er starb dahin durch Freundeshand!
Gleich links beim Dörflein, wo in Zeiten
Des Musenglücks er schwärmte, breiten
Zwei Kiefern stumm ihr Zwillingsdach;
Aus deren Fuß, hinab zum Bach,
Entspringen, rieseln frische Quellen.
Dort lockt's zur Rast den Landmann hin,

Und mittags taucht die Schnitterin
Den blanken Krug in ihre Wellen.
Im Schatten dort, für sich allein,
Gedenkt ein schlichtes Grabmal sein.

XLI

Und wenn des Frühlings milder Segen
In Schauern durch die Fluren zieht,
Birgt hier der Hirt sich vor dem Regen,
Flicht bastne Schuh' und singt sein Lied.
Und manchmal, wenn von Lust getrieben
Die junge Städterin, die drüben
Im Dorf zur Sommerfrische weilt,
Beim Morgenritt vorübereilt,
Bemerkt sie wohl am Trauerorte
Den Grabstein, hemmt des Zelters Lauf,
Lenkt näher, hebt den Schleier auf,
Sucht, überfliegt die kurzen Worte
Der frommen Inschrift mitleidsvoll
Und spendet ihren Tränenzoll.

XLII

Dann wieder reitet sie vom Hange
Nachdenklich ernst im Schritt herab,
Und ihre Seele weilt noch lange
Bei Lenskis Los und frühem Grab;
Und sinnt: "Ob Olga für die Wunden
Wohl später Balsam, Trost gefunden?
Ergab ihr Herz sich bald darein?
Und wo mag jetzt die Schwester sein?
Und er, der längst uns fremd geworden,
Der Menschenfeind, Salonpedant
Und Damenspötter, dessen Hand
Gewagt, den Dichter hinzumorden?"
Ich will von allem, was geschehn,
Ein andermal euch Rede stehn,

XLIII

Nicht jetzt. Zwar bin ich meinem Helden
Sehr zugetan, und mein Gedicht
Soll auch noch weiter von ihm melden,
Allein für heut vermag ich's nicht;
Denn meine reifern Jahre neigen
Zur trocknen Prosa, sind dem Reigen
Des Versgetändels – ungewollt,
Doch seufzend fühl' ich's – wenig hold.
Die Feder, sonst beim Spiel der Reime
So keck zur Hand, versagt sich nun;
Die Pflicht zu andrem, ernstrem Tun
Heischt Nüchternheit, statt loser Träume,
Und gönnt mir in des Tages Hast
Wie auch im Schlummer keine Rast.

XLIV

Es wuchs in mir ein neu' Verlangen,
Wobei es nicht an Leid gebrach;
Vor jenem fühlt' ich leises Bangen –
Und traure altem Kummer nach.
Wo seid ihr stürmisch süßen Triebe?
Wo du (ihr ew'ges Reimwort), *Liebe?*
Ist euer Blütenkranz hinfort
Für immerdar verwelkt, verdorrt?
Ruft kein elegisch banges Klagen
Den Lenz der Jugend mir zurück?
Ist's wahr, daß all das einst'ge Glück
(Wie ich im Scherz oft vorgetragen)
Nun ohne Wiederkehr dahin?
Und daß ich selbst bald Dreißig bin?

XLV

So ist's. Mein Tag ist halb vollendet,
Ich seh' es wohl und bin bereit.
Nun also, da mein Pfad sich wendet,
Fahr wohl, du goldne Jugendzeit!

Hab Dank für deine tausend Wonnen,
Für Lust und Schmerz aus tiefstem Bronnen,
Für Not und Glück! Ich danke dir
Für alles, alles, was du mir
Geschenkt hast. Hab' ich dich genossen
Im Rausch der Sinne Zug um Zug
Bis auf den Grund – so sei's genug!
Fahr wohl! Geklärt und ernst entschlossen
Auf neuen Bahnen zieh' ich nun,
Vom frühern Leben auszuruhn.

XLVI

Ein letzter Gruß noch, eh' ich scheide,
Euch Stätten, wo ich hold im Bann
Von Leidenschaften, Spiel und Freude
Der Dichtung schönste Träume spann ...
Und nun, Begeistrung, ewig rege,
Beflügle meines Herzens Schläge,
Entzünde meine Phantasie,
Sei meine Zuflucht spät und früh,
Hilf, daß ich nicht verzweifeln müsse,
Nicht untergehe stumpf und schal
Vor Ekel, Scham und Seelenqual
Im Strudel dieser Weltgenüsse,
In diesem Pfuhl, drin alle wir
Uns wälzen, Freunde, ich und ihr.

SIEBENTES BUCH

O Moskau, Rußlands liebste Tochter,
Wo gibt es eine, die dir gleicht?
Dmitrijew

Moskau nicht lieben, unsern Stolz?
Baratynski

Auf Moskau schimpfen! Ja, das macht das Reisen aus!
Wo ist's denn schöner? –
Wo wir nicht zu Haus.
Gribojedow

I

Schon schmilzt auf allen Bergen droben
Der Schnee im Frühlingssonnenstrahl
Und rinnt, zu trübem Naß zerstoben,
Ins quellenfeuchte Wiesental.
Mit Lächeln grüßt, noch traumbefangen,
Natur des Lenzes frische Wangen:
Der Himmel strahlt in lichtem Blau,
Der Wald beginnt sein kahles Grau
Mit zartem, grünem Flaum zu füllen.
Schon schwärmt aus ihrem Winterhaus
Nach Blütenkost die Biene aus,
Es sprießt die Flur, die Herden brüllen;
Schon singt im Buschwerk überall
Bei Mondenschein die Nachtigall.

II

Wie bangt mir doch bei deinem Kommen,
O Lenz, du Zeit der Liebeslust!
Welch tiefe Schwermut, dumpf beklommen,
Bedrängt, belastet meine Brust!
Mit welch entsagend leiser Trauer

Ergeb' ich mich dem Wonneschauer,
Spür' ich den Hauch der Frühlingszeit
In meines Dörfleins Einsamkeit!
Kann denn mein Herz nicht mitgenießen?
Muß, während alles strahlt und lebt
Und jauchzend nach dem Lichte strebt,
Sich meine Seele stumm verschließen,
Gefühllos bleiben, taub und kalt,
Wo ringsum heller Jubel schallt?

III

Bedenkt sie, statt sich mitzufreuen,
Daß alle Wipfel frisch belaubt,
Des Waldes Stimmen sich erneuen,
Wie schnell der Herbst die Zierde raubt?
Betrübt sie's, während reichgestaltet
Natur sich ewig neu entfaltet,
Daß eigner Jugend Glück und Wert
Mit keinem Lenz je wiederkehrt?
Wacht etwa, zaubrisch sich enthüllend,
Ein andrer, in der Jahre Lauf
Entschwundner, goldner Frühling auf,
Das Herz mit banger Sehnsucht füllend
Nach einem Land im Süden fern,
Mit Wundernächten, Mond und Stern? ...

IV

Wohlauf denn, ihr bequemen Reichen,
Ihr Schwelger ohne Pflicht und Amt,
Ihr Großfeudalen ohnegleichen,
Epikureer allesamt,
Buchwürmer ihr aus Lewschins Samen,
Und ihr, empfindungszarte Damen;
Herbei, der Frühling ist erwacht,
Da alles blüht und webt und lacht,
Die Zeit verschwiegner Promenaden
Und nächtlich süßer Schwärmerei ...
Aufs Land, aufs Land, herbei, herbei!

Geschwind gepackt und aufgeladen,
Kaleschen, Chaisen, Kutschen vor
Und ungesäumt hinaus zum Tor!

V

Auch du, mein Leser, eile, rüste
Und flieh den Lärm der dumpfen Stadt,
Soviel sie auch für Herz und Lüste
Den Winter durch gespendet hat:
Komm, laß poetisch dich geleiten,
Um fern in Waldeseinsamkeiten
Das weltverlorne Dorf zu sehn,
Wo jüngst noch unser Freund Eugen
Als Nachbar Tanjas, meiner stillen,
Geliebten, holden Träumerin,
Den öden, langen Winter hin
Sich stumm vergrub mit seinen Grillen
Und heut, entflohn dem Paradies,
Nur trübe Spuren hinterließ ...

VI

Dann folge mir zu jenen Hügeln,
In deren Halbrund unverweilt
Ein Bach, darin sich Linden spiegeln,
Gekrümmten Laufs durch Wiesen eilt.
Am Hange dort, wo Rosen klettern,
Im Frühling Nachtigallen schmettern
Und Quellen murmeln früh und spät,
Dort bei den Zwillingskiefern steht
Ein Grabmal, halb versteckt im Grünen,
Und eine Inschrift meldet dir:
"Wladimir Lenski schlummert hier,
Hinweggerafft vom Tod der Kühnen,
Des Alters soundso viel Jahr.
Ruh sanft, du junger Dichteraar!"

VII

Aus Zweigen, die im Morgenwinde
Sich niederbeugten übers Grab,
Hing sonst als treues Angebinde
Ein schlichter, kleiner Kranz herab;
Und gegen Abend kamen immer
Beim Pilgergang im Mondenschimmer
Zwei Schwestern her, umarmten sich
Und weinten lang und bitterlich.
Das ist vorüber ... längst verwirrte
Gestrüpp den Pfad zum stillen Ort,
Er liegt verwaist, der Kranz ist fort;
Und nur der alte fromme Hirte
Flicht seine dürftig bastnen Schuh'
Noch heute hier – und singt dazu.

VIII/IX/X

Mein armer Lenski! Olgas Trauer
War anfangs tief, doch bald vorbei;
Ist seinem Schmerz doch auf die Dauer
Ein junges Bräutchen selten treu.
Ein andrer bot sich ihren Blicken,
War bald ihr Tröster, ihr Entzücken,
Und trat als Sieger auf den Plan:
Ein hübscher, flotter Herr Ulan
Hat Herz und Hand im Flug gewonnen ...
Und sieh, schon steht sie am Altar,
Frisch, rosig, wie sie früher war,
Von weißem Schleier zart umsponnen,
Gesenkten Haupts, dem Glück geweiht,
Im Antlitz heiße Seligkeit!

XI

Mein armer Lenski! Ob die Kunde,
Wie wenig Olga sein gedacht,
Ihn wohl betrübte dort, im Grunde
Der wesenlosen Grabesnacht?

War ihm vielleicht zu sanftem Frieden
An Lethes Ufern Schlaf beschieden,
Der allen Erdenjammer stillt
Und in den Bann des Schweigens hüllt?
Ja, trostreich winkt uns das Vergessen
Im Jenseits dort: was Freund und Feind,
Was uns die Liebe nachruft, weint –
Verstummt auf ewig. Währenddessen
Der Erben Gier sich blinderregt
Noch lang um seinen Nachlaß schlägt.

XII

Sehr bald verklang im trauten Kreise
Der Larins Olgas muntrer Ton:
Den Herrn Ulan rief schnöderweise
Die Pflicht zurück zur Garnison.
Die Mutter schwamm in Tränenströmen,
Ihr fiel das bittre Abschiednehmen
Ganz über alle Maßen schwer.
Bloß Tanjas Augen blieben leer;
Ihr bleicher Ernst nur offenbarte,
Wie tief sie seelisch mitempfand.
Und als man dann am Tore stand,
Sich alles dort zusammenscharte,
Zum letzten Scheidegruß bereit,
Gab sie dem Wagen ihr Geleit.

XIII

Und winkte lange noch den Lieben
Umflorten Auges hinterdrein ...
Und nun war sie zurückgeblieben,
Zurückgeblieben ganz allein!
Die Schwester, ihr so treu verbunden,
Die Trautgefährtin froher Stunden,
Das Schicksal trug sie, ach, von Haus
Für immer in die Welt hinaus.
Nun irrt sie durch des Gartens Stille,
Vereinsamt, wie ein Schatten hin,

Nichts freut sie, nirgends weilt ihr Sinn;
Der unterdrückten Tränen Fülle
Vergrößert, steigert nur den Schmerz –
Ein Riß geht mitten durch ihr Herz.

XIV

Und im Alleinsein, im Entbehren,
Vertieft sich ihre Leidenschaft,
Und wieder nach Eugen begehren
Die Sinne mit erneuter Kraft.
Allein, sie muß ja von ihm lassen,
Sie muß den Brudermörder hassen,
Darf nie ihn wiedersehn ... Jedoch,
Wer weiß denn heut vom Dichter noch?
Er starb ... Schon längst gewann zur Ehe
Ein andrer seines Bräutchens Hand;
Sein flüchtig Angedenken schwand
Gleichwie Gewölk in blauer Höhe;
Und nun bewahren, trüb und stumm,
Es wohl zwei Herzen nur ... Warum?

XV

Am Abend war's, zur Dämmerstunde.
Bleich stand der Mond; der Strom ging sacht;
Die Käfer summten in der Runde;
Ein Fischerfeuer war entfacht;
Vom Dorf her schallte muntrer Reigen.
Und unterdessen, tief im Schweigen,
Streift einsam unsre Träumerin,
Tatjana, durch die Felder hin.
Weit, weit ... Da taucht vor ihren Schritten
Am Wiesenhang ein Landsitz auf
Und, klar umspielt vom Wasserlauf,
Ein dunkler Park, ein Schloß inmitten.
Und wie sie hinschaut – unbewußt
Pocht laut das Herz ihr in der Brust.

XVI

Unschlüssig schwankt sie, voll Erwarten:
"Was tu' ich? ob ich's wagen kann?
Er ist ja fort ... Auf Haus und Garten
Ein Blick – mich kennt man nicht; wohlan!"
Verhaltnen Atems steigt sie nieder,
Bleibt stehn, kommt näher, zögert wieder,
Schaut lange ratlos um sich her ...
Und schlüpft durchs Tor: der Hof ist leer.
Da plötzlich kläfft es ihr entgegen,
Ein Hundeschwarm – ihr lauter Schrei
Lockt eine Knabenschar herbei,
Die hurtig mit Geschrei und Schlägen
Die Köter auseinanderjagt
Und nach des Fräuleins Wünschen fragt.

XVII

"Wird man das Schloß wohl ansehn können?"
Ein kleiner Bursch war gleich so flink,
Zur alten Pförtnerin zu rennen,
Bei der des Hauses Schlüssel hing.
Bald war Anisja selbst zur Stelle,
Und schon steht Tanja auf der Schwelle,
Die stummen Räume öffnen sich,
Daraus Eugen erst jüngst entwich.
Sie schaut: noch Spuren sind geblieben,
Am Billard ein vergeßnes Queue,
Im Saal dort auf dem Kanapee
Die Gerte ... "Am Kamin da drüben",
Fällt nun die Alte tonlos ein,
"Saß unser Gnäd'ger oft allein.

XVIII

Hier speisten im vergangnen Winter
Der weiland Lenski mit dem Herrn.
Und hier, belieben, gleich dahinter,
Sein Kabinett. Hier hat er gern

Vorm Aufstehn Kaffee eingenommen,
Hat dann vom Vogt Rapport bekommen
Und früh gelesen. Eben hier
War auch des alten Herrn Quartier ...
Des Sonntags saßen Seine Gnaden
Am Fenster, setzten feierlich
Die Brille auf und ließen mich
Zu einem Spielchen Schafskopf laden.
Gott gebe seiner Asche Ruh'
Und ew'ge Seligkeit dazu."

XIX

Voll Rührung, wie in stiller Feier,
Schaut unsre Tanja ringsumher,
Es deucht ihr alles wert und teuer,
Füllt ihre Seele mehr und mehr,
Je tiefer sie darein versponnen,
Mit schmerzlich-süßen, scheuen Wonnen!
Der Tisch, die kleine Lampe drauf,
Die vielen Bücher, Hauf an Hauf,
Das schlichte Decktuch überm Bette,
Der Blick ins dämmerfahle Land,
Lord Byrons Bildnis an der Wand
Und dort, geformt zur Statuette,
In heldisch ernster Positur
Des finstren Korsen Erzfigur.

XX

In diesem modisch eignen Zimmer
Steht Tanja lange wie verzückt.
Schon wich des Abends letzter Schimmer,
Es dunkelt, traumhaft ferngerückt
Ruht Fluß und Hain im Nebelspiele;
Der Mond versank; nun mahnt die Kühle,
Daß unsre Pilgerin vor Nacht
Sich eiligst auf die Wandrung macht.
Und noch bestürmt von Herzensnöten,
Die sie nur seufzend bergen kann,

Schickt Tanja sich zum Heimweg an,
Nachdem sie Freiheit sich erbeten,
Hier öfters aus und ein zu gehn,
Um all die Bücher anzusehn.

XXI

Am Hoftor schied sie von der Alten.
Doch anderntags schon, wie im Traum,
Betrat, vor Sehnsucht nicht zu halten,
Sie wieder jenen stillen Raum
Und spann sich hier im Kabinette,
An der von ihm verlaßnen Stätte,
In ihren Gram versunken ein
Und weinte lang für sich allein.
Dann endlich fing sie an zu lesen:
Zwar erst mißfiel ihr alles noch,
Weil fremd und seltsam; bald jedoch
Ergriff sie dieses andre Wesen,
Und langsam in der Stunden Lauf
Ging eine neue Welt ihr auf.

XXII

Obschon Eugen, wie wir ihn kennen,
Nicht viel Geschmack an Büchern fand,
War dennoch manches Werk zu nennen,
Das hoch in seiner Schätzung stand:
So Byrons Schriften, des Titanen,
Nebst einer Auswahl von Romanen,
Worin die nackte Wirklichkeit,
Zumal der Mensch der heut'gen Zeit,
Sich scharfumrissen widerspiegelt,
Wie er, moralisch ohne Halt,
Voll Egoismus, nüchtern-kalt,
Beständig in Phantasmen klügelt,
An bittrer Weltverachtung krankt
Und inhaltslos durchs Leben wankt.

XXIII

Auf vielen Seiten waren Stellen
Vom Fingernagel angemerkt,
Und Tanja ward in solchen Fällen
Im Eifer nur noch mehr bestärkt.
So wird sie voll Bewundrung inne,
An welchem Ausdruck, welchem Sinne
Sich einst Eugen betroffen stieß,
Und was er schweigend gelten ließ;
Wird seiner scharfen Bleistiftzüge
Mit Staunen überall gewahr:
Aus allem spricht unmittelbar
Sein Geist in Urteil, Lob und Rüge,
Bald durch ein Kreuz, ein kurzes Wort,
Bald Fragezeichen hier und dort.

XXIV

Und nun beginnt ihr ganz allmählich
Schon mehr Verständnis aufzugehn
Für ihn, der, ach, unwiderstehlich
Ihr armes Herz bezwang, durch den
Zu leiden ihr bestimmt die Götter.
Doch dieser Sonderling und Spötter,
Den Himmel oder Hölle schuf,
Mit Engelsfittich, Teufelshuf –
Was stellt er vor? Ein bloßes Schemen,
Ein Trugbild? Ist er, wie's geschieht,
Ein Moskowitergeck, bemüht,
Childe Harolds Maske anzunehmen?
Ein Phrasenheld, der andern gleicht?
Nur eine Parodie vielleicht? ...

XXV

Ob wohl das rechte Wort gefunden,
Des Rätsels Sinn gedeutet ist?
So träumt sie oft; es fliehn die Stunden,
Längst wird sie schon daheim vermißt,

Allwo Mama mit noch zwei Alten
Ernst ihretwegen Ratschlag halten.
Frau Larin seufzt: "Man sieht doch klar,
Sie ist kein Kind mehr, Olga war
Die jüngre; täglich wird es schlimmer,
Was fang' ich mit dem Mädel an?
Die Zeit ist da, ihr fehlt ein Mann,
Kommt aber wer, dann heißt es immer:
›Ich mag nicht!‹ Jedem kommt sie dumm
Und schmollt und streift im Wald herum."

XXVI

"Vielleicht verliebt?" – "Dann möcht' ich wissen,
In wen? Bujanow schlug sie aus,
Auch Petuschkow hat abziehn müssen;
Hernach erschien Pychtin im Haus,
Der Herr Husar; du meine Güte,
Wie stramm sich der um sie bemühte!
Schon dacht' ich: Topp, das hat genützt;
Ja, Possen – wieder abgeblitzt!" –
"Ei, Nachbarin, weshalb Euch quälen,
Ihr solltet, um Erfolg zu sehn,
Nach Moskau auf den Brautmarkt gehn." –
"Ach, Beste, wenn die Mittel fehlen ..." –
"Gott, über Winter langt's dafür,
Wenn nicht, na ja, dann borgen wir."

XXVII

Das schien der Alten einzuleuchten,
Der Plan erwies sich wohlbedacht,
Sie überschlug: die Groschen reichten,
Und mit der Fahrt war's abgemacht.
Tatjana hört es, tiefbetroffen:
Nach Moskau gehn? Um dort sich offen
In scheuer Unbeholfenheit,
In provinzialem Putz und Kleid
Auf eleganten Großstadtbällen
Vor Dünkeltum mit Band und Stern,

Koketten Damen, Modeherrn
Und ihrem Spott zur Schau zu stellen?
Entsetzlich! Lieber hier allein,
Im tiefen Wald verborgen sein!

XXVIII

Jetzt zieht beim ersten Tagesgrauen
Der Kummer sie hinaus ins Feld,
Noch einmal scheidend hinzuschauen
Auf ihre traute Heimatswelt:
"Lebt wohl, ihr Höhn, ihr goldnen Wogen,
Und du, mein blauer Himmelsbogen,
Du schöner Wald, du grünes Tal,
Lebt wohl! O laß zum letztenmal,
Beglückte Schöpfung, dich umfassen!
Bald muß ich, ach, um eitlen Tand,
Um Schein und Prunk dich, stilles Land,
Und dich, geliebte Freiheit, lassen!
In welche Zukunft, ach wofür
Treibt mich das Schicksal fort von hier?"

XXIX

So macht sie täglich weite Gänge:
Hier lädt der Bach, der Wiesenrain,
Dort laden schattig grüne Hänge
Zu andachtsvollem Rasten ein.
Vorm Abschied will sie Grüße tauschen
Mit Blumen, Quell und Waldesrauschen,
Mit allem, was ihr teuer ist.
Doch kurz nur währt des Sommers Frist.
Der bleiche Herbst erscheint, und klagend,
Mit letztem Gold von Hain und Flur
Geschmückt als Opfer, stirbt Natur ...
Schon faucht und wettert, Wolken jagend,
Der Nordwind – bis auf eis'gem Pfad
Im Zauberkleid der Winter naht.

XXX

Er kommt und streut im Flockentanze
Sein glitzernd Weiß auf Busch und Baum,
Deckt rings die Höhn in lichtem Kranze,
Die Flur mit wellig weichem Flaum
Und wandelt Wiesengrund und Bäche
In eine spiegelglatte Fläche;
Es blinkt der Frost. O Winterszeit,
Wir freun uns deiner Herrlichkeit!
Nur Tanjas Herz, statt mitzufühlen,
Verschließt sich diesmal all der Lust,
Sie lockt es nicht, sich Stirn und Brust
Beim Morgenbad im Schnee zu kühlen,
Wie sonst nach frisch gesunder Art:
Es bangt ihr vor der Winterfahrt.

XXXI

Für diese, lang hinausgefristet,
Rückt nun der letzte Tag heran.
Der alte Schlitten wird gerüstet
Und repariert, so gut man kann.
Drei Fachkibitken läßt man kommen,
Denn auch Gepäck wird mitgenommen:
Bratpfannen, Koffer, Bettzeug, Öl,
Saftkruken, Stühle, Salz und Mehl,
Verschläge mit lebend'gen Hühnern,
Geschirr und Kram et cetera –
Viel Plunder, doch man braucht ihn ja.
Das Hausgesinde nebst den Dienern
Hantiert und flennt; ringsum Rumor.
Drauf führt man achtzehn Klepper vor

XXXII

Und schirrt sie an die Schlittenstränge.
Die Köche packen Zehrung ein,
Man staut die Lasten im Gedränge,
Die Kutscher fluchen, Weiber schrein;

Auf dürrem Gaul, voran als Leiter
Thront stolz im Bart der Spitzenreiter,
Die ganze Dorfschaft strömt zuletzt
Zum Ausgang, alles winkt – und jetzt,
Jetzt endlich rutscht die Kavalkade
Mit Ach und Krach zum Tor hinaus.
"Leb wohl, mein teures Elternhaus,
Lebt wohl, ihr trauten Heimatspfade!
Gibt's je ein Wiedersehn für mich?"
Und unser Kind weint bitterlich.

XXXIII

Geht Rußland einst aus Finsternissen
Zur Zivilisation voran
(Was etwa, nach gelehrten Schlüssen,
Ein halb Jahrtausend dauern kann),
Dann wird sich künftig auch daneben
Der Zustand unsrer Straßen heben:
Chausseen ziehn dann kreuz und quer
Verbindend durch die Ferne her,
Gewalt'ge Eisenbrücken thronen,
Man sprengt die Felsen, ebnet Land,
Bohrt Tunnels durch der Berge Wand,
Und rings auf allen Poststationen
Stellt orthodoxer Christensinn
Uns ein Büfett zur Stärkung hin.

XXXIV

Einstweilen sind die Wege greulich,
Die Brücken morsch, der Dreck verflucht;
Im Gasthaus wird man nachts abscheulich
Von Floh und Wanze heimgesucht;
Mit Kostversorgung steht's noch schlimmer.
Und während sich im kalten Zimmer
Ein Preiskurant erbärmlich spreizt
Und zwecklos unsern Magen reizt,
Ist drauß im Hof mit Schmiedebeilen
Der Dorfzyklop auf frischer Tat,

Europas leichtes Fabrikat
Echt russisch plump zurechtzukeilen,
Und schwitzt und segnet still erfreut
Der Heimat Unergründlichkeit.

XXXV

Hat's aber Frost und Schnee gegeben,
Dann fährt sich's leicht und angenehm,
Dann sind die Bahnen flach und eben,
Wie manch modernes Verspoem,
Die Rosselenker frisch und friedlich,
Die strammen Troiken unermüdlich,
Und einem Zaun gleich saust die Reih'
Der Meilenstangen jäh vorbei.
Mit Larins abgetriebnen Pferden
Ging's ohne Vorspann so geschwind
Nun leider nicht, und unser Kind
Genoß drum alle Fahrtbeschwerden
Vollauf bei solchem Schneckengang:
Man kutschte sieben Tage lang.

XXXVI

Doch endlich winkt das Ziel: im Schimmer
Der weißen Mauern leuchtend nah,
In goldner Kreuzeskuppeln Flimmer
Liegt groß und herrlich Moskau da!
Ach, wie ich doch vor Freude bebte,
Als dies betürmte, glanzbelebte,
Buntfarbne Stadtbild imposant
Auf einmal wieder vor mir stand!
Wie oft in meinem tiefsten Grame,
In meines Wanderschicksals Nacht,
O Moskau, hab' ich dein gedacht!
Moskau ... Wie packt doch dieser Name
Das Russenherz mit Ungestüm!
Was spricht nicht alles, klingt aus ihm!

XXXVII

Schon grüßt aus einem Wald von Eichen
Zar Peters düstres Schloß herauf
Als heldisch ernstes Ruhmeszeichen.
Hier harrte, stolz vom Siegeslauf,
Napoleon umsonst der Stunde,
Daß mit des Kremls Schlüsselbunde
Sich Moskau beuge seinem Fuß.
Nein, Moskau bot ihm nicht den Gruß,
Tat keinen Schritt zum Triumphator!
Und nicht mit Hymnen noch Tribut –
Nein, nur mit Brand und Feuersglut
Empfing's den harten Imperator!
Von hier aus sah er grausig schön
Sein Glück in Flammen untergehn ...

XXXVIII

Leb wohl, du Spur aus großen Tagen,
Du Peterschloß! Die Stunde drängt,
Rasch vorwärts: weiße Säulen ragen
Als Tor empor, der Schlitten schwenkt
Und holpert durch die Twersche Straße.
Gleich flimmert's, wogt's im Übermaße:
Volk, Bauern, Weiber, Bettelei,
Bucharen, Trödler, Polizei,
Kosaken, Schlitten aller Sorten,
Laternen, Buden, Frachtenschwall,
Kaufläden, Klöster, Turm und Wall,
Paläste, Gärten, Löwenpforten,
Balkons, Kapellen nebst Altar
Und hoch ums Kreuz die Dohlenschar.

XXXIX/XL

Nachdem man zwei geschlagne Stunden
In diesem Strom umhergeirrt,
Hat man sich endlich durchgewunden:
In einem Seitengäßchen wird

Am Haus der Tante vorgefahren,
Der alten Dame, die seit Jahren
Brustleidend war. Die Klingel schrillt;
Dienstfertig öffnet, stier bebrillt,
Im Kaftan mit zerschlißner Kante,
Den Strickstrumpf zwirbelnd, ein Kalmück.
Herein! Im selben Augenblick
Ertönt der Willkommschrei der Tante
Vom Diwan her – Umarmung, Kuß
Und freud'ger Tränenüberfluß:

XLI

"Comtesse, mon ange!" – "Pachette!" – "Aline!" –
"Welch seltnes Glück!" – "So ist's denn wahr?" –
"Ihr bleibt doch?" – "Tausend Dank, Kusine!" –
"Nimm Platz! Mein Gott, wie wunderbar!
Ein Wiedersehn wie im Romane!" –
"Und hier mein Töchterchen Tatjane." –
"O Herzchen, komm in meinen Arm!
Kusine, hast du deinen Schwarm,
Den Grandison, noch nicht vergessen?" –
"Wie, Grandison ... Ach, der, ja, ja;
Wie geht's ihm?" – "Gut, wohnt hier ganz nah,
War Samstag erst bei mir zum Essen,
Scharmant wie sonst, hat viel erzählt,
Auch hat sein Sohn sich jüngst vermählt."

XLII

"Und der ... Doch erst zu unsern Sachen,
Nicht wahr? Und morgen mußt du hier
Mit Tanja gleich Visiten machen.
Ich, leider, darf nicht vor die Tür,
Bin ganz von Kräften, schlimmerweise!
Doch ihr seid müde von der Reise,
Wir gehn wohl besser gleich zur Ruh'.
Oh, meine Brust ... es schnürt mich zu ...
Nicht bloß der Kummer, meine Liebe,
Selbst Freude drückt mich jetzt so schwer;

Ich tauge schon zu gar nichts mehr!
Ach, wenn man altert, wird es trübe ..."
Und unter Tränen hub sie dann,
Total erschöpft, zu husten an.

XLIII

Die warme Zärtlichkeit der Kranken
Rührt Tanja tief, nur fühlt sie sich
Bedrückt und fremd hier, wie in Schranken;
Im ungewohnten, wunderlich
Geschmückten, reichen Kabinette,
Dem dicht mit Samt verhangnen Bette
Verbringt sie schlaflos lange Zeit,
Um schon beim Glocken-Frühgeläut
Aus halbem Schlummer aufzufahren.
Es dämmert, rings wird Leben wach;
Sie eilt ans Fenster – aber, ach,
Was muß ihr Blick enttäuscht gewahren:
Statt ihrer Felder sieht sie nur
Hof, Küche, Stall und Treppenflur.

XLIV

Jetzt wird sie täglich bei Verwandten
Zur Mittagstafel präsentiert
Und einem Schwarm von Onkeln, Tanten
Als scheues Nichtchen vorgeführt,
Auch allenthalben froh willkommen
Und äußerst liebreich aufgenommen,
Bestaunt, geherzt und abgeküßt:
"Nun sag mir eins, wie groß du bist!
Und hab' dich noch getauft, mein Kindchen!" –
"Und ich das Pätschchen dir gedrückt!" –
"Und ich das Öhrchen dir gezwickt!" –
"Bonbons gestopft ins Zuckermündchen!"
Und alles wunderwerkt und kräht:
"Gott, nein, wie doch die Zeit vergeht!"

XLV

Man selber nur in trockner Schöne
Blieb unverändert wie zuvor:
Die alte Exzellenz Helene
Trägt immer noch den Spitzenflor,
Noch geht geschminkt Lukerja Lwowna,
Noch immer lügt Ljubow Petrowna,
Noch ist Iwan der biedre Tropf,
Semjon der geiz'ge Rappelkopf.
Frau Bas' Pelagia scherzt noch täglich
Mit Herrn Finemouche, dem Hausgalan,
Hat noch den Spitz, den tauben Mann,
Und der ist immer noch verträglich,
Hat seinen Klub und sein Gemüt
Und seinen Bärenappetit.

XLVI

Der Grazienflor der Stadtkusinen
Erwidert zierlich Tanjas Gruß
Und mustert sie mit Gönnermienen
Erst lange stumm von Kopf zu Fuß,
Worauf man findet, daß die Kleine
Zwar linkisch provinzial erscheine,
Auch etwas blaß und wenig frei,
Doch immerhin ganz niedlich sei.
So knüpft sich denn, nach kurzem Stocken,
Naturgemäß das Freundschaftsband,
Man küßt sich, drückt sich warm die Hand,
Frisiert dem Bäschen Modelocken
Und kramt der süßen kleinen Maus
Kokett sein klein' Geheimnis aus:

XLVII

Schwarm, Späßchen, Balleroberungen,
Kabalen, Wünsche, Herzbeschwer –
Geschwätz naiver Mädchenzungen,
Ein Quentchen Bosheit nebenher.

Und dann wird Tanja trotz Erröten
Allseits bestürmt und heiß gebeten,
Zu Lohn und Dank für solch Vertraun
Auch endlich selber aufzutaun
Und ihre Beichte herzusagen.
Sie aber starrt in ihren Schoß,
Sitzt stillverträumt und teilnahmslos,
Birgt ihren Schatz an Glück und Klagen,
Wahrt unverbrüchlich, was sie litt,
Und schweigt und teilt sich keiner mit.

XLVIII

Sie sucht nun im Gesellschaftskreise
Belehrungsstoff und lauscht gespannt:
Allein auch dort wird gleicherweise
Nichts vorgebracht als bloßer Tand;
Gehaltlos, nüchtern fließt die Rede,
Sogar der Klatsch wirkt flach und öde;
Geplapper ohne Sinn und Witz
Tagaus, tagein; kein Geistesblitz,
Kein kleinstes Wort, das treffend wäre
Durch Zufall, aufs Geratewohl.
O große Welt, wie bist du hohl,
Wie frostig ist's in deiner Sphäre,
Wo nicht einmal ein Scherz gelingt,
Selbst Dummheit nicht zum Lachen zwingt!

XLIX

Die stolzen jungen Adelssprossen
Begaffen Tanja spöttisch kühl
Und machen heimlich ihre Glossen
Mit dünkelhaftem Selbstgefühl.
Ein scheuer Taps nur bringt verlegen
Im stillen ihr sein Herz entgegen
Und dichtet sie, so süß er kann,
Elegisch aus der Ferne an.
Ein Schöngeist nimmt aus Langerweile
Mit ihr vorlieb, bezeigt Humor

Und schwätzt ihr blaue Wunder vor,
Worauf ein alter Geck in Eile
Vorm Spiegel seine Löckchen streicht
Und voller Neugier näher schleicht.

L

Dort freilich, wo im Schaugepränge
Melpomene mit Leidenschaft
Vor einer stumpfen Hörermenge
Den flittergoldnen Mantel rafft,
Thaliens hehre Kunst entschwindet
Und kaum noch lauen Beifall findet,
Dieweil der jungen Lebewelt
Bloß Terpsichorens Tanz gefällt
(Wie das, ihr Leser, schon zur meinen,
Nicht erst zu eurer Zeit so war),
Dort wandte sich aus all der Schar
Kein Blick nach unsrer schlichten Kleinen,
Kein Opernglas und kein Lorgnon
Aus Logen, Sperrsitz noch Balkon.

LI

Nun wird sie ausgeführt auf Bälle:
Der Andrang hier, der Kerzenglanz,
Der schwüle Saal, die Menschenwelle,
Der Wirbel von Musik und Tanz,
Das reiche Bild, die stolzen Namen,
Die Fülle junger schöner Damen
Zur Brautwahl rings in Galerie,
All dies betäubt, bewältigt sie.
Hier macht in Musterexemplaren
Geziertes Geckentum sich breit
Mit Augenglas und Albernheit;
Hier wird von flotten Tanzhusaren
Im Flug der Urlaub ausgenützt,
Geklirrt, scharmiert – und fortgeflitzt.

LII

An Sternen ist der nächt'ge Himmel,
An schönen Mädchen Moskau reich;
Doch keines aus dem Glanzgewimmel
Kommt Lunas vollem Wunder gleich.
So leuchtet sie, mir ewig teuer,
Der doch zu nahn sich meine Leier
Nicht anmaßt, aus der Anmut Chor
Gleich sieghaft wie der Mond hervor.
Wie sie den Schimmer rings verdunkelt,
Wenn göttlich stolz sie niederschwebt,
Wie sich ihr Busen herrlich hebt,
Ihr tiefes Auge zaubrisch funkelt! ...
Poet, du schwärmst, halt ein, halt ein,
Des Wahnsinns muß ein Ende sein!

LIII

Scherz, Komplimente, Rauschen, Wehen,
Galopp, Masurka – Drang und Glut ...
Derweil sitzt abseits, ungesehen,
In zweier alter Tanten Hut
Tatjana, scheu zurückgezogen,
Und schaut verwirrt in Lärm und Wogen.
Ihr ist so schwül hier, Herz und Sinn
Zieht's heimlich in die Ferne hin,
Zum stillen Dorf, den schlichten Räumen,
Dem trauten Obdach, zur Natur,
Mit Quell und Blumen, Wald und Flur,
Zu ihren Büchern, ihren Träumen,
Zum schattig dunklen Lindenpfad,
Dorthin, wo *er* einst vor sie trat.

LIV

So schwebt ihr Geist hinaus ins Weite,
Gelöst von allem um sich her ...
Derweil fixiert sie von der Seite
Ein ernster hoher Militär.

Die Muhmen tauschen wechselweise
Zufriedne Blicke, zupfen leise
Tatjanens Arm und flüstern: "Kind,
Sieh rasch nach links, geschwind, geschwind!"
"Links? Wo? Was soll's denn, meine Lieben?" –
"Ei, Närrchen, kannst du denn nicht sehn:
Dort, wo die Herrn in Gruppe stehn,
In Uniform der Große drüben –
Jetzt wendet, kommt er, schau doch mal ..."
"Wer? Dort der dicke General?"

LV

Und damit wünschen wir Tatjanen
Von Herzen zum Erfolge Glück
Und kehren auf verlaßnen Bahnen
Zum Helden unsres Lieds zurück.
Um eins zuvor noch anzubringen:
"Vom jungen Freunde will ich singen,
Will seiner Launen Künder sein.
O Muse, geuß den Segen drein
Und kröne meine Dichtermühen!
Leih huldreich deinen Stab mir her,
Sonst geh' ich fehl die Kreuz und Quer'."
So! Endlich ist er doch gediehen,
Der Anruf, den ich langehin
Dem Klassizismus schuldig bin.

ACHTES BUCH

Fare thee well, and if for ever,
Still for ever fare thee well.
Byron

I

Als ich in froher Schulzeit Tagen
Noch im Lyzeumsgarten saß
Und Apulejus mit Behagen,
Doch Cicero nur ungern las,
Damals im Lenz – die Knospen sprangen,
Die Wasser rauschten, Schwäne sangen –
Erschien im goldnen Frühlingsstrahl
Die Muse mir zum erstenmal.
Da füllte sich mit Himmelssonne
Mein enges Stübchen: freudig-hell
Erschloß sich mir der Dichtung Quell,
Ich sang von meiner Kindheit Wonne,
Von Kampf und Sieg der Väterzeit
Und meines Herzens erstem Leid.

II

Der Beifall kam mir froh entgegen,
Mich hob der jung erstrittne Preis:
Dershawin gab mir seinen Segen,
Der grabesmüde Dichtergreis.
....
....
....

III

Allein ich frönte heißbegehrend
Nur zaumlos wilder Leidenschaft
Und tollte, Geist und Herz entehrend,

Mit meiner Muse lasterhaft,
Bei Trinkgelagen, wüsten Feiern,
Nächtlichen Straßenabenteuern:
Und dort im Rausch verstreute sie
Die Gaben, die einst Gott ihr lieh,
Sang lüstern vor den Zechgenossen
Und führte sich bacchantisch auf,
Und unsre Jugend zog zuhauf
Ihr lärmend nach durch alle Gassen ...
Wobei ich Frechling selber gar
Noch stolz auf ihren Leichtsinn war!

IV

Dann trieb das Schicksal hart und feindlich
Mich weit hinweg ... Sie blieb mir treu:
Wie oftmals hat sie sanft und freundlich
In meiner Irrfahrt Ödenei
Durch Trost im Liede mich erhoben,
Mit mir im Kaukasus da droben,
Lenoren gleich, in Vollmondnacht
Zu Roß den wilden Ritt gemacht!
Wie oft mich, wenn des Pontus Rauschen
An Tauris' Strande nächtlich schwoll,
Zum Meer geführt, um andachtsvoll
Der Nereiden Sang zu lauschen,
Der Wogen ew'gem Donnerton,
Dem Hymnus vor des Schöpfers Thron!

V

Und ferne von der Hauptstadt Freuden,
Entrückt dem Strom der großen Welt,
Gewöhnte sie auf dürren Heiden
Der Moldau im Zigeunerzelt
Sich an nomadisch rauhes Leben,
Vergaß, von niedrem Volk umgeben,
Der Göttersprache hehren Laut
Und schwärmte, fremder Art vertraut,
Für feurig-wilde Steppenweisen ...

Dann riß ein Wirbel jäh mich um –
Worauf ich sie bedrückt und stumm
Als Fräulein aus Landadelskreisen
In meinem Garten auf dem Land
Französisch lesend wiederfand.

VI

Heut stell' ich sie zum ersten Male
Auf einem Rout dem Adel vor
Und weide mich im vollen Saale
An ihrem frischen Jugendflor.
Sie schlüpft behend durch Diplomaten,
Vornehme Fraun, Aristokraten
Und elegantes Militär,
Nimmt sittsam Platz und schaut umher,
Entzückt vom Toilettenreigen,
Dem Stimmgewirr, dem edlen Prunk,
Dem Takt, mit welchem alt und jung
Sich grüßend vor der Hausfrau neigen,
Und all den Schönen, Stern an Stern,
Umrahmt von schwarzbefrackten Herrn.

VII

Das oligarchisch sichre Wesen,
Die noble Art, die Harmonie
Von Rang und Alter, auserlesen
In Form und Ton, bezaubert sie.
Doch wer ist dort mit finstren Zügen
Der Fremde, der sich kalt verschwiegen
Vom Festestreiben abseits hält?
So teilnahmslos in diese Welt
Des Glanzes schaut? Der unbeweglich
Mokante, steife Kavalier?
Hat wohl den Spleen? Was will er hier?
Wer mag das sein? Doch wie – wär's möglich?
Doch nicht Eugen? ... Er selber, ja!
"Seit wann ist der denn wieder da?

VIII

Noch immer mit demselben Sparren
Wie früher? Oder abgekühlt?
Was dünkt Sie, was er uns zum Narren
Wohl heut für eine Rolle spielt?
Stellt er sich wieder als Despoten,
Kosmopoliten, Patrioten,
Als Melmoth, Quäker oder gar
In noch viel blödrer Maske dar?
Statt als vernünft'ger Mensch zu leben,
Wie Sie und ich und jedermann!
Er täte wirklich wohl daran,
Den Unfug endlich aufzugeben,
Der anfängt, eine Qual zu sein." –
"Sie kennen ihn?" – "Hm – ja und nein."

IX

So kurz von ihm sich loszusagen,
Ist das nicht hart? Beweist das nicht,
Daß man zu vorschnell vom Betragen
Des lieben Nächsten Schlechtes spricht?
Daß eitle Selbstsucht hohler Tröpfe
Sich über Leichtsinn freier Köpfe
Als Eingriff in ihr Recht empört?
Weil Geist, der Spielraum braucht, sie stört?
Daß man bei Worten, bei Gebärden
Gleich Taten argwöhnt? Leicht vergißt,
Daß Dummheit blind-gehässig ist?
Daß Starke stärker fehlen werden?
Und bloß die Mittelmäßigkeit
Sich allgemeiner Gunst erfreut?

X

Wohl dem, der jung in jungen Jahren
Rechtzeitig zur Besinnung kam,
An dieser harten Welt Gebaren
Allmählich minder Anstoß nahm,

Nie blindlings nach Phantomen jagte,
Bei Neid und Unbill nicht verzagte,
Mit zwanzig Jahr ein lockrer Fink,
Mit Dreißig in den Ehstand ging,
Sich Schuldenlast und sonst'ge Bürden
Mit Fünfzig schlau vom Halse lud
Und wohl sein läßt bei Geld und Gut,
Im Glanz von Orden, Rang und Würden –
Weil schließlich ihn die ganze Welt
Für einen prächt'gen Menschen hält!

XI

Doch traurig, wenn wir einsehn müssen,
Daß unsre Jugend schal verflog
Und wir sie selber oft mit Wissen
Betrogen, wie sie uns betrog;
Daß alle Wünsche, die uns keimten,
Die Ideale, die wir träumten,
Der Reihe nach zerflattert sind
Wie welkes Laub im Wirbelwind.
O Ekel, wenn man dann durchs Leben
Wie durch erstarrte Formen zieht,
Nur Tafelfreuden vor sich sieht,
Wo eitle Nullen uns umgeben,
In deren Schwarm man gähnend weilt
Und weder Herz noch Denken teilt.

XII

Wer allseits in Verruf gekommen,
Wird schließlich unwirsch, wenn er sieht,
Daß ihn der Schwarm der Sittenfrommen
Bald für den ärgsten Störenfried,
Umstürzler, Querkopf, Überspannten,
Bald einen Byron-Komödianten,
Ja, selbst für einen Dämon hält.
Onegin (damit sieht die Welt
Ihn wieder) hatte unentschlossen,
Beruflos, ledig, ohne Plan

Schon sechsundzwanzig Jahr vertan,
Im Zweikampf seinen Freund erschossen
Und krankte, längst mit sich im Streit,
An Mangel jeder Tätigkeit.

XIII

Drum war er, stumpf vor Unbehagen,
Auf Ortsveränderung bedacht
(Ein Kreuz, das manche willig tragen,
Obschon es viel Beschwerden macht).
Verließ dann eilends Dorf und Felder,
Die stille Ruh' der dunklen Wälder,
Wo Tag und Nacht auf jedem Pfad
Ein blut'ger Schatten vor ihn trat,
Und fing nun ziellos an zu wandern,
Von *einem* Triebe nur gehetzt,
Bis auch zum Reisen ihm zuletzt
Die Lust schwand wie zu allem andern.
So kam er heim, in diesem Fall,
Wie Tschazki einst vom Schiff zum Ball.

XIV

Doch sieh, Bewegung herrscht im Saale,
Geflüster geht durch alle Reih'n ...
Von einem ernsten Generale
Gefolgt, trat eine Dame ein.
Sie glitt durch all die Huldigungen
Natürlich, frei und ungezwungen,
Sie hatte nichts von jener Art,
Die Dreistigkeit mit Hochmut paart.
Und nichts in Worten, Blick und Wendung,
Was reizen soll und leicht besticht ...
An ihr war alles vornehm-schlicht,
Sie war das Muster, die Vollendung
Du comme il faut ... (Schischkow, verzeih,
Mir fällt kein andrer Ausdruck bei!)

XV

Die Damen, jung und alt, empfingen
Sie freudig wie ein seltnes Glück,
Die Herren grüßten tief und hingen
Bewundernd stumm an ihrem Blick;
Der Fuß der Mädchen trat je näher,
Je leiser auf, und merklich höher
Als alle andern trug im Saal
Sein stolzes Haupt der General.
Sie war kaum schön; doch Fluß und Formen
Der eleganten Prachtfigur
Verrieten nicht die kleinste Spur
Von dem, was nach Gesellschaftsformen
In Londons strenger Oberschicht
Man *vulgar* nennt. (Ich kann es nicht,

XVI

Ich kann das Wort nicht übersetzen,
So lieb mir's ist; man scheint es bloß,
Weil fremd und neu, noch nicht zu schätzen,
Doch wird es künftig zweifellos
Im Epigramm sich gut bewähren.)
Doch, um zu ihr zurückzukehren:
In schlichter Anmut saß sie da,
Zu Petersburgs Kleopatra,
Nina Woronskaja, gewendet:
Hier konnte jedes Auge sehn,
Daß Nina, die wie Marmor schön,
Ein Anblick war, der reizt und blendet,
Trotz aller Künste, die sie trieb,
Vor jener doch im Schatten blieb.

XVII

"Ist's möglich? (denkt er) – Wenn sie's wäre ...?
Bei Gott ... sie selbst ... und dennoch, nein,
Wie kann aus dörflich schlichter Sphäre ..."
Er späht durchs Glas: ein Widerschein

Von lang vergeßnen, keuschen Zügen
Erregt ihn, seine Sinne fliegen
Zu einem ländlich fernen Ort ...
"Mein Fürst, wer ist die Dame dort
Im rötlichen Barett, die eben
Zum spanischen Gesandten spricht?"
Der staunt ihn an: "Das weißt du nicht?
So fremd noch unserm Großstadtleben?
Komm mit, ich kenne sie genau." –
"So sprich, wer ist sie?" – "Meine Frau."

XVIII

"Du bist vermählt?" – "Schon seit zwei Jahren." –
"Mit wem?" – "Mit einer Larin." – "Wie –
Tatjana?!" – "Kennst du denn ...?" "Wir waren
Ja Nachbarn!" – "Ei, dann mußt du sie
Sogleich begrüßen." Faßt ihn unter,
Durchquert den Saal und stellt ihn munter
Als seinen Freund und Vetter vor.
Die Fürstin blickt zu ihm empor ...
Und wie sie auch erschrecken mochte,
Von jäher Regung übermannt –
Kein Laut, kein Zittern ihrer Hand
Verriet, wie stark das Herz ihr pochte;
Sogar den Ton behielt sie bei,
Und auch ihr Gruß war ruhig frei.

XIX

Wie seltsam! Nicht einmal die Wangen
Entfärbten sich, ihr Angesicht
Schien gänzlich klar und unbefangen ...
Auch selbst die Lippen zuckten nicht,
Wie auch sein Blick sich forschend mühte:
Von jener scheuen Mädchenblüte
War nichts an dieser Fürstin mehr.
Er wollte sprechen, kämpfte schwer
Und konnte doch kein Wörtchen finden.
Drauf fragte sie, wie lang er aus,

Woher er käme, ob von Haus?
Erhob sich, streifte beim Entschwinden
Den Herrn Gemahl mit müdem Blick ...
Und ließ Eugen betäubt zurück.

XX

Dies sollte Tanja sein? Das Wesen,
Dem er vor langer Zeit einmal
(Ihr habt's im Vierten Buch gelesen)
In ihrem fernen Heimatstal,
Vom Geist des Predigens geleitet,
Moral gepredigt, Weh bereitet?
Sie, deren Brief er noch bewahrt,
Darin ein Herz sich offenbart,
Das keusch nach seiner Liebe schmachtet?
Dies Mädchen – oder war's ein Traum? –
Die Kleine, die er damals kaum
In ihrem Winkel dort beachtet;
Unfaßbar, die bewies ihm heut
Solch überlegne Festigkeit?

XXI

Er flüchtet aus den lauten Räumen,
Fährt grübelnd heim und sinkt ins Bett,
Gequält von schmerzlich süßen Träumen,
Am Morgen weckt ihn ein Billett:
Fürst N. beehrt sich, Dero Gnaden
Zum Abend höflichst einzuladen.
"Zu ihr – O Gott! ... Wohlan, zu ihr!"
Rasch fliegt die Antwort aufs Papier:
Er folge dankbar dem Befehle.
Doch was bedeutet diese Glut?
Erhitzt dies sonst so träge Blut,
Entzündet diese kalte Seele?
Groll? Eitelkeit? Wenn nicht die Kraft
Erwachter Liebesleidenschaft?

XXII

Und wieder kann er's kaum ertragen,
Wie langsam Stund' um Stunde schleicht.
Da endlich hat es zehn geschlagen!
Er hat im Flug ihr Haus erreicht
Und steht, verzehrt von innrem Fieber,
Im Saal der Fürstin gegenüber ...
Sie ist allein, sie nötigt ihn
Zum Sessel. Seine Wangen glühn,
Er stottert mit verlegnem Munde,
Weiß kaum zu sprechen, quält sein Hirn,
Zermartert sich mit finstrer Stirn
Durch eine bange Viertelstunde,
Stiert vor sich hin, gedrückt und scheu –
Und sie bleibt ruhig, kühl und frei.

XXIII

Des Fürsten Zwischenkunft beendet
Dies unbequeme Tête-à-tête.
Er plaudert, zu Eugen gewendet,
Von Jugendstreichen, wird beredt
Und gibt zu lachen. Gäste kommen.
Rasch ist dem Ton der Zwang genommen,
Sprüht Witz und Laune reich empor;
Selbst vor der Hausfrau darf Humor
Ganz ungeniert die Schwingen heben,
Um bald Gesprächen ohne Streit,
Gemeinplatz, Schwulst und Förmlichkeit,
Kurz, ernsten Themen Raum zu geben,
In denen geistreich freie Art
Bewußt des Anstands Grenzen wahrt.

XXIV

Allein, des Adels höchsten Blüten
Sah man auch hier die Streberwelt
Nebst Protzentum und Parasiten,
Die nirgends fehlen, beigesellt:

Da waren alte, gift'ge Damen,
Die scheußlich aufgedonnert kamen;
Gezierte Fräulein, blaß und fein,
Bestrebt, recht fürnehm-steif zu sein;
Ein Diplomat sprach unverdrossen
Vom Reich und dessen Daseinszweck;
Und ein geschminkter alter Geck
Hielt seine greisenhaften Possen,
Worüber heut kein Mensch mehr lacht,
Für äußerst wirksam angebracht.

XXV

Auch war ein Pamphletist erschienen,
Der ewig was zu tadeln fand:
Den Ton der Herrn und ihre Mienen,
Der Damen krassen Unverstand,
Das Plappern von Romanen, Wetter
Und Politik, den Klatsch der Blätter,
Den Haushalt, weil der Tee zu flau,
Und nicht zuletzt die eigne Frau
....
....
....

XXVI

Auch Herr Prolasow war zugegen,
Die Niedertracht im Ehrenkleid
(Von dir, St.-Priest, der Komik wegen
In allen Albums konterfeit).
Ein andrer Balldiktator lehnte
Gelangweilt an der Tür und gähnte
Und wirkte, in sein Nichts gehüllt,
Als koloriertes Modebild.
Zum Schluß bemühte sich vor allem
Ein Fremder, kürzlich zugereist,
Durch steifen Dünkel, trocknen Geist
Und Plumpheit närrisch aufzufallen:

Ein lächelnd ausgetauschter Blick
Verwies ihm stumm sein Ungeschick.

XXVII

Onegins Augen aber hingen
Nur an Tatjana wie gebannt,
Nicht jenem einstmals so geringen,
Verliebten, scheuen Kind vom Land,
Das er so kalt zurückgestoßen –
Nein, an der Fürstin, an der großen,
Vollkommnen Frau, dem nun so fern
Entrückten, strahlend hellen Stern
Der schönen, kaiserstolzen Newa.
Wie töricht seid ihr Menschen doch!
Euch lockt die Schlange immer noch
Zum Sündenbaum wie Mutter Eva:
Kein Eden hat euch je erfreut,
Wo nicht verbotne Frucht gedeiht!

XXVIII

Wie hatte Tanja sich entfaltet!
Wie schnell den sichren Ton erfaßt,
Der im Salon der Großen waltet,
Dem hohen Rang sich angepaßt!
Wer hätte hier, im goldnen Rahmen,
In dieser Königin der Damen
Die Schüchternheit vom Dorf erkannt?
Und einst war *er* der Gegenstand
All ihrer Wünsche, all ihr Sehnen!
Sie hatte schlaflos Nacht um Nacht
Mit bangen Seufzern sein gedacht,
Zum blassen Mond in bittren Tränen
Hinaufgeschaut, und ach – so oft
Ein Glück an seinem Arm erhofft!

XXIX

Ein jedes Alter frönt auf Erden
Der Liebe – doch der Jugend nur
Kann ihre Macht zur Wohltat werden,
Wie Lenzgewitter junger Flur:
Der Leidenschaften Maienregen
Entsprießt ein reicher Blütensegen,
Der in des Lebens Erntezeit
Zu voller, süßer Frucht gedeiht.
Doch wehe, wen in späten Tagen
Der Liebeswahnsinn übermannt!
Ihm hinterläßt er totes Land:
Wie wenn im Herbst, vom Sturm zerschlagen,
Der Wald sein welkes Laub verliert
Und Feld und Flur Morast gebiert.

XXX

Kein Zweifel mehr: zu Liebesgluten
Ist jetzt Onegins Herz entfacht,
Nur für Tatjana will es bluten,
Für sie nur schlägt es Tag und Nacht.
Der Einsicht Warnung überhörend
Erscheint er, sich im Wunsch verzehrend,
Nun früh und spät vor ihrer Tür,
Und wie ein Schatten folgt er ihr:
Ja, bloß von ihrem Arm zuweilen
Gestreift sein, sie mit duft'gem Schal
Umhüllen dürfen, vorm Portal
Den bunten Troß der Diener teilen,
Sich um ihr Taschentuch bemühn –
Schon das beglückt, beseligt ihn!

XXXI

Doch all sein Eifer, all sein Drängen
Ist nutzlos: sie bemerkt ihn nicht,
Kaum daß sie bei den Hausempfängen
Mit ihm drei flücht'ge Worte spricht.

Bald grüßt sie ihn mit leichtem Nicken,
Bald ist er Luft vor ihren Blicken.
Trotzdem kein Hauch Koketterie –
Denn Vornehmheit verabscheut sie.
Eugen wird stündlich bleicher, trüber;
Sie sieht's nicht, übergeht es wohl.
Er magert ab, wird schlaff und hohl,
In seinen Augen flackert Fieber.
Man warnt ihn allseits, drängt und rät
Zu Badereisen, Kur, Diät.

XXXII

Er aber sträubt sich, will nicht weichen,
Dann eben noch zum Tod bereit.
Auch jetzt von ihr kein Mitleidszeichen
(So hart ist oft die Weiblichkeit!).
Jedoch sein Starrsinn kann's nicht fassen,
Will nicht die Hoffnung sinken lassen,
Und dreist in kranker Leidenschaft
Entschließt er sich mit letzter Kraft,
Sein Herz ihr brieflich auszuschütten,
Obschon er sonst doch, wie bekannt,
Das Schreiben dumm und zwecklos fand;
Allein die Qual, die er gelitten,
Der Liebeswahnsinn riß ihn fort.
Hier steht's zu lesen, Wort für Wort:

Onegins Brief an Tatjana
"Ich weiß im voraus: dieser Brief
Voll bittren Wehleids wird Sie kränken.
Sie werden niedrig von mir denken
Und zürnen – ach, ich fühl' es tief!
Was will ich auch? Wie darf ich wagen,
Den Schrein des Busens unbedacht
Hier aufzuschließen, statt zu fragen,
Wie sehr mich dies verächtlich macht!

Einst führte Zufall uns zusammen.
Ich sah Ihr Herz in keuschen Flammen

Für mich erglühn – und trat zurück,
Zu kühl, um Wünschen nachzugeben.
Ich wollte frei sein – eitles Streben! –
Und schlug es aus, das holde Glück.

Dann hat noch eines uns geschieden:
Freund Lenski starb durch meine Hand ...
Da hab' ich ohne Ruh' und Frieden
Mein Herz von allem, was mich band
Und was mir lieb war, losgerissen.
Nun sollte Freiheit, wie zum Spott,
Mir Glück ersetzen ... Großer Gott,
Wie furchtbar hab' ich büßen müssen!

Nein: immerwährend um Sie sein,
Beständig Ihren Reiz vor Augen,
Ihr Lächeln, Ihrer Anmut Schein
Mit heißer Inbrunst in sich saugen,
Durchdrungen sein von Ihrem Wert,
Zu Ihren Füßen niedergleiten
Und wunden Herzens, qualverzehrt
Erlöschen – das sind Seligkeiten!
Und mir versagt ... Auf Ihrer Spur
Zieh' ich wie blind umher und leide;
Mein Leben zählt nach Tagen nur,
Und ich verschwende noch, vergeude
Der flücht'gen Stunden kurze Frist,
Die schon an sich bloß Trübsal ist.
Drum muß, so hilflos ich verderbe,
Soll nicht zu früh mein Hauch vergehn,
Mir jeder Morgen, eh ich sterbe,
Gewißheit schenken, Sie zu sehn ...

Nur bangt mir, daß in meinen Klagen
Ihr Unmut schnöde List entdeckt,
Mein leiser Wunsch Ihr Mißbehagen,
Mein Seufzer Ihren Zorn erweckt!

O könnten Sie die Pein empfinden,
Wenn man, nach Liebe sehnsuchtsvoll

Verlangend, mit Verstandesgründen
Das heiße Blut beschwicht'gen soll –
Wenn Ihre Knie man umfassen,
Aufschluchzen möchte, allem Leid
In Tränen freien Lauf zu lassen,
Zu stammeln, was im Herzen schreit –
Und doch der strengen Form sich schicken
Und martern muß, in leichtem Ton
Zu plaudern, ja – zu allem Hohn –
Sie höflich lächelnd anzublicken! ...
Wohlan denn, sei es drum: mir schwand
Die letzte Kraft zu widerstreben;
An Ihrem Urteil hängt mein Leben,
Mein Schicksal ruht in Ihrer Hand!"

XXXIII

Kein Antwortbrief. Er schreibt zum zweiten-,
Zum drittenmal – verlorne Müh'.
Da endlich unter Fürstlichkeiten
Auf einem Ball erblickt er sie:
O wie sie ausweicht, kühl ihn schneidet,
Ihn keines Wortes würdigt, meidet!
In ihrer Haltung ihm so feind,
Von eis'gem Hauch umgeben scheint!
Wie dieser stolze Mund Bewegung
Und innern Unmut meistern kann!
Onegin starrt sie sprachlos an:
Wo sind die Spuren von Erregung,
Von Mitleid, Tränen, Zorn? – Nein, nein,
Dies Angesicht ist kalt wie Stein!

XXXIV

Wie, oder spielt sie nur die Rolle,
Damit ihr Mann und dieser Kreis,
Nichts von Vergangnem ahnen solle,
Davon nur er, Onegin, weiß? ...
Ach, eitler Wahn! Er eilt von hinnen,
Flucht seinen blindbetörten Sinnen,

Ihr Sklave dennoch fort und fort,
Und schließt zu Haus sich ein, um dort
Nun wiederum die Welt zu meiden.
Und hier in stummer Einsamkeit
Gedenkt er nun der frühern Zeit,
Da ihn inmitten lauter Freuden
Der graue Trübsinn nicht verließ
Und in den dunklen Winkel stieß.

XXXV

Jetzt fing er wieder an zu lesen,
Las kunterbunt Chamfort, Rousseau,
Manzoni, Herder, Gibbons Thesen,
Madame de Staël, Bichat, Tissot,
Den skeptisch ernsten Bayle im Fluge,
Dann Fontenelle in einem Zuge,
Griff endlich, mürrisch wie er war,
Zu unsern Russen, ja sogar
Zu Almanachen nebst Journalen,
Wo man uns heut mit Bildung speist
Und mich so arg herunterreißt,
Mich, den man dort in Madrigalen
Noch jüngst so pries als neuen Stern ...
E sempre bene, meine Herrn!

XXXVI

Doch nur sein Auge war gebunden,
Die Seele schweifte weit im Raum,
Verzehrt von Sehnsucht, krank an Wunden,
Gequält von blindem Hoffnungstraum.
Dem Schoß der engbedruckten Seiten
Entstiegen andre Wesenheiten,
Vom Geistesauge nur erschaut,
Geheimnisvoll und doch vertraut:
Vergeßne Märchen, Zaubersagen
Der Kindheit, Spuk und allerhand
Bedrohlich Dunkles, wirrer Tand,
Manch krauser Wahn aus frühen Tagen,

Verheißnes, das im Busen schlief –
Und eines Mädchens Liebesbrief.

XXXVII

Solch dumpfem Brüten hingegeben,
Betäubt sein Geist sich mehr und mehr,
Und immer neue Bilder schweben,
Phantastisch wechselnd, um ihn her:
Er sieht im Schnee mit starren Zügen
Den Körper eines Jünglings liegen,
Umstrahlt vom ersten Morgenrot,
Und Stimmen flüstern: "Also tot!"
Vorüber wallen die Gespenster,
Die Freunde, Feinde, Schar um Schar,
Manch treulos blitzend Augenpaar,
Ein Dorfidyll – durchs offne Fenster
Schwingt eine Abendmelodie:
Ein Mädchen harrt – *Sie,* ewig sie!

XXXVIII

Ihn bannte diese Zaubersphäre
So völlig, daß er fast verrückt,
Ja fast Poet geworden wäre
(Wie Gott denn solche Strafen schickt).
Erschloß sich ihm durch Magnetismus
Doch fast der ganze Mechanismus
Von Rußlands neuster Poesie ...
So daß, wenn ganz in Lethargie
Versunken am Kamin er lehnte,
Pantoffel bald und bald Journal
Ins Feuer warf und tief in Qual
Dazwischen *"Benedetta"* stöhnte
Nebst *"Idol' mio, tröste mich"* –
Er täuschend einem Dichter glich.

XXXIX

Die Zeit verrann; schon blies im Norden
Der Tauwind durch das Land. Und doch:
Eugen war kein Poet geworden,
Auch nicht verrückt – und lebte noch.
Der Lenz entreißt ihn seinen Träumen:
Und eines Morgens im geheimen
Verläßt er plötzlich sein Quartier,
Darin er wie ein Murmeltier
Gewintert unter müdem Grollen;
Sein Schlitten saust in scharfem Gang
Am Eis des Newastroms entlang.
Schon bricht's und schmilzt in blauen Schollen,
Auf allen Straßen schwimmt Morast ...
Doch was bedeutet diese Hast?

XL

Wo stürmt er hin? Aus welchen Gründen?
Ihr ahnt es: Sie, die er verlor,
Tatjana will er wiederfinden,
Der unverbesserliche Tor!
Schon springt er leichenblaß vom Schlitten;
Das Haus scheint leer – mit raschen Schritten
Durcheilt er Flur und Saal: auch hier
Kein Mensch ... er öffnet eine Tür –
Was ist's? Was hält ihn jäh gefangen?
Dort, dicht vor ihm, sitzt stumm gebeugt,
Das Haupt auf einen Brief geneigt,
Allein für sich, mit bleichen Wangen,
Die Fürstin, allen Schmucks entblößt,
Und ist in Tränen aufgelöst.

XLI

Wer hätte jetzt das milde Wesen
Der frühern Tanja nicht erkannt?
In diesen Zügen nicht gelesen,
Welch Leid darin geschrieben stand?

Und während ihre Tränen fließen,
Stürzt er sich jammernd ihr zu Füßen ...
Sie zittert, aber wehrt ihm nicht;
Ihr mitleidvolles Angesicht
Neigt ohne Groll zu ihm sich nieder ...
Was sein erloschnes Auge sagt,
In stummem Vorwurf fleht und klagt,
Sie weiß, sie fühlt es ... ist nun wieder
Das schlichte Mädchen, treu und klar,
Die Sanftmut, die sie früher war.

XLII

Und voll zu ihm, der schmerzzerrissen
Sich kniend beugt, den Blick gewandt,
Gewährt sie seinen heißen Küssen
Fast willenlos die matte Hand.
Wie mochte jetzt ihr Herz wohl bluten?
In stummer Pein vergehn Minuten.
Gefaßter endlich, spricht sie still:
"Genug denn; stehn Sie auf; ich will
Jetzt ohne Rückhalt mich erklären.
Onegin, denken Sie der Zeit,
Als damals ich voll Schüchternheit
Im Garten dort mich Ihren Lehren,
Den bittren, schweigend unterwarf?
Nun, heut bin ich's, die sprechen darf.

XLIII

Onegin, einst in jüngern Tagen
Hab' offen, in der Jugend Zier,
Mein Herz ich Ihnen angetragen;
Doch welche Antwort wurde mir?
Sie zogen vor, mich abzulehnen.
Ach, scheuer Mädchen Liebessehnen,
Sie kannten es ja längst zu gut.
Noch heute, Gott! erstarrt mein Blut,
Denk' ich des Worts aus Ihrem Munde
Und Ihres kalten Blicks! – Allein,

Das soll für Sie kein Vorwurf sein:
Sie zeigten mir in schwerer Stunde
Wahrhaftigkeit und edlen Sinn –
Wofür ich heut noch dankbar bin ...

XLIV

Damals, nicht wahr? in dürft'ger Lage,
Noch fern von Prunk und Üppigkeit,
Gefiel ich Ihnen nicht ... Ich frage:
Weshalb verfolgen Sie mich heut,
Bedrängen mich mit Gunstbeweisen?
Doch nur, weil zu den höchsten Kreisen
Mir heut die Pforten offenstehn,
Sie mich geehrt, beneidet sehn,
Mein Gatte Narben trägt vom Kriege,
Wofür der Hof uns höher stellt –
Doch nur, weil heut mich alle Welt,
Sobald ich einen Makel trüge,
Gleich lästern, aber Sie, den Mann,
Noch um Triumphe neiden kann!

XLV

Ich weine ... Wenn Ihr Herz in Treue
Noch Ihrer Tanja Bild bewahrt,
So hören Sie: die Scham, die Reue,
Ja, Ihre kränkend rauhe Art,
Dies alles wollt' ich lieber tragen
Als jetzt die Leidenschaft, die Klagen,
Die Tränen, diese Briefe hier.
Denn damals haben Sie mit mir,
Dem Kind, doch Mitgefühl besessen,
An meine Unschuld nicht gerührt ...
Und heut? Was hat Sie hergeführt?
Wie klein gedacht, wie ehrvergessen!
Gibt denn Ihr Herz, Ihr hoher Sinn
Sich solchen niedren Trieben hin?

XLVI

Und mir, Onegin, was bedeuten
Mir Glanz und Reichtum, Prunk und Schein,
Die Gunst des Hofs, die Festlichkeiten,
Der Fürstenrang, das Vornehmsein,
Dies ganze Maskeradenleben?
Wie wär' ich froh, es hinzugeben
Für meine liebe Bücherschar,
Den Garten, der mein Obdach war,
Das Elternhaus, so lang gemieden,
Für jenes stille Heimatstal,
Wo ich Sie sah zum erstenmal,
Ja für des Kirchhofs ernsten Frieden,
Wo unterm Kreuz in Gottes Hut
Die alte treue Amme ruht ...

XLVII

Und ach, wir konnten glücklich werden,
Das Glück war uns so nah gebracht! ...
Mir fiel ein andres Los auf Erden.
Ich tat auch selbst wohl unbedacht,
Doch Mutters Tränen, Mutters Bitten –
Da blieb, wie schwer sie auch gelitten,
Der armen Tanja keine Wahl ...
Ich ward vermählt. Zum letztenmal,
Eugen: Sie müssen mir entsagen:
Ich weiß auch, daß Ihr Edelmut,
Ihr Stolz von selbst das Rechte tut.
Ich liebe Sie – heut darf ich's klagen –
Doch hat ein andrer mich gefreit:
Ihm bleib' ich treu in Ewigkeit!"

XLVIII

So geht sie. Wie vom Blitz getroffen,
Zerschmettert bleibt Onegin stehn
Und sieht verzweifelt all sein Hoffen
Unwiederbringlich untergehn.

Horch: Schritte, Sporenklang – im Zimmer
Erscheint der Fürst ... Und hier für immer,
In diesem Augenblick der Not,
Da ihm Gefahr und Schrecken droht,
Entziehn wir uns dem Freund und scheiden
Für immer ... Unsre Dauerfahrt
Auf seiner Spur, o Leser, ward
Schon recht zur Last uns müden beiden.
Der Hafen ist erreicht, hurra!
Der lang ersehnte Schluß ist da!

XLIX

Ob du mein Freund, mein Feind gewesen,
Laß, lieber Leser, mich von dir
Zum Guten scheiden, nicht im Bösen.
Leb wohl! Was immer auch du hier
Gesucht im Strudel meiner Reime:
Nachklänge bunter Jugendträume,
Zerstreuung nach des Tages Müh',
Sarkasmen oder Poesie,
Nebst Schnitzern, die so unterfließen –
Wenn's glückte, fandest du darin
Zum Zeitvertreib für Herz und Sinn
Und, um es kritisch aufzuspießen,
Ein Körnchen, wenn auch noch so klein.
Und nun, leb wohl, gedenke mein!

L

Auch du leb wohl, mein Trautgefährte,
Und du, mein holdes Ideal!
Leb wohl, gewohnte, nun entbehrte,
Geliebte Arbeit! Euch zumal
Verdank' ich höchste Dichterfreuden:
Vergessenheit im Sturm der Leiden
Und Freundschaft, innig ausgetauscht.
Wie manches Jahr ist doch verrauscht,
Seitdem in Traumesphantasien
Tatjanens und Onegins Bild

Zum erstenmal sich mir enthüllt –
Da auch das Endziel meiner Mühen,
Im Zauberspiegel festgebannt,
Noch kaum im Umriß vor mir stand.

LI

Sie aber, denen treuverbunden
Ich einst die ersten Strophen bot ...
Sie sind, wie Sadi spricht, verschwunden,
Weithin zerstreut und manche tot –
Mein Werk ward ohne sie vollendet.
Und du, zu der mein Herz sich wendet,
Urbild Tatjanens, teures Haupt? ...
Viel, viel hat mir die Zeit geraubt!
Wohl dem, der auf das Fest des Lebens
Verzichtet, eh sein Glas geleert,
Die schale Neige nicht begehrt
Im Leidroman des Erdenstrebens –
Und kurz gefaßt von dannen zieht,
Wie ich von Freund Onegin schied.